著 柳叶冬天的

逢春

上

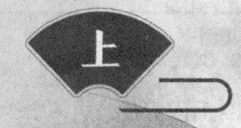

重庆出版集团 重庆出版社

图书在版编目（CIP）数据

逢春 / 冬天的柳叶著. -- 重庆：重庆出版社，2024.8
ISBN 978-7-229-18738-5

Ⅰ.①逢… Ⅱ.①冬… Ⅲ.①长篇小说—中国—当代
Ⅳ.① I247.5

中国国家版本馆 CIP 数据核字 (2024) 第 102970 号

逢 春
FENG CHUN
冬天的柳叶 著

责任编辑：李 子　李 雯
责任校对：冉炜赟
封面设计：冰糖珠子

重庆出版集团
重庆出版社　出版

重庆市南岸区南滨路 162 号 1 幢　邮政编码：400061　http://www.cqph.com
重庆市国丰印务有限责任公司印刷
重庆出版集团图书发行有限公司发行
全国新华书店经销

开本：710 mm×1000 mm　1/16　印张：31.25　字数：730 千
2025 年 5 月第 1 版　2025 年 5 月第 1 次印刷
ISBN 978-7-229-18738-5
定价：69.80 元

如有印装质量问题，请向本集团图书发行有限公司调换：023-61520678

版权所有　侵权必究

目录

第1章 梦醒 \ 1

第2章 困境 \ 24

第3章 自救 \ 46

第4章 调查 \ 70

第5章 解惑 \ 94

第6章 回击 \ 120

第7章 旧案 \ 144

第8章 花娘 \ 170

第9章 水落 \ 195

第10章 婉拒 \ 216

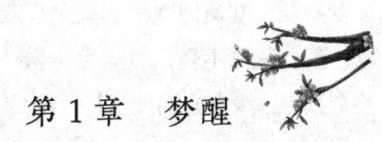

第1章 梦醒

冯橙眼前是一片黑暗，仿佛脱离了躯壳的灵魂飘在迷雾中，触摸不到丝毫真实。

她心头一点点生出疑惑：她隐约记得自己死了，现在是怎么回事儿？

"喵喵喵——"忽然，一声接一声的猫叫传来，透着急促。

听着这熟悉的猫叫声，冯橙就越发疑惑了。这猫叫，好像是——

哒哒哒，马蹄声传来，很快一名骑着马的少年由远而近。少年一身黑色劲装，愈发衬得肤白如玉，眸若寒星。道上不见其他行人，只有路两边近人高的草木在这春日里肆意生长。

少年一勒缰绳，身下骏马放缓了速度。他翻身而下，环视一番往草木最繁盛的一处走去。那匹被留在原处的大黑马望着主人被草木掩映住的背影乖乖等着，显得极有灵性。草叶扫着少年墨色衣摆，露水悄然留在那双皂靴上。

少年不准备往前走了，停下身形，手按上腰带。这时，他突然听到了奇异声响。再细听，那声音似是猫叫，又似是婴啼。

少年眼中有了戒备，环顾四周。入目皆是草木，仿佛无边无际。这样的地方，无论是猫叫声还是婴啼声，都很古怪。

忽然一阵微风拂过，草木摇摆，那若有若无的声音真切了些。少年决定去看个究竟。草木很深，蹚过去湿气就染了衣，突然一物迎面扑来。少年下意识侧开身，一掌挥过。

惨烈的猫叫声传来。少年定睛一看，就见一只棕黑纹相间的花猫摔在地上，那双绿色的眼睛露着凶光，正警惕瞪着他。原来是一只野猫。

少年解了惑，余光瞥到一处，突然定住。不远处横躺着一个人，准确地说是一名女子。少年沉吟片刻，不顾花猫的嘶叫走过去观察。那是一名十分美貌的少女，这般瞧着只有一些擦伤，可看她双目紧闭悄无声息的模样，应当凶多吉少。

少年伸出手，去探少女鼻息。肌肤冰凉，鼻息全无。果然是死了。看着那应该比他还小些的少女，少年不知怎的想叹气。

人既然已经死了，那他就没必要留在这儿了。这般想着，少年转身往回走。

那只摔在地上的猫又叫了。少年脚步一顿，看向那只猫。花猫挣扎了一下，没有站起来。少年皱眉。他刚刚出手重了些……罢了，那就顺便把这只猫儿带回城中吧，好歹是条性命。

少年向花猫走了两步，忽地转身向少女走去。罢了，既然连猫儿都顺便带回城中，那顺便把这横尸荒野的少女挖个坑埋了吧。真是晦气，他明明只是赶路太久，想找个隐蔽的地方方便一下而已。少年留意过有一片平地适合葬人，于是伸手搭上少女肩头，准备把她抱起来。那双紧闭的眸子突然睁开了。饶是少年经过不少事，这一瞬也骇得不轻，立刻手一松往后退了数步，厉色盯着少女。这不可能，他刚刚检查过，这少女分明死了！

蓝天，青草地，黑衣少年……

冯橙看清少年的脸，仿佛悬着的脚落了地，一下子有了真实感。是陆玄！陆玄不是死了吗，难道传回京城的消息有误？激烈的情绪冲击着冯橙的心，让她不知是悲还是喜，望着那张熟悉又陌生的脸下意识扑过去。

她不知道自己此刻状况，自以为的扑落在对方眼中其实是爬。看着挣扎向他爬来的少女，陆玄再也维持不住强撑的淡定，手扬起，刀出鞘，刀尖对着冯橙喝道："你到底是人是鬼？"

真是够了，他只是想方便一下而已，难得发善心挖坑埋尸就算了，还要撞个鬼吗？手握紧冰凉的刀柄，少年恢复冷静。便是女鬼也无妨，有刀在手，他照样砍得女鬼魂飞魄散。

冯橙听着这话思绪微乱，张口喊道："陆——"

恰在这时，熟悉的猫叫声传来。冯橙下意识转头，这一看，后面的话就堵在了喉咙里。她死死盯着那只花猫，心头掀起惊涛骇浪。

那是来福！脑中短暂空白后，生起深深的疑问：既然来福在那里，那她又在哪里？

冯橙猛地低头，整个人僵住了。

少女的手白皙纤细，尽管修剪整齐的指甲中藏了泥，可谁都无法否认这是一双极美的手。属于少女的极美的手。

冯橙盯着那双手，疑惑更深了。她明明跳了悬崖，再恢复意识就成了来福。

来福是一只野猫，常卧在冯府外的墙根处睡懒觉。她瞧着可怜，出府玩时便会带些吃食给它。那日她与表姐约好了逛成衣铺，谁知再醒来就在一辆疾驰的马车上。把她挠醒的是来福。来福拼命用嘴、用爪子弄着缚住她手脚的绳子，竟然真的被它弄松了。

她挣脱了绳索，悄悄爬到车门处揭开帘子一角往外看，看到的是一个陌生男子。她想她是遇到拐子了，等这男人察觉她醒了，恐怕再无逃脱的机会。她鼓足勇气，抱着来福跳了马车。她拼命往前跑，头都不敢回，身后脚步声越来越近，对方粗蛮的呼吸声如附骨之疽缠上来。

前方是悬崖。她没有停下，哭着跳了下去。她怕疼，更怕死，可被身后的人抓住了，会比死还可怕。她恢复意识时发现自己成了一只猫。

她看着陆玄一脸嫌弃埋葬了她的尸身，带着成为猫儿的她回到了京城。再然后，一连串变故接踵而来，有冯府的，也有朝廷的。

那年大旱，庆春帝带领太子、重臣前往太华山祈雨，陆玄也是随行一员。陆玄没带她去。这也不奇怪，如此庄重之行带一只猫不像话。

　　城中大乱的时候，她从人们口中得知庆春帝祈雨时被雷劈了，成国公世孙陆玄杀了太子，而后死于禁卫军的乱刀之下。

　　大魏彻底乱了。齐军攻破了京城，在城中烧杀掳掠，无恶不作。

　　她要去找陆玄，哪怕变成了一只猫，她也不能这么糊涂着。陆玄是太子的表弟，二人关系颇好，怎么会在庆春帝被雷劈了后杀了太子，成了祸乱大魏的罪人？

　　她不信。可她没有跑出城。那只叫来福的花猫死在了齐人刀下。

　　对了，来福是一只野猫，本没有名儿。陆玄抱着野猫进京的路上，揉着猫脑袋随口道："去去晦气，就叫你来福吧。"

　　少年拿刀对着她，花猫冲她喵喵叫。充斥着鼻端的青草香，明媚的阳光……

　　冯橙眨了眨眼，回过味来：变成一只猫的经历原来是她跳下悬崖昏迷时做的一个荒诞离奇的梦，她还活着！

　　陆玄见少女神色不断变幻，眸中警惕不减："你到底是人是鬼？"

　　冯橙喉咙发紧，咬了咬舌尖，张嘴想回陆玄的话，眼泪却先一步掉下来。

　　梦里的人竟然是真实存在的。她对陆玄的感情可太复杂了。梦里的他让她免于曝尸荒野，又收养了变成猫的她，说是恩人名副其实。可在梦中祖父后来成为吴王一派，与太子一方势同水火，也是陆玄揪出冯家把柄，让冯家男丁沦为刀下亡魂。她明白这是各为其主，甚至不能说陆玄有错。可想想死去的家人，心情当然好不到哪里去。

　　何况——泪眼盈盈的少女下意识瞪了陆玄一眼。梦里变成猫跟在陆玄身边的那些日子，他最爱干的事就是张罗来福与母猫生猫崽儿。她堂堂冯大姑娘，变成一只公猫已经很艰难了，这是人干的事吗？

　　陆玄皱眉。这姑娘含嗔带怨望着他是怎么回事儿？不知道的还以为是他把她弄死的呢。

　　等等。陆玄想到了什么，往前两步蹲在冯橙面前，肯定地道："刚刚你分明没了气息！"他不至于连这个都弄错。

　　冯橙缓过劲来，眸中映着少年冷凝的眉眼，一脸感激地问："那是壮士救了我吗？"十五岁的少女，声音娇软干净，如同春日里一汪清泉。

　　陆玄却险些跳起来。谁是壮士了！少年黑了脸，再打量过去，心头有些动摇。

　　此刻阳光正好，连少女脸上细小的绒毛都照得清清楚楚，更别提她眼角晶莹剔透的泪珠与身侧的影子。所有的发现都在告诉他：这就是个活生生的人。据闻有人遇到意外会出现假死症状——想到这，陆玄释然，淡淡道："不是我救了你，我也不是壮士。"

　　冯橙从善如流改口："公子可否帮帮我？"

　　少女一脸单纯，实则心头紧张。陆玄会发善心把横尸荒野的女尸埋了，会收留无家可归的猫儿，不代表他就乐意带个活生生的姑娘回京。可她必须回去！

想到京城，想到冯府，冯橙一颗心犹如掉进了沸腾的油锅，难受得窒息。

梦里，陆玄带着成为猫儿的她回到京城，一则八卦正传得沸沸扬扬：礼部尚书府的冯大姑娘与成国公府的二公子私奔了！成国公府的二公子叫陆墨，正是陆玄的孪生弟弟。二人同是太子伴读，陆玄善武，陆墨善文。陆玄不爱出席那些规规矩矩的场合，又经常出京办事，在京城人眼里的存在感远没有陆墨高。

陆墨与她的兄长冯豫是京城齐名的贵公子，大受小娘子们追捧。可陆墨再好，她也不想担上与他私奔的污名！

祖父身为礼部尚书，在太子与吴王两派的明争暗斗下一直保持中立，而成国公府是太子外祖家，无可动摇的太子派。正是因为她与陆墨"私奔"，尚书府要成国公府交出女儿，成国公府要尚书府交出儿子。祖父与老成国公几番对骂互掐，势同水火，于是被吴王一派拉拢了过去。上了吴王那条船，便为冯府的悲剧拉开了序幕。

天知道变成猫儿的她听到这传闻多么气愤，找到机会跑到祖父面前却只能喵喵叫又多么绝望无力。虽然这是梦中发生的事，可陆玄却真的出现在她面前，让她不得不担心梦里的事会成真。

听了冯橙的求助，陆玄眯了眯眼，试探问道："我若救你，你打算如何？"这女子若说救命之恩无以为报，唯有以身相许，他转头就走。问清楚了，才能减少莫名其妙的麻烦。

陆玄不由想到了弟弟。他实在难以理解弟弟面对那些向他掷帕子、香囊的女子还能保持微笑，也因此纵得那些女子胆子更大，到后来都敢掷香瓜了。若是他，直接把香瓜丢回去，砸那乱丢的女子一头包，看以后谁还敢丢。

冯橙听陆玄这么问，立刻警惕起来。他这是给她挖坑呢，若回答不好，肯定转身就走。若有选择，她也不想厚脸皮跟定陆玄，可她这个模样若一个人上路，那和找死没有区别。

冯橙垂了眸，软声道："救命之恩，无以为报，唯有——"

陆玄准备走人，就听少女悠悠道："唯有把我攒了十五年的月钱都给公子了。"

陆玄听了嘴角一抽，打量着少女恳切神色姑且信了，这才问道："你怎么变成这样的？"

他说着，微冷的视线落在少女手腕上。少女肌肤胜雪，手腕上的瘀痕很是显眼，那应该是被绳索捆绑过留下的痕迹。冯橙下意识缩了缩手，道："逛街时遇到拍花子的了，我趁拐子不备挣脱逃跑，失足跌下了悬崖……"

梦里变成猫醒来后，她确实以为这次劫难是遇到了拐子，只不过等到了京城听到她与成国公府二公子私奔的传闻，还有之后那些变故，才知道她哪是遇到了拐子，这分明是吴王一派为了拉拢祖父而设的阴谋。有口说不出，还总被陆玄逼着亲近母猫，她真的太难了。

陆玄皱眉。这女子为何又用那种奇怪眼神看他？他抬眼看了看不远处的山峦，倒是挑不出少女话中漏洞："这么说你是京城富户的女儿，要我带你回京？"

冯橙忙点头。陆玄望着容色无双的少女，忽然笑了："可你怎么知道我是去京城呢？"

冯橙一怔，暗骂一声狡诈，面上自然不敢流露，试探道："因为你是成国公府二公子，自然是要回京的吧？"

陆玄眸光微闪。他可没有忘记刚才他问眼前少女是人是鬼时，她张口吐出的那个"陆"字。那时他就怀疑这女子认识弟弟，好在她没有耍小聪明隐瞒。

"陆公子出行，掷果盈车，我见过几次，所以知道你的身份。"少女又是那副恳切神色，看着单纯又老实。

陆玄沉吟片刻，微微颔首，算是答应了冯橙的请求。

陆玄点了头，冷着脸提前声明："我只是顺路带你一程，报答就不必了，等到了城外各自分开就是。"他这么说着，目光一直锁在少女面上。他不介意顺便救人一命，但也不愿沾上乱七八糟的麻烦，也因此，连这女子姓氏都没有问的打算。

好在少女没有下意识露出失望之类的神色，而是欢喜道谢："那就多谢了，陆公子真是个大善人。"

陆玄眼角微抽，问道："你可以起来吗？"

冯橙老实摇头："不能。"要是能起来，刚才她不就直接扑过去了，何至于挣扎爬了半天还原地不动。

陆玄皱了一下眉，伸出手来："扶住我，试试能不能起来。"

素白的手伸出，搭在少年手臂上，少女利落站了起来。陆玄扬眉。冯橙也愣了一下。睁开眼的那一刻，她几乎无法控制身体，现在竟全好了，连从高处滚落的疼痛都没有。

冯橙只好一脸无辜解释："先前许是昏迷太久才动弹不得，现在又行了。"

陆玄面无表情收回手，率先转身："走吧。"

身后传来少女的声音："还有来福。"冯橙走到花猫身边，把它抱起。

花猫偏瘦，个头却不小，可冯橙抱着它却感受不到什么重量。冯橙心疼得险些落泪。来福太可怜了，瘦得都没分量啊，她以后要多喂来福小鱼干吃。

"喵喵——"来福仰着头，亲昵地冲冯橙叫着。冯橙紧了紧怀中毛球，心生唏嘘：一只偶尔被她投食的野猫尚能在她遇险后拼命来救，而有些人还不如一只猫儿呢。

冯橙抱着花猫走到陆玄面前，解释道："它是我养的猫，名叫来福。"

到底少年心性，陆玄扫了一眼虎纹花猫，随口道："一只猫儿叫来福？名字倒是古怪。"听起来一点不像个正经猫儿的名字，还以为是在喊小厮。话音落，收到的是少女古古怪怪的眼神。

"怎么？"

冯橙抿唇笑："是有些特别，但寓意好。"

陆玄深深看少女一眼。寓意好，猫主人还这么惨？当然，他没有与少女混熟的心思，这话自然不会说出口。

陆玄穿过草木，大步向路边走去。被留在原处的大黑马终于等到主人回来，激动甩了甩尾巴。

陆玄从荷包中摸出一块糖塞进大黑马口中作为奖励，翻身上马，勉强冲少女伸出手："上来吧。"

冯橙犹豫了一下。她犹豫，倒不是在意与陆玄同乘一骑，而是——

如果她没记错，梦里陆玄之所以能发现她，当时是去方便的……

"不要耽误时间。"陆玄沉着脸催促。

冯橙微微仰头。骏马上的少年严肃着一张脸，隐隐露出几分不耐烦。

少女抿了抿唇。好吧，算她闲操心。

冯橙一手抱着来福，一手抓住陆玄的手借力跳起，动作轻盈落在马背上。

陆玄眸光一闪，定定看着她："你会武？"

刚刚这姑娘跳上马背的动作未免太轻松了些，他甚至还没往上提，对方就蹦到马背上了。

"不会。"冯橙后知后觉，也发现有点不对劲。冯家书香门第，她可是标准的大家闺秀，刚刚好像跳得高了些。问题是她感觉还能跳得更高……

冯橙心头一动，产生了一个荒谬的念头：她濒死昏迷侥幸活过来，莫非身体发生了某些变化？冯橙面上不露声色，对目不转睛盯着她的少年摇摇头："真不会。我若会武，怎么会被人贩子拐了去？"

陆玄心中有了怀疑，对这个解释嗤之以鼻。这解释听起来倒是有理，可若对方说遇到了拐子本就是撒谎呢？或许这女子有意接近他也未可知。

陆玄倒没有认定对方是奔着他这个人来，可他近来常为太子办事，这女子也许是细作呢？但答应对方在先，他也不会半途把人抛下。有了这个念头，陆玄态度越发冷淡，一夹马腹往前奔去。

路不是那么平，平时习以为常的颠簸在这时却令陆玄皱了眉：他好像忘了一件事……

撑了两刻钟，陆玄翻身下马，指着不远处的潺潺溪流道："正好有净手的地方，在这儿吃些干粮再赶路。"这一次，他没有伸手扶少女下马的意思，只面无表情看着她。

那瞬间冯橙有些心虚，转而自我安慰：就不允许她天赋异禀吗？不能心虚，越是心虚，陆玄就越多疑。说起来，他这个爱多想的毛病真和梦中一样。想通了的少女轻盈跳下，连一丝声响都没发出。

陆玄再深深看她一眼，道："你先去净手，我去那边看看有没有野果子。"

冯橙心知肚明陆玄要去做什么，自然不好表露出她知道的意思，抱着来福往溪边去了。少年盯着少女纤细背影，暗暗松口气。他可不想让对方联想到他要去干什么，所以野果子必须采回来。

冯橙在溪边蹲下，放下来福，掬起一捧清泉。春日的泉水清洌清澈，映出少女明媚的身影。

冯橙看着水中倒影，一时有些恍惚。做了那样一个漫长离奇的梦，看着这样的自己竟有些不适应了。

她侧头看来福。来福紧挨着她，正伸出舌头喝水。

冯橙伸手抚了抚花猫的背，那颗从醒来就飘飘荡荡的心踏实了几分。来福突然挣脱冯橙的手，爪子拍打水面。冯橙看向溪中，一尾肥壮的鱼儿正跃出水面，溅了她与来福一身水。

"喵喵喵！"来福急促叫着，挠了一下冯橙衣摆。对上那双绿色猫眼，冯橙福至心灵，竟懂了来福的意思：好大一条鱼，想吃！

冯橙目光追逐着那条要游走的大鱼，咽了咽口水。她也想吃鱼了。这个念头一生起，竟有些克制不住，等冯橙回过神，已经把大鱼抓在手中。

至于为何能把在溪中灵活游动的鱼儿徒手抓起，抱歉，她一点儿不想知道。

身后传来脚步声，冯橙下意识转身。

少年盯着少女手中那尾奋力挣扎的大鱼，陷入了沉默。

"许是被来福吓到了，这鱼一急就跳上了岸。"冯橙若无其事地解释。被纤纤素手箍住的大鱼仿佛感受到了侮辱，死命挣扎着。

陆玄走过来，把采来的几枚野果在水中洗过，拿起一颗咬了一口。不知名的红色野果酸酸甜甜，作为旅途中的尝鲜，还算过得去。

冯橙望着吃野果的少年，下意识抿了抿干裂的唇。

陆玄斜睨她一眼，冷淡问道："吃么？"

"吃。"冯橙脱口而出。

陆玄视线下移，落在那条大鱼上。

冯橙明白，这是提醒她把鱼放下。可这鱼精神十足，真放在地上铁定扑腾回水里，于是少女把鱼往石头上一摔，见鱼挣扎几下不动了，这才净了手向陆玄走去。

陆玄强忍住嘴角抽动，把一枚野果抛过去。冯橙伸手接住，小口小口吃起来。

陆玄已经把野果解决，从行囊中取出两块硬邦邦的饼子，递了一块过去。

冯橙瞄了躺在地上的大鱼一眼，提议道："不如我们把鱼烤了吧，死都死了，不吃可惜了。"

陆玄看她一眼。他若会做这些，还能一直吃硬饼子？

冯橙似是知道少年想什么，自告奋勇道："我会烤鱼，可否借匕首一用？"

陆玄略一犹豫，取出匕首递过去。

冯橙提着匕首在大鱼身上来回比画，迟疑许久，对着鱼肚子一划。

陆玄对香喷喷的烤鱼一下子没了期待。看这笨拙动作，会做烤鱼？

虽这般想，他还是捡来枯枝，用随身携带的火折子生起火。

这时冯橙已经把鱼收拾出来，穿好放到火上翻烤。琴棋书画，女红厨艺，身为尚书府大姑娘她都要学，也曾在银装素裹的园子中与相熟的姐妹烤鹿肉吃。

冯橙手上动作渐渐熟练，香气冒了出来。

眼见鱼肉被烤得金黄，陆玄忍无可忍问："什么都不用放？"

冯橙目露惊喜："陆公子随身带了调料？"

少年板着脸："没有。"

冯橙险些翻个白眼。没有带调料，她还能变出来？

烤好的鱼架在熄了的篝火上方，冯橙先切了一块给来福，示意陆玄自便。

陆玄虽对冯橙烤鱼的手艺不抱期待，但烤鱼比硬饼子的吸引力还是大多了，遂拿起权且尝尝。烤得微皱金黄的鱼肉入口，虽没有咸淡味，却吃出了鱼肉本身的鲜甜。

陆玄不由诧异。这样简单烤出来的鱼肉竟不难吃。当然，说美味有些夸张，但比硬邦邦的饼子强多了。

半条鱼的鱼肉分量十足，陆玄吃了再喝了些水就觉腹饱，再看对面少女，与她的猫一起已经把剩下的烤鱼吃得差不多了。

冯橙抬眸对上少年平静无波的眼睛，问他："能给我一块饼子吗？"

陆玄不动声色递过去，心中疑惑对方要饼子干什么。

接过饼子的少女就着剩下的烤鱼吃起来。

那一瞬，少年眼角不受控制抽了一下。他可能想错了，哪有这么能吃的女细作。

感受到频频扫来的目光，嘴角泛着油光的少女很实在地解释："饿了。"

陆玄无语。

"我吃好了。"随身带着的帕子早不知落到了何处，冯橙洗面净手，打断少年的沉思。

陆玄看她一眼，淡淡道："走吧。"

大黑马载着少年、少女与一只猫疾驰，到了岔路口上了一条路，开始见到来往行人。等到夕阳西斜，遥遥望见笼罩在暮光下的高大城门，冯橙不由湿了眼眶。

京城终于到了。陆玄牵着缰绳，对冯橙道："就到这里吧。"

冯橙压下心头激动，对着少年福了福："多谢陆公子相助。"

"不必。"分开之际见对方没有纠缠之意，陆玄戒心稍减，语气有所缓和，"姑娘先行，等你进了城我再走。"

冯橙略略屈膝以示谢意，抱着来福快步向城门口走去。身后是牵着黑马的少年，但她没有再回头。

梦里变成猫的她曾靠陆玄庇护，而现实中，她只能靠自己。她要好好活着，还要弄清梦中陆玄刺杀太子的缘由，让陆玄也活下去。

陆玄目送那道背影消失在城门口，不知怎的想到她那声谢。多谢陆公子相助。看来见到二弟他要提一句，毕竟这姑娘把他当成了二弟，万一以后二弟与她偶然遇见，不至于一头雾水。

至于对少女认错人的想法？陆玄弯唇笑笑。不过萍水相逢，人生过客，对他来说有什么打紧的。少年牵着马，缓缓往城门处走去。

天际的云被霞光染成绚丽的红，路边垂柳随风婆娑，柳枝温柔抚过少女淡绿色裙摆。冯橙躲在树后，望着那熟悉的大门有些近乡情怯。

梦里，她以来福的身体溜进过尚书府，发现她成了府中禁忌。她不奇怪。祖母那般重规矩，对败了尚书府名声的她怎会不恼？那现实中呢？冯橙不确定。也因为这份不确定，令她有了几分期待。记忆中的祖母虽严厉，亦有慈爱之时，应该和噩梦里不一样吧。

冯橙轻吸口气，一步步走过去。侧门开着，门人听到动静往外一看，登时愣住。一身狼狈的少女抱着一只脏兮兮的猫，这不是——

冯橙只好喊了一声王伯。门人如梦初醒，猛然跳起来："大，大姑娘！"

没等冯橙回应，他便高喊着往内跑："大姑娘回来了！"

长宁堂里，二太太杨氏正陪着老夫人牛氏叙话。听到下人禀报，牛老夫人手一抖，茶盏泼了小半。杨氏也是一脸惊诧。这大姑娘与人私奔已不见了两日，如今竟回来了？

牛老夫人霍然起身，厉声问道："她在哪儿？还有谁？"

来禀报的下人战战兢兢回道："大姑娘正往内走，只有她一个人……"

牛老夫人只觉气血上涌，稳了稳身子喝道："胡嬷嬷，你立刻去把大姑娘给我带到长宁堂来！"

"是。"

冯橙顶着下人们的异样目光往内走，迎面遇到了胡嬷嬷。

胡嬷嬷皮笑肉不笑："大姑娘，老夫人听说您回来了，让您过去。"

冯橙本就要去长宁堂，闻言微微点头，随着胡嬷嬷往长宁堂去了。

长宁堂中气氛压抑，杨氏低声劝："老夫人，您的身体最要紧，千万不要气坏了身子。"

牛老夫人沉着脸听着，一见冯橙的身影出现在门口，抓起茶盏就砸过去："孽障，你还有脸回来！"

茶盏迎面而来，动作比念头快一步，冯橙一侧身避开了。

见没砸中，牛老夫人更怒了，劈手夺过二太太手中茶盏又砸了过去。

冯橙又是一个侧身避开了。

接连两个茶盏跌在地上摔得粉身碎骨，发出的声响令屋中伺候的人胆战心惊。

望着牛老夫人阴云密布的脸，冯橙想叹气。她躲得这么快，祖母好像更生气了。

这般想着，少女快步往前走了两步跪下来："祖母，孙女回来了。"

牛老夫人居高临下盯着伏地的少女，面上一丝表情都无。

令人窒息的沉默后，她问："冯橙，你做出与人私奔这般有辱门风的丑事，竟还有脸回来？"

一开始冯橙失踪，尚书府虽急却没往这方面想，可很快就传来成国公府二公子也失踪的消息。随着两府寻人，有路人说见到一对少年男女一起出城，再听描述可不就是尚书府冯家的大姑娘与成国公府的二公子。

两个人同一日失踪，还有人看见一道出了城，这不就是私奔嘛！

流言一起，便如星火燎原，立刻传得沸沸扬扬。

牛老夫人本不愿信，可随后又有流言传出，说上元节的时候冯大姑娘摔倒在成国公府二公子面前，二人定是那时看对了眼，奈何冯大姑娘早有婚约在身，只好谋划私奔。

冯橙抬头，一脸错愕："祖母说什么？我与人私奔？"

果然发生了与梦中一样的事！

牛老夫人见冯橙神情茫然，冷笑一声："孽障，你还装糊涂，知不知道你与成国公府二公子私奔的事已经传得尽人皆知！"

跪在地上的少女浑身一震，满眼不可置信："祖母，您说的话孙女完全听不明白，我与成国公府二公子素不相识，怎么会与他私奔？"

牛老夫人一拍桌子："上元节，你敢说没见过陆二公子？"

"上元节？"冯橙喃喃，黛眉越拧越深，"上元节我与二妹、三妹一起去逛灯会，放烟火的时候人群拥挤，不慎摔倒了……那时是有几位公子在不远处，陆二公子也在其中，可当时看到孙女跌倒的还有很多人，陆二公子不过是其中之一。扶我起来的是三妹，总不能因为陆二公子在场，就说孙女与他结识了，还与他私奔吧？"

牛老夫人冷笑："孽障，你不要再狡辩，家里人到处寻你的时候，有人亲眼瞧见你与陆二公子一道出了城！"

刚才被牛老夫人抢了茶盏的二太太杨氏压了压嘴角，眼底尽是鄙夷。

亏大姑娘还有脸提梅儿，早知道这丫头能做出这么没脸没皮的事来，就该让梅儿离她远远的。冯梅是府上二姑娘，二房唯一的女孩。

冯橙沉默一瞬，目光平静与牛老夫人对视："祖母，敢问瞧见我与陆二公子私奔的是什么人？"

"城门附近的卖货郎。"牛老夫人冷冷道。

冯橙轻笑："若说孙女常去的那些商铺，掌柜、伙计认识我不奇怪，可一个城门附近的卖货郎怎么会认识我？"

见冯橙到这时候还死鸭子嘴硬，牛老夫人气得脸皮直抖。

杨氏忙劝道："老夫人，您不能急啊，这两日为了大姑娘的事您都没好好吃饭，再着急生气身子骨哪受得了？"

她说着看了冯橙一眼，叹道："大姑娘，原本家里也不愿相信啊，可那卖货郎描述的身高长相还有发髻衣裳，与你失踪那日别无二致……"

冯橙理了理散落的碎发，问杨氏："二婶觉得我很蠢吗？"

杨氏一愣，下意识否认："怎么会，大姑娘自幼聪明伶俐……"

就算觉得大姑娘蠢，她也不会在老夫人面前流露出来啊。

冯橙挺直脊背，掷地有声："既然我不蠢，若真与陆二公子私奔，为何连基本的乔装打扮都没有？顶着这张脸唯恐不被找回来吗？"

杨氏一滞。大姑娘模样顶出色，哪怕早早没了父亲，母亲又不被老夫人所喜，她还是能感觉出老夫人对这个孙女的偏爱。如今这么一听，竟觉得大姑娘的辩驳有些道理。

杨氏不甘被晚辈问住，拧着帕子道："老夫人命人去大姑娘住处查过，大姑娘一些首饰、碎银都不见了。"话中之意，冯橙为了私奔带着这些钱物跑了。

冯橙心头一跳。她丢了一些首饰碎银？

"我失踪后府中上下自然忙乱，有人趁乱摸鱼也未可知。"冯橙红着眼圈，委屈望着杨氏，"二婶非要把私奔的污水泼在侄女身上，对咱们尚书府有什么好处？"

杨氏面色微变："大姑娘这是什么话——"

她就是插几句话而已，明明质问大姑娘的是老夫人。

冯橙垂眸等着。直接这么问祖母当然讨不了好，但借着反问二婶提醒祖母，祖母冷静下来权衡得失，应当能听得进她的解释了。

果然牛老夫人听了这话心头微动，皱了皱眉问冯橙："那你说说，究竟为何失踪了？"

这个孙女肯定是废了，尚书府的名声或许还能挽回一二。无论失踪的原因是什么，都比与人私奔好听。

冯橙颤了颤睫毛，滚下泪来："孙女遇到拐子了……"

听冯橙讲完，牛老夫人这才有心思留意她怀中的猫："你是说这只野猫救了你，让你侥幸逃脱了拐子的魔爪？"

冯橙用力点头，抱着来福簌簌落泪。

牛老夫人定定看了跪地的少女许久，暗暗松了口气。虽说都是丢了名声，但遇到拐子比与人私奔强太多了。当然，为了尚书府的名声着想，事情肯定不能这么算了。

牛老夫人喊了一声胡嬷嬷，在她耳边低语。

胡嬷嬷神色紧绷，手抖了抖。

牛老夫人冲冯橙点了点头："你随胡嬷嬷去隔间，让胡嬷嬷给你检查一下。"

杨氏听了，立刻去看冯橙反应。

啧啧，老夫人这是要胡嬷嬷检查大姑娘清白啊，这可真是难堪。

谁知冯橙只是对着牛老夫人屈了屈膝，便随着胡嬷嬷去了隔间。

牛老夫人盯着房门口神色莫测，伸手去拿茶盏，才想起刚才把茶盏砸了。

隔间内，见胡嬷嬷神色有异，冯橙轻声问："嬷嬷打算如何检查？"

胡嬷嬷看着花朵般的少女叹口气，声音放得很轻："大姑娘真的不懂吗？"

"懂什么？"

胡嬷嬷沉默片刻，低声道："大姑娘不是与人私奔，而是遇到了拐子，侥幸逃脱后拼死赶回府中把真相告诉长辈，碰壁自尽以表清白……"

冯橙抿唇，终于懂了。原来祖母命胡嬷嬷检查只是个幌子，真正的目的是让她"自尽"，留一个贞烈的名声。

去他娘的名声！冯橙看着胡嬷嬷，脑海中浮现的却是牛老夫人的脸。那张脸有时严肃，有时慈爱，孙辈们做了不合规矩的事会训斥，表现好了也会夸赞赏赐。

在冯橙想来，祖母应该就是这样的吧。可现在她发现自己错了，错得可笑。她想过会被冷落，会被责罚，却没想到她进了家门连母亲还没见到，祖母就逼她自尽！

见少女出神，胡嬷嬷神色复杂喊了一声："大姑娘，您现在知道该怎么做了吧？"

冯橙回神，唇角微勾。还好，现在醒悟也不迟。

"知道了。"少女颔首。

胡嬷嬷暗松口气。大姑娘识趣再好不过，不然要她动手就太为难了。

这也在意料之中，哪家大家闺秀出了这种事还好意思活着，自尽既能保住自己名声，也能挽回尚书府的名声。这确实是两全其美的法子。

胡嬷嬷在刚听到牛老夫人吩咐时很惊愕，现在想来却不得不佩服老夫人的果断。

有得必有失，老夫人也是不得已啊。

冯橙扫胡嬷嬷一眼，转身就往外走。那似笑非笑的一瞥让胡嬷嬷直觉不对劲，见冯橙往外走立刻去拦："大姑娘——"

一直乖乖待在冯橙怀中的花猫一跃而起，扑到了胡嬷嬷脸上。

"啊——"

惨叫声传到牛老夫人耳中，牛老夫人嘴角微扬。成了！

大孙女还是懂事的，这孩子可惜了啊——老太太才晃过这个念头，就见少女双手捂脸跑了过来。冯橙往牛老夫人面前一跪，掩面嘤嘤哭。

牛老夫人下意识扫了一眼剧烈晃动的门帘，脱口问道："怎么回事儿？"

少女好似受到了天大的委屈，听了这话哭声更大了。

牛老夫人见孙女活着出来了，心思浮躁，耐心告罄，对着门口怒喊："胡嬷嬷，你人呢！"

一名老嬷嬷捂着脸跑了过来。

牛老夫人看看胡嬷嬷，再看看冯橙，迷茫了一下。怎么都捂着脸，难不成撞邪了？

"大丫头，你把手放下，有话好好说。"

"呜呜呜——"冯橙哭得更伤心。

牛老夫人被哭声吵得脑壳疼，冲胡嬷嬷喝道："胡嬷嬷，把手放下。"

胡嬷嬷当然不敢违背牛老夫人的吩咐，忍着疼放下手来。

看清胡嬷嬷的脸，屋中登时响起抽气声。胡嬷嬷的脸怎么花了？

"这是怎么了？"牛老夫人吃了一惊。

胡嬷嬷疼得抽气，亦委屈得不行："是大姑娘带回的野猫把老奴抓成这样的！"

那猫速度也太快了，她还没反应过来呢就扑她身上了，两只前爪猛挠她的脸，她差点死在隔间里啊！屋中的人听了胡嬷嬷这话，不由寻觅来福，就见那花猫不知何时回到冯橙身边，正懒洋洋舔着爪子。

牛老夫人皱眉："来人，把这野猫带出去。"

这样的野猫就不该进尚书府的大门，不过是被大丫头回来的事占据了心神，才出了这样的疏忽。

一直哭泣的少女放下手来，抱起来福："祖母，不能把它赶出去，这会坏了尚书府名声的！"

既然祖母最在乎名声，那就利用一下"名声"这个混账东西好了。

果然，牛老夫人一听这话挥手阻止了丫鬟上前的动作，盯着冯橙问："你说说，为何会坏了尚书府的名声？"

冯橙见料对了，心头不知可悲还是可笑，红着眼睛道："孙女既然回来了，那私奔的流言定要对外解释吧？"

牛老夫人微微点头。自然是要解释的，不但要对世人解释，还要找成国公府说清楚。

少女垂眸，声音清脆："这就是了，世人听了尚书府的说法知道孙女遇到了拐子，会想孙女一个手无缚鸡之力的弱女子怎么从拐子手中逃脱的呢？哦，是一只野猫救了尚书府大姑娘……"

冯橙抬眸看着牛老夫人，微扬的唇角藏着讽刺："尚书府大姑娘心善喂野猫，野猫报投喂之恩救了冯大姑娘，这本算得上一段奇闻佳话。后来一打听，那只野猫呢？"

众人被问得一愣。对啊，野猫呢？

牛老夫人神色凝重起来。大丫头说得不错，若是打杀了这只野猫，尚书府就成了无情无义的人家。

顶着一张大花脸的胡嬷嬷傻了眼。也就是说这只该死的野猫不但没事，以后还要被尚书府好吃好喝养起来？那她的脸呢？白被挠成这样了？

冯橙轻轻捋了捋来福背上的毛，请示牛老夫人："祖母，孙女想收养这只野猫，您说行吗？"

牛老夫人嗯了一声。关系到尚书府名声，这只猫定是要留下了，至于孙女——牛老夫人看着冯橙，不由皱眉。

在她想来，大孙女自尽是最妥当的安排。以后旁人提到尚书府，还要夸一句尚书府大姑娘从拐子手中逃脱是为有勇，自尽以保清白是为有节。

可大孙女若是活着，哪怕世人相信她是被拐而不是与人私奔，那也不好听。

谁知道冯大姑娘被拐的时候有什么遭遇呢？

这样的议论，只要大孙女活着，就会一直有。

堂堂尚书府大姑娘，活在这些不怀好意的揣测中，难堪的是整个尚书府。

牛老夫人余光扫了扫胡嬷嬷，心中恼火：胡嬷嬷跟了她多年，本是个靠谱的，今日怎么把事情弄成这个样子。

冯橙明白牛老夫人的懊恼，心中冷笑。从祖母当众吩咐胡嬷嬷给她检查便知，祖母可不想让二婶等人知道她逼孙女自尽的心思。

有些事可以做，却不能说。逼死了她，祖母在其他兄弟姐妹面前还是那位慈爱又不失威严的好祖母。而现在，她从隔间跑了出来，逼她自尽的最佳时机就错过了，祖母怎能不恼？

当然，此后她也不能掉以轻心，须时刻警惕着。

"大丫头，胡嬷嬷不是给你检查么，你怎么这么快跑出来了？"牛老夫人冷冷问。

到这个时候，老太太自然明白，大孙女这是不想死。这个不知羞耻的东西！

冯橙听了这话又红了眼圈，飞快瞟了胡嬷嬷一眼，哽咽着道："一开始我想着检查就检查吧，谁让孙女不孝惹长辈烦心了呢，没想到胡嬷嬷居然摸我的胸！"

众人齐刷刷看向胡嬷嬷，表情古怪。胡嬷嬷居然是这种人？胡嬷嬷目瞪口呆，一时忘了辩解。不是胡嬷嬷反应慢，实在是受到的冲击太大了：一个大家闺秀，这样没脸没皮的瞎话怎么说得出口？

她疯了才会摸大姑娘的胸！就大姑娘那小身板，哪有胸！不对，这不是有没有的问题，她一个在老夫人面前得脸的管事嬷嬷，是会做出这种事的人吗？

诡异的安静中，冯橙哭得更委屈："孙女好歹是大家贵女，让我受这般侮辱，还不如让我死了算了！"

牛老夫人嘴角猛抽了一下。

冯橙没有帕子拭泪，任由泪珠淌过白皙的面颊："可孙女一想若是寻死，祖母知道了该多伤心呀，我可不能为了自己痛快做这种大不孝的事……"

牛老夫人默然无语，这么说，她还得谢谢孙女的贴心了。

到这时，再不说点什么就不合适了。

牛老夫人压下翻滚的怒气，沉声问胡嬷嬷："胡嬷嬷，你是怎么回事儿？"

胡嬷嬷被那锐利眼神一扫扑通跪下去，到嘴边的真相打了个转又默默咽下，忍着憋屈道："老奴给大姑娘检查时不小心碰到的，绝不是有意的，还请大姑娘原谅。"

二太太还看着呢，万一大姑娘嚷嚷老夫人逼她自尽，那就无法收场了。

正因为胡嬷嬷是牛老夫人心腹，才十分了解牛老夫人在意什么。

还能怎么办，只能打落牙齿和血吞，认了。

牛老夫人看向冯橙。

冯橙心知牛老夫人是让她见好就收，可她偏偏不想让对方如意。

"原来胡嬷嬷是不小心碰到的。"少女樱唇微张，显出几分错愕，"嬷嬷是祖母身边得力的,按说不该啊——"

胡嬷嬷抬手扇了自己一耳光:"老奴也很内疚,今日不知怎么就马虎了……"

她看出来了,今日她若没有表示,大姑娘打算不依不饶。

大姑娘不要脸,老夫人要脸。这么撕扯下去,大姑娘会不会受罚另说,她铁定讨不了好。这一耳光,就当惩罚她对大姑娘厚脸皮的不了解吧。大意了啊。

冯橙把调皮的碎发捋到耳后,叹道:"胡嬷嬷这又何必呢,以后注意些就是了。"

胡嬷嬷忍着脸疼,勉强扯出笑容:"老奴谢过大姑娘体谅。"

过了今日,大姑娘不能再拿老夫人逼她自尽说事儿,自有被老夫人收拾的时候!

牛老夫人念头落空,心腹还吃了哑巴亏,心里当然不痛快,看着脏兮兮的少女冷声道:"回来了就好,你先去沐浴更衣吧,这个样子让人瞧了笑话。"

冯橙没有动:"祖母,我母亲在怡馨苑吗?"

牛老夫人看她一眼,淡淡道:"自你失踪你母亲就病了,你三叔与兄长们也在到处寻你,每每天黑透了才回来。"

"那孙女先去看看母亲。"

"去吧。"牛老夫人压下不耐烦道。

冯橙对着牛老夫人与杨氏屈了屈膝,抱着来福离开了长宁堂。

长宁堂中一时静悄悄,杨氏尴尬笑笑:"大姑娘回来是天大的好事儿,儿媳让厨房今晚加几个菜吧。"

"你看着办吧。"

见牛老夫人面露疲惫,杨氏识趣告退。

等杨氏一走,牛老夫人屏退左右问胡嬷嬷:"你们进了隔间后到底发生了什么?"

胡嬷嬷心里憋着气,闷声道:"老奴就是委婉提醒大姑娘自尽以保清白,那只野猫就扑老奴脸上了,然后大姑娘就跑出来了。"

牛老夫人脸皮抖了抖,看着花脸的心腹没好气道:"去上药吧,这个模样还怎么见人。"

胡嬷嬷讪讪应是。

"还有,明日一早把大姑娘从拐子手中逃脱回家的事传出去。"牛老夫人补充一句。

冯橙出了长宁堂,就见一名粉衣少女匆匆往这个方向赶来。

她脚步微顿,而后快步迎上去。来人是三妹冯桃。

尚书府一共三位姑娘,二姑娘冯梅是二房的,三姑娘冯桃是大房庶女。冯桃生母原是大太太尤氏的陪嫁丫鬟,多年前就病逝了,冯桃自幼便养在尤氏身边。

眨眼间冯桃就到了近前,哭着抱住了冯橙:"大姐!"

窝在冯橙怀中的来福野性犹在,对陌生人的靠近很是警惕,对着小姑娘胸口挠了一爪子。小姑娘猛然后退，低头看着被抓破的衣襟傻了眼。

冯橙警告地揉了揉来福脑袋，对脸色发白的少女喊了一声三妹。

梦里她成了来福时，听人提起冯府大太太病逝了，想方设法溜回了家。彼时府上处处挂着白，母亲的棺椁就停在怡馨苑中，可除了伤心欲绝的兄长，其他人眼中流露的只有轻慢。

那些人自以为掩饰得很好，人后却难免流露出几分真实心思。可他们不知道，无人的时候还有一只猫悄悄看着他们。

一开始，她以为是她"私奔"的事害母亲被人看轻，有口不能言的痛苦下只能藏在怡馨苑中看那些人进进出出。

她很快发现了蹊跷：三妹竟从没出现过。母亲过世，三妹没有不露面的道理。

她怀着疑惑四处寻找，无意中从二婶母女的对话中知道了原因：三妹死了。

二婶说："以后府中就你一个姑娘了，你可要争口气。"

冯梅撇着嘴说："母亲放心，女儿再不争气也做不出冯橙与人私奔、冯桃与小厮私会那样的丑事。"

从二婶母女话中得知，三妹因与小厮私会被人撞破自尽了，而母亲因先是嫡女与人私奔，后是庶女与小厮私会，被祖母斥责教养不当，当天夜里便悬了梁。

尚书府是要脸面的人家，大姑娘的事尚未平息，三姑娘与下人私会的事自然要死死瞒住，大太太的死因就推到了病逝上。尤氏在冯橙失踪后本就病了，连理由都是现成的。

冯橙偷听了杨氏母女的对话，第一个反应就是不信。

少女心事旁人不知晓，她却知道，三妹心中早就有了人，怎么可能与府中小厮私会？此后，她数次潜入冯府寻觅真相，却不得解惑。三妹的贴身丫鬟因为主子做下丑事被打死了，打发到各处的小丫鬟则什么都不知晓。

"大姐——"娇柔的声音拉回了冯橙的思绪。

冯橙看着冯桃，轻叹口气。三妹心中的那个人，是陆墨。

冯桃拽着冯橙衣袖，神情激动："大姐，你可算回来了，我还以为——"

冯橙冷静得多："三妹从哪里来？"

冯桃道："我在怡馨苑伺候母亲，听小丫鬟禀报说姐姐回来了，就跑过来了。"

"母亲知道我回来了？"

冯桃摇头："母亲病着，我寻思大姐直接去见母亲更好，叮嘱丫鬟先别和母亲说。"

冯橙微微颔首。在不知道她什么状况的情况下，不刺激病中的母亲是聪明的做法，而她现在的狼狈样子确实不宜让母亲瞧见。

"我先去晚秋居梳洗一下，三妹也回房换衣裳吧。"

"嗯。"冯桃目光不离冯橙左右，似乎到现在仍不敢相信冯橙回来的事实。

冯橙所住的晚秋居与冯桃所住的长夏居相邻而建，姐妹二人并肩往前走去。

迎面立着一名素衣少女，是二姑娘冯梅。

见冯橙到了近前，冯梅神色有些复杂："大姐回来了。"

冯橙点头，淡淡道："等我见过母亲，再与二妹叙话。"

眼见冯橙走远，冯梅抿了抿唇。

她听闻大姑娘回府就赶了过来，本以为见到的会是羞愧不安的冯橙，没想到非但没从冯橙面上瞧出半点羞愧，还瞧出了几分傲慢。

就是以前，冯橙在她面前也傲不起来啊。

尚书府三位姑娘，三姑娘是庶女不提，大姑娘令人称道的是美貌，二姑娘令人称道的是才气。对清贵人家来说，推崇有才比推崇美貌总显得脱俗些。何况冯橙早早丧父，就算占着大姑娘的身份，比之冯梅父母俱在且恩爱有加又差了些。

"梅儿。"一声轻唤令冯梅转了头。

二太太杨氏弯了弯唇："别傻站着了，随母亲回房。"

"母亲，大姐她——"

"回去再说。"

长宁堂外恢复了平静。

这个时候冯橙在长宁堂中说的那番话尚未传开，左右无人，冯桃低声问："大姐，你真的与陆二公子——"

冯橙不动声色反问："三妹怪我么？"

冯桃一愣，似乎这问题很离谱："大姐说什么呀，我怎么会怪你，要怪也怪那个陆墨不要脸……"

听冯桃把陆墨数落一通，冯橙有些诧异："三妹不是心悦陆二公子？"

冯桃冷哼："本来是心悦的，可他竟拐了大姐私奔，就不喜欢了。"

十四岁的少女，在信任的人面前丝毫不掩饰情绪，把嫌弃全挂在了脸上。

冯橙失笑："可我记得以前三妹说特别特别喜欢，若不是怕人瞧见，还想画了陆二公子的画像贴墙上。"

冯桃脸微红："以前鬼迷心窍，现在清醒了。"

冯橙这才道出实情："我是遇到了拐子，与陆二公子没有丝毫关系。"

"真的？"冯桃脚下一顿，眼睛都亮了。

冯橙微抬下巴，嗯了一声。

她虽没长篇大论解释，冯桃却立刻信了，嘴角忍不住高高扬起："大姐，我忽然觉得又喜欢陆二公子了。"

冯橙默了默，到底没有说什么。

三妹心悦也好，不喜欢也罢，至少在梦里，成国公府从未放弃对陆墨的寻找。如果现实按着梦境一样发展，陆墨应该是死了。吴王一方既然做了这个局，就不可能留活口。

说话间晚秋居到了。

冯桃一拉冯橙衣袖，小心翼翼道："大姐，我和你说件事。"

冯橙看着她。

小姑娘似乎怕刺激到长姐，竭力放轻语气："祖母恼怒蒹葭没有照顾好大姐，命人打蒹葭板子，蒹葭没受住没了——"

冯橙有两个陪她自幼长大的丫鬟，一个叫蒹葭，一个叫白露。蒹葭性情活泼，冯橙出门一般都会带着她。也连累了她。

失去生命，失去感情亲厚的丫鬟，失去妹妹，失去母亲，直到尚书府轰然倒塌，失去所有在乎的人。一次次的心痛，冯橙早在梦中就尝过了。

她压下泪意，问冯桃："白露呢？其他人呢？"

她出了事，同是贴身丫鬟的白露亦免不了受罚。

冯桃见冯橙还算冷静，暗松口气，小声道："祖母审问白露没问出什么，把她关进了柴房。晚秋居里其他人还好，只是被停了数月到一年不等的月钱。"

怕冯橙担心，小姑娘忙补充道："大姐放心，白露没有挨板子。"

"嗯。"冯橙点了点头。

她虽挂心白露，但先去见母亲是更要紧的事。

"三妹换了衣裳来晚秋居等我，我去看母亲。"

冯橙与冯桃分开，走进晚秋居。

晚秋居中一片寂静，明明是阳春三月，却有种暮气沉沉之感。自从冯橙出了事，晚秋居的人夹着尾巴做人，消息闭塞，现在还不知道冯橙回来了。

见冯橙走进来，正洒扫的小丫鬟一愣，而后尖叫道："姑娘回来了！"

眨眼间院中就聚了不少人：两个二等丫鬟，四个小丫鬟，一个婆子。

冯橙没解释什么，吩咐道："准备热水，我要沐浴更衣。"

众人虽有无数疑惑，瞧着少女冷凝的面色却不敢多嘴，红着眼圈忙碌起来。

冯橙痛快洗了一个澡，换上干净舒适的衣裙，安顿好来福，与冯桃一起去了怡馨苑。怡馨苑中弥漫着淡淡药香，才喝过药闭目靠着引枕的尤氏听到动静，问道："是桃儿吗？"

一道轻柔声音传入尤氏耳畔："母亲。"

那面带病容的美妇人猛然睁开了眼，望着冯橙热泪盈眶："我的橙儿，是我的橙儿吗？"

冯橙快步向前，侧坐在床边握住尤氏冰凉的手："母亲，是我。"

尤氏紧紧搂住冯橙，放声痛哭。

怡馨苑这边沉浸在母女相见的喜悦中，长宁堂那边，牛老夫人又糟心了。

冯尚书被老成国公给打了，是被人扶回来的。

堂堂尚书大人挨了打，冯尚书自觉没脸，命下人把他扶去了书房。

老尚书扶着腰才坐下，牛老夫人就赶过来了，一见冯尚书的惨样就气不打一处来："老爷，您是礼部尚书，怎么能与成国公那种粗人对打？"

大魏建国还不到三十载，成国公是随太祖打天下的武将，在牛老夫人看来冯尚书与这样的人动手，既不理智又失身份。

　　冯尚书面色沉沉："实在是那老匹夫欺人太甚，出了这样的事非但不觉理亏，还跑到我面前挑衅！我说孩子还没找回来，同一日失踪说不定是巧合，再说我孙女素来乖巧，又早已定亲，怎会与你孙子私奔？你猜那老匹夫说什么？"

　　牛老夫人皱眉等着冯尚书往下说。

　　"那老匹夫跳着脚说，那你觉得是我孙子诱拐了你孙女？放眼京城谁不知道我二孙子出色……"冯尚书一拍矮榻，"那蠢材，就是个擀面杖！"

　　牛老夫人沉着脸道："老爷既然知道那是个浑人，还与他撕扯什么？"

　　"我何尝想与这种人撕扯，见他如此啐了一口就走，没想到——"老尚书顿了一下，面露尴尬，"不小心把唾沫星子喷他脸上了，那老匹夫就抡起拳头打了过来……"

　　见牛老夫人脸色发黑，冯尚书试图挽回尊严："我也没吃亏，拽掉了他一把胡子。"年少时家境贫寒，他也是干过粗活的。

　　牛老夫人顿觉无语，这么说，她还得叫好了？

　　"老爷以后还是离那成国公远着点。"

　　"知道了。"冯尚书浑身疼，不想再与牛老夫人说下去，"我今日就歇在这里，晚饭也不用了，你回去吧。"

　　牛老夫人淡淡道："好叫老爷知道，大丫头回来了。"

　　冯尚书猛然起身，因吃痛又坐了下去，紧紧盯着牛老夫人问："你说什么？谁回来了？"

　　听牛老夫人讲完，冯尚书立刻吩咐下人："去把大姑娘请来。"

　　怡馨苑这边，尤氏搂着冯橙哭了一通，精神看起来好了许多。

　　她看着女儿，连眼睛都舍不得眨："橙儿，我就知道你不会抛下母亲的。"

　　冯橙握着尤氏的手，柔声道："当然不会，母亲放心吧。"

　　母亲性情虽柔弱，但对她的疼爱是全心全意的。她早早没了父亲，绝不想再失去母亲。得了爱女的宽慰尤氏面露笑意，可很快脸色一变，抓着冯橙的手紧了一下："橙儿，昨日……薛府来退亲了……"

　　冯橙的未婚夫婿是大理寺卿薛绍聆的幼子薛繁山，冯府与薛府同在康安坊，二人自幼便玩在一起，乃是实打实的青梅竹马。两府门第相当，见两个孩子年纪相仿又合得来，便给二人定了亲。

　　那时，冯橙的父亲还在。

　　听了尤氏的话，冯橙怔了一下，很快笑笑："女儿卷入那样的流言中，薛府来退亲也不奇怪。"

　　尤氏打量冯橙神色，却瞧不出悲喜，心疼得落泪："若是能早一日回来就好了……"

橙儿与繁山那般要好，知道被退亲的消息心里该多难过啊，怕她伤心还要强撑着。尤氏越想，越心疼。

"母亲，您不必替女儿可惜。薛府昨日退亲，女儿今日回来，只能说明我与薛繁山没有夫妻之缘。"

"橙儿，你不难过么？"

难过么？冯橙轻轻抿了抿唇。要说难过，曾经还是有的。

她与薛繁山见证了彼此长大，也曾红着脸悄悄牵手，她以为他们会顺理成章一起白头，从没想过这个人在她以后的人生中缺席。

可是梦里，她成了来福，而薛繁山在齐军攻破京城之前已经成亲了。

那些难过，都留在了那个噩梦中。

如今梦醒，再想到薛繁山她只有一个反应：别的女人的夫婿。

她哪来闲工夫为了别人的夫君难过？

"不难过呀。"冯橙对尤氏甜笑，"女儿经过这次大劫想明白许多，那些注定错过的不可强求，不然是祸非福。"

尤氏觉得这话有道理，拿帕子擦了擦眼泪，看着如花似玉的女儿心又揪了起来。

这被拐的名声也不好听啊，橙儿以后不要说嫁人了，等尚书府与成国公府扯明白私奔的事，定会被老夫人送去家庙青灯古佛，或是关在府中偏僻院子从此不得见人，直到悄无声息死去。

这般一想，尤氏搂着冯橙哭起来："我的橙儿，以后你可如何是好……"

冯橙轻拍尤氏单薄的背："母亲放心，眼下的麻烦女儿有办法解决。"

尤氏正要追问，冯尚书那边的人就到了。

在尤氏担忧的目光中，冯橙随来人去了书房："孙女见过祖父、祖母。"

冯尚书仔细打量冯橙，见确实是长孙女无疑，悬着的心放下少许。

"橙儿，此刻只有祖父、祖母在，你不要有丝毫隐瞒，你与成国公府二公子当真毫无关系？"

少女背脊笔直，嘴角挂着讥笑："孙女当然与他毫无关系。奔者为妾，成国公府二公子哪来的脸，能让孙女舍弃家人、舍弃尚书府大姑娘的身份与他私奔？"

"不错，我就知道我的孙女不是个糊涂的。"冯尚书见冯橙如此反应心下一松，冷冷道，"那明日就该与成国公府好好说清楚了。橙儿，你先回去歇着吧，这些事长辈们会解决。"

"多谢祖父。"冯橙福了福身子，却没离开。

冯尚书问："橙儿还有事？"

冯橙看向牛老夫人："祖母，我听说白露被关在柴房，能不能放她出来服侍孙女？"

牛老夫人面无表情点了头。眼下最要紧的就是澄清孙女与人私奔的事，那因为此事被关起来的丫鬟自然要放了。

"多谢祖母。"冯橙一笑,退了出去。

书房中一时静下来,良久响起牛老夫人的声音:"老爷,等事情过了把橙儿送去家庙吧。她落入过拐子手中,就算咱们说她是清白的也堵不住世人的嘴,留她在府中会影响其他孩子前程。"

冯尚书沉默片刻,叹道:"橙儿本没有错,就是命不好。送去家庙就免了,养在府中以后不见外人,等时日久了世人淡忘,在外地寻一户合适的人家嫁过去就是了。"

牛老夫人扯了扯嘴角。

没有错?让自己落入拐子手中就是错,那日大丫头若是规规矩矩待在府中,又怎么会出事?说到底,是自己招来的祸事。

"就听老爷的。"牛老夫人嘴上应了,眼底一片冰冷。

坐落在皇亲贵胄聚集之地的成国公府此时正热闹着。

"国公爷,今日你把冯尚书打了?"成国公夫人看着怒容满面的成国公,一脸不赞同。

糟老头子真不让人省心。冯尚书她是见过的,就那瘦弱的小身板,老头子一拳就能打个半死,到时候怎么对皇上交代?

成国公听了更气:"明明是对打。夫人你瞧瞧!"

见成国公指着胡子,成国公夫人仔细看了看,却看不出个所以然。

"瞧什么?"

"胡子啊!"成国公心疼坏了,"被那老酸儒揪掉了好几根呢。"

成国公夫人惊讶不已:"冯尚书还有这样的身手?"

不应该啊,就冯尚书那样的,她都能一打五。

"老酸儒一时赶巧罢了。"成国公摆摆手。

一名下人匆匆进来禀报:"大公子回来了。"

成国公夫人一听,忙命人请进来。

不多时一名少年快步而入,向成国公夫妇施礼:"孙儿见过祖父、祖母。"

有日子没见大孙子,加之二孙子失踪,成国公夫人一见陆玄眼圈就红了:"玄儿回来了。"

陆玄瞧着祖母泛红的眼圈,问出心头疑惑:"府中是不是有什么事?"

门人的欲言又止,一路走来的低沉气氛,加之祖母反常的脆弱,他能肯定府中出事了。祖母出身将门,年轻时随着祖父上过战场的,不是那种几日不见孙子就抹泪的老太太。

成国公重重叹口气:"你二弟失踪了。"

陆玄一愣,冷清的眉眼变得锐利:"失踪?"

成国公夫人红着眼道:"一起失踪的还有礼部尚书府的冯大姑娘。"

"这是什么意思?"陆玄问。

"都说你二弟与冯大姑娘私奔了。"

"不可能。"陆玄断然否定，只觉荒唐，"祖父、祖母相信二弟会与人私奔？"

那是他的孪生弟弟，就算二人性情迥异，一些默契还是有的。说二弟会与人私奔就如说他会与人私奔一样可笑。

"本来是不信的，可流言一下子就传开了，除非把墨儿找回来才能真相大白。"成国公夫人想着这两日的风言风语，心口仿佛堵了石头。

"这两日家里去哪些地方寻过？可有收获？"

成国公道："把京城都快翻遍了，凡是你二弟可能去的地方都找人询问过，也是这样问出来有人瞧见你二弟与冯大姑娘一起出城……"

"什么人瞧见的？"

"城门附近的一些小贩都瞧见了，听他们的描述正是你二弟与冯大姑娘失踪当日的穿着打扮。"

陆玄敏锐抓住疑点："进出城者不知凡几，那些小贩是如何留意到二弟与冯大姑娘的？"

"他们说二人走得急，那姑娘跌了一跤摔掉了帷帽，正摔在他们附近，所以就有了印象。"

"孙儿听着未免太巧，倒像是故意弄出动静让人记住似的。"

成国公叹气："如今就是两种可能，要么是有人故意给陆、冯两家制造矛盾，要么就是墨儿与那冯大姑娘真的看对了眼——"

陆玄额角青筋直跳："第二种可能，孙儿认为不存在。"

成国公夫人轻咳一声："据说冯大姑娘容貌出众，与你二弟早就相识……"

年少慕艾，谁能说那么绝对呢？要是都受理智控制，就没有牛郎织女、殉情化蝶那些传说了。

陆玄皱眉："容貌顶什么用？"

成国公夫人看着眉眼冷然的大孙子，忽然有些慌。这孩子还没开窍啊。

"那些说见过二弟与冯大姑娘的小贩，还照常出摊吧？"

成国公对这种细节就不清楚了，道："明早打发管事去看看。"

成国公夫人跟着道："玄儿，你出门多日也辛苦了，向你母亲报个平安就去歇着吧，你二弟的事明日再打算。"

"父亲不在府中么？"

提起儿子成国公就咬牙切齿："不必理会他！"

那个逆子早些日子被人撺掇着去了外地，到现在还没回来。当然了，回来也是添乱。

"那孙儿告退了。"

陆玄离开成国公夫妇住处，往华璋苑赶去。

天际霞光隐去，夜色悄悄降临，花木繁茂的华璋苑有种令人压抑的安静。

少年走过去，守在屋门口的丫鬟眼中迸出光彩："二公子！"

屋内一阵响动，一名妇人快步走出来："墨儿回来了——"

看清少年模样，话音戛然而止。

"母亲。"立在石阶上的黑衣少年对着妇人见礼。

妇人定定看着他，好一会儿才找回声音："是玄儿啊。"

两个儿子虽长得一样，可当母亲的还是能一眼分辨出来。

这不是次子陆墨，而是长子陆玄。

对世子夫人方氏来说，手心手背都是肉，两个儿子她都疼爱，但手心肉与手背肉还是有区别的。

长子性情散漫，自幼与她相处不多，等大了更是时常见不到人影。而次子生下来时比长子孱弱许多，是她不知费了多少心神才精心养育大的，养成了人人称羡的样子。

她心中清楚，她更偏爱次子一些。看着掩去失望的母亲，陆玄也清楚这一点，但他不在意。弟弟与母亲相处多，得了母亲更多疼爱，他与母亲相处少，得了更多自由。有得有失罢了。

"儿子刚回府，来向您请安。"

夜风有些凉，凉透了方氏指尖，她用力抓着少年的手："玄儿，你弟弟失踪了！"

"我听祖父、祖母说了。"

"你不要相信墨儿与人私奔的话，墨儿怎么可能看上那些乱七八糟的女子！"方氏说着，手上不自觉用力。

长长的指甲陷入少年手背。

刺痛传来，陆玄面上并无反应，只淡淡道："我相信弟弟不会做这种事。母亲放心，明早我见过太子，便去查弟弟失踪的事。"

方氏这才松了手，露出笑容。

"那儿子不打扰母亲休息了。"陆玄告别方氏往住处走去，等走到无人处脚步微顿，揉了揉掐出印痕的手背。少年皱着眉，心道：还是挺疼的。

方氏立在石阶上，等不见了儿子背影扫丫鬟一眼："人也能认错，还不去领罚！"

丫鬟战战兢兢应是，心中有些委屈。

这两日人人都惦着二公子，大公子突然出现，她第一反应就是二公子回来了。

谁让大公子与二公子长得一样呢。

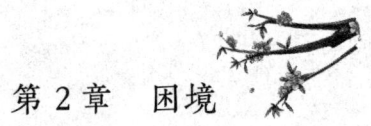

第 2 章 困境

天刚亮，陆玄便去见了太子。

陆皇后乃成国公之女，作为陆皇后唯一的儿子，太子与陆玄是嫡亲的表兄弟。

谈完正事，太子问道："玄表弟，墨表弟如今可有消息？"

陆玄摇头："现在还没消息，等会儿我带人去查。"

"那玄表弟快去吧，母后与我都很挂心，不过我相信墨表弟一定吉人自有天相。"太子说着，咳嗽起来。太子自幼体弱，这般模样是陆玄常见的。

"殿下保重身体，等有弟弟的消息我第一时间跟你说。"

太子苍白着脸点头，目送陆玄离去。

殿中静了下来，太子接过内侍递过来的杯盏啜了一口，压下咳意。

皇城外，国公府管事正等在那里，一见陆玄出来忙见礼："大公子。"

陆玄摆手："带我去见那几个小贩。"

城门附近有些零散摊位，站在路边树后的管事指了几处，低声道："大公子，说见过二公子与冯大姑娘的就是那几人。"

陆玄观察片刻，举步走向一个货郎。货郎忙堆起笑容："公子看看要买些什么。"

看这小公子的气度，显然瞧不上他卖的东西，但也不敢得罪了。

陆玄一扫尽是些姑娘家用的小玩意儿，瞧得人眼花缭乱，随意丢了一块银子到货郎手中："全买了。"

货郎先是一愣，而后狂喜。苍天啊，终于让他遇到这种一掷千金的纨绔子了。

"谢过公子。"货郎连连作揖。

他这般反应，登时吸引得四周小贩看过来。

"打听个事儿。"

货郎忙道："公子请说。"

"听说你见过成国公府二公子与尚书府大姑娘一同出城，说说那日他们作何打扮。"

听了陆玄问话，货郎丝毫不觉奇怪。

这两日不知多少人问过他这些问题，如今还有钱拿，说起来就更流利了："那位姑娘穿着淡绿色衣裙，梳着燕尾髻，与她一起的公子穿着竹青色直裰——"

货郎顿了一下，指着陆玄身上衣裳道："颜色样式与公子所穿差不多。"

"是么？"少年笑笑，眼尾一扫留意这边的人。

那些小贩见被出手阔绰的少年注意，登时来了精神，其中一人道："没错，是和公子身上穿的差不多。"

一角碎银在半空画出优美的弧线，落入开口的小贩手中。

其他人见此，纷纷出声附和。

"能不能形容一下那位公子样貌？"

尝到甜头的几人争先恐后描述起来。

陆玄静静听着，等几人住了口，笑道："我听着，怎么觉得那位公子与我差不多？"

形容人的样貌，尤其年纪仿佛的俊俏少年郎，无非那些话罢了。

几人一愣，下意识看陆玄一眼。货郎第一个开口："那位公子与您身高差不多，胖瘦差不多，长得也俊，乍一看是有些像，不过仔细看就不像了。"

少年修长的手指捏着一块碎银，似笑非笑："不像？"

碎银在阳光下闪着光，仿佛下一刻就会画出优美弧线，落入某个幸运儿手中。

另一人抢先道："不像，那位公子没有您俊！"

其他人纷纷投以鄙夷的目光。怎么还抢答呢，明明还没仔细确认。少年手中的碎银果然画出一道优美弧线，落入那人手中。这下其他人无法保持沉默了。

"是不像，您的眉眼更精致些。"

"对，肤色也更白。"

……

被树挡住身形的管事摸了摸鼻子。正儿八经的打探消息，怎么变成称赞大公子美貌了？

陆玄听够了，笑着问："真的一点都不像？"

"不像，不像！"

"这倒怪了。"少年忽然收了笑，有种高山白雪的冷，"我是成国公府大公子，与二公子是孪生兄弟，穿的衣裳都一样，怎么会不像呢？"

场面一静。管事走过来，厉色道："我们大公子问话呢。"

几个小贩对管事还有印象，不由惊。这位公子居然真是成国公府大公子，那孪生子怎么不像呢？几人面面相觑，一时有些蒙。

少年眼尾狭长，嚼着冷意扫了货郎一眼。那瞬间货郎好像掉进了冰窟，冷得他一个激灵脱口而出："哎呀，那日别是认错了人！"

此话一出，几人反应过来，看着形容冷淡的少年不由慌了。

"大公子，我不是乱说啊，那日好几拨人来打听有没有见过那般打扮长相的少年男女，恰好与我见过的一样……"货郎白着脸解释。

其他人纷纷道："没错，一开始我们可不知道那对少年男女身份，听来问的人描述的与我们瞧见的一样，这才以为那就是成国公府二公子与尚书府大姑娘，可不是有意坏人名声的……"

这番动静，已经引来不少人围观。

陆玄神色稍缓："原来是认错了，那几位以后就不要乱说了。"

"是，是，是。"几人小鸡啄米般点头。

小老百姓谁敢乱说啊，这不是巧了嘛。"

陆玄转身离开，把围观者的议论留在身后。

管事追上去："大公子，这是怎么回事啊？"

"回府再说。"陆玄加快了脚步。

街上人流如织，越来越热闹，路边小茶馆有惊呼声传出来："尚书府大姑娘回来了？"

陆玄停下身形。

"不是说尚书府大姑娘与成国公府二公子私奔了，怎么回来了？"

"你那都是过时的谣言了，尚书府大姑娘根本没有与成国公府二公子私奔，而是落入了拐子手中——"

"什么，落入拍花子的手里了？那一个小姑娘是怎么逃出来的？"

那消息灵通的人得意扬扬："这就是奇闻了——"

"不要卖关子，快说！"

"尚书府大姑娘啊，居然是被一只野猫救的……"

新鲜出炉的八卦从茶馆敞开的窗传出老远，陆玄神色渐渐凝重。

落入拐子手中，被一只野猫救了，这听起来有些耳熟。

少年突然挑眉，脑海中浮现一张面庞：那个因为特别能吃暂且被他排除细作嫌疑的少女。那个少女莫非就是冯大姑娘？

冯大姑娘与二弟传出私奔的流言，偏巧在那荒郊野岭出现，求他带她回京。她与二弟的失踪当真毫无关系？看来他要先确认一下那名少女是不是冯大姑娘。

少年换了个方向走，管事不解问："大公子，您去哪儿？"

这可不是回国公府的方向。

"礼部尚书府。"

原来，不只是萍水相逢。

管家箭步挡在陆玄面前。

少年平静看着他。

"大公子，您可不能去礼部尚书府！"

"为何？"

管事压低声音："您想啊，您与二公子长得一样，这时候过去别人会以为冯大姑娘与二公子私奔后悔跑了回来，二公子纠缠不放又追过去了。"

少年面色微变。

"大公子，人言可畏啊，世人只相信自己感兴趣的……"管事唯恐拦不住人，又加了一句。

陆玄暂且歇了去尚书府的心思，径自回府。

成国公府此时已经接到尚书府送来的信。花厅中，世子夫人方氏语气难掩激动："照冯家的说法，墨儿失踪与他家毫无关系了？"

"如果冯府所言不虚，至少证明墨儿没做糊涂事。"成国公夫人道。

方氏却觉无法接受："不少人都瞧见墨儿与冯大姑娘在一起，现在冯大姑娘回来了，尚书府就推得干干净净！"

陆玄走进来，听了方氏的话道："儿子今日去试探了那些小贩，他们根本没认出我。这说明他们那日看到的不是二弟，只是穿着打扮与二弟相似的人。"

成国公皱眉："这么说，是有人故意把墨儿扯进来。"

陆玄颔首："孙儿也是这么觉得，或许就是想把陆、冯两府卷入风波。"

成国公捋捋胡子："那冯大姑娘——"

"儿媳不信冯大姑娘的失踪与墨儿毫无关系！"

陆玄有些奇怪："母亲昨日不是还对我说不要相信弟弟与人私奔的闲话么？"

方氏一滞，被噎得心口痛。在方氏心里，儿子那般出众，就算与公主私奔她都不信。

可同日失踪的两个人，别人的女儿回来了，她儿子却没回来，方氏的心态便发生了微妙变化：儿子该不会出事了？若是这样，她情愿相信儿子的失踪与冯大姑娘有关系。凭什么只有她儿子出事呢？

这是方氏内心深处的念头，也因此，面对问出这话的长子恨不得呼一巴掌。

见公婆都瞧着她，方氏平复了一下情绪，道："墨儿到现在都没有消息，儿媳觉得无论如何都该见见那位冯大姑娘，而不是得了尚书府送来的信就算了。"

成国公夫人微微点头："能见一面最好，不过尚书府送来的信上说冯大姑娘受了惊吓病倒了——"

病了？陆玄微抬眉梢。倘若他遇到的那位姑娘就是冯大姑娘，可不像会受到惊吓病倒的样子。所以说，还是要确认一番。

"儿媳亲自去见。"方氏语气坚定，"冯大姑娘不方便出门，那我就去一趟尚书府。"

所谓病倒十有八九是尚书府嫌丢人找的借口，等这场风波过了，冯大姑娘恐怕就要悄无声息"病逝"了。

对令家族蒙羞的女子，这是一些高门大户惯用的手段。

听了方氏的话，成国公夫人看向成国公。成国公把头一偏。他才不会登尚书府的门，老酸儒揪他胡子还没道歉呢。

成国公夫人抿了口茶。她也不去，她与那位尚书夫人不大合得来。

这样看来只能儿媳去了。得了成国公夫人点头，方氏便要去准备出门的事，

陆玄开口："母亲，我陪您一起去。"

方氏看陆玄一眼，断然拒绝："我去见的是女眷，你跟着像什么话。"

玄儿常由着性子来，不像墨儿那般懂事。少年干脆闭了嘴。

晚秋居里，冯橙还在睡。

尤氏红着眼圈守在一旁，满脸担忧。

"母亲，您别担心，大夫说妹妹只是太累了，好好休养几日就没事了。"

开口劝慰的是个十八九岁的少年，模样俊朗，气质温润，正是冯橙的兄长冯豫。他昨日回来太晚，不好来见妹妹，今日一早赶来晚秋居，等到现在都不见冯橙醒来。望着静静躺在床榻上的少女，说不担心是假的，但在母亲面前却不能表露出来。

"我就是想到你妹妹吃的苦，心里难受。"

少女缩在锦被里沉沉睡着，只露出巴掌大的小脸，黛眉乌发衬得面色越发苍白。昨晚橘色烛光下，可没觉得女儿脸色这么差。

忽然双目紧闭的少女神色起了变化，似是从梦魇中挣脱，猛然坐起身子。

"橙儿！""妹妹！"

冯橙定了定神，对尤氏与冯豫露出笑容："母亲，大哥。"

尤氏忍不住拭泪，冯豫则松了口气，温声问："妹妹觉得怎么样？"

冯橙感受了一下，如实道："挺好的。"

"真的没事么？若有不舒服的地方一定要告诉我们。"

"真的挺好的。"见兄长追问，冯橙心中奇怪。

冯桃出了声："可是大姐脸色好差。"

小姑娘捧来梳妆镜："大姐你看。"

琉璃镜中清晰照出少女的模样：白瓷般的面庞，黑得纯粹的双眸，以及淡到没有颜色的唇。冯橙恍然。这副病恹恹的样子难怪兄长会那般说。可实际上她感觉甚好，没有任何不适。

"这两日精神高度紧张，许是太累了。"冯橙只好胡乱扯了个理由。

"大夫也是这样说，妹妹可要好好休养。"

冯橙一愣："大夫来过了？"

见长姐一脸茫然，冯桃道："大姐，你睡得太熟了。"

"是么？"冯橙心头一动，问道，"现在什么时候了？"

"现在都已正时分了。"冯桃笑道。

冯橙吃了一惊。竟睡了这么久？

"那我不是错过了给祖母请安。"

尤氏握着冯橙的手，安慰道："老夫人知道你不舒坦，免了你的请安让你好好休养。"

"那我就放心了。"少女松了口气的样子，垂下的剪羽遮住了眸底冷意。

对牛老夫人来说，没等来冯橙请安正合心意。那丫头不来碍眼也好，以后以大姑娘要静养为由，正好把她拘在晚秋居中不见人。

大丫鬟婉书挑帘进来："老夫人，成国公府递来帖子，说成国公世子夫人要来拜访。"

成国公世子夫人来拜访，不用想是奔着大丫头来的。

盯着那精致拜帖，牛老夫人神色沉郁，却知道不好拒绝。

两家孩子一起卷入流言，冯家姑娘回来了，国公府定然要上门见一见人。

"给我梳头，换上见客的衣裳。"

成国公世子夫人方氏很快就到了。待客花厅里，方氏与牛老夫人寒暄几句，入了正题："听闻贵府大姑娘回来了，我实在为尚书夫人高兴，不知能不能见见大姑娘？"

方氏说得客气，牛老夫人却不能怠慢。

成国公乃开国四公之一，女儿先为太子妃，再为皇后，论门第，放眼京城能盖过成国公府的勋贵还没有。

"那丫头受了些惊吓——"

"那我去大姑娘住处瞧瞧吧。这几日流言四起，不瞒尚书夫人说，我这心里既惦着犬子，又惦着大姑娘。如今听闻大姑娘回来了，见一见也算把心放下一半。"

牛老夫人笑道："世子夫人太客气了，你去见那丫头岂不是折了她的福分。老身只是怕她状态不佳，在世子夫人面前失礼。"

"怎么会，大姑娘历经万险从拐子手中逃脱，状态不好也是人之常情。"

牛老夫人现在一听"拐子"这两个字就觉刺耳，吩咐婉书去晚秋居请冯橙过来见客。

冯橙梳洗过，正与冯豫说话："大哥这两日为了寻我，耽误了不少功课吧？"

清雅书院在京中十分有名，冯豫与堂弟冯辉皆在书院读书，二人正为了今年秋闱苦读。而梦里，兄长到底错过了三年一次的这场秋闱。母亲"病逝"，按大魏律服三年之丧者不得赴考。

冯豫揉了揉少女脑袋："书是读不完的，没有什么比把妹妹寻回来更重要。这两日三叔与二弟也在到处寻你。"

"三叔他们都知道我回来了吧？"

尤氏笑道："知道了，你三叔今早还来过。对了，你舅母带着你表哥、表姐也来了，因为你还睡着，就请他们先回去了。"

"是么？"少女乌湛湛的眸中瞧不出多少情绪。

这时白露进来禀报："姑娘，长宁堂来人请您去一趟，让您换上见客的衣裳。"

冯橙略一琢磨，估摸着是成国公府的人。她才回到家，该来看她的差不多都来了，除了成国公府那边来人，想不出其他。见冯橙要换衣，冯豫退了出去。

尤氏有些不安："也不知是什么人来了，母亲陪你去吧。"

"长宁堂没请母亲过去，母亲还是留下等我吧。我一个小辈去见客，说上几句也就回了。"

尤氏是个软性子，又早早没了丈夫，在牛老夫人那里并不好过，冯橙自然不愿母亲往老夫人面前凑。

冯橙换好衣裳走出门，来福就跑过来亲昵蹭着她的腿。花猫被打理过，一改脏兮兮的模样，显出几分温顺。冯橙弯腰把来福抱了起来。

长宁堂来的婉书吃了一惊:"大姑娘,您要带这只猫去见客?"

冯橙看她一眼,没有说话。

婉书劝道:"大姑娘,这只猫虽救了您,到底野性难驯,要是惊扰了贵客就不好了。"

胡嬷嬷那张大花脸可太惨了。

少女把怀中花猫抱得更紧了些,蹙眉道:"可离了来福我就心慌,要不你回去对祖母说我病了,起不来床。"

这下婉书不敢多话了。

成国公世子夫人还在那等着,若是没把大姑娘请去,她第一个要挨罚。

"大姑娘请吧。"

冯橙抱着猫儿往前走去。

婉书稍稍落后一步,盯着那纤细背影暗暗纳罕。

印象中大姑娘娇憨可爱,与现在不大一样。究竟哪里不同,一时又说不清楚。

守在门口的丫鬟见冯橙过来,挑起帘子:"大姑娘到了。"

屋内话音一停,成国公世子夫人方氏看了过去。

走进来的少女眉眼精致,有着青裳白裙掩不住的昳丽。

很快她的视线被少女怀中的狸花猫吸引去。

还有抱着猫来见客的?

方氏下意识对这种特立独行就没好感,暗暗皱眉。

牛老夫人瞧了也不快,沉声道:"橙儿,这是成国公世子夫人。"

冯橙抱着猫上前来:"见过祖母,见过世子夫人。"

"这便是传闻中救了大姑娘的那只猫吗?"方氏心中虽不喜,面上却半点不露。

冯橙垂眸看了来福一眼,笑道:"是呀,若没有来福,我就回不来了。"

方氏细看少女,那苍白的脸色倒是印证了牛老夫人先前的话。

"大姑娘能不能说说,当日是怎么出事的?"

冯橙去看牛老夫人。

牛老夫人神色严肃:"世子夫人问你,你就说。"

如何出事的,她对家里长辈都说过了。

"我与表姐从成衣铺走出来,见前边围了许多人,表姐就拉着我去看热闹。原来是有人在耍猴戏,可那只猴儿不知怎的突然扑向人群,引起一阵骚乱。我被人群冲散,眼一黑就什么都不知道了,隐约感到有一只大手捂住了我的嘴……"

方氏听着,心绪起伏。

冯大姑娘是在与表姐逛街时失踪的,因而不只尚书府与官府盘问过那位尤姑娘,国公府也十分关注。据尤姑娘说,她与表妹看猴戏正看得津津有味,那猴儿突然就发了狂,表妹就是在人群骚动时不见的。

一开始没人把冯大姑娘的失踪往别处想,可随着陆二公子同一日失踪,又有多名小贩瞧见与二人形容打扮一致的少年男女出城，私奔的流言就传得沸沸扬扬。

听冯橙讲到如何被猫救了，方氏听不出漏洞，却不甘心次子至今全无消息，于是看少女越发不顺眼。

"这样看来，是一场误会了。"

牛老夫人笑着："可不就是一场误会，赶巧了。"

"那我就不叨扰尚书夫人了。"方氏扫一眼冯橙，笑容可亲，"大姑娘对那些流言可不要往心里去，世人无知最爱胡说八道，若与他们计较就是给自己找不痛快了。"

冯橙微微抿唇。这话听来是宽慰她，实则其心可诛，这是提醒祖母她的存在会让尚书府成为人们茶余饭后的谈资。她得罪过这位世子夫人吗？以至于让对方火上浇油，要把她推向更惨的境地。

少女眼眸清澈，望着温婉可亲的妇人。明白了，在成国公世子夫人眼中，与她儿子扯上关系就是最大的罪过。

少女盈盈笑着："世子夫人说得对，我能回来就是天大的幸运了，还有什么不满足呢？"

方氏嘴角笑意凝滞。

送走方氏，牛老夫人立刻拉下脸："大丫头，你刚刚怎么与成国公世子夫人说话的！"

少女杏眸微微睁大，满是无辜："世子夫人安慰孙女，孙女觉得她说得对，不是一直在附和她的话吗？"

牛老夫人拧了拧眉。

长媳尤氏柔柔弱弱，大丫头也养成了单纯性子，怎么这遭回来每次对上都好似一拳打在棉花上，无端令人憋闷。

看着神色茫然的少女，牛老夫人眼底冷意流转，语气却平和："你这番折腾伤了身体，以后就好好养着。万嬷嬷——"

一名四十岁左右的妇人走上前来："老奴在。"

牛老夫人看向冯橙："你院中那些下人都不经事，万嬷嬷是我身边用的，以后就替你管着晚秋居，免得琐事影响到你养身体。"

冯橙抱着猫儿的手拢了拢。

祖母这话貌似体贴，实则是把她拘在晚秋居中从此出不得门。等时间一久，万嬷嬷寻个机会对她下杀手，对外甚至都不必放出冯大姑娘没了的消息。一个消失在人们视线中许久的人，外人谁会关注呢？而真正疼爱她的母亲却无法与祖母抵抗。兄长在祖父、祖母面前倒是有些分量，可祖母只是让她好好休养，兄长也没理由干涉。作为内宅的掌控者，想要磋磨一个小辈，办法太多了。

"大丫头，你没听见祖母的话么？"

面无表情的老太太，落在冯橙眼中比恶鬼还丑陋。

大魏民风开放，就算真的私奔，那些寻常百姓家也没有把人捉回来后沉塘的酷刑。她只是"被拐"，放到高门大户觉得丢脸，远远打发她嫁人她还能理解，可祖母却非要置她于死地。

说到底是祖母本性凉薄，眼中看到的只有利益。这样的凉薄，也彻底斩断了她对祖孙之情的幻想。

少女扬唇，唇畔梨涡浮现："孙女听见了，多谢祖母关心。"

牛老夫人怔了怔。看这丫头反应，先前的感觉似乎是多心了。

不管怎么说，这丫头不闹腾是好事，牛老夫人睨了万嬷嬷一眼："扶大姑娘回晚秋居吧，以后照顾好大姑娘。"

"是。"万嬷嬷走至冯橙身边，面上带笑，"大姑娘，请吧。"

她长了一张容长脸，眉梢微挑，哪怕笑着也显得严肃。

一个由老夫人安排的不苟言笑的嬷嬷，对晚秋居从主子到下人的威慑不言而喻。

冯橙也很客气："以后就有劳嬷嬷了。"

看着乖顺老实的少女，万嬷嬷心中不由起了轻视，等到了晚秋居便一脸严肃道："大姑娘，您身体不好，以后就在这屋中好好养着吧。"

白露面色微变，去看冯橙反应。万嬷嬷这是连屋门口都不许姑娘出吗？

白露比蒹葭性子沉稳，听了这话虽愤怒，却还是等着主子发话。

冯橙靠着屏风打了个呵欠："是啊，我是要好好养一养，总觉得昏昏欲睡。"

万嬷嬷露出笑意："那大姑娘就睡吧，老夫人已经交代下去，近日有来找大姑娘的都推了，免得影响您歇息。"

不知道大姑娘是单纯还是识趣，竟如此省心，也省得她多话了。

万嬷嬷这般想着，便听少女道："可总在屋子里也憋闷，等我睡醒了，白露陪我去花园走走。"

白露立刻应是，万嬷嬷却脸一沉："大姑娘还是不要去园子里散步了，若是吹风受凉，老奴无法向老夫人交代。"

倚着屏风的少女语气温柔："万嬷嬷说什么，我没听清。"

万嬷嬷上前一步，把话重复一番。二人距离拉近，娇弱纤细的少女越发衬得妇人身材壮硕，配上那拉长的脸，压迫感十足。

白露伸手去摸摆在高几上的长颈花瓶。万嬷嬷若敢对姑娘动手，她拼死也不让她好过！

冯橙抬腿，一脚把壮硕的老嬷嬷踹飞了。飞出去半丈才落到地上的老嬷嬷整个人都是蒙的。

手抓着花瓶细颈的大丫鬟也是蒙的。

少女看起来弱不禁风，似乎只有靠着屏风才有力气站着。

白露眨眨眼，觉得刚才眼花了。

可万嬷嬷还在地上呢。万嬷嬷爬了起来，气势汹汹逼近："大姑娘，你——"

又是一脚飞快踹出，这次老嬷嬷飞得更远，摔在了门口处。

门外两个小丫鬟听到动静满心好奇，想到脸比马脸还长的老嬷嬷，没敢偷看。

冯橙倚着屏风，语气依然轻柔："万嬷嬷有话好好说，不然我心慌。"

万嬷嬷被踹得头昏眼花，好一会儿后，老嬷嬷艰难起身，望向少女的表情既惊且怒："大姑娘，您一个大家贵女怎能如此粗鲁？就不怕老奴去禀报老夫人吗？"

冯橙慢条斯理拉了拉裙摆："万嬷嬷说什么胡话呢，我哪里粗鲁了？"

"大姑娘刚刚——"

"刚刚怎么了？"少女微笑着问。

万嬷嬷沉着脸道："大姑娘不承认就能当没发生过？老奴只是让您好好歇着，您就把老奴踹飞了！"

冯橙俏脸微沉："万嬷嬷还说没有说胡话，你一个人顶我两个重，我如何踹飞你？"

万嬷嬷一滞，下意识看向白露。

性情沉稳的大丫鬟脸色一正："嬷嬷是不是癔症了，我们姑娘弱不禁风，怎么可能踹飞你？嬷嬷从长宁堂来晚秋居，心中有想法乃人之常情，但不能因为有想法就诬陷我们姑娘啊。"

万嬷嬷僵着脖子缓缓转向冯橙。

冯橙轻咳几声，苍白着脸一副有气无力的样子。

一丝寒气从万嬷嬷心头冒出。以大姑娘这副病恹恹的模样，她若跑到老夫人面前说被大姑娘一脚踹飞到门口，恐怕要被老夫人骂出去。

"白露。"

"婢子在。"

"忽然不困了，扶我去外面透口气吧。"

"是。"

冯橙由白露扶着走到门口，脚步一顿。

万嬷嬷被踹了两次，条件反射往后一退。

冯橙笑笑，声音放低："我不喜欢别人对我指手画脚，尤其是当下人的对我指手画脚。嬷嬷可要记住了，不然——"

少女下巴微扬："不然我还会踹你的。"

天知道她用多大的毅力克服，才改挠为踹。

园中姹紫嫣红，花香袭人。冯橙随意拣了一处坐下，思索着当下状况。

梦里陆玄回京后就去查问了那些自称见过陆墨与她的小贩，发现那些小贩认错了人。成国公府把这发现传开好洗脱她与陆墨私奔污名，可流言很快又起，说有钱能使鬼推磨，国公府与尚书府为了名声花钱让那些小贩改了口。

世人对高门大户的桃色八卦最感兴趣，加之先入为主的印象，不管真相如何，她与陆墨私奔的传闻算是洗不脱了。

不过这次不同了。成国公府那边，陆玄证实了小贩认错人；尚书府这边，她从拐子手中逃脱回来的消息也传了出去。她与陆墨私奔的流言就算过去了。

　　可这对她来说还不够。她虽给了万嬷嬷一个下马威，面对祖母的逼迫却太弱势。那么多谜团待解，她不能困在这一方后宅里。

　　"姑娘。"

　　冯橙收回思绪，看向白露。

　　白露小心翼翼道出心中困惑："姑娘，您刚刚……把万嬷嬷踹飞了……"

　　无论发生什么事她都会站在主子这一边，所以能对着万嬷嬷面不改色扯谎，可要说不震惊是假的。姑娘真的把万嬷嬷踹飞了。就一脚，五大三粗的万嬷嬷像炮仗一样飞到了门口。

　　冯橙对白露的疑问早有预料，幽幽道："不知怎的，力气就大了许多。"

　　"姑娘也不知道原因吗？"白露吃惊得睁大了眸子。

　　少女随手摘了一片花叶，蹙着眉很是苦恼："是啊，我也想不明白是怎么回事。"

　　白露更吃惊了。

　　原来连姑娘都不知道是怎么回事。

　　冯橙低呼一声："莫非我是中邪了——"

　　后面的话被堵了回去。

　　白露掩着冯橙的嘴，脸色骇得发白："姑娘，您可不能乱说！"

　　少女神色茫然："不是吗？"

　　"当然不是！"素来沉稳的大丫鬟慌乱摇头，唯恐自家主子再说出什么可怕的话。

　　"那我是怎么回事呢？"

　　见主子还在琢磨，白露灵光一闪："我知道了！"

　　冯橙看着她。

　　"您现在吃得多啊，吃得多力气大。"

　　冯橙嘴角飞快抽了一下，神色释然："原来是这样。"

　　白露一本正经附和："就是这样。"

　　姑娘太单纯了，浑然不知中邪这种话若是传开会招来多大祸事。

　　以后她定要保护好姑娘，再有说姑娘力气大的人，跟万嬷嬷一样都是发癔症。

　　冯橙叹口气。这些变化她确实说不清，而想瞒过贴身丫鬟根本不可能，那就只好让身边人接受了。

　　"白露。"

　　"婢子在。"白露恢复了稳重模样。

　　少女白皙的手指无意识揉搓着花叶："我失踪那日，少了些金银首饰？"

　　白露神色凝重起来："是，放在梳妆台边供您日常戴的一些首饰与碎银不见了，有一条红玛瑙手串，一对赤金花簪……"

"这样啊。"冯橙垂眸，盯着染上淡红的指腹琢磨起来。

平日里近身伺候她的只有蒹葭与白露，衣裳首饰这一块都是白露管着。

设下这个局的人若想要她私奔显得更有说服力，按说该卷走那些贵重首饰，可偏偏丢的是随意放在匣子里的几件首饰，这说明对方没有拿到锁在箱笼中那些贵重首饰的条件。

冯橙回忆着失踪那日的情景。表姐早早来找了她，二人在晚秋居一起用了些点心才出门。若说起来，有机会拿走那些首饰的可能是晚秋居的下人，可能是发现她失踪之后趁乱溜进晚秋居的府中任何人，也可能是……表姐。

做了一场噩梦，她不再是那个只知道撒娇赏花烤鹿肉的冯大姑娘，任何人她都敢于去怀疑，而不是先入为主认定不可能。

可是现在她不能把对表姐的怀疑说出来。表姐的嫌疑并不比尚书府中人大，这点怀疑当不得证据。她若对祖父、祖母提及对表姐的怀疑，难堪的是她的外祖家，也是她的母亲。若是悄悄只对母亲提，没有证据的情况下母亲亦难接受。最妥当的法子是她先把情况查明。

"大姐怎么在这坐着？"一道柔柔的声音传来。

冯橙闻声抬眸，就见一身素裙的二姑娘冯梅走了过来。

"大姐不舒服，没有在屋中休息啊。"

冯梅容貌随了母亲，清秀有余而明艳不足，站在冯橙面前更被衬成了小白菜。好在腹有诗书，气质是不错的。

冯橙随口道："屋里闷，出来透口气。"

冯梅居高临下看着坐姿随意的少女。

少女眸光清澈，唇畔梨涡隐现，干干净净的笑容让人觉得无忧无虑。

不平之气从冯梅心头生起。明明遇到拐子成了人们茶余饭后的笑话，冯橙为何还能如此云淡风轻，仿佛踏青归来？从小便是这样，只因生得美，冯橙什么都不用做就能得了祖母青眼。

而她呢？她要苦学琴棋书画，学得出类拔萃，才被祖母看在眼里。何其不公。

而现在，失去了名声前程的冯橙，凭什么还能无忧无虑呢？

冯梅轻叹口气："大姐出事那天，长公主府给咱们府上送了赏花宴的帖子，后来知道大姐失踪，家中乱糟糟顾不得这些，好在大姐平安回来了。"

"长公主府办的赏花宴一定很热闹，不知在哪日举办？"

"就是明日。"

冯橙微微仰头，笑盈盈道："那就多谢二妹提醒了，不然我就错过了。"

她正要去一趟永平长公主府，借永平长公主之力摆脱当下困境。

冯梅神色一僵，看向冯橙的眼神带了不可思议。

冯橙是单纯还是装傻，难道不知道自己坏了名声，祖母根本不允许她出门？何况就算能够出门，长公主府也不会欢迎。这个时候正常人不该羞愧得不敢见人吗？

压下鄙夷，冯梅似笑非笑提醒："大姐才刚回来，本该好好静养，明日要是与妹妹一同出门，祖母恐怕会担心的。"

冯橙施施然起身："那我去请示一下祖母，免得她老人家担心。"

冯梅眼珠微转，抬脚跟上去："我陪大姐一起去吧。"

冯橙对冯梅要同去不置可否，不疾不徐往长宁堂的方向走。

冯梅走在一侧，眼底藏着讥笑。她与冯橙同岁，只因晚生了几个月就成了二姑娘。

小时候有客人来，但凡她们一同出现，客人必定赞一句大姑娘玉雪可爱，再轮到她只能干巴巴挤出一句乖巧文静。乖巧文静，冯梅最恨的就是这个词儿。说白了不就是觉得她不及冯橙好看。

她弹琴把手磨出茧子的时候，冯橙像个蠢货一样满园子扑蝴蝶；她读书读得两眼发花的时候，冯橙与冯桃一起烤鹿肉；她做女红刺破了手指的时候，薛繁山带着冯橙捉家雀儿。冯橙就这么轻松愉快长大了，而她如此努力，才能在二人一同出现时被看到。她讨厌冯橙仗着美貌不劳而获，如今终于能看到对方的难堪落魄，心中快意肆意增长。

快到晌午了，牛老夫人正准备用午膳，就听丫鬟禀报说大姑娘与二姑娘到了。

牛老夫人听了禀报暗暗皱眉，对才派去晚秋居的万嬷嬷不满起来。

不是让万嬷嬷把大丫头拘在晚秋居么，这么点事竟做不好？

牛老夫人示意婢女把人请进来。

片刻后姐妹二人一前一后进来，齐齐向牛老夫人行礼。

牛老夫人端着茶盏问："你们两个怎么大晌午过来了？"

冯梅看了冯橙一眼，露出欲言又止的神色。

牛老夫人正要追问，就听冯橙道："祖母，是这样，刚刚二妹提醒我长公主府给咱们府上送了帖子，请我们参加明日的赏花宴。"

牛老夫人睨了冯梅一眼。

永平长公主是当今圣上胞姐，少时便随太祖南征北战，皇上登基那几年更是为平乱立下汗马功劳。大魏安定后，永平长公主脱下战袍，下嫁闻名天下的才子杜念为妻。

永平长公主不但深得皇上敬重，与驸马亦恩爱有加，可以说活成了天下女子都羡慕的模样。

许是水满则溢，三年前发生了一件令永平长公主伤心欲绝之事：长公主唯一的女儿迎月郡主失踪了。

按着规矩，公主之女应以父族论身份，没有封郡主的资格，迎月郡主乃皇上破例封赏。那位含着金汤匙出生的小郡主，失踪时只有十二岁。

到现在，京城百姓都忘不了为了寻找小郡主那一队队来回巡视的铁甲侍卫，那一次次令人胆寒的敲门盘问。可迎月郡主仿佛凭空消失了般，从此再无消息。

爱女生不见人，死不见尸，永平长公主如所有失去孩子的母亲一样，痛苦、焦灼、绝望……种种情绪经历个遍。

从前年起，每到这个时候永平长公主便会举办一场赏花宴。

长公主府中的那片牡丹花开了，而迎月郡主最喜欢赏牡丹花。

赏花宴邀请的都是与迎月郡主年纪相仿的贵女，不难猜出，永平长公主这是借着赏花宴抒发对女儿的思念。

这样一来，赏花宴便不再是一场普通宴会。

永平长公主痛失独女，谁若在赏花宴上入了长公主的眼，对自己与家族都有无尽好处。因而，贵女皆以能参加长公主府的赏花宴为荣，接到帖子的各府更是十分重视。

尚书府风波未平，若是寻常宴请，牛老夫人自是拘着孙女们不出门，可永平长公主府的帖子却不能推。

牛老夫人想的是让冯梅一人前往，没想到这丫头还对冯橙提了。

这不是没事找事？冯梅被牛老夫人一瞥，就知道祖母不高兴了，暗恼冯橙给她挖坑。

冯橙认真问道："祖母，明日孙女穿那条新裁的红罗裙出门合适吗？"

牛老夫人眼中厉色一闪而逝。这丫头简直毫无分寸！再看那张挑不出瑕疵的脸，牛老夫人更是心堵。她以前想着美貌对女子来说就是最大的长处，大丫头虽不聪明，长了这么一张得天独厚的脸将来总差不了。现在想想，空有美貌没有脑子，除了惹人笑话还有什么用。

"不合适。"牛老夫人冷淡道。

冯橙仿佛没听出其中冷淡，笑盈盈道："那孙女穿那条月白色如意裙吧，也是新做的——"

"不必了。"牛老夫人不耐烦演下去，冷冷道，"大丫头，这时候你就该在晚秋居好好养病，就不要想着出门了。"

冯橙抿唇："孙女不能出门么？"

冯梅柔声安慰："大姐脸色不太好，若是去长公主府让贵人瞧见了恐怕会怪咱们尚书府失礼，那些贵女见到大姐亦会议论你被拐的事，所以大姐还是听祖母的，先把身体养好吧。"

冯橙听了，小扇般的羽睫颤了颤。

她的瞳仁黑且大，眼神清澈见底，如无害的小鹿，很容易让人掉以轻心。

牛老夫人淡淡道："回去吧，明日也不必来请安，养好身体最要紧。"

"可是帖子是给尚书府送的，明日只有二妹去的话，别人会不会觉得祖母特别生我的气，连三妹都连累了？"

牛老夫人眉头一皱。

世风日下，放在以前家中女孩出了这种事，当众处置了都不会有人说什么，如今却不成了。若是现在传出她十分震怒的风声，等将来大丫头"病逝"，世人又该嚼舌她苛刻。

"你不要胡思乱想，三丫头本来就会去。"

实际上，长孙女没了资格去，牛老夫人没想着让庶出的三孙女去。

似乎没想到冯桃会去，冯橙面露失望，挣扎道："可孙女很想去长公主府，孙女还想与长公主说话呢——"

"够了！"牛老夫人面色一沉，"二丫头，陪你大姐回去。"

冯梅笑得温柔："大姐，我们别打扰祖母用饭了，一道回去吧。"

眼看着冯橙被冯梅拉出去，牛老夫人忍怒吩咐侍女："去把万嬷嬷给我叫来！"

一个小姑娘都看不住，让人跑到她眼前添堵，万嬷嬷究竟是干什么吃的。

出了长宁堂，冯梅松开挽着冯橙的手，状似体贴问道："大姐明日不能去长公主府的赏花宴，很遗憾吧？"

"不遗憾呀。"少女笑意清浅，看起来不以为意。

冯梅最见不得她这副模样，忍不住出声讽刺："看来大姐终于学会一个词。"

"什么词？"冯橙配合问道。

"自知之明。"

冯橙噗嗤一笑。

"你笑什么？"冯梅皱眉。

冯橙扬唇："我笑二妹瞎操心。我不遗憾，因为我会去。"

冯梅以为听错了："大姐莫不是忘了，祖母让你好好静养。"

冯橙莞尔一笑："说不定长公主见我未去，来请我呢。"

冯梅仿佛听到了天大的笑话，看着笑靥如花的少女目露怜悯："大姐莫不是受打击太大，在说胡话？"

冯橙睨她一眼，懒洋洋道："我乏了，回屋睡觉了，二妹自便吧。"

见她款款离去，冯梅藏在眼底的鄙夷流露出来。

长公主府来请冯橙去？简直痴人说梦！

二太太杨氏把女儿明日去长公主府赴宴当成了头等大事，冯梅才回屋就被叫了过去。

"梅儿，明日的赏花宴，准备好了吗？"

冯梅点头："衣裳首饰都挑好了，母亲放心。"

杨氏露出欣慰的笑："梅儿一直都让母亲放心。"

这两年冯梅才名渐渐传开，杨氏与各府女眷打交道时没少听恭维话，在她眼里女儿自然千好万好。

"对了，老夫人那边来人说，明日三姑娘也会去。"

冯梅唇角微勾，弯出嘲讽的弧度："三妹能去，可是托大姐的福。"

"怎么？"杨氏还不知道冯梅与冯橙一起去长宁堂的事。

"大姐不甘心被祖母禁足，闹着明日要赴宴呢，祖母便说让三妹去。"

杨氏摇头："太不识趣了。"

何止不识趣，分明是没羞没臊没分寸。这个时候换了脑子稍微正常的姑娘，就该躲在家中不见人，哪有觍着脸赴宴的，这不是给别人当面羞辱的机会？

冯梅想到冯橙的话，犹觉好笑："大姐还说就算祖母不让去，长公主府也会请她去。"

杨氏一脸错愕："那丫头莫不是疯了？"

冯梅翘了翘唇角。冯橙本来就不是多聪明的人，受了打击变得疯疯傻傻似乎也不奇怪。

杨氏爱怜地理了理女儿的发："以后离她远些，省得带累了你。"

"女儿省得。"

母女二人相视一笑。

长宁堂中气氛沉重，牛老夫人板着脸问匆匆赶来的万嬷嬷："刚刚大姑娘过来了，你可知道？"

万嬷嬷腿一软跪了下去："二姑娘来找大姑娘说话，后来两位姑娘要一同来长宁堂，老奴就没好拦——"

她这话说得含糊，令牛老夫人以为冯梅是去晚秋居找的冯橙，而不是在花园中遇见。让老夫人知道她没拦住大姑娘去花园，那就有她好受了。

牛老夫人把茶盏往桌几上一放，发出一声轻响："再有下次，自去领罚！"

"是。"万嬷嬷埋头应了，却觉前途一片黑暗。

到现在她都不知道怎么被大姑娘踹飞的。

"老夫人——"万嬷嬷为了自救，鼓足勇气开口，"老奴能不能挑几个人手，这样也方便在晚秋居照顾大姑娘。"

牛老夫人不以为意摆手："这点小事，你看着安排就好。"

万嬷嬷大喜，从牛老夫人屋中退出后，立刻把先前管着的人召到一起。

一排丫鬟，一排婆子。万嬷嬷眼风直接从那排丫鬟身上略过，指了两名五大三粗的婆子出来，领着人去了晚秋居。

暮春的晌午，阳光暖洋洋从窗棂洒进来。冯橙歪在美人榻上打瞌睡，怀中抱着一只软枕。一只花猫卧在她身边，时不时挠软枕一爪子。

白露走进来，带着几分不忍轻唤："姑娘。"

那双弧度优美的眸子蓦地睁开，熠熠生辉："要用饭了么？"

她做梦了。梦里溪水潺潺，一只好大的鱼跳进她怀里。她欢天喜地烤鱼吃，陆玄领着几只猫出现，她一个激灵吓醒了……

此时心有余悸，就更想吃鱼了。想吃大块大块穿在红柳枝上烤得焦黄微皱的鱼，还想吃小鱼干。梦里跟在陆玄身边的时候，来福吃的小鱼干虽然无油无盐，可也十分美味。

现在她可以挑口味，要把小鱼干做成香辣的，一口一个……

冯橙口水要流下来了，勉强记得自己是个大家闺秀，好歹忍住了。

白露瞧着自家姑娘这模样，心头一酸。姑娘这是遭了多少罪啊，一个寻常午膳都盼成这样。可偏偏她叫醒姑娘，还不是为了吃饭。这么一想，就更心酸了。

"两个小丫鬟已经去大厨房了，很快就能用饭了。"白露宽慰着，说出叫醒冯橙的原因，"万嬷嬷领了两个婆子回来，正等着见您。"

少女睡意蒙眬的眼神恢复了清明。那双眸子一旦平静下来，显得干净又冷清。

"晚秋居又添人了？叫进来吧。"

万嬷嬷领着两个壮硕的婆子气势十足走进来，便看到少女懒懒靠着美人榻看过来。一同看过来的，还有那只花猫。万嬷嬷气势一滞。

胡嬷嬷被挠花的脸还不知道何时恢复，对这只野猫可不能大意了。

"大姑娘，老夫人怕老奴一个人照顾不好您，又拨了两个人来。"万嬷嬷说着，紧盯冯橙反应。

挨了那两脚，把她踹清醒了。这位看起来娇娇软软的大姑娘可不是好性子，见她带了人来，定不会安分认命。

万嬷嬷有些后悔。应该带四个婆子来的，忘了大姑娘这只猫也是一个战力啊！

被万嬷嬷满心戒备的少女却嫣然一笑："祖母这般厚爱，竟派了这么多人伺候我。白露——"

白露会意，拿出赏钱塞给两个新来的婆子。两个婆子捏着赏钱，忍不住去瞄万嬷嬷。这和万嬷嬷在路上叮嘱的不一样啊。

万嬷嬷目瞪口呆，只觉见了鬼。

冯橙抿唇微笑："给了你们就拿着，凡是新人都有的。"

万嬷嬷："……"

如果不是还记得身份，她真想和大姑娘拼了！

冯橙递了个眼色给白露。白露开口道："姑娘要用饭了，三位嬷嬷都是今日刚来，先去安置吧。"

等万嬷嬷带着两个婆子离去，冯橙交代道："打发个丫鬟去大厨房问问有没有小鱼干。若是没有，麻烦他们明日买些回来做。"

"姑娘——"白露想说大厨房恐怕不会给晚秋居这个面子，可是看着自家主子认真的模样，默默忍下来。

罢了，等下她亲自去说，只望那些人不会捧高踩低吧。

用过饭，冯橙又觉得困了，吩咐白露："三姑娘来了就直接请进来。"

白露有些惊讶："姑娘知道三姑娘会来？"

冯橙看向窗子。窗外春光正好，万物新生。

"会来的，别让万嬷嬷把人拦在外头了。"

少女语气笃定，神态慵懒。

白露虽好奇主子为何能料定三姑娘会来，见她一脸困倦却不忍多问，等冯橙睡下去了大厨房。
　　此时各院下人已经把饭食提了回去，大厨房的人正在吃饭。
　　见白露来了，一个灶上婆子笑道："哟，这不是大姑娘身边的白露吗。"
　　白露听出婆子语气中的揶揄，面上半点不显，客气问道："有小鱼干吗？"
　　"小鱼干？"婆子狐疑看着白露。
　　其他人亦停下吃饭看过来。
　　"我们姑娘想吃小鱼干，若是大厨房有，劳烦给我装一些带回去。"
　　婆子似是听到什么笑话，与其他人交换眼神。
　　大姑娘竟然还有闲心打发人来要小鱼干，难道不知道自己处境？
　　啧，一个坏了名声被老夫人禁足的姑娘。
　　婆子皮笑肉不笑："大厨房没有准备小鱼干。"
　　白露对受冷遇早有预料，为着主子却不甘心回去，笑着求负责采买的婆子："那麻烦王管事明日采买时顺便买些回来吧。"
　　采买婆子脸一拉："真不巧，近来没见有小鱼干卖。"
　　身为晚秋居的大丫鬟，白露往日何曾受过这种气，暗暗咬了牙道："王管事以后若是遇到卖的，劳烦买些回来。"
　　采买婆子冷淡嗯了一声。
　　白露不愿让这些人看笑话，强撑出笑脸："那不打扰你们吃饭了。"
　　她还没走远，那些嗤笑议论就传进耳中。
　　"大姑娘可真想得开，这时候还惦着吃小鱼干。"
　　"可不是么，被老夫人禁了足，以后恐怕都不能出来见人，居然还想着吃。"
　　一声声嘲讽，如刀子割着白露的心。她很想返回去与这些狗眼看人低的混账东西撕个天昏地暗，可一旦闹开传到老夫人耳中，吃亏的还是姑娘。这样一想，只能把这口气忍下。白露听不下去加快脚步，险些与一人撞上。
　　"红鸢姐姐，对不住。"白露认出是大太太院中的红鸢，忙赔礼。
　　红鸢留意到白露眼中水光，纳闷问道："白露妹妹，你这是怎么了？"
　　"走得急了些。"白露不愿被红鸢瞧出端倪，忙转移话题，"红鸢姐姐这是去哪儿？"
　　"太太的药吃完了，我去拿一些。"
　　红鸢把白露的异样记在心里，依着她来的方向，往大厨房转了转。
　　等回到怡馨苑，红鸢向大太太尤氏禀报："太太，婢子去拿药的路上遇到白露了。"
　　尤氏坐直身子："怎么了？"
　　红鸢犹豫了一下，道："大姑娘打发白露去大厨房要小鱼干——"
　　不用红鸢说下去，尤氏便明白了。

她脸色白了白，无奈又愧疚："都是我这当娘的无用……"

白露回到晚秋居时，冯橙还在睡。

午后的春阳暖而不烈，斜斜洒进来，窝在美人榻上的少女眉目舒展，睡得正香。

白露守在一旁，心事重重。姑娘心宽，她却不得不担忧将来。

那些捧高踩低的人以后只会变本加厉，姑娘可怎么办呢？

白露正发着愁，一个小丫鬟探了探头。

她放轻脚步走过去："什么事？"

小丫鬟小声道："白露姐姐，三姑娘来了。"

白露心头一震，不由回头去看冯橙。三姑娘居然真的来了！

冯桃是接到明日要去长公主府赴宴的消息赶过来的，看着小山一般挡在面前的万嬷嬷，脸色有些难看。

万嬷嬷当然不把大房一个庶出姑娘放在眼里，板着脸道："大姑娘睡了，三姑娘回去吧。"

这话若是晚秋居的人说，冯桃也就回去了，可眼前这满脸横肉的老婆子分明是长宁堂的人。小姑娘心中觉得不妙，坚持道："我有事要和大姐说，大姐不会怪我打扰她睡觉的。"

万嬷嬷笑笑："老奴可不敢吵醒大姑娘，还望三姑娘体谅。"

一道声音响起："三姑娘，我们姑娘请您进去。"

冯桃见是白露出来了，忙提着裙摆走进去。

万嬷嬷欲拦，白露似笑非笑睨她一眼："万嬷嬷，姑娘说刚做了个噩梦有些心慌，劳烦你去给姑娘沏杯蜜水吧。"

万嬷嬷一听冯橙说心慌，立刻想到那两脚。想到那两脚，她心一下子慌了。

也就是一愣神的工夫，冯桃已经随着白露进了屋。

冯橙靠在美人榻上抚着花猫，面上睡意未消。

冯桃快步走过去，有些不好意思："是不是打扰大姐休息了？"

"没有，再睡下去晚上该睡不着了。"冯橙嘴上这般说，却意识到这般贪睡有些不对劲。

她垂眸扫了扫眯着眼打瞌睡的花猫，心情有些复杂。

冯桃看了一眼门口，皱眉道："大姐，那个万嬷嬷是祖母派来管着你的？"

"跳梁小丑，不必在意。"冯橙懒得为一个万嬷嬷费口舌，有意问起冯桃来意。

"二婶打发人来说，让我明日与二姐一起去赴长公主府的赏花宴。"

冯橙笑了："那你就去吧，若没有合适的首饰，从我这里挑两件。"

冯桃小脸皱成一团，因没有旁人在场，很是直接："可我不想与二姐一起去。"

别说二姐目下无尘，就算关系亲近，想到她能去长公主府是占了大姐的名额，就觉得别扭。

"三妹可一定要去。"

冯桃听冯橙这么说，不解地望着她。

冯橙从花猫肚子下摸出一张小小花笺，塞进她手中："明日到了长公主府，三妹仔细留意，把这个交给长公主身边的人。"

冯桃捏着信笺，惊疑不定："大姐，那些人我都不认识，交给哪一个呢？"

"不拘哪一个，能在长公主面前说话的就行。"冯橙握住冯桃的手，"三妹若能做到，就帮了我大忙了。"

小姑娘忙点头："大姐放心，我一定会做到的。"

说完正事，姐妹二人随意聊着，白露捧着个小罐走进来："姑娘，大太太打发人给您送来了这个。"

冯橙接过青瓷小罐打开，里面是满满一罐小鱼干。

她立刻看了白露一眼。

白露小声道："大厨房那边说没有，婢子回来的路上遇到了红鸾——"

"没想到这点小事还让母亲费心了。"冯橙捧着沉甸甸的小瓷罐，轻声道。

母亲虽柔弱，却一直尽力体贴着她，爱着她。她会越来越好的。冯橙从罐子中摸出一条小鱼干，迫不及待要尝尝。

"大姐，这是母亲给来福准备的小鱼干吗？"冯桃眼中闪着新奇。

少女动作一顿，默默把小鱼干塞进了来福嘴里。

翌日天晴，长宁堂院中的石榴树悄然绽开零星几朵红花。

牛老夫人一双厉眼扫过两个花朵般的孙女，尚算满意。

"到了长公主府谨言慎行，要时刻记着自己的身份。"

"孙女谨记祖母教诲。"冯梅与冯桃齐声道。

"去吧，莫要迟了。"

等姐妹二人出去，牛老夫人垂眼啜了一口茶，问身边婆子："晚秋居那边有动静吗？"

胡嬷嬷的脸还没好，顶上来的是另一个婆子。

婆子闻言忙道："听万嬷嬷说大姑娘还在睡。"

牛老夫人神情扭曲了一下，那瞬间竟有种更生气的感觉。长孙女若是因为去不成长公主府闹腾，勉强还能说有个争强好胜心。可现在居然还在睡！她免了那丫头请安，就是成全她睡到日上三竿？

"哦。"牛老夫人缓了口气，懒得再提让她糟心的人。

冯梅与冯桃上了停在二门外的马车，各靠一边坐下，车厢内一时无人说话。

在冯梅心里，是不大瞧得上这个三妹的。冯橙的跟屁虫罢了。而这个印象中整日跟在冯橙身后，嘴巴说笑不停的跟班，此刻竟安安静静，这就令冯梅有些不快了。

难道还要她先开口打破沉默？睨了一眼肌肤胜雪的粉衫少女，冯梅干脆闭目假寐。

冯桃悄悄翻个白眼，乐得清静。

出了尚书府，车夫马鞭一甩，车子明显加快了速度。

路边绿柳婆娑，少年玄衣如墨，目光追着那辆从尚书府角门出来的翠幄青车。

冯大姑娘养在深闺，国公府与尚书府目前又是互不对付的微妙状态，以他的身份光明正大上门这条路自是行不通。

至于夜半爬墙——陆玄扫了眼那高高青墙。这墙自然挡不住他，但这种事不能干。

见那青帷马车速度加快，陆玄指间一弹。一枚小小石子快若闪电射出，击中了拉车骏马。马儿一声嘶叫，高高扬起前蹄。

陆玄定定望着那边。他进不去尚书府，为了见一见冯大姑娘只好另辟蹊径。

今日各府贵女会前往长公主府赴宴，如果冯大姑娘会去，应该就在这辆马车里。

射向骏马的石子力度与角度都是算好的，不到令马儿发狂的程度。

那骏马这么一跳，马车跟着摇晃起来，车厢内传出惊叫。

车夫一边控制受惊的马，一边高喊："两位姑娘坐稳了！"

跟在后边的马车急忙停住，车门帘匆匆掀起跳下两个丫鬟。

二人看着前方摇动的马车骇得脸色发白，却又帮不上忙，急得跺脚。

车夫总算把马儿安抚好，浑身已是被冷汗湿透了。

两位姑娘要是出了事，他就完了。

两个丫鬟顾不得质问车夫，急忙凑到车门处问："姑娘，您没事吧？"

绣着墨竹的车门帘掀起，冯桃先钻了出来。

陆玄双臂环抱看着走出马车的少女，微微拧眉。若他救下的那位姑娘就是冯大姑娘，并坐在这辆马车中，合该第一个跳出来才是。毕竟正常大家闺秀没有那般利落身手。

陆玄继续等下去，就见一名素衣少女弯腰从马车中出来。只一眼，少年便收回视线。都不是。

冯梅面色微沉，问车夫："怎么回事？"

车夫冷汗直冒："二姑娘，今早老奴仔仔细细检查过车马，明明没有一点问题——"

那声"二姑娘"入耳，陆玄视线立刻落在率先跳下马车的少女身上。

少女杏眼桃腮，比那位二姑娘看起来年幼一些。

手下人打听来的消息是，尚书府一共三位姑娘，眼前应该是二姑娘与三姑娘。

这样看来，冯大姑娘没有出门。

陆玄调转视线看向那兽面绿油门，墨裁的眉皱起。从没想过见一个人竟这么麻烦。

直到冯梅姐妹因为赶时间重新坐上马车远去，少年还盯着尚书府大门出神。

永平长公主府早有一排排侍女候着，把前来赴宴的贵女迎进去妥当安置。

冯梅与冯桃到了设宴之处，已经有不少贵女凑在一起说笑。

冯桃是第一次来，难免好奇左右打量。

一丛丛牡丹花开硕大，繁艳芬馥，放眼望去竟不见其他花卉。

小姑娘从没见过这般盛景，一时瞧得出神。

冯梅暗暗皱眉，低声提醒："三妹，这不是家里，不要乱瞧。"

冯桃想翻白眼。赏花宴不就是让人赏花的，果然跟着二姐只有不痛快。

她记着长姐嘱托没有生事，随着冯梅走向几个贵女。

几个贵女都是文臣家的女孩儿，与冯梅颇为熟悉。有见过冯桃的，也有没见过的。那没见过的便笑着问冯桃身份。

"我三妹。"

"原来是冯三姑娘。"那贵女面上挂着恰到好处的笑，眼神却冷淡下来。

如长公主府赏花宴这种场合，那些有好几个甚至十多个姑娘的府上能来的就两三人而已。出现在这种场合的庶女才是稀奇物。

冯桃对这种眼神见多了，并不在意。她又不和这些人做姐妹，有大姐对她好就够了。

另一名贵女笑道："那冯大姑娘没来啊。听说她出了事，我还挺担心的，一直想见见呢。"

"是啊，冯二，你大姐现在如何？"

听着这些话，冯桃忍不住冷冷道："几位姐姐想见我大姐，那等赏花宴散了直接随我们去尚书府吧。"

几个贵女面色微变。

冯桃心中嗤笑。什么担心大姐，分明是想满足看热闹的心思而已。

见气氛尴尬，冯梅轻轻拽了冯桃一下，对几人道歉："我三妹年纪小，想到什么就说什么，你们不要和她计较。"

一名贵女扯出一抹淡笑："你放心，我们不会计较的。"

一个庶女，也配让她们计较。

因冯桃的多嘴，几人彻底冷淡了她，只与冯梅说话。

冯梅本就不待见冯桃，佯作不知。

不知不觉，冯桃就落了单。落了单的少女扬起唇角，摸了摸袖中之物。

二姐不管她才好，这样她才能找机会把大姐交给她的东西悄悄送出去。

"长公主到了！"

小小的喧哗后，满园一静。一名长眉入鬓的美貌妇人被人簇拥着大步走来。

冯桃望着那不怒自威的女子，突然有些紧张。这就是长公主啊。

第3章 自救

牡丹园中有一六角亭，永平长公主在亭中坐下，放眼扫量那些少女。

三三两两站在一起的贵女向永平长公主行了礼，面上或多或少都带着拘谨。

能站在这里的贵女皆家世出众，本见多了贵人，可永平长公主却不一样。

永平长公主不只是皇上的胞姐，还是率领千军万马平乱的奇女子。

面对这样的人，这些十四五岁的小姑娘能有几人做到泰然自若呢？

紧张，才是正常的。冯桃暗吸口气，如此安慰自己。

永平长公主缓缓扫过这些贵女，笑意浅淡："都不必拘谨，既然来了就在园中好好玩。"

她的声色偏冷，还带着几分沙哑，与那些贵妇给人的感觉截然不同。

气氛却在永平长公主开口后一下子活络起来。

贵女们赏花说笑，轻松愉悦。

实际上，这轻松不是真的轻松，只不过是如长公主所愿罢了。

众贵女还记得，去年赵侍郎府的三姑娘赏一株二乔太过出神险些挨了蜜蜂蜇，居然入了长公主的眼，被长公主赏了一支八宝如意簪。

赏花宴过去不久，就传出赵三姑娘定亲的消息，是一门很不错的亲事。

儿媳得过永平长公主的赏赐，这在婆家人眼中是件颇有面子的事。而有永平长公主的赏赐当嫁妆，于女子来说也是一种底气。

能得长公主赏赐说明被长公主看好，而被长公主看好的人若是在婆家受了磋磨，那就等于伤了长公主面子。

长公主的赏赐，若是家族遭遇剧变当然不能拿着鸡毛当令箭，但对寻常内宅度日来说就是一道护身符了。

只可惜对于如何得长公主青眼，众女无迹可寻，只能靠着猜测加运气行事。

永平长公主望着那些笑容甜美的少女，心神恍惚。这个年纪的女孩子，真比满园的牡丹花还好看。她的灵儿若还在，也有这么大了。

立在一侧的女官见永平长公主如此，心中一叹：殿下又在思念小郡主了。

小郡主纯真可爱，就是她想起小郡主的失踪都心痛难言，更何况殿下。

生不见人，死不见尸，对于一位母亲来说太残忍了。

悠远的琴声传来。永平长公主随意望过去。花团锦簇深处摆着一架古琴，一名素衣少女正专注抚琴，不远处还有贵女对弈。

经历过先前的赏花宴，贵女们知道抚琴并不能得到长公主青睐。但大家年纪相仿，能在这般场合展露出类拔萃的琴艺，何乐不为。

琴音悠然空灵，令人沉浸其中。

见永平长公主侧耳聆听，女官低声道："抚琴的是礼部尚书府的二姑娘。"

"哦。"永平长公主淡淡应一声，没再多言。

女官也没有再说什么。

殿下擅武，年少时对琴棋书画这类雅事没多少兴趣，如今听听当个消遣罢了。

"那个孩子是谁家的？"永平长公主长眉微扬。

女官顺着看过去，就见一名粉衫少女站在一个侍女身后，正试探着一点点靠近。

那小心翼翼又踟躇的模样，令人不禁莞尔。

此时冯桃正处在高度紧张中。小姑娘活泼直爽，又没有飞上枝头变凤凰的想法，本来面对长公主府的人可以不卑不亢。可她有重任在身啊。大姐交给她的任务万一搞砸了怎么办？害怕失败的压力令冯桃迟疑起来。这么多侍女，会不会选错人？

哎呀，真是太难了。

女官仔细看了看，没认出来："瞧着眼生，应该是头一次来。"

永平长公主难得起了一丝兴致："看着像是有话对那个侍女说。翠姑，你去把人带来。"

"是。"女官应了，立刻向冯桃走去。一个小姑娘找侍女又不好意思，估计是想去净房。但殿下想见的人，她自然不会多嘴。

走到近前，女官喊了声姑娘。

冯桃看到女官眼睛一亮："您是殿下身边的女官！"

她观察许久了，这位女官一直不离永平长公主左右，是最合适的人选。

先前苦于无法靠近，没想到对方主动走了过来。

"不知姑娘是哪个府上的？"

冯桃忍着急切道："我是礼部尚书府的三姑娘。"

礼部尚书府？

女官下意识瞥了不远处背对着这边抚琴的素衣少女一眼，不动声色道："冯三姑娘随我来，殿下想见见你。"

"好的。"冯桃迫不及待点头，跟在女官身后。

女官暗暗纳罕。总觉得这小姑娘的反应不像正常的受宠若惊。

冯桃很快随着女官进了凉亭，乖巧向永平长公主行礼。

永平长公主没有问冯桃身份，直接问道："你刚刚有话对那名侍女说吗？"

她以为眼前的小姑娘要么掩饰过去，要么害羞承认，却没想到对方小声道："臣女其实有话对您说。"

永平长公主怔了一下，而后笑笑："你要对本宫说什么？"

冯桃咬了咬唇，从袖中抽出信笺："我大姐托我把它交给殿下。"

"你大姐？"永平长公主扫了女官一眼。

女官忙低声道："这是礼部尚书府的三姑娘，她的大姐……应该就是传闻中从拐子手中逃脱的冯大姑娘。"

永平长公主听了女官解释，再看小姑娘手中信笺，心头莫名一动。

女官得了永平长公主示意，从冯桃手中接过信笺呈上去。

花笺不过巴掌长，轻飘飘几乎没有重量。

永平长公主只看了一眼，一手撑着石桌维持镇定，盯着冯桃问："这真是你大姐让你给我的？"

女官浑身一震。旁人或许看不出来，她却知道殿下这般反应定是受到巨大冲击。

那信笺上究竟写了什么，竟令殿下情绪如此波动？

永平长公主瞬间爆发的气势令冯桃心头一紧，出于保护长姐的本能下意识就要否认。好在她牢记冯橙叮嘱，缓了缓紧张，乖乖点头。

"冯大姑娘在何处？"永平长公主一字字问女官。

亭中四处挂着纱帐，只留了一面方便长公主看那些贵女赏花玩耍。

这个时候已经有不少人发现长公主召了一名少女问话，皆悄悄望来。

女官低声道："回禀殿下，冯大姑娘没有来。"

没有来？永平长公主视线重新落在冯桃身上。

小姑娘难掩紧张，正小心翼翼观察她的反应。

永平长公主声音还算平静："你大姐为何没来赏花宴？"

小小的花笺被压在掌下，因为过于用力，手背青筋凸起。那只握惯长刀利剑的手，此刻却忍不住轻轻颤抖着。凭直觉这个回答很重要，冯桃越发紧张了。

若说大姐因为要静养没有来，长公主就此作罢怎么办？

若说祖母拦着不让大姐来，岂不让长公主觉得她不敬长辈？

小姑娘想了想，回道："大姐出了事才回家，祖母心疼她，让她在家好好休息。"

牛老夫人让冯大姑娘好好休息，说明冯大姑娘身体无恙，只是当祖母的不想孙女在这个风口浪尖上出门。

永平长公主长眉微挑，侧头吩咐女官："翠姑，你去一趟礼部尚书府，请冯大姑娘来赏花。"

"是。"女官恭敬退了出去。

凉亭内只剩下永平长公主与冯桃二人，一时间，亭内落针可闻。

注意到这边的贵女越来越多，低低的议论声四起。

"冯二，那不是你三妹吗？"一名贵女满眼不可思议，拉了冯梅一下。

另一名贵女亦惊讶不已："冯二，今年入了长公主眼的该不会是你三妹吧？"

冯梅面上维持着浅笑，脸皮却阵阵发热。

今日冯桃若真得了长公主青眼，那她以后就别想在这些贵女面前抬起头来了。

可眼睛骗不了人，此刻与长公主同在亭中的就是冯桃，甚至连先前唯一留在亭中伺候长公主的女官都退出去了。

长公主为何把冯桃叫过去说话？

就算如何得长公主青睐无迹可寻,也不该是冯桃!

冯梅笼在袖中的手收紧,想到刚才自己还在费劲弹琴,以至于连冯桃究竟何时被叫过去都不知道,就觉得自己是个笑话。

她抿了抿唇,笑道:"我三妹最是单纯——"

至于是因为单纯讨了长公主喜,还是惹了麻烦被召去问话,那就由人猜测了。

果然有贵女轻笑道:"单纯是好的,不过有时候也容易闯祸呢。冯二,你当姐姐的可要把妹妹照顾好。"

说话的是韩首辅的孙女韩烟凝。韩家与冯家同在康安坊,韩烟凝与冯橙姐妹也算幼时玩伴,只是近些年渐渐疏远。冯梅知道韩烟凝与冯橙不对付,听了这有些刺耳的话,好脾气笑了笑。

凉亭内,永平长公主开口打破了沉默:"去玩吧,园中有这么多漂亮的牡丹花。"

冯桃暗暗松口气,屈膝退了出去。

永平长公主独坐良久,压着花笺的手缓缓翻开。

花笺上没有一个字,只有一轮明月落在纸上。

永平长公主的手还在抖。

她的女儿出生在八月十四迎月日,这也是迎月郡主这个封号的由来。

迎月失踪三载,从拐子手里逃脱回家的冯大姑娘把这么一张花笺送到她手中,若说与迎月毫无关系,那就是戏弄她。一个处境不乐观的小姑娘敢戏弄长公主吗?

永平长公主相信堂堂礼部尚书的长孙女不会这么蠢。

今日无论如何,她都要见到冯大姑娘。

三年了,爱女杳无音讯,哪怕从冯大姑娘口中得到一星半点的线索也是好的。

风吹起垂挂在亭檐下的纱帐,永平长公主垂眸静坐,再无心看其他。

冯桃才回到贵女那里,就被冯梅拉过去。

"三妹,你怎么去了亭中?"

这话一出,无数道目光落到冯桃身上。

冯桃弯唇:"殿下叫我去的。"

简直废话!冯梅觉得冯桃在故意挑衅,众目睽睽之下却不好表露不快,关切道:"殿下为何召你说话?三妹若有事,一定要和我说。"

冯桃笑盈盈道:"我哪有什么事。殿下叫我过去是问大姐怎么没来。"

"问大姐?"冯梅以为听错了,险些控制不住表情。

"是啊,殿下一听我说大姐没来,就命女官亲自去请了——"

"不可能!"

冯梅一惊,以为没控制住脱口而出,缓了缓才发现开口的是韩烟凝。

韩烟凝俏脸紧绷,冷笑道:"我可不知冯橙有这么大的脸面。"

冯桃没接话。

与韩烟凝交好的贵女笑道:"冯大姑娘不是遇到拍花子的了吗,殿下许是好奇呢。"

众女一听，复杂酸涩的心情稍稍纾解。被贵人当稀奇看，那就没什么可羡慕了。

可冯梅却觉没这么简单。

昨日冯橙的话犹在耳边："说不定长公主府见我未去，来请我呢。"

当时听了，她暗笑冯橙痴人说梦，可此刻怎么觉得她才在梦中？

同样觉得做梦的还有牛老夫人。

"殿下请大丫头去赏花？"

"尚书夫人没有不方便吧？"

女官态度恭谨，牛老夫人却不敢轻看，笑道："怎么会，这是那丫头的福分。"

牛老夫人很快打发婆子去请冯橙，直到女官带着冯橙离去，也没旁敲侧击出个所以然。

一名年轻人从柳树后走出，收回追逐马车的视线，摸着光洁的下巴喃喃自语："那好像是永平长公主府的马车……"

他很快赶回国公府，向陆玄禀报发现。

"你是说，长公主府的马车去了礼部尚书府？"

盯梢的人是他早上从尚书府那边离开后安排的，没想到这么快就有了异常。

略一琢磨，陆玄霍然起身。永平长公主府的马车，定是去接冯大姑娘！

"主子，您去哪儿？"

"不必跟着。"少年大步流星走出去。

牡丹园中，随着女官把冯橙领进凉亭，众贵女仿佛被施了定身术，一动不动盯着那里。

永平长公主觉得等很久了，久到以她的定力都要撑不住，终于见到了近来传闻中的冯大姑娘。

"殿下——"

女官才开口，永平长公主便摆摆手，示意她退下。

青纱帐被风吹得飘飘摇摇，亭中似乎更静了。旁人望去，二人身影朦胧。

"那封信是你让冯桃给本宫的？"

长公主问得开门见山，冯橙回得直接："是。"

少女素衫红罗裙，美得纯粹又耀眼，若定要评个不足，便是有些苍白的面色。

望着皎若明月的小姑娘，长公主压了压高悬的心，沉声问："冯大姑娘有话对本宫说么？"

少女垂眸，声音虽不高却字字清晰："臣女好像……知道迎月郡主的下落——"

冯橙低低一句话，便击溃了永平长公主泰山崩于前而色不变的定力。

好像有箭如流星射中她心口，又好像无数烟火在脑海中绽放。

一时间她说不清是喜是悲，心脏仿佛被一只无形的大手攥住，呼吸凝滞。

好一会儿后，永平长公主微抖着指尖去抓茶盏，用力抓起后才发现茶盏是空的。

她狠狠放下，死死盯着面前的少女终于找回了声音："好像是什么意思？"

冯橙有些犹豫："臣女不太确定——"

"你知道什么，尽管说出来。"永平长公主竭力保持着镇定，声音却还是不受控制带出了情绪。那是面对敌军千军万马不曾有过的失控。她曾是身披铠甲的将领，可女儿是她的软肋。

"臣女前几日遇到了拐子，从昏迷中醒来，听到了一对男女的争执……"

听到"拐子"二字，永平长公主心头一紧，听得越发认真。

"那女声埋怨男人说不该对我下手，因为一看我的穿戴打扮就是大家贵女，恐怕有麻烦。男人被说烦了，冷笑着说只知道说我，怎么不说你三年前弄来的那小姑娘呢，那小姑娘可自称是郡主——"

"他们当真这么说？"

冯橙被打断，看了永平长公主一眼。

永平长公主一手按着石桌，压下激荡的情绪缓缓道："继续说。"

冯橙迟疑了一下，才道："女人骂道你还提那小姑娘作甚，那小姑娘说是郡主，咱们不就——"

她顿了一下。

强烈的不安涌上永平长公主心头，那只按在石桌上的手用力收拢。

令人窒息的短暂沉默后，冯橙轻声道："女人说，听到小姑娘自称郡主，为了避免麻烦……把那个小姑娘掐死了——"

哐当一声轻响，摆在永平长公主手边的茶盏被碰翻了。

茶盏是空的，顺着冰冷的石桌滚落到灰色石砖上，瞬间粉身碎骨。

就如永平长公主瞬间破裂的心。

尖锐的疼痛如海啸席卷而来，令身处其中的人无能为力，只能被绝望淹没。

亭中久久沉默着，只闻那克制却沉重的呼吸声。

冯橙微垂着眼帘，静静等着。

不知过了多久，永平长公主开口问："你如何断定那个小姑娘是迎月？"

冯橙抬眸，对上一双平静黑沉的眼。平静之下，是能把人撕得粉碎的漩涡。

冯橙微微摇头："臣女并不敢肯定，只是回到家后浑浑噩噩睡了两日，恢复些精神后想到那对男女的对话，再想到迎月郡主恰好失踪三年，所以才有此猜测。"

永平长公主定定看着她，从那张尚有几分稚气的面庞上看不出丝毫心虚。可这并不能令她打消怀疑。从礼部尚书夫人不让冯大姑娘来赴宴便可知冯大姑娘处境不佳，焉知这小姑娘不是以迎月为饵，引她另眼相待。若是如此，她定不轻饶！

永平长公主目光凌厉，盯着神色坦然的少女："冯大姑娘，有些话不能乱说。若是说了，便要令人信服。"

冯橙抿了抿唇，道："那二人争执之时，提了那个小姑娘的藏尸之处。"

永平长公主眼神一紧，脱口问道："在何处？"

倘若真找到那小姑娘的尸骨，不管小姑娘究竟什么身份，至少证明冯大姑娘没有扯谎。

冯橙想了想，说出一个地方："东城芝麻巷最里边那户人家的厨房围墙中。"

"墙中？"永平长公主以为听错了。

冯橙坚定点头："嗯，他们说的就是墙里边。"

她之所以敢站在永平长公主面前这么说，是因为她在梦中亲眼见过。

就在她附在来福身上数月后，出了一桩轰动京城的大事：永平长公主的独女，失踪三载的迎月郡主找到了！

东城芝麻巷那户人家的厨房围墙被扒开时，骇人的白骨就砌在里边。白骨旁的一枚小小金铃经过长公主府辨认，确定了白骨身份，正是失踪许久的迎月郡主。

她能在现场，是因为陆玄。

三年来，长公主府与官府从未放弃过对迎月郡主的寻找，而查到迎月郡主下落的却是陆玄。陆玄一直在寻找孪生弟弟陆墨，机缘巧合之下查到一对拍花子的夫妇，施了些手段没问出陆墨的线索，却问出了这件往事。

冯橙想着这些，暗叹口气。

现实中，被砌在墙中的迎月郡主能早些得见天日，入土为安了。

至于那对拐子夫妇，就算长公主找到他们，她也不怕穿帮。如果被问起，二人自然会否认对她下过手，但人们会认为他们是为了减轻罪状才不承认。

说出迎月郡主埋骨之处的冯大姑娘，与拐过无数少女孩童的夫妇，谁的话可信不言而喻。

永平长公主面若金纸，浑身冰凉："好，本宫这就派人去查看，冯大姑娘便留在这里陪本宫喝茶吧。"

她想亲自去，可是她不敢。

先派心腹去一趟，倘若……倘若真的发现尸骨，她再去亲眼看一看。

"翠姑——"永平长公主喊了一声。

守在亭外的女官快步走进来，听候吩咐。

永平长公主低声交代着，女官神色不断变化，显然受到的冲击不轻。

"去安排吧。"

到这时，永平长公主的语气反而听不出太多情绪，只是那过于紧绷的身体却令女官知道主人此时的心情。

女官匆匆走出凉亭。很快有侍女走进来，奉茶后又悄无声息退下。

"喝茶吧。"永平长公主扯不出笑意，端起茶盏喝了一口。

茶有些烫口，却暖不了那颗浸在冰窟里的心。

冯橙也端起茶盏，小口小口喝着。

这番情景落在贵女们眼中，不由目瞪口呆。

冯大姑娘竟然在与长公主一起喝茶！

去年得了长公主赏赐的赵三姑娘只是被长公主叫过去说了几句话，前年得了长公主青眼的贵女甚至都没被召去说话，是长公主身边女官送来的赏赐。

现在究竟是什么情况？

众女百般猜测之际，长公主府的人已经悄悄去了东城芝麻巷那户民宅。

民宅中空无一人，女官指着一处墙，暗暗吸了口气才道："砸吧。"

咣咣的凿墙声传出去，惊动了四邻八舍。

陆续有人走出家门，好奇往巷子深处张望。

"什么声音啊？"

"不知道啊，听动静可不小。"

"我怎么听着像在砸东西？"

"不是吧，砸东西能有这么大动静？"

热闹不能错过，众人很快就聚到了那家门口。令人遗憾的是院门紧闭，人们好奇心再重也不好推门而入，只好站在外头议论纷纷。

"翠姑，外面聚了不少邻舍。"留意外头动静的一名护卫过来禀报。

女官盯着被砸开的墙壁眼睛眨也不眨："不必理会。"

比起迎月郡主的下落，别说那些看热闹的人，就算这座民宅的主人都无关紧要。

哪怕宅子主人在此，这墙也要砸。

"停一下！"一名护卫突然喊了一声，"墙里有东西！"

女官箭步冲到近前，看清墙壁中的情景，脸上血色褪个干净。

那是一副已看不到全貌的人骨，那双空洞洞的眼眶正对着她。

女官是随永平长公主上过战场的，尸山血海都见过，可这一刻却忍不住跟跄后退。如此失态，自然是因为这副骸骨可能的身份！

在女官忘了反应时，护卫们继续扒墙，只是动作小心了许多。

不久后，一具尚算完整的人骨呈现在人前。

院中一时鸦雀无声，众人皆看向女官。女官终于缓过神来，轻轻上前几步，目不转睛盯着嵌在墙中的骸骨。她努力想辨认骸骨身份，却无异于痴人说梦。

许久后，女官哑声道："去……去顺天府请仵作来！"

一名管事模样的人低声问："要不要先派人回去禀报殿下？"

"不成！"女官断然否定这个提议，脸色苍白如雪，"先请仵作看过再说。"

她怎么忍心让殿下看到这般情景。据说好的仵作能从骸骨推断出死者性别、身高、年龄甚至死因，万一不是郡主呢？

不知等了多久，仵作带着两名帮手匆匆赶来，一同前来的还有一名推官。

因为迎月郡主的失踪，推官记得女官身份，忙上前来打招呼。

女官无心说话，摆摆手道："等仵作查完再说。"

仵作带着两名徒弟忙碌起来。小心翼翼从墙壁中起出骸骨放在地上拼凑出完整人形，仵作负责检查骸骨，两名徒弟则负责一寸寸翻找墙土。

时间仿佛被无限拉长，女官有种透不过气来的感觉。

仵作终于直起身，缓缓道出发现："死者是一名年十二三的少女，身高四尺出头，舌骨有骨折，初步判断是颈部受力而死……"

随着仵作说下去，女官脸色越来越难看。

郡主失踪时十二岁，年龄与仵作说的符合，身高亦符合。

"这样也不能判断白骨身份吧？"女官喃喃，依然无法相信眼前白骨是迎月郡主。郡主金尊玉贵，就算掉了一根头发丝伺候的人都会心疼，要她如何相信这名被人掐死的小姑娘就是郡主。

令女官没想到的是，听了她的话仵作竟给了回应："如果运气好，或许能判断白骨身份。"

"怎么说？"推官迫不及待问。

仵作一指骸骨右手处："骸骨右手呈握拳状，受害者临死前很可能握了某物在手中。"

推官闻言点点头，接话道："不错，凭经验能被死者握在手中之物要么与凶手有关，要么是对死者而言很重要的东西。"

无论是前者还是后者，往往就能顺着这条线索查到凶手。而捉到凶手，受害者身份自然就知道了。

"那他们——"女官看向满头大汗翻找墙土的二人。

仵作解释道："右手指骨没有被破坏，由此推测死者当时握在手中之物很大概率没被取走，血肉腐化后就可能落在这些墙土中。"

这话才说不久，翻找墙土的一名年轻人就兴奋喊道："有发现！"

"呈上来！"推官吩咐道。

"大人请看。"年轻人摊开手，掌心处是一枚小小铃铛。

女官看到铃铛神色一变，厉声道："拿过来！"

年轻人看向推官，见推官微微点头，把铃铛呈到翠姑面前。

女官劈手夺过，拿雪白的帕子用力擦拭铃铛上的泥污，等铃铛渐渐露出几分本色，立刻看向铃铛内壁。内壁不起眼的角落，刻着一轮满月。

"是郡主！"女官脱口而出，已是泪流满面。

推官一时没敢吭声。

失踪三年的迎月郡主，骸骨竟然在东城这么一户民宅的墙壁里找到，他已经可以想象会引起怎样的轰动。

女官缓了许久都无法冷静，颤声吩咐下去："去棺材铺拉一口棺材来，把……把郡主的骸骨收殓好，带回长公主府。"

想了想，女官又吩咐一人："你立刻去清雅书院，告诉驸马郡主找到了……"

永平长公主的夫君是曾名闻天下的才子杜念，现任清雅书院山长。

夫妇二人原是令人羡慕的一对佳偶，只可惜迎月郡主失踪后长公主对杜念有了心结，从此杜念便长住书院。

女官情愿过后被斥责，也不忍让主子独自面对如此惨痛。

上好的一口棺被抬进院中，又默默抬出。

女官命两名护卫留守此处，脚步沉重随棺远去。

聚在外面看热闹的人久久未散，猜测着情况。

快到晌午开宴的时间了，往年这个时候长公主已经离开，任由贵女们吃酒玩乐，现在却还在与冯大姑娘喝茶。

面对这种反常众女已经懵了，不知哪个小声道："怎么看也不像好奇吧。"

能留冯大姑娘喝这么久的茶，长公主若真是因为好奇，那这好奇心也忒重了。

永平长公主一直闭着眼没有说话，令她满意的是同在亭中的小姑娘亦不曾开口。

对一位焦灼等待失踪爱女消息的母亲来说，此刻别说有人在耳边聒噪，就是那风吹花木的簌簌声响都令她心烦。

熟悉的脚步声传来，永平长公主蓦地睁开眼，看着女官走进来。

她的视线落在女官苍白的面上，一颗心拧紧："如何？"

女官下意识扫了冯橙一眼，低声道："回禀殿下，确实在冯大姑娘所说的民宅墙壁中发现了一副骸骨——"

永平长公主身子晃了一下，强撑着问："还有什么发现？"

女官咬着牙，缓缓摊开手心。女官掌心静静躺着一枚小小金铃。

永平长公主眼神一缩，颤抖着手把金铃接过，用指腹摩挲着金铃内壁。她知道那处刻着一轮满月，刻工粗糙，与精巧完全不搭边。那是迎月亲自刻上去的。

那年异域进贡了一对猫儿，红色那只被皇上赏了苏贵妃，雪色那只赏给了她，她便把那只双瞳异色的白猫送给女儿作为十岁生辰礼。

迎月很喜欢，亲自编红绳、选金铃，并在金铃内壁刻了一轮满月，把铃铛挂在白猫脖子上。女儿欢欢喜喜对她说："母亲，有了这金铃，别人一看就知道我是白雪的主人啦。"

她笑着道："哪怕没有这金铃，别人也知道你是白雪的主人。"

可是后来白雪病死了，女儿难过了许久，从此把那枚小小金铃随身带着留作念想。她一看，就知道这是迎月的金铃。

永平长公主用力握着铃铛，唇色苍白："是……在骸骨周围发现的吗？"

女官眼角泛红，低着头不敢看长公主的眼睛："是。仵作推测是被——"

女官觉得太难了。

面对主子，她既不忍心说出"死者"二字，亦不忍心说出"郡主"二字。

可永平长公主还在紧紧盯着她。

女官狠狠咬了一下牙，道："是被郡主握在手中的——"

永平长公主怔怔听着，手心的金铃仿佛一块烙铁，烫得她每一寸肌肤都疼。

那是撕心裂肺又哭不出来的疼。

她的迎月，她的灵儿，是怕她认不出来，才握着金铃至死没松手吗？

"殿下——"女官被永平长公主空洞的眼神骇住。

永平长公主缓缓起身，举步往外走。

女官下意识拦住。

永平长公主看她一眼，神色木然："迎月回来了吧，我要去看看她。"

"殿下——"

"让开！"

女官不敢再拦，白着脸侧开身子。

永平长公主向前走了两步，脚下一顿："冯大姑娘。"

"臣女在。"冯橙乖巧应道。

"你随本宫一起去。"

一直留意这边的贵女眼睁睁看着长公主带冯橙走了，不由面面相觑。

"这到底是怎么回事啊？"众女百思不得其解，看向冯梅姐妹。

那些视线刺得冯梅火辣辣地难堪，抿着唇没吭声。先是冯桃被长公主召去问话，后是冯橙陪长公主喝茶，甚至还被长公主带走了，她这个从头到尾没被长公主多看一眼的冯二姑娘简直成了笑话。人最怕的便是与身边人比。同府姐妹待遇如此不同，冯梅恨不得今日没来的是她。

冯桃不喜欢被人一直盯着看，特别是那些目光饱含深意。

小姑娘弯唇笑道："定是殿下想要留我大姐在身边多待一会儿呗。"

众女抽了抽嘴角，竟无法反驳。

暂且用来收殓迎月郡主尸骨的棺材是从长公主府后门进来的，就停在迎月郡主院中。院中花木葱茏，一尘不染，仿佛主人从没离开过。

永平长公主抚摸着黑漆棺盖，动作轻柔。

一同跟来的还有那名推官，见长公主如此，一时不知该怎么开口。

院中静得可怕，那只抚摸着棺盖的手突然一顿，便要把棺盖推开。

视线从未离开长公主的女官慌忙去拦："殿下，您不要看！"

永平长公主一把推开女官。

一只大手伸过来，握住永平长公主的手。

被推个趔趄的女官喊了一声："驸马——"

杜念紧紧盯着永平长公主，素来温和的声音难掩颤抖："永平，不要看了。"

永平长公主面无表情看着他："你让开。"

杜念抓着那只冰凉的手一动不动，眼角泛红："灵儿不想你看到她现在的样子。"

"你胡说！"永平长公主甩开杜念的手，"灵儿一定很想我！"

"是，灵儿很想你，但她——"

永平长公主冷冷打断杜念的话："杜念，我明白你的意思。但对我来说无论灵儿变成什么样，她都是我的女儿。我想见她，她也想见我，谁都没资格拦着。"

杜念听了沉默一瞬，默默让开。他又何尝不想看看女儿呢。

棺盖一点点被推开。看清棺内情形，永平长公主仿佛被抽走了魂儿，一动不动。

她俯身想给女儿一个拥抱，却不知该怎么把女儿抱起来。

怎么会这样呢？永平长公主怔怔想着，迟到的泪簌簌而落。

时间的流逝在这沉重的气氛下变得迟缓，推官觉得这么等着不是办法，试探唤了一声"殿下"。

被喊的人毫无反应。

"杜先生——"

杜念红着眼看过来。

"杜先生节哀。若没有别的交代，下官先回衙门向上峰复命了。"

杜念克制着痛失爱女的情绪，沉声道："小女的事，暂且不要外传。"

推官诧异看着他。

杜念拱手："劳烦了。"

"下官明白了，杜先生放心。"

等到推官离去，院中只剩下长公主府的人，杜念问起女官细节。

他不能倒下，害死灵儿的凶手必须找到！

听女官说完，杜念吩咐道："让府中知情的人管好嘴巴，另外安排人一日十二个时辰守在芝麻巷那边。"

至于那些看到棺材进出的邻舍，并不知道与长公主府有关，热闹在那一片传传就散了。

"你就是冯大姑娘？"

冯橙还未回答，永平长公主终于有了反应："杜念，长公主府的人不用你安排。"

杜念闻言苦笑。灵儿的失踪，他脱不了责任。那日灵儿闹着要跟他去书院玩，等到了书院有学生来请教学问，灵儿觉得无趣便提出四处逛逛。他想着书院没什么危险便点了头，谁知那一点头就再没见过女儿。

永平怨他，恨他，恩爱夫妻成怨偶，一切都是他罪有应得。

永平长公主很快从杜念身上移开目光，定定看着冯橙："冯大姑娘，你可还记得那对男女的模样？"

冯橙看出了一位母亲眼中的渴求，却只能摇头："当时我被困车厢中，只闻其声不见其人，没看到他们的样子。"

永平长公主眼神黯下去，幽深的瞳孔照不进一丝光。

冯橙犹豫一瞬，改了口："不对，我逃跑时回了一次头……只是那时太害怕，脑子里没什么印象。"

回过头，便有想起来的可能。

都说多一事不如少一事，可她也有母亲，她也是一个女儿。

"冯大姑娘,你再仔细想想!"永平长公主听了这话,完全无法淡然。

冯橙作出努力思索的样子,不确定道:"那男人眼角旁好像有一道疤……"

"左眼角还是右眼角?"杜念问。

冯橙拧眉想了片刻,语气有了几分肯定:"应该是右眼角。"

那对男女的样貌她有些模糊了。要知道梦中她只是一只猫,想要知道什么消息太难了,那对拐子夫妇她也只见过一次,并无多么深刻的印象。而她目前这种情况,详细描述出那对男女的长相亦不妥当,给出一个特征方便长公主府将来确认最合适。

"冯大姑娘还记得别的吗?"

冯橙摇摇头,面露歉然:"臣女真的想不起来了。"

永平长公主扶着棺,竭力站稳身子:"翠姑,送冯大姑娘回牡丹园。"

"是。"翠姑屈膝应了,走至冯橙身边,客气道,"冯大姑娘,请随我来。"

走在回牡丹园的路上,翠姑余光一直打量着身旁少女。今日能找到郡主多亏了这位冯大姑娘,可也是因为冯大姑娘,彻底打破了长公主府上下对郡主还活着的奢想。一时间,她竟不知该以何种心情对待这个小姑娘了。

牡丹园中已经开宴,众贵女食不知味,满脑子都是冯大姑娘被长公主带走的事。

到底是为什么啊?

冯桃吃得香甜,对贵女们的好奇毫不关心。

突然一角红裙闪现,小姑娘眼睛一亮,欢喜喊道:"大姐!"

众女立刻看过去,就见永平长公主身边的女官正陪着冯橙走过来。

走到近前,女官停下,笑道:"冯大姑娘不是第一次赴宴,随意就好,我该回去向殿下复命了。"

冯橙微微屈膝:"劳烦了。"

等女官一走,冯桃立刻冲冯橙招手:"大姐,来这边坐。"

冯橙顶着无数道视线走过去,被冯桃拉着坐下。

"大姐,你尝尝这个鸡髓笋,好吃呢。"

没等冯橙吃完,冯桃又夹了一筷子云片火腿放入她碗中:"这个火腿味道也好,大姐你快尝尝。"

……

眼瞅着冯桃把今日宴席上口味不错的几道菜都夹了一遍,有几名贵女连维持淑女形象都忘了,眼角直抽。

这个时候,正常人不该赶紧问问长公主为何把冯大姑娘带走?

盯着冯橙面前堆得冒尖的碗,众女一口浊气憋在胸腔,不由看向冯梅。

冯梅捏着筷子,艰难维持着脸上平静。一个个都看她干什么,没见她正被同一个府的姐妹排挤嘛!可若一言不发,就更尴尬了。

冯梅抿了抿唇,摆出关切神色:"大姐,你今日不是在家休养么,殿下为何叫你过来?"

冯橙看冯梅一眼，笑眯眯道："我也不知道长公主为何来请我。"

见冯梅还要问，她笑意更深："贵人的心思怎么猜得出？二妹还是尝尝云片火腿吧，确实好吃。"

没有得到答案，众女那被好奇与酸涩煎熬的心越发难受了。

女官回到迎月郡主院中，永平长公主靠着黑漆棺眼睛通红，显然痛哭过。

杜念站在不远处，沉默无言。

女官微垂着眼走过去："殿下，已经把冯大姑娘送过去了。"

永平长公主木然点了点头。

杜念心中难受，温声道："永平，你先回去休息吧，后面的事交给我处理。"

就算暂时不能为灵儿好好治丧，也不能让她躺在随便买来的棺中。

永平长公主看了杜念一眼，靠着棺材一动不动："我要在这里陪灵儿。"

"永平——"

永平长公主冷冷打断杜念的话："本宫什么都明白，但本宫就要在这里陪着灵儿，直到抓到害她的凶手！"

杜念劝不下去了。

妻子对他自称本宫时，便是忍耐到了极限。

"好，我们一定很快就能抓到害灵儿的凶手。"杜念伸手想揽住妻子日渐瘦削的肩膀，手在半空停了一瞬，默默放下来。有些事一旦发生，就再也回不去了。

永平长公主没有理会杜念，强打起精神交代女官："把小五送到牡丹园，对冯大姑娘说是本宫赏她的。"

等抓到那对男女还要冯大姑娘去认人，在此期间，她不想看到那个小姑娘有任何闪失。一个大意让她失去了女儿，她不会再大意一次。

沉浸在丧女之痛中的永平长公主此刻还顾不得想别的，只有一个念头很清晰：一定要保证冯大姑娘安全。

牡丹园中宴席已经到了尾声。

众女撬不开冯橙的嘴，心中发酸。

长公主虽没有给冯大姑娘赏赐，却叫她陪着喝茶了，这份殊荣可不比赏赐差。不管什么缘故，这次赏花宴最出风头的就是冯大姑娘。

"冯大姑娘。"

女官一出声，众女立刻看过去。冯橙起身应了。

女官一指跟在身后的侍女："冯大姑娘很投殿下眼缘，这个丫鬟是殿下赏你的。"

众女呆了呆，不由睁大了眼。赏了冯大姑娘一个大活人？

赏赐侍女可比赏赐物件光彩多了，以后有这么一个出身长公主府的丫鬟伺候着，行事都会便利许多。

冯橙也有些意外。

她送出那封信，就是想借得长公主青眼的风声令祖母忌惮，改变目前寸步难行的处境，没想到结果比她想得还要好。

"谢殿下赏赐。"冯橙真心实意道谢。

女官客气笑笑："这是冯大姑娘应得的。对了，冯大姑娘来时坐的长公主府的马车，回去时就还是坐那辆马车吧，省得与姐妹们挤。"

冯橙从善如流应了。

宴席散了时，众女余光还忍不住往冯橙那里瞄。

这难道就是传说中的人比人得死，货比货得扔？

得了长公主赏赐的丫鬟，来回还坐长公主府的马车，冯大姑娘怎么不上天呢？

冯橙没理会那些意味莫名的眼神，上了马车问那名侍女："你叫什么名儿，今年多大了？"

"奴婢今年十四岁，平时别人都叫奴婢小五，请您赐名。"

让她赐名？冯橙看着秀美可人的小丫鬟努力想了想，道："那就叫你小鱼吧。"

陆玄没有选择去长公主府外面等。今日去长公主府赴宴的贵女不少，与其在那里费劲寻人，不如在尚书府外守株待兔。

冯大姑娘不管去何处，既然出了家门，自然会回家。

少年坐在高高的树上微闭着眼，任由透过枝叶的细碎阳光洒在脸上。

他的皮肤是冷白色，被阳光这么一照，雪玉般莹润清冷。

等人的滋味总是难熬的。从一开始的急切到现在的昏昏欲睡，晌午就这么过去了。

突然听到马蹄与车轮声，树上的少年骤然睁开眼睛。

陆玄藏身路边树上，把一前一后两辆马车尽收眼底。行在前面的马车有着永平长公主府的标志，后面那辆青帷马车就很眼熟了，早上才见过。

陆玄视线落在前面那辆马车上。冯大姑娘定是在这辆车里。

微一思索，他打消了用小石子袭击长公主府那匹马的念头。

早上尚书府拉车的马才受了惊，现在长公主府拉车的马又受惊，两匹马都出状况，这种巧合难免让人生疑。

既然如此——少年嘴角微扬，看着后面的马车有了决定。

那就一事不烦二主，就当尚书府的这匹马今日抽风了吧。

陆玄不再迟疑，一枚小石子疾射而出。

骏马如他期待的那样再次高高扬起马蹄，许是早上阴影还在，这一次反应大了不少。车厢突然颠簸，冯梅与冯桃齐齐惊叫出声。

车夫急忙安抚受惊的马，本该直接从侧门驶进府中的马车再一次停下来。

冯橙隐隐听到冯桃的惊叫，忙问情况。

车夫的声音隔着车门帘传进来："后头的马似乎受惊了。"

"停一下。"冯橙叫了停，提着裙摆利落跳下马车。

小鱼见此默默跟上。

树上的黑衣少年见前面马车停住不由扬唇,而后便看到一名少女从马车上跳下。

看那利落劲儿,是他救下的那个女孩子没错。

陆玄盯着快步走过去查看情况的少女,眸光越来越深。

回京路上顺手救下的姑娘居然是传闻中与弟弟私奔的人,世上真有这般巧合?

他不信。

陆玄冷冷注视着少女,考虑接下来的打算。

既然确定是她,或许墙头还是该翻一次。

"三妹,你没事吧?"

冯桃摇摇头:"没事,早上来了这么一回,有经验了。"

冯橙听了一愣:"这马早上也惊过?"

得了肯定答复,她不由皱眉:"这种事怎么能大意,这马早上既然出了问题,就该换马才是。"

冯梅一副惊魂甫定的模样,白着脸反驳:"大姐说得轻巧,去长公主府赴宴岂能迟到?"

冯橙不悦地看她一眼:"迟了又如何?先不说换马耽误不了太久,自身安危难道不比出门吃一顿重要?"

冯梅气结。这是吃一顿的事吗?谁去长公主府是为了吃!

眼见长公主府的人还在,她不愿争下去,淡淡道:"当时这匹马只是扬了扬蹄,想着没什么打紧。好了,大姐,我们还是进去吧。"

冯橙见冯梅听不进去,懒得再说。

回头叮嘱三妹以后不要大意就是,至于冯梅,既然听不进去,她也不能强迫。

"小鱼,你去替我谢过长公主府的车夫,就说我们直接进府就行了。"

小鱼微微点头,向前边马车走去。

冯梅盯着小鱼的背影笑道:"原来长公主送给大姐的婢女叫小鱼,名字真有灵气。"

虽然只是个丫鬟,却是长公主送的,以后说不定还有被长公主叫着问话的机会,给对方留个好印象总没有坏处。

冯橙赞许看了冯梅一眼:"二妹果然有品位,小鱼的名字是我取的。"

冯梅:"……"昧着良心乱夸果然有报应!

冯桃瞧着冯梅反应神清气爽,挽着冯橙胳膊笑盈盈道:"大姐,咱们进去吧。"

"嗯。"

冯橙才抬脚,就听有人喊:"橙橙——"

听到这声喊的瞬间她下意识绷直身子,停了停才循声望去。

路边一名蓝袍少年冲她招手:"橙橙,你能不能过来一下?"

冯桃瞧见蓝袍少年就冷了脸:"怎么是薛繁山那个负心汉!"

在小姑娘心里，当初要与大姐定亲的是薛家，现在退亲的还是薛家，与她们青梅竹马长大的薛繁山就是个彻头彻尾的负心汉。哼，若不是薛繁山耽误了大姐，说不定大姐还真能嫁给陆墨呢。流言会传大姐与陆墨私奔，不就说明世人觉得大姐与陆墨般配嘛。

冯橙乍然见到薛繁山，一时晃神。

冯梅低斥一声："三妹，不要乱说话。"

退亲是两府大人的事，骂薛繁山是负心汉简直莫名其妙。

冯桃口无遮拦，冯橙胸无大志，她怎么就和她们成了姐妹。

"橙橙——"少年还在喊，语气里带出明显的乞求。

冯橙想了想，对冯梅二人道："你们先进府，我去与他说几句话。"

冯梅似笑非笑看冯橙一眼："大姐可不要耽误太久，祖母知道了恐怕不高兴呢。"

冯橙没有搭理冯梅，径直向蓝袍少年走去。

她死了祖母才高兴呢，既然如此，祖母还是一直不高兴着吧。

小鱼紧紧跟在冯橙身后。

冯橙转了头："小鱼，你就在这里等我。"

"我不能离开姑娘，我要保护姑娘。"

冯橙静静看着小鱼，小鱼亦静静看着她。

片刻后，冯橙道："你保护我，我很感谢，但你既然跟了我，首先要听我的话。你若能做到就留下，若是做不到，我这就送你回去。"

让不让小鱼跟着去听她与薛繁山说话不重要，重要的是第一次冲突往往会决定以后二人间的关系。她要的是一个助力，而不是一个束缚。

小鱼面无表情看了冯橙许久，终于垂眸后退一步。

冯橙走到蓝袍少年面前站定："有什么事么？"

少女平静的语气令蓝袍少年有些慌，伸手去抓她手腕。

树上黑衣少年看到这一幕，扬了扬眉梢。他真的没有瞧这种热闹的爱好。

冯橙轻盈避开，板着脸道："有话好好说。"

薛繁山抓了个空，手中空荡荡，心头更空荡荡。

"橙橙，我们去那里说吧。"少年指着一棵大树道。

冯橙只想快点说清楚，点点头跟过去。

陆玄垂眸看着站在树下的少年少女，默了默。这是想听不清楚都不行了？

冯橙背向树干，淡淡道："说吧。"

薛繁山本有一肚子话对冯橙说，见她这般态度心一慌，脱口道："橙橙，我不想退亲！"

冯橙神色越发冷淡："亲事已经退了，你再说这些有什么意思。薛繁山，我也有话对你说。"

"你说！"

"我们的亲事是父母做主，退亲也是长辈的决定，我一点都不怪你。"

她与薛繁山，是真正快快乐乐一起长大的青梅竹马。他曾爬树掏鸟蛋烤熟了与她分享，也曾采了野花编成花环戴在她头上。所有年少时能经历的趣事，他们都一同经历过。对这样一个人，她怎么可能去恨？

薛繁山的眼睛在听到冯橙的话后亮了起来，像是星子在闪烁："橙橙，你不怪我太好了！"

望着喜不自禁的少年，冯橙攥了攥拳，认真道："我虽不怪你，但亲事已退，覆水难收，以后我们不要见面了。"

薛繁山急了："我不答应！橙橙，你等等我，我一定会说服我母亲的！"

"伯母不会答应的。"

少女笃定的语气令薛繁山一窒，神色一下子颓丧。

比起冯橙，他当然更了解自己的母亲。

可很快少年又打起了精神，望着少女目光灼灼："橙橙，不如我们私奔吧！"

正听得入神的陆玄神色有些古怪。难道现在私奔这么流行了？

少年目光透过繁茂枝叶，落在少女面上。

冯橙那张莹白的脸瞬间染上红霞，眼神闪着怒火："薛繁山！"

冯橙是真的怒了。私奔，她梦里梦外难道就和这两个字绑定了？

薛繁山一见冯橙恼了，手足无措："橙橙，你别生气，那咱们不私奔了，不私奔！"

冯橙瞧着少年语无伦次的样子骂不下去了，缓了缓心情，认真道："薛繁山，你也长大了，不要无理取闹。"

少年怔怔反驳："可我才十六岁，离加冠还有四年呢。"

在大魏，男子二十加冠才算成年。

如果不能与橙橙在一起，他情愿不要长大。想到这里，少年红了眼圈，目露乞求地问："橙橙，如果家中大人改了主意，我们还在一起好不好？"

冯橙拢了拢拳，面上没有半点犹豫："不好。"

她还记得梦中薛府迎亲那日的热闹。

她蹲在树上，亲眼瞧着身穿喜服、头戴红花的薛繁山骑着高头大马去接新娘。

尽管这些事现在还未发生，却在她的脑子里深刻存在着。

她不能接受打上别的女子烙印的男人，亦不能抢夺属于别人的姻缘。

"橙橙——"

冯橙冷了脸："薛繁山，你若还念着我们这么多年的交情，过去的事就不要再提了。"

薛繁山张张嘴，满心不情愿。

可从小一起长大他还是知道的，橙橙平时性子软，一旦打定主意却很难更改。

少年低了头，垂头丧气道："那我听你的，以前的事不提了。"

冯橙语气软下来："那你赶紧回府吧，以后别来找我了。"

"知道了。"薛繁山恋恋不舍看她一眼，一步步往薛府走去。

薛府与尚书府相邻，少年走得再磨蹭，还是进了家门。

冯橙见薛繁山没有闹出别的事，收回目光转身欲走。

一道黑影从天而降。冯橙顾不得看清掉下来的是什么，箭步躲到树后。

她这反应反倒让从树上跳下的陆玄愣了愣。

不远处一直盯着这里的小鱼冲过来，警惕地瞪着他。

陆玄眯了眯眼。小丫鬟散发出的杀气，他自然感觉到了。

冯大姑娘身边还有这样的人？

他面无表情看了刚刚以迅雷不及掩耳之势蹿到树后的少女一眼。

冯橙见是陆玄，从树后走出来。

陆玄无视死死盯着他的小鱼，淡淡道："冯大姑娘，要不要聊聊？"

虽是征询的语气，却透着不容置喙。

冯橙点了点头。陆玄是个不达目的不罢休的，她现在拒绝，以后只会有更多麻烦。

何况能与陆玄熟悉起来是好事，将来她还想拦着他别作死呢。

皇上被雷劈死这种意外怪不了谁，可不能杀太子啊。

"小鱼，我与陆公子有话说，你还是去那里等我。"

听了冯橙的吩咐，小鱼却没有动，目不转睛盯着陆玄道："他身手很好。"

好到令她汗毛竖起，不敢妄动。

"陆公子是个好人，你不必担心。"

小鱼依然没有动。陆玄不耐烦了，伸手向小鱼抓去。小鱼虽感受到了威胁，却半步不退。二人很快打到一起，动静不大，动作却快得令人眼花缭乱。

冯橙刚开始还想拦，最后颇有自知之明躲到树后观战。

好在没过多久胜负揭晓，陆玄制住小鱼，寻觅少女身影。

人呢？

冯橙再次从树后走出来。

少年捏着竭力挣扎的小丫鬟，冷笑道："这种不听话只会添乱的丫鬟，要来何用？"

冯橙看小鱼一眼，没吭声。

有小鱼在身边，对她的安全大有好处，但指使不动确实令人头疼。

但这其实怪不了小鱼，小鱼效忠的主人本就不是她。

小鱼听了陆玄的讥讽，怒瞪着他。

"怎么，不服气？"陆玄挑眉，指指冯橙，"刚刚你主子让你一边去，你非要与我硬碰硬。那你可想过，原本我可能与你主人说几句话就算了，却因你的挑衅令我心生恼火干脆伤了她，那你究竟是保护她还是害她？"

小鱼一愣，表情茫然。她生来木讷，不喜言语，相伴最多的不是人，而是刀枪棍棒。

翠姑叮嘱她以后的任务就是保证冯大姑娘的安全，她做错了吗？

冯橙这时终于开口："小鱼，我有判断力，如果有人能威胁到我的安全，我肯定不会支开你。而陆公子——"

她看了黑衣少年一眼，道："陆公子心地善良、怜贫惜弱、急公好义，肯定不会伤害我。你现在去那边等我，不要给我添麻烦了。"

小鱼咬了咬唇，随着制伏她的人松开手，默默向尚书府的方向走去。

陆玄定定望着面前的少女，心情复杂。

心地善良、怜贫惜弱、急公好义，这说的是他？

少女眼神干净，神色乖巧。

陆玄却不这么认为。

就凭这丫头见到自己后的平静，也不可能是个真乖巧的。

少年瞥了不远处等候的小鱼一眼，一针见血地问："那个丫鬟是长公主府的吧？"

冯橙眼中流露出恰好的疑惑。

陆玄语气平淡解释："那丫鬟身手不错，对你的吩咐不是那么听话，加上你刚刚下来的那辆马车有长公主府的标志，所以不难猜测。"

见冯橙没有反驳，少年看着她的目光变得幽深："长公主为何会送一个丫鬟给你？"

他以为面前少女会心虚，却没想到对方微抬下巴，很是理直气壮："自然是因为长公主瞧我顺眼，给我的赏赐。"

看长公主府的安排，暂时会压下找到迎月郡主的消息，她当然不会乱说话。

"瞧你顺眼？"陆玄扬眉勾唇，露出讥讽之色。

午后的阳光下，少女盈盈而立，眉目如画。

少年唇边讥讽渐渐收敛。

倘若永平长公主看重长相，那不得不承认，眼前少女确实让人看着顺眼。

陆玄干脆跳过这个话题，目光灼灼盯着冯橙："冯大姑娘见到我，好像一点不惊讶。"

进京路上冯大姑娘把他当成弟弟，如今乍然见到自己出现，表现未免太平静。

一个被传与陆二公子私奔的姑娘，见到传闻中的私奔对象不该如此反应。

审视的目光落在冯橙面上，令她有些头疼。陆玄年纪不大，却是个多疑的，这一关不好过。这时候她不由念起薛繁山的好。同样是十六岁，看人家活得多简单。

心念微转，冯橙决定坦白一部分："我猜陆公子可能会来找我。"

少年定定看着她，等着解释。

冯橙揉了揉脸颊，长长叹口气："我回到家后才知道京中竟有那样荒唐的传闻，那时我还诧异居然这么巧,带我回京的陆二公子就是传闻与我私奔之人。可很快我就觉得不对了——"

"哪里不对?"

冯橙抿了抿唇,道:"我们明明一同回京,转日成国公世子夫人却亲自登门见我,这说明陆二公子根本没回来。"

说到这里,她微微拧眉:"你明明回来了,陆二公子却没回来。我困惑许久,终于想到一件事。"

陆玄静静等着下文。

"据说陆二公子还有一位孪生兄长。既然陆二公子没有回来,那我的救命恩人就不是陆二公子,而是陆大公子。"少女望着他,语气笃定,"你是陆大公子,对吗?"

被那双清澈如水的眸子注视,陆玄扬了扬眉:"倒是不笨。"

还猜到了救命恩人是他,不是二弟。

这话听不出语气如何,冯橙一时摸不准眼前少年的想法。这是信了吧?

可很快一道锐利目光落在她面上:"冯大姑娘与我弟弟的失踪当真毫无关联?"

冯橙忙摇头:"没有。"

"你与我弟弟一同卷入流言,又恰好遇到我,是不是太巧了?"

少女眸子睁大几分,困惑反问:"不是陆大公子遇到的我吗?"

明明是为了找个隐蔽地方小解才遇到她,疑心还这么重。

想到这里,冯橙黛眉微蹙,一副百思不得其解的模样:"说来也怪,陆大公子骑马赶路,怎么突然去了那里?"

陆玄一下子被问住了。向来冷淡从容的少年面上一热,迎着少女狐疑打量的目光,险些跳回树上。这丫头怎么这么烦!

冯橙心中暗笑,面上却努力思索着:"陆大公子不可能无缘无故去那里,莫不是当时发现了什么蹊跷?"

少年额角冒起青筋。这丫头有几分聪明,再琢磨下去恐怕就要猜到他是去小解了。

少年唇角紧绷,一脸严肃:"这不是你该考虑的事。"

到这时,他的怀疑散了一些。

冯大姑娘与二弟的失踪是否有关目前尚不确定,但遇到他应该只是巧合。当时早一步或晚一步,他都不会碰上她,而那个时间不可能被人控制。

"麻烦冯大姑娘说一下如何失踪的。"

"之前对令慈说过了。"

少年清凌凌的目光扫来:"再说一遍,事无巨细。"

冯橙便把先前对成国公世子夫人说过的话重复一遍。

陆玄默默听着,神色瞧不出喜怒。

"就是这些了。"

"多谢。"陆玄淡淡道谢。

冯橙微微屈膝："陆大公子不必客气，我也希望贵府能早日寻回陆二公子。陆大公子若是没有别的事，我就回府了。"

"等一下。"

冯橙心头一紧。还有事？

陆玄不动声色把对方的反应看在眼里，有些火气。

这丫头把他夸成个大善人，夸得他自己都不信，心里却分明有着戒备。

这就是对救命恩人的态度？

见陆玄不语，冯橙只好笑盈盈问："陆大公子还有事？"

陆玄笑笑："之前冯大姑娘说的话还算数吧？"

"什么？"冯橙一愣。

"当时冯大姑娘说要把攒了十五年的月钱送给我。"

冯橙呆了呆，下意识道："我记得陆大公子当时说不要。"

少年毫不脸红："现在我改主意了。不知冯大姑娘攒了多少月钱？"

冯橙努力想了想，不确定道："好像有三百两吧。"

祖父虽身居高位，家底丰厚，但文臣家的女孩儿不是那种猛砸银子的养法。

她月钱有限，攒钱很难的，不算衣裳首饰，三百两现银不少了。

"三百两？"陆玄嫌弃皱眉，"太少了。这样吧，冯大姑娘给我三千两，咱们就算两清了。"

冯橙呆了呆，仿佛第一次见到面前的少年。

"我没有那么多钱。"

陆玄微笑："那就赊账吧，不急着还。"

这样的话，以后若发现这丫头有问题，就能随时名正言顺找过来。

冯橙心生警惕，果断拒绝："我不赊账！"

陆玄这么不要脸，转头又说要利息怎么办？

何况她再攒二十年也攒不出三千两来，这个账不能认！

陆玄眯了眼："不愿意赊账就还钱。"

"三百两行吗？"

得来的是少年无情摇头。

冯橙垂眸沉默许久，久到陆玄以为她会妥协时，咬了咬唇："若陆大公子执意要三千两，那我就——"

"你就如何？"

"我就说与我私奔的其实是陆大公子，后来我后悔了，陆大公子只好送我回来了。"

陆玄：！

这个年纪的少年，总是不甘低头的。

陆玄黑着脸冷笑："你这样是两败俱伤，以为这么说了国公府会上门求娶？"

冯橙笑着摆手："陆大公子误会了，我可没打算嫁进国公府去，反正世人提起来说陆大公子引诱我私奔就够了。"

少年错愕地看着她，心中只有一个念头：这丫头死猪不怕开水烫！

所谓流言，本就是无根之萍，往往传到后来面目全非，而那些热衷传流言的人还是会说得信誓旦旦。

他行事肆意，传别的也就罢了，独独传与女子私奔不能忍。

"陆大公子，三百两作为谢礼行吗？"少女问得乖巧，上扬的唇角却令人不爽。

陆玄咬牙："冯橙橙——"

"等一下。"冯橙出声打断，神色古怪地看着面色冰冷的少年，"你刚刚叫我什么？"

少年嗤笑："怎么，你的名字叫不得？"

冯橙莞尔："我的名字当然叫得，可我不叫冯橙橙啊。"

陆玄愣了一下。

刚才在树上，明明听到那个小子叫她橙橙。

"我姓冯，单名一个橙字，陆大公子不要再叫错了。"

陆玄难得尴尬了一下，盯着笑靥如花的少女没吭声。

见他态度松动，冯橙趁热打铁："那我这就回府把三百两银子给你送来？"

"不必了。"见对方微愣，少年没好气解释，"这么点钱我要来有什么用，你还是自己留着吧。"

他想要的是个以后方便找她问话的借口，要这三百两银子干吗？

冯橙笑吟吟道："我就说陆大公子是个大善人，那就多谢了。"

陆玄嘴角一抽。

"那我回府了。"冯橙屈了屈膝，见对方没有反应，提着裙摆飞快跑了。

少年靠着树，眼瞧着那道身影消失在尚书府侧门口，唇角紧绷。

今日没问出太多讯息，还被人反将一军，心中当然不爽快。然而人已经跑了，不爽快也只能憋着。

罢了，等再见到那个乱叫名字的小子，打一顿好了。冯橙就冯橙，叫什么橙橙！

陆玄想想得来的讯息，大步流星离去。

冯橙一直跑进尚书府，无视门人错愕的眼神，悄悄从门缝往外看了看。

被树挡住了，看不见。

少女挺直了脊背，恢复大家闺秀的模样向府中走去。

牛老夫人自从冯橙被长公主府的马车接走就如坠梦中，焦灼等着长孙女回来。

冯梅与冯桃进府后，自是第一时间来长宁堂请安。

"你们大姐呢？"牛老夫人第一句话便问起冯橙。

冯梅无视冯桃递来的眼神，道："我们下车时遇到了薛繁山，他把大姐叫过去说话，大姐让我们先进府。"

"胡闹！"牛老夫人脱口斥了一句，本想立刻打发人去把冯橙叫进来，转而改了主意，"你们在长公主府中怎么过的，都说说吧。"

冯桃唯恐牛老夫人继续追究冯橙与薛繁山说话的事，忙说起来。

冯梅面上不露声色，心里却有些吃惊。

冯、薛两府才退亲，祖母应该恼火大姐与薛繁山牵扯才是，现在竟置之不理了。

"这么说，你大姐一到就被带进了凉亭陪长公主喝茶，后来还被长公主带走了？"

冯桃笑着点头："是呀，不只如此，长公主还赏了个丫鬟给大姐呢。"

牛老夫人神色瞬间一沉，而后恢复如常："是么？那你们再说说今年赏花宴与往年有何不同，都请了谁……"

长公主召大丫头过去，究竟出于什么目的？

那个死丫头，到了家门口还不进来，被拐了一遭性子竟然变野了。

到这时，牛老夫人已经察觉冯橙性情有变，不再如以往那般娇软乖巧。

就在牛老夫人快沉不住气时，终于听到门口丫鬟通传："大姑娘到了。"

"让她进来！"

素衫红裙的少女款步而入。

牛老夫人视线在那随着走动而摇曳的大红裙摆上停了一瞬，骤然想起昨日情景。

那时大孙女乖乖巧巧问："祖母，明日孙女穿那条新裁的红罗裙出门合适吗？"

她说什么？不合适。

可是如今，大孙女不仅被长公主府的人亲自来接，还得了长公主青睐。

这耀眼的红裙简直是在讽刺她昨日的话。这丫头莫非是故意打她的脸？

牛老夫人落在少女身上的目光有了审视。

冯橙提着裙摆，微微屈膝："祖母，孙女回来了。"

纤纤素指，秾丽红裙，分明的对比令人移不开视线。

牛老夫人胸口一堵。她确定，这丫头就是故意的！

牛老夫人看向冯橙的目光陡然凌厉。

小鱼自幼习武，对这些格外敏锐，默默往前迈了一步。

随着她这一动，立刻把牛老夫人的目光吸引过来。

凌厉的目光收敛，转为温和。

"大丫头，听三丫头说长公主赏了你一个丫鬟，就是她吗？"

冯橙笑道："是她，祖母以后叫她小鱼就行。"

"小鱼？"牛老夫人微微点头，"好名字。"

她还摸不准长公主赏赐大孙女丫鬟的意思，有些话自然不好当着这个丫鬟的面说。

"婉书——"

"婢子在。"

"小鱼是长公主府出来的，咱们府上不能亏待了。你领小鱼去量身裁衣，挑几套首饰。"

婉书走到小鱼面前，客气笑着："小鱼，跟我来吧。"

小鱼垂眼站在冯橙身后，纹丝不动。婉书笑意僵了僵，又说了一遍。小鱼仿佛泥塑，依然毫无反应。

婉书不由去看牛老夫人。

牛老夫人从没见过这样的丫鬟，斟酌着问冯橙："大丫头，小鱼她……是不是耳力不佳？"虽然无法想象长公主会把一个有残缺的丫鬟赏人，可这个小鱼太奇怪了。

听了牛老夫人问话，冯橙露出苦恼神色："不是啊，小鱼好像只是不爱与不相干的人说话。"

婉书："……"

牛老夫人心中亦不痛快，然而以她的身份不好与长公主府出来的人计较，只得压着恼火道："那你让小鱼随婉书去吧。"

少女皱着脸，显得更苦恼了："小鱼是长公主的人，孙女不敢使唤呢。"

一直毫无反应的小鱼忍不住看了冯橙一眼。

第4章 调查

牛老夫人看看一脸苦恼的孙女，再看看木讷沉默的丫鬟，有些头疼。

长公主会赏一个丫鬟给大丫头，足以看出其对大丫头的看重。

老爷虽身居高位，可毕竟出身寒门，比不得那些百年大族根基深厚，冯氏一族是围绕着老爷这棵大树才根深叶茂。

而永平长公主的超然地位不必多言。

虽说真要处置大丫头，长公主不一定会说什么，这毕竟是尚书府家事，可又何必因为一个小丫头惹长公主不快。看来先前对大丫头的安排只好作罢了。

牛老夫人权衡过后，望着冯橙的眼神温和许多："既是长公主赏你的人，以后就好生对待。"

"孙女知道了。"冯橙仿佛没有察觉牛老夫人的态度变化，乖巧应道。

牛老夫人端起茶盏："好了，你们姐妹三个今日出门赴宴，如今也乏了，都回去歇着吧。"

"是。"

姐妹三人一起从长宁堂退出来，走在回屋的路上。

冯橙的晚秋居、冯梅的暗香居、冯桃的长夏居毗邻而建，回去自然顺路。

看着携手而行的二人，冯梅神色有几分阴沉。她又被排挤了！

不对——冯梅不知想到什么，脚下一顿。

她速度一缓，冯橙二人就走到了前面，越发清楚看到冯桃亲昵挽着冯橙手臂，正眉飞色舞说笑着。

冯梅紧紧抿唇，终于想明白哪里不对劲。冯桃从小就是冯橙的跟屁虫，她早就见惯了。而冯橙虽与冯桃更要好，对她却也没这么冷淡过。

"大姐——"

听到这声喊，冯橙回头："二妹叫我？"

冯梅快走两步跟上，意有所指道："大姐好像变了不少。"

冯橙笑了："人遭大难，哪有不变的。"

"就是啊，我觉得大姐现在挺好。"冯桃把冯橙的手臂挽得更紧了些，斜睨着冯梅。

从小到大，二姐处处与大姐较劲，她看得明白，大姐当然也能感觉到。

不过是大姐宽厚，以往姐妹三人在一起时，见不得二姐太难堪罢了。

现在大姐懒得再包容二姐的小心眼，真让她神清气爽。

小姑娘的挑衅太明显，令冯梅脸色微沉："三妹竟然觉得大姐被拐是好事，你这么想对得起大姐吗？"

冯桃瞪眼："二姐，你这是曲解我的意思！"

冯梅冷笑："哪里曲解了？不是你亲口说觉得大姐现在挺好？"

冯橙拉了拉气鼓鼓要争论的冯桃，笑道："失之东隅，收之桑榆，我前几日被拐当然不是好事，但今日得了长公主赏赐不是大好事吗？所以三妹说我现在挺好，我觉得没有错。"

冯梅无法反驳，脸都气白了几分。

冯橙无视冯梅的反应，笑着问冯桃："我出门前吩咐白露做了些桃花酥，三妹要不要尝尝？"

冯桃猛点头："好啊，我最喜欢吃桃花酥了。"

姐妹二人说笑着往晚秋居走去。

冯梅盯着二人并肩而行的背影，揉了揉帕子。

上次冯桃说最喜欢吃绿豆糕，上上次冯桃说最喜欢吃桂花糕，上上上次……总之只要是冯橙给的点心，就没有冯桃不喜欢的。

吃，吃，吃，吃成猪崽子嫁不出去才好！

冯梅暗骂一声，快步往暗香居走去。

进了晚秋居，冯橙把小鱼介绍给白露，并命白露把人领下去安顿。

见小鱼乖乖跟白露去了，冯桃颇为吃惊："看着挺听话的呀。"

可不像在长宁堂时的样子。

冯橙笑着把桃花酥递过去。

做成桃花形状的粉色糕点，里面是甜甜的豆沙馅，吃起来酥香可口。冯桃一连吃了两块，捧着清茶赞不绝口："大姐，白露做点心的手艺越来越好了。"

"是啊，白露擅长这些。"说到这里，冯橙想起了蕙葭。两个大丫鬟各有所长，忠心耿耿，皆是从小陪她长大的好帮手。可惜蕙葭惨死，她来不及救。

冯橙压下心痛，正了脸色："三妹，我有事嘱咐你。"

冯桃忙把茶盏放下，拿帕子擦了擦嘴角："大姐，你说。"

"最近这段日子，你遇到任何特别的事都记得跟我说。"

梦里三妹因与小厮私会被撞破而死，这是她一直无法揭开的谜团。

她不想三妹再落得梦中那般结局。

冯桃一脸困惑："特别的事？"

"对，只要与平时不一样的都算。"冯橙唯恐妹妹大意，再次强调。

"好。"冯桃似懂非懂点点头。

虽然不明白大姐为何这么交代，但大姐从不会害她。

父亲早逝，嫡母懦弱，生母更是在她很小的时候就不在了，别说祖母那样的长辈，就是府中下人的暗中怠慢都不少。这些年多亏长姐护着，她才能这般安稳快活。

她要一直和大姐在一起，谁都别想把大姐抢走！

"喵——"一只花猫跳上冯橙膝头。

"是不是饿了？"冯橙从摆在桌上的小瓷罐中抓了几根小鱼干喂它。

来福不紧不慢吃着小鱼干，懒洋洋看了冯桃一眼。

冯桃杏眼圆睁。这只猫好像在鄙视她！

似乎察觉到小姑娘的情绪，来福微微仰头，任由冯橙伺候着吃下一根小鱼干。

冯桃："……"

陆玄从康安坊离开后，直接赶去顺天府了解冯大姑娘与陆二公子私奔一案，当然现在有所变化，改为陆二公子失踪案了。

陆玄常常为太子办事，对顺天府并不陌生。

找到负责此案的官吏了解过情况，陆玄问道："这个耍猴戏的现在何处？"

官吏忙道："此人是外地人，去年家乡遭了灾才来到京城讨生活。平时居无定所，走到哪儿就把猴戏耍到哪儿，前几日为了找他可花了不小功夫。下官想着以后可能还会找他问话，就让他赁了一间屋住下了……"

陆玄听罢道了谢，按着官吏给出的地址赶去那里。

低矮破败的屋舍紧紧相邻，逼仄得令人压抑，少年走在其间却面不改色。

他在一处破门前停下，伸手敲了敲。

"谁呀？"随着门被拉开，露出一张饱经风霜的脸。

"问案。"

趁着男子愣神，陆玄推开他大步走了进去。

男子掩上门，忙跟上去，小心翼翼问道："您是——"

江湖卖艺的少不了眉眼灵活，一眼便看出走进来的少年不简单。

陆玄没有理会男子的话，环视院中。

巴掌大的院子堆满了杂物，一只猴儿卷着尾巴挂在木架上，正目光炯炯看过来。

陆玄打量那只猴儿片刻，这才看向男子："前两日官府找过你吧？"

"啊，是。"

"我是刑部的，再来问问那日的事。"

男子仔细看陆玄一眼，面露狐疑。少年看起来不过十六七岁模样，眉眼间青涩未褪，说是官府中人实在令人难以信服。

"怎么，不信？"陆玄挑眉。

男子被那锐利的目光笼罩，头皮发麻，忙笑道："大人有话尽管问。"

看这少年气质衣着都不是寻常人，对他这种活在最底层的来说，信与不信又有什么重要的呢？重要的是惹不起啊！

男子心中发苦，面上赔着笑。照着他的想法，那日之后就该立刻远走高飞，避避风头才是。可给他银钱的那人特意叮嘱过，要他如往常一样，不许露出反常。现在可好，被官府叫去问了一回话，如今又有人找上门来。

让男子还算心安的是那些官差对他并没有起疑心，再熬一段时日把房子一退就自由了。

一个乳臭未干的小子，不难应付。

男子定了定神，越发镇定。

"那日你养的猴儿扑向人群引起骚乱，你把当时情景再给我仔细说说。"

"当时……"男子说起来。

陆玄静静听着，与从官吏那里了解的情况没有出入。

"大人，事情就是这样。小民真的没想到因为小畜生一时失控惹出这样的乱子——"男子微躬着身，脸上内疚与恐慌交织。

倒挂在木架上的猴子突然唧唧叫起来。

男子一瞪眼："吵着贵人看我不剥了你的皮！"

"唧唧！"猴子叫着蹿上墙头。

男子没再理会猴子，赔笑看着陆玄。

"你的猴儿养了几年了？"陆玄问。

"有七八年了。"

"驯了这么久的猴子，怎么还会出乱子？"陆玄再问。

男子心头一紧，尴尬笑着："养再久到底只是个小畜生，总不可能像人一样懂事听话，您说是不？"

陆玄微微点头，淡淡道："这次先这样，回头若有需要，再来叨扰。"

男子暗松口气："大人慢走。"

一直把人送出门外，直到看不见少年身影，男子这才关上门。

"二皮——"不见猴子踪影，男子随便喊了一声便置之不理。

猴子是养熟的，平时并不拴上，时而会跑出去自己寻东西吃，倒是省了口粮。灰暗的巷中很快又出现了那道玄色身影。

"咚咚咚。"敲门声再次响起，这一次敲的却是另一道门。

开门的是个四十来岁的妇人，扶着门框警惕看着门外少年："你找谁？"

黑衣少年浅浅一笑："大娘，请您帮个忙。"

妇人被这一笑晃得眼晕，还没反应过来，手中就被塞了一块碎银。

不多时，妇人气势汹汹去砸门："耍猴的，你给我出来！"

男子打开门，看着叉腰瞪眼的妇人一头雾水："有事吗？"

妇人上下打量他一眼，一脸凶横问："你就是前两日住进来的耍猴的？"

男子暗暗皱眉，嘴上还算客气："是的，大姐有事？"

"是就行了。"妇人用手把门一撑，"赔钱吧！"

男子听愣了："赔钱？"

妇人冷笑："你养的猴儿跑到我家捣蛋，把我家的几只鸡崽儿丢到水缸里淹死了。我告诉你，今日你要是不赔钱，咱们没完！"

男子一听险些跳脚："不可能！"

妇人一瞪眼："你还想赖账？"

"我没想赖账，只是你说我养的猴儿把你家鸡崽儿淹死了，有什么证据？"男子第一反应就是不信，还算冷静问道。

他养了七八年的猴儿自然了解，从不会干这种给他惹麻烦的事。

妇人呸了一声："还需要证据？这么多年四邻八舍相安无事，怎么你才住进来没两日，我家养的鸡崽儿就出事了？不是你养的猴儿干的，别人还能翻墙跑我家来做这种无聊事？"

"大姐，事情可不是这么说——"

妇人挺着胸脯逼近："我告诉你，今日你要是不赔钱，咱们没完！"

男子连连后退，暗暗叫苦。他讨生活见的人多了，最难缠的就是这种泼妇。

这么一想，便不想惹事了。"大姐你说赔多少？"

妇人伸出两根手指。

"二十文？"男子皱眉。

几只小鸡仔竟要二十文，这明显是讹人！

不过看看一脸凶相的妇人，再想想前些日子得来的好处，男子不欲多事，忍气道："行吧。"

"二十文？"妇人声音拔高，斜睨着男子，"二十文就能换回我宝贝鸡崽儿的命？你知不知道那几只小鸡仔被我养得多壮实？它们以后长成母鸡一天至少下两个蛋。鸡蛋再孵出小鸡，小鸡再变成母鸡……"

妇人越说越心疼："亲娘啊，这么一算可是剜我的心啊！"

"大姐觉得该赔多少钱？"男子咬牙挤出这句话。

妇人再次伸出两根手指，险些戳上男子鼻孔："二两银子，少一个铜板都不行！"

"二两银子？"男子脸色大变，"几只鸡崽儿要二两银子，你怎么不去抢？"

妇人啐了一口："我为什么要抢？抢劫要杀头的！你的猴儿祸害了我的鸡崽儿，赔钱天经地义，就是闹到官老爷面前我也有理！"

男子忍无可忍，冷笑一声："大姐家的鸡崽儿怎么死的还是找找别的原因吧，与我无关！"

"怎么，那猴儿不是你养的？"

"是我养的不错，但我养了七八年的猴儿比七八岁的孩子还懂事，让它往东就往东，让它往西就往西，不可能去祸害你家鸡崽儿！"

"一个畜生还能比人听话？"

"猴子最有灵性，驯好了当然比人听话。"男子语气笃定。若是二十文也就罢了，竟然狮子大开口要二两银子，无论如何都不能被这黑心肝的妇人讹上！

"比人还听话？"巷中响起少年冷清的声音。

冷冷清清的声音传入耳中，男子猛地看去。

见是刚才少年去而复返，他脸色一下子变了。

一块银子落入妇人手里，少年语气温和："大娘，我替他赔了。"

妇人捏着银子，啐了男子一口："算你走运！"

得到陆玄示意，妇人扭身走了。

门里门外，二人四目相接。男子忙去关门，被少年伸手抵住。

"你——"

陆玄把人一推，大步走进去。

男子赶紧关上门，忍着心虚赔笑："大人怎么回来了？"

陆玄转身，冷冷扫量男子。

他还有着这个年纪的少年特有的单薄，个头却比这以耍猴为生的男子高出半头。

被少年锐利的眼神一扫，男子心里不由紧张起来。

"不回来，我怎么能听到你的真心话。"陆玄看着男子，似笑非笑。

男子头皮一麻，神色茫然："您说什么，小民怎么听不懂？"

"先前你和我说畜生就是畜生，不可能像人一样懂事听话，刚刚你又对那位大娘说猴子驯好了比人还听话。"少年眼中笑意令人生寒，"岂不自相矛盾？"

男子连连作揖："小民刚刚那么说是不愿被那个妇人讹上，小民可不敢对大人扯谎啊——"

一股大力传来，男子被拽了一个趔趄。

"大人——"

陆玄揪着男子衣襟，直接把他拖进屋中。

院中虽小，好歹光线充足，低矮破败的屋内则光线昏暗，弥漫着一股霉味。

男子被揪住衣襟抵在冰冷的墙上，呼吸变得急促："大人，您这是做什么？"

尽管少年神色冷厉，他一时还无法想象对方会下狠手。十六七岁的少年，经的事还少，鲜少有心狠手辣的。男子暗暗宽慰自己。

可是寒光一闪，冰冷的匕首就抵在了他脖颈处。

"大人！"男子一时惊慌，声音变了调。

近在咫尺的少年面不改色，语气淡漠："我没功夫听你狡辩。那日你的猴儿为何失控，现在给我说清楚。"

"大人，小民真不敢骗你，那日——"后面的话变成了惨叫。

匕尖没入肩头，随着匕首拔出，顿时鲜血淋漓。

"现在愿意老老实实说了吗？"

沾着血的匕首在眼前晃，晃得男子心惊胆战。可要他就这么承认，还是不甘心。

男子鼓起勇气，战战兢兢道："大人，您真的误会了——"

手起匕落，一截小指被削了下来。这一次男子叫得更惨。鲜血滴滴答答往下淌，低矮昏暗的屋中仿佛成了地狱。

血色与暗色交织下，少年淡漠的脸显得越发白皙，与这情景竟有种诡异的协调。

他拿出一方雪白手帕缓缓擦拭染血的匕首，波澜不惊地问："现在愿意老老实实说了吗？"

与先前的话一字不差，落入男子耳中却完全不一样了。

望着神色平淡的少年，巨大的恐惧充溢着男子心头。

他终于深刻意识到眼前少年真的敢杀人。

"我，我说——"男子攥着被削掉半截小指的那只手，浑身颤抖。

陆玄丢了个小瓷瓶过去，冷冰冰道："先止血。慢慢说，我不急。"

男子更害怕了。断了人手指还准备好金疮药，可见这位煞星常干这种事啊！

男子哆哆嗦嗦上药，紧张加上疼痛，颇为吃力。

陆玄冷眼旁观，毫无同情之色。

二弟失踪好几日了，至今没有半点消息，而种种端倪都指明二弟的失踪是场阴谋。想想焦急的家人，二弟的处境，别说同情，就是剐了这混蛋他都不会眨眼。

"可以说了么？"

少年冷淡的声音响起，令男子打了个哆嗦。

"我说，我说！"男子彻底崩溃。

陆玄对于能撬开男子的嘴并不意外。能为了些许好处害人者，没有不贪生怕死的。

"有人给了我十两银，让我在长樱街那处耍猴，等看到人群中有手腕系红绸的人出现，便想办法制造一场骚动……"男子边说边打量陆玄神色，哭道，"大人，小民真没想到后来会出这种事啊！"

只是让猴儿往人群中一扑就能得十两银，谁能拒绝呢？

"少废话！"陆玄扫了男子一眼，面罩寒霜，"那手腕系红绸的人什么样？"

男子竭力回忆着："是个不高不矮、不胖不瘦的年轻人，那张脸没什么特色，当时小民没有仔细看，现在已经想不起来了——"

见少年目光冷厉，男子忙举手："小民发誓，若有半句谎言就天打雷劈！"

陆玄见男子神色不似作伪，想了想问："你确定是男子？"

男子猛点头："小民确定，这个肯定错不了。"

"我听官差说你本来居无定所，那当日闹出乱子后为何不离开京城？"

男子一听苦着脸道："小民也想啊，可那人特意交代了，往日该干什么还干什么，不许有任何异常。"要是知道会遇到这煞星，他一早远走高飞了。

陆玄听了陷入沉思。考虑如此周全，对方这是不想让人察觉一丝异样。

可惜老天有眼，冯大姑娘没有死，还凑巧被他遇到并很快带回了京城。

"给你银子的那人长什么样？"

男子面露难色："那人戴着斗笠，瞧不清长相，看穿戴身材也普普通通……"

陆玄见问不出什么来，往桌上丢了一块银子冷冷提醒："管好你的嘴巴，如若不然，下次你失去的就不是一截小指了。"

"小民明白，小民明白。"

送走煞星，男子背靠着门缓缓滑到地上。

不知何时回来的猴子见主人一动不动，凑上来唧唧叫。

男子一把搂过发蒙的猴子号哭起来。

陆玄回到国公府用过晚饭，吩咐心腹小厮："我要出去办点事，你机灵着点儿。"

小厮叫来喜，瘦瘦的个子也不高，闻言忙道："公子尽管去，小的给您打掩护。"

陆玄点点头，乘着朦胧夜色悄悄离开了成国公府。

他打算再与冯大姑娘见一面，聊一聊她那位表姐。

这种养在深闺的小娘子想见一面就是麻烦，说不得只能翻墙去见了。

当然时间要选好，太早不利于掩饰形迹，太晚对方睡下了不合适。

停在尚书府不远处，少年望着高高围墙想：这个时间刚刚好。

晚秋居中，院里的橙子树沐浴着夜风，白色橙花不知何时已悄然绽开。

白露扫着桌上一罐罐小鱼干，挑着嘴角冷笑："大厨房果然是些捧高踩低的。昨日还说没有小鱼干也买不着，今天就巴巴送来了，还送来好几罐。"

冯橙笑眯眯揭开盖子品尝。

这一罐是香辣味的，这一罐是五香味的，这一罐是孜然味的……

一罐一个口味，竟是把常见的口味都做出来了。

"大厨房做小鱼干的手艺还是不错的。"冯橙满意点头。

凡事用了心，总不会太差。

"喵喵！"来福跳上桌，伸出爪子按在一个瓷罐上。

冯橙挑了无油无盐的那罐小鱼干喂了来福一根，问两个丫鬟："你们要不要尝尝？"

白露笑道："姑娘吃吧，婢子不太爱吃鱼。"

冯橙再看向小鱼："小鱼呢？"

小鱼看看新主人，看看花猫，沉默着拒绝。她似乎知道她的名字怎么来的了。

见小鱼只摇头不说话，白露暗暗皱眉。

长公主赏姑娘的这个丫鬟不是很机灵的样子。

"把这些小鱼干收好，你们下去吧。"

白露带着小鱼把一个个瓷罐收好，立在廊下吹着晚风，开口道："小鱼——"

一个"干"字险些脱口而出，白露忙摆出严肃神色。

好险，要是叫出口，岂不让小鱼误会姑娘取名的用意。

小鱼黑黝黝的眼睛看过来。

"你才来晚秋居，若有不习惯的地方就对我说。"

小鱼微微点头。

看来是个天生的闷葫芦。白露气馁，面上挂着端庄的笑："你住的地方已经收拾出来了，我带你过去。咱们晚秋居人不多，很快就能熟悉了。"

小鱼再点头。

"那走吧。"

这个时候陆玄已经潜入了尚书府。富贵人家的府邸布局差不多，借着夜色掩映，一身黑衣的少年很快来到了花园附近。放眼望去，三个玲珑院落绕园而建，一曰晚秋居，一曰长夏居，一曰暗香居。

陆玄略一琢磨，视线落在晚秋居那里。一年好景君须记，最是橙黄橘绿时。冯大姑娘闺名冯橙，从三个院落中选一个，晚秋居应当是她的住处。

既然选好，便不再迟疑。陆玄利落爬上墙头，悄悄观察院内。廊下灯笼散发的橘光与夜色交织，把院中照得朦胧。看到那株开着白花的橙子树，少年清凌凌的眼中有了笑意。果然没有猜错。

院中很安静，能清晰听到风声虫鸣，透出窗纱的暖光表明屋中人还没有就寝。

又等了片刻，陆玄悄无声息跳下，小心翼翼移到窗前。

冯橙正吃着小鱼干给来福顺着毛，就听到了有节奏的敲窗声。

今晚值夜的白露警惕看过去，一脸紧张。

冯橙给来福顺毛的手一顿，皱眉盯着窗子一瞬，低声吩咐白露："去耳房提一壶开水来。"

为了方便随时有热水用，耳房中的小炉子上一直放着水壶。

白露心领神会，很快从耳房提了一壶开水过来。

冯橙微抬下巴，点了点窗子的方向："去问问是谁。"

意思很明白，若是歹人，就用这壶开水招呼。

白露提着开水壶走过去，压着嗓子问道："谁？"

窗外传来低沉的声音："冯大姑娘还没睡吧？"

白露登时惊了，手中开水壶险些扔出去。

"姑娘，是个男人！"白露用口型对冯橙道。

冯橙已经听出是谁，稍稍定了神道："把窗子打开。"

白露听了这话，一手推窗，一手缓缓把开水壶提高。

冯橙及时补充："开水壶先别用。"

窗子开了，窗外少年与窗内丫鬟四目相对。

陆玄视线缓缓落在丫鬟手里的开水壶上。这是为他准备的？

"白露，去给陆大公子倒茶。"

白露浑浑噩噩应了一声，提着水壶去了耳房。

等到用来招呼歹人的开水冲泡开茶叶，茶香扑鼻，她才醒过神来。窗外的是个男人！这个男子跳窗进来了！姑娘还吩咐她给这个男人上茶！天呐，这到底是怎么回事儿？

白露端着两杯茶进去，脚仿佛踩在云上。

"退下吧。"

早把服从融入骨子中的丫鬟神色恍惚地退下。

看着面色平静的少女，陆玄开口问："冯大姑娘不觉意外？"

"挺意外的。"

这回答可与她的反应不一致。

陆玄深深看了相对而坐的少女一眼："冯大姑娘好像一点不紧张。"

冯橙嫣然一笑："陆大公子是我的救命恩人，我有什么好紧张的。"

若是换了其他人，那壶开水定不能浪费，可陆玄到底是不同的。

梦里他们曾在一起生活数年，虽然她只是一只猫，这么久的时间也足够了解一个人。陆玄有心狠手辣，亦有柔软善心，端看对上的是什么人。她知道他的为人底线，自然不会害怕。

陆玄倒是被冯橙的夸赞弄得有些赧然："有要紧事要见冯大姑娘一面，却没办法联系，只好出此下策。"

"什么要紧事？"冯橙忙问。见都见了，自然是正事要紧。她与陆玄如今的关联便是她与陆墨同日失踪一事，陆玄急着来找她定与此有关。而这也是她关心的。

见对方没有纠结他翻墙来访而是立刻问起正事，陆玄不由生出几分欣赏。

虽然做好了挨骂或对方哭天抹泪的准备，可谁又想这样呢？

或许正是进京路上那短暂的相处让他隐约意识到对方不拘一格的性情，才有了今晚这特别的见面方式。

若是因为他翻墙见面就寻死觅活的姑娘——不敢想。

"今日我去见了那个耍猴人，问出来当时猴子扑向人群不是意外，而是他有意为之。"陆玄开门见山道。

冯橙握着茶杯的手一紧，静静等他继续往下说。

少年一双眼黑白分明，定定看着她："既然那场混乱不是意外，那么你因为那场混乱出事就不是意外。冯大姑娘，你表姐有问题。"

制造混乱是为了方便歹人对冯大姑娘下手，而如何保证冯大姑娘这样的大家贵女在那个时候出现在那里呢？那日陪冯橙逛街的人，便成了关键！

陆玄说着话，目光不离少女面上。

冯橙垂眸沉默了片刻，轻声道："我也怀疑过。"

对世人来说，姻亲算是最亲近的亲戚，承认外祖家害她需要勇气。要知道当出嫁女的子女与家里人发生纠纷，舅父是能替孩子出头的。

听她如此说，陆玄没了顾虑，问道："冯大姑娘回来后可见过你那位表姐？"

冯橙摇头："还没见过。"

陆玄抿了口茶，道："还是尽快见一见。就算你表姐有问题，这件事也不是她一个女孩子能办成的。"

到现在事情已经很明朗，有人暗中对冯大姑娘与二弟出手，制造他们私奔的假象，从而算计国公府与礼部尚书府交恶。二弟的失踪至今毫无线索，倒是冯大姑娘这边有些端倪，这也是他急着来见她的原因。听了陆玄的话，冯橙沉默了。

陆玄说得对，就算设计她出现在那里的是表姐，真正与幕后凶手打交道的定然另有其人。那应该是尤府的长辈。想到这个答案，冯橙心里针扎般疼。

"冯大姑娘，能不能说说你外祖家情况？"

冯橙抿了抿唇，微微点头。

"我外祖父早逝，外祖母拉扯着一双儿女长大。现在尤府主人有我外祖母、舅舅、舅母、表哥与表姐……"

陆玄静静听冯橙讲着尤府情况，问道："你觉得最能打动你外祖母、舅舅、舅母的是什么？"

冯橙愣了一下。

少年语气淡淡："能对外孙女下手，终归不是为了小利。"

冯橙陷入了回忆。在梦里本来这场阴谋是成功的，既然外祖家参与其中，那最大的改变是什么呢？最大的且是好的转变——冯橙认真想着，颤了颤眼帘。

她第一个想到的就是表哥中举。

今年正是三年一次的秋闱之年，再过上几个月表哥下场，让尤府迎来一件天大喜事。十年寒窗苦读，能金榜题名者寥寥，对任何一家来说出了个举子都是大喜事，而对尤府来说尤甚。

她印象里表哥资质平平，别说在十七岁的年纪中举，就是三十七岁中举都算出人意料。说白了，表哥就是止于秀才的水平。可偏偏表哥桂榜有名，而才名远播的兄长却因为母亲的死失去了科考资格。这样出乎意料的发展，足以令她印象深刻。那表哥中举与现在的事有关，还是单纯的撞大运呢？

冯橙不能肯定。

"想不出么？"见她久久不语，陆玄问。

他是不是有些强人所难了？少年暗暗寻思。

灯光下，少女巴掌大的脸苍白如雪，显出几分可怜。

少年难得起了几分内疚，张口道："要是想不出就算了，我再查查看。"

冯橙回神，虽不能肯定，却不想放过任何可能："若说最能打动外祖母他们的，应当是功名。"

"功名？"

"对。我外祖父与我祖父是同科进士，脾气相投，才有了我父母的亲事。祖父出身寒门，论家境比外祖家还差一些，后来仕途顺利连连高升，外祖父却英年早逝，导致尤府家道衰落。对外祖母来说，她最盼着舅舅金榜题名，光耀门楣。"

"那你舅舅——"

冯橙苦笑："舅舅连秀才都没考中，外祖母便把希望放在了表哥身上。可惜表哥也资质平平，为此外祖母没少烦心。"

陆玄默默听着，手指微叩轻敲桌面。一对同年成为了儿女亲家，眼睁睁看着亲家公平步青云成为六部尚书，而自家因为顶梁柱早逝家道衰落，越差越远。而明明一开始二人起点一样，甚至尤家更能助力。

对尤老夫人来说，期待子孙成才恐怕成了执念。其实不说尤家这种情况，放到任何人家，谁不期待儿孙鱼跃龙门呢？

"我回头会从这方面着手查一查。不过为了调查不走错方向，冯大姑娘还是尽快与你表姐见一面，试探一下她的反应。"

冯橙想了想，道："要试探我表姐的反应，还要陆大公子帮个忙。"

"你说。"

敞开的窗进了风，吃饱了小鱼干的花猫懒洋洋摆着尾巴。

二人说完正事，屋中一时静下来。

陆玄扫了一眼来福，笑道："几日工夫，这猫儿胖了不少。"

花猫斜他一眼，大摇大摆走了。

陆玄起身："今日打扰了。"

见他要走，冯橙忍不住道："陆大公子，我们要不要定一下以后如何碰面？"

陆玄后知后觉点点头："冯大姑娘说得对，是该定一下。"

爬尚书府墙头不是长久之计。

"我看贵府门外有一株柳树长得不错，以后我若有事找你，便命人悄悄在那柳树枝上系一条绿带。你每日上午打发人去看一眼，若见到绿带，就在隔街的清心茶馆碰面。你若有事也如此做，我同样会安排人每日上午来看一看。冯大姑娘觉得这样如何？"

冯橙仔细想了想，提出异议："这个法子有隐患。若有人盯着我发现端倪，效仿你系了绿带哄我去茶馆怎么办？"

"短时间内应当不会出现这种情况。"

长久来看，等查出二弟下落，他还见冯大姑娘干什么。

不过既然对方担心，谨慎一些更好。

"我们约定好绿带上的特殊标记。你的人拿回绿带后，你亲眼确定过绿带上的标记再去茶馆。"

冯橙点点头，又提出异议："万一有急事呢？"

陆玄嘴角微抽："我若有急事就翻墙。你若有急事，直接以朋友的身份打发人去成国公府送信就是。"

听陆玄报出一个人名，冯橙默默记下。

"没别的事了吧？"

冯橙眨眨眼："还有一个问题。"

"你说。"

"现在那株柳树枝繁叶茂，系上绿带不惹眼，等秋日柳树叶子掉光了怎么办？"

处变不惊的少年神色一瞬扭曲。

这丫头怎么有这么多稀奇古怪的问题！

可对方还微睁着一双清亮的眸子，认真等着他回答。

少年忍无可忍，咬牙道："到柳树叶子掉光还有小半年时间，那时或许早已查明一切，我们应该不用见面了。"

不见面？冯橙深深看了少年一眼。

陆玄被这一眼看得莫名其妙，却又想不出刚才的话哪里有问题。

"冯大姑娘若没别的事，我就告辞了。"

冯橙起身相送。

往窗边走了两步的少年嘴角微抽："冯大姑娘不必送了。"

虽说送客是礼节，可被主人送到窗户口的感觉有点奇怪。

冯橙驻足，笑盈盈道别："那陆大公子慢走。"

少年利落跳出窗外，黑衣与夜色融为一体，准备离开前忽然回头。

尚未转身的少女目露疑惑。

"冯大姑娘的名字与院名很相称。"窗外少年语气寻常道。

方便他一下子就找对了地方。

冯橙闻言一笑，对上那张熟悉的脸，话难免多了些："我们府上姑娘的名字与院名都相称，我二妹叫冯梅，住暗香居，三妹叫冯桃，住长夏居……"

听着窗内少女的滔滔不绝，陆玄想翻白眼。

这丫头到底是心无城府,还是自来熟,他对冯家其他姑娘叫什么名字毫无兴趣。

"告辞。"吐出两个字,窗外瞬间没了少年身影。

冯橙眨眨眼,后知后觉抚了抚额头。一时忘了,她已经不是来福了。

"喵——"脚边有毛茸茸的东西在蹭。

冯橙俯身把来福抱起来,关好窗子向桌边走去。

桌上摆着两杯茶,已经冷掉了。

"白露,收拾一下桌子。"

随着这声喊,守在外间的白露快步走进来,环视一眼低声问:"姑娘,人已经走了?"

"走了。"冯橙坦然点头。

白露利落把桌上收拾干净,怀着沉重的心情问:"姑娘,刚刚那位……那位是不是陆二公子?"

她被姑娘打发退下,浑浑噩噩好一阵才想起来人身份。

那不是与大公子冯豫合称京中双璧的成国公府二公子陆墨吗!

前几日陆二公子与姑娘私奔的谣言传得沸沸扬扬,而今晚陆二公子居然翻墙来找姑娘——她要是不问一问,觉都没办法睡了。

"他不是陆二公子。"

"姑娘——"白露险些哭了。

姑娘回来后给了她一个接一个惊吓,她有点受不住啊。

冯橙自然要给贴身丫鬟一个解释:"他是陆二公子的孪生兄长,我从拐子手中逃脱后就是遇到了陆大公子,才能顺利回来。"

白露听了吃惊不已,喃喃道:"还真是巧了。"

既然是姑娘的救命恩人,那就不是坏人。

这么一想,翻墙来找姑娘似乎也能理解——不,她还是没法理解!

瞄一眼自家姑娘的平静模样,白露在心里叹口气:罢了,她理不理解有什么打紧,姑娘能理解就行了。

"姑娘,婢子伺候您洗漱,您早些歇着吧。"

冯橙点点头。虽然一点都不困,还是别让大丫鬟担心了。

随着长公主府赏花宴结束,等到第二日,冯大姑娘得了长公主青睐的消息就传开了。听到风声的婆子禀报给牛老夫人,牛老夫人连日来的阴沉心情难得放晴。

大丫头能入了永平长公主的眼也是造化,总算把她被拐给尚书府带来的影响降到了最低。

等大太太尤氏带着冯桃恭恭敬敬请过安,牛老夫人捧着一盏清茗,吹开茶叶不冷不热地问:"怎么不见大丫头一起过来?"

之前打算把大丫头拘在屋子里,遂免了她请安,如今情况有变,自然不能连这点规矩都没了。先前是牛老夫人发话免了孙女请安,现在不好特意打发人去晚秋居提醒，借着尤氏来请安问上一句，尤氏就知道该怎么做了。

果然尤氏一怔之后忙道："儿媳一会儿去看看橙儿，昨日见她脸色不大好，许是有些不舒坦。"

"嗯，去吧。"

尤氏暗暗松口气，离开长宁堂后直接去了晚秋居。

冯橙才被白露催起来，迷迷糊糊洗漱后，用着早饭还在犯困。

白露见她一脸困倦有些担忧："姑娘，要不再请大夫来看看吧。"

这几日瞧着姑娘比来福还能睡呢。

冯橙摆摆手："没事，调整一段时间就好了。"

就像她刚刚成为猫儿时的诸多不适一样，如今重新做人，同样要适应一下。

"姑娘，大太太与三姑娘来了。"门口小丫鬟禀报。

听闻尤氏与冯桃过来，冯橙终于有了精神，起身去迎。

尤氏走进来，一眼瞧见女儿苍白的面色，心头揪紧："橙儿，是不是哪里不舒服？"

冯橙摇头："女儿没觉得哪里不舒服。"

尤氏担忧打量："脸色怎么这么差？"

冯橙抬手抚了抚脸颊，想起刚刚梳妆时白露同样的话。

这张大白脸，难不成以后就这样了？

"可能是这几日睡得不太好。"

尤氏一听险些落泪："橙儿受苦了。"

"我没事。母亲，您与三妹从长宁堂过来？"

"嗯，你祖母还问起你。"

冯橙笑笑："那我明日去给祖母请安。"

"睡不好早上自然困倦。明日我与老夫人说说，还是让你休养几日再去请安。"

"女儿真的没事了。"冯橙带着几分期待望着尤氏，"母亲，我回来几日了，是不是该去一趟外祖家，免得外祖母他们惦记。"

现在这张苍白的脸确实能骗人，可她不想让母亲为难去跟祖母开这个口，况且真要称病就没办法出门了。

"是想着等你养好了，带你回去一趟。"尤氏温柔笑着。

"那就今日吧，您打发人先送帖子过去，女儿收拾一下就走。"

尤氏看着冯橙苍白脸色有些犹豫，被她软语央求一番，到底扛不住点了头。

尤府那边管家的是冯橙的舅母许氏，接到尤氏帖子后忙安排起来。

以两家如今差距，大姑奶奶带着女儿回娘家自然不能怠慢了。

想了想不放心，许氏把女儿尤含玉叫来提点："含玉，等会儿你姑母带着你表妹过来，你好好陪你表妹，以前是什么样就还是什么样。"

尤含玉眼神闪烁："母亲，我有点担心——"

表妹失踪后连官府的人都找她问过话,说不紧张是不可能的。

许氏翘了翘嘴角,轻轻拍拍尤含玉的手:"担心什么,你从小就对你表妹好,她不会多想的。"

尤氏这边收拾妥当,带着冯橙上了停靠在垂花门处的一辆青帷马车。

马车不紧不慢驶出尚书府,冯橙掀起车窗帘往外看。

不远处的路边,一株柳树枝繁叶茂,丝绦万条。

这就是她与陆玄以后用来联络的那棵大柳树。

如此想着,少女看向垂柳的目光多了几分专注。

"橙儿在看什么?"尤氏随口问道。

"看——三叔。"

由远及近的美貌少年,令冯橙转移了视线。

冯尚书有三子,长子和次子皆是牛老夫人所出,三子冯锦西的生母是一名婢妾。

据说那个婢妾是一名官员所送,生得极美,可惜生下冯锦西不久便病故了。

冯锦西虽是冯橙的亲叔叔,却只比她大两岁,还是一个风流无双的少年郎。

看着冯锦西走近,冯橙下意识咬唇,本就苍白的脸越发没了血色。

三叔是世人眼中的纨绔子,祖母眼中的烂泥,待她却很好。

她与三叔小时候常在一起玩耍,比之寻常叔侄亲近许多。

可她没有想到,梦中尚书府后来的覆灭却是因为三叔。

冯锦西走到马车旁,见侄女目不转睛望着他,伸手在她面前晃了晃,笑嘻嘻道:"回神了。"

说完这话,他才发现尤氏也在马车中,玩世不恭的表情稍稍收敛,喊了一声大嫂。

对这个年纪比儿子还小的小叔子,尤氏没有寻常叔嫂那般拘束,笑着道:"三弟回来了。"

冯锦西一手扶着车壁,视线回到冯橙面上:"正想着去看看橙儿。"

说到这里,他有些无奈:"每次去晚秋居你都在睡,今日倒是在大门外见着了。"

"三叔就该让丫鬟把我叫醒。"冯橙看着他,心情复杂,"我也想三叔了。"

想知道三叔明明是万花丛中过片叶不沾身的浪荡子,为何会恋上风尘女,最后给冯府招来弥天大祸。

冯锦西没想到冯橙这般直白说想他,一时不好意思起来:"你这丫头,几日不见倒是变得嘴甜。"

他端详车中少女,好看的眉拧起:"大嫂,我看橙儿脸色不太好,为何带她出去?"

尤氏无奈道:"前两日她舅母带着表哥、表姐来看她,我怕影响她休息就让人回去了,今日橙儿非要去外祖家一趟。"

"大嫂就不该惯着她。"冯锦西不赞同地睨了冯橙一眼。

他怕影响侄女休息还不忍让丫鬟把人叫醒,身子都没养好去什么外祖家。

"三叔,你赶紧回府吧,等我从外祖母家回来再找你说话。"

"知道了。"冯锦西随意摆摆手,"早去早回。"

眼见身姿颀长的少年慢悠悠进了尚书府,冯橙放下了车窗帘。

车厢内一时暗下来,只闻枯燥的车轮转动声。

尤氏叹道:"橙儿,你失踪那两日你三叔到处找你,第一天大半夜才回。"

"三叔一向对我好。"冯橙靠着车壁,神情困倦。

尤氏见此不再多言,抬手替她理了理碎发:"困了就睡一下吧,很快就到了。"

冯橙闭上眼睛,迷迷糊糊不知过了多久,就听到尤氏喊她。

外头丫鬟挑起车门帘,车内登时亮堂起来。

舅母许氏带着尤含玉正等在门口,见母女二人出来,忙迎上去。

"接到大姐的信就盼着,可算是到了。"

尤氏是个宽厚人,冯、尤两府如今虽然差距大,在许氏这个娘家弟媳面前却从没有高人一等的心思,闻言赧然道:"让下人等着就是了,弟妹怎么带着含玉等在这里?"

许氏把尤含玉往前一拉,眼圈泛红:"橙儿失踪那两日家里没有一个人睡得安稳,含玉险些把眼睛哭瞎了。那日带他们过去没见着,这不是听说大姐带着橙儿过来,就等着了。"

尤含玉红着眼睛去挽冯橙的手:"表妹,你没事真的太好了!"

冯橙视线在二人交握的手上停了一瞬,露出个浅淡笑容:"还能见到表姐,真的太好了。"

尤含玉心头一紧,莫名觉得这话有深意,不由仔细看冯橙一眼。

那双眸子依旧清澈纯净,正是她从小羡慕到大的样子。

尤含玉松口气,暗道自己太紧张了。表妹不缺身份,不缺美貌,不缺钱,许是从小什么都不用争就有了,养得性情单纯,说难听点就是有些傻气。这样一个人,哪有什么心思呢。母亲说得对,她还如往常那般就好。

"表妹,咱们快进去吧,祖母一直念着你呢。"尤含玉恢复从容,语气亲昵。

冯橙不动声色点了点头,心头涌上几分悲凉。

这世上,总有些人把别人的好当成犯傻。

外祖父初入仕途便过世了,外祖母抚养一双儿女长大,嫁女娶媳早就掏空了家底。偏偏舅舅不能支撑门户,表兄背负着外祖母的期望埋头苦读,亦是只出不进。

尤府是个什么光景,她少时就隐约明白,因而与表姐打交道时诸多相让。她们一起去成衣坊,一起去脂粉铺,一起逛珍宝阁,但凡她买什么,总少不了表姐的。

也许就是这样,表姐便以为她是个傻子吧。

"橙儿,快过来。"一进花厅,冯橙便被尤老夫人揽了过去。

等老太太哭了几声，尤氏与许氏一同劝起来。

尤老夫人收了泪，问许氏："橙儿她舅呢？"

"他一早出去喝了点酒，回来就躺下了……"

尤老夫人皱了皱眉，当着小辈的面把斥责咽了下去："把含章从学堂叫回来，中午陪他姑母、表妹吃饭。"

尤氏忙道："母亲，就不要耽误含章读书了，马上就要秋闱了。"

"一顿饭耽误不了什么。"

冯橙跟着劝："外祖母，耽误表哥读书我会不安的，等下次趁着表哥休息的时间过来，再见也是一样的。"

在尤老夫人心里孙子读书比天大，听母女二人都这么说，遂不再坚持。

一顿午饭热热闹闹吃完，冯橙放下筷子开了口："我想与表姐出去玩一会儿。"

尤老夫人一脸慈爱笑道："去吧，园中芍药花开得正好。"

"我想去外头玩。"冯橙面上挂着乖巧的笑。

一听冯橙想去外面玩，厅内登时一静。

看着一脸乖巧的外孙女，尤老夫人笑道："外头没什么好玩的，让你表姐陪你去赏花吧。"

许氏也不愿这个时候多事，跟着劝道："天渐渐热起来了，跑出去要出一身子汗，还是在自家赏花舒坦。厨房那边备了枇杷、桑果，等会儿给你们送到凉亭去。"

"我知道外祖母、舅母疼我，可我才在长公主府赏了牡丹，现在没有赏花的兴致，只想与表姐一起出去玩。"

一听冯橙提到长公主府，厅中人心态又有变化。

许氏语气越发热络："今日陪表姑娘过来的丫鬟瞧着面生，是不是长公主赏的那个？"

冯大姑娘在赏花宴上得了永平长公主青眼的事短短时间已经传开，尤府自然有所耳闻。

冯橙颔首："是长公主赏我的，叫小鱼。"

许氏张口就赞："到底是长公主府的人，名字都这般有意趣，哪像咱们府上那些丫鬟，不是叫桃红就是叫柳绿。"

冯橙微笑："是我给她起的名儿。"

许氏一顿，以她的长袖善舞这一瞬都忘了词。

感受到母亲的尴尬，尤含玉暗暗咬牙。

表妹非要说出来令母亲难堪，偏偏她心无城府，让人还不好指责。

冯橙余光留意到尤含玉神色变化，浓密的羽睫遮住眼底凉意。

她当然知道说出来会令人难堪，所以才说啊。以前的厚道体贴，并没换来他们的善心相待。现在她懂了，厚道不该留给不懂感恩的人。

"啊，橙儿真会取名儿。"憋了一瞬，许氏找了个台阶默默下来。

冯橙伸手拉住许氏衣袖:"舅母,就让表姐陪我一起出去玩吧,我好不容易出来一趟——"

话中之意,令尤氏不由心疼。

女儿出事回来,若不是机缘巧合得了长公主青眼,就要被婆婆禁足了。

许氏把尤氏反应看在眼里,只好点了点头:"含玉,出去玩定要照顾好你表妹,若再像上次那般大意,我可饶不了你。"

"女儿一定照顾好表妹。"

尤老夫人忙叮嘱:"多带些丫鬟婆子。"

许氏口上称是,满心无语。

尤府勉强支撑多年,能减掉的下人早就减掉了,哪来那么多丫鬟婆子,说不得只能吩咐烧火婆子充数了。

出了尤府,尤含玉体贴询问:"表妹想去哪里玩?"

"就去裁云坊吧。"

尤含玉脸色一变。几日前,冯橙就是从裁云坊出来后出事的。

按说经历了那般可怕的事,表妹应该对裁云坊避之不及,怎么还要去逛?

看着神色自在的少女,尤含玉一时摸不清对方心思。

"表妹,还是不去裁云坊了,你才在那里出过事——"

冯橙收了笑:"表姐的意思,我以后都不该去裁云坊了?"

"我不是这个意思——"

冯橙悠悠道:"当时掌柜拿出来的那条百褶裙我挺满意,还有表姐挑的那条芍药满开锦裙,也很衬表姐肤色……"

尤含玉不由动摇。那条柳青色芍药满开锦裙是裁云坊新出的款式,正适合现在穿,当时她就心动了。

只是那时另有目的,没顾得这些。

冯橙轻叹一声:"我落入拐子手里后就无数次想,人随时都可能遇到意外,若能平安回家,以后定要少留遗憾。如今得偿所愿,就从那条百褶裙开始吧。"

尤含玉听她这么说,再无疑虑。表妹看上的那条百褶裙价格不菲,因为家里新裁了款式颜色相近的裙子,当时犹豫着没有买下。

到底是小孩子心性,遭了那么大的难回来,心心念念的是一条新裙子。

裁云坊就在长樱街上,表姐妹二人乘着马车很快就到了。

此时刚过晌午,裁云坊中客人不多,二人一进门就得到了热情接待。

冯橙如愿买下先前看中的百褶裙,尤含玉心仪的锦裙却被人买走了。

见尤含玉准备挑选其他裙子,冯橙笑道:"表姐,咱们不能退而求其次,我看这些裙子都没那条锦裙适合你。掌柜的不是说了,半个月后绣娘会赶出一条烟粉色的来,到时候咱们再来买。"

尤含玉艰难地从一堆漂亮裙子中收回视线,忍着心痛点头:"表妹说得是,不能将就。"

掏钱的都这么说了,还能怎么办?

冯橙唇角微勾。

还想着占她便宜,做什么美梦呢,她宁可买了裙子给来福穿,也不给这白眼狼。

"既然买好了,那咱们走吧。"

二人才出成衣铺门口,就见不远处围着一群人。

尤含玉猛然停下,眼底恐惧一闪而逝。

"表姐?"

"没什么。"尤含玉摇着头,眼神却忍不住往那个方向飘。

同样是这间成衣铺,同样是一走出来就看到那个方向围了一群人,一时间竟令她以为回到了数日前。

"表姐,那边好热闹,咱们去瞧瞧吧。"冯橙没容尤含玉缓过神,抓着她手腕往那个方向跑。

尤含玉只觉一股大力传来,由不得她抗拒,整个人就被拽了过去。

那日,表妹本没有看热闹的心思,她就是这样把表妹拽过去的——不受控制的恐慌铺天盖地而来,瞬间淹没了她的理智。

"我不去!"一声尖叫令冯橙松了手,尤含玉扑通跌坐在地。

尤家几个丫鬟婆子忙围上去。

冯橙居高临下看着那张下意识仰起的脸,把那未来得及褪去的惊恐瞧得分明。看来不必试探下去了。这般心虚,尤含玉毫无疑问是那日把她引向死路的人。

既然已经试探出来,后面的安排冯橙不准备继续。能同时算计成国公府和礼部尚书府,尤含玉顶多是一枚小小棋子,让她起了疑心回头对人说起就不好了。

冯橙上前一步,神色茫然:"表姐怎么了?"

尤含玉被扶起来,竭力恢复镇定:"表妹突然拉我,我还以为出事了。"

"原来是这样,我还以为怎么了呢。"阳光下,少女白皙的面上满是委屈,"表姐若不想看热闹,咱们回去就是了,突然这么一喊把我吓一跳,这下摔着了吧。"

尤含玉:"……"合着她挨了摔,还是活该?

大庭广众之下挨了摔,尤含玉面上无光,拉着冯橙灰头土脸回了尤府。

已经是下午了,见女儿回来,尤氏便提出告辞。

许氏带着尤含玉一直送出大门外,目送母女二人上了马车,这才转身回府。

进到屋中,许氏便问:"与你表妹玩得如何?"

尤含玉嫌摔跤丢脸,不愿许氏知道,含糊道:"还行吧,左不过就是陪着她到处逛。"

许氏听出几分委屈,神色严厉起来:"你们小姑娘不就喜欢逛街么?记着母亲说的,与你表妹打好关系错不了。"

不说别的,这些年含玉不知从表姑娘那里得了多少好东西,都省下裁衣、打首饰的钱了。就尤府这个空架子，供含章读书尚且吃紧，哪来闲钱给女儿置办这些？

尤含玉自然也知道这一点，内心深处却厌恶极了。

她真是受够了捧着冯橙的日子。她哪是冯橙的表姐，分明是个跟班！

许氏看出女儿心思，伸手拍拍她手背，语气放柔："再忍忍吧，等你哥哥读书出了头，咱们家就好了。"

尤含玉动了动唇："那要等多久啊，哥哥他——"

想说兄长读书没有那么出众，知道这话说出来会令母亲不快，只好咽下去。

到现在，她都想不明白那日母亲为何交代她把表妹引去看热闹。

害了表妹，她能得什么好处呢？

许氏睨了尤含玉一眼，淡淡道："你哥哥读书那么用功，肯定会出头的。"

虽然不知道表姑娘为何能回来，但他们该做的已经做了，对方想赖账没那么容易。

"含玉，你就当那件事没有发生过，不可让人瞧出端倪，明白么？"

尤含玉迟疑着点了点头："女儿知道。"

许氏看她这样，暗暗叹气。含玉这孩子沉不住气，若非最合适，当时怎么也不会让她出面。好在办这件事的真正目的含玉并不知晓，倒不怕泄露什么。

冯橙随尤氏回到尚书府，回了晚秋居休息一阵子，换过衣裳带着小鱼再次出了门。这是她与陆玄定好的，试探过表姐后就在清心茶馆碰面。

包括从裁云坊走出来时围着的一群人，也是陆玄安排人弄出来的热闹。

清心茶馆与冯府只隔了一条街，走走绕绕很快就到了。

冯橙稍稍驻足，还没等仔细打量，茶馆二楼敞开的窗便探出一张脸。

"上来。"

冯橙快步走进茶馆，由一名伙计领着上了二楼。

一名小厮守在一间雅室门外，正往这边望来。这不是来喜吗？

冯橙直接走过去，对来喜道："我找你们公子。"

来喜早就得了交代，压下满腹好奇侧开身子："姑娘请进。"

雅室不大，布置简洁，临窗的桌边坐着一名黑衣少年。

冯橙在他对面坐下，把帷帽取下放在手边，笑道："没想到戴着帷帽还能被陆大公子一眼认出来。"

陆玄忍不住看她一眼。不知道是不是错觉，他觉得这丫头有点自来熟。是性情如此，还是只对他这样？

怕对方误会，少年一本正经解释："我看人习惯看走路姿势，遮掩面容没什么影响。"

他扫了一眼帷帽，轻笑："冯大姑娘这般谨慎，怎么还敢跑来茶馆与我见面，就不怕茶馆伙计乱说？"

冯橙扯扯嘴角。

这间茶馆就是陆玄的,不然她也不会那么痛快应下把这里作为碰面之处。

然而这话不能说。

少女扬唇微笑:"陆大公子选的地方,我相信不会有问题。"

这般信任他?

陆玄抬手摸了摸鼻尖,转移话题:"今日试探如何?"

本来还有后手,没想到人都没过去就结束了。

提起正事,冯橙收了笑:"我拉着表姐过去看热闹,她吓得情绪失控,分明心中有鬼。"

如果只是因为她前几日出事抗拒去瞧热闹,不会如此失态。

"我这位表姐不是很能沉住气,应该不清楚内情。为免打草惊蛇,我见试探出来了就没再继续。"

陆玄微微点头:"这样的话,我会把调查重点放在你舅舅身上。"

冯大姑娘的表姐只是个未出阁少女,会卷进这种漩涡,背后必然是父母在安排。

"你舅舅可有什么喜好?"

冯橙垂眸:"我舅舅……喜好饮酒。"

"那就先这样。若是查到什么,我会跟你说。"

"多谢。"冯橙起身,抓起帷帽戴好,"那我先走了。"

茶室中只剩下陆玄一人,空留桌上两杯冷茶。陆玄随意往窗外望去,就见头戴帷帽的少女带着丫鬟渐行渐远,很快消失在拐角处。

守在门外的小厮不知何时溜进来,喜不自禁看着注意力放在窗外的少年。

公子这是铁树开花了啊。

"来喜——"

来喜忙凑过去:"小的在。"

"叫白六来见我。"

来喜一愣。怎么是见白六?他还以为吩咐的事会与刚刚那位小娘子有关呢。

"怎么?"

来喜回神:"小的这就去。"

眼见小厮跑出去,陆玄端起冷茶,默默喝下。

接下来的日子波澜不惊,尚书府外的垂柳碧绿依旧。

这日尤大舅走进常去的酒馆,悄悄捏了捏空荡的荷包,打算先喝再说。

大不了赊账。

"咦,这不是尤兄吗?"角落里传来一声喊。

尤大舅闻声看去,认出那人:"朱兄?"

朱姓男子指着满桌酒菜热情招呼:"相请不如偶遇。尤兄,来一起喝。"

尤大舅犹豫了一下:"不好打扰吧。"

这位朱兄是他一个酒友的朋友,前不久刚从外地来。因着酒友的关系,他们喝过一回酒。

在尤大舅印象中，这是个爽快大方的人，但算不上熟。

朱姓男子起身拉住尤大舅："客气什么？本来约好了朋友，结果朋友有事，你说一个人喝酒多没意思，一起一起。"

尤大舅一闻就知道摆在桌上的是这家酒馆最好的酒，被对方一拉便坐了下来。

"小弟敬尤兄一杯。小弟初来京城，以后说不得还要尤兄关照。"

尤大舅一饮而尽，赞道："好酒！"

二人推杯交盏，还不到半个时辰，就热络得仿佛一起穿开档裤长大的交情。

男子喝了一口酒，问道："听说令郎要参加今年秋闱？"

这个时候尤大舅已经喝高了，一听对方提起儿子，立刻来了兴头，大着舌头谦虚着："就是让他下……下场试试。"

"令郎多大了？"

"十七。"

"才十七啊，那是不能给孩子太大压力，下场积累一下经验也好。"

尤大舅醉眼扫对方一眼，莫名觉得不太痛快，因为喝多了，又想不出原因。既然不痛快，那肯定要喝酒。尤大舅又灌了一杯酒。

朱姓男子呼着酒气，笑道："科考可不是容易的事，那是千军万马走独木桥，十七岁想中举，除非是天纵奇才……"

尤大舅喷着酒气反驳："也、也有小小年纪中举的，还有当状元的呢！"

朱姓男子连连摇头："尤兄啊，那是别人家的孩子，咱都是普通人，孩子什么资质心里能没数吗？不能喝了几口酒就白日做梦——"

"谁白日做梦了！"尤大舅眼一瞪，成功被激将，"我儿子今年肯定能金榜题名！"

"呵呵呵，尤兄真是喝高了，来来来，咱还是接着喝。"朱姓男子又给尤大舅倒了一杯酒。

尤大舅一口干了，仍不服气："你不信？"

朱姓男子啜了一口酒："除了那些下凡的文曲星，有谁能拍着胸脯保证一定金榜题名？除非——"

"除非什么？"尤大舅已经喝得脑子转不过弯，顺口问。

朱姓男子扫一眼左右。光线微暗的酒馆中，三两桌酒客正在高声谈笑，推杯交盏，无人留意角落这桌的对话。

"除非打通了关节。"朱姓男子顺势给尤大舅掜了一杯酒，"一般人可没这个能耐啊。"

他看着尤大舅，神色难掩轻视："我听说尤兄家境寻常——"

喝高的人最听不得这个，尤大舅喝得通红的眼一瞪："你怎么知道我没门路？"

朱姓男子头往前一探，满脸热切："尤兄莫非认识贵人？"

残存的理智让尤大舅只是动了动嘴角，没吭声。

朱姓男子脸上的热切立刻转为鄙夷："尤兄，咱们也是好朋友了，在朋友面前没必要打肿脸充胖子。"

"翰林院的戚大人——"尤大舅脱口说了半截话，身子一晃趴到了桌子上。

很快就响起鼾声。

朱姓男子一愣，伸手推了推："尤兄，尤兄——"

回应他的，是更响亮的呼噜声。

朱姓男子暗叹口气。看来是灌太多了。

凭经验这样倒有个好处，等酒醒了完全记不起来当时说过什么。

见叫不醒人，朱姓男子喊来一个伙计："我这朋友喝高了，能不能劳烦小哥帮我把人送回家去？"

说着话，一角银子塞进伙计手中。

伙计原本的拒绝立刻转为热情："没问题，这是咱们酒馆的熟客了，家离得不远，保证给您平安送到家。"

朱姓男子拱拱手："那就有劳了。我朋友喝这么醉，我这怪不好意思送的——"

伙计忙点头："我懂，我懂。"

两个朋友一起喝酒，一个喝得烂醉如泥回家，另一个定会被人家家里怪罪。

他这种酒馆伙计就无所谓了。朱姓男子与伙计一起出了酒馆，送上几步路，把一位朋友的情谊适当表现出来，这才离去。

天空渐渐堆积出厚重云山，仿佛随时有雨来。

三日不曾回家的陆玄刚进家门把牵马绳交给下人，成国公世子夫人方氏便得到了消息。

少年还没来得及洗去一身风尘，华璋苑那边就来了人请："大公子，夫人请您过去。"

陆玄低声交代来喜："让白六去书房等我。"

说罢，他便随华璋苑的人往外走。

"公子，您还没喝水呢——"来喜喊了一声，见人已走远，长长叹口气。

三日前公子得了一点关于二公子的线索，立刻快马加鞭赶去平城。

这一去一回可不轻松，谁知进了家门连口水都没来得及喝，就被夫人叫去了。

二公子失踪了夫人焦急，可也要心疼一下公子啊。

"母亲找我。"

方氏目光灼灼盯着陆玄："可有你二弟的消息？"

陆玄微微摇头："没查到。"

"你不是得了消息去了平城！"

陆玄垂眸，不去看方氏因为失望显得有些扭曲的表情："消息有误，平城没有找到与二弟有关的线索。"

· 93 ·

"那不是白白耽误了时间！"方氏用力咬唇，望着陆玄的眼里满是失望。

她知道长子这些日子为了寻找墨儿已经很累了，可她没办法不急、不怨。

墨儿已经失踪半个月了，久得令她绝望。每个夜里的辗转难眠、胡思乱想，都让她在见到这张与墨儿一模一样的脸时无法保持心平气和。

"玄儿，你祖父上了年纪，父亲不管事，找你弟弟就全靠你了，你知不知道！"

少年干裂的唇翕动，吐出几个字："儿子知道。"

"好了，你回去吧。"

"儿子告退。"

陆玄离开华璋苑回到住处，来喜迎上来："公子，喝水。"

陆玄伸手接过，仰头大口大口喝着。

"白六到了么？"

"在书房等您呢。"来喜把喝空的水杯接过，见陆玄要往书房去，忙拦着，"公子，您还是先洗漱一下吧。"

"你先命人准备热水。"

陆玄快步走进书房，等在里面的男子立刻行礼："见过公子。"

陆玄坐下来，开门见山问："套出话了么？"

原来这个白六就是那位朱姓男子，只不过样貌、音色、打扮都有所变化，若是在大街上与见过朱姓男子的人遇到，不必担心被认出来。

听冯橙说舅舅好酒，陆玄便设了这个局。

酒后失言，贪杯误事，这些话都是有道理的。

如果运气不错，就能得到自己想知道的，还不会惊动背后之人。

"回禀公子，那人酒后提到了翰林院戚大人，可惜说了这么一句，就醉得不省人事了。"

陆玄微敛墨眉，淡淡道："有这一句就不错。你退下吧，暂时少出去。"

等白六离去，陆玄抬脚去了浴室。

热水早已准备好了，见陆玄进来，来喜十分有眼色地退了出去。

陆玄利落脱下衣裳，迈入水汽缭绕的木桶。

身体沉入热气腾腾的水中，昼夜兼程的疲惫稍稍缓解，少年放松舒了口气。

冯大姑娘的祖父冯尚书，兼任翰林院掌院。

第 5 章 解惑

礼部尚书兼任翰林掌院也算是当朝惯例，一般并不真的管事。但既然查到翰林院那里，就有必要先和冯大姑娘通个气。

陆玄洗完跨出木桶，拿起来喜早早放在一边的雪白软巾把身上水珠拭去，换上一身干净中衣。

门拉开，一股凉风吹进来。守在外面的来喜忙上前："公子洗好了。"

"去给我拿一套外出的衣裳。"

来喜一愣："公子还要出去？"

陆玄扫他一眼，微微点头。

来喜手脚麻利取来一套黑衣服侍陆玄换上，嘴上碎碎念个不停："您才回来，好歹歇一歇再出去啊，这样身体怎么受得住……"

"什么时辰了？"陆玄穿好衣裳，突然问起。

"啊，快到酉时了。"

还不到酉时？

陆玄走至窗前，向外看去。窗外乌云低垂，天色黑沉，似是提前入了夜，亦似他连日来的心情。

这些日子国公府一直没闲着，倾尽全力追查二弟下落，却毫无结果。

二弟仿佛凭空消失了。这让他有了不好的预感：二弟可能不在了。

人活着，总会留下蛛丝马迹；若是死了，就难找了。

比如冯大姑娘，如果他不是恰好在那一刻发现了昏迷的她，谁会知道堂堂尚书府的大姑娘躺在荒郊野岭近人高的草木中悄然死去了呢？

早一刻，二弟生还的希望或许就大一分。陆玄大步向外走去。

此时的晚秋居，刚刚摆好晚膳。自从长公主府的赏花宴带了小鱼回来，晚秋居的晚膳就悄悄好了起来。为此，白露没少冷笑。

咚咚咚。有节奏的敲窗声响起。

白露听着这熟悉的敲窗声猛然想到什么，一把拉住小鱼："小鱼，我忽然想起给你新裁的衣发下来了，你随我去拿吧。"

小鱼纹丝不动，盯着窗子道："有人敲窗。"

白露见拽不动人，不由去看冯橙。

在她心里，对这个才来到姑娘身边的丫鬟可没什么信任，要是让小鱼看到黑灯瞎火有男人翻窗来找姑娘——

天哪，完全不敢想！

"去开窗。"冯橙放下筷子，冲白露抬抬下颏。

白露担忧地看了小鱼一眼，快步跑去耳房提来一壶开水。

窗子被打开了，外面墨色浓重，凉风瞬间灌进来。

窗外黑衣少年视线落在白露手中的开水壶上，沉默着看向屋中少女。

"白露，去给陆大公子倒茶。"冯橙站起身来。

白露应了一声，提着水壶转了身。

陆玄利落跳进来，把窗子关好。

"小鱼，你去门口守着，莫要别人进来。"

小鱼犹豫一下，默默退出去。

"你这个丫鬟倒是懂得听话了。"陆玄走过来，笑着对冯橙道。

另一个丫鬟有些不懂事，都第二回了，还提着开水壶。

"陆大公子怎么这时候过来了？"随着少年走近，冯橙嗅到淡淡的皂香。

这是刚沐浴过？她下意识扫向陆玄的头发，果然见散落的一缕发丝犹带着湿气。

来见她……还要洗澡？闪过这个念头，冯橙看向少年的眼神多了几分古怪。

陆玄被那古怪的眼神盯得皱眉："看什么？"

"就是挺意外陆大公子会来。"

商量好的大柳树一次还没用上，翻窗倒是勤快。

"在吃饭？"陆玄扫了一眼饭桌，这一扫，目光就忘了移开。

一碟酥肉、一碟雪菜黄鱼、一碟鲜蘑菜心，青瓷碗中盛的是酸笋老鸭汤，白瓷碗中装的是香米饭。

一旁椅子上蹲着一只花猫，正有滋有味吃着小鱼干。

陆玄这几日都没怎么休息，吃饭更是应付，如今饥肠辘辘，看着这色香味俱全的饭食就有些难受了。

早知道先用了饭再来。

冯橙见陆玄盯着她晚饭看，客气问一句："陆大公子用晚饭了么？要不要吃一点儿？"

"那吃完再说。"陆玄顺势坐下来。

冯橙呆了呆。这种客气话大魏人都挂在嘴边的，她真的只是客套一下而已。

见她没反应，少年淡淡瞥了一眼。

冯橙回神，把没用过的筷子递过去，再把还没来得及碰的香米饭也推过去。

"冯人姑娘不吃？"

冯橙笑笑："天气闷热，本来就没什么胃口，我吃菜就够了。"

陆玄不是啰唆的人，见她这么说，埋头吃起来。

端着茶水进来的白露见到这情景险些把热茶泼了，晕乎乎把茶水奉上，又晕乎乎退下。

见守在外间门口的小鱼神色如常，白露低声问："小鱼，你不吃惊？"

小鱼茫然："吃惊什么？"

"有外人翻窗来找姑娘，还吃姑娘的晚饭——"

"姑娘有危险？"

白露被问愣了，迟疑着："没有吧。"

姑娘说陆大公子是她的救命恩人，那肯定不会有危险。

小鱼纳闷看了白露一眼，意思很明白：没危险你还操心什么？

白露身子往墙壁上一靠，陷入了沉思。

突然有点怀疑怎样当好一个合格的大丫鬟了。

陆玄风卷残云填饱肚子，几口热茶入腹，登时觉得舒坦了，雪玉般的面庞染上几分暖意。

"陆大公子出门了？"冯橙捧着茶盏，问了一句。

"嗯，去了一趟平城。"

冯橙心头微动，斟酌问道："有令弟的消息了？"

她在梦里当来福的时候，陆玄为了寻找陆墨没少奔波，整个人瘦了一圈。然而找了那么久却始终没找到。那时候，陆玄每一次失望而归，听完成国公世子夫人的埋怨便会抓一把小鱼干耐心喂猫。

陆玄沉默了一瞬，道："还没有。我来找冯大姑娘，是你舅舅那边问出了情况。"

"问到了什么？"

陆玄把情况说了，定定看着冯橙："如果冯尚书知道你外祖家这般算计尚书府，令慈恐怕会处境艰难。冯大姑娘有什么想法？"

冯橙垂眸沉默许久，一字字道："做了恶事的人若得不到惩罚，是对无辜者最大的不公！"

母亲她会保护，但舅舅一家对她犯下的罪，绝不能这么算了。

陆玄闻言笑了。他查到这一步是为了二弟，冯大姑娘查到这一步是为了自己。他可不想见到对方顾忌这个，顾忌那个，束手束脚。

"我会顺着翰林院戚大人那条线查下去，有进展知会你。"陆玄起身向窗子走去，想起上次来的情景，补充一句，"冯大姑娘不必送。"

窗子一开，风就涌进来，吹得纱帘幔帐摇摆。

天上浓云遮蔽了星月，忽然一道闪电划破黑空，豆大的雨珠吧嗒吧嗒往下落。

风急雨急，陆玄单手扶着窗框看着雨越下越大，稍稍停驻。

听到雷声就留意里边动静的白露大吃一惊。

难不成要留宿？这绝对不行！

"白露，取一把伞来。"

"不用了，还是会弄湿的。"陆玄摆摆手，单手撑着窗台翻窗而过。

眼见黑衣与夜色融为一体，冯橙忙喊一声："陆玄——"

正准备走进雨幕的少年回头。

冯橙快步走到窗边。

窗外大雨瓢泼，吹打着身材单薄的少年，那双乌湛湛的眸中浮现出疑惑。那声"陆玄"令他有些不适。这不适并非反感，而是与人一贯的疏远，让他没想到他的名字会从一个非亲非故的少女口中喊出。

看一眼神色自在的少女，陆玄敛起的眉梢稍舒展。

或许是他大惊小怪了，真说起来，"陆玄"当然比"陆大公子"好听。

"还有事？"少年压下古怪的心情，淡淡问道。

冯橙担忧往窗外瞥了一眼。

外面雨帘无边无际，伴随着阵阵雷声。

"陆大公子不要走树下，也尽量不要在高处停留太久……"迎着对方疑惑的眼神，冯橙认真叮嘱。

陆玄越听越觉古怪，随口问道："为何？"

"走树下或高处，有可能被雷劈。"

陆玄猛一抽嘴角。

可对方眼眸清亮，神色郑重，不似玩笑。

冯大姑娘的关心有些与众不同……

"多谢。"少年挤出两个字，眨眼不见了踪影。

白露快步走过来，忙把窗子关好。

"姑娘，别站在窗边了，当心着凉。"

冯橙转身走向架子床。

"姑娘，走树下或高处真的会被雷劈吗？"白露收拾好桌上碗盘，难掩好奇问起。

"有可能。"

梦中的两年后，连皇上都被雷劈了，还有什么不可能。

白露讶然，好一会儿小声感叹道："那陆大公子也算冒着生命危险来见姑娘了……"

翌日天晴，恰逢冯尚书休沐，冯橙知道天气好的时候祖父喜欢在亭中喝茶，特意过去请安。

"前几日得了二两好茶，带给祖父尝尝。"

冯尚书来了兴致，从少女手中接过小小茶罐打开，观形闻味，不由点头："是不错，橙儿有心了。"

他这般赞着，对这个遭逢大难的孙女生出几分疼惜。

橙儿自幼纯真率性，以往对他虽恭顺，却没有特意孝敬过他什么。开始懂得讨人欢心，何尝不是因为受了挫折，不得不长大了呢？

"来，橙儿，陪祖父喝茶。"

冯尚书斟了一杯茶，递给冯橙。

"多谢祖父。"

"身体恢复怎么样？"

"劳祖父挂心，孙女觉得大好了。"

祖孙二人说着家常，话题渐渐转到科考上。

"祖父会是今年秋闱的主考官吗？"

"橙儿怎么会问这个？"

冯橙抿了抿唇："大哥、二哥今年都要下场，我有些担心。"

冯尚书笑了:"没想到橙儿也操心兄长们考试。"

"是呀,孙女想着若是祖父担任主考官——"

冯尚书脸色一正:"祖父不会担任主考官。"

迎着孙女困惑的眼神,老尚书耐心解释:"只是乡试,历来顺天府的主考官都不会由礼部尚书担任。"

乡试后面还有会试、殿试,那才是真正的鱼跃龙门。

"原来是这样。孙女觉得这是好事。"

"为何?"

"大哥读书那么好,乡试定然没问题,省得别人还以为大哥沾了您的光。"

冯尚书朗声一笑:"橙儿这么想有骨气。不过科举是国之大事,人们不敢胡乱非议。"

冯橙眨眨眼:"祖父,如果有科考舞弊,是不是很严重?"

冯尚书神色一冷:"那是当然,别说考生从此没了前程,就是官至二品的大员,也有问斩的!"

冯橙面上露出惊惧。

"小丫头不用对这些感兴趣,去玩吧。"

"孙女告退。"

回了晚秋居,冯橙坐在院中橙子树旁,托腮琢磨起来。

直接把舅舅他们算计尚书府的事告诉祖父,那会让母亲从此在尚书府抬不起头来。如果科举舞弊被揭发呢?表哥卷入其中,终生失去科考资格,对舅舅一家来说便是最大的打击。

至于太子与吴王两方势力的较量,就不是她能左右的了。随着陆玄查到的越多,成国公应该会提醒祖父。

冯橙有了决定,耐心等着陆玄联系。

这日白露把一条绿带交给冯橙,很快二人便在清心茶馆碰了面。

"那个戚大人是翰林院一名编修,他的夫人年前因为娘家侄女生子办满月宴与冯大姑娘的舅母结识,不过没有查到明面上的来往,但有一日二人都去过万福寺。"

"陆大公子的意思,是戚夫人说通了我舅母,我舅母再说服了我舅舅?"

"这是最大的可能。"

"陆大公子接下来有什么打算?"

"我想静观其变,倘若数月后姓戚的被点为考官,那就把参与其中的人一并解决。"

见陆玄与自己想到一处,冯橙松口气,可很快生起疑惑:"这样的话,令弟的线索就断了。"

陆玄沉默一下,苦笑:"我与祖父长谈过,二弟恐怕已经凶多吉少。"

姓戚的是韩首辅一派,会参与其中是因为有打动冯大姑娘舅舅一家的诱饵,他不认为掳走二弟的也是姓戚的。

韩首辅是吴王最有力的支持者，只要知道对二弟下手的是吴王一方便够了。

想到初遇冯大姑娘的情形，对方有什么理由让二弟活着呢？

说到底，冯大姑娘才是对方计划中的一个变数，一个幸运的意外。

陆玄心绪万千，深深看冯橙一眼。

冯橙亦被陆玄的话所惊。

陆玄的想法，不一样了。是她的回来让陆玄改变了想法？

原本梦里她与陆墨一同失踪，在私奔的流言笼罩下生不见人死不见尸，对冯、陆两家来说还是有个念想在。

而现在，陆玄清楚知道她的遭遇，反而明白了陆墨的处境。

一时间，冯橙不知道是该为陆玄难过，还是松口气。

陆玄微微眯眼。这丫头是在同情他？

"走了。"陆玄撂下一句话，起身离开。

走到街上，他鬼使神差抬眸看了一眼。茶馆二楼临街的那道窗，冯大姑娘果然正目不转睛看向这边。

少年立刻收回视线，心中涌出一个念头：冯大姑娘莫非暗暗倾慕他？

冯橙托腮望着窗外，发现陆玄突然加快脚步很快消失在拐角，慢悠悠下了楼往尚书府走去。

尚书府门外停靠着一辆翠帷马车，冯橙脚步微顿，仔细看一眼。

这好像是永平长公主府的马车。

走到门口，门人老王赶紧道："大姑娘，长公主府来人了。"

尚书府上下都知道大姑娘得了永平长公主青眼，如今长公主府来人，肯定与大姑娘有关系。

"知道了，多谢王伯。"

冯橙随口道了谢，不疾不徐往里走，迎面撞见胡嬷嬷。

"哎呦，我的大姑娘，您这是去哪了，老夫人急着找您呢！"

冯橙眼波往胡嬷嬷面上一转，胡嬷嬷脸上的急切登时凝滞。

被那只该死的野猫挠花的脸，印子才下去没多久，如今面对大姑娘莫名有点紧张。

"祖母急着找我做什么？"冯橙一边往长宁堂的方向走，一边问。

"长公主府来人，请您过去玩。"胡嬷嬷这般说着，越发不敢大意。

大姑娘这是走了什么狗屎运，一次赏花宴得了长公主青眼就罢了，今日长公主府居然特意打发人来接大姑娘去玩。

"哦。"冯橙表示知道了，依然不紧不慢走着。

胡嬷嬷忍不住催促："大姑娘，您快点吧。"

冯橙横她一眼，淡淡道："祖母不是教导过言行举止要有规矩，急慌慌像什么样子？"

胡嬷嬷被噎得想翻白眼。大姑娘现在说言行举止要有规矩了，那日诬赖她一个老婆子摸她的胸，又怎么说？

冯橙才走到长宁堂门口，丫鬟立刻禀报："大姑娘来了！"

屋内一静。牛老夫人看着脚步轻盈走进来的少女，眉头一皱："怎么才来？"

"出去玩才回。"

牛老夫人面色微沉，碍于长公主府的女官在场，不好发作。

胡嬷嬷更是目瞪口呆。当着长公主府女官的面，大姑娘说什么呢！

冯橙神色自如地向牛老夫人与女官问好。

女官笑道："殿下在牡丹园中赏花，突然想起了冯大姑娘，所以命我来贵府问一问大姑娘今日是否得闲。"

"她一个小丫头没什么事。"怕冯橙乱说，牛老夫人忙道。

女官却等着冯橙开口，眼神意味深长。

"祖母说得是，我今日很闲。"

女官露出笑意："冯大姑娘没事的话，愿不愿意去陪一陪殿下？"

牛老夫人紧紧盯着冯橙，唯恐她来一句不去。

自从大孙女回来，说不出来哪里不对，可那种脱离掌控的感觉不会骗她。

"能陪殿下是臣女的荣幸。"

女官颔首："那就请冯大姑娘随我走吧。尚书夫人，您看——"

牛老夫人自然求之不得，不忘叮嘱冯橙："到了长公主府要规规矩矩，不得给长公主添麻烦。"

女官笑道："尚书夫人放心，大姑娘是个懂事的孩子，我们殿下很喜欢她。"

牛老夫人暗暗心惊，等女官带着冯橙离去，一口接一口喝着茶水。

活到这把年纪她竟有些糊涂了，长公主到底看中大丫头什么？

长公主为何派女官来请，冯橙心中隐隐有数，特别是从坐进马车后女官收了笑，就更不难猜了。那对害死迎月郡主的男女，估计是有消息了。

车厢内静了片刻，女官缓缓开口："冯大姑娘，今日请你过去，是有事劳烦。"

冯橙静静看着她。

女官面色凝重，没了先前在长宁堂时客气的笑容："冯大姑娘先前提到的那对拐子夫妇，今日出现在东城芝麻巷，如今人已经在长公主府。请冯大姑娘过去，就是认一下人。"

怕小姑娘害怕，女官声音放柔："只是躲在屏风后看一下，冯大姑娘不必担心。"

冯橙点点头。这个时候长公主府的人心情都好不到哪里去，她自然不会多话惹人烦。

女官见她安安静静，好感顿生。

气氛沉闷了一阵子，长公主府便到了。

"殿下，冯大姑娘到了。"

冯橙微微抬眸，映入眼帘的是一道比赏花宴时更消瘦的身影。

永平长公主一袭素衣宽松空荡，神色是令人压抑的平静。

"冯大姑娘来了。"

明明没有风，永平长公主一开口，悲凉便扑面而来。

冯橙默默屈了屈膝。

永平长公主起身走至她身边，声音沙哑："随本宫来。"

二人从一扇门进去，入眼是一排四季花开的屏风。永平长公主指了指屏风特意留出的缝隙，示意冯橙过去看。冯橙放轻脚步凑了过去。

屏风内光线更好一些，也因此把捆绑在地上的一对男女瞧得分明。

仔细看了好一阵，冯橙回到永平长公主面前，轻轻点头。

永平长公主带着冯橙返回先前的花厅，目不转睛盯着她问："冯大姑娘看清楚了？"

"是他们。臣女当时很害怕，事后回想起他们的面容一片模糊，只记得男子右眼角有一道疤，今日一见却能肯定就是他们。"

永平长公主沉默无言。

女官问道："冯大姑娘当时没什么印象，如今能肯定么？"

不是怀疑冯大姑娘，而是能不能确定这对男女身份太要紧。

冯橙咬了咬唇，面色苍白："一看到他们的脸，被恐惧掩埋的记忆就恢复了，那种害怕的感觉不会错。"

永平长公主用力抓紧宽大衣袖，冲女官微微点头。

女官心情沉重，对冯橙勉强露出个笑容："今日多谢冯大姑娘了，等咱们府上无事了，再请冯大姑娘来玩。"

送走冯橙，永平长公主提刀去了那间屋。听到脚步声，那对男女警惕看过来。闪着寒光的刀尖令他们面露恐惧，呜呜叫着。

永平长公主抬了抬下颔，女官走过去取下塞着二人嘴巴的破布。

"你们是什么人？"男人嘶声问。

永平公主提着刀一步步走过去，居高临下盯着二人。

二人手脚被缚着吃力往后退，看着永平长公主的眼神仿佛见到厉鬼。

"说说吧，你们如何拐走的迎月。"空荡的室内响起幽幽声音。

一袭素衣的永平长公主面无表情，仿佛一抹游魂。

男人浑身发冷，哆嗦着道："什么迎月，我们不认识——啊——"

惨叫声响起，一只血淋淋的耳朵掉在地上。

男人想去捂住耳朵，奈何手脚被绑着，疼得在地上打滚挣扎。

永平长公主空洞幽深的眼神望向妇人，染着血的刀尖指向她："你说。"

简单两个字,却把妇人骇得魂飞魄散,一张脸青白交加:"我,我——"

"永平!"一声喊传来。

杜念快步走过来,握住她持刀的手腕。

"放开。"

杜念没有松手。

"我让你放开!"永平长公主手腕一翻挣脱那只手的束缚,刀尖对准丈夫,"杜念,不要以为本宫不会伤你。"

杜念伸手落在永平长公主肩头,把她揽过去,也把那柄长刀揽入怀中。

"永平,让我来问吧,你这样问不出来的。"

永平长公主抱着沾血的刀不断颤抖,毫无反应。

杜念却明白她这是默许了,举步走到妇人面前。

"你们,你们到底是谁?"妇人颤着唇问。

杜念没有理会妇人的疑问,盯着她缓缓开口:"三年前你们拐了一个小姑娘,她对你们说她是郡主,要你们放她回家。"

妇人一愣,立刻否认:"我们夫妇从来老实巴交,怎么会做这种丧天良的事!"

杜念弯腰捡起那只耳朵,放入妇人手中。妇人骇得尖叫一声,手一扬把耳朵甩了出去。可她手上已经沾了血,无论如何都甩不掉了。

"内人性子急,再出刀就不是斩下一只耳朵了。"空荡的室内,温润如玉的男子说得平淡,却令妇人吓破了胆。

原来,面对那些苦苦哀求的孩子时磨炼出的冷硬,此刻并不能化为勇气。

"你们听她说是郡主害怕了,于是杀人灭口——"杜念只要一想被封在墙中的女儿,便五内俱焚。

他的声音听起来还是平静的:"如果我们没有查到这些,今日你们就不会在这里。现在我只想知道,当年你们是如何拐走她的。"

妇人听杜念说出这些,彻底没了侥幸。

连那个小姑娘说了什么话都知道,这些人太可怕了!

"说!"杜念声嘶力竭吼道。

当世大儒,君子如玉,旁人何曾见过杜念这般模样,就是永平长公主都望着眼睛通红的丈夫发愣。

杜念却觉得自己要支撑不住了。三年来,他无数次想:女儿是怎么丢的?想得走火入魔,痛入骨髓,偏偏当着妻子的面只能不露声色。因为他知道,失去了孩子,谁能比母亲更痛呢?作为一个不合格的父亲与丈夫,他没资格把痛苦流露出来。

妇人瑟瑟开了口:"那日我出门,打算物色一个合适的孩子,很快发现一个特别漂亮的小姑娘在街上徘徊。我过去问她,她说迷路了,我就借着送她回家的由头把她带回了芝麻巷……"

杜念静静听完,一个字都不信:"你是说在芝麻巷附近遇到她?"

"真的是出门不久就看到了。"妇人陷入了回忆，"那个小姑娘生得太好，我一眼就瞧见了。本以为会卖个好价钱，没想到她说自己是郡主——"

"不可能！"杜念紧紧盯着妇人，"她是在清雅书院失踪的，清雅书院位于西城小青山下，怎么会在东城芝麻巷附近徘徊？"

感受到危险，妇人忙叫起来："小妇人真的不敢说谎啊，确实是在家附近瞧见的……"

杜念皱眉，回身揽住永平长公主："既然他们不见棺材不掉泪，那就命人先审审吧。咱们出去等，不要让他们污了你的眼。"

永平长公主一动不动："我就要看着。来人——"

很快几名侍女拿着长鞭、拶子等刑具进来。

妇人大惊："你们这是滥用私刑——"

永平长公主充耳不闻，定定看着她。

很快一声声惨叫响起。不知过了多久，二人奄奄一息，口中不停重复着："小民没有撒谎，真的是在东城遇见的……"

永平长公主濒临崩溃，举刀欲砍。

"永平，你冷静点！"

永平长公主定定看着杜念："你听到了么，他们到现在还不承认。"

"永平，你先随我出来，我有话对你说。"杜念抓着她的手，把人拉出去。

新鲜的空气冲淡了萦绕在鼻端的血腥味。

杜念艰难吐了口气，在永平长公主面前又变为那个内敛的男人。再苦再难，他也要站着，这样妻子才不会倒下。

妻子对他的恨，何尝不是一种支撑？他心甘情愿被她憎恨。

"永平，他们只是寻常小民，受不住拷问，用刑后还是那么说，你应该明白意味着什么。"

永平长公主眼帘微动。

当年领兵出征，捉到敌军细作她也曾亲自审问过，自然明白经过训练的细作与寻常人的不同。那对黑心肝的男女没有再隐瞒。

可女儿就算贪玩跑出书院，也不可能跑到东城来。这说明有人故意让灵儿进入拐子的视线，等拐子把人远远卖了，神不知鬼不觉实现灵儿的失踪。

"永平，灵儿的失踪……可能是一场阴谋。"杜念望着苍白如纸的妻子，一字字道。

灵儿在书院丢了后，当时来向他请教学问的学生因为自责变得沉默寡言，学业一落千丈，后来退了学。如今想来，真的是因为自责吗？

"永平，我们一起去查，一定把害灵儿的真凶找出来，好不好？"

不知过了多久，永平公主轻轻点了点头。

杜念蓦然红了眼角。

那对拐子夫妇后来如何,冯橙并不知晓,只是明显发觉这次被长公主府请过去后,在尚书府的日子舒坦起来。

比如一日三餐,虽然与各处份例一样,食材却好一些。

比如去长宁堂请安,牛老夫人的笑容比往常要多上两分。

比如在尚书府几乎没有存在感的大太太尤氏,下人见到时态度殷勤了不少。

这样的变化,冯橙能感觉到,冯梅自然也感觉得到。

这日在二太太杨氏屋子里,冯梅忍不住抱怨起来:"母亲,今日在长宁堂,祖母对冯橙态度十分和煦,就连冯橙说要出去玩都没有半点微词。"

这些日子她冷眼旁观,冯橙想出去玩便出去玩,可比她自在多了。

杨氏拍了拍冯梅手背:"这有什么奇怪,冯橙得了永平长公主青睐,你祖母自然不会为难她。"

冯梅却无法压下心头那股不平之气:"可冯橙是从拐子手里逃出来的,谁知道失踪那两日经历了什么。就算永平长公主喜欢她,难道就能抹去这些?"

杨氏嘴角微弯,露出意味深长的笑:"发生过的怎么会改变呢?傻丫头,不必争这些。"

"我就是想不通,祖母明明最看重名声。"

杨氏笑了笑。老夫人当然最看重名声了。

公爹三十多岁才中举,却出身寒门,早早娶的妻子不过是小家碧玉罢了。没想到公爹入仕后官越做越大,老夫人的诰命品级也越升越高,平时来往之人皆是名门贵妇。也因此,出身寻常的老夫人格外在意规矩名声,唯恐被人看轻了去。

亦是因为出身,老夫人在永平长公主这样真正的贵人面前又特别没有底气。

人缺什么,便看重什么。她何尝不是如此呢?

"你祖母只是不愿为了一个小丫头得罪贵人。"

冯梅撇嘴:"冯橙可真是好运,攀上了长公主这根高枝,就连冯桃都仗着与她关系好在我面前蹬鼻子上脸。呵,一个庶女——"

触及杨氏转冷的眸色,冯梅面上露出几分尴尬:"母亲,我不是有意的。"

她一时口快怎么忘了,母亲也是庶女出身。

她曾听李嬷嬷,也就是母亲的乳娘多次提起母亲小时候的不容易。

当初母亲嫁过来时祖父官职还不高,后来祖父连连高升,官至尚书,母亲回侯府时才挺直了腰杆。

"母亲,我就是担心等秋闱后冯橙会更得意——"

听冯梅提到秋闱,杨氏神色郑重起来:"梅儿,你是不是听说了什么?"

今年秋闱,不只冯豫下场,她的长子辉儿也要参加。

科举,这是放在杨氏心中的头等大事。

尚书府的门第摆在这里,女儿的亲事差不到哪里去,可儿子的前程却不一样。

与世袭罔替的勋贵不同,如他们这样的人家,家中子弟非要正儿八经通过科举入仕才能搏一个好前程，那种靠着恩荫入仕的也就是混个差事罢了。

而朝中为了平衡，同一家中很难出现两位高官。

这也就意味着同族子弟对外是相互扶持者，对内则是竞争者。

一个家族往往会倾尽资源砸在一人身上，好让他尽快能支撑起家族。至于其他子弟，混得好些算是锦上添花。

辉儿是次孙，比身为嫡长孙的冯豫天然就差了些，偏偏冯豫还是京中有名的才子。将来公爹的人脉资源会放在谁身上，府中上下包括她在内都没想过除了冯豫以外的选择。

杨氏想着这些，听冯梅继续往下说："昨日女儿无意间听到两个婆子闲聊，一个婆子说大伯娘算是熬出头了，等大哥金榜题名，谁都越不过她的风光……"

杨氏越听，脸色越沉。

冯梅亦是丧气，仰着头问："母亲，二哥肯定也没问题吧？"

要是大哥考中了，二哥落榜，冯橙在她面前还不知道要多得意。

不，冯橙也许不会觉得得意，而是认为理所当然。从小到大，冯橙就是这样不争不抢却什么都有，连同胞兄长都比她的同胞兄长出众。

"你二哥当然没问题！"杨氏拧眉，"你二哥本也不差，只是乡试怎么会考不过？好了，不要担心这些，有这个时间回去练练琴吧。"

冯梅告退后，杨氏神色彻底冷下来。

樱桃红，芭蕉绿，时光匆匆，眨眼又过了七八日。

这日午后白露轻轻走进里间，看着架子床上睡得正香的一人一猫犹豫着。

冯橙突然睁开了眼，懒洋洋问："有事？"

来福也醒了，眯着眼看向白露，同样是懒洋洋的表情。

那一瞬间，白露莫名觉得一人一猫有些神似。

呸呸呸，她怎么能有这么荒谬的念头？

白露暗啐自己一口，忙向冯橙禀报："姑娘，三姑娘过来了。"

冯橙坐起身来，随手把来福捞进怀里顺毛："那还不请进来？"

白露转身出去，请冯桃进来。

宽大的架子床，雨过天青色的纱帐，透过雕花窗洒满屋中的阳光。

冯桃一进来，便觉得处处温暖明亮。

"三妹，来坐。"冯橙拍了拍床沿。

冯桃走过去。

"是不是打扰大姐睡觉了？"

"我都是想睡就睡，哪有什么打扰？"

冯橙见冯桃神色有异，等白露上了茶示意她退下，屋中便只剩下姐妹二人。

"三妹找我有事？"

冯桃抿了抿唇，声音不自觉放低："大姐，前些日子你说过，我无论遇到什么异常，都要对你说。"

冯橙立刻坐直了身子，收起懒散表情看着冯桃。

梦中三妹的死是她一直没解开的谜团，她只能叮嘱三妹留意一切反常。

三妹整日在内宅中，任何危机都不可能毫无征兆。

"今日一早小蝉给了我一张字条，上面说如果我想知道陆墨的下落，就在今晚去花园假山等着……"冯桃把一张折好的字条递给冯橙。

冯桃有两个大丫鬟，小蝉便是其中之一。

冯橙把字条接过看完，面色沉沉问："是谁把这个交给小蝉的？"

"守门的小丫鬟听到敲门声开了门，便在地上发现一封信，见信上写着我的名字就把信交给了小蝉。"

"也就是说，目前只有我们两个看过这张字条？"

冯桃迟疑着点头："应该是。"

冯橙捏着字条，陷入了沉默。

夜里，花园假山——梦里三妹就是赴了这个约落入圈套的？

见冯橙沉思，冯桃没有打扰，目光随意一扫，对上一双绿色猫眼。

小姑娘对着胖了不少的花猫做了个鬼脸。

"三妹。"

冯桃忙应一声，恢复了一本正经的神色。

冯橙指了指那张字条："你会去么？"

小姑娘一怔，微微睁大的眸中满是不可思议："我当然不会去啊！"

冯桃的反应令冯橙有些意外。不会去？

可是梦里她成为来福的时候，三妹不但去了，还……死了。

聚在心头的迷雾越发浓郁了。好在那个可能让她解惑的人就在眼前。

冯橙正色问："为什么不去？三妹不是心悦陆墨吗？"

冯桃被问愣了，皱着脸道："可陆墨是成国公府的二公子，写字条的人如果真知道他的下落，为何来告诉我，而不是去告诉他父母呢？"

小姑娘说得这般天经地义，明显是心里话。

冯橙沉默着。

冯桃打量她神色，赶忙解释："我就是觉得人家陆墨都不认识我，写字条的人不去告诉他家里人却约我见面，像是不安好心的样子。"

大姐会不会觉得她对陆墨太无情无义了？她没有！

因为大姐与陆墨的失踪她还哭了好几次呢。虽然大姐回来后她没再哭过，但想起陆墨心情也很差的呀。

"说得是，对方不安好心。"冯橙喃喃，看着妹妹越发困惑。

三妹想得这般明白，为何会去？

凝视对方良久，冯橙心头一动，问道："三妹，你好好想一想，什么情况下你

· 107 ·

收到字条会去赴约。"

"什么情况？"冯桃视线落在那张字条上，皱眉寻思了一下，道，"要是大姐这次没回来，字条上说知道大姐的下落，那我肯定要去看一看——"

话未说完，小姑娘就发现长姐红了眼睛。

冯橙望着冯桃，眼泪簌簌而落。

冯桃有些慌："大姐，你别哭啊。你这不是回来了，我只是说如果，如果——"

冯橙把来福丢一旁，揽住冯桃哭起来。

她想忍的，却忍不住。当局者迷，她早该想到的。

梦里她没有回来，三妹就被这张字条引着赴了那场死亡之约。

三妹的死，是因为她。自责与痛苦排山倒海而来，瞬间把冯橙淹没。她抱着妹妹哭了很久，仿佛要把成为来福那段日子想哭却哭不出的眼泪都流出来。

冯桃完全懵了："大姐，你要是哭太久，眼睛会肿的。"

冯橙止了哭声，接过冯桃递过来的手帕一下一下擦着眼泪。

等到脸上没了泪痕，她恢复了平静。

"三妹，今晚这个约，还是要去。"

"大姐，你要把坏人揪出来？"冯桃目露兴奋。

冯橙微微颔首："只有千日做贼，没有千日防贼的。不找出算计你的人，以后怎么能睡得安稳？"

冯桃连连点头："大姐说得不错，我今晚去赴约，一定把那个恶人揪出来！"

"不是你去。"

冯桃愣了愣："不是我？"

冯橙笑着揉揉冯桃的发，扬声喊："小鱼——"

小鱼悄无声息走进来，立在她面前听候吩咐，对那双哭红的眼睛视若未见。

"小鱼，你与三姑娘并肩站着，让我瞧瞧。"

冯桃不解看向冯橙。

小鱼走过去，与冯桃并肩而立。年纪仿佛的少女，连身量都差不多。

冯橙看看这个，看看那个，露出浅浅笑容："三妹，你觉得让小鱼打扮成你的样子赴约如何？"

冯桃吃了一惊："让小鱼装成我？"

她下意识打量小鱼，语气迟疑："我们不像吧？"

难道大姐觉得她和小鱼长得像？可她分明觉得自己更好看些……

"约定的时间本就是晚上，小鱼与你身形差不多，穿上你的衣裳往假山那里一站，除非走近了，不然很难分辨。"

"那要是走近了呢？"

冯橙笑了："走近了就被小鱼解决了，还怕他认出来么？"

冯桃呆呆点头："大姐说得对。"

小姑娘心中却生起强烈危机感：大姐不但觉得小鱼与她长得像，还觉得小鱼比她能干！

接下来冯橙细细交代一番，静候夜晚的降临。

夜色掩映中，姐妹二人躲在离假山不远处的花丛后，目不转睛盯着假山方向。

"大姐，蚊虫好多。"冯桃搓了搓手背。

冯橙瞥她一眼，低声道："让你留在长夏居，你非要跟着来。"

"那样我就要急成热锅上的蚂蚁了。"冯桃吐吐舌头，忙转移话题，"大姐你瞧，乍一看小鱼还挺像的。"

假山旁，一名粉衫少女双手抱臂，来回踱步。

夜色模糊了她的面容，从那频频张望的动作，能看出她的不安。

花园中很安静，虫鸣声交织成小夜曲传入耳中，无端有几分森然。

抓坏人——冯桃长这么大，头一次干这么刺激的事。

"大姐，那人……真的会来吗？"

"嘘，别说话。"冯橙声音压得极低，眼睛盯着某个方向，"来了。"

冯桃顺着视线看去，却只看到一团黑。她怎么没看见呢？

小姑娘正疑惑着，随着那人走近，终于辨出了模糊轮廓。

真的有人来！

冯桃立刻去看冯橙，不但没有紧张，还满眼兴奋。

冯橙眼睛一眨不眨盯着那人瞧。那是个十八九岁的男子，一副小厮打扮。

尚书府下人众多，冯橙对来人没什么印象，冯桃却轻咦了一声，但因为那人越来越近，没敢说话。冯橙当即明白，冯桃认识这个人。

那人放轻脚步走向小鱼，恰在这时小鱼转了身面向假山。

走到小鱼身后，男子轻声喊："三姑娘。"

小鱼一言未发走进假山缝隙中。假山缝隙是贯通的，从这边能进，另一端也能出。

男子见小鱼进去，下意识追进去："三姑娘——"

一掌劈来，男子后面的话就没有了。

冯桃猛拽冯橙衣袖："大姐，他跟进去了！"

"嗯。"

"那咱们回晚秋居？"

按着冯橙的安排，小鱼把人制住后，直接带回晚秋居审问。

冯橙眼睛盯着假山处，低声道："再等等。"

晚风吹来，花枝摇动，簌簌作响。

姐妹二人窝在花丛里挨着蚊子咬，没等多久就见不远处灯光摇晃，人影攒动。

很快几个婆子走过来，为首的是长宁堂的胡嬷嬷，就是被来福抓花脸那个。

胡嬷嬷是牛老夫人心腹，管着内宅多年。

早些年二太太杨氏接手打理府中庶务，牛老夫人当然不愿意当瞎子、聋子，胡嬷嬷作为内管事算是对杨氏的压制。

"人呢？"胡嬷嬷左右环顾，面色阴沉。

一名提着灯笼的婆子纳闷道："瞧着是往假山这边来了。"

胡嬷嬷一听，脸色更难看了。

二门入夜就会落锁，直到转日清晨内院通往外宅的门才会打开。

这种情况下，她居然接到消息说看到一个小厮打扮的男子往花园来。

三位姑娘就住在花园附近，一个男子晚上溜过来，这还了得！

"该不会钻进假山了吧？"另一个婆子猜测着。

"把灯笼给我！"胡嬷嬷夺过一名婆子手中的灯笼，提着往假山处走去。

几个婆子见状立刻跟上。

胡嬷嬷唯恐闹出丑事来，走得飞快，到了假山处立刻举起灯笼往山缝中张望。

要说假山能藏人，便是这里了。

夜色沉沉，假山内黑黝黝一片，突然被橘色灯光照进去，胡嬷嬷猛然对上一双绿油油的眼睛。那瞬间，胡嬷嬷脑海一片空白，手中灯笼砸到了地上。一团黑飞快扑到仿佛被施了定身法的胡嬷嬷脸上。

熟悉的抓挠伴随着剧痛传来，胡嬷嬷这才发出一声惊天动地的尖叫："啊——"

花园里登时人仰马翻。

"快，赶紧把胡管事脸上的猫弄下来！"一名婆子激动大喊。

几个婆子围着胡嬷嬷乱转，却觉无从下手。

好在那只花猫自己跳了下来，钻入花丛眨眼不见了踪影。

"追！"

胡嬷嬷捂着脸怒骂："追个屁，快去请大夫看看我的脸！"

几个婆子心下一松，急慌慌扶着胡嬷嬷走了。那么凶的猫，谁想追咧。

等到花园中彻底静下来，只剩先前掉落在地上已经熄灭的灯笼孤零零躺着，冯橙拍拍草叶站起来，不紧不慢对冯桃道："走吧。"

二人进了晚秋居，冯桃这才真正松口气，不解问道："大姐，来福伤了胡嬷嬷，不会有事吧？"

"来福是有主儿的猫，能有什么事？"冯橙不以为意笑笑。

冯桃后知后觉点头："也是，胡嬷嬷先前就被来福挠过一次了。"

可她想一想，还是觉得不妥当："大姐，其实没必要让来福现身，平白得罪胡嬷嬷那些人。"

胡嬷嬷虽是下人，可小鬼难缠，得罪了没什么好处。

冯橙笑着摇头："不是没必要，是很必要。"

"为何？"冯桃听得一头雾水。

"今日若是三妹去赴约，结果会如何？"

躲在花丛里挨了一晚上蚊虫咬，冯桃早把后果想清楚："我要是去见了钱三，等胡嬷嬷带人来撞个正着，哪还有活路？"

被仆人撞见与小厮夜里私会，哪怕她否认，也有嘴说不清。

以祖母的严苛，大姐从拐子手中逃脱回来若非得了永平长公主青睐都不好过，她一个无关紧要的庶出孙女，上没有父母护着，恐怕只有死路一条。

"要知道你、我、二妹住处都在花园附近，有人说瞧见一名男子往假山这边来了，现在胡嬷嬷他们没找到人，回头能有什么好话？"

冯桃听着，渐渐白了脸。她明白了其中干系。世人最爱捕风捉影，晚上闹了这么一出没有找到人，听到动静的说不定就要暗暗猜测住在花园附近的三位姑娘。

虽说以祖母的威严这些下人不敢乱说，可想想自己的清白被人暗暗揣测，也够恶心人了。

"来福那般厉害，若真有男子去了假山那边早就闹出动静了。那些婆子这么一想，便会认为报信的人是瞧错了。"

人都愿意相信自己想相信的。真要有男子混进内宅，这些下人同样得不着好，巴不得有个合理的借口遮掩过去。

冯橙做的，便是给她们这个借口。

"对了，三妹，你认识那个小厮？"

"大姐是说钱三？"提到那小厮，冯桃气得眼里冒火，"就见过一回。那日我去前边，走在路上戴的绢花掉了，他恰好路过，把绢花捡起来交给小蝉。"

冯桃说着，越发气恼："当时我还觉得这小厮挺机灵的，不然绢花丢了也是麻烦，谁知道他会是这种人！"

冯橙伸手拍拍冯桃手臂："不气了，我们去见见他。"

小鱼把人丢进了西间书房，白露守在那里，正急得眼前发黑。

有男人夜里来找姑娘也就忍了，小鱼居然还提了个大男人回来！

一见冯橙过来，白露险些哭了："姑娘——"

"人在里边吧？"

"在。"

"三妹，你与白露留在这里。"

"大姐——"冯桃想跟进去，讨好喊了一声。

冯橙摇头："你不露面好一些。"

她本就不在意那些虚的了，又能扯上长公主这面大旗，三妹却不一样。

一进书房，就见小鱼眼睛不眨地盯着躺在地上的小厮，十分尽忠职守的样子。

"还没醒？"冯橙走到小鱼身边，打量一眼还在昏迷的小厮，皱眉道，"把他弄醒。"

小鱼从荷包里摸出一根针，对着小厮就扎了下去。钱三痛哼一声，睁开了眼睛。

映入眼帘的是一张漂亮得不像话的面庞。

莫非是做梦？钱三正恍惚着，蹲在一边的小鱼一声不吭又扎了一针。

姑娘说把人弄醒，也不知道只是弄醒来，还是弄清醒。既然这样，还是做到位。

前不久陪姑娘回长公主府，翠姑对她说以后她就是姑娘的人，不要惦着长公主府了，她便明白以后该怎么做了。

钱三嗷一声惨叫，彻底清醒了。这不是大姑娘吗！

冯橙往摆在墙边的那张矮榻上一坐，懒懒吩咐："把人提过来。"

钱三开始还不明白"提"是个什么意思，等小鱼揪住他后边衣领把他拎到冯橙面前，便什么都懂了。

"钱三是吧？"冯橙悠悠问。

"是小的。"钱三心中直打鼓，"大姑娘，小的怎么会在这里？"

冯橙没准备隐瞒，指了指小鱼："哦，被我的丫鬟打晕了提过来的。"

钱三一听"提"这个字，就觉头皮一紧。

"大姑娘，小的没有冒犯您啊，您——"发现少女俏脸一沉，不知怎的，钱三后面的话就说不下去了。

"没有冒犯我？"冯橙挑眉冷笑，"这是什么时辰？你一个外院的钱三出现在后花园，冒犯的岂止是我！"

钱三一下子没了话说，连连磕头："大姑娘饶命，大姑娘饶命，小的以后再也不敢了，就求大姑娘饶过小的这一次吧——"

"行了！"冯橙不耐烦打断小厮的讨饶，"我没闲功夫看你装腔作势，便直接问吧，是谁指使你夜里去花园假山的？"

钱三心中慌乱，眼珠转个不停想着该怎么说。

"撒一句谎，我便让小鱼扎你一次。"冯橙说得没有丝毫烟火气，却那般自然。

钱三暗暗攥拳，终于意识到这位大姑娘不是那种娇娇弱弱的正常闺秀。

说一句谎就扎一针，催赌债的都没这么狠啊！

人家是以威胁为主，可在大姑娘这里他才醒，就已经挨了两针了。

钱三跪在地上，抬头看着随意坐在矮榻上的少女，犹豫着要不要死撑到底，忽见少女眉头一皱。

"寻常针扎可能不行。"少女琢磨着，抬了抬白皙如玉的下巴，"小鱼，扎他下面。"

钱三捂着下面腾地跳起来。

小鱼抬脚把人踹翻，踩在小厮身上缓缓亮出长针。

钱三骇得魂飞魄散："小的说，小的说！"

让小丫鬟拿针扎他下面——大姑娘还是人吗？

书房外，冯桃与白露正贴着耳朵听。

听到这里二人对视一眼，各自飞快别开视线。

白露：完了，完了，让三姑娘知道姑娘的离经叛道了！

冯桃：糟糕，看白露吓成这样，是不是无法接受大姐出人意料的言行？那以后对大姐不够忠心了怎么办？

二人各怀心思，继续听壁脚。

屋内，钱三瘫在地上，已经彻底放弃挣扎了。

"说说吧，幕后指使是谁？"

不疾不徐的语气，落入钱三耳中森然如刀。

"是李嬷嬷。"

"哪个李嬷嬷？"

钱三眼神闪烁："汀兰苑的李嬷嬷。"

冯橙缓缓把手搭在矮榻靠背上，心中一派平静。

从三妹把那张字条交给她，她便有所猜测。

知道三妹心悦陆墨的，只可能是尚书府内宅的人。

或许是三妹对她提起陆墨时被有心人听了去，报给了主事的人知晓。

这个人不会是祖母。

祖母最怕尚书府名声有损，若是知道三妹有不合规矩的地方，定会叫去敲打训斥，而不是设下这么一个毁掉三妹清白的圈套。

尚书府三姑娘与小厮夜里私会，对祖母来说是丢了大脸。

钱三提到的汀兰苑是二房住处，李嬷嬷是二婶杨氏从娘家带来的乳娘，心腹中的心腹。

二婶算计三妹的目的，现在也很明白了。

无非是为了二哥的利益。

本来，大哥学业出众，又占着嫡长孙的名分，谁都没想过二哥会有机会。

可是她出事了，母亲大受打击，大房岌岌可危。二婶就如见到鱼腥的猫，嗅到了机会。

二婶了解母亲的秉性。

在她私奔传得沸沸扬扬的时候闹出三妹与小厮私会的事，母亲完全无法承受这种难堪。

母亲羞愧自尽，大哥因为守孝错过了今年秋闱，而二哥却不受影响。

二哥中了举，转年春闱更进一步，从此步入仕途。

而大哥要守孝三载，到时候就算一切顺利，也比二哥晚起步三年。

谁知道三年会有什么变化？

如果二哥运气好，走得特别顺当，焉知祖父不会倾力培养二哥？

就算祖父依然看重大哥，大哥后来居上在官场出了头，难道不照顾同在官场的堂弟？

说到底，二婶是为二哥争一个出头的机会。

成了，是意外之喜；不成，也没损失。

可对方毫无损失争的这个机会，却是害了她母亲与妹妹的命换来的！

冯橙凉凉的目光落在钱三面上。

是个眉清目秀的腌臜货。

"二太太许了你什么好处，让你这么做？"

钱三被那双清凌凌的眼盯着，只觉压力如山。

一言不合大姑娘心意，是要被扎下面的！

略一迟疑，钱三便认命道："小的在外欠了几十两银子的赌债，李嬷嬷说事成会赏我百两纹银。"

冯橙轻笑："二婶倒是大方。"

钱三流着冷汗不知如何接话。

"那你有没有想过今晚胡嬷嬷带人撞破你与三姑娘，你会是什么下场？"

钱三不敢对上那双眼睛："李嬷嬷说夜里瞧不清楚，等胡嬷嬷带人到了，看到三姑娘与男子私会，就让我立刻从假山另一端逃走，这样众人能确定三姑娘与小厮私会，却不知道小厮是哪个，追查之时二太太会为我遮掩，我就没有危险了。"

冯橙嗤笑出声："这样的话你也信？"

钱三抬头看她，不明所以。

"你难道不知道，三姑娘认识你？"

钱三大吃一惊："前些日子小的捡了三姑娘掉的绢花交给她的丫鬟，可三姑娘不应该知道小的名字啊！"

说到这里，钱三瞳孔一缩。

好像就是那次不久，李嬷嬷找上他的。

想到这里，钱三登时冷汗淋漓。

"这么说，今晚你能出现在花园，也是汀兰苑安排的？"

"小的从白日就藏进后院了，方便藏身的地方是李嬷嬷指点的……"

冯橙抿了抿唇。

果然不出所料，内宅入夜就会落锁，只有提前混进来才成。

见少女面色如雪，钱三不断磕头："大姑娘，您原谅小的吧，小的是被赌债逼得没办法，才鬼迷心窍——"

冯橙皱眉："你也不是小孩子了，以为道歉就能得到原谅？与其浪费这个口水，不如替我办几件事。"

钱三呆呆望着冯橙："大姑娘要小的办什么事？"

冯橙淡淡吩咐："你先按着之前打算藏好，照常去向李嬷嬷复命。"

钱三惊了："那李嬷嬷定饶不了小的！"

"嗯？"

"大姑娘您想啊，小的根本没有完成李嬷嬷的交代，回去复命还能讨了好？"

冯橙扫他一眼，颇为不解："你不回去复命，莫非想当逃奴？"

· 114 ·

逃奴？

这个词令钱三打了个哆嗦，急忙道："小的可不敢当逃奴！"

这个世道，逃奴哪有好下场？

"这就是了。你终归要在尚书府待着，既然逃避不了，不如主动去复命。"

"可小的该怎么说？"

冯橙拧眉看着眉清目秀的小厮。

终于明白汀兰苑为何选中了这个钱三，因为好忽悠啊！

"你对李嬷嬷说，你在假山那里一直没等到三姑娘，觉得不对劲就藏在了不远处的花丛里观察情况，后来发现胡嬷嬷带人过来，就更不敢出去了……"

钱三迟疑道："可小的没有完成任务，二太太那边会不会惩罚小的——"

"兔死狗烹这个词听说过吗？"

钱三点点头。

冯橙微微一笑："兔子还没抓住，狗肯定不会杀。你见了李嬷嬷机灵些，定然不会有事。"

听冯橙这么说，钱三松了口气的同时隐隐觉得不对劲。

那个狗……是指他？

"那大姑娘要小的办什么事？"钱三提着心问。

"你把汀兰苑那边稳住，就是我交代你办的第一件事。"

"那第二件呢？"

"需要你办时，我会打发人找你。"

望着少女冷清的眉眼，钱三鼓起勇气问："大姑娘需要小的为您办几件事？"

冯橙皱眉："这个我暂时还不知道，看情况吧。"

钱三："……"

"白露——"

正听壁脚的大丫鬟理理衣裳，推门而入。

"婢子在。"

"去取五十两银票来。"

白露深深看了钱三一眼，应声是转身出去。

不多时，一张银票摆在钱三面前。

钱三彻底糊涂了："大姑娘，您这是——"

冯橙语气淡淡："加上李嬷嬷提前给你的甜头，还赌债够了吧？"

"够了，够了！"钱三激动得心扑通直跳。

"白露，把银票收好吧。"

白露飞快把银票揣入袖中，暗暗松一口气。

钱三：？

"我突然想到若是你现在就还清赌债，落入汀兰苑眼中便是你投靠我的证据。

为了你着想，这笔钱暂时还是先不给你好了。"

钱三嘴角一抽，却不敢多说。

"记住你双面细作的身份，不然——"少女笑着指指小鱼。

小鱼面无表情，扬了扬手中长针。

钱三双腿下意识夹紧，连连点头："小的记得，小的记得！"

"小鱼，送他出去。"

听着里边动静的冯桃忙避到东间去，悄悄卷起门帘一角看着钱三被小鱼提出去，这才快步走进西间书房。

"大姐，那个小厮可靠吗？"

冯橙笑笑："可不可靠，要看怎么用。"

这还是陆玄说过的话。

什么样的人就用什么样的方式对待，不能强求都是忠心耿耿、重情重义之辈。

当然，这话是她作为花猫时听来的。

冯桃似懂非懂点点头，又问道："大姐，接下来咱们该怎么办？"

"自然是以其人之道，还治其人之身。"

冯桃眨眨眼："是要那个小厮把二姐哄到花园去？"

冯橙伸手捏捏小姑娘带着婴儿肥的脸颊："想什么呢？狗吃屎，我们不能去吃啊。"

冯梅喜欢争抢，喜欢攀比，甚至遇到机会也会做出格的事儿。

但目前还没有。

从她梦中当来福时听来的杨氏与冯梅对话，冯梅对杨氏这番设计并不知情。

她不能因为杨氏这般对三妹，就这般对冯梅。

"三妹，你也听到了，害你的是二婶，那我们就向她讨这笔债好了。"

"怎么讨？"

"容我再想想。你先回长夏居吧，免得时间久了横生枝节。"

此时长宁堂灯火通明，牛老夫人看着胡嬷嬷的大花脸，险些昏过去。

"这又是怎么回事儿！"

面对老夫人发出的直击灵魂的拷问，胡嬷嬷险些哭出来："老夫人，事情是这样……"

牛老夫人听完，面沉如水："也就是说你听人禀报一个小厮往花园假山那边去了，然后带人去搜，结果大姑娘养的那只猫从假山里扑了出来，又挠花了你的脸？"

一个"又"字令胡嬷嬷欲哭无泪，忍着身心双重打击点头："是这样。"

"那小厮又是怎么回事？"许是之前已经看过胡嬷嬷这张花脸，如今再看，牛老夫人竟有些习惯了，此时更关心的当然是男子溜进内宅的事。

面对牛老夫人的凌厉目光，胡嬷嬷讪讪道："后来老奴又问过那个婆子，她说是眼花了。"

被那只该死的猫一抓，她突然清醒了。

假如真的搜到小厮就罢了，是与哪个丫鬟私会，好歹能问出一二。

如今没搜到人，再坚持说有男子混进内宅，别说三位姑娘，就是两位太太的名声都会受损。

这是老夫人绝对不能容忍的。

那个婆子大概也是想明白这一点，等她再问就一口说看错了。

她当然不愿深究。

府上真有不要脸面的丫鬟、小厮有私情，回头仔细盯着总能找出来，大晚上带着人在后宅到处搜野男人可是下下策。

"真的是眼花了？"

"是——"

牛老夫人一拍桌子："混账东西，这也能眼花！"

胡嬷嬷忍着脸上火辣辣疼痛，不敢吭声。

好一会儿后，牛老夫人屏退伺候的人，低声交代："这些日子盯紧些，看看有没有不安分的小蹄子。"

"老奴明白。"

汀兰苑里，杨氏渐渐坐不住了。

"奶娘，这个时候按说长宁堂那边已经堵到了人，怎么没什么动静？"

三姑娘与小厮私会，这样石破天惊的事能这么悄无声息？

出了这种事，老夫人定会把大嫂与她叫到长宁堂去。她已经做好了看大嫂崩溃的准备，却没想到至今风平浪静。

"太太莫急，老奴已经打发人去打探了，这就去看看人回来了没。"

不多时，李嬷嬷返回内室，神色有些古怪。

杨氏一见李嬷嬷表情，心中一沉："怎么了？"

"出去打听的人说长宁堂的胡嬷嬷带人去花园不知道寻什么，结果在假山那里被大姑娘养的猫儿挠破了脸。"

杨氏愣了："没撞见那个小厮与三姑娘，撞见了大姑娘养的猫儿？"

李嬷嬷点头："是。"

杨氏往后靠了靠，留得长长的指甲划过椅子扶手，面上阴晴变幻："这么说，三姑娘接到字条后压根没去，而是告诉了大姑娘。"

最终，大姑娘养的猫去了。

杨氏神色凝重起来："奶娘，你说大姑娘瞧见那个小厮了么？"

李嬷嬷迟疑："这恐怕就要找到钱三问一问了。"

"明日你就去问问那个钱三！"

"老奴明白。"

杨氏心中有事，一晚上都没睡好，第二日神色恹恹地去长宁堂请安，遇见褪去病容气色不错的尤氏，生出偷鸡不成蚀把米的气闷。

而她的奶娘李嬷嬷，寻了妥当时机见到了小厮钱三。

面对小厮，李嬷嬷横眉怒目："昨晚到底怎么回事儿？"

钱三苦着脸道："小的按着您的吩咐一早躲在后院，等入了夜就去假山那里等着。谁知左等也不来，右等也不来，约定的时间都过了，还是不见三姑娘踪影。小的寻思着不对劲，就躲进了不远处的花丛里，然后就看到一只猫过来了——"

"一只猫？"

"对，一只棕黑纹相间的花猫，挺肥的，许是出来抓老鼠吧。"钱三伸手比画着花猫体形。

"只有那只猫，没别人？"

"没有，小的看着那只猫钻进了假山。"

"之后呢？"

"之后胡嬷嬷就带人过来了，小的一看这种情况肯定不能出来啊，您说是不？"

李嬷嬷铁青着脸没吭声。

三姑娘没去当然不能跳出来，否则谁说得清楚小厮是奔着谁来的？

昨夜的事一旦传扬出去，就是太太面上都没光彩，何况二姑娘的暗香居也在园子边上。

想着这些，李嬷嬷一阵后怕，再看钱三心情由恼怒转为警惕："昨晚之事，你给我管好嘴巴！"

钱三连忙举手发誓："小的铁定管好嘴巴，否则天打雷劈！"

他当然不会说啊，不然汀兰苑找他麻烦不说，大姑娘还会派那个叫小鱼的丫鬟收拾他。

李嬷嬷点点头，目光沉沉盯着钱三："这几日你且先安分待着，随时听候吩咐。"

这种见不得人的事，自然参与的人越少越好，钱三这条烂命还是要留着。

钱三一颗紧绷的心倏地松了。

大姑娘说得没错，真的没事。

既然如此——

钱三望着李嬷嬷的眼神露出几分热切。

李嬷嬷眉头一拧："怎么？"

钱三讪讪一笑，紧张搓手："小的还欠着不少赌债，就怕赌坊的人来寻小的麻烦，耽误了太太的正事……"

李嬷嬷脸一黑，咬牙从荷包里摸出一张银票丢进钱三手里："滚！"

钱三抓着银票赶紧溜了。

回到杨氏面前，李嬷嬷把情况禀明。

杨氏揉了揉眉心，喃喃道："这样看来，先前得到的消息有误。"

三姑娘对成国公府二公子的情意恐怕没有几分。

这个年纪的小姑娘,喜欢人这么敷衍的吗?

"太太,接下来该怎么办?"

"先缓一缓吧,若有机会再看。"杨氏倚着美人榻,轻抚指尖。

怡馨苑那位会不会因为三姑娘出事大受影响,她并不敢肯定,之所以出手无非是试一试罢了。

成了算意外之喜,不成也没什么损失。

她还在闺中的时候,姐妹众多,能安安稳稳长大并嫁个不错的人家,靠的可不是运气,而是抓住一切能抓住的机会。

哪怕可能性只有万一,只要结果是好的又无风险,便可以一试。

杨氏想缓一缓,冯橙却不愿意。

有些人习惯了损人利己,都忘了有报应这回事了。天不报,那就让她来。

"姑娘,您打算怎么做?"看着神色平和给来福顺毛的少女,白露忍不住问。

昨晚在书房门外她听得明明白白,二太太也太可怕了。

二太太能这般对付三姑娘,有了机会就能对付她家姑娘。

既然如此,还是让二太太早点倒霉吧。

冯橙双目微闭,竭力想着梦中之事。

阳光透过雕花窗洒在她面上,把那张脸照得近乎透明。

墨黑的眉,雪白的肌肤。

白露一时看入了神。明明是不够健康的面色,姑娘却好像越来越好看了。

"平春街石头巷第二户民宅……"冯橙喃喃,终于想了起来。

"姑娘您说什么?"

"叫钱三去盯着那户人家,看看里面住着什么人。"

白露有些迟疑:"钱三办事能靠谱吗?"

冯橙笑笑:"这种人干正经事不成,做这些往往不错。让小鱼对他说,打听清楚了赏他二两银。"

白露觉得不划算,想一想二太太,默默闭了嘴。

钱三没想到大姑娘这么快就交代他任务了。

面对小鱼那张面无表情的脸,钱三心里直发毛,态度越发端正:"平春街石头巷第二户民宅是吧?没问题,包在小的身上。"

"要做好。"小鱼言简意赅。

钱三连连点头:"保证不出岔子。"

见小鱼皱眉,钱三心一慌。看来不能空口说白话。他手一举:"若出岔子,就让我天打雷劈。"

以前向爹娘保证不去赌,这种毒誓他不知发了多少次,如今做来毫无心理负担。

小鱼点点头,回去复命。

"他说若出岔子就天打雷劈?"冯橙听了,神色复杂。

白露撇嘴:"姑娘别把这种话当回事,钱三那种人都是拿发誓当水喝的。"

"这种人确实不少,不过你们莫要学他乱说话。"

见冯橙说得郑重,白露点点头。

钱三虽是小厮,却是那种拿钱混日子的。

他的祖父曾给冯尚书当过随从,如今虽然不在了,一家人在尚书府也算根深叶茂,府里管事对他大半时间在外头胡混都睁一只眼闭一只眼。

自从小鱼来传话后,他就全心全意盯着那户民宅。

不出三日,他非但知道了住在那宅子里的是什么样的人,还有了个惊人的发现。

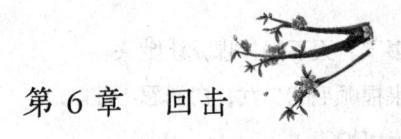

第6章 回击

与礼部尚书府隔了一条街的清心茶馆,冯橙趁着出府玩的时候见了钱三。

"你让小鱼传话说有惊人的发现,那现在说说吧。"布置简洁的雅室中,少女手捧茶盏,语气淡淡。

这般平静的态度,激起了钱三的上进心。

大姑娘这是不相信他钱三能有惊人的发现啊。

不行,他这就说出来让大姑娘吃惊一下!

"您交代小的盯着那户人家,小的费了好大的劲儿,可算知道了住在那里的是什么人。"

钱三停了一下,见冯橙面上没有什么变化,也没有接话的意思,讪讪接着说:"是一个年轻妇人与一个十来岁的男童。那妇人十分美貌,男童也生得玉雪可爱,二人是一对母子。"

冯橙听着,微微点头。

看来没记错。

"你的惊人的发现是什么?"

听冯橙问出这话,钱三飞快环顾左右。

雅室内除了他与大姑娘,便是守在门口处的小鱼了。

他不自觉身体前倾,凑近了一些,压低声音道:"昨日小的在那附近守着,竟然看到了二老爷!"

钱三所说的二老爷,便是冯橙的二叔。

冯二老爷在工部当差,而平春街正是去工部衙门的必经之路。

若是平时看见冯二老爷,钱三不会多想。可他又不傻,大姑娘摆明了要与汀兰苑算账,前脚吩咐他盯着平春街那里的民宅,后脚他就瞧见二老爷往石头巷去了,这能没有猫腻？他立刻就跟上去了。

"大姑娘您猜怎么着？"钱三一脸激动，"小的发现二老爷居然进了石头巷那户宅子！"

"然后呢？"

"然后？"钱三愣了一下，表情迷茫，"然后小的就回来知会小鱼姐姐了啊。"

难道还要他溜进那个宅子？

"你继续盯着，摸出我二叔去那边的规律，还有在那里待的时间，再来报我。"

"啊，是。"钱三以为任务结束了，没想到还有后续。

素手伸出，往桌面上轻轻放了一锭银。

"这是你的辛苦费。"

钱三眼一亮，一边把银子拿走，一边讪笑："小的为大姑娘办事是应该的，这怎么好意思……"

说好了赏他二两银，这锭银能有三两了。再想到前几日汀兰苑的李嬷嬷甩给他的那张银票，钱三忽然觉得当个双面细作也不错。

等钱三心情美滋滋去了老地方盯梢，才后知后觉想起一个问题：二老爷在平春街石头巷养外室，大姑娘是怎么知道的？

二老爷与二太太相敬如宾，夫妻和睦，这是府中上下公认的，就连管着家事的二太太都没发觉二老爷的不对劲，大姑娘一个未出阁的小姑娘怎么会知道这种隐秘？

嘶——大姑娘好可怕！钱三突然觉得怀中揣的那锭银子有些烫手。

要不还回去——这个念头一起，钱三就觉心口一痛。

不行，到手的银子还回去这比剐他的肉还难受。

既然舍不得还回去，那就只有更用心替大姑娘盯梢吧。

钱三走后，冯橙没有立刻离开茶馆，而是静静喝着茶，任思绪飘远。

这些年来无论是与各府夫人、太太打交道，还是在母亲面前，二婶最得意的便是与二叔和睦恩爱。说来也是，就是大房还有三妹这么一个庶女在，可二叔身边多少年来连一个通房都没有。作为二叔的发妻，二婶自然有得意的资本。

可惜她不知道，二叔在石头巷养的外室连孩子都有九岁了，只比她的次子冯耀小了一岁。夫妻恩爱的美好假象，在梦里要到一年后外室带着儿子找上门来才被打破。

这一次，就让暴风雨提前来临好了。

冯橙饮下最后一口茶，起身离开雅室。

木楼梯稍稍有些陡，扶手一尘不染。

少女一手提着裙摆，一手扶着扶手缓缓下楼，与上楼来的少年不期而遇。

陆玄还是一袭黑衣，见到往下走的少女明显一愣："冯大姑娘？"

他好像没有吩咐人去尚书府门前的柳树上系带子吧？

难不成记错了？

少年望着少女的目光透出几分迟疑。

冯橙扬唇笑:"这么巧,遇到了陆大公子。"

原来只是偶遇。

陆玄沉默一瞬,问道:"冯大姑娘来喝茶?"

冯橙颔首:"嗯,来了茶馆两次,觉得这里的茶水很对胃口,刚刚喝完打算回去了。"

"那冯大姑娘慢走。"陆玄侧开身子,请冯橙先行。

冯橙屈了屈膝表示谢意,缓步往下走去。

少年盯着少女渐渐远去的纤细背影,陷入沉思。

以他与冯大姑娘几次打交道的了解,这丫头不可能跑来纯喝茶。

这是他们约定见面的茶馆,他其实是背后东家。

冯大姑娘跑来喝茶,该不是为了遇见他吧?

想到那日少女临窗目不转睛的注视,少年耳根微热的同时,加深了那个猜测:冯大姑娘可能真的暗暗倾慕他。

他可没那个心思!少年背挺得笔直,如一株白杨。

却不知为何,连日来寻找弟弟的疲惫在这茶香萦绕的地方减轻许多。

直到他随口问跟上来侍候的伙计:"冯大姑娘何时来的?"

伙计对真正的主子可不敢有半点隐瞒,忙道:"来了有半个时辰了,是与一名年轻男子见面。"

陆玄下意识拧眉,一字字问:"年轻男子?"

伙计不知怎么感到周身冷了些。莫不是起风了?可都进夏日了,起风也不会冷啊。

陆玄扬了扬眉:"说说具体情况。"

与年轻男子见面……他还真有些好奇了。

"冯大姑娘带着丫鬟先到的,那名男子上楼时看起来有些拘谨,后来他先离开,从雅室走出来时也是神色恭顺。看他穿戴气质,小的猜测应该是为冯大姑娘办事的仆从。"

陆玄微微摇头。

冯大姑娘交代年轻男仆办事,竟然安排在茶馆见面,未免太不谨慎。

这若不是他的茶馆,岂不是要传出闲话去?

陆玄正了脸色,淡淡吩咐:"冯大姑娘今日来茶馆的事,不得传出一个字。"

"小的明白。"伙计忙应了,心中纳闷。

这话主子不是早就交代过么?

晚秋居院中的橙子树悄悄谢了白花,冯橙从钱三的陆续禀报里对冯二老爷去石头巷的规律有了了解。少则两日,多则五日,冯二老爷便要往石头巷去上一回。去的时间往往是下衙后。冯二老爷在工部差事不忙,每当要去石头巷的时候便会提前半个时辰下衙。从石头巷离开回到尚书府最多比平常晚上小半个时辰,任谁也不会起疑心。

冯二老爷这把年纪，若没有冯尚书这么有本事的老爹，也算是一家顶梁柱，晚回来这么点时间若还被人猜疑，那才是笑话。去得还挺勤。

冯橙了解到这些后，不由感慨。看来二叔对养的外室母子挺上心。

也不知二婶知道真相后，会是什么滋味呢？

"第一户，第二户，第三户……"冯橙提笔在白纸上勾勒出石头巷那一片的模样，喃喃低语。

白露好奇问："姑娘，那位不是住在石头巷第二户吗，您为何要钱三把巷子那边所有人家都打听过来？"

冯橙把笔搁下，抬眸看向白露："你以为我要引诱二婶发现二叔养外室？"

白露眨眨眼。难道不是？

她只要一想二太太知道二老爷养了外室，甚至连孩子都好大了，就觉神清气爽。

看那毒妇还做不做坏事！

冯橙笑笑，视线不离纸上草图："那只是顺带的。"

发现二叔养外室，挨祖父痛骂的是二叔，二婶就算生气伤心，那也是占着理儿的人。她才不会这么便宜她！

"这一户前不久退了租，我已经让钱三悄悄赁下了，就选在这里吧。"

冯橙有了决定，再次与钱三见面。

"认不认识见了女子便油腔滑调的无赖？"

钱三一愣，下意识否认："不认识，小的怎么会认识那种人？"

"不认识？"冯橙扬眉，露出几分不满。

钱三忙改口："太认识了，这种人小的认识好几个。"

"那好，你找一个手头紧的人住进去，许诺事成之后给他十两银。"

"十两？"钱三一声惊呼，"这也太多了。"

冯橙面色古怪勾了勾唇角。这小厮好奇怪，怎么比她还心疼她的荷包？

"多与不多，你不必在意，把事情办好自有你的好处。"

触到少女冷淡的眼神，钱三连连点头："是，小的不在意，不在意。"

说完这些，他看向少女的眼中多了几分热切。

大姑娘的钱他不能在意，但他该得的赏赐不能不在意啊。

见钱三如此，冯橙心中冷笑。这样的人，胃口果然不能养大了。打一巴掌给个甜枣，甜枣给多了必须打巴掌让他清醒一下。

冯橙放冷语气："手头紧，赏钱就不从我这儿发了。"

不给了？钱三一听，差点没控制住错愕与失望交织的表情。

"是啊，不然小鱼她们的赏钱就没有了。"

钱三下意识转头，看向小鱼。

小鱼没有往这边看一眼，只面无表情立在那里，便令钱三汗毛倒竖。

他怎么把这凶神给忘了！仿佛一盆冷水浇到头上，钱三彻底清醒了。什么赏钱

· 123 ·

不赏钱的，保住下面就不错了。"

钱三弯了腰，脸上堆笑："看大姑娘说的，小的为您办事那是小的的荣幸，小的可没想过要您的赏钱。"

冯橙莞尔一笑，悠悠道："不过可以让二太太给你发。"

钱三彻底愣了。

"盯着二老爷那么久，到了你向二太太邀功的时候了。"冯橙唇畔挂着浅笑，说得云淡风轻。

钱三心头一凛，腰弯得更低："请大姑娘吩咐。"

冯橙抿了一口茶，细细交代。

钱三认真听着，神色不停变换，心里只有一个念头：再不敢惦记大姑娘的赏钱了！

"好了，你先回吧。"冯橙交代完，喝了口茶润喉。

钱三犹豫了一下。

"还有事？"

钱三瞄门口一眼，迟疑道："不知道是不是小的多心，上楼时进来一名黑衣少年，视线一直落在小的身上。大姑娘，该不会是汀兰苑那边——"

冯橙已经猜出少年是谁，面不改色道："汀兰苑那边要是发现你不妥当，还会等到现在？你确实多心了，也许人家只是觉得你长得好看。"

钱三吓得一哆嗦。若是尚书府的丫鬟姐姐们夸他好看，他还会自得一下，毕竟靠着这张脸从小到大没少占便宜，但大姑娘夸——

"呵呵，那是小的多心了。"钱三干笑着退出雅室。

才走到楼梯处，他又感觉到了那道凉凉视线。那少年确实在看他！

想到冯橙那番话，小厮下意识摸了一把脸颊，而后飞快离开了茶馆。

陆玄起身走上楼梯，正碰到冯橙从雅室中出来。

冯橙微笑："没想到又遇到了陆大公子。"

翻窗都翻了两次了，陆玄自然懒得绕圈子，直接问道："那是尚书府的下人？"

"是。"

得到肯定回答，少年皱眉："看起来不是个规矩可靠的。"

刚刚与他对上视线，摸脸的动作总让他觉得哪里不对劲儿。

冯橙莞尔一笑："可不可靠，要看怎么用。"

陆玄怔住，望着唇角含笑的少女，心中生起荒谬的熟悉感。

这话若不是从冯大姑娘口中说出来，竟觉得是自己会说的话。这种感觉太奇怪了。

少年眸光转深，藏起费解："冯大姑娘还是注意些，那些人能算计你一次，就可能算计第二次。"

"我会的，多谢陆大公子关心。"

陆玄动了动唇，淡淡道："我只是提醒你。"

冯橙失笑："那多谢陆大公子提醒。"

这有区别吗？

不过她在梦里是来福的时候，从没见陆玄对外人上心。而一旦被陆玄纳入自己人（猫）的范围——冯橙一想到领到来福面前的那一串母猫，就要昏过去了。

陆玄对她与钱三见面这么关注，该不会是好当红娘的毛病又犯了吧？对于陆玄喜欢当红娘这个毛病，冯橙阴影犹存，看向他的眼神难免带出几分警惕。

陆玄困惑了。他虽说只是因为追查弟弟失踪线索与冯大姑娘产生了一些交集，可这番提醒也算好意，冯大姑娘这是什么眼神？好像他要害她似的。

这个发现令少年有些气闷。

不过他长到十六岁，并无与小娘子打交道的经验，或许女孩子就是这么奇怪？

这般想着，少年又气顺了些，矜持道："那冯大姑娘慢走，若是有事再联系。"

冯橙点点头，快步走出了茶馆。

陆玄重新坐下来，默默喝了一口茶，招来伙计吩咐："安排人盯着那个与冯大姑娘见面的年轻人，若是那人惹出什么乱子，及时报我。"

"是。"伙计忍了忍，试探问，"您指的乱子，是给冯大姑娘惹麻烦？"

陆玄看着他，没说话。

"小的明白了！"伙计赶紧跑了。

等陆玄起身离开，伙计轻轻拍了拍胸口，暗骂自己糊涂。

这么明显的事就不该问，这下好了，公子被说破心事，害羞了。

钱三很快就联系上了李嬷嬷。

李嬷嬷颇为不悦："不是让你安分待着，这边有事自会联系你。"

钱三眼神游移，表情踟蹰："小的是听您的吩咐安分待着，就是发现了一件事，不知道该不该说——"

李嬷嬷拧眉："什么事？"

凭经验，一旦有人说"不知道该不该说"这种废话，就没好事。

但这种事与汀兰苑有关系的话，就不得不问了。

钱三犹豫了一下，小声道："小的昨日下午无意中瞧见二老爷进了一条巷中的民宅，等二老爷从那家出来后，小的因为好奇一直盯着，然后发现——"

李嬷嬷心里咯噔一声，沉声问："发现什么？"

上衙的时间，巷中的民宅，总是令人第一时间产生不好的猜测。

"小的瞧见一只皮球从那户民宅的围墙内飞了过来，紧跟着那家院门打开，跑出来个十来岁的男童——"

"男童？"李嬷嬷急切打断钱三的话，脸色变得十分难看，"你没瞧错？"

钱三笑了："小的眼神好着呢，那么大个孩子还能瞧错了？"

李嬷嬷缓了缓心神，接着问："之后呢，你还瞧见了什么？"

"那名男童跑出来不久，就从里边追出来一名年轻妇人——"钱三顿了一下，面上带了感慨,"那妇人生得十分美貌,简直让人移不开眼。"

李嬷嬷脸色发黑:"那妇人是男童什么人?"

"那妇人追出来,训斥男童不该跑出来,男童管她叫娘。"

李嬷嬷沉默了。

钱三打量李嬷嬷表情,小心翼翼道:"您说那美貌妇人与男童该不是二老爷的——"

"住口!"李嬷嬷疾声厉色,打断钱三的猜测。

钱三嘴一捂:"小的乱说的,您别生气!"

李嬷嬷已经听不进钱三说什么,整个人卷入了惊涛骇浪的震惊中。老爷竟然偷偷养外室,连孩子都这么大了!还是一个哥儿!

"钱三,你确定没看错,老爷真的进了那户人家?"

钱三哭笑不得:"小的又不傻,没有把握的事哪能跑来跟您说?"

"那户民宅在何处?"

"平春街石头巷。"

李嬷嬷咬了咬牙,强作镇定吩咐道:"你记着,这件事不得对旁人提起一个字,不然——"

"您放心,小的铁定不乱说!"

"你先回去吧,这两日随时可能找你。"

钱三一口应下,对李嬷嬷露出个讪笑:"小的这几日手头有些紧张,您看——"

李嬷嬷表情一瞬扭曲,很想抬手给这贪得无厌的东西一耳光,可想到他的发现到底忍了下来,丢了一角碎银快步走了。

钱三收好银子,盯着那道匆匆离去的背影啧啧摇头。接下来可有好戏看了。不过谁让汀兰苑先得罪了大姑娘呢。

想到大姑娘,钱三隐隐畏惧的同时又生出几分钦佩。

大姑娘一点没说错,二太太果然又给他发钱了。

虽说双面细作这份差事的风险有点高,可人为财死鸟为食亡,想赚钱怎么能不担风险呢?钱三摸着荷包,心满意足走了。

比起钱三的美滋滋,李嬷嬷的心情简直阴云密布。

她甚至不知如何向杨氏开口。

"奶娘有事?"瞧出李嬷嬷脸色不对劲,杨氏屏退其他人问道。

李嬷嬷暗暗吸口气,轻声道:"太太,老奴有件事向您禀报。"

感觉到李嬷嬷的凝重,杨氏下意识坐直了身子。她在侯府经历那些刀光剑影时,乳娘给了她很多照应,她对李嬷嬷不但信任,还依赖。

"今日钱三来报,说瞧见老爷在上衙的时间去了平春街石头巷……"

听李嬷嬷说到美貌妇人与男童,杨氏面色铁青:"不可能!"

李嬷嬷不说话了,担忧地望着杨氏。

杨氏眼前阵阵发黑，眩晕袭来，下意识用手撑住桌面。

"太太，您没事吧？"

杨氏攥了攥拳，长长指甲嵌入掌心带来的刺痛令她找回了声音："那个小厮……没瞧错？"

李嬷嬷沉默着，露出心疼神色。

杨氏闭了闭眼。

室内一时死寂般沉默，仿佛连空气都忘了流动。半晌后，杨氏缓缓睁开眼睛，眼中风云暗涌："这件事不能只听一个小厮的片面之词！"

李嬷嬷听了，暗叹口气。

说到底，太太是不愿相信老爷养了外室。谁又愿意相信呢？这么多年来老爷和太太可是出了名地和睦，屋里连个通房都没有过。早年太太有孕的时候老爷曾流露过收个通房的意思，被老太爷听说了臭骂一顿，从此再没提过这一茬。

要说起来，当年老太爷能知道老爷想收通房，是太太不着痕迹透露出去的。

老太爷曾有一个婢妾，生下三老爷不久就病死了，从那之后不但自己没再收过通房，就是儿子有这个意思也会有一顿臭骂等着。

"奶娘，平春街那边，我想让你亲眼去看看。"

尽管对小厮传来的消息杨氏内心深处已是信了，可不派心腹去看一看如何甘心。

秘密知道的人越少越好，李嬷嬷自然是最合适的人选。

李嬷嬷立刻点头："老奴这就去办。"

"奶娘去吧。"

等李嬷嬷退出里间，杨氏抄起桌上茶盏狠狠掷到了地上。

李嬷嬷听到里头传来的动静暗暗叹气，很快找来钱三吩咐一番："你继续去平春街那边盯着，一旦看到老爷过去立刻来报。"

"行，包在小的身上。"钱三对李嬷嬷来找他早有准备，而接下来如何做，大姑娘已交代过。

李嬷嬷见钱三应得痛快，递过去一角碎银："不可走漏风声，把事情办妥当，太太不会亏待你。"

还有这种意外之喜？

钱三忙把银子接过去，用力拍着胸脯："您放心，小的知道该怎么做。"

事情交代完，李嬷嬷懒得再与钱三费口舌，一心等消息。

钱三转头就照着冯橙的吩咐安排上了。

这日冯二老爷提前下衙，敲开平春街石头巷第二户人家的大门。

开门的是个青衣丫鬟。

冯二老爷养外室一养十来年都没传出什么风声，离不开他的谨慎。在他看来，粗使婆子大多嘴碎，不如年纪小些的丫鬟嘴巴牢靠，因而只买了两个小姑娘伺候外室母子。

今日一进门，冯二老爷便觉得气氛有些不对劲。

"哭了？"打量着迎出来的美貌妇人，冯二老爷皱眉问。

外室名叫茜娘，闻言忙摇头："没有，沙子眯了眼。"

冯二老爷扫了丫鬟一眼，板着脸问："怎么回事？"

丫鬟正替茜娘义愤填膺呢，男主人这么一问，自然不会瞒着："还不是巷子口那户人家，住进来一个泼皮无赖——"

"阿红！"茜娘瞪了丫鬟一眼。

"让她说，到底怎么回事儿！"一听泼皮无赖，冯二老爷脸色更沉了。

茜娘咬着唇垂眸不语，渐渐红了眼圈。

丫鬟一股脑抖落出来："巷子口的租户换了人，住进来一个老无赖。那日小公子在院中蹴鞠，不小心把球踢到了外面，小公子推门出去捡球，娘子追出去喊小公子进来，没想到就被那个老无赖瞧见了——"

"然后呢？"听到这里，冯二老爷脸色黑得能滴出墨汁。

丫鬟气愤道："当日有人敲门，婢子开门一看，那老无赖站在外头问能不能借两头蒜。婢子一见他眼睛紧往里瞄就觉得不对劲，立刻便把大门关上了，谁知第二日他又来敲门……"

另一个丫鬟跟着道："娘子这两日吓坏了，夜里有一点动静就会惊醒，都是被那老无赖吓的。"

"他今日也来过？"

"来过。分明就是欺负咱家平时没有男人——"

"阿红，不得乱说！"茜娘红着眼睛斥了一句。

绝色的美人训起人来也是温温柔柔，惹人爱怜。

"爹，您来啦。"从屋中跑出一个玉雪可爱的男童，开心抓住冯二老爷衣袖。

冯二老爷恨不得立刻去找老无赖算账的心情一缓，对男童露出个笑容："纯哥儿怎么没在院子里玩？"

"儿子在屋中读书呢，听到您说话就出来了。"男童仰头望着冯二老爷，一脸孺慕，"我想爹爹了。"

冯二老爷揉了揉男童头顶，笑道："爹也想你了。"

对于这个外室子，冯二老爷心疼且愧疚。明明是他的骨血，却因为父亲见不得他纳妾收通房只能偷偷摸摸养在外头，还不知道何时能认祖归宗。因着这份心思，冯二老爷对这个儿子难免有几分偏爱，在长子、次子面前的威严到了小儿子面前就全化为了慈爱。

"进去再说。"冯二老爷对茜娘低低说一声，牵着男童的手走进屋中。

一时其乐融融。

等时间差不多了，冯二老爷拍拍男童的肩："去读书吧，爹也该走了。"

"儿子送您。"

"不用,过两日爹就来了,你好好读书就行。"

茜娘如往常那般送冯二老爷出去,到了院门处停下来。

冯二老爷敛去笑容:"外头的事你别担心,我这就去找那个老无赖敲打一番。"

茜娘有些不安:"老爷,您还是别去了吧,您身边连个跟着的人都没有,万一那无赖伤着您怎么办?"

冯二老爷冷笑:"那种下三滥最是看人下菜碟,瞧着你一个美貌女子独居便生出花花肠子,等发现这户的男主人是个有身份的,比谁老实得都快。你放心,不会有事的。"

有人惦记他的女人,当然一刻都不能忍。

冯二老爷走到巷子口那处宅子门前,抬手敲门。

很快门开了,一道懒散声音传出来:"谁啊?"

门内站着个三十多岁的男子,长得竟还算齐整,眼神透出几分轻浮。

冯二老爷有些出乎意料。他以为看到的会是一个形容猥琐的男子。这个发现令他越发正了脸色:"我是隔壁的男主人——"

"啊,进来说。"冯二老爷还没反应过来,就被男子拉了进去。

等关门声响起,冯二老爷警惕起来:"你要干什么?"

他来茜娘这里都会提前在马车中换下官袍,但身上穿的也是锦衣华服,这无赖难道看不出来他身份不一般?

男子笑得客气:"既然是街坊邻舍,怎么能在外头站着说话,您说是不?"

冯二老爷见男子还算识趣,微松口气。

男子手一伸:"进屋喝口茶吧。"

"不必了。"冯二老爷冷着脸拒绝,"听伺候内子的丫鬟说你常去借蒜头,下次若是再缺蒜头,我给你送一车来,这么借着多麻烦。"

"那就多谢您了。"男子明显听出警告之意,语气里透出几分忐忑。

冯二老爷暗暗点头。不是那种混不吝就行,这种无赖就是有色心没色胆。

不过有这么个人住隔壁到底硌硬,回头安排人会一会这座宅子的主人,给些好处把这下三滥赶出去。

"那你可要记住了,以后我若再听到什么,就不是一个人来找你了。"

冯二老爷警告完,转身拉开院门走出去。

不远处的隐蔽角落,李嬷嬷望着从巷口宅子走出来的冯二老爷面色沉沉。

钱三小声道:"您看,小的没说错吧?"

李嬷嬷半点眼风都没分给钱三,目不转睛盯着冯二老爷离开石头巷往某个方向走去。那个方向不远处的角落停着一辆马车,正是冯二老爷每日上、下衙所用。

李嬷嬷被钱三带着过来时,特意确认过。

眼睁睁看着冯二老爷的背影消失,李嬷嬷再也待不下去。

她狠狠盯了眼石头巷的方向,叮嘱钱三:"管好嘴巴,有事自会找你。"

"您放心，小的知道该怎么做。"

等李嬷嬷快步离开，钱三立刻联系上了小鱼。

把情况一讲，钱三谄笑着邀功："小鱼姐姐，你看小的做的不错吧，到了大姑娘面前可要给我说几句好话啊。"

虽说他不敢惦记着，可万一大姑娘一高兴打赏，也不会嫌银子咬手不是。

小鱼面无表情看他一眼："做不好，我会扎你。"

那意思，做得好才是应该的。钱三打了个寒战，险些哭了。

明明才十四五岁的小姑娘，心怎么这么狠呢？这哪是小鱼姐姐，分明是鱼嬷嬷！

冯橙这边得到了一切顺利的消息，二太太杨氏也等到了李嬷嬷。

"奶娘，怎么样？"问出这话时，杨氏一颗心揪紧。

而李嬷嬷的回答注定令她失望："老奴躲在石头巷不远处亲眼瞧见了，老爷……确实是从那里出来的……"

杨氏的脸色瞬间变得雪白，双手紧紧攥着茶盏："是哪一户？"

"石头巷口那一户。"

杨氏手中茶盏不停晃动，茶水溅了几滴出来到手背上，却恍若未觉。

"瞧见那贱人了吗？"

李嬷嬷眼中满是心疼："老爷一个人出来的。"

杨氏把茶盏重重往桌上一放，腾地起身："他可真是瞒得好！"

她那话多余问了。那贱人当然不会送出来。若非处处谨慎，她如何会当十来年的瞎子、聋子？

亏她以为冯锦南与她父亲不一样，虽也有天下男人都有的色心，生出过纳妾的心思，却在一家之主的老太爷明确表示反对后变得安分。

是她错了，世上哪有不偷腥的猫！她的生母是父亲第九位姨娘，家中庶姐、庶妹就有十多个，她受够了那样的环境。谁知道不让冯锦南纳妾，他就养起了外室，而她像个傻子一样蒙在鼓里十来年。

"他……他怎么能！"到这时，杨氏再无侥幸。

李嬷嬷低声劝："太太，老爷已经回府了，想必很快就要到这边来。您就算心中再恼，也要遮掩一下，莫要让老爷瞧出形迹来。"

杨氏掏出帕子按了按眼角，轻轻点头。

到了她这个年纪，什么情爱不情爱，更多的是被欺瞒的愤怒，是让她在那些夫人、太太面前为之得意的夫妻和睦竟是假象的恼火。

杨氏刚收拾好情绪，丫鬟便禀报说老爷来了。

冯二老爷很快就走了进来，面上挂着无懈可击的笑容："是不是该开饭了？"

杨氏忍下质问的冲动，同样露出无懈可击的微笑："正等着老爷呢。"

很快丫鬟们在饭厅摆上晚膳，夫妻对坐，默默用饭。

不知是不是错觉，冯二老爷觉得今晚气氛略有些沉闷。

"家里都还好吧？"

杨氏心头一紧，不动声色道："每日都是老样子，家里的事老爷不必担心。"

"有你操持，我自是不担心。"冯二老爷随口赞了一句，继续吃饭。

杨氏垂眸冷笑。今日她少说几句话，冯锦南就主动找话题，让她怎么能想到他的心从没放在汀兰苑。可实际上那个野种都有十来岁了，算时间定是当年她怀着小儿子时，他想收通房未果折腾出来的事。

夫妻安安静静用了晚饭，冯二老爷略坐了一阵子，便提出去书房。

往日这也是常事，杨氏不会多想，毕竟长子和女儿都到了谈婚论嫁的年纪，老夫老妻没有整日亲昵在一起的道理。

可现在她只想冷笑。她只想着孩子们长大了，却忘了冯锦南如今还不到四十，正是壮年。

睡到外面去了，当然不睡在她这里了。

杨氏越想越怒，喊来李嬷嬷："明日我要去瞧瞧那个狐媚子生得什么模样。"

李嬷嬷露出不赞同的神色，柔声道："太太，您是想让那对母子站到人前来吗？老爷瞒了这么多年固然令人气恼，那对母子却也见不得天日。您若是带人闹上门去，让老太爷、老夫人知道了那孩子的存在，老太爷就算再生老爷的气，那孩子也要被接回来了……"

杨氏抿了抿唇，冷声道："奶娘说的这些我都知道，我当然不会做这种得不偿失的事。"

闹开了让那野种成为尚书府公子？她又不是被情爱冲昏头脑一味冲动的傻子。

"不过我还是想去瞧瞧，总要知道恶心我的人是什么样的。"

"那您的意思是——"

"明日就奶娘陪我去，到时候奶娘在外面守着，我装成进京寻亲的找错了地方，等敲开门借口喝水看一看那个贱人。"

李嬷嬷一听，觉得还算妥当。

既然是老爷养在外头的，那宅子里不可能有男仆，太太上门没什么危险。

何况她就在外头守着，一旦太太久不出来也有退路。

更重要的，她明白太太心中窝火。

闹开了不理智，要是连这么点念头都不能满足，时间久了要憋出病来。

翌日是个不冷不热的好天气，天上白云悠悠，懒散俯视着众生。

冯橙抱着来福在院中晒太阳。

白露快步走过来，低声禀报："姑娘，二太太出门了，果然只带了李嬷嬷一人。"

冯橙弯眼笑笑，把花猫放下："那咱们也出门吧。"

一个为了不确定的好处就能出手害人性命的女人，不会那么冲动打上门去。但杨氏毕竟是个女人，知道夫君养外室还有外室子，不去看看如何甘心。这样一来，

· 131 ·

杨氏十有八九会选择遮掩身份悄悄去看。终于到了该收网的时候，她当然也要去看一看啦。冯橙扬唇，举步往外走。

"喵——"来福还没享受够被顺毛的感觉，不甘心地跟上来。

冯橙弯腰把它抱起，笑呵呵道："一起去。"

杨氏与李嬷嬷是坐着马车出的门，到了平春街附近停下，步行去了石头巷。

"就是这里么？"杨氏隔着帷帽垂下的轻纱，轻声问。

李嬷嬷站在她身边，低声道："是这里，就是巷子口那家。"

杨氏立在原处盯了一会儿，让李嬷嬷去无人注意的角落等着，举步向那边走去。

两侧不高不矮的院墙形成一条长巷，明明晴空万里，巷中依然幽深空寂，墙根生着青苔。

杨氏从没涉足过这样的地方，就算不把那外室瞧在眼中，置身此处也有些不适。好在那宅子在巷口处，不必往里边去。

站在黑漆门前，杨氏默默调整了一下心绪，举手叩门。

咚咚的敲门声传进去，里边却迟迟没有回应。

难道家中无人？杨氏试探推了一下门，大门竟是虚掩的，一下子就被推开了。

小小的院子干净整洁，一条青石子路通往屋门口。墙角立着两口半人多高的大缸，其中一口缸中卧着莲花。

清雅素净，让人不由猜测住在这里的是个知情识趣的妙人儿。

"有人吗？"杨氏立在门外喊了一声。回应她的只有风吹叶动沙沙声。

一个见不得光的外室，难不成还会到处跑？

不过也难说，说不定那贱人在四邻八舍面前谎称是正儿八经的妻呢。

这般一想，杨氏的火气就冒了上来。又喊了一声无人应，她跨过门槛往内走去。

"你是谁呀？"身后一道透着轻浮的男声传来。

杨氏猛然转身，就见一名男子从那口没有浮着莲花的大缸中跳出来，不怀好意打量着她。

不好！杨氏心中一咯噔，拔腿便往大门口冲。

可惜已经晚了，男子离着院门更近。

他飞快关上大门，对冲过来的杨氏张开双臂："嘿嘿，小娘子既然来了，怎么就走呢？"

被那双手束缚住时，杨氏大惊："放肆，你可知道我的身份！"

挣扎间，头戴的帷帽掉落在地，现出真容。

男子愣了一下，露出笑容："哟，没想到是位大嫂。这更好，来都来了，随弟弟进屋聊聊呗。"

眼见男子搂过来，杨氏正要说一些话震慑对方，大门就被踹开了。

一名妇人旋风般冲进来，照着男子就打了两个耳刮子："好啊，我说这些日子你怎么总不回家，原来是在这里偷腥呢！"

杨氏因这突如其来的变故呆了呆，回过神后顾不得捡起地上帷帽就往外跑。

没想到男子比她跑得更快。

妇人扯着杨氏追了出去，边追边喊："狗男人与狐狸精私会，被老娘撞个正着还想跑，大家快来瞧瞧这对不要脸的狗男女啊！"

瞬间从四面八方窜出来一群人，甚至还有提着马扎的。当然能这么及时带着马扎是因为本就在墙根、树下与人聊天，这时派上用场纯属意外之喜。眨眼间看热闹的人就把三人围了个水泄不通。

妇人一手抓着男子，一手扯着杨氏，骂得那叫一个酣畅。看热闹的人指指点点，倒也不觉稀奇。市井之间，汉子乱来被媳妇抓个正着当街痛骂太常见了。

李嬷嬷挤在人群中，急得要吐血。

可这种时候她更不敢上前，一旦被人察觉太太身份就彻底完了。

也有眼尖的好奇道："你们瞧瞧，那狐狸精的穿戴可好呢。"

杨氏来平春街这边特意挑了不起眼的衣裳，可再不起眼，落人寻常人眼中也是上好的。

妇人一听更气了，先打男人一耳光，再猛揪住杨氏衣襟："我整日辛苦操劳，狗男人却拿我辛辛苦苦攒下的银钱给这狐狸精买好衣裳穿，真是没法活了——"

看热闹的人中，几个妇人却不这么认为，纷纷道："我瞧着这女子身上穿的是上好绸罗，不是辛苦操劳攒下的钱能买得起的。"

她们可是常逛那些铺子的，虽然买不起，过过眼瘾又不花钱。

混在人群中的钱三趁机捏着嗓子发出女声："咦，这女子好像是礼部尚书府的二太太！"

什么？钱三这么一喊，人群顿时沸腾了。

男人被媳妇当街捉奸不算稀奇，可狐狸精是高门大户的太太就太稀奇了。

这可是十年难遇的大八卦啊！

杨氏被妇人这么拖到大街上本就羞愤欲绝，让人喊破身份更是恨不得从地上找条缝钻进去。

妇人一听吓得松了手，一脸震惊道："你真的是尚书府二太太？"

"休得乱说，我只是进京探亲的外地人，没想到当年留的地址换成了你男人住，这才产生了误会。"杨氏总算有了开口的机会，连昏过去都不敢，咬牙解释道。

"乱说？"妇人一激动忘了畏惧对方可能的身份，"我哪有乱说了，我进去时你们都抱在一起了！"

"那是你男人耍无赖，拦着我不让走！"杨氏扔下这么一句，转身便要离开。

大庭广众之下，她解释再多都没用，趁早离开这个要命的地方才是首要的。

至于被看热闹的人喊出身份，有她刚才那番解释，回头再安排人引导一下流言，总有弥补的余地。堂堂尚书府的当家太太与一个无赖汉私会，本就令人难以置信。

急切之间，杨氏反而有了几分冷静，知道越快脱身越好。

这时一队官差姗姗来迟，为首官差喝道："散开，散开，这里发生了什么事？"

百姓最不愿意与官府的人打交道，呼啦散开一大片。

一道诧异声音传来："二婶，你怎么在这里？"

杨氏僵着身子看向声音传来的方向。

不远处，少女抱着狸花猫，目露疑惑。

杨氏瞬间如坠冰窟。

领头官差看看热闹中心的三人，再看看抱猫少女，觉得情况有些诡异。

"姑娘是？"

冯橙指指停靠在路边的马车："车子到了这里堵住了，猫儿调皮跳出车窗，我追过来发现婶婶在这里。"

少女看着杨氏，一脸担心："二婶遇到麻烦了吗？"

杨氏脸色惨白如纸，一个字都说不出来。

冯橙微抬下巴望着官差："差爷，我们是尚书府的，若有人找我二婶麻烦，你可要问个清楚！"

问个清楚？

杨氏仿佛被浇了一盆冰水，从头顶冷到脚底。她一个尚书府的当家太太，大庭广众之下与一个下三滥纠缠这种事，无论怎么解释，没脸的人都是她。

当务之急是离开这里，至于这对男女，等摆脱麻烦后再收拾不迟！

杨氏勉强对官差扯了扯嘴角："是个误会，就不麻烦差爷了。"

见杨氏要走，冯橙揉了揉来福的脑袋，没有阻拦的意思。

有些事情是解释不清楚的，只会越描越黑。想必今日之后二婶就能尝尝流言的滋味了，更能尝尝"名声"这把杀人刀的滋味。

"二婶是一个人吗？要不坐我的马车回去吧。"

这种场合，杨氏完全不想看到冯橙这张脸，冷冷道："不必了。"

就在这时，一个老妇从人群中跌了出来。

冯橙眨眨眼，这次是真的惊讶了："李嬷嬷？"

她知道李嬷嬷跟着杨氏出了门，可这种时候李嬷嬷出现，这是给杨氏雪上加霜吧？

既然这样，她就不客气了。

少女冲着因震惊猛然转身的杨氏喊："二婶，好像是您的奶娘李嬷嬷。"

杨氏看着勉强站稳身子的李嬷嬷犹如五雷轰顶，从牙缝中挤出一个字："走！"

她顾不得多看李嬷嬷，更没时间思索李嬷嬷的突然出现，快步往前走去。李嬷嬷急忙追上。主仆二人来时的马车停得不算远，杨氏上了车吩咐车夫立刻回府，惨白着脸看向李嬷嬷："这到底是怎么回事！不是说那户人家是老爷养的外室，为何是个地痞无赖！"

到现在，她都无法相信闹出了这样的丑事。被一个泼妇拽到大街上臭骂，众目睽睽之下指控她与无赖汉私会，她已经无法想象会面对什么。

李嬷嬷的脸色比杨氏好不到哪里去，声音带了哽咽："老奴分明亲眼瞧着老爷进了那户人家，这到底是怎么回事啊？"

"那刚才呢？你还出来作甚！"提起这个，杨氏就更恨了。

李嬷嬷欲哭无泪："老奴瞧着您被那泼妇扯到了大街上，一直不敢露面。后来官差来了，看热闹的人往后退了一圈，刚才不知哪个杀千刀的挤了老奴一下，就把老奴从人群里挤出来了……"

到了这个时候，指责也好，愤怒也罢，全都无济于事。

杨氏把眼一闭，浑身抖个不停。

马车向着礼部尚书府的方向驶去，对杨氏主仆来说，却仿佛奔向一头张着大嘴的凶兽。

那曾经令她洋洋自得的家，如今变成了躲不开的地狱。

平春街那里，看热闹的人群还舍不得散去。

一个妇人兴奋得眼都亮了："你们看到没，那个被挤出去的大娘竟然是尚书府二太太的奶娘！"

"瞧着就她们主仆两个，尚书府的贵人这么没排场？"有人提出疑问。

妇人嘴一撇："这还用说吗，尚书府的当家太太跑出来见男人能前呼后拥？铁定是只带着最信得过的。"

"有道理啊。"

"啧啧，这样的贵人居然如此不检点……"

"是呀，还让奶娘把风，真是不知廉耻啊。"

"会不会是误会？"有不懂流言精髓的人开口。

几个妇人不约而同啐一口。

"什么误会？你忘了一开始那位太太说是外地来寻亲的找错了地方。结果呢，人家是尚书府的二太太！"

"就是啊，从一开始就没说实话，可见是见不得人的。"

"没错，没错，要说贵人就是贵人，连借口都比咱们寻常人会找。"

……

领头官差冲着人群眼一瞪："都散了，散了！"

看热闹的人群意思着往后退了退，三三两两凑在一起聊得开心。

领头官差见此也不好多说什么。

管天管地，管不着别人聊天啊，尤其又没涉及天家。

他看向冯橙，尽量使笑容显得温和："冯大姑娘也早些回府吧。"

"多谢差爷，我这就回去了。"少女客气道谢，面带忧色。

领头官差转头去寻那对夫妇，却发现人不见了。

"人呢？"领头官差问手下。

· 135 ·

众手下面面相觑。

看热闹的人中，有人瞧见那对夫妇趁着李嬷嬷出现吸引了大家注意力悄悄溜走，此时没有开口。开口了，被官差追究怎么办？

其实那对夫妇偷溜时领头官差瞥见了，现在这么问不过是走个过场罢了。

那无赖汉与礼部尚书府的当家太太牵扯到一起，真的带回衙门怎么审？

给上峰带回去这么大个麻烦，尚书府嫌丢人也不会领情。

到时候左右不是人，里外不讨好。

作为不知道处理了多少起乱子的官差，他自然知道怎么样最省心。

而跟着领头官差时间久了的众手下当然也心知肚明。

"真是不好意思，一个不注意让人溜了。"领头官差对冯橙抱歉笑笑，"冯大姑娘放心，我们这就去找人。"

冯橙微微颔首："这些事我一个小姑娘也不懂，回头家中长辈或许还会劳烦各位。"

领头官差觉得小姑娘挺会说话，拱拱手领着一众手下离开。

"白露，上车了。"冯橙抱着来福，向停靠在路边的马车走去。

人们见没有热闹可瞧，陆陆续续散了。

马车缓缓启动，走出十数丈又停下来。

"怎么停了？"白露扬声问。

敲击车壁的咚咚声传进来。

冯橙挑起车窗帘往外看，迎上一双波光潋滟的眸子。

"三叔？"

令马车停下的，是冯橙的三叔冯锦西。

冯橙干脆钻出车厢，准备往下跳。

冯锦西伸手扶她，哭笑不得："当心崴脚。"

"三叔怎么在这里？"冯橙十分自然地把手放在冯锦西手上，跳下马车。

冯锦西轻笑："正好在街上逛，瞧见这边有热闹就过来了。"

"三叔也看到二婶了？"

"看到了。"说到这里，冯锦西露出不赞同的神色，"橙儿，你不该露面，平白给自己惹麻烦。"

少女一脸无辜："一开始我也不知道是二婶。"

"真的不知道？"冯锦西突然眨眨眼。

冯橙一愣，死扛到底："当然不知道。"

冯锦西扫一眼左右，声音压低："李嬷嬷是我推出去的。"

冯橙眼都瞪圆了。她还寻思呢，若是李嬷嬷出现在人前就完美了，然后就心想事成了。

原来打瞌睡送枕头的人是三叔。

看着侄女双眼睁大的样子，冯锦西忍不住抬手揉揉她头顶："是不是很意外？"

冯橙点头，纳闷道："三叔为什么推李嬷嬷？"

冯锦西一副理所当然的模样："哪有主子受苦，下人躲在一边看热闹的，我是成全李嬷嬷一片忠心。"

说完，他看着侄女："橙儿不会告诉家里人吧？"

冯橙弯唇："不会，我觉得三叔说得有道理。"

"我就知道橙儿最懂事。"

聪明又有趣，这么好的侄女将来不知道便宜了哪个臭小子。

"对了，等回了府，你先不要对老夫人说你二婶的事。"感慨完，冯锦西叮嘱道。

冯橙露出为难神色："我明明知道却什么都不说，有些不合适……"

冯锦西笑呵呵道："让叔叔先说啊。"

冯橙一怔，而后对冯锦西露出一个甜甜笑容："好。"

"走吧，一起回府。"冯锦西晃了一下牵马绳。

早等得不耐烦的大白马甩了甩尾巴。冯橙上了马车，冯锦西则翻身上马走在马车旁，叔侄二人向着尚书府的方向去了。

不远处的茶馆二楼，临街凭栏处立着个肤白如玉的墨衣少年。

陆玄盯着马车离开的方向，微微挑眉。真没想到，冯大姑娘身边又出现了新男人。

这个发现令少年内心深处隐隐有些不爽。

倒也不是失落难过什么的，主要是先前那番猜测显得他有些自作多情。

他一般很少猜错的。

这么一想，少年更不爽了。

"公子——"茶馆伙计喊了一声。

陆玄睇他一眼。

"那个叫钱三的，还盯着吗？"

陆玄语气冷淡："不必了。"

他浪费人手盯了这么久，原来是冯大姑娘的家务事。

伙计刚要退下，就听东家悠悠交代："去查查那个绯衣少年的身份。"

伙计愣了愣。

"怎么？"

伙计咧嘴笑："公子，您要是问那个绯衣少年身份就不用查了，小的知道。"

"说。"陆玄觉得伙计废话有点多。

"那是礼部尚书府的三老爷，偶尔会来咱们茶馆喝茶。"

"三老爷？"这个称呼令陆玄一时没反应过来。

伙计笑呵呵解释："就是冯尚书的小儿子。"

陆玄眸光微闪。冯尚书的小儿子，那不就是冯大姑娘的小叔叔？

想想刚才那个风华无双的绯衣少年，陆玄抿了抿唇。那些大老爷、二老爷、三老爷，明明该一把胡子满脸褶才正常，冯大姑娘的叔叔还真让人意外。

"公子，那个少年是冯大姑娘的叔叔。"伙计十分体贴补充一句。

陆玄淡淡瞥他一眼。他不知道冯尚书的儿子是冯大姑娘的叔叔吗？

这伙计废话果然多。不过心情突然好了些许。陆玄扬起唇角，大步走下茶楼。

伙计扶着栏杆，抬眼望天。公子的心就如天上的浮云，完全捉摸不透啊。刚才那么冷淡看他，结果下楼时嘴角都咧开了。

平春街离着礼部尚书府不算太远，然而还没等杨氏与冯橙先后回府，长宁堂那边就听到了风声。先前花园中闹出一场动静，牛老夫人暗暗交代胡嬷嬷盯紧那些丫鬟小厮，看看究竟是哪个不安分。

今日有个丫鬟告假，说是家中老娘病了要回去看一看。

胡嬷嬷得了信，立刻安排人盯上了。

不能白被猫挠花了脸，那场动静的根源必须找出来。

也是巧了，那丫鬟回家恰好要经过平春街，盯着丫鬟的小厮跟到这里，发现了二太太……

小厮拔腿飞奔回尚书府，迎面撞见牛老夫人身边的大丫鬟婉书，一把抓住她手腕："婉书姐姐，出大事了！"

"放肆！"婉书甩开小厮的手，气得脸都红了，"你是吃了熊心豹子胆，竟敢动手动脚？"

若不是认出小厮是胡嬷嬷的侄孙，她一个大耳刮子就呼过去了。

小厮快哭了："我的婉书姐姐，真的出大事了，快带我去见老夫人！"

府中下人各有安排，外院小厮若无人领着，连长宁堂的院门都别想进。

"什么大事啊？"婉书板着脸问。

这番动静已经引得不少下人驻足。

小厮顾不得这些，急声道："二太太当街被人打了！"

"什么？"婉书顾不得追问，抓着小厮就往长宁堂跑。

牛老夫人正悠闲喝着茶，就见婉书扯着个男仆冲了进来。

"老夫人，出事了——"

牛老夫人面色微沉，把茶盏重重往茶几上一放。

婉书这丫头素来稳重，今日是怎么回事儿？

胡嬷嬷认出侄孙，忍不住出声："二蛋，你慌慌张张像什么样儿！"

小厮急得跺脚："姑婆，我也不想啊，可真的出了天大的事！"

"再大的事也要慢慢说，不许这么没规矩。"胡嬷嬷斥道。

让侄孙盯着出门的小丫鬟，难不成那丫鬟打着回娘家的幌子在外头乱来了？

就算如此，也不该一路大呼小叫，弄得尽人皆知。这孩子还是不够稳重。

"说吧。"牛老夫人冷着脸催促。

小厮一路跑来气喘吁吁，缓了口气道："小的路过平春街，瞧见二太太被一个妇人用力扯着，那妇人还拽着一个男人，说——"

"说什么？"牛老夫人心跳急促，生出不祥的预感。

"说二太太与她男人私会！"

此话一出，屋中就响起齐齐的抽气声。

牛老夫人直接碰翻了茶盏，疾声厉色："你再说一遍！"

小厮不敢看牛老夫人脸色，鼓起勇气又说一遍。

"二蛋，你确实没看错？"

小厮望着胡嬷嬷，小声道："二太太的奶娘李嬷嬷也在呢。"

牛老夫人眼前阵阵发黑，用力咬了一下舌尖勉强恢复冷静："你听到、看到了什么，从头到尾给我仔细说！"

小厮缓过劲来，口齿伶俐说起来。

等他说完，屋内鸦雀无声，只有牛老夫人粗重的喘气声。

胡嬷嬷吓得赶紧劝："老夫人，您冷静些，可不能气坏了身子。"

这时一名丫鬟小心翼翼禀报："老夫人，二太太回来了。"

牛老夫人粗重的喘息声一停，定定看着进来禀报的丫鬟问："谁回来了？"

丫鬟被那双浑浊阴鸷的眼睛盯着，心底寒气直冒，磕磕绊绊道："二、二太太回来了。"

"回来得好。"牛老夫人缓缓挺直腰板，声音竟比先前平静许多。

只不过她没发话，丫鬟一时不知如何是好。

"老夫人……"胡嬷嬷担忧地喊了一声。

牛老夫人交代来报信的小厮："去衙门把老太爷和二老爷都请回来。"

"是。"小厮应了，急忙退了出去。

牛老夫人闭上眼不说话了。

屋中时间仿佛陷入了凝固。

不知过了多久，牛老夫人终于睁开眼睛："二太太人呢？"

丫鬟忙道："还在外头等着。"

"那就让她等着，二老爷回来再一起进来。"

丫鬟走出去传话。

杨氏坐着马车回来的这一路早就明白这一关难过，却没想到连牛老夫人的面都没见着。联想到往长宁堂走来时那些下人的异样眼神，杨氏一颗心直往下坠。

难不成老夫人已经知道了？这个猜测令她心中发慌，手脚冰凉。

"老夫人是在歇着么？"杨氏强笑着问。

丫鬟瞧着杨氏模样，不由唏嘘。

作为管着府中庶务的太太，二太太何时这般与她一个丫鬟说过话？

看来二太太这一关不好过。

· 139 ·

"老夫人现在心情不太好，二太太还是等等吧。"

杨氏攥紧了帕子，勉强点头。煎熬了约莫两刻钟，杨氏就见冯二老爷快步走进来。

她一时愣住，语气带了诧异："老爷？"

冯二老爷匆匆道："进去吧，听说家里有急事。"

杨氏咬了咬牙，抬脚跟上去。

丫鬟禀报道："老夫人，二老爷、二太太到了，三老爷带着大姑娘也在外面等着。"

牛老夫人眉头一皱："叫三老爷和大姑娘回去。"

这种事情，老三带着大丫头来掺和什么？

就算老二媳妇出了丑，也轮不到老三一个庶子来看笑话。

丫鬟低声道："三老爷说二太太出事时他和大姑娘凑巧看到了。"

牛老夫人立刻改变了想法，沉声道："把他们也叫进来。"

丫鬟领命而去。

这时冯二老爷已经走进来，身后跟着杨氏。

"母亲，家中出了什么事？"

牛老夫人觉得不对劲："接到家里小厮报信了？"

老二回来也太快了些。

冯二老爷解释道："有个同僚溜出去喝茶，回来后跟我说咱们府上好像出事了，让我赶紧回来看看。儿子听了就往家赶，没有接到小厮的信儿。"

冯二老爷说完，便觉气氛有些古怪，想一想被晾在外面的杨氏越发一头雾水："母亲，到底出了什么事？"

牛老夫人冷冷扫杨氏一眼："你问问你媳妇，干了什么好事！"

冯二老爷吃惊看向杨氏。

杨氏直接跪了下去："老夫人，今日的事是一场误会！"

"误会？"牛老夫人拍案而起，"这么说你跑去无赖汉的住处是误会？你被无赖汉的媳妇当街痛骂也是误会？"

冯二老爷一脸震惊。杨氏疯了么？

难怪同僚望着他的神色欲言又止，问又不说，只催着他赶紧回家看看。

这是毫无察觉时头顶长了一片绿，还被满街的人围观了？

不，马上就是被满京城的人知道了！

这么一想，冯二老爷整个人都不好了，指着杨氏怒喝："贱人，你当真如此做了？"

恰在这时，冯锦西带着冯橙走了进来。

冯二老爷扭头吼："你们来干什么，出去！"

这种奇耻大辱，难道要三弟和侄女旁观？

冯锦西一脸沉重道："二哥，二嫂被那妇人骂时，小弟也在场。"

冯二老爷表情僵硬看向冯橙。

冯橙同样一脸沉重："侄女也在……"

冯二老爷两眼一黑。

牛老夫人怒不可遏："杨氏，你也是儿女不小的人了，竟如此不知检点——"

"老夫人，儿媳是走错了地方！"杨氏急急打断牛老夫人的话。

老夫人再说下去，府中上下那些人的眼神都能把她杀了。

"走错？"牛老夫人一指跪在一旁的李嬷嬷，"你是干什么见不得人的事，出门只带着你奶娘？"

"我——"杨氏下意识看向冯二老爷，心中无比纠结。

说出实情，老夫人就会知道那对母子的存在，为了向世人证明她没有与外面男人牵扯，而是真的走错地方，定会把那对母子接到尚书府，用那对母子的存在来证实她的清白。

这样一来，那个外室子就从见不得光的老鼠成了尚书府的公子哥儿。

这让她如何甘心？

可若是不说，她就跳进黄河也洗不清今日之事。

一边是悬崖，一边是火坑，无论选哪一个都令她心头滴血。

而冯二老爷正在气头上，又没从头到尾了解情况，一时完全没想到外室那里去，此刻看着令他丢脸的妻子眼神冷得没有一丝温度。

杨氏被那冰冷的眼神刺痛，脱口而出："因为老爷在外头养了外室，连孩子都和耀儿差不多大了！"

"什么？"牛老夫人大为意外，错愕望着儿子。

冯二老爷吃惊之余不忘反驳："你不要胡说八道……"

话未说完一只鞋子就飞了过来，正中他肩头。

痛倒算不上太痛，丢脸是真丢脸，冯二老爷含怒看向门口。

冯尚书冲进来，脱下另一只鞋照着冯二老爷的脸猛抽，边抽边骂："我打死你这个混账东西，竟敢养外室！"

冯二老爷脑袋都炸了。他都是能当公爹的人了，当着一屋子人的面，甚至侄女也在，竟被老子拿鞋底抽。颜面何存呐！

"父亲，父亲您先别打啊！"还手是不敢还手的，冯二老爷只能一边躲一边讨饶。

一时间父子二人你打我躲，鸡飞狗跳，令一屋子人目瞪口呆。

牛老夫人本就憋着一口气，一见冯尚书回来什么都不问就拿鞋底把儿子的脸抽成了猪头，气得白眼一翻昏了过去。

"不好啦，老夫人气昏了！"胡嬷嬷脱口喊完，打了自己嘴巴一下。

她为什么要加一个"气"字！

冯尚书抓着鞋子看向昏过去的牛老夫人。

冯二老爷趁机脱身，狼狈揉脸。

"快请大夫来！"胡嬷嬷吩咐一旁丫鬟。

丫鬟急慌慌点头，就往外冲。

"不必了……"牛老夫人颤了颤眼皮，缓缓睁开眼。

一群人围上来表示关心。

"扶我起来。"

牛老夫人在胡嬷嬷的服侍下坐直身子，眉头紧锁看向冯尚书："当务之急是要把事情弄清楚，拿鞋底抽人有什么用！"

冯尚书瞪二儿子一眼，冷笑："事情要搞清楚，人也要抽。"

牛老夫人没有与老头子争执的心情，紧紧盯着冯二老爷："外室又是怎么回事儿？"

冯二老爷还想狡辩，就见冯尚书又亮出了鞋底。

"说不说！"

冯二老爷直接放弃了抵抗，讪讪道："是有这么回事儿。"

杨氏眼一红，指甲用力掐着掌心。这个杀千刀的男人，她真是恨啊！

"什么时候的事，孩子多大了，那母子二人现在何处？"冯尚书一连三问。

冯二老爷不敢对上老父亲的视线，低垂着眼道："杨氏怀耀儿的时候，孩子如今九岁了，住在平春街石头巷那里。"

冯尚书气个倒仰："混账东西，当年我不许你纳妾，你竟然立刻在外头找，你是不是当我是死的？"

冯二老爷不敢吱声，心里却十分不平。

父亲还收过一房美妾呢，不然年纪比他小了二十来岁的三弟怎么来的？

结果那美妾生下三弟不久就没了。

父亲若是伤心，以后自己不纳妾就罢了，却管着他与大哥从此不许再纳妾。

大哥屋里好歹还有个通房，他屋中只有杨氏，时间久了在外头养上一个外室多么寻常。

只有父亲还把他当个小孩子教训，也不想想他长子都到了娶妻的年纪。

牛老夫人听冯二老爷提到石头巷，问杨氏："你是得了消息，去寻那对母子的？"

杨氏忍着愤恨点点头。

冯二老爷看着杨氏，眼底怒火涌动。

他本没有让小儿子早早认祖归宗的念头，想着等父亲百年之后再说。那也是他的骨血，说不定到那时都娶妻生子了，却因为见不得人的身份挑不到好岳家。想到这些他便愧疚，而这恶妇却连如今这般光景都容不下。

作为枕边人，杨氏哪里看不懂冯二老爷的眼神，憋屈得险些喷血。她明明不想挑破外室母子的存在，却不得不说出来，这感觉比钝刀子割肉还难受。可没办法，两害相权取其轻，说出外室母子的存在总比背负与人私会的名声强。

"怎么得来的消息？"牛老夫人再问。

杨氏不由看向李嬷嬷。李嬷嬷暗暗发愁。这个问题可不好回答。

钱三那种见钱眼开的货色她太了解了，把他推到老夫人面前，挨上一顿打就什么都招了。若只有吩咐钱三盯着石头巷的事也就罢了，偏偏还有花园假山的事。

一旦让老太爷、老夫人知道太太设计毁三姑娘清白，那太太的处境就更糟了。

李嬷嬷与杨氏刚才一样，面临着艰难选择。犹豫了一瞬，李嬷嬷以额贴地重重磕了一下："那日老奴路过石头巷，无意间发现老爷从那里出来，老奴悄悄打听到那边住着一对母子，便把这件事告诉了太太。太太想看看那对母子什么样，若是个好的便求一求老夫人，干脆把人接回府算了，于是今日带着老奴过去……"

说到这，李嬷嬷用力打了自己一巴掌："老奴一时糊涂记错了地方，害太太误进了泼皮的住处。都是老奴的错，太太是无妄之灾啊！"

"奶娘！"

李嬷嬷拼命打着自己嘴巴，不停磕头："求老夫人饶过太太，要罚就罚老奴吧！"

牛老夫人冷笑："自然该罚。来人，把这刁奴拖下去，给我重重地打！"

杨氏脸色瞬间惨白："老夫人，奶娘她年纪大了，受不住打，求您网开一面……"

后面的话被那冰冷的眼神逼了回去。

李嬷嬷很快被几个婆子拖出去，外头传来惨叫声。

杨氏对李嬷嬷是有感情的，见求牛老夫人不成，立刻跪爬到冯尚书面前求情："今日儿媳想去看看那个外室，奶娘只是奉命行事，求您让人停手吧。"

冯尚书沉着脸吩咐下去："让外头的人停下，把李嬷嬷送回汀兰苑。"

外面的板子声停了。

牛老夫人那口气只出了一半，面上阴云密布："来人，送二太太回汀兰苑。"

"老夫人——"

牛老夫人冷冷看杨氏一眼："以后你就在汀兰苑好好待着吧。"

杨氏虽早就想过牛老夫人的无情，这一刻还是无法接受。

牛老夫人冷笑："你是不是要说只是误会？就算接回了那对母子证明你走错了地方，难道世人就不会揣测那无赖对你做了什么？"

这番言语犹如利剑，刺入杨氏心口。她承受不住往后退了一步，面上毫无血色。

牛老夫人盯着她，一字字道："就算为了辉儿他们着想，你暂时也该少出来见人，免得别人见到你便想起这些乱七八糟的事！"

杨氏用力攥拳，咬牙道："儿媳知道了。"

看着杨氏步履沉重往外走，牛老夫人暗暗冷笑。

当着这么多人，尤其是老头子的面，有些话她不好直说，免得老头子又和她争。

杨氏回了汀兰苑，就别想再踏出汀兰苑的院门！

至于让杨氏去死？当然不行。辉儿马上就要参加秋闱，若是没了母亲便要守孝三年，而科举顺利踏入仕途后就更不能因为守孝耽误了前程。

杨氏死不得。

不过活着和活着可不一样，杨氏害尚书府出了这么大的丑，自该承担恶果。

"胡嬷嬷，你随二老爷一起去石头巷，接那对母子入府。"

杨氏还没走出屋门，便听到了牛老夫人这句吩咐。

愤恨之情从心头生起，令她险些失控。

到最后，她还是咬着牙忍了下去。

只要她活着，只要熬死了老妖婆，只要孩子们都争气，她总有翻身那一日！

杨氏突然转身，走到冯二老爷面前。

第7章 旧案

冯二老爷皱眉看着眼神瘆人的杨氏，语气冷淡："母亲让你回汀兰苑，你就先回去吧。"

杨氏定定看着相伴了二十载的枕边人，却从这个男人眼里没有看出一丝内疚。

那种理所当然甚至还觉得自己受了委屈的模样，与她的父亲东川侯没有区别。

世间薄幸男子，没有区别。

亏她还心存幻想，以为二人相敬如宾多年，发生了这样的事他好歹在老夫人面前替她说句话。

现在想想，真是可笑啊。

"就是有件事想不明白，想问问老爷。"

"什么事？"冯二老爷顶着一张被鞋底抽肿的脸，完全没有说话的心情。

牛老夫人面色沉沉看过来，想听听杨氏说什么。

一个坏了尚书府名声的儿媳妇，若敢当众对她这个婆母有微词，她就是把人休了也占理。当然，不到万不得已她不会走这一步，杨氏毕竟生了二子一女，再怎么样她都要为孙子们想想。

"老爷为何从那无赖汉的家里出来？"杨氏一字一字地问。这是她万分不解之处。

冯二老爷眼神微闪。原来昨日去那泼皮家，被杨氏的人看到了。

他当然不能把缘由说出来。要是让母亲知道那下三滥还纠缠过茜娘，定会觉得茜娘招蜂引蝶，已经说好的接茜娘母子进府说不定就有变故。去母留子，他可舍不得。

冯二老爷清了清喉咙，一脸正色："你说笑吧，我都不知道那无赖汉住在何处，怎么会从他家里出来？"

这般出乎意料的回答，令杨氏面色顿变："老爷没去过那里？"

"当然没去过，我与一个下三滥能有什么关系，你这话问得好奇怪。"

杨氏还待再说，牛老夫人已经听烦了："杨氏，你该回房了。"

杨氏暗暗咬牙，明白从冯二老爷这里问不出来什么，抬脚往外走。

她走出长宁堂，迎面遇上匆匆赶来的冯梅。

"母亲，发生了什么事？"

杨氏心里乱糟糟一片，却不得不打起精神提醒女儿："大人的事你不要多问，以后规规矩矩，孝敬好你祖父、祖母。"

望着母亲苍白如纸的脸，冯梅听傻了："母亲，到底怎么了？"

她在院中练琴，丫鬟跑来说母亲出事了，正在长宁堂被祖母问话，吓得她赶紧赶了过来。看到母亲的样子，事情似乎比她想的还严重。

杨氏看着女儿，露出一丝惨笑："你父亲在外面养了外室，还有一个与你小弟年纪差不多大的孩子，等会儿就要入府了。"

冯梅大惊，瞬间气白了脸："我去问问父亲！"

"站住！"杨氏一声喝，令冯梅停了脚步。

冯梅呆呆望着她。

杨氏走近一步，低声道："母亲一时大意卷入了麻烦中，恐怕不能护着你了。梅儿，你记着我的话，以后好好孝敬你祖母，替母亲照顾好你弟弟。"

"母亲——"冯梅被这接二连三的惊人消息震得脑中一片空白，等回过神来，杨氏已经走远了。

她看看杨氏背影，再看看碧瓦飞甍的长宁堂，一跺脚往长宁堂跑去。

冯二老爷正往外走，身后跟着胡嬷嬷。

"姑娘家跑这么快干什么？"看到冯梅提着裙角小跑过来，冯二老爷忍不住斥了一句。

二房只有冯梅一个女孩，也是捧在掌心长大的，突然被父亲呵斥，不由红了眼睛。

不过在她看清冯二老爷脸上的鞋底印后，委屈变为震惊："父亲，您的脸——"

难道是母亲气不过打的？

冯二老爷顿觉难堪："小孩子不要问大人的事，回你的暗香居去！"

"父亲——"冯梅怔怔望着冯二老爷。

冯二老爷觉出语气重了，但这种时候哪来闲心安慰女儿，抬脚匆匆走了。

这个时候，牛老夫人终于腾出空来问冯锦西与冯橙。

"你们两个又是怎么回事？"看到冯锦西那张过分俊俏的脸，牛老夫人就觉刺眼。她总会想起别人送给老头子的那个美妾。殊色芳华，倾国倾城。

那个时候老头子四十来岁，连孙子都有了，竟然美滋滋收下了。

色迷心窍的老不修！后来那个祸水死了，留下这么个长得就不安分的小祸害。

牛老夫人对冯锦西的嫌弃，那是深深堆在心里的。

冯锦西心知肚明，却毫不在乎，闻言露出嬉笑："我与橙儿就是凑巧遇上了。"

"这么巧？"牛老夫人语气沉沉。

冯锦西一脸无辜："也不叫巧吧，儿子每日都上街玩啊。"

牛老夫人嘴角一抽。

华而不实的草包，徒有其表的绣花枕头，说的就是这个玩意儿。

冯锦西一拉冯橙："再说当时围观的人那么多，不知多少人跑去看热闹，连二哥的同僚溜出去喝茶都听闻了，我与橙儿遇见有啥稀奇的？"

牛老夫人听不出漏洞，沉着脸道："以后你们都少出去。"

她看向冯橙："特别是你那个丫鬟小鱼，每日一大早跑到府外柳树下舞枪弄棒像什么样！"

听下人回禀，有一次那个小鱼一跺脚蹿到了树上，这到底是丫鬟还是猴子？

"孙女也觉得不像样。小鱼就是认死理，非说在长公主府练武时是在柳树下面，如今来了咱们尚书府，就认定那棵大柳树了。"冯橙一脸为难，"孙女想着小鱼毕竟是长公主赏的，若连这么点小心愿都不满足，岂不让人说咱们尚书府苛刻。"

牛老夫人一滞。

冯尚书正等着冯二老爷回来再打一顿，哪想听这种小事，不耐道："在那棵柳树下练武不是挺好的，宵小瞧见了对尚书府还会多些忌惮。"

牛老夫人不吭声了。

这时丫鬟在门口通传："二姑娘来了。"

牛老夫人本想把人打发走，后来一想既然那对母子要进府，冯梅这些小辈早晚要见一见，便点头让人进来。

长宁堂这边等着见那对外室母子，汀兰苑那边，杨氏回去后看着被打得奄奄一息的李嬷嬷，终于忍不住放声痛哭。

"奶娘，奶娘你怎么样了？"

"老……老奴没事……"李嬷嬷艰难说完，彻底昏了过去。

"奶娘，奶娘！"杨氏急得大声呼唤。

李嬷嬷双目紧闭，毫无反应。

"去请大夫来！"杨氏冲大丫鬟喊。

这个时候府中下人还不确定牛老夫人对二太太的态度，见大丫鬟出去自然无人拦。大丫鬟才出门就遇上了提着药箱匆匆赶来的老大夫，忙领着大夫进去。

杨氏有些意外。

丫鬟小声解释道："说是老太爷吩咐的。"

杨氏红着眼角，心情十分复杂。

哪怕老夫人有老太爷一分慈心，奶娘也不会落得这个下场。

等大夫给李嬷嬷检查过，杨氏忙问："如何？"

大夫神色凝重："虽是皮外伤，却有点重，加上人上了年纪……"

杨氏眼神一紧："大夫的意思是——"

"老朽先开个方子，仔细调养着吧。"

杨氏心凉了一截。听话听音，奶娘情况恐怕不大好……

这般一想，杨氏眼泪簌簌而落。她对奶娘的感情，比生母深厚得多。

在那杀人不见血的后院，是奶娘护着她长大的，而她的生母九姨娘就如侯府中一抹淡淡影子，除了悄悄哭泣就不会干别的了。

等着丫鬟给李嬷嬷上药的工夫，杨氏仔细想着今日的事。

奶娘亲眼看到冯锦南从石头巷口那户人家出来，而冯锦南却说没有这回事。

比起那个薄情寡义的男人，她相信的自然是奶娘。

也就是说，冯锦南在撒谎。他为何撒谎？

杨氏越想，心越冷。

没想到她到了这个年纪，却落入这么简单的圈套！

那个外室子九岁了，冯锦南迫不及待要那孩子认祖归宗。他知道老太爷不会同意，便设计把她推出来分担风雨。

若是以前，就算老太爷知道那对母子的存在，也不会轻易松口让他们进府。现在为了向世人证明她今日事出有因，不得不点头。

冯锦南谨慎了这么多年，难怪那个叫钱三的小厮会突然发现他养外室。

这分明是他故意透露的！

不是钱三发现，也会有张三、李三、王三。

他用她的清白当垫脚石，让那对母子踩着她的脊梁踏入尚书府。

这个男人何其狠毒！

杨氏想明白了一切，恨不得咬下冯二老爷一块肉来。

长宁堂中气氛凝重，冯尚书与牛老夫人并排而坐，谁都没有说话的兴致。

冯锦西冲冯橙使了个眼色，试探着开口："父亲，要不我带橙儿先出去吧。"

二哥的外室有什么好见的，有这个时间还不如带侄女出去玩。

冯尚书一吹胡子："等着！"

冯锦西悄悄翻个白眼，不吭声了。

不知过了多久，终于把人等到了。

冯二老爷牵着男童走在前，一名美貌妇人跟在后。

牛老夫人第一眼落在男童面上，看到那张与冯二老爷小时候如出一辙的脸，微微松口气。认回外室子不是那么简单的事，不说别的，这种养在外头的女人，如何保证所出孩子的血缘？

还好这孩子长得与老二像，以后就少了那些质疑血脉的闲话。

冯二老爷一见牛老夫人表情，心头暗喜。他将来让幼子认祖归宗的底气就是幼子和他长得最像，任谁一看便知道这是他儿子。

母亲果然这般反应。

等牛老夫人看向茜娘时，冯二老爷的心提起来。

许是父亲曾经收的婢妾太过美貌，母亲很反感容貌特别出挑的女子。

当然，自家漂亮女儿、孙女不在此列。

牛老夫人视线落在茜娘面上，冰冷挑剔。

冯二老爷忙把男童推到前边："父亲、母亲，这是纯儿，今年九岁了。纯儿，快喊祖父、祖母。"

"祖父，祖母。"男童带了点怯意。

牛老夫人看着男童就像见到了年少时的次子，神色不自觉软下来："嗯。"

冯尚书点了点头，问道："开始读书了么？"

男童小声道："在读《大学》。"

冯尚书挑眉："现在就开始读《大学》了？"

这个年纪的孩子，应该还在蒙学阶段。

冯二老爷笑道："纯儿像您，自小聪明……"

"你闭嘴！"

一只鞋子飞过去，砸在冯二老爷脸上。

冯二老爷惨叫一声，捂着脸震惊地看着老父亲。

为什么还没打完！

男童也呆了。心目中伟岸如山的父亲，被祖父拿鞋子砸了脸……

冯尚书严肃着脸看着男童："会读书是好的，不过也不能只读书，在府中可以多与哥哥们玩。"

"孙儿记住了。"男童乖巧点头。

冯尚书看向冯二老爷："老二，你记着，只此一次下不为例。"

"儿子谨遵父亲教诲。"

"剩下的事你来安排吧。"冯尚书对牛老夫人微一点头，一直到走出去也没看那外室一眼。

冯二老爷讪笑着介绍："母亲，这就是茜娘。"

茜娘跪下来见礼。

牛老夫人居高临下看一眼，淡淡道："进了尚书府就要守规矩，若敢兴风作浪，府里可不像外头无人管着。"

茜娘恭恭敬敬应了。

冯二老爷看向冯锦西。

冯锦西忙摆手："就不必向弟弟介绍了，我先带橙儿出去了。"

父亲都走了，他还待个鬼。

眼见冯锦西拉着冯橙走了，冯二老爷目光投向一角。

冯梅站在那里，从始至终都没开过口。

"梅儿,这是你四弟纯儿。他年纪小又刚回家,以后你要多照顾他。"

冯梅很想说这不是我弟弟,我弟弟是冯耀。

可想到先前母亲的叮嘱,父亲的呵斥,这些话不得不咽了下去。

"女儿知道了。"冯梅乖巧应了。

拉着冯橙溜出去的少年回眸看一眼长宁堂,嘴角噙着讥笑:"橙儿,今日的热闹好不好看?"

冯橙认真点头:"好看。"

她一手促成的热闹,怎么会不好看呢?

要问看到杨氏落得这般境地,她有没有愧疚?抱歉,一丁点都没有。想到梦中母亲、三妹都因为杨氏的贪婪而死,杨氏落得什么样的下场她都觉得活该。

"回晚秋居吧,改天叔叔带你去游湖。"冯锦西拍拍冯橙的肩,慢悠悠往前院去了。

冯橙向着晚秋居走去,一眼看到冯桃站在花木旁。

阳光下,少女俏脸上挂着灿烂的笑向她挥手:"大姐,快过来,我等你好久了。"

冯橙快步走过去,冯桃自然而然挽住她胳膊。

小姑娘眉眼间的快活毫不遮掩,小声道:"大姐,我听说二婶的事了。"

冯橙扬唇:"消息传得这么快啊?"

"这种事哪有传得慢的?"冯桃笑弯了眼,"看到恶人有恶报,心情原来这么爽。"

发生花园假山的事后,她只要一想落入圈套的后果就会吓出一身冷汗。

如今那个害她做噩梦的人倒霉了,可真是神清气爽。

"不过我还听说二叔的外室进府了。"小姑娘眉又皱起来,"虽然二婶罪有应得,可好像便宜了二叔的样子……"

冯橙往前走着,语气淡淡:"早晚会进府的。"

无非是比梦里提前了一年罢了。

而卷入尚书府这个漩涡的所有人,当大祸临头时,有的死去,有的生不如死,没有一个好结局。

不只是尚书府。冯橙目光放远,看着满园锦绣。到最后国亡城破,谁不惨呢?

到那时,什么名声,什么规矩,在活着面前都是狗屁。

冯桃走在冯橙身边,忽然觉得长姐心事重重。

"大姐。"

冯橙收回思绪,看向妹妹。

"大姐,你是不是担心二婶察觉钱三被咱们收买了?"

冯橙笑了:"怎么突然想到那里去了?"

"不是吗?二婶冷静下来一想,肯定就知道钱三传给她的讯息有误。"

"我觉得不会。"

冯桃眨眨眼，满是不解。

"养着外室一心想让外室子认祖归宗的夫君，年少单纯来往不多的侄女。二婶若察觉这是一场阴谋，你觉得她会怀疑哪个？"

"二叔！"冯桃脱口而出。

冯橙颔首："这次的风波，明面上二叔是最大得利者。在二婶看来，这便是二叔的动机。"

"大姐，你好厉害。"冯桃目光灼灼，望着长姐。

冯橙抿了抿唇，谦虚道："也不是很厉害吧。"

只是因为涉及最在乎的亲人，超常发挥一下而已。

"退一步说，就算二婶真的怀疑到我们头上，又能如何？"冯橙唇角挂着讥讽，"短时间内祖母都见不得二婶再出来，二婶恐怕要与青灯古佛为伴了。"

冯桃没了担忧，又问起钱三："那个小厮也是个麻烦，万一乱说怎么办？"

"汀兰苑和我们一样，不想把钱三推到人前来。钱三除非想不开，才会自找麻烦。"

冯桃彻底放下心来，挽着长姐的手说说笑笑往前去了。

钱三是到了快傍晚时才敢回来的。磨磨蹭蹭一进屋，就迎来一顿骂。

"混账东西，你是不是又出去赌了？"钱三娘拿着个鸡毛掸子，往钱三身上招呼。

钱三一边躲一边解释："儿子没去赌，只是不敢回。"

钱三娘拎着鸡毛掸子，很是纳闷："为什么不敢回？"

"儿子在街上遇上一场热闹，没想到热闹的主角竟然是二太太！"

钱三娘骇了一跳："你给我小点声！"

钱三苦笑："娘，这事是不是挺吓人？儿子想着今日府中肯定是一场暴风骤雨，能避开就先避避呗。"

钱三娘把鸡毛掸子一扔，没好气道："就算是暴风骤雨也刮不到你身上来。最近少出去惹祸，主子们心情不好，万一触了霉头有你好果子吃。"

钱三胡乱应了，心中依然忐忑不安。

娘真是无知者无畏，他就是那暴风眼啊！

结果第一天过去了，第二天过去了，就连在清雅书院读书的大公子和二公子听说家里出事都赶回来一趟，也没麻烦找到他头上。

钱三那颗提着的心彻底放下来，甚至生出一种错觉：掺和了这么大的事，不但事了拂衣去，还攒了不少赏钱，他一定是天选之子吧？

之后的发展就如牛老夫人所料，礼部尚书府又一次成为人们茶余饭后的谈资。

而就在这波八卦传得正起劲时，突然一个消息传出，彻底转移了人们的关注：失踪三年的迎月郡主找到了！原来迎月郡主落入了拐子手中，长公主府与官府三年来锲而不舍地追查，终于找到了拐走迎月郡主的人。经过审问，才知道迎月郡主早就被他们害死了。

消息传到牛老夫人耳中，牛老夫人暗暗念了一声阿弥陀佛。

淡化一则八卦最有效的法子，就是出现另一则更大的八卦。

那对夫妇凌迟示众那日，京城万人空巷，无数百姓涌去围观。

直到很久之后，人们聚在一起还少不得感慨几句。

感慨迎月郡主的不幸，感慨人贩子的可恨与可怕下场，感慨永平长公主府这样的门第依然避免不了惨事发生。

迎月郡主属于夭折，长公主府不能正经办丧，各府大多是女眷过去一趟，表达哀思。

礼部尚书府原是杨氏应酬这些人情往来，如今杨氏只能在汀兰苑礼佛，牛老夫人决定亲自去一趟。

这日牛老夫人换了一件素面暗纹长衣，打发大丫鬟婉书去晚秋居请冯橙过来。

"祖母叫孙女过来有什么事？"冯橙见过礼，问道。

牛老夫人上下打量着孙女，语气难得和善："你回去换一身素净衣裳，陪我出趟门。"

冯橙面露不解，心中却有所猜测。

果然就听牛老夫人道："永平长公主痛失爱女，于情于理咱们家都该过去悼念一下。"

"祖母亲自去吗？"

牛老夫人觉得大孙女话有点多，一想长公主府，斥责的话便说不出了。

难怪永平长公主对大丫头另眼相看，缘由竟出在迎月郡主身上。看到大丫头，永平长公主定是想到了同样被拐的女儿。

万没想到大丫头还有这等运气，被拐明明是毁了一辈子的事，却机缘巧合得了贵人怜惜。放在之前，牛老夫人觉得永平长公主对冯橙的青睐并无令人信服的原因，便如水上浮萍，说散就散。现在不一样了。永平长公主很可能把对女儿的疼爱移情到了大孙女身上！

"快回去收拾吧，祖母等着你。"

冯橙站着没有动。

牛老夫人微微皱眉："怎么，莫非没有合适的衣裳？"

冯橙看着态度和蔼的祖母，平静拒绝："孙女不想去。"

牛老夫人大为意外："为何？"

冯橙一脸纳闷："这种事情，孙女没必要去吧？"

除非很亲近的关系，未出阁的姑娘鲜少会跟着长辈去吊丧。

牛老夫人被孙女理直气壮的回答给噎了一下，缓了缓道："永平长公主很喜欢你，见到你说不定就没那么难受了。"

冯橙摇头："孙女觉得恰恰相反，永平长公主见到我说不定触景伤情更难过了，所以孙女还是不去了。"

先前她以说出迎月郡主的下落换来长公主庇护，自问很公平。

但现在要她借着与迎月郡主相似的处境引得长公主另眼相待，利用一位痛失爱女的母亲的感情，她做不出来这样的事。

"叫你去，哪来这么多话？"

冯橙坚定摇头："我不去。"

"冯橙！"牛老夫人一拍桌子，"我已经管不了你了么？"

这个死丫头，真真是气死她。

"闹什么呢？"冯尚书慢悠悠踱步进来。

"老爷不是出门了？"牛老夫人有些意外。

今日正值休沐，冯尚书一早便出门会友喝茶去了。

冯尚书袖子一甩，气哼哼道："遇到了成国公那个老匹夫，竟笑我治家不严，哪还有喝茶的心情！老二呢？"

与其在外面生气，不如回来打一顿儿子。

"锦南出去了。"牛老夫人可不想再看到冯尚书拿鞋底抽儿子的情景。

"那你刚刚在说什么呢，那么大声？"

没等牛老夫人开口，冯橙便快言快语道："祖母叫我随她一起去长公主府吊唁，孙女不想去，惹祖母生气了。"

冯尚书登时一皱眉："去长公主府吊唁，带她一个小姑娘干什么？"

牛老夫人想说因为永平长公主对孙女另眼相待，若是带着孙女多往长公主面前凑，尚书府与长公主府说不定就亲近起来了。到那时，自有儿孙的好处。

可她了解老头子，真把原因说出来，老头子定不给她好脸色。

牛老夫人扫冯橙一眼，淡淡道："既然不想去，你就回屋吧。"

冯橙屈膝："孙女告退。"

"既然老二不在家，我再出去溜达溜达。"冯尚书一个转身也走了。

牛老夫人被祖孙二人气个倒仰。

"橙儿。"冯尚书对着少女背影喊了一声。

冯橙停下脚步，转过身来："祖父叫我？"

"刚刚你祖母说要带你去长公主府，你为何不想去？"

冯橙回道："孙女与迎月郡主一般大，又都遇到了拐子，我觉得这个时候去长公主府不合适。"

她说得坦然，那双眸子通透如琉璃，明澈纯净。

冯尚书默了默，抬手揉了揉孙女发顶："橙儿是个好孩子。"

冯橙弯唇笑："您也是好祖父。"

"橙儿这么觉得啊？"冯尚书登时高兴了。

当长辈的，谁不希望被小辈爱戴呢？何况这个孙女很对他胃口。

"孙女一直这么觉得。"冯橙夸完祖父，话题一转，"您今日又和成国公打架了啊？"

什么叫"又"？

冯尚书一听尴尬了，板着脸道："祖父怎么可能打架呢？没有的事。"

打架是打不过那老匹夫的，骂架还有机会胜出。

冯橙趁机道："前些日子孙女出事，成国公府二公子也在同一日失踪，很快就传出乱七八糟的流言。祖父，您说是不是有人推波助澜，让咱们尚书府与成国公府交恶。"

冯尚书眼神微闪："是谁对橙儿说的？"

他记得大孙女今年刚十五岁，这可不像一个小姑娘能说出来的话。

"没人对孙女说，是孙女看到的事实。"

"看到的事实？"

"是啊，从发生那件事后，您与成国公不就不和了吗？"

冯尚书笑了："小丫头不要想这么多，去玩吧。"

冯橙从那张清瘦苍老的面上瞧不出情绪，只好点头。

在沉浮官海多年的祖父面前，说太多没有必要。

"那孙女告退了。"

"去吧，若是以后你祖母再让你做不愿的事，就告诉祖父。"冯尚书笑眯眯道。

冯橙一愣，而后露出甜笑："多谢祖父。"

能得祖父这句话，倒是意外之喜。

眼看着孙女提着裙摆脚步轻快走了，冯尚书捋了捋胡须。长子早逝，长媳懦弱，没想到他们的女儿倒是个眼明心亮的。眼明心亮少祸端，好事啊。

冯橙回了晚秋居，抱起路过的来福亲了一下。

白露掩嘴笑："姑娘心情真好。"

冯橙觉得白露这话意有所指，瞥她一眼。

白露凑过来，压低声音："姑娘是不是收到了陆大公子的绿丝带，才这么高兴？"

陆大公子翻了两次窗，她也想通了。翻窗这种事，有第一次就有第二次，有第二次就有无数次。既然姑娘不反对，她与其每次心惊肉跳，还不如努力接受。说不定那就是准姑爷呢。

成国公府大公子，俊俏无双的美少年——小丫鬟突然有种打了鸡血的兴奋。

这要真成了她们姑爷，姑娘不吃亏啊！

看着丫鬟隐隐发亮的眼，冯橙嘴角一抽："你想太多了。"

曾经稳重的大丫鬟，好像变得有些奇怪。

不过听白露提到绿丝带，冯橙也有些好奇。

陆玄今日找她，是为了什么事？

牛老夫人这边出了门，冯橙带着小鱼也出去了。

清心茶馆的雅室内，临窗而坐的少年看到施施然走来的少女抬头向窗口看，扬眉示意她快上来。

冯橙轻车熟路上了二楼，留小鱼守在门外走进雅室。

"戴着帷帽不热么？"陆玄随口问一句。

冯橙在对面坐了，摘下帷帽坦然道："是挺热的。可谁让我是个女子，生得又不丑，常跑来同一个地方见你总要遮掩一下。"

少年目光下意识落在她面上。冯大姑娘……确实不丑。

可想到后面的话，陆玄不由皱眉。

什么遮掩不遮掩，倒像是他们见面会干什么见不得人的事似的。

可他不是冯大姑娘这种自来熟，这话说不出口。

少年瞥一眼桌上帷帽，淡淡道："冯大姑娘，你这是掩耳盗铃。"

遮住脸，别人就看不出来她不丑了吗？

又不瞎。

冯橙没忍住，一个白眼甩了过去。

女子出门戴个帷帽再寻常不过，怎么就掩耳盗铃了？

陆玄这面冷心热、嘴硬心软的性子，看来是改不了了。

她在梦里当来福的时候，亲眼看着陆玄为了寻找陆墨奔波，对弟弟失踪的痛苦和付出明明不比任何人少，却因为不会表露，到了成国公世子夫人那里十分的好便只剩了三分。一个是性子冷淡，行事肆意的长子，一个是体贴懂事，因出色令人羡慕的次子。一个近在眼前，一个生死不明。成国公世子夫人的母爱，就这样一点点扭曲。

罢了，陆玄也怪可怜，就不和他计较了。

陆玄让对面少女的反应给弄愣了。

她一会儿丢白眼，一会儿目露怜爱，是什么意思？

嗯，丢白眼大概是因为觉得他刚才的话不中听。

目露怜爱——少年瞬间挺直了脊背。

他就说冯大姑娘暗暗倾慕他，果然不是错觉。

面对一个心悦自己，自己似乎也不讨厌的姑娘，少年觉得要调整一下态度。

他看着她，扬起的唇角又收回："想戴也没什么。"

也不能态度太好，免得对方误会。

"哦。"冯橙无言以对。

陆玄想了想，决定减少对方一些担忧："我是这间茶馆的东家，掌柜、伙计都是我的人，冯大姑娘来这里不必担心他们乱说。"

冯橙诧异地看着陆玄。他这般轻易就把这个秘密告诉她了？果然不是错觉，陆玄把她当成自己人了。

之前陆玄救了来福，就把来福收养了，还要操心来福的终身大事。

这次陆玄救了她，就……冯橙下意识绷紧身体。

"陆大公子，还是说说你今日约我见面有什么事吧。"

陆玄提起茶壶倒了一杯茶推过去，不疾不徐地问："永平长公主府的事，冯大姑娘听说了吧？"

冯橙颔首。

"真没想到，迎月郡主死于拐子之手。"陆玄语气淡淡，听不出情绪。

冯橙心念微转。看来陆玄今日找她，是与长公主府有关了。

"冯大姑娘。"少年身体突然微微前倾，声音放低，"那日长公主府赏花宴，你本没有去，后来长公主府特意来请，是不是与此有关？"

冯橙抿唇。

陆玄还是猜到了。

少年啜了一口茶，目光灼灼看着她："长公主府能查到迎月郡主的下落，是冯大姑娘提供的线索吧？"

"别乱说。"冯橙下意识否认。

"乱说？"少年挑眉。

他生了一双很漂亮的眸子，每一分弧度都精致得恰到好处。

这种过分的精致让他少了些烟火气，拧眉不悦时，冷清清让人不敢招惹。

好在冯橙看惯了，不动声色地问："陆大公子怎么突然问这个？"

陆玄定定看着她，道："因为我想弄清楚迎月郡主的失踪与你出事是不是同一伙人所为。"

冯橙沉默了一瞬，摇头："不是我提供的线索。"

她不想骗陆玄，可承认是她提供的线索，就会误导他。不管她的出事与迎月郡主的失踪是不是同一伙人，至少掳走她的人不是那对夫妇。她能认出那对夫妇，不过是因为提前知道了将来的事。既然陆玄在查，就不能因为她产生先入为主的印象。

陆玄看着她，从那双纯净如水的眸子中瞧不出端倪。

这与他的判断有出入。可他更相信自己的直觉，冯大姑娘肯定隐瞒了什么。

"既然冯大姑娘这么说，我就信了。"少年神色淡淡。

冯橙有些想笑。明明不信，还很生气。

"陆大公子要是没有别的事，我先回去了。"

其实冯橙还挺愿意与陆玄待在一起，毕竟梦中相处了那么久。

习惯是件可怕的事。

当成为来福的她死在齐人刀下，心心念念要见的就是陆玄。

然而人与猫不一样，不可能像猫那般随心所欲。走了走了，下次再见。

冯橙准备起身，陆玄一句话让她打消了离开的念头。

"这些日子，长公主府一直在查害死迎月郡主的真凶。"

见她重新坐稳，陆玄心情复杂。这丫头对他有所隐瞒，他本来不打算与她分享查来的消息，刚刚见她要走怎么就脱口而出了？

"害死迎月郡主的真凶不是那对被凌迟的夫妇？"冯橙大感兴趣。

难不成迎月郡主的失踪也有蹊跷？这样的话，难怪陆玄特意来问。

"迎月郡主出现在东城芝麻巷附近，与其说是不幸遇到了拐子，不如说是被人故意送到了拐子面前。这些日子长公主府在调查曾在清雅书院读书的一名学子，那学子叫杨文，当年向带着迎月郡主去书院的杜先生请教学问，杜先生便放女儿去玩……"

少年语气低缓，冯橙听得认真。

"迎月郡主失踪后，杨文非常内疚，后来退学回了老家。长公主府派人去寻杨文花了不少时间。"

"人找到了么？"

陆玄点头："找到了。杨文已经娶妻生子，当起了私塾先生。经过反复询问，他说出一条新线索。"

"什么线索？"

"杨文说当时他之所以去向杜先生请教学问，是一位同窗给他出了一道难题。那个同窗名叫陶鸣，在那批学子中他与杨文最为出众，一直互不服气。就在杨文退学两个月后，陶鸣去金水河游玩，失足溺水身亡。"

冯橙蹙眉："这么巧？"

陆玄笑笑："就是这么巧。如果不是这次去寻杨文听他无意间提起，任谁也不会把陶鸣与迎月郡主的失踪联系起来。"

"那查出陶鸣的死与迎月郡主失踪之间的关联了么？"

"人死了这么久，线索暂时断了，所以长公主府决定先好好安葬迎月郡主，让她入土为安。"

"原来如此。"冯橙微微点头，后知后觉想到一个问题，"陆大公子怎么知道这些？"

陆玄睨她一眼："冯大姑娘知道情况就好，其他的就不要打听了。"

"好吧，多谢陆大公子告知，我先回府了。"

这次陆玄没有拦："冯大姑娘慢走。"

冯橙走出雅室，带着小鱼往楼梯处走，还没下楼梯就瞥见冯尚书走进了大堂。

冯橙箭步退后，把雅室的门一拉闪身进去。

正看向窗外的少年迅速转过头来，面露惊讶："冯大姑娘怎么又回来了？"

难怪没看到冯大姑娘走上街头。

冯橙扶了扶帷帽，惊魂甫定："我祖父来了！"

"谁？"

"我祖父。"

陆玄快步走到门口。

"看到你了吗?"

隔着帷帽垂下的轻纱,冯橙苦笑:"没有啊,不然我还躲进来干吗?"

少年默了默,提醒道:"你好像把丫鬟落外面了。"

这丫头是不是傻,自己藏起来,忘了贴身丫鬟。

冯橙呆了呆。

她是说少了点什么,原来把小鱼丢外面了。

"我看看。"陆玄示意冯橙往旁边站,拉开一条门缝。

门外并无小鱼踪影。

"你的丫鬟应该躲起来了。"陆玄把门重新关好。

冯橙松了口气,又有些困惑:"我祖父常来清心茶馆?"

印象中,祖父常去的是一家名为雅客轩的茶楼。

"我没碰见过,许是偶尔会来吧,毕竟茶馆离你们尚书府不远。"

这时门外响起咚咚敲门声。冯橙心头一紧,盯着紧闭的房门。

前不久她还是流言中与成国公府二公子私奔的人,祖父因为那些流言和成国公打了好几次,要是让祖父看到她与陆玄在一起……

她瞥了少年一眼,更绝望了。陆玄还长得与陆墨一模一样!

"小的来添茶水。"门外传来伙计的声音。

"进来。"

茶馆伙计推门而入,见自家主子与冯大姑娘都站在门口,明显愣了一下。

他是来提醒公子冯大姑娘的祖父冯尚书来了!

也不知道为什么这么紧张,可他就是替公子紧张。

总觉得一旦被冯尚书看到孙女与公子在一起,会发生很可怕的事情。

但是冯大姑娘好像还不知道公子与清心茶馆的关系吧?

这么一想,伙计就纠结了。那是提醒,还是不提醒呢?

"冯尚书一个人来的?"陆玄问。

伙计一听,登时反应过来:原来公子已经告诉冯大姑娘他是茶馆东家了。

这就不用纠结了。

伙计压低声音:"是一个人。"

陆玄:"……"

他还没慌,这伙计一副做贼心虚的样子干什么?

"领去雅间了么?"

二楼设有两个雅间,冯大姑娘等着冯尚书进了隔壁雅间再离开也不困难。

伙计苦笑:"冯尚书在大堂坐下了。"

陆玄看向冯橙。

一个人坐在大堂喝茶，冯大姑娘的祖父很独特。

"你先下去吧。"

打发走伙计，陆玄问冯橙："冯大姑娘要不再坐坐？"

冯橙干脆把帷帽取下来："那就再坐坐吧。"

二人相对而坐，因为谈完了正事，一时大眼瞪小眼。

沉默萦绕着二人，陆玄渐渐觉得有些不自在。

冯橙其实还挺自在的。

毕竟梦中她待在陆玄身边也不能开口说话，大半时间是陆玄给来福顺毛，或是喂来福吃小鱼干。小鱼干——冯橙情不自禁捏了捏腰间荷包。

不知何时养成的习惯，她会放些小鱼干在荷包里当零嘴儿。

闲着也是闲着，那就吃点东西吧。少女熟练摸出一根小鱼干，放入口中。

撒着白芝麻的香辣小鱼干吃起来有滋有味，打发时间最好不过。

自认见过大风大浪处变不惊的少年，这一刻眼神都变了。

冯大姑娘是怎么做到在他眼前面不改色吃小鱼干的？还吃独食！

"咳咳。"少年以拳抵唇，轻咳一声。

冯橙看他一眼。

少年神色淡淡："小鱼干没什么好吃吧？"

"我觉得很好吃。"冯橙用帕子垫手，又摸出一根。

"比那次的烤鱼好吃？"少年又问。

回忆起来，冯大姑娘做的烤鱼还不错，至少比他啃的饼子强不少。

少女细嚼慢咽把小鱼干吃下，给出负责任的答案："好吃一百倍。"

那天的烤鱼没有盐，有的地方还烤煳了，怎么可能比她的小鱼干还好吃？

"辣吗？"

"辣。"冯橙微微皱眉。

陆玄今天问题好多，梦中喂来福吃小鱼干时，明明是个安静的美少年。

少年忍无可忍："我尝尝。"

这丫头一定是故意的！

这么无聊坐着，楼下还守着她祖父，她居然一个人吃小鱼干，让他干看着。

冯橙缓缓摸出一根小鱼干，递过去。

陆玄伸手接过，瞥她一眼。瞧着这慢吞吞的样子就来气，他还不值一根小鱼干么？

两刻钟后，二人分吃完小鱼干，再次大眼瞪小眼。

伙计又借着添茶的机会禀报消息，不知怎的，一进屋就嗅到淡淡的鱼腥气。

是那种一闻就知道好吃的味道。

伙计视线往少年因为吃香辣小鱼干而变得红润的唇上一落，登时惊了。

公子干了什么？

他下意识去看冯橙。

陆玄适时开口:"冯尚书走了么?"

伙计收回视线,忙道:"不但没走,还来了一个朋友。"

陆玄:"……"

冯橙:"……"

"小的先下去了。"伙计察觉二人心情不是很好,忙溜了。

陆玄看向窗外。窗外阳光明媚,毫不吝啬地洒进来。

"再坐下去,就要吃午饭了。"

冯橙也愁:"是啊。"

她甚至都怀疑祖父知道她在楼上,故意等她自投罗网了。

再坐下去,用不用午饭不重要,她想去净房……

这般想着,冯橙深深看对面少年一眼。

他们两个在一起待的时间久一些,似乎总有个人会尴尬。

"冯大姑娘。"

"嗯?"

陆玄指指窗外,征询对方意见:"要不从这儿走吧?"

冯橙眼一亮,忙探头看了看。

许是快到晌午了,街上竟没有几个行人,若是找准机会,是个脱身的好办法。

"我没从这么高的地儿跳过,不知道会不会弄出太大动静。"望着二楼到地面的距离,冯橙稍稍犹豫。不过想想身体的变化,她又有了自信。应该问题不大吧……

陆玄神色古怪:"你要自己跳?"

冯橙不解地看他。不然呢?

陆玄起身,再次问道:"同意从这里离开?"

冯橙点头。

"别出声。"随着少年突然靠近,熟悉的气息瞬间把她包围。

少年抱着微愣的少女,利落地从窗子跳了下去。

淡淡的皂香,微暖的怀抱。落地瞬间冯橙有些恍惚,以为自己还是那只花猫,当从陆玄身边走过时,会突然被他一把捞起,搂在怀中揉她脑袋。

揽着她腰的手很快松开。

少年微冷的声音在耳边响起:"发什么呆,还不赶紧走?"

冯橙醒过神来,胡乱看他一眼,匆匆走了。

陆玄看着少女走出数丈后那名叫小鱼的丫鬟走过去,这才收回视线,往成国公府的方向去了。

伙计第三次上楼添茶,看着空荡荡的雅室目瞪口呆。

公子呢?

冯大姑娘呢?

小伙计左右张望,甚至弯腰看了看桌下,这才确定真的没人了,只有一个帷帽孤零零留在桌上。那是冯大姑娘的帷帽吧?

伙计走过去看了看,赶紧把帷帽好好收起。

嗯,等公子来了还给公子。

冯橙回了晚秋居,彻底放松下来,不自觉想到陆玄抱着她从二楼跳下的情景。

他这是信不过她能从二楼跳下去?不过他的身手确实是好的。

"姑娘?"

白露的唤声令冯橙回神。

"怎么了?"

白露哭笑不得:"婢子是问您可以摆饭了吗?"

怎么觉得姑娘出门回来后魂不守舍的。

"摆饭吧。"冯橙解下系在腰间的荷包递过去,"换一个。"

白露捏了捏荷包,有些吃惊:"姑娘吃完了啊?"

早上才把荷包装满的。

"嗯。"冯橙应一声,又想到了和她抢小鱼干吃的少年。

梦里陆玄他不这样啊!

白露攥着空空的荷包去吩咐小丫鬟摆饭,心中突然生起一个大胆猜测:她怀疑陆大公子吃了姑娘的小鱼干。

转日。阳光洒满庭院,花木沐浴着夏风悠闲摇曳。

冯橙坐在院中摇椅上闭目小憩,身边挤着一只日渐圆滚的花猫。

一阵急促的脚步声传来。

冯橙睁开了眼:"什么事?"

白露回禀:"前边传来消息,说咱们家公子被人打伤了。"

"哪位公子?"冯橙坐直身体。

如今尚书府有四位公子,她的兄长冯豫,二堂兄冯辉,三堂弟冯耀,四堂弟冯纯。

冯橙第一反应是冯耀。冯耀就在康安坊的私塾读书,因为性子跳脱,年纪又小,与同窗打架不是稀罕事。

当然也可能是冯纯。

冯纯进府后同样被送去了康安坊私塾,以他外室子的敏感身份,受人欺负也有可能。要知道能在康安坊私塾读书的孩子没有哪个家世差,加上正是不会掩饰的年纪,因看不起冯纯发生欺凌也有可能。

"从清雅书院送回来的,一时没弄清是大公子还是二公子。"

冯橙霍然起身,撂下一句"去看看",匆匆赶往前边。

这个时候尚书府已经因这个消息炸了锅。

冯橙赶过去时,尤氏早到了。

"母亲——"

尤氏抓住冯橙的手，低声道："是你二哥受伤了。"

冯橙登时松了口气。亲疏有别，再自然不过的反应。

不过二哥被打这件事，她是来福的时候好像没有听说过。

这时冯豫从安置冯辉的屋中走了出来。

牛老夫人立刻问："到底是怎么回事？"

冯豫环视一眼屋内众人，面色凝重道："二弟与韩呈硕起了争执，二人打在了一起，二弟被韩呈硕拿砚台打破了头……"

"韩首辅家的那个孙子？"牛老夫人一听，顿觉头大。

韩家与冯家同住康安坊，两家算是很熟悉了。可不知为何，两家孙辈一直合不来。但就算再合不来，打架打破头也太离奇了，两家孩子都在清雅书院读书，又不是那些地痞混混！

"你二弟素来稳重，怎么会与韩家小子起争执？"

冯豫沉默了一下，道："韩呈硕辱及二婶……"

牛老夫人气得一拍桌："果然是因为这个！"

冯梅匆匆闯了进来，白着脸问："我二哥怎么了？"

她来得晚，已经知道受伤的是冯辉。

看着焦急不已的堂妹，冯豫温声宽慰："二妹放心，二弟没有大碍，就是受了些皮外伤，需要养几日。"

"二哥在里面？"

见冯豫点头，冯梅提着裙摆跑了进去。

牛老夫人皱了皱眉，打发下人去请冯尚书与冯二老爷回来，而后对冯豫道："等会儿你用过饭，就赶紧回书院吧。"

这段时间尚书府风波不断，全是难堪事，恐怕要指望长孙秋闱大放异彩，才能去去晦气。眼见乡试在即，牛老夫人当然不愿见到长孙耽误功课。

冯豫道："送二弟回来时孙儿已经向先生请过假，等明日再回书院。"

牛老夫人还待再说，冯橙欢喜道："大哥能在家里住一晚太好了，正好吃些好的补补身体，等科考时能有个好身体应对。"

见妹妹解围，冯豫不由扬唇。

牛老夫人一听也有道理，这才没再催人回去。

没等太久，冯二老爷与冯尚书先后赶回家。

"家里又出事了？"冯尚书进屋后，开口就是这么一句。

牛老夫人忍着心塞把情况讲明。

冯尚书沉着脸听着，眼风扫到冯二老爷，脱下鞋子就掷了过去。

冯二老爷在老父亲往他这里扫时就有了预感，一见鞋子飞来，麻利往旁边一闪。

鞋子啪嗒落到了地上。

"你还敢躲？"冯尚书扑过去，脱下另一只鞋劈头盖脸教训起逆子。

冯豫头一次见祖父这样，震惊地看向妹妹。

冯橙小声道："二婶出事时就是这么打的，大哥习惯就好。"

冯豫："……"他整日在书院，好像错过很多。

"老爷还是说说辉儿的事怎么解决吧。"牛老夫人忍无可忍开口。

冯尚书重新把鞋子穿好，板着脸道："等会儿韩家应该会来人赔礼，你到时候应付一下。"

说到这里，冯尚书又来了气，指着冯二老爷骂道："要不是你个混账，哪来这么多幺蛾子！"

孙子被人打了，除了等人来赔礼并最终表示原谅，竟做不了更多。

他是可以用管教子孙不严为由找韩岩柏麻烦，转头韩岩柏就能用同样的理由弹劾他。

谁让他儿子养外室，还闹得尽人皆知呢！说来说去，还是这个逆子的错！

直到冯豫拉着冯橙离开长宁堂，还能听到祖父打儿子的声音传来。

冯豫兄妹随着尤氏回了怡馨苑。

尤氏切切叮嘱："豫儿，你在书院莫要与人交恶，学业上也别有太大压力，你还年轻呢。"

"母亲放心，儿子知道。这些日子儿子一切都好，就是二弟听了些风言风语……"

尤氏想到冯辉，心生同情："辉儿是不容易。"

说到这里，她轻叹口气："你们二婶其实也不容易。"

"是啊。"冯豫点头。

"不是。"冯橙说得干脆。

冯桃见大姐这么说了，忙附和："不是。"

尤氏与冯豫皆愣了一下，看向冯橙。

少女俏脸紧绷，下巴微扬："她活该。"

冯桃紧跟着点头："大姐说得对，她活该。"

尤氏与冯豫面面相觑，一时以为姐妹两个说胡话。

"橙儿，桃儿，你们二婶毕竟是长辈，这样的话以后可不要说了。"尤氏一手牵起一个，无奈提醒。

杨氏是喜欢拔尖，对她这个大嫂也不算周到，但终归没有大恶。活在深宅大院的女人有几个容易的？就连杨氏这样管家多年的，因为一个失误就落得青灯古佛的下场。说起根由，却是因为男人养外室。

尤氏内心深处，对杨氏其实是有几分同情的。

冯橙听尤氏这么说，越发觉得选在今日挑明不是坏事。只有千日做贼，没有千日防贼的，何况她若不说出真相，母亲与兄长连防备之心都没有。

"母亲，我说二婶活该，并非图口舌之快，是她真的活该。"

见冯橙语气认真，冯豫重视起来："妹妹为何这么说？"

冯橙一拉冯桃："还是让三妹说吧。"

冯桃口齿伶俐地说起来龙去脉，最后怒道："那个小厮都承认了，就是二婶指使的！"

看着听傻了的母亲与兄长，冯橙冷笑道："她当婶婶的使出这么恶毒的手段对付三妹，有今日下场是老天开眼，不是活该又是什么？"

为免吓到母亲与大哥，回击杨氏的事就不提了。而这已经足够尤氏好一阵回不过神来。

冯豫还算镇定，望着两个妹妹面露惭愧："没想到家里出了这么多事，而我这个当大哥的整日在书院抱着书本啃，却什么都不知道。"

"大哥别这么想，你好好读书也是为了家里。"

冯桃连连点头："大姐说得对。大哥你好好读书，将来支撑门户，就没人敢欺负我们了。"

冯豫抬手刮了一下冯桃鼻子，笑问："三妹一日要说几遍'大姐说得对'？"

冯桃眨眨眼："我说过吗？"

冯豫忍不住笑了。他们虽然早早没了父亲，好在母慈子孝，兄妹友爱。

他要更加努力读书，早早为母亲与妹妹们遮风挡雨。

听到儿子的笑声，尤氏这才回神，苍白着脸问冯橙："你二婶真这么做了？"

"这样的事，女儿怎么会冤枉人？"

尤氏怔怔看着女儿，落下泪来。

"母亲——"兄妹三人纷纷变色。

尤氏擦了擦眼泪，笑容苦涩："是母亲太没用了，才让你们去承担这些。"

冯橙伸手握住尤氏的手："母亲不必自责，我们已经长大了。"

一样米养百样人，不可能每个人都坚强如铁，精于算计。

母亲不擅长这些，但对他们兄妹的疼爱却是满满的，也愿意聆听他们的想法。

比如她说了二婶的事，母亲并没有觉得她行事出格，不合规矩。

而对她来说，母亲的信任与尊重比打着为她好的幌子胡乱替她做主要好得多。

见孩子们面露担忧，尤氏忙道："母亲没事。既然你们二婶是这样的人，那以后就少与汀兰苑那边打交道。"

兄妹三人点头称是。

从怡馨苑离开后，冯橙喊住冯豫："大哥，你能不能去一下我那里？"

冯豫笑着答应，走进晚秋居，望着墙角的橙子树不由感叹："再过上几个月，就有橙子吃了。"

"到时候我摘了橙子给大哥送去。"冯橙笑呵呵道。

兄妹二人在院中石桌旁坐下，白露端来茶水，识趣避开。

"妹妹叫大哥来，是有话要对我说吗？"冯豫这么问时，想到了杨氏。

莫非还有别的事，妹妹不便说给母亲听？

· 163 ·

冯橙一开口，却与冯豫所想差得甚远："大哥去清雅书院有三年多了吧？"

冯豫点点头："有了。"

"大哥知不知道一个叫陶鸣的学子？"

"陶鸣？"冯豫越发意外了，深深看冯橙一眼，"妹妹怎么问起这些？"

"大哥先告诉我，知不知道陶鸣这个人。"

妹妹一撒娇，冯豫顿时没了脾气："是有这么个人。那时我才去书院不久，陶鸣是当时书院中比较出众的学生。"

说到这，冯豫神色多了几分严肃："不过他后来失足落水死了，妹妹怎么会知道这个人？"

他与陶鸣没有交集，却因陶鸣是书院风云人物，多少知道一些对方情况。

陶鸣出身寻常，按说妹妹没有什么途径能接触到。尤其这人已经死了三年，却被妹妹问起，这就更令人费解了。

冯橙却没办法给兄长解惑。

说出原因，必然会把陆玄扯进来，说出陆玄——兄长再开明也会敲她的头。

她只好再次使出撒娇大法："暂时不方便说，以后我再告诉大哥原因行不行？"

"这个暂时是多久？"冯豫笑问。

"大哥——"

"好吧，这次我先不问。"冯豫脸色一正，"但以后再遇到二婶那样的事，一定要对大哥说。"

冯橙忙点头。

"还想问什么？"

"陶鸣死前有没有什么特别言行，或者身边出现过特别的人？"

冯橙没有问与陶鸣平时走得近的人有谁这类问题。

陶鸣在清雅书院读书，而迎月郡主的父亲杜先生就是清雅书院的山长。长公主府既然查到陶鸣，这些肯定都掌握了。而线索断了，证明暂时没发现异常。

她问兄长只是抱着试试看的念头，兄长记忆力超凡，或许会记得其他人不记得的细节。

冯豫听了冯橙的话拧眉回忆："我与陶鸣没什么交集，见面顶多点头之交，要说他有什么反常言行，那大哥不清楚。"

说到这，他顿了一下："不过我曾无意间看到一个婢女打扮的小姑娘来找过他，那时只有他们二人在，这算特别吗？"

婢女打扮的小姑娘？

冯橙心头一动："大哥不是说陶鸣家境普通，这个婢女应该不是他家里人吧？"

"应该不是。在清雅书院读书的学生，家中打发下人来找的话，都是打发小厮来。"

全是年轻学子的地方，哪有派丫鬟去的？

"听说陶鸣是在金水河游玩时失足落水的,去寻他的婢女会不会是金水河上的……"冯橙话未说完,便见冯豫变了脸色。

"妹妹还知道金水河?"

冯橙:"呵呵。"

"少打马虎眼,你一个小姑娘从哪里知道这些乱七八糟的?"冯豫真有些生气了。

金水河是京城人们游玩消遣的好去处,等入了夜更是脂粉流香,莺歌燕舞。

陶鸣夜游金水河溺水,对妹妹这样的小姑娘来说,完全不适合拿出来讨论。

让他知道是哪个混账对妹妹说这些,定不轻饶!

冯橙面不改色甩锅:"听三叔提过。"

去金水河游玩对三叔来说是家常便饭,而大哥拿三叔没辙。

冯豫一听,果然皱着眉头不知说什么好。

若是有个这么不着调的弟弟,一顿胖揍少不了,可偏偏是他叔叔……

侄儿打叔叔,那就是笑话了。

"大哥,你还记得那名婢女的长相吗?"冯橙赶紧转移话题。

冯豫想了想,起身道:"去书房吧。"

进了西间书房,冯豫扫一眼摆在桌上的笔墨,示意冯橙磨墨。

"大哥要画画?"

冯豫谦逊道:"我试试看能不能画出来,时间有些久了,可能会有出入。"

冯橙快哭了。都是一个爹娘生的,差别太大了。大哥不但有着超凡记忆力,还有一手出神入化的画技,这也是大哥能在人才辈出的京城才名远播的原因。

冯橙守在一旁看兄长在纸上涂抹勾画,一名十四五岁的婢女渐渐跃然纸上。

冯豫把笔搁下,打量着画上人物遗憾道:"可惜还是不能把脑海中的形象完全落在纸上。"

笔墨画出来的人物,终归有些失真。

"好在这名婢女有些特色,这里有颗痣。"他说着换了朱笔,在女子眼尾处轻轻一点。

那落于纸上的婢女,瞬间鲜活起来。

"大哥好厉害。"冯橙望着兄长,眸中生辉。

她的哥哥有天资,也有勤奋,苦读多年只等着乡试一飞冲天,梦里却因为杨氏的算计错过了这场秋闱。这一错过,便要再等到三年后。

可哪还有什么三年后,随着尚书府的轰然倒塌,大哥也不在了。

望着近在咫尺的兄长,冯橙有些想哭。

冯豫看看泫然欲泣的妹妹,再看看桌上墨迹未干的画,有些傻眼。

难道因为他画得太好了,给了妹妹压力?

冯豫抬手拍拍冯橙肩头,努力安慰:"妹妹好好练,以后会比大哥画得还

· 165 ·

好的。"

　　冯橙："……"本来是感伤梦事，大哥这么一说，真想哭了。

　　从冯豫这里得了画，冯橙思来想去，决定把它交给陆玄。

　　陶鸣是在金水河出事的，出事前曾有婢女打扮的小姑娘找过他，按常理推测，这名婢女与金水河有关的可能性很大。

　　金水河上画舫游船上千，花娘多得数不过来，这种不起眼的婢女就更多了。

　　她留着这幅画没有多大用处，交给陆玄或许能派上用场。

　　有了这个决定，冯橙按着先前约定打发人去成国公府送信。

　　恰好这日陆玄没有出门，而是把自己关在书房里，整理近来搜集的讯息。

　　书房门被敲响，传来来喜的声音："公子，有人给您送信来。"

　　"进来吧。"陆玄揉了揉眉心，身体往椅背上一靠。

　　来喜推门而入，把一封信交给陆玄。信上简简单单，只写了见面时间与地点。

　　看到落款，少年唇角下意识扬起，在小厮诧异的目光中又很快收敛。

　　"把桌上整理一下。"陆玄交代完，大步走出书房。

　　来喜一边整理案上纸张，一边暗暗纳罕。公子做事时很不喜欢被人打断，今日因为一封信居然立刻出去了。这是谁的信啊？

　　陆玄赶到清心茶馆时，冯橙还没有到。

　　当然这不怪冯橙不守时，而是还未到约定时间。

　　伙计颠颠上了茶，冲陆玄露出个邀功的笑："公子，小的有东西要交给您。"

　　陆玄扫伙计一眼，面色淡淡。

　　他想不出能有什么东西交给他，让这伙计敢笑得这么欠揍。

　　伙计很快打开摆在雅室中的柜子，拿出一个帷帽："公子您看，冯大姑娘的帷帽！"

　　陆玄默了一下，扬眉问："然后呢？"

　　就给他看这个？

　　伙计愣了："这是冯大姑娘的帷帽啊。"

　　"金丝做的？"陆玄看了看。

　　伙计一下子凌乱了。

　　陆玄皱眉："既然是冯大姑娘的帷帽，你拿给我做什么？"

　　想讨赏钱？

　　伙计："……"

　　他错了还不行，就公子这样，要是能抱得美人归他从二楼窗子跳下去！

　　"放这里，你退下吧。"

　　伙计心里哇凉退了出去。

　　陆玄这才拿起帷帽，仔细看起来。

　　看来看去就是一顶普通帷帽，若是落下一个装满小鱼干的荷包，还令人惊喜些。

回味起那日尝到的小鱼干，少年抿了抿唇。回去后他还起过让厨房做些小鱼干的念头，后来一想不就是小鱼干，似乎没什么好吃。那日可能是饿了。

陆玄喝完第二杯茶的时候，外面终于传来脚步声。轻盈利落，不同于寻常女子。这是冯大姑娘的脚步声。

冯橙进来后，便看到陆玄坐在老位置，坐姿挺拔。

再然后，就发现了上次落下的帷帽。

"这间雅室没有别的客人来吗？"冯橙走过去坐下，随口问道。

陆玄睨了她一眼。他开的茶馆生意有这么差？

"伙计收起来了，冯大姑娘以后可别再丢三落四。"少年小小还击一下。

冯橙诧异："是因为你抱我跳窗，帷帽才落下的。"

少年那张清俊的脸不受控制热了一下。

明明是事急从权，她为什么能脸不红气不喘说得那么奇怪？

陆玄决定说正事："冯大姑娘今日约我有什么事？"

冯橙把画卷放在桌面上，缓缓打开。

展开的画卷上是一名十四五岁模样的婢女。

陆玄打量一番，看向冯橙。

冯橙解释道："陶鸣出事前，这名婢女曾去书院找过他。"

陆玄面露惊讶："冯大姑娘从何处得来的消息？"

无论是他这边还是长公主府那边，这些日子一直围绕着清雅书院调查，这个线索却没进入过视线。

冯橙对陆玄没打算隐瞒，笑道："我大哥无意中看到的，说当时只有陶鸣与这婢女两人，别人不知道也正常。"

陆玄看冯橙一眼。不知道是不是错觉，冯大姑娘好像有点得意。

"那这画像——"

"我大哥画的。"冯橙扬唇。

陆玄确定了，冯大姑娘就是在得意。

他目光再次落在画像上，一副漫不经心的语气："这种画像一般都不会太像——"

见对面少女收了笑，不知怎的就转了话音。

"不过令兄是有名的才子，作的画还是可以参考的。"

冯橙懒得与口不对心的某人计较，指着画像道："反正线索断了，那就死马当活马医吧。陆大公子试试能不能找到画上婢女，要是运气好找到人，说不定会有收获。"

这话陆玄赞同。很多繁琐的调查，都是为了那万一的可能。也许会做很多次无用功，但只要有一次是有用的，那就值得。这世上哪有那么多天上掉馅饼的美事？

陆玄仔细把画像收起，放在手边："那我试试吧，若有进展就知会你。"

"好。"把画像送出去,冯橙也算完成了此次出门的目的。

"冯大姑娘,有件事我很好奇。"

"你说。"

少年点点桌上画卷:"你为何对迎月郡主的事这么关心?"

"大概是同病相怜吧。那日若没有遇到陆大公子,我会与迎月郡主一样早早死去,至死都不会知道真正害我的人是谁。所以我想为找出害迎月郡主的真凶出些力,也看看与害我的人有没有关联。"

少女眉眼平静,神色坦然。

陆玄看着这样的她,心中突然生出几分异样。这个喜欢吃小鱼干的女孩子,那日若是就这么悄无声息死在荒郊野外——这么一想,竟有些难受。还好,她遇见了他。

欢喜如春日的野花,在少年心头绽放。悄悄然,洋溢着芬芳。

"冯大姑娘运气不错。"少年说这话时没有笑,不想让对方察觉他没来由的好心情。

冯橙却认真点了点头,望着那双清凌凌的眼由衷道:"对啊,遇到陆大公子是我长这么大运气最好的一次。"

陆玄默默移开视线。怎么突然就认真起来了?

"咳咳,冯大姑娘不必太往心里去,救人一命胜造七级浮屠。"

冯橙:"……"忍住笑后,她反问:"那陆大公子呢?"

"我什么?"

"陆大公子为何一直在查迎月郡主的事?"

陆玄深深看她一眼,道:"与冯大姑娘的理由差不多,查出害迎月郡主的人,或许能有我弟弟的线索。"

"希望陆大公子能早日找到令弟。"

就算陆墨已经不在人世,寻到尸骨也好。生不见人死不见尸是令至亲最痛苦的,永远都无法放下。

"那我回去了。"冯橙起身,拿起帷帽。

她拿起的是进来时随手取下的帷帽,先前落下的帷帽还摆在桌上。看着那孤零零的帷帽,少年默默想:冯大姑娘不方便带走的话,他勉强收起来也行。

纤纤素手伸出,把那顶帷帽拿起来。陆玄抬眸,不解看着拿起两顶帷帽的少女。

冯橙把两顶帷帽叠起来戴在头上,整理好双层面纱冲陆玄摆手:"陆大公子,回见。"

陆玄:"……"

转眼又是七八日过去,天热了起来,藏在繁茂枝叶间的蝉鸣令人无端烦躁。

从送出画像后,冯橙一直没等到陆玄那边的消息。

她渐渐不再抱太大希望。笔墨画出来的人物有些失真在所难免,何况过去了三年,那婢女容貌没准有不小改变。也或者她猜错了,那名婢女与金水河毫无关联,陆玄在金水河上找人自然不会有收获。甚至还可能人已经离开了京城。可能性太多了，想找到这个婢女本就是大海捞针。需要花功夫，更需要一些运气。

"小鱼，快下来吃西瓜。"耳边传来白露的喊声。

西瓜是浸在井水中冰过的，吃起来格外甜。

小鱼正在树上粘知了，闻言利落跳了下来。

冯锦西走进晚秋居时，看到的就是小鱼从树上往下跳的情景。

他登时惊了："橙儿，你们这是在干什么？"

不用梯子，直接从树上往下蹦吗？

"知了有些吵，小鱼在粘知了。"

冯锦西更惊了，伸手比画着："粘知了不都是站树下拿长竹竿吗？"

"小鱼会爬树啊。"

冯锦西顿时无言以对。大侄女说得有道理。

这时白露已经把西瓜切开了。

冯锦西眼一亮："好瓜！"

冯橙笑道："那三叔多吃一点。"

冯锦西接过白露递来的西瓜吃了一口，有些遗憾："在这里吃可惜了。"

"吃西瓜还要讲究地方吗？"冯橙知道小叔叔常常语出惊人，配合问道。

这也是冯锦西喜欢和大侄女玩的一个原因。

侄女多好，不但不会大惊小怪他说什么，还很贴心。

"游着湖吹着风吃着甜丝丝的西瓜，岂不美哉？"

他今日来，就是约侄女一起去游湖的。

冯橙也猜到了，笑容更甜："三叔要带我去游湖？"

"是啊，天热了，在屋子里待着多闷，橙儿去不去？"

冯橙忙点头："去！"

"那赶紧换衣裳吧。"

冯橙回屋换衣裳，冯锦西吃着西瓜等着，不多时就见换好衣裳的侄女抱着一个大西瓜走过来。

冯锦西呆了呆："这瓜沉不沉？"

"啊，沉！小鱼，快把西瓜接走。"

冯锦西神色这才恢复如常。

他就说一定很沉，侄女怎么可能抱得动？

叔侄二人往外走，冯橙笑盈盈问："三叔，咱们去哪里游湖啊？"

第8章　花娘

冯锦西甩开折扇，笑呵呵道："就去莫忧湖吧，离得也不远。"

"莫忧湖？"冯橙蹙眉。

"怎么，不想去那里？"冯锦西有些意外。

莫忧湖就在城西，水质清澈，垂柳婆娑，是游湖的好去处。

冯橙扬唇笑："三叔，不如我们去金水河吧。"

金水河！

冯锦西因为吃惊忘了摇动折扇："橙儿怎么想去金水河？"

"三叔不是常去嘛。"

冯锦西猛咳嗽两声："橙儿听谁说的？"

让他知道哪个乱说话，定要那混账好看！

冯橙笑盈盈道："祖父不是常说，三叔再去金水河就打断三叔的腿。"

冯锦西："……"

"三叔喜欢去的地方定然好玩儿。"冯橙拉了拉冯锦西衣袖，"三叔带我去开开眼界吧。"

"这个——"冯锦西使劲扇了扇折扇。

现在是白日，带侄女去金水河玩一玩不是不可以，可要是父亲大人知道了……

一股寒气爬上脊背。

"三叔若是为难——"冯橙咬了咬唇。

冯锦西没敢吭声。要是侄女说他若为难就不去了，那就顺着台阶不去了吧，总比冒着被父亲打死的生命危险强。就是稍稍有点对不住侄女……

冯锦西刚生起那么一丝内疚，就听大侄女道："三叔若是为难，那我有机会自己去。"

"不成！"冯锦西差点跳起来。

少年看着比自己小不了两岁的大侄女，头疼不已。

"三叔——"少女声音拉长，眼中闪着希冀。

冯锦西无奈应下来："就这一回，不许对别人说，也不许自己偷着去。"

"知道了。"冯橙乖巧点头。

冯锦西吩咐白露："去我那里找小厮拿两套未穿过的男装来。"

等到冯橙与小鱼换上男装，冯锦西仍不忘叮嘱："千万不要把我带你去金水河的事传到你祖父耳中，不然你就会失去我这个叔叔了。"

冯橙忍俊不禁："三叔放心，我知道。"

白日的金水河波澜壮阔，浮光跃金。

画舫游船来来往往，人们或靠着栏杆，或立在船尾，享受夏日游河的乐趣。

冯锦西租的是一艘小船，头戴斗笠的船夫熟练划着船桨，安安静静不打扰客人游兴。

冯橙环顾打量，不由感叹："三叔，这里好热闹。"

白日里都有这样的热闹，可想而知到了夜晚有着"不夜天"之称的金水河会是怎样一番景象。

那名婢女倘若真是金水河上的人，想要找到说是大海捞针一点都不夸张。

听了冯橙的话，冯锦西折扇一甩，叹道："这算什么热闹，等到了晚上——"

说到这里，他吓得赶紧住嘴。侄女要是让他晚上带着过来，那可真是要他的命。

冯橙倒没有为难叔叔的心思。白日三叔答应带她来金水河玩已经不容易，晚上绝对不可能。对于不可能的事，求也没用。先熟悉一下地形，万一将来有需要，可以自己来嘛。

一阵歌声随风传来，嘹亮悠远，令人心旷神怡。

冯橙闻声望去，带着几分稀奇道："原来是船夫在唱歌，唱得真好听。"

一直默默划桨的船夫一听不干了，清清喉咙，张嘴唱起来。

冯橙微愣，看看大声唱歌的船夫，再看看冯锦西。

冯锦西朗声大笑。

一时笑声伴着歌声飘远，惊起停在水面上的飞鸟，也引来或粗犷或悠扬的歌声加入。

冯橙微微仰着头，迎接那扑面而来的阳光与微风。

亲人俱在，盛世太平。这可真是最好的日子。也因此，把那些魑魅魍魉找出来的心越发坚决。

"橙儿。"

冯橙回神，看向冯锦西。

"金水河好不好玩？"风吹衣衫动，俊俏无双的少年笑容满面。

冯锦西不是个纠结的人，既然带侄女来了，就不再想那些世俗规矩，玩得开心最重要。

冯橙点头："不虚此行。"

冯锦西笑得越发灿烂。

冯橙随意放远目光，突然发现许多船只向一个方向游去，视线下意识追逐，就见那处岸边已经围了不少人。

隐约有惊呼声传来："死人了，死人了！"

船夫立刻住口，看向冯锦西。

凭经验，金水河有热闹时这些游玩的客人都会赶过去看看。

冯锦西脱口而出："过去看看！"

话说完想到侄女也在船上，他忙改了主意："算了，不看了。"

好像有死人，吓着侄女怎么办？

啊，好想看热闹，又要照顾侄女，他可太难了。

少年遥望着岸边，满心遗憾。

"三叔，我们去瞧瞧吧。"

"可能有人溺水，看到会做噩梦的。"

"三叔原来这么胆小。"冯橙讶然。

冯锦西翻了个白眼："我怕你做噩梦。"

"我不怕啊。"迎着冯锦西质疑的眼神，冯橙一脸淡定，"我真不怕。"

"那——"冯锦西小小动摇了一下。

有热闹瞧，谁不想呢？

冯橙趁热打铁："三叔，来都来了。"

冯锦西一听，顿觉有道理。也是，来都来了。

"那就去看看吧，你要是害怕就捂住眼。"

"行。"

冯锦西赶紧指挥着船夫把船划过去。

岸边已经围满了人。

冯橙看不到里边情形，灌了一耳朵议论。

"可惜了，瞧着还挺年轻呢。"

"是呀，不知道是来游河的小娘子，还是金水河上的姑娘。"

"看穿着不像金水河上的姑娘啊。"

"啧啧，看样子溺死没多久，这么热的天要是在水里泡久了，还不像个吹了气的皮球似的。"

"这你也知道？"

"等你在河边住久了自然就知道了，或者你往家里水井丢头死猪试试。"

先前说话的人啐道："我疯了么，往自家井里丢死猪！"

……

冯橙终于挤进去，看到了躺在河边的尸体。

那是一具侧趴着的女尸，湿漉漉的长发铺散在一边，露出一张青白的脸。

就像人们议论的，女尸泡在水里的时间应该不会太久，面容还没发胀到辨认不出来的地步。而原因也从围观之人的口中知道了：两个朋友来河边钓鱼，突然觉得有点不对劲，再然后就把女尸拽上来了……

冯橙鼓起勇气打量女尸，突然眼神一凝。

女子看起来十七八岁模样，湿漉漉的衣裳贴在身上，款式是侍女常穿的那种。

不知道是不是错觉，她瞧着女尸眼尾有一颗红痣，且越看那张青白的脸越觉得与画像神似。

冯橙的心急促跳了几下。不会这么巧吧？还是她太想找到那名婢女，看花了眼？

这么想着，冯橙情不自禁向前一步。

冯锦西把人拽回来，一脸震惊："橙儿，你要干什么？"

为什么他觉得侄女想要扑到尸体上？

"一时看入神了。"

冯锦西面色古怪："看尸体还能看入神？"

说是吓住了还让人好接受些！

冯橙赧然一笑，小声道："不知怎的，觉得这女子有些面熟。"

"怎么可能——"冯锦西下意识反驳，突然顿住。

"三叔怎么了？"

冯锦西目不转睛盯着女尸，神色越来越凝重，甚至不由自主向前迈了一步。

冯橙拉住他，哭笑不得："三叔，再靠近就要让人注意到你了。"

冯锦西把冯橙拉出人群，语气透着困惑："奇怪了，你刚刚那么一说，我居然也觉得那女子有些面熟。"

冯橙心头一动。

她说看着女尸面熟，是因为女尸眼尾有一粒红痣，令她不由想起了那幅画像。

三叔看着女尸面熟——

冯橙眼睛一亮，生出一个令人激动的猜测：三叔有可能见过这名女子，甚至知道对方身份！

"三叔，你是不是认识死去的女子？"冯橙压低声音问。

冯锦西一怔，缓缓摇头："不应该啊。"

他来金水河玩，要看也是看那种出类拔萃的美人儿，相比之下，这女子太普通了些。

"三叔你好好想想。"

这时有人喊道："官差来了！"

围观的人立刻让开一条通路。

几名官差走过来，一人蹲下检查地上女尸，其他人开始找看热闹的人问话。

冯锦西拉了拉冯橙，悄声道："橙儿，咱们回去吧。"

万一官差问到他这里，他倒没什么，被父亲知道带侄女来金水河就完了。

冯橙哪里想走，小声道："三叔不好奇这女子的身份和死因吗？"

"每年金水河都会淹死几个，没什么稀奇。至于身份，看她穿着就是个婢女——"冯锦西语气一顿，修长手指缓缓摩挲着下巴，"婢女——"

"三叔，你是不是想到了什么？"

冯锦西收起折扇一敲脑袋，喃喃道："我是说怎么瞧着眼熟呢，原来真的见过！"

他望了一眼女尸所在方向，有些唏嘘："前些日子我与朋友来玩，那朋友说新认识一个花——"

· 173 ·

"花娘。"冯橙淡定补充。

这不是浪费时间的时候。

冯锦西见侄女如此淡然，也不再纠结，接着道："他说新认识的花娘虽然在这金水河上不算出名，却有一副好嗓子，拉我一起去听曲儿，这溺水女子是那花娘的婢女。"

"三叔没认错？"

若只是见过一面，能记住花娘就不错了，连花娘的婢女都记住——凭她对三叔的了解，不应该啊。

"说来也是巧了，婢女上酒时不小心把酒洒到了我衣裳上，花娘还掏出帕子给我擦酒渍。那可是新裁的夏衣，颜色款式是最让我满意的一件，拿帕子能擦干净吗？"

"然后呢？"冯橙心情复杂地问。

然后三叔该不会在花娘的服侍下去换衣裳了吧……

啊，她好像懂得太多了。

冯锦西一时忘了同情死去的婢女，一脸心疼道："然后我就走了啊，最中意的新衣裳被弄脏了，哪还有心情听曲儿？"

冯橙："……"

"所以我对这名婢女印象还挺深刻的，倒是花娘长什么样子有点模糊了。"

冯橙哭笑不得。

"三叔，你要把女尸身份告诉官差吗？"

冯锦西犹豫了一下："应该说一声。"

无论什么身份，好歹是一条性命，他若不知道就罢了，知道了却不吭声，心中有些过意不去。可侄女也在，有些难办。

冯橙明白冯锦西在担心什么，忙道："三叔你去说吧，看热闹的人这么多，我往他们中间一躲，没人知道咱们是一起来的。"

冯锦西一听也对，叮嘱道："那让小鱼寸步不离跟着你，等会儿咱们在上船的地方会合。"

小鱼每日在尚书府门外的大柳树下舞枪弄棒已经成了一景，尚书府上下早就见怪不怪，他自然知道小鱼身手好。冯橙应下来，带着小鱼躲进了看热闹的人中。

冯锦西紧了紧手中折扇，大步走向一名问话的官差。

"公子有事？"见一名身穿锦袍的俊朗少年走过来，官差客气问了一声。

来金水河玩的大多非富即贵，自然不好得罪。

冯锦西压低声音道："差爷，这女尸我好像见过。"

官差眼睛一亮："公子在何处见过？"

"就是叫——"冯锦西一时卡了壳，想了好一阵道，"好像是叫云谣小筑。"

"云谣小筑？"官差凝眉思索，却想不起来这是什么地方。

"对，就是这个名字，是金水河上一条画舫。"

"原来如此。"官差看向少年的眼神有了几分了然，"那公子知不知道这女子在云谣小筑的身份？"

"云谣小筑有名花娘叫彩云，这女子是彩云的婢女。"

"多谢公子告知。不知公子是——"

冯锦西呵呵一笑："我的身份就没必要说了吧。"

官差见他挺好说话，客气道："目前还不知道女子是如何溺亡的，公子是提供关键线索的人，还请告知一下身份。"

冯锦西犹豫了一下，低声道："我是礼部尚书府的，差爷可不要传扬，不然家父知道了——"

官差一听，态度越发客气："公子放心，小的明白。"

话说完，官差吩咐两名手下："你们两个去打听一下名为云谣小筑的画舫，请名叫彩云的花娘前来认尸。"

两名衙役领命而去。

围观者见还有热闹可瞧，更舍不得走了。

冯橙混在人群中听不到冯锦西说什么，见有两名衙役离开，不由心生期待。

希望三叔不要认错人。冯橙默默想着，突觉有人靠近。冯橙浑身瞬间紧绷起来。

很快传来少年清朗的声音："是我。"

冯橙放松下来，偏头看去。

陆玄在她身侧站定，眼底带着好奇："冯大姑娘警惕性还挺高。"

这般敏锐的反应，一般都是那些习武多年的人才有的。

不过再想到眼前少女曾徒手抓鱼，他又觉得没毛病了。

这或许就是冯大姑娘的特别之处吧。

"这么巧，陆大公子也在。"担心被看热闹的人听到，冯橙往陆玄身边靠了靠。

淡到若有若无的香气钻入鼻端，陆玄觉得有些好闻，又有些不适。

靠这么近，不如在茶馆里自在。

少年有些别扭地想着，面不改色道："冯大姑娘在这里才是巧。"

这些天来他一直为了寻找画上婢女奔波，金水河这边是重中之重，会在这里有什么奇怪的？

"去那边说话吧。"陆玄指指岸边垂柳。

眼下人们都守在这边等热闹，那倒是个谈话的好去处。

冯橙略一迟疑，交代小鱼："三叔若是去上船的地方等我，你就去和他说一声。"

以她对三叔的了解，三叔怎么也要等花娘来认过尸才会离开，叮嘱小鱼只是以防万一。

小鱼微微点头，示意知道了。

二人去了方便谈话之处，皆放松许多。

· 175 ·

"陆大公子看到那溺水女子的模样了吗？"

陆玄颔首："刚才看到了。"

他是听手下报信说发现了溺死女子才赶过来的，刚刚站在人群中观察女尸，就见冯大姑娘那个不像叔叔的叔叔走了出去。

常理来说，冯大姑娘不该出现在这里，哪有当叔叔的带着侄女逛金水河的？

不过想到冯大姑娘也在关心那名婢女下落，又是白日，或许真来了也有可能。

然后，他就发现了那张熟悉的面庞。

"陆大公子，你觉得溺水女子像不像画上婢女？"

"有些像。"

冯橙看着岸边热闹处，有些期待："希望今日没有白来。"

陆玄默了默。为什么他觉得冯大姑娘十分好运？他整日派人守着这里都风平浪静，冯大姑娘一来，就遇到了疑似画上婢女的溺水女子。

这时人群一阵骚动："花娘来了！"

陆玄用下巴点了点那个方向，示意冯橙跟上。

二人悄悄混入看热闹的人群中，打量走来的花娘。花娘身姿婀娜，身量高挑，由一名十四五岁的婢女扶着款款走来，身后跟着两名壮汉。

伸长脖子看热闹的人不由发出遗憾的叹气声。脸上怎么还覆着轻纱呢，看不清真容啊。

花娘到了官差面前，福了福身子："奴家见过差爷。"

众目睽睽之下，官差不好仔细打量花娘，严肃问道："可是彩云小姐？"

花娘称是。

"麻烦彩云小姐来看一看这具女尸是否认识。"官差侧开身子。

花娘在原地犹豫着，一副恐惧不安的样子。

"快看看啊。"围观者中有人喊道。

花娘鼓了鼓勇气，看向地上女尸。

看清女尸面容的一瞬间，花娘惊呼出声："莺莺！"

扶着花娘前来的小丫鬟也大着胆子看过去，小脸顿时变得煞白："真的是莺莺姐！"

似乎是因为认出了人，二人少了几分胆怯，多了几分悲痛。花娘靠近几步，频频擦拭眼角。小丫鬟也不停用手背抹泪。

官差等了一会儿，开口问道："彩云小姐，确定这是你的婢女莺莺？"

花娘轻轻点头，声音带着哽咽："是莺莺没错。"

"那彩云小姐知不知道莺莺是什么时候不见的？"

花娘看了一眼躺在地上的女尸，迟疑道："许是后半夜，或是今早……"

官差皱眉："莺莺是你的婢女，大概从什么时候起没见到人，彩云小姐不知道吗？"

花娘垂眸道："我们这些人睡得晚，起床梳洗时就快到晌午了。我昨晚入睡大概在丑初时分，那时候莺莺还在。"

丑初时分？这可够晚的，难怪快晌午才起来。

官差心里嘀咕一句，问小丫鬟："你最后见到莺莺是什么时候？"

小丫鬟怯怯道："也是晚上啊。刚刚差爷们过去时我们还在睡呢，都不知道莺莺姐不见了。"

"那莺莺有没有得罪人，或者近来有什么反常？"官差看着花娘问。

花娘微微蹙眉："差爷莫非怀疑奴家？"

官差笑笑："不是这个意思，毕竟一条人命，总要问周全些，彩云小姐不要多想。"

花娘沉默了一下，道："莺莺大半时间都在我身边，性子又好，应该没有得罪人。至于反常——"

官差听出几分意思，忙道："彩云小姐尽管说，我们会有判断。"

"这个——"花娘环顾左右，露出为难之色。

官差指指不远处的垂柳："彩云小姐觉得不方便的话，我们可以去那里说。"

花娘点点头。

眼睁睁看着官差与花娘往那边去了，围观众人齐齐叹息。

热闹看得好好的，怎么这样呢？这和吃独食有什么区别！

人群中，冯橙与陆玄面面相觑。

也是巧了，官差与花娘去的就是他们刚才谈话的地方。

柳枝垂下千万条，恍如绿色帘幕。

官差迫不及待地问："彩云小姐现在可以说了吧？"

花娘幽幽叹口气："莺莺最近是遇到了事。前些日子有位姐妹病了，而莺莺容貌可人，正是好年纪，妈妈就把主意打到了她头上。莺莺不愿意，找我哭诉了好几次，我也一直求妈妈高抬贵手，但妈妈没有松口的意思——"

说到这里，花娘潸然泪下："莺莺定是想不开，才投了河……"

官差问到这里，觉得事情差不多清楚了。

这种金水河上讨生活的人，想不开寻短见并不稀奇。

"彩云小姐，莺莺的遗体——"

花娘苦笑："这就让人把她的遗体带走。莺莺好歹跟了我这么久，总要给她体面安葬。"

官差点点头，走回去示意手下集合："人是投河自杀的，走了。"

盘问这么久，几名衙役早就满头大汗，闻言迫不及待收了工。

花娘吩咐两名壮汉抬走了莺莺尸体，留下乌压压一群人抓耳挠腮。

到底为啥投河啊，不说清楚就都走了，这不是让人好奇死嘛。

"冯大姑娘先回去吧，我去向官差打听一下情况。"陆玄撂下一句话，匆匆向官差离去的方向赶去。

冯橙目光追逐那道玄色背影一瞬，踮脚冲着冯锦西招招手，指了指上船时的方向。

冯锦西会意点头。没过多久，叔侄二人在上船的地方会合。

"橙儿，咱们回府吧，好端端游船竟遇到了死人，没得扫兴。"

冯橙很想说她一点不觉得扫兴，就这么回去才不安心，转而一想还是不为难叔叔了。

"那就回去吧，可惜西瓜放在船上，还没来得及吃。"

小鱼面无表情开口："姑娘，要婢子把西瓜拿回来吗？"

冯橙嘴角微抽："不必了，就当请那老伯吃了。"

小鱼这才恢复沉默。

冯锦西有些内疚，宽慰道："过两日叔叔带你去莫忧湖玩，那里比金水河好玩。"

冯橙莞尔一笑："今天其实挺开心。坐了船，吹了风，听船夫唱了好听的歌，还看到了三叔热心仗义的样子。"

"有么？"冯锦西摸摸鼻尖，心中得意又不好表露出来，"橙儿真的觉得我热心仗义？"

冯橙认真点头："当然。三叔不忍溺水女子被当作无名尸胡乱埋葬，虽与那女子非亲非故，还是毫不犹豫站了出来，这难道不算热心仗义？"

冯锦西顿时笑开了花。

还是侄女好啊，随他来金水河，遇到这令小姑娘做噩梦的事都能发现他的长处。哪像他老子，只要听到他与"金水河"三个字沾边，直接就是一顿抽。

狭隘，来金水河就是吃喝玩乐？明明也能做好事！

叔侄二人说说笑笑回了尚书府。

陆玄找官差了解到花娘所说情况，决定夜游金水河会一会那位叫彩云的花娘。

转眼暮色降临。金水河上华灯璀璨，丝竹声声，半点不受白日有人溺水的影响。

等陆玄带着小厮来喜上了名为云谣小筑的画舫，愕然发现这座在金水河上不算出名的画舫已经挤满了人。这些人竟都是来见花娘彩云的。

来喜小声嘀咕："这些人的好奇心可真强啊。"

陆玄拿收拢的折扇敲了敲来喜脑袋："少说废话。"

他们觉得别人好奇心强，别人看他们也一样。

这时一名风韵犹存的女子走到场中，对着众人福了福："感谢诸位公子来给我们彩云捧场，只是今日来的公子太多，而彩云只有一个。不如先让彩云给诸位公子唱上一曲，到时候哪位公子若想与彩云喝上一杯，就看各位的诚意了。"

鸨母这么一说，客人们纷纷应好。

这在那些有着花魁娘子的画舫里司空见惯，毕竟花魁难得，谁若想一亲芳泽就要看荷包鼓不鼓了。

鸨母也是满心振奋。这可是她梦里才有的情景啊。

云谣小筑的花娘们也是有姿色的，可放在金水河上就不算什么了，终归还是少了一个能撑起门面的花魁，无法吸引恩客们竞相追逐，一掷千金。

本以为莺莺的死很晦气，万万没想到这些人因为好奇彩云，把云谣小筑挤得快无处下脚了。若不能利用好这千载良机，她这么多年的鸨母白干了！

就在众人等得心焦时，一名面戴轻纱的女子由侍女扶着走了出来。

女子身形婀娜，露在外面的一双眼似泣非泣，正是白日去认尸的花娘彩云。

众人一见彩云，发出不满的声音。

"怎么还蒙着面纱呢？"

"是啊，咱们来就是想见见彩云小姐的……"

鸨母暗暗冷笑。她当然知道这些人是为了什么来的。

是为了彩云吗？不，是为了那颗好奇心！

想现在就见到彩云真容门儿都没有，至少要等彩云一展歌喉，让他们发现彩云最大的长处再说。

"寒蝉凄切，对长亭晚……"伴着琵琶声，面戴轻纱的女子一开口，全场便安静下来。

明明是缠绵哀婉的词儿，那柔婉嗓音却透着恰到好处的澄净。听着这样的歌声，心田仿佛被清泉流过，整个人都放松熨帖下来。

唱歌好听的人不少，难得的是有令人印象深刻的特色，而彩云就把这首被无数花娘传唱过的《雨霖铃》唱出了独特味道。

一曲听罢，掌声雷动，喝彩声不停。

彩云缓缓起身，对着众人拜了几拜，随后抱着琵琶往内走去。

"嗳，别走啊——"不少人情急喊道。

若说一开始他们是好奇白日认尸的花娘长什么样，现在则对彩云本人有了兴趣。

彩云回眸望了众人一眼，还是走了进去，留下鸨母应付场面。

"倒是善于利用。"陆玄低声嗤笑，吩咐来喜，"你去找那些寻常花娘、打手之类打听一下彩云来历，以及如何安葬的莺莺。"

莺莺早不死，晚不死，偏偏在他想把她找出来时投河自尽。这真的是巧合？

他不得不怀疑莺莺的死有蹊跷。

而假如是被灭口，证明他这些日子的寻人惊动了对方。

这也是没办法的事，这种繁琐又大范围的找人，想要避开有心人耳目是不可能的。打草惊蛇，在大海捞针的时候，把蛇惊出来不见得是坏事。

如今便是如此，莺莺找到了，虽然找到的是尸体，却让彩云以及云谣小筑进入了他的视线。

听着那些毫不掩饰的叫价声，陆玄毫无反应。

既然这么多人追捧彩云，今晚的热闹他就不参与了。

终于有人一掷千金得了与美人喝酒的机会，鸨母美滋滋安抚大家："各位公子别急，若喜欢我们彩云，明晚再来呀。"

"那不是又要等一天。"

鸨母眼珠一转，笑道："或者公子们有兴致，可以让彩云陪着游船。"

对一个人的好奇心很快就会退的，谁知道彩云的歌喉最终会留住多少人。

必须趁热打铁多赚点。

只是白日游玩，乐意参与的人就少了，陆玄报了个价格，轻轻松松得到了明天白日与彩云游船的机会。

离开云谣小筑，陆玄问来喜："问出什么了吗？"

来喜点点头："打听到彩云的一些情况，还问到了莺莺的埋葬之处。"

少年迎着皎皎月色，淡淡道："先说说彩云的情况吧。"

"彩云今年十九岁，是四年前来的云谣小筑，靠着一副好嗓子成了云谣小筑的行首，至于来历，有个花娘说彩云来时说是走投无路的孤女，算是自卖自身。"

"那莺莺呢？"

"莺莺是七八岁的时候被爹娘卖到船上的，比彩云还早来好几年。因为年纪小，一直做杂活，后来被分到彩云身边服侍她。"

陆玄微微点头。这样看来，至少一开始彩云与莺莺之间是没有关系的。

"莺莺葬在何处？"

"公子您看到那座土山没？"来喜遥遥一指。

借着皎洁月光，能看到离金水河不算远处有座不高的山，夜色笼罩下仿佛陷入沉睡的庞然怪物。

来喜解释道："这些金水河上的花娘风光时万人追捧，落魄时却凄凉无比，甚至死后连一口薄棺都没有，所以她们共同出钱买下了那座荒山当做坟地，好使这些命苦女子死去后不至于被丢到乱葬岗上，莺莺就埋在那里。"

"去看看。"

"啊？"来喜声音都变了调。

陆玄睨他一眼："怎么，害怕？"

来喜身板一挺，拍着胸脯道："公子说笑了，小的长这么大都不知道什么是害怕！"

"那就走吧。"陆玄率先往坟山走去。

金水河的浮华热闹渐渐远离，夜里的坟山黑漆漆一片，偶尔会有咕咕的鸟叫声传来，越发显得幽静阴森。来喜提心吊胆往前走，面上装得满不在乎。

"公子，好像就是这里了。"

稀疏月光难以驱散山林中的幽黑，好在眼睛适应了这样的光线，一个个鼓起的坟包看得分明。

来喜倒吸一口冷气："嘶，真多啊！"

粗粗望去，几十个坟包是有的。

"公子，只有少数坟前立着碑，大多都没有，莺莺一个婢女恐怕也没有立碑。"来喜望着满眼坟头，开始发愁。

黑灯瞎火又没有碑，这还怎么找啊？

陆玄却不急："看一看哪个坟前有新燃尽的纸灰。"

就算只是伺候花娘的婢女，死后没有立碑，纸钱总有人烧。

二人开始仔细找起来。

过了一会儿，来喜压低声音猛挥手："公子，这里！"

陆玄快步走过去，果然见那坟前有不少灰烬，还有未完全燃尽的纸钱压在土下。再观察泥土颜色，能确定是新起的坟。

"你再去别的坟前看看。"为了以防万一，陆玄吩咐道。

来喜把几十个坟包都看过来，返回陆玄身边："小的都看过了，只有这一座新坟。"

陆玄蹲下身来捻了捻泥土，下定决心："挖吧。"

"挖？"来喜脸色一变，"挖啥？"

陆玄看他一眼，面无表情道："挖坟，看看是不是莺莺。"

来喜快哭了："公子，咱们没有称手工具啊。"

半夜三更在一片坟头里挖尸体，这是堂堂成国公府大公子的小厮该干的事吗？

"刚刚过来时我发现山林不远处有一片村落，那些农户家中定然有锄头等物，你去借两把来。"

借？来喜不确定地看着自家公子。

"记得多放些钱。"陆玄淡淡补充。

来喜顿时明白了"借"的意思。

"快点去，我在这里等你。"说到这，少年扬眉，"或者你留在这里，我去借。"

来喜飞快跑了。少了一个人，山林中似乎越发静了，静到能听到自己的心跳声。

突然传来鸦叫声，一只乌鸦展翅从枝头飞向茫茫夜空。

陆玄靠树等着来喜，静静仰望着月朗星稀的夜空，不知怎的就想到了冯橙。

冯大姑娘回去后，定然一直惦记着莺莺的死因。

那丫头好奇心重，说不定一晚上都睡不着。

这么一想，倒是有些同情了。

少年在这没有旁人的幽静林间任由思绪放远。

不知过了多久，不远处的村子传来急促的犬吠声。

陆玄收回思绪望向那里，神色一瞬扭曲。

来喜这个混账，办事一点不靠谱！

不多时，来喜扛着两把锄头气喘吁吁赶来。

·181·

"太惊险了，没想到那家养了一条贼凶的大狗。"

"那家主人出来查看了？"

"小的离开时听到了脚步声。"来喜表情讪讪。

那狗太可恶了，三更半夜叫这么大声。

陆玄再次望向那边，发现乍然亮起的灯光又熄灭了，犬吠声也停了。

"应该是发现了小的留下的银子。"来喜擦了一把额头上的汗水。

陆玄不再废话，从来喜手中接过一把锄头开始挖坟。

主仆二人配合下，新起的坟很快被挖开，现出黑漆漆的棺材。

陆玄放下锄头，亲自把棺盖起开，露出躺在里面的女尸。

来喜捂着嘴凑过去看，发现棺中女尸赫然就是白日溺水的莺莺。

"公子，没找错！"

陆玄点点头。只要莺莺真的被埋在这里，自然能找到。

"公子，那之后咱们做什么？"

总不会把这女尸背到国公府去吧——

陆玄深深看来喜一眼。

来喜险些跪下去，这一刻深恨自己的聪明。

"你在这里等着，我去找人来。"陆玄交代一句，大步离去。

来喜站在坟头间，听着偶尔的鸦叫，看着黑漆棺材中面容青白的女尸，两眼泪汪汪。

早知道是这样，还不如他背着女尸回国公府呢，好歹有公子在身边。

时间缓缓流逝着，对翘首盼着陆玄回来的小厮来说，度日如年不过如此。

"回来吧，回来吧，公子赶快回来吧。"来喜在坟间来回踱步，无意识碎碎念。

他吓得心肝抖，又控制不住去瞄棺中女尸。

刚才还觉得山林里黑漆漆什么都看不清，现在怎么觉得月光这么皎洁呢。

不知道是不是错觉，女尸看起来与白日从水里捞出来时有些不一样。

那张青白的脸好像更肿胀了，表情也不同了……

来喜打了个哆嗦，轻轻拍了一下脸：胡思乱想什么，怎么能自己吓自己呢！

对，他一点都不怕，他长这么大就不知道什么叫害怕。

等等！

来喜脚下猛地一停，汗毛竖起望着棺材的方向，对上一双绿莹莹的眼睛。

到底是跟在陆玄身边的小厮，对上那双绿油油的眼睛，来喜虽然很想放声尖叫，还是硬生生忍住了。

他用双手捂着嘴巴仓皇后退，退了几步后又忍着恐惧小心翼翼往前走。

公子对死去的莺莺可重视得很，既然留他守在这里，他就要负责啊。

嘤嘤嘤，公子你怎么还不回来！来喜眼含热泪，硬着头皮继续往前走。

他要看看那双浮在黑棺上空的绿眼睛是怎么回事。

咦，绿眼睛好像不是浮在黑棺上空。

来喜走近些，瞧出隐约轮廓。那是什么——

这个念头刚闪过，就见绿眼睛向他冲来。

"来喜？"一声带着惊讶的轻喊，拉回了小厮濒临崩溃的理智。

"是谁在装神弄鬼！"来喜色厉内荏地问。

那双绿眼睛从来喜身边跑过，他这才看清原来是一只花猫。

那是一只棕黑纹相间的花猫，难怪踩在棺材盖上仿佛隐去了身形，让人只看到一双绿眼睛。

花猫跑出一段距离，一跃而起。黑暗中走出一名抱着花猫的黑衣少年。

不对，是两名。走在后面的黑衣少年表情冷漠，眉眼微垂，手中不知提着什么。

来喜莫名觉得走在后面的少年有几分眼熟。

"你是谁，为什么认识我？"压下这荒唐的念头，来喜厉声问抱猫少年。

既然是人，那就没什么好怕了，他也是练过的。

冯橙见把来喜吓坏了，声音放柔："那日我与你家公子在清心茶馆见面，我见过你。"

与公子在清心茶馆见面？

来喜不由认真打量少年。月光皎洁，他看到了一张漂亮得过分的苍白面庞。

来喜打了个寒战。该不会是撞见了鬼吧？

好看？鬼想变多好看就能变多好看，他才不上当！

来喜戒备着攥紧匕首。

冯橙笑笑："对了，那日我戴着帷帽，你认不出也正常，小鱼你总该记得吧？"

见抱猫少年指向身边少年，来喜仔细看了一眼。

天哪，这少年原来拎着两把铲子，他们想干什么？

来喜震惊之余，咦了一声："好像是见过。啊，你不是那位小娘子的丫鬟吗！"

小鱼面无表情点头。

来喜猛地转头，看向冯橙："那你是——"

冯橙淡定接话："与你家公子在茶楼见面的小娘子。"

来喜："……"

别怪他失声，这样的小娘子他没见过！

缓了好一会儿，来喜才想起来问："姑娘为何来这种地方？"

"你家公子呢？"冯橙反问。

"公子找人去了。"来喜看着冯橙，还惦着先前的问题。

冯橙笑道："我来这里的目的与你家公子一样。"

"挖尸？"来喜险些跳起来，看着冯橙的眼神都变了。

曾几何时，他以为公子铁树开花，还暗戳戳盼着公子早点娶上媳妇。

现在他由衷觉得公子需要好好考虑一下。婚姻大事，要慎重啊！

冯橙没再接来喜的话，快步走到挖开的坟包处，壮着胆子打量棺中女尸。

是白日见过的莺莺没错。

她回去后怎么都无法安心，思来想去，干脆来试一试。

没想到陆玄与她想到了一处。

"公子，您回来了！"来喜发现一道熟悉身影，迫不及待迎上去。

陆玄大步往这边走着，身边跟着两名男子。

这个距离，他看不清冯橙与小鱼的面容，只发现除了来喜还多了两个人。

陆玄不由困惑。他离开一趟，带回来两个人就罢了，为何来喜这里也多了两个？

等走近几步，少年终于认出那两个人是谁。

那一瞬，陆玄神色十分复杂，特别是留意到小鱼拎着铲子后。

冯大姑娘就不能留在家里，让他好好同情一下吗？

她一个小姑娘，竟然带着丫鬟带着铲子还带着猫，三更半夜来挖尸！

等等，更重要的是冯大姑娘怎么会知道莺莺埋在这里？

"林兄，拜托了。"

随着陆玄前来的两名男子中，年轻的那个笑道："咱们之间客气什么？"

趁着两名男子检查莺莺尸体的时候，陆玄走到冯橙面前，低声道："跟我来。"

冯橙抱着来福，跟着陆玄去了不远处树下。

"你怎么会来？"陆玄压低声音问。

"在家闲着也是闲着，与其东想西想，不如来寻找答案。"

陆玄一滞。这回答可真理直气壮。

"冯大姑娘怎么知道莺莺埋在此处？"陆玄不曾发觉，他一连两问语气越来越差。

冯橙却察觉到了，顿时生出古怪的亲切感。她还是来福的时候，哪里甘心当一只真正的猫，为了知道想知道的讯息要么偷偷跟着陆玄，要么自己偷溜出去。被陆玄发现时，他就是这般问她。有些气恼，有些无奈，更多的是掩藏在这些情绪之下的关心。

陆玄对自己人（猫）特别爱操心，这一点从没变过。

也因此，少年语气虽不好，冯橙不但不觉得生气，还突然生出扑过去的冲动。

曾经惹陆玄生气时，扑过去用胡须蹭蹭他手背，生气的少年就气不下去了。

冯橙拧了自己一下，恢复清醒。

她已经不是来福，也没有胡须了，刚刚的念头太危险了！

陆玄留意到少女拧自己的动作，眼神微妙："冯大姑娘不必如此——"

回答不出就算了啊，拧自己何必呢？

冯橙悄悄翻了个白眼，低声解释："我问了我三叔。"

"你三叔？"

"是啊，我说莺莺太可怜啦，听说这样的人死后只能一卷草席埋了。三叔就告诉我金水河的人若是没了，会葬在附近土山上。"

陆玄嘴角微抽："令叔知道的真多。"

少女弯唇笑："主要是来得多。"

陆玄想一想冯锦西的模样，微微抿唇。果然叔叔不像叔叔的样子。

"对了，陆大公子怎么知道莺莺埋在此处的？"

陆玄呼吸一窒。这丫头问题怎么这么多！

见对方眼巴巴等着答案，少年一脸淡然："哦，晚上去了云谣小筑，打听到的。"

"原来陆大公子去见彩云了。"

陆玄看着近在咫尺的少女，从那冷白如玉的面上瞧不出什么情绪。

"嗯。"少年若无其事应一声。

"彩云长得好看吗？"

陆玄皱眉："一直蒙着皂纱，看不出来。冯大姑娘为何关心这个？"

现在要查的重点难道不是彩云与学子陶鸣之间的关联么，她长得好不好看有什么要紧？

冯橙诧异看陆玄一眼："这不是顺便就问到了。"

陆玄略一沉吟："冯大姑娘若是好奇彩云长相，明日有时间的话可以与我一起来金水河游船。"

"陆大公子约了彩云？"

陆玄颔首："嗯。"

"那好啊。"冯橙笑盈盈应下。

"走吧，去那边看看。"陆玄往莺莺的坟头方向抬了抬下巴。

那里两个人正忙碌着，来喜用陆玄带回来的黑布围住灯光，以防有人无意间往土山这边瞧发现异常。

冯橙低声问："陆大公子带来的是什么人啊？"

"年轻的那个姓林，是刑部查案的好手，年长的那个是名仵作。请他们过来看看莺莺的死有没有蹊跷。"

白日官差虽来过，可那些人是个什么水平就不必说了。

再者每到这个时节总有人溺水，或是寻短见，或是意外失足，人们发现溺水的尸体报官后，若查不出身份，便由官府把尸体送去义庄安置。

没有明显外伤的溺死者，谁会费心查呢？

"等会儿若是问起，我就说你们都是我的手下。"走过去时，陆玄低声道。

冯橙点点头，示意明白。随着走近，尸体散发出的特有气味越发浓郁。

"林兄，查得怎么样？"陆玄开口问。

姓林的年轻人走过来，分出眼风看了看冯橙，道："没有外伤，不过小腿处有不太明显的擦伤。另外，老王从尸体中检出了药物残留。"

"药物？"陆玄挑眉，没想到还有这种意外收获。

"对，老王利用一种药粉可以检测出来尸体内有无药物残留。如果有，滴入溶了药粉的水中后颜色会发生变化……"林姓男子简单解释了一下，"是老王多年摸索研究出来的，具体就不说了，总之死者生前应该服用了某种药物——"

"应该是迷药。"散发着独特味道的老王走过来，接话道。

陆玄虽觉这味道十分不友好，面上却半点不露："这是不是说明女子是服用了迷药后被人丢入水中的？"

老王点点头："可以这么说，毕竟昏睡的人不可能自己跳进水里。"

"今晚劳烦你们了。"陆玄拱手。

老王忙侧开身："公子折煞小民了。"

在大魏，仵作是贱业，老王虽是一等一的仵作，却不敢受陆玄这一礼。

林姓男子与陆玄是朋友，态度就随意多了："接下来陆兄如何打算？若没有别的安排，我要把这女尸带回去，好好查一查这桩命案。"

一个溺死者查出体内有迷药，这就是凶案，那他就要管一管。

"这女子的身份我知道，不过暂时还请林兄不要打草惊蛇，我还有别的安排。"

听陆玄这么说，林姓男子很给面子答应下来。

陆玄又道："这么热的天尸体无法久放，为了留住证据将来与人对质，回头我送些冰过去。"

林姓男子一笑："这样当然好，我正发愁呢。"

夏日的冰块金贵得很，他可用不起。

"那就趁着天还未亮把尸体运走吧。来喜——"

来喜双眼含泪望着陆玄："公子——"

公子您好好看看啊，小的还是个眉清目秀的孩子！

面对无助的小厮，少年面无表情："又不是让你直接背尸，不是有棺材么。"

"小的一个人背不动啊。"

小鱼一声不吭走向黑棺。

来喜一看，险些跳起来，追过去连声道："我来，我来！"

要是让小鱼背动了，不显得他太无用了？最后二人合作，抬着棺材离开了山林。

路上黑漆漆的，连金水河上的丝竹声都歇了，好在京城没有宵禁的规矩，一行人顺利把装着莺莺尸体的棺材弄了回去。

林姓男子难掩疲惫："陆兄，那我先等你那边的安排。"

"今夜辛苦了。"陆玄道了谢，与林姓男子告别。

走到岔路口，冯橙停下来："陆大公子，我们也在这里分开吧。"

"我送你回府。"

"不用，这时候遇不到人，再说还有小鱼和来福。"

想想小鱼的身手，陆玄没再坚持："那明日我在老地方等你。"

"好。"

目送冯橙远去，陆玄转过身："走吧。"

来喜终于忍不住问："公子，来福是谁啊？我怎么瞧着只有冯大姑娘与小鱼两个人？"

陆玄看来喜一眼，唇角微扬："来福是那只花猫。"

来喜："……"

缓了一下，小厮神色复杂问："公子，冯大姑娘那只猫……该不会是您取的名儿吧？"

少年语气淡淡："我怎么可能给一只猫取这种名儿？再说，那是冯大姑娘的猫。"

"呵呵，这也太巧了。"来喜干笑，不知说什么好。

忽然觉得"来喜"这个名字没法要了。

"公子，您是不是对冯大姑娘说过小的叫来喜？"想到山林中那声熟络的招呼，来喜有些感动。

公子还会特意告诉冯大姑娘他的名字，这说明他在公子心中的地位比自己想得还高呢。

陆玄淡淡瞥小厮一眼："你想得太多了。"

眼见少年大步往前走，来喜急忙追上去。哼，公子还不承认。

晚秋居中，白露已经等得望眼欲穿，总算等到了冯橙回来。

"什么味道？"白露动了动鼻子，一脸嫌弃看着小鱼，"小鱼，你不会是掉臭水沟了吧？"

等等，姑娘和来福好像也不香了。

白露正疑心，小鱼平静解释："尸臭。"

"什么？"白露急忙捂住嘴，堵住尖叫。

"去打水吧，我们都要洗一洗。"冯橙困意袭来，吩咐白露。

沐浴更衣后，冯橙已经困得睁不开眼，犹不忘叮嘱白露："白天还要出门，到时间记得叫醒我。"

"是。"白露应了，问起另一件事，"那早上长宁堂的请安姑娘还去吗？"

"不去了，就说我身体不舒坦……"话没说完，少女已经呼呼睡了。

阳光洒满了闺房，白露挽起雨过天青色的幔帐，俯身轻喊："姑娘，该起了。"

冯橙翻了个身，背对着侍女继续睡。

白露无奈笑笑，声音微微抬高："姑娘，该起了，您不是还要出门吗？"

"什么时辰了？"冯橙猛然坐起，睡眼蒙眬地问。

"巳初时分了。"

少女眼神渐渐恢复清明，打着呵欠下了床榻。离着约定的时间还早，不急。

陆玄挺体贴，知道金水河上的人起得晚，约彩云的时间也晚，便宜了她多睡一会儿。

一番洗漱，冯橙带着小鱼准备出门。

白露有些不安："早上才去长宁堂说您身子不适，您这时出门的话，若是传到老夫人耳里恐怕不太好。"

冯橙蹙眉："说得也是，那就翻墙出去吧。"

"翻墙？"白露以为听错了。

虽说昨夜姑娘就是翻墙进来的，可那是大半夜，青天白日姑娘把"翻墙"说得这么云淡风轻合适吗？

"正好不用到外面再换男装了。"

眼见利落换了男装的自家姑娘往外走，白露死死拽着她衣袖："姑娘，万一让人看见怎么办！"

"园中花木繁茂，方便遮掩身形。后门出去就是一条小巷，平时少有人走，我和小鱼从那边翻出去。"

白露依然抓着冯橙衣袖不放："姑娘，婢子还是担心被发现——"

万一被发现呢？事情总有个万一不是？

"被发现……"冯橙认真想了想后果，"祖母鲜少出长宁堂，二婶在礼佛，母亲与三妹发现了肯定站我这边，只有二妹有些麻烦，不过昨日祖母不是答应她今日去万福寺上香，恐怕等我回府她还没回来呢。"

白露晕乎乎听着，竟觉得自己在瞎操心。

"万一被下人发现呢？"

冯橙笑笑："丫鬟婆子更不必担心，到时候你抱着来福守在那里，见谁往那边走就放来福，对方就留意不到别的了。"

白露险些哭了。姑娘想得太"周全"了。

这个时候，负责庭院洒扫的下人早已干完了活，离着各院去大厨房领午膳又还早，园中鲜少见到下人经过。

眼见冯橙与小鱼顺利翻过墙头，白露大大松了口气。可算是没出意外。

"白露姐姐，你怎么在这里？"

一道声音响起，白露立刻感觉到怀中花猫蠢蠢欲动。现在不用扑啊！

白露死死抱紧来福，冲说话的小丫鬟笑笑："我在遛猫呢。"

小丫鬟吃惊地看了扭动身体的花猫一眼："原来猫还需要遛啊？"

"是呢，来福吃得多，精力好，需要遛一遛。"

"喵……"

感觉到怀中花猫的不悦，白露忙道："好了，不和你说了，来福等急了。"

"白露姐姐慢走。"

白露回头看了一眼笑容甜美的小丫鬟，暗松口气。

这丫头可不知道自己多幸运，再早来那么一会儿，来福就要扑她脸上了。

冯橙与小鱼落在偏僻的长巷中，大大方方往外走去。

长巷的出口就是繁华街道，街上行人来来往往，无人留意这样随处可见的巷子。

冯橙随意扫了眼四周，扬起的唇角突然凝住。糟了，是三叔！

"小鱼，换个方向走。"冯橙镇定转身，快步往前走。

小鱼默默跟上。

冯锦西往那个方向扫了一眼，面露狐疑。

怎么瞧着往那边走的那道背影挺熟悉？嗯，估计是哪个朋友吧。

冯锦西很快抛开疑惑，走进了尚书府。

冯橙在清心茶馆与陆玄会合，一起前往金水河。游船早已准备好了，是一座中等画舫，比起昨日冯橙坐的那只小船要宽敞气派多了。

趁着来喜去云谣小筑接人，冯橙谈起昨夜的发现："陆大公子，我有个问题想不通。"

"等会儿人来了，就不要叫我陆大公子了。"陆玄提醒道。

冯橙想了想，试探问："陆兄？"

"嗯。"陆玄点点头，不知怎的，突然想到那个雷雨交加的夜晚，少女追到窗边急急喊的那声"陆玄"。

"陆玄"好像比"陆兄"更好听。

"那陆大公子可以叫我'冯兄'。"

"你刚刚不是说有问题想不通么？"少年无奈扯了扯唇角。

一个称呼而已，怎么觉得她还挺雀跃？

"假如害死莺莺的是彩云，她为何不直接推人下水，还要用迷药？毕竟在金水河上推人下水很方便。"

陆玄显然考虑过这个问题，道："或许莺莺水性好，落水后淹不死。哪怕不会水，落入水中难免挣扎呼救，万一引来旁人就暴露了。保险起见，在她失去意识后把人丢入水里最稳妥。"

冯橙不由点头："陆兄说得有道理。"

少年轻咳一声："稍作分析便知道了。"这也不值当夸赞。

冯橙深深看他一眼。

某人的得意都要扑出来了，可惜没有尾巴。

陆玄意识到这样有打击人家小姑娘的嫌疑，忙转移话题："冯兄昨日睡得还好吧？"

话一出口，又尴尬了。

对面坐的毕竟不是真的"冯兄"，讨论睡觉这个问题不大合适。

好在这时来喜终于领着彩云上了画舫，扬声道："公子，彩云小姐到了。"

陆玄暗松口气，脸上笑意不由真了几分："请过来吧。"

来喜瞧在眼中，想翻白眼。公子您还假戏真做了是不，见到花娘笑成那样，有没有考虑过与您有着共同爱好的小娘子的心情？

"这是我们公子。"到了近前,来喜对彩云道。

彩云面上依然覆着皂纱,对着陆玄福了福:"奴家见过公子。"

说罢她一双美目从冯橙面上扫过,眸中疑惑一闪而逝。

"坐。"陆玄没有向彩云介绍冯橙的意思,冲她冷淡点头。

彩云在不远处的锦凳坐下来。

"彩云小姐可以把面纱取下了吗?"

彩云柔顺点头,取下皂纱,露出一张清丽可人的面庞。

少年面无表情盯着那张脸。

彩云一时不知该害羞还是该若无其事,正纠结着,就听少年凉凉地问:"彩云小姐认识陶鸣吗?"

在花娘愣住的瞬间,陆玄淡淡补充:"在清雅书院读书的陶鸣。"

彩云表情僵硬了一瞬,恢复如常:"公子在说什么,奴家怎么听不懂?"

陆玄定定看着她,那双黑白分明的眸中盛满冷光:"彩云小姐如果不记得在清雅书院读书的陶鸣,那在金水河溺水身亡的陶鸣呢?"

彩云脸色一白,强笑道:"奴家真不知道公子提到的陶鸣是谁。如果公子不是叫奴家陪您游河的,那奴家就回去了。"

见她起身,少年手腕一甩,一柄匕首插在她脚边船板上。

冯橙一惊。这个威胁人的方式有点危险啊,要是把船板扎漏了怎么办?

凫水这个技能她还没掌握。

彩云立在原地,错愕地望着陆玄:"公子这是什么意思?即便奴家只是个花娘,杀人也是犯法的。"

"杀人确实犯法,所以你才不敢承认认识陶鸣?"陆玄淡淡问。

"公子不要乱说,奴家怎么可能杀人呢!"

少年伸手入怀取出折起的画卷,打开后摆在桌几上:"看一看。"

彩云迟疑往前走了两步,待看到画上女子,瞳孔猛地一缩。

那画上女子,赫然是昨日死去的莺莺!

不,还是有些不一样。彩云仔细打量,发觉画上莺莺多了几分稚气。

"这是——"她惊疑不定地望着陆玄。

陆玄冷冷道:"陶鸣溺水身亡之前,你的侍女莺莺去清雅书院找过他。"

他懒得卖关子。就算耐着心思与彩云熟悉起来,想问个明白终究还是要摊开了说。

再说,他等得,莺莺的尸体可等不得。

彩云因为太过震惊,愣住了。

她怎么都没想到,三年前莺莺去找陶鸣不但被人看见了,还画了下来。

陆玄留意着彩云表情变化,扬唇一笑:"现在彩云小姐还要告诉我不知道陶鸣是谁吗?"

彩云垂眸犹豫了片刻，终于点头承认："如公子所说，我确实知道陶鸣。"

"愿闻其详。"少年往后一仰，懒懒靠着椅背。

冯橙也懒懒靠着椅背，从食盒中摸了条糖渍橙皮吃。

彩云沉默了一瞬，苍白着脸道："我虽知道陶鸣，但与他接触不多，真正和他熟悉的……是莺莺。"

陆玄挑眉："彩云小姐说明白点。"

彩云苦笑："是这样，陶鸣有一次随着朋友来云谣小筑玩，那是我们第一次见。他好像家境不是很好，并不怎么往我跟前凑，后来又随朋友来了几次，不知怎么就和莺莺熟悉了……"

冯橙听着彩云的讲述，吃下第二条糖渍橙皮。

来找花娘玩，喜欢上了花娘的丫鬟？这故事可与话本子上的不一样。

彩云继续说着："后来我发现莺莺与陶鸣之间有了情意，对她偶尔去清雅书院找陶鸣便睁一只眼闭一只眼。陶鸣溺水身亡的消息传来后，莺莺很是伤心，她昨日投河自尽恐怕也是因为妈妈逼她接客，觉得对不起死去的情郎……"

说到这里，彩云抬手拭泪。美人垂泪，惹人怜惜。

少年却面无表情："那你刚才为何否认认识陶鸣？"

彩云一顿，咬唇解释："陶鸣三年前溺水身亡，莺莺昨日投河自尽，他们二人都死了，奴家想着多一事不如少一事。"

"哦，莺莺真的是投河自尽么？"少年似笑非笑地问。

彩云脸色一变："公子这是何意？"

"随便问问。"陆玄见冯橙吃得有滋有味，也从食盒里捡起一条糖渍橙皮慢慢吃着。

彩云委屈不已："公子难道以为莺莺是被奴家害的？公子尽可以去打听，前几日妈妈一直逼莺莺接客，莺莺定是一时想不开才寻了短见。若说是奴家害的，奴家有什么理由呢？"

"是啊，什么理由？"少年反问。

彩云脸色十分难看，咬牙道："没有理由，所以与奴家无关。公子若是不信，大可请官府去查。"

陆玄弯唇笑笑，端起茶杯啜了一口："那看来是我想多了。"

彩云暗松口气，屈了屈膝："公子若是没有别的要问，奴家就告退了。"

陆玄把茶杯往桌上一放，发出一声轻响："彩云小姐是不是忘了为什么来的？"

彩云一怔。

"来都来了，我银子也花了，彩云小姐难道连一首小曲儿都不唱就要走？"

彩云险些控制不住表情。

"二位公子想听什么？"平复了一下情绪，彩云强笑着问。

"冯兄想听什么？"陆玄问冯橙。

冯橙呆了呆。她怎么知道花娘都会唱什么？

陆玄很快反应过来：冯大姑娘不知道。

嗯，其实他也不知道。

少年若无其事对彩云道："就那首《雨霖铃》吧。"

琵琶声响，哀婉幽怨的歌声渐渐传开。

就在彩云拨弄丝弦唱歌的时候，来喜悄悄吩咐人去给林姓男子传信。

林姓男子接到信后，立刻领人赶往金水河。

白日的金水河虽有画舫游船来往，却少了晚上特有的旖旎热闹，那名为云谣小筑的画舫更是安安静静。

随着一队官差到来，立刻打破了这份宁静。

"不知大人有何贵干？"得到信儿的鸨母笑容满面迎出来，心中却犯起了嘀咕。

莫不是为了莺莺的事吧？

不应该啊，莺莺一个寻短见的短命鬼值当这么多官差过来？

"莺莺是云谣小筑的人吧？"林姓男子问。

鸨母一听果然是因为莺莺，倒不算紧张，笑着称是。

"你是这里主事的？"

"是。"鸨母这时候觉得不大对劲了。

林姓男子神色淡淡："那就请你随我们走一趟，对了，还有莺莺服侍的那位花娘，也请她出来。"

眼见两名衙役上前来，鸨母急了："这是怎么回事啊？大人，您能不能说清楚——"

"莺莺并非自杀，而是被人谋害。这是命案，劳烦你与花娘彩云去一趟衙门。"

"不可能，莺莺一个婢女，谁会杀她啊！"鸨母一万个不信。

林姓男子懒得再解释，冷冷问道："那名花娘呢？"

"彩云陪客人游河去了。"鸨母下意识回答。

林姓男子冲属下挥手："先把她带走。"

"大人，大人您不能这么做啊——"鸨母不断挣扎着，突然一静。

鸨母看到陪客人去游船刚回来的彩云。

彩云脸色雪白望着鸨母："妈妈，发生什么事了？"

"你是彩云？"未等鸨母开口，林姓男子问。

"我是，你们——"

"一起带走。"林姓男子淡淡吩咐一声，大步往前走去。

立刻有两名衙役上来去拉彩云。

"妈妈，到底是怎么回事啊？"

鸨母这才找回声音："彩云呐，这些差爷非说莺莺是被谋害的，莺莺是服侍你的丫鬟，你知道这究竟是怎么回事吗？"

彩云心中一沉，立时想到了那位陆公子的话。那位陆公子才怀疑过她，她刚回来便遇到了来抓人的官差，这一切定然不是巧合！

她这般想着，面上一脸无助："我也不知道啊，莺莺不是投河自尽的吗？"

鸨母使出千斤坠身子往下沉："大人怎么能随便抓人呢？大人可能不知道，韩首辅家的公子很喜欢我们彩云，今晚说好要过来的。"

林姓男子微微挑眉："韩首辅家的公子？"

"没错。"鸨母顿觉腰杆直了。

林姓男子冲画舫上一名小丫鬟招手。小丫鬟怯怯走过来，不明所以。

"今晚韩首辅家的公子若来这里找彩云，就请他去刑部衙门找，我林啸在那里等着。"

鸨母顿时惊了。

这位年轻得有些过分的大人是什么来历啊，竟连韩首辅家的公子都不惧？

一名衙役忍不住道："妈妈还是省省吧，我们大人也不是吓大的。"

鸨母双眼翻白，就要晕过去。

"晕了会被拖着走。"那衙役再次提醒。

鸨母："……"

被带到衙门后，令鸨母与彩云没想到的是，二人竟被分开关了起来。

审问鸨母时，在场除了林啸，还有陆玄。

"昨日莺莺的尸体被发现，人们都说是你把她逼死的。"林啸平静开口。

鸨母激动啐了一口："呸，谁嘴里乱喷马粪呢！"

"这么说的人很多，说你逼迫莺莺接客。"

鸨母一滞，激动的表情转为讪讪："花船上的事儿，怎么能叫逼呢？"

花船是什么地方？本就是青楼妓馆，装什么出淤泥而不染的白莲花！

"再说，大人不是说莺莺是被人谋害的吗，那可与奴家无关了。"鸨母想到被带到这里的原因，底气又足了起来。

林啸眸光微闪。看鸨母的反应，应当不是害莺莺的凶手。

他紧紧盯着鸨母："那你说说，谁最可能害莺莺？"

鸨母张嘴要说，突然反应过来："大人，昨日莺莺的尸体被捞上来时已经有差爷检查过，连一点外伤都没有，您凭什么说她是被谋害的？"

林啸余光扫一眼陆玄，面不改色道："昨夜有人去盗莺莺的坟，被人发现报官，本官出于习惯命仵作验尸，发现莺莺体内有迷药残留——"

"迷药？"鸨母大惊，"这能能查出来？"

林啸看她一眼，语气冷淡："害怕了？"

鸨母忙摇头："人又不是奴家杀的，奴家怕什么？奴家是太吃惊了。"

"莺莺体内查出迷药，证明她死于谋杀。本官问你的话若胆敢隐瞒，以重罪论处，你可明白？"

鸨母惊惧点头。

"那你便说说莺莺与谁有矛盾，与谁走得近。"

鸨母拧眉思索："没听说与谁有矛盾呀，她一个婢女能与人有什么矛盾，又不是想当行首的花娘。至于与谁走得近——"

鸨母下意识看了看林啸，面带迟疑。

林啸面无表情看着她。

鸨母心想：这年轻人简直是块没有感情的木头。

"莺莺是彩云的婢女，当然与彩云以及另一个服侍彩云的小丫鬟走得近。不过这不能代表什么吧，彩云平时待莺莺很不错，完全没有理由害她。"

"根据莺莺的大致死亡时间，她是最具有行凶条件的人。"

"你什么时候动的让莺莺接客的心思？"一直默默不语的陆玄突然开口问。

鸨母看了陆玄一眼，咦了一声："公子，咱们是不是见过？"

林啸震惊看着陆玄。

"哎呀，您不是今日约了彩云游湖的那位富家公子嘛！"

林啸：？

"直接回答我的问题。"

少年面如冰雪，令鸨母不由自主打了个寒战。原来这位也是查案的大人。

"就几日前吧。船上有个花娘病了，奴家想挑选一个新人，谁想到那丫头倔得很，死活不愿意。大人您说说，花娘穿金戴银，吃香喝辣，不比当个伺候人的丫头强，我能害她吗？"

陆玄耐心听完鸨母的抱怨，再问："莺莺容貌不算出挑，论年纪也不小了，你为何选中了她？"

"我们莺莺也是个可人的丫头。"鸨母下意识反驳，随后愣住。

莺莺当然不丑，即便是个丫鬟，她也不可能买个丑的放花船上。可真要说起来，莺莺的姿色在云谣小筑只算中等。

还有这位大人提到的，莺莺今年已经十七岁了，以培养新人来看，其实年纪有些大了。那她当时怎么选中莺莺了呢？

鸨母努力回忆着，突然目露惊恐："奴家想起来了，是彩云！"

陆玄与林啸对视一眼，等着鸨母继续说。

"奴家无意中听到彩云对晓燕，哦，就是她的另一个丫鬟感叹，说莺莺性情讨喜，容貌可人，一直伺候她可惜了。若是当年那位公子还在，说不定早就给莺莺赎身了。"

说到这里，鸨母神情变得很复杂："奴家当时一听，就想到了挑选新人这件头疼事上。一个跟在花娘身边的小丫鬟竟能引来某位公子垂青，说明这丫头有潜力，培养好了说不定能大放异彩呢。奴家就动了这个念头，选中了莺莺……"

寒意窜上脊背，令她脸色越发难看。不着痕迹引导她选中莺莺，而莺莺并不愿意，莺莺死后人们便会以为莺莺是被她逼得寻了短见。

如果猜测是真的，彩云也太可怕了！鸨母双腿发软，遍体生寒，想一想曾经训斥彩云的情景，忽然觉得能平安活到现在太不容易了。

陆玄见没什么可问了，冲林啸微微点头。

林啸会意，吩咐手下看好鸨母，随陆玄一起去见关在另一处的彩云。

第9章　水落

昏暗的牢房中，彩云安安静静垂着头，让人看不清面上表情。

听到脚步声她很快抬头，当看到走在林啸身边的黑衣少年时，面露错愕。

所谓的陆公子，竟然是官府中人！

"彩云小姐说说害莺莺的原因吧。"

陆玄开门见山一句话，令彩云脸色骤变。

与他一起过来的林啸并未出声，把审讯节奏交给好友。

受害者尸体是好友挖出来的，花船是好友逛的，花娘是好友约的。论对这个案子的熟悉，当然是好友来问最合适。

"奴家现在是不是该叫您陆大人？"彩云定定望着陆玄问。

陆玄语气冷漠："随便你叫什么，请回答问题。"

彩云缓缓绽出一抹苦笑："陆大人是不是对奴家有偏见？想来也是，今日在画舫上陪着您的那位朋友是位姑娘吧，您又怎么会是流连金水河的人……"

林啸震惊望着好友。

"不要说这么多废话。"

彩云抿了抿唇，红了眼圈："奴家早就说过了，莺莺服侍奴家多年，奴家一直待她如姐妹，有什么理由害她呢？莺莺分明是不愿接客才投河自尽，陆大人却逼着奴家承认是杀人凶手，莫非奴家有得罪大人之处？"

陆玄冷笑："莫要高抬自己，你还没机会得罪我。彩云小姐巧舌如簧，可惜却不知道仵作在莺莺尸体中发现了迷药残留。"

彩云面色大变。这一刻，所有的镇定都变得不堪一击。

她之所以处变不惊，就是笃定无人能发现莺莺的死是谋杀。明明是溺死而毫无外伤的人，为何会引起这位陆大人的怀疑，进而从莺莺尸体中查出了迷药？

是与……清雅书院的陶鸣有关？彩云心跳急促，手心湿漉漉全是冷汗。

少年冷清的声音再次响起，落入彩云耳里全成了刮骨刀："现在已经可以肯定，莺莺是昏迷后被丢入水中的。昨天白日彩云小姐对官差说临睡前还见过莺莺，你的另一个丫鬟晓燕也是一样说法。莺莺作为近身服侍你的丫鬟，那个时候谁最有机会下手，不用我再多说吧？"

"我没有害莺莺的动机！再说，与我睡在一处的除了莺莺还有晓燕！"

"不，你有。"

彩云望着面如冰雪的少年，心往下坠。

"彩云小姐可能忘了一句话，事出反常必有妖。莺莺从七八岁被卖到云谣小筑到十七岁死去，一直做的都是丫鬟活计，突然被鸨母选中接客总有个原因。就在刚刚，鸨母已经承认是听了你的诱导，才挑中了莺莺！"

听陆玄讲完鸨母那番话，彩云强撑着反驳："说者无心，听者有意。我明明只是感叹莺莺时运不济，怎么能想到会勾起妈妈那番心思？"

"好一个说者无心，听者有意。一条线指向你可以说是巧合，两条线、三条线指向你，彩云小姐不要把别人当傻子。"

一直没说话的林啸适时开口："彩云小姐，从查案来说，有了这些线索已经可以给你定罪了。"

彩云面上血色褪得干干净净。她自然知道的。

别说有这些线索，多少案子只凭推测便可以定案了。

"动机呢，我有什么害莺莺的理由？"彩云不甘挣扎。

陆玄平静道："因为清雅书院的陶鸣。"

彩云眼神一紧。

少年挑眉哂笑："彩云小姐不会真以为那番话能糊弄人吧？陶鸣家境寻常不假，可他却是清雅书院出类拔萃的人物，师长寄予厚望，同窗敬佩簇拥，金榜题名指日可待。这样的人会见了你一个在金水河不算拔尖的花娘心存自卑不敢靠近，退而求其次喜欢上你的小丫鬟？"

了解到陶鸣与杨文互不服气对方，足够让他知道陶鸣此人心存傲气，绝不是那种因为家境寻常自卑诺诺之人。

彩云依然不服："照大人这么说，男子喜欢一个女子就只看身份、容貌这些？"

陆玄笑笑："以娶妻为目的当然不会只看这些表面，但彩云小姐是不是误会了什么，男子去金水河消遣，不看哪个花娘好不好看，弹琵琶好不好听，而看谁老实勤快吗？"

这番话毫不留情，令彩云面上一阵红一阵白。

陆玄盯着彩云，冷冷道："与陶鸣有交集的是你，莺莺作为你的丫鬟，是给你们传话的人。"

"好，就算如此，我害莺莺做什么？"被步步紧逼，彩云无法再辩解与陶鸣的关系。

"因为陶鸣的溺水与你有关！而你害陶鸣，与迎月郡主的失踪有关！"

此话一出，彩云浑身一颤，林啸亦是吃了一惊。

好友追查的竟然是连环案，甚至还牵连到迎月郡主的失踪？

陆玄目不转睛盯着彩云："知道你和陶鸣过往的只有莺莺，当你察觉有人在寻找莺莺，怕莺莺暴露了你的秘密，于是选择借刀杀人。彩云小姐，我说得可对？"

彩云脸色惨白，呼吸加重："奴家不知道大人在说什么。"

"杀害莺莺是死罪，承认谋害陶鸣也不会死上第二次。彩云小姐可以不说，但我既然查到这里，还会继续查下去，就是把金水河翻个底朝天也要找出真相。"

这番话犹如重锤击在彩云心头，彻底击碎了她的心防。

她垂着头，露出纤细脆弱的脖颈，许久后终于缓缓抬起头来，颤抖着唇道："我说……"

陆玄与林啸对视一眼，扬了扬唇角。

阴暗潮湿的牢房里，响起女子幽幽声音："三年前我与陶公子结识，他很欣赏我的歌声，但因为秋闱在即，不想传出与歌妓来往过密的名声，所以我们一直暗中来往，负责传信的便是莺莺。不料有一日，一位来过云谣小筑几次的客人突然让我办一件事——"

"什么事？"

彩云挣扎一瞬，道："他让我把一道难题讲给陶公子听，并设法让陶公子在某个时候以这道难题挑衅一位叫杨文的清雅书院学子。"

"那时你既然与陶鸣关系不错，为何会替一位只来了几次的客人办事？"

彩云面上闪过尴尬，顿了一下道："那位客人许以重金，我很难不心动……"

对于彩云给出的理由，陆玄不置可否，继续听她说下去。

"我按着那位客人的吩咐与陶公子约定好这件事，等到有一日那位客人来找我说可以行动了，便打发莺莺去给陶公子传信，然后……"彩云沉默了片刻，接着道，"然后没过两日，便听说了迎月郡主失踪的消息。"

当年长公主府为了寻找迎月郡主几乎把京城都翻了过来，连金水河这样的地方都没放过。

所谓的名声、流言，对长公主府来说都是狗屁，什么都不如把迎月郡主寻回来重要。也因此，迎月郡主失踪一事在京城几乎无人不知，无人不晓，人们茶余饭后议论了许多天才平息。

"当时我害怕极了，总疑心迎月郡主的失踪与那位客人交代的事情有关。陶公子也起了怀疑来找我质问，那段时间他陆陆续续来过几次，我越来越难以应付。有一日那位客人又来了，他让我——"

四目注视下，彩云白着脸缓缓道："他让我杀人灭口，以绝后患。"

"陶鸣溺水那日是去了一家叫红杏阁的画舫，并没有去云谣小筑，讲讲你是如何动手的。"陆玄淡淡道。

彩云越发心惊，不料对方竟了解这么多，话已经说到这里，自然没必要再隐瞒。

她牵了牵唇角，笑意透着苦涩："那晚红杏阁有位清倌初次待客，去了很多客人，我与陶公子约好在那里见面。"

"等一下。"林啸打断彩云的话，面露狐疑，"彩云小姐乔装打扮去的？"

彩云点头："我装扮成一名普通书生去的。"

"你是云谣小筑的花娘，与陶鸣约在红杏阁见面，他不觉得奇怪吗？"

"我对他说我让他挑衅杨文的原因与红杏阁有关，他若想知道这些日子一直追问的答案，我在红杏阁告诉他，他听了自然答应了。"

林啸嘴角微抽。这女子太可怕了，简直把那书生吃得死死的。

"我们分开去的，当日去的客人很多，像我们这种穿戴寻常的自然无人留意。喝了几杯酒后我叫陶公子去外头船栏边说话，那时人们都在厅中热闹，我就找准机会把他推了下去……"彩云回忆着往事，面色苍白。

"即便是乘人不备，你一个弱女子把一名男子推入水中也不容易吧？"林啸再次提出疑问。

彩云垂眸道："陶公子个子不高，人也很瘦，喝了几杯酒后有了酒意，得手并不困难。"

林啸看向陆玄。

陆玄微微点头。他打听到的情况，陶鸣体形特征确实如此。

"据我得来的消息，陶鸣酒量不怎么样，那时他既已对你起了疑心，相约见面不急着把事情问清楚，还有心思喝酒？"

彩云眼神古怪看陆玄一眼："我与陶公子毕竟有一段情分在，引着他喝几杯酒又有何难？"

这位冷漠如霜的少年大人，该不会还不懂风月之事吧？

陆玄拧眉看向林啸，眼里透着询问：真有这么蠢的男人吗？

林啸面无表情与小伙伴对视。他怎么知道！

气氛尴尬了一瞬，陆玄若无其事接着问："事后你如何脱身？"

"那就更简单了。等他沉下去后我喊了一声'有人落水了'，趁人们聚过来时悄悄离开了红杏阁。"

"那位客人是什么人？"

彩云摇头："奴家不是很清楚。"

"不清楚？"

彩云无奈道："来云谣小筑这种地方，并不是所有客人都会自报家门。"

"那人让你办了这么大的事，你却说丝毫不知道那人身份。彩云小姐，我要怀疑你坦白的诚意了。"陆玄语带警告。

彩云蹙了蹙眉，竭力回忆着："那位客人好像是一位行商，每年留在京城的时间不长。他自称朱老爷……对了，有一次在画舫上遇到熟人，奴家听那人叫他成业兄……"

"彩云小姐这不是知道挺多的？"少年似笑非笑。

彩云又气又恨，抿了唇不吭声了。

"林兄，你若有想问的就继续审，我去查查那个人。"

眼见少年快步走出去，彩云下意识松口气，转而想到将要面临的命运，神色黯然。

陆玄离开刑部衙门，直接去了清心茶馆。

冯橙已经等得望眼欲穿，一见少年出现险些扑过去。

"怎么样？"

看着少女强行止住的身体，陆玄微微挑眉。

以他习武多年的经验判断，刚刚冯大姑娘的动作是想扑过来吧？

扑进他怀里？

发现这一点，少年犹豫了。冯大姑娘这样会不会太直接了些？

他们还没那么熟，如果她真的这么做，那他怎么办？

"陆大公子怎么不说话？"见陆玄不知想什么想入了神，冯橙开口催促。

陆玄回神，不动声色道："彩云承认杀害了莺莺，还承认杀害了陶鸣，并供出是一位叫朱成业的客人指使她这么做的。"

冯橙面露惊喜："竟然问出这么多？"

"嗯。"少年矜持点头。

"难怪陆大公子说你那位林姓好友是刑部查案的好手，审问还真是顺利——"冯橙说着说着，发现对方脸色有些不对劲。

以她对某人的了解——明白了，夸错了！

冯橙语气一转："不过还是幸亏了陆大公子，迎月郡主失踪三年都毫无线索，陆大公子一插手便有了进展……"

静静听冯橙夸完，少年心里舒服了，矜持着道："现在这个朱成业是关键，我这就着手调查。冯大姑娘就不要在茶馆干等了，早些回府吧。"

冯橙当然知道出门太久不合适，在这干等着也没意义，遂点点头。

"有了进展，我会联系你。"少年清清喉咙，以若无其事的口吻道，"冯大姑娘也不要太着急。"

拥抱什么的，他觉得还太早了吧。

眼见少年快步走了，冯橙陷入了沉思：让她不要太着急是什么意思？

是觉得她对找出迎月郡主失踪真相过于急切了吗？

算了，不想了。对于这等小事，冯橙并不会较真，从荷包里摸出一根小鱼干吃下，拍了拍手："小鱼，回府。"

长而窄的巷子，因为两侧高高的围墙挡去了大半阳光，越发显得幽静。

冯橙带着小鱼大大方方走在其中，一直走到适合翻墙处，没有遇到一个人。

这种高门大户的后巷主要方便夜香郎来往，时间久了难免有些味道，平日自然少有人走。

"小鱼，你先上。"

小鱼微一点头,脚下一蹬身子跃起,双手便攀住了墙头,随后利落翻了过去。

冯橙紧随其后翻墙而入,轻盈落地后保持了一瞬下蹲姿势,感觉到面前阴影缓缓抬头。

"三叔?"

冯锦西脸色发黑,把大侄女拽起来:"你跟我过来!"

瞧瞧他发现了什么!

回府时他瞧见一道有些熟悉的背影,以为是哪位朋友,可总觉得哪里不对劲。

走着走着,他终于想到了:府外看到的那人穿的衣裳他也有这么一件啊,而他把那套衣裳给了大侄女。

再想想那道背影的身形——

冯锦西越琢磨越可疑,干脆去了晚秋居,结果没见到人,丫鬟说她睡了。

那时候,他非但不觉得放心,反而生出果然猜中的感觉。

他以前溜出去的时候,也是这么交代小厮的!

拉着冯橙在一株玉兰树下站定,冯锦西咬牙切齿:"你那个大丫鬟白露还说你身体不舒坦正睡着,结果你给我从墙头跳下来?"

他可不是被忽悠大的,心里存了怀疑后怎么可能相信一个丫鬟的话,可问过门人后,得知大姑娘确实没出门。

门人不知道大姑娘出门,贴身丫鬟说大姑娘在睡,而他看到了疑似大侄女的背影。略一琢磨,冯锦西就溜达到这里来了。

偶尔没那么方便正大光明出去的时候,他就是从这里出去的。

隐在花木中享受着阴凉,这么守株待兔等着,果然等到了人。

先是小鱼从墙头跳了下来,接着大侄女从墙头跳了下来。

冯锦西眼睛都要瞪出来了。

他从这里溜出去也不是翻墙头啊,不是不想,墙太高。

看着气急败坏的叔叔,冯橙眨眨眼:"三叔怎么在这儿?"

"就是等你的!"对从小一起玩到大的侄女,冯锦西没什么不可说。

往冯橙身上一扫,冯锦西又怒了:"还有你这身打扮是怎么回事?"

少年顿了一下,捶胸顿足:"你竟然一个人女扮男装去金水河!"

这侄女没法要了啊!

冯橙拉了拉少年衣袖:"三叔,你别生气,那下次还是咱们一起去。"

冯锦西:"……"

"还有你!"不忍心狠狠训斥大侄女,冯锦西扭头呵斥小鱼,"大姑娘做这种事,你身为丫鬟就该拦着,怎么能助纣为虐呢?"

冯橙嘴角一抽,忍无可忍道:"三叔,'助纣为虐'不是这么用的,小鱼顶多叫言听计从,你的小厮不也这样吗?"

冯锦西一滞,黑着脸道:"我们能一样吗?总之以后不许女扮男装去逛金水河,真以为那些眼尖的鸨母、花娘看不出来？"

"知道了。"冯橙乖巧答应。

冯锦西狐疑看着她："真的？"

"真的。"

冯锦西还是信不过，忍着气道："罢了，以后你再想去，还是我带你去。"

堵不如疏，与其让这丫头阳奉阴违回头惹出乱子来，还不如有他看着。

"好。"冯橙嫣然一笑。

"赶紧回去换衣裳！"冯锦西觉得多看大侄女一眼都糟心，背着手走了。

这一瞬，肆意不羁的少年突然体会到了老父亲每次拎着鞋子揍他的心情。

冯橙带着小鱼一进晚秋居，白露就哭了。

"姑娘，您都不知道婢子怎么提心吊胆熬过来的。刚才三老爷来了，幸亏婢子机灵谎称您不舒服正睡着，这才把三老爷哄走……"

耐心听大丫鬟诉苦，冯橙微微颔首："做得好，辛苦你了。"

三叔的事还是不对白露说了，免得打击她信心，下次再有这种事应付起来会心虚。

素来面无表情的小鱼难得露出几分惊讶，看看冯橙，再看看白露，最后当然什么都没提。

白露盼到自家姑娘回来总算大大松口气，手脚麻利伺候冯橙洗漱更衣去了。

接下来晚秋居风平浪静，就如庭院中静悄悄摇曳着青涩果实的橙子树。

陆玄经过一番费心查找，终于找到了那位朱老爷家。

"公子，就是这家。"来喜指着不远处的一户人家道。

陆玄注视了片刻，抬脚走过去。来喜上前叩门。

等了那么一会儿，门才被缓缓拉开，一位老仆模样的人警惕问道："找谁？"

"这里是朱老爷家吧？"来喜客气问。

老仆点头："你们有事吗？"

来喜笑道："我们公子找朱老爷有事。"

"我们老爷不在！"老仆脸色微变，就要关门。

来喜伸手抵住门，冷了脸色："我们公子是刑部的，找你们老爷是因为一桩案子，老伯还是不要糊弄我们。"

寻常人家最忌惮官府，一听来喜这么说，老奴面上有了畏惧："二位稍等，小民去报给主家。"

很快一名三十多岁的妇人露面，把陆玄请进厅中。

"不知大人来找我们老爷有什么事？"妇人看起来神色憔悴，弱不胜衣。

陆玄略一沉吟，道："有桩案子你们老爷是目击证人，所以来问一问，大嫂不必紧张。"

妇人听了却更紧张了："什么案子？我们老爷怎么可能是目击者呢？"

·201·

"案子还在调查，不便透露详情，大嫂把朱老爷请出来就好。"

妇人双手紧紧攥着帕子，身体亦是僵硬紧绷，一副紧张不安的模样："敢问大人，这是什么时候的案子？"

陆玄微微拧眉："大嫂莫非有什么为难之处？还是怕给尊夫惹麻烦？"

从进门就神色温和的少年突然神色转冷，如名刀出鞘，令人心悸。

妇人心一慌，面色白了几分。

"大嫂最好说清楚。如若不然，下次来造访的就不止我们两个了。"陆玄淡淡道。

在少年冷淡的眼神注视下，妇人下意识扫了一眼门口，终于哽咽开口："大人，我们老爷……已经过世快一年了……"

陆玄眸光闪了闪，有了几分惊讶。

过世不足一年，可这妇人却不是未亡人的打扮。

"大嫂说尊夫已经过世，可刚刚我们找来时，门人却说老爷不在。"少年提出疑点。

妇人双目垂泪："婆母年事已高，长期卧病，怕她老人家受到刺激，所以把老爷的死讯瞒了下来。"

"外人似乎也不知道尊夫过世的消息。"

妇人抿了一下唇角，对陆玄露出苦笑："不瞒大人，我与老爷只有一女，如今不过十来岁。倘若被老家那些族人得知老爷去世的消息闹过来，婆母受不住不说，我们母女恐怕要被那些人生吞活剥……"

这个世道便是如此，身为顶梁柱的男人若是走得早，孤儿寡母就难过了。留下的是儿子还稍微好些，若是个女儿，想守住家产难比登天。

"老爷是个行商，在京城与南边两头跑，一年里总有大半时间不在京城，至于老家就更少回去了，这也让小妇人瞒下老爷的死讯有了方便。"妇人说着，拿帕子拭泪。

"大嫂难道准备一直瞒下去？"

妇人惨笑："好歹要等奉养婆母百年，女儿顺利出嫁，再把消息放出去。"

"尊夫的死讯，难道没有一个外人知晓？"

妇人迟疑了一下。陆玄并不催促，静静等她开口。

片刻后，妇人道："老爷有个好友，当时老爷的死讯就是他带回来的，所以他知道。"

"说说尊夫的死因，还有那个朋友的身份。"

妇人流着泪道："老爷去年从南边回京的路上遇到了响马，被那些歹人给害了。他的朋友叫汪景，也是个行商，有时候会与老爷结伴南下。"

"这个汪景，目前可在京城？"

"应该在的。"妇人点了一下头，"前些日子他来探望过我们。"

似是担心给汪景惹麻烦，又怕眼前大人怀疑她的清白，妇人犹豫着道："大人，汪景与我们老爷交情好，在老爷走后对我们孤儿寡母多有照料，他是个好人——"

"大嫂不必担心，我不会冤枉好人的，劳烦你说一下汪景的住址。"

妇人说出一个地址，陆玄起了身："今日打扰大嫂了，尊夫过世的事我们不会随便传扬。"

"多谢大人。"妇人慌忙起身相送。

"大嫂留步。"陆玄客气一声，抬脚往外走。

妇人所说是否为真，自然还要查证，眼下要做的是去见一见那个汪景。

陆玄才走到厅门处，一个女童就跑了进来："娘——"

见到陆玄二人，女童猛然停下，无措看向母亲。

妇人忙把女童一拉，数落道："这么大了还是这么毛毛躁躁，冒犯了贵人怎么办？"

妇人拉着女童向陆玄赔罪。

"大嫂不必这么紧张。"陆玄温声安抚一句，继续往外走。

身后传来女童委屈的声音："娘，我是买到了祖母会喜欢的寿礼，才着急告诉您的。"

"那也不能没有女孩子家的样子。"妇人摸摸女儿的头。

陆玄脚步一顿，转身折回。

"大人？"妇人紧张且意外，不明白这位年轻的大人怎么又回来了，不由握紧女儿的手。

陆玄视线从女童面上一掠而过，问妇人："老太太的寿辰要到了吗？"

妇人更诧异了，困惑对方为何问这个。

见少年神色认真，她点了点头："是的，婆母的寿辰马上就到了，昨日还在念叨老爷怎么还不回来。"

"以往老太太寿辰，尊夫会在京城吗？"

"这是当然，老爷就是再忙，每年这个时候也会陪着婆母过的。"

陆玄神色越发认真："老太太的寿辰是哪一日？"

妇人虽一头雾水，还是很快回答了这个问题："两日后就是了。"

两日后是五月初二。

陆玄面色彻底沉了下去。三年前的五月初二，正是迎月郡主失踪的日子！

而审问彩云时她是怎么说的？

她说那日朱老爷过来了，让她行动，于是她打发莺莺去给陶鸣送信。

接下来的事就不用多说了，陶鸣以那道难题挑衅了杨文，杨文去向杜山长请教学问，杜山长便放女儿在书院中玩。

再然后迎月郡主就失踪了，三年后终于有了音讯，却已是一副白骨。

五月初二既然是朱成业母亲的寿辰，朱成业会陪在母亲身边，又怎么会去金水河见彩云？

陆玄眸光沉沉，心中冷笑。事情到这里很明白了，要么眼前妇人在撒谎，要么彩云在撒谎，而稍加推测便知道撒谎的是谁。

朱家在京城不是一两年，老太太过寿四邻八舍总有耳闻，甚至前来做客，那么老太太寿辰是哪一日一打听便能知道，妇人扯这种谎就是自寻麻烦。

撒谎的是彩云！

陆玄一想彩云又是崩溃又是恐惧的样子，竟有些佩服了。

谁能想到看起来心防被彻底击溃的一个花娘，到了那个时候还在扯谎呢。

只可惜运气差了些，看起来万无一失的谎言，偏偏动手的那日与朱成业母亲的寿辰是同一日。不，不应该说是运气差，而是天网恢恢。

"那我知道了，多谢大嫂告知。"

陆玄大步离开朱家，没有急着去审问彩云，还是按着先前打算找到了汪景家。

"老爷不在家。"开门的仆人回道。

"去哪了？"陆玄懒得浪费时间，亮明身份。

刑部的身份还是很管用的，仆人立刻老实说了。

原来汪景去了金水河。少年望着悠悠白云，轻叹口气。看来又要去金水河了。问过汪景常去的几家画舫，不出意外云谣小筑正在其中。

陆玄带着来喜毫不耽搁赶到金水河，最终在一家名为聚芳楼的画舫找到了汪景。

"你们是什么人啊？"汪景昨夜压根就没回家，也算是金水河的常客了。

陆玄亮了一下腰牌，在对方神色骤变之时，淡淡问："是在这里谈，还是随我回衙门？"

"这里谈，这里谈。"汪景点头哈腰，姿态放得极低。

他这种行商是赚了点钱，可在官老爷们面前，那是大气都不敢出的。

"你与朱成业是好友？"

汪景登时心中打鼓。这位大人问这个是什么意思？承不承认是好友，要看为什么问啊。

看出汪景的纠结，陆玄冷笑："今日能找到你，自是了解到一些情况，若不老实回答便想想后果。"

一句威胁立刻让汪景老实了。

他与朱成业关系不错，这不是秘密，一打听就知道了。那还是老实承认吧。

"小民与朱兄关系是不错——"汪景说着，紧张看着一脸冷漠的少年。

"朱成业过世的消息，你对谁提过？"

汪景脸色变了变。这位大人连朱成业过世的事都知道了？还好他刚才识趣。

捏了一把冷汗，汪景提心吊胆道："除了朱兄的家人，小民没有对旁人提过。"

见少年眼神一冷，他忙解释："这是朱家嫂嫂的要求，她担心孤女寡母守不住家业。"

这话倒是与朱成业妻子的话对上了。

陆玄却不信汪景没有对其他人提起过，紧盯着对方的眼神仿佛淬了冰："你再仔细想想。这件事关系重大，若有疏漏被我以后查出，那就是抄家掉脑袋的下场！"

汪景一听，险些哭了，两股战战道："大人容小民再想想，再想想……"

他皱着眉，时而挠一下头，一副冥思苦想的模样。

"啊，小民想起来了！"

陆玄静静等着。

汪景拍着脑袋道："小民有一次来金水河玩，好像对一个花娘说了。"

"好像？"陆玄挑眉。

汪景哭丧着脸道："小民那次喝得有点多，记忆有些模糊，不确定到底说过没有。"

"那个花娘是谁，你总能确定吧？"

"这个自然记得，是云谣小筑的行首，名叫彩云。"

陆玄眯了眯眼，语气微沉："这就对了。"

"是那贱人乱说了？"汪景一愣，脸色大变，"前两日金水河不是还发现了死人，那贱人去认尸。大人，是不是那贱人犯了什么事？"

一个妓子，竟然连累他！

"你问题太多了。"陆玄淡淡道。

汪景打了一下嘴巴："大人见谅，小民一时激动！"

"你还记得这件事发生在什么时候吗？"

汪景仔细想了想，道："具体哪一日小民实在记不清了，约莫半月前吧？"

只要在京城，他十日里有八日会来金水河快活，哪能记这么清楚。

陆玄微微点头。他问这个也不需要知道具体时间，有个大概时间段便足够了。

也就是说，彩云知道朱成业过世的消息还不到一个月。

"说说那日具体情形，能记得多少说多少。"

汪景回忆了一下，迟疑着道："小民如往常那样去云谣小筑点了彩云陪我喝酒，后来喝多了，模糊记得彩云感叹命运凄苦，小民就说哪怕原本生活富足的人也可能一个变故就身陷绝境……"

听汪景讲完，陆玄凉凉地警告："今日之事，管好你的嘴。若让我听到什么风声，我可不管你是不是因为喝多了酒。"

"小民明白，小民明白。"

陆玄不再耽搁，赶往刑部衙门。

"找到那个朱老爷了？"一见陆玄，林啸便问道。

"找到了。那个花娘现在如何？"

"就那样，在牢房里从早发呆到晚。"

"带到审讯室，再审一审。"

林啸一怔，很快反应过来："彩云还有问题？"

陆玄颔首，甚是满意好友的敏锐。

林啸吩咐手下去牢房提人，一边往审讯室走一边感叹："一个花娘幺蛾子还挺多。"

那日全程旁观好友审问，看那花娘反应分明崩溃了，竟然还有隐瞒？

一进审讯室，阴森恐怖的感觉便把人包围。那血迹斑斑的墙壁，泛着冷光的刑具，无一不昭示着被带到这里的犯人会遭遇多么可怕的事。

彩云拖着脚镣被带进来时，便是这种感觉。阴暗潮湿随时可见老鼠从眼前跑过的牢房已经令人难以忍受，可到了这里，才知道什么是人间炼狱。

"彩云小姐，我们又见面了。"黑衣的少年与这黑暗的地方有种诡异的协调，眸中满是淡漠。

他的语气更淡漠，透着刻骨凉意。

彩云扯了扯唇角，没有吭声。

"朱成业找到了，不过他死了。"

"死了？"彩云面露惊讶。

陆玄嗤笑："彩云小姐真是伪装高手。"

"大人这话什么意思？"

"朱成业是死了，但他的好友汪景还活着。大概半个月前汪景去云谣小筑点了你陪酒，喝多后无意中对你透露了朱成业的死讯。"陆玄说着话，紧盯彩云反应。

彩云垂眸静了一瞬，纤长浓密的羽睫轻颤："奴家确实偶然听说了朱老爷死讯，想着捏着我天大把柄的人死了其实很庆幸，又怕大人怀疑朱老爷的死与奴家有干系，所以就没提。"

陆玄冷笑："不，你之所以没提，是心存侥幸想着我找不到此人，或是找到朱家也没问出朱成业死讯。退一步说，即便我找到了，问出了，回来问你，你也没有损失。彩云小姐，我说得可对？"

彩云垂首不语。

"彩云小姐还是说说为何把朱成业一个不相干的人扯进来吧。"

彩云猛然抬头。

陆玄扬唇轻笑："那日你被带来衙门问话，被问得退无可退，于是想到了汪景无意间提到的这件事，恰好朱成业来过几次云谣小筑，你就把他塑造成了幕后黑手。不得不说你很聪明，谁能与死人对质呢？"

彩云眸光微闪，委屈道："正如大人所说，谁能与死人对质。不能因为朱老爷死了，您就说这一切都是奴家的谎言吧？"

陆玄嗤笑："死人无法开口，活人却还记得。你说三年前朱老爷来找你的那日，他妻子清楚记得他在家中，因为那一日是他母亲的寿辰。可惜彩云小姐把谎言编织得天衣无缝，运气却差了些。"

记性再好的人也不可能记住三年前的某日做了什么，彩云就是因为这个才敢扯谎。

彩云脸色一白，彻底变了脸色。

林啸看着彩云，吃惊不已。这女子不当细作，可惜了啊！

短暂的沉默后，陆玄淡淡开口："彩云小姐，你真正的身份，不是一个花娘吧？"

彩云瞳孔骤然一缩。

陆玄定定看着她，语调淡漠："那日审问你时，当我指出你借刀杀人，是害死陶鸣的真正凶手，你承认后自称发生了变化。"

彩云眼中闪过茫然。

林啸则陷入回忆。

"你开始自称'我'，而之前你一直自称的是'奴家'。"

"这又如何？"彩云虽震惊于少年的细心，却依然想不出这有什么问题。

陆玄笑笑："说明你在我步步紧逼之下心慌意乱承认杀害陶鸣时，潜意识对自己的身份是否定的。那个时候的你面对真相被揭穿，内心深处忘了把自己当成金水河上的花娘，后来渐渐冷静，才把这个身份想了起来，自称又换回了'奴家'。"

彩云听着少年的话，一颗心如坠冰窟。

林啸更是惊得忘了反应。他这个好友出身成国公府，去年在刑部随便挂了个闲职，本以为只是好玩，没想到论洞察力犹在他之上。

"彩云小姐说一说吧，你的真实身份是什么？"

"奴家就是个花娘而已——"

"用刑吧。"陆玄懒得再问下去，对林啸道。

如果面对的是一个精心培养的细作，而不是迎客卖笑的花娘，不用刑对方是不会老实的。

林啸显然也明白这一点，喊了属下进来用刑。

烧红的烙铁一下下落在彩云身上，伴随着阵阵声嘶力竭的惨叫，飘出一股令人作呕的焦煳味道。而冷眼旁观的陆玄与林啸，从头到尾都保持着平静模样。

彩云很快叫哑了嗓子，剧痛不断冲击着她的抵抗力。可真的太疼了。

那通红的烙铁落下来，仿佛不是烙在身体上，而是烙在她心尖，烙在她灵魂上。

等那烙铁抬起，硬生生带走皮肉，那种痛更是令人魂飞天外。

那两个人却犹如没有情绪的恶鬼，就这么冷冷看着她。

一下下，无边无际，熬不到头。

彩云以为自己要死了，可下一次烙铁落下，剧痛依旧传来，她依旧活着。

那是望不到头的炼狱。

"我说！"

随着一声嘶哑的喊，林啸示意属下停手。

烙铁没有再落下，剧痛没有再传来，这一刻彩云哭了。

她不知道是哭终于不用再承受这非人的折磨，还是哭自己的不争气。

"你们先退下。"林啸挥挥手。

两名属下退了出去。

随着门开又合拢,那股令人不适的气味似乎散了一些。

森然的审讯室里,肤白如玉的少年轻笑:"彩云小姐早早这样,又何必受苦,倒显得我们不懂怜香惜玉了。"

林啸神色古怪。这话说的,好像他们懂怜香惜玉似的。

彩云垂着头,仿佛岸上垂死的鱼,嘶哑的声音断断续续响起:"我……我本是齐人……"

陆玄与林啸对视一眼,听她继续说。

"十多年前,齐魏边境起了乱子,大魏领兵平乱的正是永平长公主……我的父母亲人全都死于魏军刀剑之下,我对永平长公主恨之入骨,四年前来到了大魏京城……"

女子声音幽幽,恍若鬼魅。

"你恨永平长公主,便对她的女儿动手?"

彩云笑了一下,笑容虚弱又狠毒:"毁了迎月郡主就是对永平长公主最大的报复。母债子偿,天经地义!"

"那说说你的同伴吧。"

陆玄一句话,令几乎失去生机的彩云眼里又有了波动。

她看着他,死死咬唇:"我没有同伴!"

少年唇角微弯,笑意凉薄:"迎月郡主是在清雅书院失踪的。能知道杜山长那日带女儿去玩,还能把迎月郡主带出书院,彩云小姐莫非有神仙手段?"

彩云咬着唇不说话。

"或者彩云小姐还想尝尝烙铁的滋味?"

彩云浑身一震,脸色雪白。那滋味……她确实怕了。

沉默了一瞬,彩云认命开口:"我还有个哥哥,在清雅书院打杂。我们兄妹来到京城就是为了找永平长公主报仇,长公主府难进,我便来了金水河当花娘,哥哥则找机会进了清雅书院。"

她流着泪说起迎月郡主的失踪:"我们留意着一切机会,发现杜山长有时会带迎月郡主来书院玩,便设了这个局……"

"那日杜山长虽然被人拖住,可还有侍女陪着迎月郡主,你兄长如何神不知鬼不觉劫走了迎月郡主?"

彩云苍白的面上不自觉露出几分自得:"那日似乎老天都在助我们,迎月郡主竟与侍女玩起了捉迷藏。清雅书院依山而建,我哥哥熟悉地形,身手又好,悄悄劫走一个小女孩又有何难?而等侍女发觉不对劲去禀报杜山长,开始大范围找人时,我哥哥早已把事情办好回到了书院,无人怀疑到他身上……"

陆玄静静听完,道:"你们运气不错。"

彩云苦笑："是啊，运气不错。本来我哥哥做好了被发现的准备，没想到迎月郡主一个人藏了起来，让他劫走迎月郡主的过程没有闹出丝毫动静。只可惜三年后的今日，我们兄妹遇到了你。"

听了这话，陆玄面无表情，甚至更冷漠了些："我还有个问题。"

彩云下意识绷紧身体。

这个少年每一次提问，都让她陷入更糟的境地，对此她已经有了阴影。

"你们兄妹二人究竟是报私仇，还是贵国精心培养的细作呢？"

彩云蓦地瞪大了眼睛，面色惨白如鬼。

"看来还是要继续用刑。"陆玄懒得再看彩云，侧头对林啸道，"去清雅书院抓人吧，到时候分开审问，看还能不能问出什么来。"

有了明确目标，一番布置之下，顺利从清雅书院带回了彩云兄长。

接下来用刑拷问不必细说，彩云兄长承认与妹妹配合劫走迎月郡主的事后，任凭如何拷打也不承认是齐国细作，最终没熬过死在了牢中。

剩下奄奄一息的彩云，也一直没承认。

"陆兄，审问的事到这里可以了。"牢房外，林啸轻声道。

事关永平长公主，两个犯人若是都死了就麻烦了，审到这里到了知会长公主府的时候。如果这兄妹二人真是细作，之后如何处置也不是他们能左右的。

陆玄自然明白这一点，道："我亲自去一趟长公主府。"

长公主府中总是那么静，仿佛乌云遮蔽了阳光盘旋在上空，久久不散。

牡丹园中的牡丹悄悄谢了，又给这份令人压抑的静平添了几分凄凉。

女官翠姑走到永平长公主身边，轻声禀报："殿下，陆大公子来了。"

"明日就是五月初二了。"望着衰败的牡丹园，永平长公主喃喃，仿佛没有听到翠姑的禀报。

翠姑垂眸掩去哀痛，没敢接话。

"五月初二，是灵儿失踪的日子。"也是灵儿被人害死封在墙里的日子。

永平长公主只要一想，便五内俱焚。

"殿下，您节哀——"

"本宫没办法节哀！"永平长公主用力折断一枝残花，面罩冰雪，"只要一想到真正害死灵儿的人逍遥法外，本宫如何节哀？"

"殿下，虽然晚了三年，但害死郡主的那两个拐子终于被千刀万剐，相信幕后真凶也一定会被找到的。"翠姑柔声劝。

她的殿下，曾那般意气风发，是令叛军敌国闻之色变的女将军。

可自从郡主失踪，殿下的精气神就垮了，随之垮掉的还有因为南征北战早就旧伤无数的身体。

对于女官的劝慰，永平长公主只是笑笑，转而问道："你刚刚说谁来了？"

"陆大公子来了。"

"是陆玄啊，请他过来。"

女官很快去领人。

陆玄走在残花满枝的牡丹园中，神色不觉多了几分凝重。

迎月郡主比他小不了多少，小时候也是常见的，哪想到会是这般命运。

遥遥望见一道弱不胜衣的背影，陆玄暗叹口气，加快了脚步。

"殿下，陆大公子到了。"

陆玄抱拳见礼："见过殿下。"

永平长公主转过身来，看着眉眼清俊的少年，神色有了几分柔软："你这孩子，跟本宫客气什么？"

陆玄于习武上很有天分，永平长公主爱惜良才，在他年幼时曾指点过武艺。

真要说起来，二人有师徒之实。

奈何永平长公主是手握兵权的实权公主，成国公是追随太祖打天下的从龙之臣，两家不宜走得太近，这层师徒关系就有意淡化了。

但在永平长公主心里，对陆玄到底是不同的。

"有事么？"

"小侄近来一直围着清雅书院调查，目前有了些进展……"

陆玄从无意得知一名婢女打扮的女子找过陶鸣讲起，讲到前几日金水河上出现了一具女尸，再讲到云谣小筑的花娘彩云、在清雅书院打杂的彩云兄长……

永平长公主静静听着，随着少年低缓平静的讲述，神色不断变化。

"目前就是这样。"陆玄说完，等着永平长公主反应。

永平长公主用力握着拳，面上还算平静："也就是说，这兄妹二人很可能是齐国细作？"

"彩云兄妹只承认是报家仇，不承认是齐国精心培养的细作。"

永平长公主冷笑："一对父母早丧的兄妹能有这般本事？他们把大魏人当傻子吗？"

陆玄没有吭声。不管是不是把大魏人当傻子，承认与不承认大不一样，而这就不是他可以参与干涉的了。

就是永平长公主，因为涉及了齐国，也不可能随便处置彩云。

"走吧，带我去见见那个彩云。"永平长公主往外走了几步，突然想到什么，侧头问走在身边的少年，"你如何得知那名溺水身亡的婢女三年前找过陶鸣？"

自从抓到那对拐子夫妇，长公主府就没放松过追查，却在查到陶鸣这里断了线索。没想到陶鸣之死的背后还有这么多算计，而能查出这些，那名婢女显然是关键。

陆玄略一迟疑，道："此事多亏了礼部尚书府的大姑娘。"

永平长公主一怔，面上带出惊讶："冯大姑娘？"

对于冯大姑娘，她印象尤其深刻。

她的女儿是因为冯大姑娘才找到的，而冯大姑娘与灵儿一样落入过拐子手中。

对这样一个女孩子，心生好感几乎是肯定的事。可不想面对这个女孩子，也是真的。

冯大姑娘太容易让她想到灵儿了，而只要想到灵儿惨死却连真凶都找不出，她就痛不欲生。现在，她忽然又想见一见冯大姑娘了。

"冯大姑娘与兄长聊天时偶然提到这件事，她兄长想起曾无意中看到那个婢女去找陶鸣，这才有了后来的调查……"陆玄拣着能说的对永平长公主解释道。

永平长公主默默听完，看着俊眉修目的少年眼神诧异："冯大姑娘又是怎么知道查到了陶鸣身上？"

陆玄默了默，老老实实道："小侄告诉她的。"

"哦？"

少年以拳抵唇，轻咳一声，作出若无其事的样子："其实冯大姑娘从歹人手中逃脱后遇到了小侄，是小侄带她回的京城，所以我们还算熟络。"

永平长公主往前走着，语气听不出情绪："倒没听说这个传闻。"

陆玄神色转冷："那时二弟与冯大姑娘的流言传得沸沸扬扬，自是不好提起这些。"

"原来如此。"永平长公主解了疑惑不再多言，急急赶往刑部衙门。

刑部那边，林啸正等着。

而随着永平长公主的到来，刑部左右侍郎等人都被惊动，一起相迎。

与此同时，围绕迎月郡主失踪一案的所有调查都被写成折子，由刑部尚书带着匆匆进宫面圣。关系到齐国，这就是天大的事了，没人胆敢瞒下。

甚至前往宫中的时候，刑部尚书心中是怨恨的：属下怎么这么不省心呢，背着他乱查什么，查来查去居然查到了大齐头上。这不是要把天捅个窟窿嘛！

面对一群出来相迎的刑部官员，永平长公主开门见山："人在哪儿，本宫要见一见。"

杨侍郎给林啸使了个眼色。

林啸拱手道："殿下请随卑职来。"

厚重的牢门被打开，永平长公主大步走了进去，很快就看到了因受刑而伤痕累累的彩云。

"你就是害了迎月的齐女？"

冷硬的声音在昏暗的牢房中响起，彩云努力睁开眼，映入眼帘的是一张犹如冰塑的面庞。是永平长公主！彩云不由睁大了眼。

刑部一众官员等在外面，出乎意料的是没等多久永平长公主就走了出来。

"殿下——"

永平长公主对杨侍郎微微点头，明明还算平静的声音，却有种令人头皮发麻的紧绷："今日劳烦了，请杨大人把犯人看好。"

杨侍郎忙应下："这是自然，殿下请放心。"

·211·

永平长公主大步从杨侍郎身侧走过，很快上了停靠在衙门外的马车。

眼睁睁望着华盖马车远去，几名官员窃窃私语。

"长公主该不会要进宫吧？"

"定然是进宫去了。这个事若往大了闹，可就麻烦了……"

"各位——"杨侍郎开口，表情严肃，"既然都知道此事非同小可，各位可不要随意传扬，要清楚其中的厉害。"

几名官员纷纷拱手："大人放心，我等自然明白。"

谋害迎月郡主的居然是一对齐人兄妹，这要闹大了，很有可能引起两国纷争。

想到齐军铁蹄，几名官员暗暗胆寒。

太平日子过惯了，谁想起战乱呢，何况那是以勇猛著称的齐人啊！

不提刑部众官员的心思，永平长公主吩咐车夫直奔皇城。

马车在宽阔的青石路上疾行，皇城很快到了。

永平长公主下了马车，眼神幽深望着朱红宫墙片刻，大步往内走去。

"皇上，永平长公主求见。"内侍刘喜向庆春帝禀报。

庆春帝刚从刑部尚书那里得知了迎月郡主的事，听闻永平长公主来了不由头疼。

虽然有些犯怵，人却不得不见。

"请进来。"

不多时，永平长公主快步走了进来。

庆春帝起身相迎："皇姐来了，快坐。"

永平长公主没有坐，直接问道："皇上知道迎月的事了么？"

今日去刑部没见到刑部尚书窦士奇，他显然是进宫来了。

永平长公主问得这么直接，庆春帝无法回避，点头道："听说了。皇姐还是先坐，咱们坐着说话。"

永平长公主这才坐下，平静问庆春帝："皇上怎么想？"

庆春帝顿觉压力。他还是个孩童的时候，父亲只是一方大员，后来世道乱了群雄逐鹿，他们家才得了这天下。

那时他只有十几岁，懵懵懂懂便成了太子。转年父皇突然病逝，在他还没适应太子身份的时候就又成了新皇。大魏新建，他又年少，远有大齐虎视眈眈，近有前朝余孽四处作乱，是阿姐披起战袍，与几名老臣一起替他稳住了江山。说这么多只想表达一件事：他是从小被阿姐揍大的。哪怕后来当了太子，当了皇上，直到如今坐了龙椅二十多年，面对阿姐时还是难以拿出帝王的威严。

"我真没想到迎月的失踪竟有这样的隐情。皇姐，是弟弟对不住你啊。"庆春帝真情实意长叹。

"我想问的，是那对齐人兄妹。"永平长公主直视着庆春帝的眼，缓缓道。

与那双深如幽潭的眼睛对视，庆春帝很想苦笑。阿姐问的哪里是那对齐人兄妹，而是他对齐国的态度。可他能有什么态度？

大魏建国还不到三十载，也就是这十来年才安稳太平些，如何能与骁勇善战的齐军抗衡？

"皇姐，我听说那对兄妹的父母亲人死于十多年前的那场战事——"

永平长公主打断庆春帝的话："皇上认为他们只是为父母报仇？"

庆春帝一滞。

"那个齐女面对刑部审讯狡诈如狐，她的兄长更是身手高强，身受酷刑却到死都没有承认是齐国细作。皇上，这样一对兄妹若说没有经过专门培养，绝不可能！"

庆春帝讪讪："那样的酷刑谁扛得住……也可能真是私仇，而非宁死不屈。"

永平长公主冷笑："是啊，普通人如何扛得住那般酷刑，常理来说应该屈打成招！"

庆春帝顿时词穷。

永平长公主就这么看着庆春帝，等了很久，心渐渐凉了："皇上，迎月是不是白死了？"

那是她的独女，也是眼前帝王唯一的嫡亲外甥女。

迎月的死，凶手绝不是那对齐人兄妹，而是对大魏虎视眈眈的大齐！

庆春帝不敢看永平长公主的眼睛，却又不愿移开视线显得心虚。

他沉默了许久，语气带了哀求："阿姐。"

永平长公主握拢的手轻轻抖了一下。

"阿姐，大魏经不起战事了。齐人素来彪悍，当初咱们家打下这江山，若非齐国那时正陷入内斗无暇他顾，恐怕——"

"十多年前齐军骚扰抢夺我大魏百姓，越过边境作乱，我领兵与齐军作战，输了么？"永平长公主淡淡反问。

庆春帝面露尴尬："阿姐赢了。"

"是啊，我赢了。"永平长公主死死攥着拳，望着越发陌生的弟弟，"那皇上怕什么呢？"

庆春帝眼神沉了沉，温声劝道："阿姐，一旦起了战事，百姓日子就难过了，不知多少人会失去父亲、丈夫、儿子。你说呢？"

永平长公主沉默了。

她沉默，不是因为庆春帝把百姓提出来，让她因怜惜百姓不敢挑起战事。

齐人犹如饿着肚子的豺狼，而大魏就是一块肥肉，难道因为大魏装聋作哑就能让豺狼收起爪牙吗？不，他们只会咬得更狠，到那时百姓才是真的苦。

当豺狼亮出爪牙试探时，狠狠迎击才会让它夹着尾巴逃走。将士流血在所难免，却是为了保护更多的人。她沉默，是因为确定了皇上的心思。她眼前的这个人啊，是大魏帝王，而不再单纯是她的弟弟。

许久后，永平长公主轻声道："皇上说得是，那我回去了。"

"阿姐，我送你。"

永平长公主回眸看着鬓边已经有了白发的幼弟，微笑道："你送我让人瞧了像什么样子，就不必了。"

出了宫门，永平长公主没再去刑部，而是直接回了长公主府。

翠姑见永平长公主脸色有些不对，心揪了起来："殿下，您没事吧？"

"没事……"永平长公主才开口，一股腥甜涌上，喷出一口血来。

"殿下！"翠姑骇得魂飞魄散。

永平长公主摆摆手，道："去叫杜念来。"

杜念接到消息说永平长公主要见他时，既惊且喜。每到女儿失踪日子前后，是妻子最不愿意见到他的时候，他只有远远躲起来，让她好受些。

杜念匆匆赶了回去，见到的是一张过于苍白的面庞。

"永平，你是不是哪里不舒服？"

永平长公主一抬手，女官翠姑带着其他侍女退了出去。

她定定望着杜念："杜念，害灵儿的幕后真凶找到了。"

"是谁？"问这话时，杜念声音颤抖。

从那对拐子夫妇查到清雅书院的学子陶鸣，他一直都是清楚的。

昨日刑部来书院悄悄抓人，他也知道。

他几乎一夜没合眼，就是在想是不是找到害死女儿的人了。

"是大齐。"

尽管彩云兄妹没有招认，刑部官员不敢承认，庆春帝不愿承认，可她再清楚不过，灵儿不是死于私人恩怨，而是国与国之间的斗争。

杜念沉默良久，轻声问："皇上知道了吧？"

永平长公主点了点头，对早已变得陌生的弟弟不愿多言。

这一次杜念沉默更久，久到在窗沿蹦跳的雀儿不耐烦展翅飞走，轻叹道："终归要教出有血性的读书人。"

武将征战四方，而能改变推进朝政的往往是文臣。

永平长公主牵了牵唇，看不出是对这话的赞同还是讽刺。她只恨如今病骨支离，无力提刀，再不能像十几年前那样痛痛快快斩下齐军的脑袋。

夫妻二人沉默着。

又有雀儿落在窗沿蹦跳，不知是先前那只，还是换了新雀。

"杜念，明日就是五月初二了。"永平长公主幽幽道。

杜念嘴唇翕动，不敢说什么。

"明日……我们一起去给灵儿烧纸吧。"

杜念以为听错了，不敢置信地望着永平长公主。

永平长公主垂下眼帘，不再吭声。

"好……好……"杜念颤抖着伸出手，把妻子拥入怀中。

一滴泪从永平长公主眼角悄然滚落。

灵儿不是死于一场意外，而是落入了精心编织的大网。

她该怨的，又怎么能是与她同样承受丧女之痛的丈夫？

转日，天阴。在迎月郡主忌日这一天，又发生了一件令京城百姓瞩目的事：皇上追封迎月郡主为迎月公主，一应规制与嫡公主同。

人们不由感叹皇上对永平长公主的看重。

清心茶馆里，冯橙听陆玄讲完，轻叹口气。

"这样说来，迎月郡主……迎月公主出事竟是因为齐国的算计。"

而她和陆墨的"私奔"，是吴王一方的谋划。

大魏还真是内忧外患，也难怪没过两年就被齐军攻破了京城。

见少女托着腮陷入沉思，陆玄问："冯大姑娘在想什么？"

在他面前，竟然说走神就走神。

冯橙回神，面不改色道："我在想，迎月公主的死是不是不了了之了？"

陆玄嘴角挂着讥笑："不然呢？"

想一想那位的决定，他就替长公主憋屈。

"那永平长公主定然很伤心。"冯橙幽幽叹口气。

陆玄沉默了一瞬。

也许是窗外的云过于阴沉，也许是眼前的姑娘于不知不觉中熟稔，他突然有了述说的念头。

"永平长公主年轻时南征北战，最好的年华几乎都是在马背上度过的。她嫁人时已经二十多岁了，到了三十来岁才生下迎月公主……"

为了弟弟的江山与百姓安宁耽误了嫁人，耽误了生子，最后唯一的女儿死了，却只能接受女儿追封公主这样可笑的安抚。怎么会不伤心呢？

少年声音低沉说着，眸中凉凉。

冯橙听得认真，心情复杂。

这些话，在梦里她是来福的时候没有从陆玄口中听到过。

那时那对拐子夫妇虽然落得与如今一样的下场，但对迎月郡主失踪的调查到了清雅书院学子陶鸣那里就止步了。花娘彩云从未进入过关心这件事的人们的视线。

所以，她的努力还是有意义的吧。

尽管她量小力微，只要竭尽全力，那些糟糕的事就有变好的可能。

想着这些，冯橙心情好了许多。不过——

她看了看眼神冷清的少年，微微蹙眉。陆玄看起来心情不好。

心情差的时候，吃点好吃的就会好多了。

冯橙从荷包中摸出一根小鱼干递过去："陆大公子，要不要吃小鱼干？"

少年视线下移，落在寸长的小鱼干上。怎么又是小鱼干？

"这次是五香味的。"少女笑呵呵道。

少年下意识皱眉，一副嫌弃的模样。无论什么味道，不还是小鱼干？

见对方不情不愿的样子，冯橙也不强求："陆大公子不喜欢就算了。"

她说着，顺手把小鱼干丢入口中。

少年墨玉般的眸子微微睁大，简直不敢相信自己的眼睛。

她请他吃小鱼干，他连一个字还没说，她竟然自己吃了。

眼睁睁看着少女又摸出一根小鱼干吃下，少年重重咳嗽一声。

冯橙拿帕子擦擦嘴角，看着他。

"五香味的和香辣味的哪个好吃？"少年一本正经问。

少女认真思考了一下，道："各有各的好吃。"

"那……我尝尝。"

没过多久，二人分吃完一荷包小鱼干，茶水喝了两壶，准备各回各家。

"迎月公主的事情暂时就这样了，乡试的事还有一段时间，最近我应该没什么事与冯大姑娘联系了。"

冯橙点点头："好。"

陆玄默了默，补充一句："冯大姑娘若有事，还是可以找我。"

"好。"

少年拧眉，深深看少女一眼。除了"好"，她就不会说别的了？

"那就这样吧。"少年淡淡道。

"陆大公子回见。"冯橙摆摆手，头也不回走了。

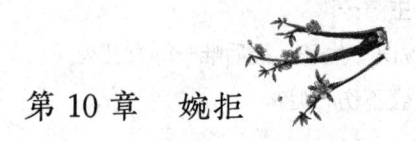

第 10 章　婉拒

回了晚秋居，冯橙换下外出的衣裳，揉了一会儿来福，瘫在美人榻上准备睡个回笼觉。

白露收拾衣裳时照例要换荷包。姑娘习惯在荷包里装些小鱼干方便随时吃，而无论荷包还是小鱼干每日都要及时换过。

捏了捏空空的荷包，白露终于忍不住偷偷问小鱼："小鱼，你吃姑娘的小鱼干了吗？"

小鱼面无表情看着对方。她想到自己的名字，还想吃小鱼干吗？

相处久了，白露对这寡言少语会耍刀的小姑娘多少有些了解。看来不是了。

今日姑娘出门去见陆大公子了，不是小鱼的话——白露捂住了嘴，掩饰吃惊。

看来她那次怀疑得没错，姑娘的小鱼干真的是陆大公子吃的！

想想那个眉目清俊的少年吃小鱼干，白露完全无法想象。

不过——这也算与姑娘有共同爱好了吧？白露不确定地想。

冯橙窝在美人榻上正昏昏欲睡，被白露喊醒了。

费劲睁开蒙眬睡眼，少女伸手捞猫捞了个空，迷迷糊糊问："怎么了？"

迎月郡主的事告一段落，就仿佛卸下压在心头的一块石头，难免让人放松片刻。

"太太那边来人请您过去，说是舅太太带着表姑娘过来了。"白露说这话时，语气藏着几分不满。

姑娘可是被表姑娘拉着去看猴戏时失踪的。

如今姑娘虽然平安回来，被拐一事也因为得了永平长公主青睐影响降到最低，可只要想想姑娘万一回不来，她就恨不得给表姑娘一个白眼。

还有蒹葭的死——想到从小一起长大的小姐妹，白露更是心痛。

她是迁怒表姑娘没错，可她最重要的主子与最亲近的姐妹都受到了伤害，还不允许她暗暗迁怒一下吗？

冯橙一听舅母许氏带着表姐尤含玉过来，亦是眉头一皱。

这段时间尤含玉陆陆续续送过几次帖子，要么请她去尤府玩，要么说过来做客，都被她以身体不适为由给推了。不想见尤含玉，一是没这个闲工夫，二是压根不想见到那张脸。一家三口都参与了害她与尚书府，有什么可见的呢？

而尤含玉巴巴盼着见她，那点心思再明白不过：这是还惦记着裁云坊那条裙子呢。从小到大，只要一起逛街买东西，有她的就会有尤含玉的。那次还是尤含玉头一回落空，如何不抓心挠肺惦记着？

打量着冯橙神色，白露试探着提议："姑娘，要不还是推说您身体不适？"

冯橙摇头："都找到母亲那里去了，那就去见见吧。"

她不愿见尤含玉，只是不想看到苍蝇在眼前烦，而不是怕了对方。

既然苍蝇执意往眼前飞，那就拍死好了。

"取套见客的衣裳来。"冯橙懒懒吩咐完，下了美人榻趿着鞋子走至窗前。

天还是阴沉沉的，窗外芭蕉绿得沉闷。

脚下有什么在蹭，冯橙低下头，发现是来福。

她弯腰把花猫抱起，笑着问："来福，要不要随我去见客？"

"喵——"来福很给面子应了一声。

换好衣裳，冯橙抱着来福前往怡馨苑，一出门便遇到了冯桃。

"大姐，你是要去母亲那里吗？"

冯橙点头。

"那一起啊。"冯桃凑过来，习惯去挽冯橙手臂，却发现因为大姐抱着猫无从下手。

这猫真讨厌啊。与那双绿莹莹的眼睛对上的瞬间，小姑娘默默想。

"喵！"看起来老实温顺的肥猫突然龇牙叫了一声。

冯桃骇得后退一步，而后翻了个白眼："大姐，来福越来越厉害了。"

哪有这么凶的猫啊！

冯橙笑着捋捋来福的毛："来福还是很乖的，三妹不招惹它就好。"

来福微微仰头，算是接受了表扬。

一直留意花猫的冯桃越发吃惊："大姐，这猫儿好像听得懂你的话。"

她被大姐表扬时，也是这个得意劲儿。这么一想，小姑娘看花猫越发不顺眼了。

姐妹二人说笑间怡馨苑到了，才走到门口就听里面一阵笑传来。

是舅太太许氏的笑声。

冯桃微微撇嘴，小声嘀咕："真像老母鸡咯咯咯。"

冯橙耳朵尖，听了这话强行控制着才没笑出声。

"大姑娘、三姑娘到了。"扬声禀报的丫鬟差点走调，直到姐妹二人进了屋还有些反应不过来。

她刚刚好像听到了老母鸡什么的，一定是听错了吧。

许氏没等冯橙见礼，就热情冲她招手："橙儿快过来坐。"

冯橙走过去，冷淡问好。

许氏本想拉住外甥女的手以示亲热，看着冯橙怀中花猫只好作罢。

"橙儿怎么这么久没去家里了，家里人都惦记你呢。特别是你表姐，一日要念个几回。"许氏嗔怪中透着亲昵。

冯橙静静看着许氏，不由感叹知人知面不知心。若不是连蛊惑舅舅的人都查了出来，谁能想到态度这么热络的人有一副蛇蝎心肠。

"橙儿，怎么不叫人？"尤氏见女儿不吭声，提醒道。

冯橙又看向母亲。二婶的事她选择直截了当对母亲说出来，但舅舅一家的所为，暂时还不能对母亲透露。她要舅舅一家付出应有的代价，而母亲无论是支持她，还是不忍舅舅一家受难，与舅母相处时难免露出端倪。

冯橙缓缓露出一个笑容："舅母来了。"

这时尤含玉开了口："表妹，我几次打发人来送帖子都听说你身体不舒服，现在好些了么？"

尤氏一听，不由看了女儿一眼。

冯橙掩口打了个呵欠，笑道："是啊，总觉得困倦乏力，就懒得动。"

"原来这样。"尤含玉眼神微闪，有些失望。

已经进了五月，再不去买那条锦裙就过季了。原本有那么一段时间尤含玉不愿见到冯橙，那件事到底让她有些心虚，但时间一久，心态就发生了变化。

反正表妹好端端回来了，又毫不知情，她总不能一辈子避着表妹吧。

明白女儿的想法，许氏笑道："小姑娘就该多活动，不然越躺越没精神。"

尤氏一听有道理，提议道："橙儿、桃儿，你们与含玉一起出去逛逛吧。"

冯桃暗暗撇嘴。她才不想与尤含玉一起逛。

冯橙不动声色拒绝："天阴着，万一在外头下了雨就麻烦了，不如我带表姐去逛逛花园吧。"

"好啊。"尤含玉尽管心中不愿，却笑着站了起来。

"去玩吧。"尤氏笑看着表姐妹三人。

冯橙冲尤含玉露出一个微笑："走吧，表姐。"

尤含玉点点头，习惯性伸出手，就见一道黑影迎面扑来。

那黑影速度太快了，还没等尤含玉反应过来，就扑到她脸上一顿猛挠。

剧痛袭来，尤含玉放声惨叫："啊——"

这叫声委实惨烈了些，惊得屋外檐下的燕子纷纷飞走。

"来福，快停下！"随着尤含玉的惨叫，冯橙急切的喊声后知后觉响起。

来福这才从尤含玉身上跳下来，扭头看了看呆若木鸡的众人，大摇大摆走了。

许氏如梦初醒扑到女儿身边，焦急问道："含玉，你怎么样了？"

尤含玉捂着脸痛哭："我的脸，我的脸！"

尤氏惊魂甫定，颤声吩咐丫鬟："快，快去请大夫来！"

大丫鬟红鸾忙不迭往外跑，路过冯桃身边时如刮了一阵风。

冯桃醒过神，望着掩面痛哭的尤含玉，缓缓眨了眨眼睛。

如果她刚才没有看错，尤含玉是想挽大姐胳膊吧？

对比一下尤含玉这么做的下场，再想想来怡馨苑路上的自己——

感谢来福不挠之恩！

一阵兵荒马乱，终于等到了提着药箱匆匆赶来的大夫。

"还请姑娘把手放下来。"

尤含玉哭着放下了手，露出一张被挠花的脸蛋。

"嘶——"屋中顿时响起抽气声。

许氏更是白眼一翻，险些晕过去："含玉，我的含玉啊！"

那张大花脸真的是她如花似玉的女儿吗？

尤含玉一见许氏反应更慌了："我的脸，我的脸毁容了吗？"

大夫忙阻止她去摸脸的行为："姑娘不可再碰触伤口，否则伤势有可能更严重。"

一句话吓得尤含玉动也不敢动，只能默默流泪。泪水滑过挠痕，更觉火辣辣地疼。

这一刻，她恨不得把那只该死的猫碎尸万段。

大夫给尤含玉仔细检查过，暗暗叹息：好好一个小姑娘，怎么被抓成这样呢？

"大夫，我女儿怎么样？"许氏紧张问。

大夫斟酌道："姑娘的伤势看着虽可怖，涂上好药仔细调养应该不会有大问题。"

众人刚松一口气，就听大夫语气一转："就是额头上一道抓痕有些深——"

"大夫，你的意思是——"

大夫看着脸色难看的许氏，顿了一下道："可能需要比较久的时间才能淡化疤痕。"

许氏白眼一翻，栽倒在尤含玉所躺的床榻上。

"弟妹！"尤氏白着脸惊呼。

冯橙忙道："大夫，快给我舅母看看吧。"

"这位太太只是情绪过于激动昏厥，这倒好办。"大夫说着摸出一根银针，利落扎了许氏一下。

许氏悠悠转醒，短暂的迷茫后急忙抓住老大夫衣袖："大夫，救救我女儿，我女儿还没出阁呢，可不能脸上落疤啊！"

大夫尴尬拽出衣袖，提醒道："这种外伤恢复如何，关键看有没有上好药膏。"

这里是尚书府，想来是不缺好药的。

"上好的药膏——"许氏猛然看向尤氏，"大姐，你可不能看着含玉这样啊！"

尤氏正满心内疚，闻言忙宽慰道："我这里还有两瓶云霜膏，这就让丫鬟取来。"

"可是作为贡品的云霜膏？"大夫问道。

尤氏点头："正是。"

大夫不由点头："那可是祛疤圣品。"

至于额头那处伤痕会不会落疤，就要看这姑娘的造化了。

等大夫给尤含玉处理好伤口离开，许氏抽出帕子拭泪："大姐，那只猫也太野了些，这次是含玉出事也就罢了，将来若是伤了哪位贵人，岂不给家里招祸？"

尤氏后怕不已，愧疚道："来福本是一只野猫，性子是野了些。"

许氏眼中冷厉一闪而过，劝道："既然是只野猫，怎么好养在府中呢？"

"来福救了我的命。"冯橙淡淡开口。

许氏此刻对冯橙恨得牙痒，面上却不好表露："救了橙儿的命当然是天大功劳，但那只猫野性难驯，天天在你身边终归不妥。"

冯橙一脸困惑："说来也怪，来福从进了尚书府至今，除了表姐只挠伤过一人，就是长宁堂的胡嬷嬷。"

"老夫人身边的人？"许氏一听更惊了。

抓伤了尚书夫人身边的嬷嬷，竟然还不打死了事？

"是啊，因为胡嬷嬷想摸我的胸，来福护主才挠了她。"

许氏：？

尤含玉：？

少女越发纳闷："不瞒舅母，来福有些灵气，挠的是对我心存歹意的人，今日怎么会伤害表姐呢？"

此话一出，许氏与尤含玉皆心头一紧。世上当真有这样的灵猫？

想到传闻说冯大姑娘能从拐子手中脱困就是仗着那只野猫，许氏不得不信了几分。至于尤含玉，更是一阵心惊胆战。刚刚往外走时，因为逛裁云坊的心愿落空，她正在心中骂冯橙——那猫儿该不会真这么有灵气吧？

"橙儿可别乱想，你表姐从小都是把你当亲妹妹看待的。"许氏此刻顾不得心疼女儿了，忙安抚起外甥女。

本想着处置了那只猫为女儿出气，现在看来还是谨慎些，万一让尤氏怀疑起那日冯橙被拐与含玉有关就得不偿失了。

冯橙微笑："是啊，我也一直把表姐当亲姐姐待的。"

尤氏见许氏不准备追究，心中松口气的同时到底过意不去，送母女二人离开时大包小包往马车上搬了不少好东西。

冯桃悄悄与冯橙咬耳朵："不知道的还以为来尚书府打秋风呢，也不嫌寒碜。"

"可不就是打秋风么？"冯橙眼神微冷，面无表情道。

冯桃一愣，而后露出大大笑脸："大姐，我还以为你没发现呢。"

冯橙笑笑，没再说什么。

就是以前她也是知道的啊，不过是想着那是母亲的亲人罢了。

嗯，今日拍了苍蝇，可以得很长一段时间清净了，回头多喂来福一根小鱼干。

怡馨苑这边闹出的动静很快传到了长宁堂那里。

"不像样子。"牛老夫人说了一句，就把这事丢到了脑后。

挠的又不是她这边的亲戚。何况想一想尤家那破落户，居然有些畅快。

而被来福挠过两次的胡嬷嬷下意识摸了摸老脸，不知怎地竟有些释然。

原来大姑娘养的那只小畜生还是无差别攻击咧。

过了两日，尤氏带着冯橙去尤府看望尤含玉。

马车上，尤氏温声叮嘱："见了你表姐向她好好道个歉，那日太慌忙没顾上。"

冯橙从善如流应了，闭目靠着车壁养神。

尤氏想着那日的事，心情有些沉重："橙儿，你该不会真觉得你表姐有歹意吧？"

冯橙睁开眼看着难掩担忧的母亲，试探问："如果是呢？"

"怎么会？"尤氏牵起冯橙的手，"你们表姐妹素来和睦，那次你舅母还说你表姐的亲事让我帮忙留意呢。"

这些年随着公爹步步高升，娘家对她多有依仗，这种情况下娘家人怎么会对橙儿不好？这不合常理。

"母亲答应了？"冯橙一听，怒火涌上心头。

一边害尚书府，一边又想借着尚书府攀高枝儿，人竟能无耻到这种地步。

尤氏苦笑："母亲是守寡之人，张罗这些不大方便，就婉拒了。"

女儿的终身大事她还发愁呢，哪里帮得上娘家侄女？

冯橙暗松口气，直言不讳道："母亲就该拒绝。"

"橙儿——"

"母亲您想，替人张罗亲事，嫁过去后若是婆母慈善、夫君体贴也就罢了，若是过得不好，岂不要怪到你头上？"

尤氏忍俊不禁："橙儿真是长大了，想得如此周到。"笑完，又在心中叹口气。

女儿如此懂事，却被薛家退了亲……

一时车厢内沉默下来。尤府知道尤氏要过来，早就打发人在外头守着，一见尚书府的马车出现在视线中，忙进去禀报。这一次是许氏带着儿子尤含章出来相迎。

尤氏下了马车，见到侄儿目露欣慰："有些日子没见，含章长高了。"

尤含章飞快皱了一下眉，拱手见礼："侄儿给姑姑请安。"

他都十七了，当着表妹的面，姑姑这话怎么像是哄孩子。

"含章功课很忙吧？"面对侄儿，尤氏难免话多了些。

"马上就要秋闱了，自是忙了些。"尤含章规矩回道。

许氏笑着接话："今日正好含章休息，总算能陪大姐和橙儿吃顿饭。"

尤含章目光落在冯橙面上，矜持问好："表妹。"

冯橙屈了屈膝，算是回礼。

许氏看着表兄妹二人的互动，微微扬了扬唇角。

"含玉怎么样了？"尤氏边往里走，边问道。

许氏神色一暗，叹道："姑娘家伤了脸，心情难免差些，躲在屋中不愿见人呢。"

尤氏听了越发惭愧，拉着冯橙道："那日之后，我与橙儿都惦记着含玉，这不今日橙儿就催着我带她来看表姐了。"

说话间到了堂屋。尤老夫人拉着冯橙说了一阵子话，尤氏提出去看尤含玉。

"小姑娘都爱美，伤了脸不愿见人呢。你当姑姑的就不必过去了，让含章陪着他表妹去看看就是了。"

"我挺惦记含玉的——"尤氏犹豫着。

冯橙开口："母亲，我去看表姐吧，您多陪外祖母说说话。"

"是呢，让他们小孩子去吧，本也不是什么大事。"尤老夫人不以为意道。

孙女伤了脸当然不是小事，但人是在女儿婆家受的伤，揪着不放于谁都没有好处。

"含章，带你表妹去吧。"许氏冲儿子点点头。

"就不必劳烦表哥了。"冯橙婉拒。

尤老夫人笑呵呵道："一起去吧，你们表兄妹也许久没见了，难得说说话。"

冯橙不再多言，从尤老夫人这里离开后，轻车熟路往尤含玉住处走去。

尤含章见冯橙没有等他的意思，皱了皱眉，扬声喊："表妹——"

冯橙放缓脚步，向追上来的尤含章投以询问的目光。

"表妹走慢些。"

冯橙不置可否点点头。

瞧着表妹不像听进去的样子，尤含章拧眉道："表妹，姑娘家还是稳重些好。"

冯橙干脆停下脚步，不解看着他。

"我知道表妹听了这话会不痛快，但我是为你好——"

冯橙忍不住笑了："表哥，你说这话不觉得奇怪吗？"

"怎么？"尤含章不解其意。

"你刚刚叫我什么？"

"表妹啊。"尤含章越发糊涂了。

据说遭了大难的人往往会性情大变，表妹果然与以前不一样了。

少女唇角弯出讽刺的弧度："表哥也知道我只是你表妹，连亲妹妹都不是，你用管教女儿的口吻来与我说话，不觉得失礼吗？"

一个科举作弊的人，哪来的脸在她面前装道貌岸然？

尤含章登时变了脸色："表妹，你怎么如此说话？"

冯橙理了理垂落的碎发："哦，我不知道说错了什么？是我不是你表妹，还是你没有多管闲事？"

以为见到尤含玉就够恶心了，没想到还有更恶心的。

"表妹！"尤含章震怒地望着她，"你知不知道自己如今的处境？"

冯橙扬眉，静静看着他。

尤含章扫一眼跟在后面的白露，放低声音："表妹出事后被退亲，心情不好很正常，但你也不能破罐子破摔啊！"

破罐子破摔？就因为她走快了些？

冯橙险些气笑了。

尤含章看着神情古怪的少女，咳嗽一声："等我过了秋闱便让母亲向祖母提出，请她同意我们的亲事。"

"什么？"

"表妹你放心吧，虽然你名声有瑕，但我还是愿意包容的，只是以后你要改改性子——"

"等一下。"冯橙从震惊中回神，"你刚刚说请外祖母答应我们的亲事？"

尤含章矜持笑笑："虽然表妹退过亲，但我并不嫌弃……"

冯橙懒得听废话，直截了当问："所以你刚刚那番自以为是的教育，是以即将成为我未婚夫的身份？"

尤含章面色微红，不赞同道："表妹，你一个姑娘家说话太直接了，现在离咱们定亲还早——"

冯橙忍无可忍飞起一脚，把尤含章踹出一丈远。现在终于知道什么比苍蝇还恶心了。

糟了，姑娘在表公子家把表公子踹飞了！

白露条件反射掩口，堵住到嘴边的尖叫。

路过的尤家侍女听到动静赶过来，看着摔在地上的尤含章急慌慌问："公子您怎么了？"

白露放下手，镇定道："你家公子跌倒了。"

在尤家，被寄予厚望的尤含章可是全家人的宝贝，特别是秋闱眼看着就要到了，就是咳嗽一声都会牵动众人心弦。

侍女忙把尤含章扶起来，脸色吓得发白："公子，您没事吧？"

尤含章无暇理会侍女，仿佛见了鬼般直愣愣看着冯橙。

刚刚他是怎么飞出去的？好像是表妹踹的——不可能！

他是沙包吗，表妹这种娇滴滴的姑娘一脚能踹飞？

看着狼狈呆滞的尤含章，冯橙依然火气难消，冷着脸道："白露，我们走！"

眼见少女拂袖而去，去的还不是尤含玉闺房的方向，尤含章如梦初醒喊了一声。

冯橙头也不回，快步往前去了。

尤含章气急："太不像样了，太不像样了！"

"公子——"并没看到自家公子被踹飞的那一幕，侍女满心疑惑。

公子是与表姑娘闹了不愉快吗？

尤含章觉得丢了大脸，嫌弃侍女多嘴，推开她去追冯橙。

今日必须要表妹认识到自己的错误，不然以后岂不骑到他头上去？

尤含玉那边，一早知道冯橙会过来，正等着。

涂了两日云霜膏，脸上挠痕瞧着没那么可怖了，可她的心情依然糟糕透顶。

有哪个女孩子对容颜不重视呢，哪怕落下的疤痕肉眼难辨，都难以忍受。

冯橙定是被姑母带来向她道歉的，到时候她可要出口气才行。这么多年碍于家世悬殊，她不得不捧着冯橙，如今受了天大的委屈，总不能一味忍气吞声了。

尤含玉等来等去不见人，打发丫鬟去前边打探。

不多时丫鬟回来禀报："表姑娘走到半路又回去了。"

尤含玉气个倒仰。这个目中无人的死丫头，对她这个表姐压根没有半点尊重。以前还装出善良大方的模样，现在终于露出高人一等的嘴脸了！

尤含玉实在气不过，扬手砸了一个茶杯。

丫鬟哎呀一声："姑娘别砸了，这套粉彩茶具可是您最喜欢的呀。"

尤含玉回神，看着地上摔得粉碎的心爱茶杯，登时胸闷气短更难受了。

冯橙冷着脸越走越快，白露发现不对劲，忍不住提醒："姑娘，您去的不是老夫人那边。"

"你去和太太说一声，就说我突然想起有急事，先乘马车走了。"

白露吃了一惊："姑娘，这样合适么？"

"哪里不合适？"

白露小声道："表公子挨了踹定然会去老夫人那里告状，到时候您不在，表公子还不是想怎么说就怎么说。"

她还想作证表公子是自己跌倒的呢，与她们姑娘一点关系都没有。

冯橙冷笑："无妨，随便他说。"

若不是与薛繁山退了亲，她还不知道尤含章有这个心思。有这个心思也没什么，可用施舍的口吻跑她面前来说，一副她占了大便宜的语气，那就没法忍了。

这些年来母亲的宽厚，她的不计较，大概给了某些人不知天高地厚的错觉。

"就算尤含章说我无礼，舅母他们又能怎样呢？"冯橙不屑地弯了弯唇角。

正好让某些人打消恶心人的心思。

白露一愣,随即恍然大悟。姑娘说得对啊,表现太好反而让那些不要脸的人得寸进尺。刚刚表公子那番话她可听见了,别说姑娘了,她都想上去给一脚。

还让她们姑娘改改性子,呸,哪来的脸大的玩意儿!

白露得了嘱咐,快步去了尤老夫人住处。

尤含章先一步到了。

说笑声一停,尤老夫人慈爱问道:"怎么一个人回来了,不是陪你表妹去了含玉那里?"

"表妹没回来吗?"尤含章沉着脸问。

尤老夫人觉出不对劲,看了看尤氏与许氏,道:"你表妹没回来啊。含章,是不是有什么事啊?"

尤含章板着脸道:"走到半路上表妹突然不去妹妹那里,一个人转身走了。"

尤老夫人瞠目结舌:"好端端怎么不去了?"

尤氏更是吃惊:"橙儿一个人走了?"

"侄儿以为表妹回了祖母这边,所以赶回来看看,没想到表妹不在。"尤含章淡淡道。

想娶表妹的心思他只对母亲提过,母亲答应等秋闱后对祖母说,现在自然不能对祖母说出表妹耍性子的原因。

尽管他对表妹有意,却不能纵得她不知天高地厚。哪有女子这样没规矩的!

这时白露到了。

尤氏忙问:"你们姑娘呢?"

白露福了福身子:"太太,姑娘突然想起有急事先走了,命婢子来跟您说一声。"

"有急事?"尤氏不由担心,"姑娘有什么急事?"

"姑娘没说。"

尤氏坐不住了:"母亲,橙儿一个人回去我有些不放心,想回去看看是怎么回事儿。"

"去吧。"尽管觉得外孙女行事不妥,尤老夫人面上却半点不露。

外孙女是尚书府的姑娘,真有什么不妥当自有尚书夫人管束,她说太多就是讨嫌了。

尤氏又向许氏道歉:"弟妹,今日真是对不住,改日我再带橙儿来看含玉。"

许氏压着不满,笑得客气:"大姐快回去看看橙儿有什么事吧,突然走了让人怪担心的。对了,橙儿是坐尚书府的马车走的吧,那大姐坐咱们家的马车回去吧。"

尤氏顾不得推辞,点了点头。

回去的马车上,尤氏再问白露:"姑娘真的没说什么事就走了?"

白露这才道:"太太,姑娘其实是被表公子气走的。"

"与含章生气?"尤氏大为意外。

侄儿从小埋头读书，她都不记得有调皮捣蛋的时候，表兄妹两个竟还能闹起来？

"到底是怎么回事儿？"

白露可没打算给尤含章瞒着，斟酌着语气道："表公子说等乡试后会请尤老夫人答应他与姑娘的亲事，让姑娘别担心名声有瑕，只要姑娘以后规规矩矩，他不会嫌弃的。"

白露说得平静，心里恨不得把尤含章打成猪头。

尤氏彻底听愣了。侄子与女儿的亲事？

"表公子突然就对姑娘说这些？"

"也不是突然。大概是见姑娘走得快，不合规矩吧。"白露抿了抿嘴道。

尤氏从没想过，有一日她的怒火会被"规矩"这个词勾起来。她曾经也觉得女子规矩安分才是常态，可自从女儿从拐子手中逃回来，想法就发生了变化。

人先要活着，才能去想规矩，而不是反过来被规矩逼死。

橙儿失踪的那两日，她曾无数次跪地祈祷：只要女儿能平安回来，无论变成什么样她都不在乎。她庆幸女儿没有因为出事变得郁郁寡欢，可现在她听到了什么？

她最亲近的娘家人，面上那般亲热周到，心中却看低她的女儿，现在竟要施舍橙儿亲事。泥人尚有三分火气，尤氏怎能不恼？

瞧着尤氏脸色，白露暗暗畅快，嘴上却道："姑娘叮嘱婢子不许乱说，都是婢子多嘴，给太太添堵了。"

"你只是把实情告诉我，怎么是乱说？"尤氏一听，心疼女儿懂事的同时对侄儿更添恼火。

枯燥的车轮转动声传入耳中，使得不算宽敞的车厢越发显得憋闷。

尤氏掀起车窗帘一角，轻轻吁了口气。

罢了，娘家侄儿既是这般想橙儿，以后就少回尤府吧。至于侄女在尚书府受了委屈，回头送些小姑娘喜欢的玩意儿过去就是了。

冯橙离开尤府，在回尚书府的路上喊了停。

街边一杆青旗招展，题着"陶然斋"三个大字。

这是一家在京城颇有名气的酒肆，其中最出名的便是烧鸡。

冯橙吃过多次陶然斋的烧鸡，或是大哥带回家给她，或是三叔带回家给她，但走进陶然斋大门却是在梦中当来福的时候。是陆玄带她去的。

那时候一人一猫，陆玄面前摆着一只烧鸡，她面前摆着一只白煮鸡。

她伸出爪子到陆玄盘子里想撕下一条烧鸡尝尝，就会被陆玄毫不留情拍回去。

那是她最想重新做人的时候。当猫竟然不能痛快吃陶然斋的烧鸡！

吩咐车夫等在外头，冯橙大大方方走进陶然斋。

一名伙计迎上来，笑呵呵问："姑娘几位？"

"一位。"

伙计愣了一下，很快笑着道："咱们酒肆的雅间满了，不知姑娘——"

他还是头一次见一个小娘子来酒肆，瞧着还是位大家闺秀。

冯橙随手一指窗边："无妨，坐个靠窗的清净位子就行。"

若是以前，没有雅间她就走了，不，她压根不会一个人走进酒肆。

现在想想，那些顾虑不过是自寻烦恼，想吃烧鸡时能吃到才是最实在的。

"姑娘这边请。"伙计压下诧异，把冯橙领到一处靠窗的桌边。

冯橙坐下来，熟练吩咐伙计："来一只烧鸡，一壶梅子酒。"

伙计更惊了。

这小娘子怎么像来过好多次似的。

当然，再吃惊也要好好招呼客人。

"您稍等。"

伙计麻利擦了擦桌子跑去后堂，没等多久一只烧鸡、一壶梅子酒就摆上了桌。

油润发亮的烧鸡香气浓郁，立时就勾起了人的馋虫。

冯橙吩咐伙计："取一条软巾来。"

跟着陆玄来时她知道这家酒肆会准备打湿的软巾给客人用，不过提供的是雅间，要额外加钱。

陆玄也是事多，要软巾还要两条，一条自己用，一条强行给她擦爪子。

她是一只猫啊，吃东西擦爪子干什么！

"姑娘，软巾要额外加钱——"

冯橙淡淡嗯了一声。

伙计忙取了一条雪白软巾来。冯橙接过软巾把手仔细擦干净，开始吃烧鸡。

酥香软烂、肥而不腻的烧鸡一入口，她就不由点了点头，很想叹气。

烧鸡可真香啊！鸡就该烧着吃、烤着吃、炸着吃、炖着吃，白水煮的能吃吗？

还好她现在没有当猫儿时的烦恼了，心情不好就能来陶然斋吃烧鸡。

少女吃一口烧鸡，喝一口梅子酒，只觉再大的烦恼都可以往后放一放。

"前几日辛苦林兄了。"一身黑衣的少年走出雅间，与身旁青衣男子说话。

青衣男子正是林啸，闻言笑道："陆兄与我客气什么，我做的都是分内事，论出力你比我还多些。不过陆兄如果下次还请我吃烧鸡，那我还会来的。"

"林兄今日若没吃够，明日忙完咱们再来……"陆玄唇边笑意突然凝固，停在楼梯上望着某处。

林啸顺着视线看过去，不由扬眉。

临窗坐着的那个美滋滋吃烧鸡的姑娘好像见过的。

他看看并没发现二人的少女，再看看愣住的好友，脑子飞快转动之下突然睁大了眼睛。

他想到了！难怪那姑娘看着面熟，她分明就是那天晚上出现在坟头的那个少年！

等等，陆玄当时说那少年是他手下来着——

"陆兄——"

林啸刚开口，就被陆玄用力一拽转了方向。

"林兄，我突然想起有东西落在了雅间。我回去找找，你先走吧。"

瞧着少年竭力挡住那个方向，林啸忍笑点头："那陆兄快去找找吧，重要的东西必须捡回来，明日咱们还一起吃烧鸡啊。"

原来跑来吃烧鸡不仅能满足口腹之欲，还有这等好处。

盯着林啸走出酒肆，陆玄大步走了过去。

"冯大姑娘怎么在这里？"

少年微冷低沉的声音响起，冯橙缓缓抬头，目露错愕："陆玄？"

陆玄？再次听到自己的名字从少女口中喊出，少年扬了扬眉梢。

自那日见过一面，他还以为短期内不会再见到冯大姑娘，谁想到她竟然一个人跑来吃烧鸡！难不成是吃独食太惭愧，以至于突然见到他连称呼都叫错了？

最初的惊讶后，冯橙拿软巾擦擦嘴角，随口问道："陆大公子一个人来吃烧鸡？"

陆玄滞了滞，道："和朋友来的。"

听了这回答，冯橙心情突然有些复杂。

原来能陪陆玄来陶然斋吃烧鸡的不止来福呢。

"冯大姑娘一个人？"

"是啊。"冯橙点头。

少年视线下移落在一堆鸡骨头上，陷入了沉默。一个人吃得还真不少呢。

冯橙想不到某人正腹诽她饭量大，客套问道："陆大公子再吃点么？"

陆玄微微点头，一屁股坐了下来。

既然冯大姑娘诚意邀请，那就勉强再吃点吧。

见陆玄毫不客气坐下了，看看被吃了大半的烧鸡，冯橙喊来伙计再上一只。

陆玄其实已经吃饱了，坐下来不过是给冯大姑娘一个面子而已，只夹了一只鸡翅膀慢慢吃。

二人吃得差不多了，捧着清茗闲聊。

"冯大姑娘怎么有闲情雅致一个人来陶然斋？"

冯橙懒得提尤家的恶心事，笑道："路过这里突然想吃烧鸡，所以就进来了。"

陆玄莞尔。想吃就吃，冯大姑娘这种心态不错。

"陆大公子这几日还忙吗？"

"算不上太忙。"陆玄喝了口茶，随口道。

迎月郡主的事情告一段落，他这几日精力一部分放在寻找弟弟上，一部分则放在盯紧翰林院那名姓戚的编修上。

"根据惯例，顺天乡试的考官任命要到八月才出来，那个事情急不来。"

科举关乎朝廷选拔栋梁之才，历来都是大事，为了保证公平在防止舞弊上有不少手段。

· 228 ·

比如乡试考官只能由京官担任，各省考官任命时间并不一样，路程远的在四月下旬就要选派，路途近的到了七月才选派，至于顺天乡试就在京城举行，任命时间就更晚了，按惯例到八月才会决定人选。

防的就是太早定下考官，给了一些人打通关节的时间。

听了陆玄的话，冯橙轻叹口气："可惜我在这件事上出不了什么力。"

看着有些丧气的少女，陆玄不知怎的生出揉一揉她脑袋的念头。

少年抬了抬手，又默默放下。不能揉，男女授受不亲。

陆玄想了想，安慰道："我这边盯着呢，如果有情况会告诉你。"

又怕对方误会他太热心，少年补充道："毕竟此事一开始是冯大姑娘提供的线索。"

虽然少年的安慰别别扭扭，冯橙还是被安慰到了，诚心道谢："那就多谢陆大公子了。"

"不谢。"少年啜了一口茶，悄然扬唇。

想想在陶然斋耽搁了不短时间，冯橙问："陆大公子吃好了吗？"

陆玄微微点头。

"那就结账吧，我也该回府了。"冯橙招来伙计，"给我打包两只烧鸡，结账。"

"好嘞。"伙计热情应下，余光扫了身姿挺拔的少年一眼。

少年面无表情看过来。

伙计头皮一紧，赶忙走了，进了后堂才敢摇头。

那位公子长得倒是俊朗，怎么让人家小姑娘请吃烧鸡呢？

冯橙提着打包好的烧鸡走出酒肆，与陆玄道别后上了停靠在路边的马车。

目送马车远去，少年悄悄揉了揉肚子。好像吃撑了……

回到尚书府，冯橙吩咐白露把一只烧鸡送去长夏居，提着另一只烧鸡去了尤氏那里。

"橙儿怎么才回来？"见到女儿，尤氏那颗心才算放下来。

"路过陶然斋突然想吃烧鸡了。"冯橙扬了扬手，"还给母亲与三妹带了回来。"

尤氏一方面感动女儿的孝顺，一方面又担心女儿的安全，嗔道："想吃陶然斋的烧鸡，随便打发人去买回来就是了，一个人在酒肆吃哪里方便？"

冯橙沉默了一瞬，道："但女儿还没在酒肆里吃过烧鸡。"

尤氏顿了一下，抬手轻轻理了理少女柔软的发："橙儿以后再想吃，母亲带你去。"

放在别人家，太太带着女儿去逛银楼、脂粉铺顺便在外面用个饭不算什么，而她因为早早守寡，觉得不好抛头露面，这方面亏欠女儿许多。

想想女儿一个人在酒肆吃烧鸡的情景，尤氏不由心疼。

"橙儿，今日你表哥惹你生气了？"

冯橙皱眉："白露跟您说的？"

"是母亲问她的。你素来乖巧懂事，再急的事也不会招呼不打就走。"

冯橙心中冷笑。

可不是么，因为两家门第悬殊，她素来注意这些，唯恐让外祖家的人感到怠慢。

可能就是这样，他们才觉得她与母亲好算计，甚至让尤含章生出娶了退过亲的她是受了天大委屈的错觉。

"女儿以后不想再提他。"

白露会对母亲透露，自然是她示意的。

没有确凿证据之下，一股脑说出舅舅一家的狼子野心太过冒险，那就试探着一步步来。听冯橙这么说，尤氏有些难受。

娘家侄儿让她恼怒不假，可女儿与娘家疏远也是她不愿见到的。

"你表哥想法是混账了些，如今你们表兄妹都大了，以后少接触就是。不过你外祖母疼你的心是真的，不要因为这件事与你外祖母疏远了。"

冯橙自然不会傻得与母亲讨论外祖母是不是真心疼她的问题，笑盈盈道："女儿知道外祖母疼我，表哥要是真敢让舅母去和外祖母提我们的亲事，外祖母定会把他们一顿臭骂。"

她先说了这话，倘若舅母真的去和外祖母提，就看外祖母的反应会不会让母亲失望了。

尤氏欣慰地笑了："我就知道橙儿是个懂事的。"

"母亲，您尝尝女儿带回来的烧鸡，我先回晚秋居了。"

"去吧。"

冯橙回到晚秋居，立刻吩咐小鱼去找钱三。

"姑娘有什么事吩咐小的？"钱三恭恭敬敬问。

不敢不恭敬，只要一想汀兰苑那位如今的处境，他就觉得恭敬得还不够。

"这次找你，是要你盯着一个人。"

之前钱三办的事让冯橙还算满意，想来想去，这件事还是交给他合适。

"不知姑娘要小的盯着哪个？"

"我舅舅。"

"啊？"钱三听傻了，下意识揉揉耳朵。

大姑娘让他盯着亲舅舅？

冯橙面色微沉："怎么？"

钱三心头一凛，忙拍拍胸脯："姑娘放心交给小的就是，无论是找出令舅的外室，还是其他，小的手到擒来。"

冯橙嘴角微抽："没让你盯那些。"

"那您是——"

"把他常去的地方、常打交道的人记下来就是了，若有什么反常也要及时禀报。"

钱三一听这比上次的事还简单，毫不犹豫应下来，一直到离开还在纳闷大姑娘如此安排的目的。那可是亲舅舅，总不会害大姑娘吧，哪有外甥女悄悄派人盯着舅舅的？问题是再好奇也不敢问啊。

尤氏离开尤家后，许氏把儿子叫过去问情况。

"你表妹去看你妹妹，半路上就那么走了？当时就没对你说什么？"

"嗯。"尤含章闷闷点头。

婚姻大事，讲究父母之命媒妁之言，私订终身可不合规矩，对表妹说的那些话他当然不好意思对母亲提。

"这也太无礼了。"许氏脸色沉下来，越想越不快，"那日你说表妹不错，娘就犹豫，毕竟是退过亲的。如今看来，你表妹的性子也没那么乖巧，那就更该慎重了。"

她犹豫，不是因为冯橙退过亲。儿子一心读书，心思单纯，她却是明白的。那可是尚书府的姑娘，别说退过亲了，就是再嫁都轮不到他们这等人家。之所以拿冯橙退过亲说事，是惊觉儿子对表妹有意，怕他以后被那丫头拿捏住罢了。

她犹豫的是对付尚书府的那方势力。

转念一想，这些高官斗来斗去再正常不过，堂堂礼部尚书哪会那么容易出事。

正是因为冯橙退了亲，又有着姻亲关系，尤家才有与尚书府结亲的可能。

她便答应了儿子等秋闱后去和老夫人提。

大姑姐是个面团性子，只要老夫人开了口，没有拒绝的道理。

就是现在指出冯橙性子不好也不是打消了结亲的念头，而是让儿子知道对方缺点，以后在出身高门的表妹面前不至于矮一头。

尤含章一听，不由急了："母亲，表妹还算懂事。"

印象中表妹温柔有礼，还很爱笑，那日可能是撞邪了。

对，就是撞邪，不然怎么会把他一个大男人踢飞？

嘶——若是如此，那要给表妹驱邪啊！现在他们只是表兄妹，想做个什么多有不便，为了表妹安危着想，看来亲事要早点定下。

若表妹只是因为出事变了性情，他也有立场好好管束。

瞧着儿子的急切，许氏脸一板："来外祖家做客，连一声招呼都不打就走了，这叫懂事？"

"母亲，表妹可能真的有急事。"这个时候，尤含章开始后悔没替表妹遮掩了。

"行了，娘知道你的心思，你且好好读书，一切等秋闱后再说。"许氏适可而止，给儿子吃了颗定心丸。

尤含章正为表妹可能中邪的事着急，这颗定心丸可吃不下。

"母亲，您能不能先请祖母探探姑母的口风？"

许氏皱眉："含章，秋闱在即，这个时候提这些可不合适。"

秋闱之后儿子一个举人身份跑不了，到时候向尚书府提亲也有底气。

"儿子就想知道姑母的意思，至于谈亲事，当然是等秋闱之后再说。"

见许氏还犹豫，尤含章再道："母亲，有这么个事悬着，儿子的心总静不下来。"

许氏只好点了头。虽说有贵人的许诺，可到时候答卷的还是儿子，要是太差也难办。

过了两日，许氏趁着尤老夫人心情好，试探着道："老夫人，咱们含章都十七了，过了秋闱亲事也该考虑了。那日儿媳与老爷商量，觉得含章的终身大事还是要您来把关。"

听许氏这么说，尤老夫人心中颇为受用，嘴上却道："含章的亲事有你们当父母的做主就是了。"

许氏笑笑："老爷一个大男人哪里了解谁家姑娘不错？至于儿媳，接触的要么是娘家侄女，要么是姐妹家的外甥女——"

尤老夫人一听就皱了眉。不是说儿媳提到的那些小姑娘不好，可含章的亲姑母是尚书府的太太，难道含章要娶那些小门小户的闺女？

"也是儿媳圈子窄了，不怕老夫人笑话，在儿媳眼里最好的就是表姑娘了。"

尤含章并非只有姑家表妹，可在尤家提到表姑娘，家里上下想到的只有一位：尚书府的大姑娘。

尤老夫人听了许氏这话，微微眯眼。

听话听音，她自然明白儿媳的意思，这是看中橙儿了？

"橙儿是尚书府的姑娘。"

许氏见尤老夫人反应不大，笑道："也是瞧着含章与他表妹青梅竹马。以前表姑娘亲事在身，自是不敢想，只能可惜两个孩子没缘分，如今想想若能亲上加亲就再好不过了……"

尤老夫人眸光微闪。

亲上加亲的念头，这么多年来她从没想过，实在是两家门第差得大了些。

不过现在确实不一样了。橙儿出了那么一桩事，要是向女儿提一提，未尝不可。

女儿她是了解的，橙儿落入拐子手中要是真遇到什么难堪事，女儿第一个就受不住，哪还会若无其事带着橙儿回娘家。

"老夫人要不要问问姐姐的意思，含章毕竟不小了，姐姐若是觉得不合适，咱们再好好打探有没有合适的姑娘。"

尤老夫人沉吟一番，含糊道："再说吧。"

问是要问的，但不能把话说满。

回头女儿若是不愿意，就对儿媳说她考虑后觉得不合适，免得姑嫂起嫌隙。

尤老夫人被许氏说动了心思，趁儿媳带着孙女去万福寺上香的时候，以身体不舒坦为借口打发人去请尤氏。

尤氏急慌慌赶来，满眼担心："母亲，您哪里不舒服？"

尤老夫人靠着床头屏风，揉了揉太阳穴："不知怎么就一阵阵头晕。"

"请大夫来看了吗？"

"请过了，大夫说没有大碍。"

"女儿知道一个太医还不错，要不请来给您瞧瞧？"

"请什么太医，人上了年纪就这样，哪有没个头疼脑热的？"尤老夫人看着女儿，轻叹口气，"就是不舒坦的时候啊，便忍不住想我还没看到含章娶妻，橙儿出阁呢。"

尤氏一怔，突然就想到女儿那番话：表哥要是真敢让舅母去和外祖母提我们的亲事，外祖母定会把他们一顿臭骂。可母亲现在对她说这个是什么意思？

尤氏心里一阵不舒服，暗暗宽慰自己：定是她想多了，母亲这话不过有感而发。

"咳咳。"尤老夫人咳嗽两声，"元娘，你觉得含章与橙儿两个孩子怎么样？"

尤氏看着目露期待的母亲，一颗心沉了下去。所以不是她多想么？

尤老夫人察觉尤氏神情不对，问道："怎么了？"

尤氏按住那颗下沉的心，勉强笑笑："就是突然听您提到橙儿的亲事，有些意外。"

尤老夫人叹口气："我知道你是因为薛家退亲的事烦心。奈何世情如此，人们一时议论是难免的，好在咱们都知道橙儿的好。"

尤氏抿了抿唇，没吭声。

尤老夫人一时摸不透尤氏心思，笑道："橙儿是咱们看着长大的，全家都疼她自不必说。她与含章如今都到了男婚女嫁的年纪，我寻思着若能亲上加亲就再好不过了。"

尤氏垂着眼帘，依然不吭声。

"元娘，你究竟怎么想，与母亲还不能说么？"尤老夫人有些烦躁了。

女儿什么都好，就是性子不够爽利。

又沉默了片刻，尤氏终于开了口："想要亲上加亲不知是母亲的意思，还是弟弟、弟妹的意思？"

"我当然盼着橙儿嫁进来，至于你弟弟两口子，更是求之不得。"

"这么说，是弟妹看中了橙儿？"

尤老夫人虽觉尤氏语气有些怪异，却没多想，笑着道："她啊，满心满眼就看着橙儿好。"

尤氏的心彻底坠到了谷底。女儿与侄儿起了嫌隙，她担心女儿与母亲疏远还特意劝过。想想橙儿当时说的话，再听听母亲现在说的，就仿佛一个耳光重重甩在脸上，令她火辣辣脸疼。

"怎么，你觉得尤家门槛低了？"端详着尤氏脸色，尤老夫人皱起眉头。

虽说做好尤氏不愿意的打算，可真被女儿拒绝，尤老夫人心中还是难免恼火。

在老太太看来，两家是有差距，可外孙女退过亲，孙儿读书用功是个好孩子，亲上加亲又不必担心受婆家磋磨，女儿竟连考虑都没有就不愿意？

尤氏当然是不愿的，不但不愿，还因为冯橙那番话罕有地对母亲生了几分不满。但直接拒绝的话又说不出口。

好在性子柔弱也有柔弱的好处，尤氏略一犹豫道："不瞒母亲，婆婆说过橙儿的亲事以后由她做主，女儿不必管。"

一番话说得理所当然，令尤老夫人听得心堵。

"婚姻大事讲究父母之命，你到底是橙儿的亲娘，难道橙儿亲事全由着她祖母？"

尤氏笑笑："婆婆是二品诰命，来往皆是贵夫人，为橙儿谋划亲事比我一个守寡之人强多了。"

尤老夫人恨铁不成钢，可看着面团般的女儿又无可奈何。

"母亲若是好些了，女儿就先回去了。自从妯娌养病，婆婆把一些家事交到女儿手里，倒是不如以往得闲。"

"回去吧。"尤老夫人懒得再看尤氏。

回去的马车上，尤氏彻底沉了脸色，靠着车壁浑身发冷。

倘若娘家待橙儿如珠似宝，这门亲事不是不能考虑。

她不愿意，不是觉得娘家门槛低了，而是侄儿把女儿看低了。

夫君还在的时候，待她很是不错，画眉之乐常有，婆母为难她时更是多有维护。

饶是如此，常居深宅之中，她也没少因为婆母的挑剔受委屈。

侄儿还没有与女儿成为夫妇就已经把女儿看低，等过了蜜里调油的那几年，还能指望他替女儿遮风挡雨吗？

尤氏是软弱，却不糊涂。女儿与娘家侄儿的亲事绝不能答应。

她的橙儿，正是因为遭了那么大的磨难，才更要找个会疼惜她的人。

回到府中的尤氏越想越不是滋味，不知不觉走到了晚秋居。

晚秋居中蝉声阵阵，尤氏才踏进院门就听到笑声传来。

"小鱼姐姐，那里有一只，就在你左上边！"

尤氏定睛一看，那个叫小鱼的丫鬟正踩在树上抓知了，两个小丫鬟站在树下凑热闹。

不远处一把躺椅微微摇着，杏色衫子的少女躺在上面，身边挤着一只肥猫。

阳光透过枝叶疏疏洒下，温柔落在少女白皙的面庞上，亦落在睡得正香的花猫身上。一人一猫，很是温馨。

尤氏瞧着这一幕，不知为何想要落泪。

白露正给冯橙打着扇，瞧见尤氏忙喊道："太太来了。"

躺椅上的少女蓦地睁眼，看向院门处。

尤氏走了过来，看着女儿额头沁出的细密汗珠，嗔道："怎么不在屋中睡，外头太阳这么大。"

冯橙站起身来，冲尤氏扬唇一笑："没睡，看小鱼抓知了呢。"

尤氏扫一眼树上的小丫鬟，一阵心惊肉跳。还好女儿乖巧，只是看看。

"母亲不是出门了，怎么这么快回来了？"

"没有什么事就回来了。"望着笑靥如花的女儿，尤氏实在无法把尤老夫人那些话说出口。

好在她拒绝了，无论是母亲还是弟媳，总不可能对橙儿一个小姑娘说什么。

"母亲没事吧？"冯橙打量尤氏反应，再想想她今日去处，心中一动。

不会吧，她才悄悄埋了根刺在母亲心里，外祖家就有行动了？这也太争气了！

冯橙精神一振，面上半点不露："母亲出门也没叫我，女儿只知道您去了外祖家，莫不是外祖母身体不舒服？"

"你外祖母好着呢，别担心。"看看一脸关心的女儿，再想想一心为侄儿打算的母亲，尤氏心中越发不是滋味。

听尤氏这么说，冯橙如释重负："那就好，不然母亲该着急了。"

"橙儿——"尤氏眼睛发酸，想要落泪。

"您怎么了？"

尤氏把泪意压回去，揽住女儿的肩："母亲就是突然想你了。"

冯橙静了一瞬，拥住尤氏。她也想母亲。无论母亲坚强还是柔弱，都是她的母亲。

"母亲。"

"嗯？"尤氏松开手，看着笑意浅浅的少女。

"吃西瓜吗？在井水中浸过的又甜又冰凉的西瓜。"

话题转得太快了些，尤氏先是一怔，而后笑着点头："好。"

"白露，去切西瓜。小鱼，别抓知了了，下来吃西瓜，大家人人有份。"

小鱼直接从树上蹦了下来。

两个小丫鬟一听有西瓜吃，欢喜不已。

晚秋居的人热热闹闹吃着西瓜，长宁堂那边的大丫鬟婉书过来了。

"大姑娘，老夫人请您去一趟。"

院中一静，吃着西瓜的几人纷纷看向冯橙。

冯橙拿帕子擦擦嘴角："母亲，那我去长宁堂看看。"

"去吧，母亲也该回去了。"

母女二人一同走出晚秋居，热气便扑面而来，到了路口处一个回了怡馨苑，一个由婉书陪着往长宁堂去了。

长宁堂中很安静，连蝉鸣声都无。

立在门外的丫鬟一见冯橙过来，忙挑起帘子："大姑娘到了。"

冯橙走进去，屈膝向牛老夫人问好。

牛老夫人面带笑意问："在屋中做什么呢？"

"吃西瓜。"冯橙如实道。

牛老夫人抽了一下嘴角。

吃西瓜当然不是什么错处，可随口说个弹琴、绣花是不是更好听点儿？

有心数落几句，可偏偏这丫头运气好。

牛老夫人移开手，露出一张精美帖子："这是长公主府送来的，看看吧。"

大丫鬟婉书把帖子奉给冯橙。

冯橙接过看了，原来是请她去长公主府做客的帖子。

"回帖已经交由长公主府的人带回去了，等会儿那边就会来马车接你。"牛老夫人淡淡道。

冯橙抿了抿唇，语气平静道："祖母，您应该先打发人去问问孙女有没有事。"

牛老夫人听了心生不快："你今日又没出门，能有什么事？"

冯橙听出牛老夫人的不悦，不为所动："不管孙女有没有事，总该先问过我。若是我身体不适，岂不是要对长公主府出尔反尔？"

牛老夫人被噎了一下，有些下不来台，沉着脸道："你还要教祖母行事不成？"

"孙女不敢。"冯橙屈了屈膝，待直起身子时突然一晃。

"大姑娘！"婉书一惊，忙去扶她。

冯橙抬手扶额："突然有些头晕。啊，不会是病了吧？"

别说是牛老夫人，就连婉书都快控制不住表情了。大姑娘装得太浮夸了吧？

牛老夫人黑着脸想骂，可视线落在少女过于白皙的面上，到嘴边的斥责又默默咽了下去。也不知大丫头怎么回事，这脸色就没个红润的时候，真要去了长公主府说自己病了，让永平长公主怎么想她这个当祖母的？

接了帖子就巴巴把生了病的孙女送过去？显得过于奉承不说，多心的还会担心被过了病气。

看着大孙女娇弱扶额的模样，牛老夫人气不打一处来：这个死丫头，竟敢明晃晃威胁她！可令她憋闷的是还不得不接受这个威胁。

"婉书，给大姑娘倒杯茶来。"

"我想喝蜜水。"

牛老夫人压着恼火，冲婉书点头："给大姑娘调一杯蜜水来。"

不多时，冯橙坐着小机子喝上了蜜水。

"可好些了？"

冯橙冲牛老夫人甜甜一笑："好多了。"

她是看明白了，乖巧懂事得不来祖母的真心疼爱。

在祖母心中，家族名声利益才是首位，乖巧的孙女不过是锦上添花。当这朵花影响了祖母真正在意的那些东西，把花折了就是了。

既然如此，她何不让自己活得舒服些？

反正不管祖母如何恼怒，只要长公主府请的是她，那祖母就会给她蜜水喝。

少女唇边挂着若有若无的讥笑，垂眸又啜了一口蜜水。

"那就好。"牛老夫人点点头，忍着怒道，"门人不懂事，把你的帖子送到了长宁堂来，下次让人直接送到晚秋居去。"

冯橙见好就收，笑盈盈道："多谢祖母。"

"回去换身衣裳吧，出门做客不可失了尚书府的礼数。"

等冯橙换好外出的衣裳，长公主府来接她的马车也到了。

两府同在西城，路程远不到哪里去，冯橙只不过在车中打了个盹儿，长公主府便到了。

在外等着她的是女官翠姑。

"冯大姑娘一路辛苦了。"

冯橙福了福身子，客气问好。

翠姑笑着解释："是殿下惦记冯大姑娘了，就想见一见。"

"我知道了，多谢姑姑提点。"

看着安安静静走在身边的少女，翠姑忍不住多说两句："冯大姑娘不必紧张，说来也是大姑娘与殿下投缘，才令殿下时时想起。"

世人不清楚害死郡主的真凶，她却是知道的。而能揪出幕后黑手，少不了冯大姑娘的功劳。

只此一点，她就不由对眼前少女好感大增。

说话间就到了牡丹园。牡丹院中草木葱葱，唯独牡丹花早已谢了。凉亭中一道纤影独坐，显得孤单落寞。

冯橙望见那道弱不胜衣的身影，心中叹气。梦里曾经威慑四方的长公主，因为独生爱女的失踪垮掉了身体，后来终于寻到迎月郡主骸骨，却迟迟查不出幕后黑手。

这般拖了没多久，永平长公主便郁郁而终。

长公主的夫君杜先生辞去清雅书院山长，时常提着酒壶枯坐在永平长公主坟前。有一日许是喝多了，就在坟前睡着了。

那是个寒冷的冬日，杜先生这一睡再没有醒来。

想着那些惨烈的事，少女下颌微扬，迎着六月的阳光缓缓吐出一口浊气。

如今长公主知道了幕后真凶，结果会不一样了吧？

对幕后真凶愤怒也好，无力也罢，终归比寻不到一个结果要强得多。

解开了那个心结，长公主或许就不会郁郁而终，杜先生也不会醉酒而亡。

"冯大姑娘？"见冯橙突然驻足，翠姑轻轻喊了一声。

冯橙收回思绪，随着翠姑快步走进凉亭。

"殿下，冯大姑娘到了。"

永平长公主转过身来，摆了摆手。

翠姑默默退出凉亭。

"臣女见过殿下。"冯橙微微屈膝。

穿着缃色裙衫的少女，仿佛满园葱绿中唯一的鲜花，娇妍清丽，令人移不开眼睛。

永平长公主凝视了少女一瞬，轻声道："冯大姑娘，来这里坐。"

冯橙道了谢，大大方方在永平长公主对面坐下。

"本宫记得冯大姑娘闺名冯橙，没有记错吧？"

"劳殿下记挂，臣女闺名一个'橙'字。"

"冯橙——"永平长公主颔首，"是个朗朗上口的好名字，可有什么寓意么？"

"臣女的名字是先父起的，取自'一年好景君须记，最是橙黄橘绿时'这句诗。"

一年好景君须记，最是橙黄橘绿时。

听少女平静解释名字的来历，永平长公主的心仿佛被调皮的蜂子轻轻蛰了一下。

都说秋日凄凉，冯大姑娘的父亲却从这句诗中挑了字给女儿取名。在一位父亲心里，女儿来到之时，便是这一年中最美好的风光了。

那一定是位很疼爱女儿的父亲，可对眼前小姑娘来说已是"先父"。

"冯大姑娘是秋日生的？"

冯橙点头："臣女生在秋末。"这也是她的住处晚秋居的由来。

"秋末啊。"永平长公主想到了女儿，喃喃道，"迎月是仲秋生的。"

冯橙动了动唇，没有开口劝。

对一位失去独女的母亲而言，这些劝慰太苍白。

"冯大姑娘今年十五岁了吧？"

"是。"

"与迎月一般大呢。"永平长公主看着雪肤花貌的少女，仿佛看到了及笄的女儿。

迎月若是长到十五岁，也会像冯大姑娘一样好看吧？永平长公主一时想出了神。

冯橙静静坐着，没有打扰对方。

守在凉亭外的翠姑隔着亭角垂下的轻纱往内看，悄悄抹了抹酸涩的眼角。

不知是不是错觉，殿下与冯大姑娘相处时好像有了精气神。

永平长公主出神的时间有些久，久到风把轻纱吹起，不耐烦吹动她的裙摆，这才回过神来。

对面的少女眉眼沉静，既没有不耐烦，亦没有紧张忐忑。就仿佛本该如此。

永平长公主脱口而出："冯大姑娘可愿做我的义女？"

冯橙愣了一下，望着永平长公主一时忘了说话。

永平长公主也愣了。她不明白刚刚为何问出那句话，明明在请冯大姑娘过来时，她就是听着令人烦躁的蝉鸣想见一见这个小姑娘而已。

迎月性子活泼，到了炎炎夏日会偷偷爬到树上捉知了。

她其实是知道的，但并不想太过约束女儿。

在她看来，年少时快活一些，当长大后不得不面对人生风雨，能从这些美好的回忆中汲取勇气与力量。那时的她，何曾想到女儿永远不会长大了呢？

问出这话后，永平长公主其实有些迟疑。

她认冯大姑娘为义女，是为了满足自己重新拥有女儿的自私，迎月会怪她吗？

好像有些冲动了。在对面少女沉默时，这个念头从永平长公主心中一闪而过。

而冯橙因为过于吃惊愣了好一会儿后，终于回神。

"臣女感激殿下的厚爱。"她起身对着永平长公主福了福，"只是这样的大事臣女无法决定，需要与家人商议。"

她顿了一下，还是坦然道："也要看家母的想法。"

如果认永平长公主为义母会让母亲不安，那她便不愿这样做。

世上比母亲身份高贵，强大能干的人不计其数，可别人再好，都不是父亲吟诵"一年好景君须记，最是橙黄橘绿时"时，拥着襁褓中的她微笑聆听的那个妇人。

听了冯橙的回答，永平长公主有些松口气，又有些遗憾。

她一时理不清复杂的心情，歉然道："这样的大事确实不该随口说说，是本宫思虑不周了。"

冯橙亦松了口气。能借着永平长公主的另眼相待让她在家中不至于如履薄冰便足够，至于攀龙附凤的心思，她并没有。

"夏日炎炎，冯大姑娘在家中一般做什么？"

这种话题对冯橙来说就轻松多了。

她笑着回答："偶尔会出门玩，在家中时都是随便打发时间，近来喜欢看小鱼爬到树上捉知了。"

永平长公主心头微动，不由问道："冯大姑娘会捉知了么？"

"也会捉，不过不能让家母知道。"

永平长公主笑起来。

翠姑听到亭中飘出来的笑声，默默擦了擦眼角。

永平长公主留冯橙吃了茶点水果，命翠姑亲自把人送到马车上。

马车要驶动的时候，翠姑喊了一声："冯大姑娘。"

车窗帘挑起，露出一张俏脸。

"姑姑还有事？"

"今日多谢你了。"

冯橙不解，静静看着车外女官。

"殿下许久没有这般开怀了，或许过几日还会请冯大姑娘来玩。"

冯橙莞尔一笑："姑姑客气，能令殿下开怀，是我的荣幸。"

翠姑注视着马车远去，这才回去禀报。

永平长公主沉默半响，突然道："刚刚本宫想认冯大姑娘为义女。"

翠姑愣了一下，而后笑道："那是好事啊，冯大姑娘娴静乖巧——"

"她婉拒了。"

这次翠姑真的愣住了："冯大姑娘不愿意？"

这一刻，她只有震惊，连在她心中无人能及的殿下被人拒绝的不满都忘了生出。

冯大姑娘竟然拒绝做殿下的义女？

"也不算不愿意，但她顾虑她的母亲。大概是怕成了本宫的义女，她母亲会患得患失吧。"永平长公主笑笑。

"殿下别生气，冯大姑娘还小，不懂事——"

永平长公主淡淡打断翠姑的话："不，本宫反而更觉得她是个好孩子。"

想一想若是迎月不跟她说一声就认了别人当义母，她也会不高兴的。

"冯大姑娘也是秋日生的，比迎月小一个来月……"永平长公主喃喃说了一句，起身离开了牡丹园。

逢春

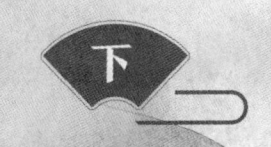

下

著 柳叶 冬天的

重庆出版集团 重庆出版社

目录

第1章 结识 ～1

第2章 拜师 ～23

第3章 师兄 ～48

第4章 恶报 ～74

第5章 动心 ～96

第6章 橙子 ～121

第7章 解决 ～147

第8章 礼物 ～171

第9章 阿黛 ～196

第10章 秘密 ～222

番外 双生 ～246

番外 灯节 ～249

第1章 结识

接下来天儿越发热,好似蒸笼笼罩着京城。

冯橙整日窝在晚秋居,隔上三五日便会有长公主府的马车来接她去玩。

牛老夫人瞧在眼里,对时不时出门的孙女不再约束。

不知不觉中,七月就过了大半。

这日冯橙去了清心茶馆,听钱三禀报消息。

"坐。"冯橙指指对面椅子。

钱三规矩坐下,满脸堆笑。

"说说有什么消息吧。"冯橙倒了一杯凉茶递过去。

钱三把凉茶咕咚咕咚喝了,忙道:"小的最近发现有个人与舅老爷走得很近,觉得有些异常,所以来跟您说一声。"

"什么异常?"

"上个月的时候舅老爷与那人一起喝酒,那人对舅老爷还不怎么客气,可就在前几日突然周到起来,几乎日日叫着舅老爷喝酒。小的琢磨着舅老爷也没啥让人可图的,居然还有人献殷勤,这肯定有问题啊,就赶紧来向大姑娘禀报了。"

钱三说完,缓缓反应过来:他对大姑娘说舅老爷没啥让人可图的,会不会有点不合适?

好在对面少女听了,面上并没露出不满,而是直接问道:"这个人是谁?"

"小的听舅老爷称呼对方欧阳兄。"

在京城,复姓欧阳的人不多,奈何冯橙对尤大舅那些酒友毫无了解,自然不知道钱三提到的欧阳兄是何人。

但不知为何,她又隐隐有些熟悉,似是在什么地方听过。

"这人的姓名你知道么?"

"小的还没来得及打探。"钱三忍不住诉苦,"天太热了,舅老爷打交道的人又多,小的盯得头晕眼花,一发现异常立刻来向姑娘禀报了。"

这么热的天整日盯梢,也就他钱三能办到了。说到这,他又忍不住羡慕尤大舅。舅老爷那是什么神仙日子啊,日上三竿出了门就寻个小馆子喝酒,能从晌午喝到晚,中间都不带歇的。

他也想这样,日上三竿出了门就去赌坊,从晌午赌到晚,然后带着鼓鼓的荷包回家。

"辛苦了,拿去喝茶。"冯橙把一角银子放在钱三面前。

"这怎么好意思,为姑娘办事不是应该的么?"钱三飞快把银子揣入袖中,眉开眼笑。

"你尽快把那人的情况打探清楚，及时报我。"

"姑娘交给小的就是。"

冯橙端起茶杯："去吧。"

钱三美滋滋离开，走出大堂迎面遇见一个少年，脚步一顿。

这黑衣少年他见过啊，当时还一直看他来着。

对了，大姑娘说是因为这少年觉得他好看。

觉得他好看么？钱三下意识摸脸。

陆玄面无表情看钱三一眼。这个尚书府的小厮莫不是有病？

说起来，整个尚书府除了冯大姑娘，似乎都有点不正常。

少年晃过这个念头时，是想到了祖父。

明明两家误会都弄清楚了，祖父与冯尚书居然又打了一架。

这当然是冯尚书不正常。

堂堂礼部尚书，与曾经砍敌人脑袋如砍西瓜的祖父打架，不是不正常是什么？

陆玄大步走进清心茶馆，直奔二楼雅室。

雅室外果然站着那名叫小鱼的婢女。

陆玄直接敲门："是我。"

冯橙从二楼窗口早就看到了陆玄与钱三的偶遇，对于陆玄会出现在她面前毫不意外。

"进来。"

门很快拉开，黑衣少年大步走了过来。

"陆大公子今日怎么有空来喝茶？"冯橙熟稔搭话。

陆玄坐下，看着眼前明显用过的茶杯拧眉："这是那个小厮喝过的？"

"是啊。"

少年面色微沉，语气冷淡："冯大姑娘倒是不讲尊卑。"

一个男仆坐在姑娘对面喝茶，怎么想那个情景都觉得不该。

"毕竟为我做事，这么热的天总要给杯凉茶喝。"冯橙捧着茶杯，又问起陆玄过来的原因。

"出门办事，口渴了正好路过。"少年给出解释，深深看她一眼。

这丫头哪来这么多为什么，还自来熟连着问两遍。

冯橙拿起一只未用过的杯子，倒了凉茶递过去："这么热的天，出门办事确实辛苦。"

陆玄几口把凉茶饮尽，淡淡道："所以冯大姑娘还是少出门。我听说有户人家的女儿出去玩，中了暑气热死了。"

冯橙："……"

虽然知道陆玄不会乱说，可这种提醒她一点不想听。

这时门外传来声音："公子，小的切了一盘西瓜，您二位要不要尝尝？"

"进来。"

伙计走进来，把一大盘切得均匀的西瓜摆在二人面前。

"后院井水里浸了大半日，吃着最是凉爽可口。"伙计笑嘻嘻道。

陆玄颔首，示意伙计可以出去了。

"那您二位慢用。"伙计走出房门，摇了摇头。

每次公子与冯大姑娘聚过，他就闻着雅室里有一股不属于茶馆的香味，经过仔细观察推测，终于发现了真相：公子竟然吃人家姑娘的零嘴儿。

发现真相后，他就震惊了：怎么能每次约会都吃人家姑娘的呢！

那盘甜甜凉凉的西瓜，就是他替公子找回的面子。

陆玄想想这么热的天冯大姑娘应该不会随身带着小鱼干了，便拿起一片西瓜递过去。

"多谢。"冯橙毫不忸怩啃起了西瓜。

也就是一刻钟的工夫，二人面前就只剩了一堆瓜皮。

凉茶是喝不下了，冯橙拿帕子擦了擦嘴角，提出告辞。

每次见面后一方先离开，也算二人间的默契。

一出茶馆，热浪便扑面而来。

清心茶馆离着尚书府不算远，冯橙是走着来的，这时候有些后悔了

茶馆伙计追出来："冯大姑娘。"

冯橙回头看他。

伙计手中拿着一把竹伞："这是公子让小的拿给您的，可以遮日头。"

"替我谢过陆大公子。"冯橙示意小鱼把竹伞接过，抬眸看了一眼二楼窗子。

窗边并不见那道熟悉身影。

少女忍不住弯唇。

她相信伞是陆玄让拿过来的，但"可以遮日头"这个话定是茶馆伙计补充的。

不过说没说关心话有什么关系呢，她有伞可以遮阳了，可比帷帽管用许多。

一只手伸出，把青竹伞递到冯橙面前。

小鱼面无表情问："您要自己打伞，还是婢子来？"

本来这话不该问，当然是当丫鬟的来撑伞，可姑娘一直盯着她手中伞，像是要抢过去。那她还是问问吧。

"我来吧。"冯橙莞尔，刚把伞接过就听一道诧异声音响起。

"表妹？"

她缓缓转头，便见尤含章沉着脸大步走过来。

"这么巧，遇到了表哥。"少女微微一笑，虽然很想用手中竹伞敲尤含章的头，还是默默忍住了。

不能敲，万一敲坏了无法参加科举，就没办法抓到他作弊了。

看着盈盈浅笑的表妹，尤含章却满心不悦。他偶然路过，无意间瞥见停在茶馆

外的少女有些眼熟,再听声音,不是表妹是谁?

"表妹怎么会在这里?"

听出尤含章的不悦,冯橙毫不在意:"天热,来喝茶。"

"一个人?"

"带着小鱼。"冯橙觉得耐心快没了。

"表妹,你一个大家闺秀怎么独自跑来喝茶,就不怕别人瞧见了议论?"

尤含章义正词严之际,一块瓜皮从二楼窗子飞了出来。

浅绿与墨绿纹相间的瓜皮,精准地糊在了尤含章脸上。

尤含章哪会想到这种飞来横祸,甚至没看清这是一块瓜皮,当即发出一声惨叫。

瓜皮落下来,掉在地上摔成两三块。

尤含章放开捂着脸的手,看到手上鲜血,登时惊慌失措。

那一瞬间他只有一个念头:毁容了!若是毁容,就无法参加科举了。

反应到这里,尤含章再也承受不住,眼前一黑就要栽倒。

冯橙手疾眼快把他扶住:"表哥,你没事吧?"

窗内少年以隐蔽的角度盯着街上,瞧见这番情景目光微凉。

看不出来,冯大姑娘对表哥还挺关心。

说起来,他与冯大姑娘相识不过数月,零零碎碎出现在她身边的年轻男子还真不少。从前未婚夫到不正常的小厮,再到傻子表哥,各有特色,应有尽有。

尤含章这时候顾不得读书人的斯文,惶然问道:"表妹,我的脸是不是毁了?"

他说着又去伸手摸,见摸了一手血,当下又要昏倒了。

冯橙十分镇定:"瓜皮不是利器,没办法毁容的,表哥只是流了些鼻血而已。"

在瓜皮飞过来的瞬间她就发现了,刚开始以为是暗器,想替尤含章挡一挡,认出是瓜皮就决定随它去吧。

"鼻血?"尤含章心下一松,举袖擦拭。

"表哥放心好了,脸上一点伤痕都没有。不过鼻血擦了满脸不大好看,表哥赶紧回家收拾一下吧。"

放在平时尤含章最在乎这些,如今恢复了理智,不由连连点头。

转身走了一步,他反应过来:"表妹,刚刚的瓜皮是从哪里飞过来的?"

冯橙嘴角微抽。她可真是高估了尤含章,居然连瓜皮从哪里飞过来的都不知道。

既然这样,那就不好意思了。

少女眨了眨眼,面露茫然:"表哥是问那块砸到你脸上,把你鼻子砸出血的瓜皮吗?"

尤含章:"……"

听表妹这么一说,更生气了!

"表妹可看清了?"

"没有啊。表哥看到了吗?"

尤含章沉着脸摇头："也没有。"

冯橙控制住上扬的唇角，叹了口气："既然表哥也没看到，还是先回家收拾吧，让别人瞧见怪狼狈的，有辱斯文。"

平白被一块瓜皮砸了，尤含章哪甘心就这么算了，可表妹说得也有道理——

他正犹豫着，一名驻足看热闹的路人好心提醒："好像是从那边窗口飞出来的。"

冯橙冷冷地看着那名路人。观棋不语真君子，这个看热闹的一点都不合格。

路人心直口快提醒完，也有些后悔了。瞧着那个窗口是清心茶馆的雅间啊，一般能去雅间喝茶的非富即贵——哎呀，惹麻烦了。

"哦，也可能是我看错。"路人说完，匆匆走了。

尤含章有了线索当然不肯放过："表妹，你陪我去那个茶馆看看。"

冯橙面露难色："我一个大家闺秀出来太久不好吧。"

尤含章一滞。表妹与他一起去找人对质确实不太合适，可他一个人去，那乱丢瓜皮的混账不承认怎么办？还是要表妹做个见证。

"表妹别担心，我是你嫡亲表兄，知道你和我在一块，别人不会说什么的。"

"那好吧。"冯橙应了，弯了弯唇角，讥笑一闪而逝。

表面仁义道德，实则自私自利，但凡关乎自己利益了，要求别人的那些规矩礼教就可以暂时抛开了。这就是她读了十几年书的表哥。

见冯橙答应下来，尤含章掸掸身上脏污，大步向清心茶馆走去。

"有人么？"尤含章站在门口问了一声。

伙计窝在大堂早已看清一切，见人家算账来了，揣着明白装糊涂："实在不好意思，咱们茶馆不招待衣冠不整的客人。"

尤含章的脸腾地红了。他这种从小就被灌输万般皆下品唯有读书高观念的年轻书生，无疑是最要面子的。

这瞬间，他生出拂袖而去的冲动，可想想又咽不下这口气。

"我不是来喝茶，是你们茶馆有客人从二楼窗子乱丢瓜皮，砸了我一身！"尤含章挺直腰板，沉着脸道。

伙计愣了愣，随即瞪大眼睛："不可能啊！咱们茶馆二楼是雅间，这时候没有客人在。"

别说二楼了，就是大堂里都没客人。

大热的天，待在家里吃西瓜不比出门舒坦多了。

伙计对于茶馆内没人看到自家公子做坏事还是十分自信的。

"有人亲眼瞧见那块瓜皮是从茶馆二楼飞出来的！"尤含章认定伙计狡辩，心生怒火。

"谁瞧见的？是这位姑娘吗？"伙计指指冯橙。

他就不信隔三差五与公子约会的小娘子会帮着这人说话。

尤含章倒是实在："不是我表妹，是一位过路的人。"

"那人呢？"

尤含章下意识看向空荡荡的街头，傻了眼。人早走了啊！

"别人好心提醒，难不成还要一直等个结果？你这伙计推三阻四拦着不让我们上去寻人，莫不是心虚？"

伙计见这一身狼狈的书生要气坏了，想想还是松了口："既然您这么说，那小的就领您上楼瞧瞧吧。"

瞧着就是个体弱的，这么热的天着急上火，万一在茶馆中了暑气怎么好？

听说前几日有个小娘子出去玩，中了暑气热死了呢。

"表妹，我们上去吧。"

清心茶馆并不算大，二楼只设了两个雅室。

扫了一眼空荡荡的走廊，尤含章指着其中一间道："应该就是这间。"

伙计有些吃惊。这书生找得还挺准。

"您稍等。"伙计上前打开了门。

尤含章看一眼里面，有些失望。

竟然没人。

"那看看这间。"

伙计更有底气了，立刻把雅间的门打开。

"不可能——"尤含章扑了个空，有些无法接受。

冯橙见陆玄果然利落扫了尾，懒得再陪尤含章折腾下去："表哥，临街铺子有不少，说不定是从其他店铺扔出来的，现在想把那人找出来也不容易，不如算了吧。"

尤含章正要不情不愿点头，眼神一紧。

表妹衣襟上有一颗西瓜籽儿。

"表哥在看什么？"冯橙俏脸一沉。

尤含章伸手指了指，面露狐疑："表妹，你衣裳上为何会有西瓜籽儿？"

冯橙垂眸看看，淡定把那粒西瓜籽儿拿下来。

"哦，刚刚表哥被瓜皮砸了一脸，许是瓜皮上残留的西瓜籽儿飞到了我身上。"少女一脸嫌弃道。

这个理由无懈可击，尤含章登时打消了怀疑。

"公子若是看完了，小的带您下去吧。您看，咱们茶馆还要做生意呢——"

冯橙默默扬了扬唇。哪来的生意啊，这伙计还真擅长睁眼说瞎话。

尤含章犹不甘心，从长廊这边走到那边，不得不接受了没有找到人的事实。

到现在他也想明白了，捉贼捉赃，就算瓜皮是从这里丢出去的，没有当场捉到人也只能算了。还能说什么，算他倒霉吧。

"表妹，我们走。"尤含章不想再看伙计一眼，拂袖往楼下走去。

冯橙跟在后面，突然察觉一物打在她肩头。

是一粒不知从何处飞来的西瓜籽儿。

她下意识回眸，看到肤白如玉的黑衣少年冲她抬了抬下巴。

冯橙会意，提着裙摆下了楼梯便停下来。

发现表妹没跟上，尤含章很是纳闷："表妹怎么不走了？"

冯橙笑笑："这么热的天一番折腾有些难受，我想喝杯茶再走。"

尤含章在茶馆伙计面前也算丢了面子，当然不答应："表妹若想喝茶，回家喝就是了，何必在这么个小茶馆待着。"

"可我现在就渴了，走不动。"

"表妹！"尤含章震惊了。

表妹以前不这样啊，一个姑娘家这么懒散还毫无遮掩？

想到之前的猜测，尤含章浑身发冷。确定了，表妹真的中邪了！

"表妹，你最近有没有觉得哪里不对劲？"尤含章小心翼翼问。

冯橙不耐烦瞥他一眼，提醒道："表哥再不赶紧回家洗脸换衣裳，茶馆客人就要多起来了。"

尤含章一听不敢再待，板着脸道："那我先回去了，表妹喝完茶早点回去，莫要在外头耽搁太久。"

一旁伙计都听不下去了。这书呆子是谁啊，管得真宽。

"哦。"冯橙敷衍应了一声。

伙计一伸手："公子，请吧。"

眼见尤含章甩袖走了，冯橙默默翻了个白眼。

要感谢秋闱在即，不然别说是扔瓜皮，就是扔刀子她都会拍手叫好。

说起来，以前并没发现表哥这么让人糟心。

冯橙旋即一想，倒是明白了：以前她有婚约在身，表哥这种把规矩礼教挂在嘴边的人自然不会有什么表示。

这是见她退亲生了心思，八字还没一撇呢，便以夫为妻纲来要求她了。

冯橙越想越恼火，一时连上楼都忘了。

等在楼梯处的少年忍无可忍咳嗽一声，凉凉道："还不上来？"

示意小鱼留在大堂喝茶，冯橙上了二楼雅间。

"刚刚那智障是你表哥？"

冯橙觉得丢脸，闷闷点头："是。"

少年薄唇微抿，看着面色不佳的少女嗤笑："你那个表哥吐出的每个字都长在让人想把他打成猪头的点上，刚刚我瞧着你还挺护着他。"

瓜皮丢出去后，他分明看到冯大姑娘抬了抬手。

那是准备替傻子表哥挡下来？

冯橙噗嗤一笑："我脑袋被门夹了才会护着他。刚才见瓜皮飞出来以为是暗器呢，怕伤了他的脸。"

陆玄皱眉。这还不叫护着傻子表哥？早知道他就不扔瓜皮，改扔刀子了。

好歹是朝夕相处过的，冯橙一见少年表情，就知道他不高兴了。

这怎么就不高兴了？

冯橙没觉得哪里说错了，又怕陆玄跑去给尤含章补一刀，还是解释道："陆大公子莫非忘了，秋闱很快就要到了，我表哥若是伤了脸错过科举，岂不便宜了他？"

这番话若是旁人听了，定会云里雾里：怎么错过科举还是便宜了？

陆玄听了，雪玉般的面上却有了笑意："冯大姑娘想得周到。"

他扔瓜皮时也是这么想的。

不过有一点还是令人疑惑。

"冯大姑娘，你表哥说话那般讨嫌，你是怎么从小忍受到大的？"

冯橙摆手笑笑："他从小就活在书堆里，与我交集不多，以前也不会和我多说话。"

"突然转了性子？"陆玄扬了扬眉梢。

"大概是男大十八变吧。"冯橙不想说尤含章那些心思，随便扯了个理由。

男大十八变？

小时候不这样，长大了开始对冯大姑娘管东管西，这意味着什么？

陆玄也不知道自己为何这么机智，一瞬间就想到了："他想娶你为妻？"

冯橙愣了一下。陆玄这么聪明的吗？

梦里他总想让来福与母猫玩在一起时，她可没发现呢。

没等到冯橙回答，少年冷笑："癞蛤蟆想吃天鹅肉。"

冯橙嘴角微抽，不知如何接话。

其实她觉得陆玄说得也对，但想想陆玄说这话的立场，她的阴影就又来了。

似乎察觉少女所想，陆玄淡淡道："不要觉得我多管闲事。你是我救下的，总不能看着你走歪路，以后离那癞蛤蟆远点儿。"

冯橙："……"

"怎么不说话？"少年拧眉。

少女微笑："我觉得陆大公子说得对。"

陆玄扬了扬唇，问道："还喝茶吗？"

"不喝了。"冯橙猛摇头，"我也该回去了。"

走到门口处，她突然转头，正撞上少年来不及收回的视线。

"还有事？"

冯橙扬了扬手中竹伞，笑道："忘了说，多谢陆大公子的伞。"

陆玄还没来得及回话，那抹纤细身影已经消失在门口。

他把目光投向窗外，没等多久就看到撑着青竹伞的少女走入视线。

素面的竹伞犹如一朵素雅的花，顶着炎炎烈日远去，最后消失在拐角。

少年笑了笑，起身离开了茶馆。

冯橙等了几日，总算等来了钱三的消息。

"姑娘，小的打听清楚了，舅老爷的那个朋友叫欧阳庆，早年原是一个屠夫，后来不知怎么发达起来，就过上了整日喝小酒逛妓馆的好日子。"

"喝小酒、逛妓馆的好日子？"冯橙唇角微扬，似笑非笑。

钱三头皮一紧，呵呵干笑："看小的这张嘴，这不是说顺口了么。"

"接着说吧，他是什么样的人，家中又是什么情况。"

钱三暗松口气，接着道："这个欧阳庆四十岁出头，与舅老爷一样喜好喝酒。据说年轻时打婆娘是家常便饭，发达后脾气好了不少，四邻八舍有个难处求到头上也不小气，因而人缘还算不错。"

"打听到他是哪一年发达的吗？"

钱三摇头："这个就说不好了，有说是近几年发达的，也有说十年前就发达了，只是家有银财不露白罢了。"

"怎么发达起来的也没打听到？"

"没有，说什么的都有，小的一听就是瞎猜的。"

"那说说他家有什么人吧。"

"有一妻三妾。正妻是他年少时娶进门的，有个女儿如今十四岁，第一个妾是妻子进门几年肚子没动静买来的逃难女，生了个儿子刚及冠。这一妻一妾都是跟着他受过穷的，生下儿子的那个妾几年前病死了，另外两房小妾都是发达后讨的，一人给他生了两个女儿……"

钱三越说，越感慨。

啧啧，一个杀猪的都混上了一妻三妾，而他才刚还清赌债，还有天理吗？

"也就是说欧阳庆有五个女儿，一个儿子？"

"没错，就一个儿子，跟宝贝疙瘩一样。"

"欧阳庆——"冯橙喃喃。

她对这个名字还是很陌生，也因此，那种隐隐听过的感觉就越发显得奇怪了。

"说说他儿子。"

"他儿子是个学子，与表公子一样正准备今年秋闱。小的瞧着欧阳庆忽然对舅老爷亲近，说不定是想着两家孩子是同年——"钱三说着，突然发现对面少女脸色一变，后面的话顿时忘了说。

冯橙定定看着钱三："他儿子叫什么？"

"单名一个磊字。"

"欧阳磊——"冯橙一字一顿念出这个名字，被淹没的记忆犹如巨浪，要冲破某种枷锁。这个名字她一定听过！

冯橙不由站了起来，来回踱步。究竟在什么地方听说过的呢？

心急去想，那呼之欲出的答案反而好似被蒙了一层雾，看不清了。

钱三都快被眼前少女转晕了，又不敢问为什么转，只好老实等着。

冯橙重新坐下，看向钱三。

"姑娘您问。"

姑奶奶不来回走了就好。

"你再把刚才的话说一遍。"

"他儿子是个学子……"

冯橙仔细听着，当听到"秋闱"二字时心头一动，再听到"同年"二字，猛然喊停。秋闱，同年，欧阳磊——她想到了！

梦中她成了来福两年后，也就是后年，有一日溜上街头听到了几句议论，说是一位叫欧阳磊的户部主事被罢官夺了功名。议论的人纷纷感慨，一个前途无量的年轻主事，因为父亲被查出多年前杀过人，十几年的书就白读了。

大魏律明确规定罪人三代以内子孙不可参加科举，欧阳磊的父亲多年前就犯下杀人罪，欧阳磊的进士功名自然要被剥夺。

引起冯橙注意的是议论之人提到欧阳磊是新科进士，鱼跃龙门不过一年。

那时候她闪过一个念头：这个倒霉的主事与表哥是同年。只不过经历了身死家破太多惨事，偶然听来的这几句议论对她来说只是一阵风，吹过也就散了。

可现在就不一样了，欧阳磊这条线索对她十分重要。倘若欧阳磊真有进士之才，他父亲以前与舅舅明明关系一般，临近秋闱突然热络有何必要？事出反常必有妖。

"那个欧阳磊学问如何？"冯橙问出这话时，暗暗紧张。

希望她没有猜错。

钱三挠挠头："这个小的还没来得及仔细打探。"

"再去打探，有了消息立刻禀报。"

钱三忙应了，却暗暗纳罕：先是老子，后是儿子，这欧阳家是怎么得罪大姑娘了？

当然，这些就不是他该操心的了。

吩咐钱三继续去打探后，冯橙陷入了焦灼等待。

好在一个学子学业如何不难打听，当日钱三便有了回话。

"欧阳磊读了十年书，在学堂里还算不错的。"

"怎么个不错？"

"先生给出的评价是今年下场积累经验，再苦读个三五载有希望桂榜有名。"

冯橙对欧阳磊的学业情况登时有数了。

不得不说，钱三做事挺靠谱。

"做得不错。"冯橙不吝表扬，把一块碎银递过去。

钱三眉开眼笑："谢姑娘赏。"

嘿嘿，他也觉得自己做得不错。

他还发现盯梢时那种紧张又雀跃的心情比赌博还有意思呢。

"继续去盯着我舅舅吧。"

打发走钱三，冯橙琢磨起来。一个被先生评价再苦读三五载才有希望中举的人，今年非但顺利通过了乡试，明年春还考上了进士。

当然，这世上不乏撞大运的人，可偏偏在这个敏感时间欧阳庆与舅舅走近，而舅舅则得了翰林院戚姓编修许诺，会让表哥中举。她不相信这是巧合。

"去陶然斋买几只烧鸡。"

得了吩咐的小鱼很快从陶然斋带回几只烧鸡，冯橙拎着一只烧鸡去了冯尚书那里。

天边红霞似火，离着晚膳还有一段时间，冯尚书正在院中歇凉。

一等冯橙走近，冯尚书动了动鼻子："什么东西这么香？"

冯橙笑盈盈道："孙女打发人去陶然斋买了两只烧鸡，想到祖父也喜欢吃，就给您送来了。"

冯尚书一听乐了："橙儿真是个好孩子，祖父正想吃烧鸡呢，来陪祖父一起吃。"

院中石桌上很快摆上酒水碗筷。

没要下人动手，冯橙亲自拆好鸡肉放入祖父盘中，见杯中空了便及时添酒。

大半烧鸡落入腹中，酒喝了两壶，冯尚书心情不错，连与成国公打架打输了的气闷都散了。

"祖父，孙女有个问题想向您请教。"

"说吧。"有了几分酒意的冯尚书笑呵呵道。

"一般来说科举舞弊都会用什么手段？"

冯尚书抖抖胡子，酒意散了小半。

晚霞那么美，烧鸡这么好吃，孙女就问他这个？

老尚书慢慢啜了一口酒，纳闷看着孙女："橙儿怎么对科举这么感兴趣？"

冯橙理直气壮："不是快要秋闱了，三年一度的乡试与会试从来都是人人关心的大事。孙女听说等杏榜张贴的时候，还有榜下捉婿的事情发生呢。"

"榜下捉婿？"冯尚书自觉抓住了重点，震惊地望着如花似玉的孙女，"咱们家大可不必……"

谁知道捉来的是个什么样的啊，万一家中有糟糠妻，岂不成了笑话？

"那祖父说说科举会不会有人舞弊吧，孙女担心这样的人多了，会影响大哥他们。"

冯尚书笑了："你这小丫头整日想些什么，哪有那么多舞弊的？"

少女眸子微微睁大："都如此自觉吗？"

"倒也不是。"冯尚书正了脸色，"只是十分困难，一旦被发现后果又严重，起歪心思的轻易不敢尝试而已。"

见孙女很有求知欲，有了酒意的老尚书还是说起来："科举舞弊一般有三种常见手段，一是夹带，如今乡试搜检非常严厉，凡是考生进入贡院，要从头发丝检查

· 11 ·

到脚底，所以夹带是最冒险、鄙陋的手段。"

冯橙认真听着，微微点头。

"再有就是替考，这种多发生在家资丰厚的考生身上。比如一名家中富裕的考生对乡试没有把握，又一心想中举，就可能会走寻人替他答卷这条歪路。"

"祖父，我听说考生进考场前都要经过点名识认，那如何替考？"

"这个替考并不是找人冒充他去考试，而是二人都下场考试，通过提前打通关系使二人分到相邻号房，这样替考者就能替他答卷了。不过这种情况并不常见，一是打通关系分到相邻号房不容易，二是替考者既然有中举的本事，又何必冒这么大风险替他人考试？这种替考者，要么是急需大笔钱财，要么是有无法推却的人情。替考者难寻，所以这种手段不多见。"

"那第三种呢？"冯橙听得入神。

这些天她也悄悄翻过一些书，却不如从祖父这里听得详细。

半醉的冯尚书也来了谈兴："第三种就比较高明了，便是与阅卷的同考官约定好某些记号，方便同考官选中他的试卷呈给主考官，这是风险最小的办法，关键在打通关节买通同考官这里……"

冯橙听着，心头一动。戚姓编修许诺表哥中举，用的定是这个法子！

那欧阳磊呢？会不会是舅舅把约定的记号透露给了欧阳庆，所以欧阳磊也在这次秋闱中举，等到来年因为已经有了戚姓编修这条路子，又如法炮制通过了会试？

退一步说，就算欧阳磊没有舞弊，但他父亲早年杀人的事是存在的，只要把他父亲杀人的事提前揭露，而不是等到乡试落幕的两年后，就能把表哥舞弊的事顺水推舟揭发出来。

冯橙越想，心情越激荡。

"橙儿，想什么呢？"冯尚书讲着讲着，发现孙女不好好听了。

冯橙忙道："孙女就是震惊科举舞弊竟有这么多手段，简直令人防不胜防。"

冯尚书笑了："这种事终究是少数，历年科举也在尽量做到能公平选拔出人才。"

至于绝对的公正，当然是没有的，就没必要对一个小姑娘说了。

接下来冯橙默默听谈兴正浓的祖父讲了揪下成国公胡子的光辉事迹，直到天黑才回了晚秋居。

一路走回来出了一身汗，她干脆不用晚饭，吩咐白露打水沐浴。

整个身子浸在温热水中，冯橙长舒口气，开始琢磨欧阳庆早年杀人之事。

倒要感谢那些爱谈八卦之人，当时她随便一听，就听了个大概。

十年前，欧阳庆还干着屠夫的活计，有一日一对寻亲的主仆找错地方误进了欧阳家，许是财露了白，就被欧阳庆给害了。

欧阳庆吞了外乡人钱财，从此发达起来，唯一的儿子也送去学堂当起读书人。

那对枉死的主仆能沉冤昭雪，是因为欧阳庆的妻子。

欧阳磊鱼跃龙门，年纪轻轻就当了官儿，这当然是光宗耀祖的事。而年轻得意的他在衙门受了委屈，难免抱怨几句出身。

欧阳庆听了，自然要为儿子打算。出身是改不了了，但可以给儿子寻个好靠山啊。靠山怎么寻呢？于是把主意打到了唯一适婚的长女头上。

对于杀猪匠出身的欧阳庆来说也不讲究什么嫡庶，反正五个丫头都是要为唯一的宝贝儿子打算的。那一年欧阳庆的长女刚好十六岁，本来有个情投意合的青梅竹马，可欧阳庆却要把女儿许给一位侍郎当填房。那位侍郎大人快五十的人了，长女哪里肯依，悄悄与情郎私奔未果，被怒火上头的欧阳庆活活给打死了。

欧阳庆的糟糠妻只有这么一个女儿，早年受穷时忍受男人的拳打脚踢就罢了，后来日子好过了，挨打是少了，小妾却多了，男人流连青楼妓馆更成了家常便饭。

这样的日子有什么滋味呢？

无非是为了女儿熬着罢了，熬着女儿嫁了人，不再像她这一生这么没意思。

可她盼到了什么？唯一的女儿要被男人送去给个老头子当填房，因为反抗被活活打死了。欧阳庆的妻子一怒之下报了官，这才使这桩陈年凶案浮出水面。

"姑娘，水冷了。"见冯橙靠着木桶出神，白露轻声提醒。

浴桶中的少女动了动眼帘，依然没有起来的意思。

她正满心懊恼。当时因为不怎么感兴趣，随意听了这些就甩着尾巴跑了，没有听到那对枉死的主仆被埋尸何处。

八月乡试，九月张榜。最好的时机就是在张榜不久就揭发欧阳庆谋财杀人的行径，再借着欧阳磊功名被夺引到彻查科举舞弊上。

也就是说在这两个月内，她要找到那对主仆的埋骨之处。

对提前揭发欧阳庆，冯橙不觉得抱歉。杀人偿命，天经地义，使凶手早日伏法没什么不好，至少那个无辜的女孩子能活下来。

冯橙掬了一捧水扑到脸上，有了打算。

长樱街上有一个专卖香露的铺子叫露生香，从上等的玫瑰露到寻常娘子能买得起的茉莉香露，应有尽有，因而是女子逛长樱街时不会错过的店铺之一。冯橙打听到欧阳庆的长女经常逛这家铺子，便准备来一场偶遇，先结识这位欧阳姑娘。

"欧阳姑娘今日出门了，去的方向应该是长樱街。"小鱼从外面赶回来，脸蛋晒得微红。

让钱三盯着一个女孩子不合适，这个任务就交给了小鱼。

"小鱼留下休息，白露随我去长樱街。"

吩咐完，冯橙麻利换上外出的衣裳，乘车去了长樱街。比起欧阳家到长樱街的距离，冯橙过去要近许多，所以比欧阳姑娘先一步到了那里。

"真热啊。"白露扶着冯橙下了马车，险些被明晃晃的日头晃瞎眼。

街两边栽着垂柳，微微发白的柳条无精打采垂着，让人瞧了越发闷热。

白露把伞一撑，遮挡在冯橙头顶："今日连一丝风都没有，姑娘这时候出来真是受苦了。"

冯橙望着露生香的招牌轻笑:"逛街怎么能叫受苦?"

白露想想也是,又来了精神:"姑娘,那咱们快去铺子里吧。"

冯橙点点头,举步往露生香走去。

露生香门口站着一名清秀的女伙计,一见主仆二人过来立刻热情招呼:"姑娘里边请。"

冯橙颔首回应,走进大堂。琳琅满目的柜架,漂亮精致的各式瓶罐,若有若无的幽香,还有冰盆散发的丝丝凉意,立时与外头的闷热隔绝开来。在这样的环境中闻香识露,也难怪会吸引娘子们大热天前来。

"可有新鲜的香露?"冯橙问。

女伙计忙道:"姑娘来得巧,咱们露生香新推出了一款果香味的香露。"

"果香?是什么香?"冯橙面上露出兴趣。

"是橘子味的。"

这下冯橙真的有兴趣了:"拿来我闻闻。"

女伙计很快取出一个小小的琉璃瓶,瓶中橙色液体随着轻晃泛起涟漪,显得格外漂亮。

冯橙接过来低头轻嗅,嗅到了好闻的橘香。淡淡的,酸甜的,就好像一个橘子摆在眼前,诱人尝上一口。比起常见的花香,这款果子味的香露很合冯橙心意。

"给我装好吧,还有玫瑰香露、栀子香露各给我拿一瓶。"

"姑娘稍等。"

女伙计把香露装好,想要交给跟着客人来的丫鬟,却发现那丫鬟站得有些远。纤纤素手伸出:"给我吧。"

女伙计愣了一下,还是把香露交给了冯橙:"姑娘还有要看的吗?"

"再随便看看。"冯橙说着,随意在柜架前走动。

女伙计见状不再打扰,静静候在一旁。

这时白露轻轻咳嗽了一声。这是提前约好的信号,说明欧阳姑娘到了。

"没什么要看的了,结账吧。白露——"

白露付了钱,主仆二人在女伙计的恭送声中走出铺子。

迎面一名穿石榴裙的少女走来,身后跟着个小丫头。

冯橙早就悄悄见过欧阳姑娘,一眼便认出迎面走来的红裙少女正是她此次要偶遇的目标。她垂下眼帘假意欣赏新买的香露,脚下加快步子。

红裙少女还没反应过来,肩膀就被迎面走来的少女撞了一下。

只听叮咚一阵响,几瓶香露滚落在地,很快浓郁的香味飘散开来。

红裙少女看着地上破碎的琉璃瓶,登时傻了眼。

有诗云"大都好物不坚牢,彩云易散琉璃脆",由此可见琉璃的珍贵。作为露生香的熟客,红裙少女很清楚这家香露铺但凡用琉璃瓶装的香露都价值不菲。这几瓶香露加起来恐怕要不少银两，而她随身没带这么多钱。

一旁小丫鬟见自家姑娘吓住，不由道："是你们先撞到我们姑娘的！"

红裙少女回神，瞪了丫鬟一眼："小环，住口。"

叫小环的丫鬟悻悻闭嘴，却一脸不甘。

刚刚她瞧得分明，是这美貌小娘子低头看香露，才撞到了自家姑娘。

她们该不会讹上姑娘吧？

这时一道清婉声音响起："真是对不住，刚刚我没看路。"

冯橙对着红裙少女欠了欠身，一脸赧然。

红裙少女松了口气的同时赶忙回礼："刚刚我也没留意，姐姐不必如此。"

冯橙不由感慨。

这样一个性情纯良的少女，却在两年后被父亲活活打死，这世道还真是吃人。

"姐姐若是无事，那我先进铺子了。"红裙少女试探着道。

回想起来，确实是对方撞的她，她还没滥好人到主动承担对方全部损失。

但这些香露如此贵重，她也能理解对方的糟心。

"那不行。"冯橙摇摇头。

红裙少女一怔，微微抿唇："姐姐可以随我一同去露生香，我想买一瓶香露弥补姐姐损失。"

冯橙笑着指了指少女裙摆："刚刚香露洒了，溅到妹妹裙上了。"

红裙少女低头去看，这才发现石榴裙上溅了不少香露。

"只是溅了一些香露，不打紧。"

冯橙脸色一正："妹妹觉得无妨，我心里却过意不去。刚刚是我不小心撞了你，害你污了裙子，若是就这么算了我会心里不安，回去也要自责好几日。"

"姐姐真的不必如此，一条裙子而已。"

"我瞧着妹妹的石榴裙是新裁的，定是妹妹中意的衣裳。不如这样，我陪妹妹去裁云坊买一条新的石榴裙吧。"冯橙柔声道。

红裙少女忙摆手："这怎么行——"

"妹妹就不要推辞了，欠债还钱是天经地义，损坏了别人东西赔偿也是天经地义。我赔给你一条新裙，其实是为了自己心安罢了，还望妹妹成全。"

听冯橙这么说，红裙少女实在不好推辞，于是点了点头："那小妹就厚颜收下了。"

裁云坊就在露生香斜对面，二人一同进去，很快挑到了合意的石榴裙。

一同逛街挑衣裳大概是最快拉近两名年纪相仿的少女关系的法子。买到了中意的裙子，对方美貌又宽厚，红裙少女想到就此分别竟生出不舍之意。

"小妹闺名欧阳静，不知姐姐如何称呼？"

冯橙露出了明丽笑容："我叫冯橙。"

"冯橙。"欧阳静轻声念着，"冯姐姐的名字真是朗朗上口。"

冯橙伸手拉住欧阳静："我与欧阳妹妹一见如故，这样热的天也逛累了，不如我们去茶楼坐坐？"

欧阳静自是满口答应。

长樱街上就有一家茶楼，二人要了一间雅室坐下，喝着花茶开始闲聊。

与名字相反，欧阳静其实是个活泼的，熟悉起来后话便多了："一直叫你姐姐，还不知道冯姐姐今年多大。"

"我及笄了。"

欧阳静一听笑了："那就没叫错，小妹刚满十四岁。"

冯橙看着笑靥如花的少女，心中轻叹。她当然知道对方的年纪，两年后被亲生父亲活活打死的欧阳姑娘也不过十六岁罢了。

之前想到此处，只是惋惜一个年轻生命的逝去，可当这个与三妹一般大的少女就在眼前说笑，那种心情太过复杂。冯橙从没有一刻这么强烈觉得她在做对的事。

"冯姐姐常来长樱街吗？以前竟没见过。"

不算大的雅室中飘着淡淡香气，有玫瑰香，也有橘香，是先前在露生香门外摔破了琉璃瓶溅到少女石榴裙上的。

冯橙鼻端香气萦绕，笑着道："偶尔会来，去裁云坊比较多。"

"难怪冯姐姐对裁云坊那般熟悉。"欧阳静想到裁云坊中那一条条或华美或雅致的衣裙，眼神晶亮。

比起露生香这种上到高门贵女下到小家碧玉都能承受的地方，裁云坊就不是她能常去的了，逢年过节买上一条裁云坊的裙子已是难得。

这样看来，冯姐姐定然出身不错。欧阳静对冯橙身份有了模糊判断，却没有刻意结交的心思。在她看来，投缘就多打交道，不投缘就当萍水相逢，她也是吃喝不愁的小家碧玉，犯不着巴结别人。

而冯橙若没有梦中当来福的那段离奇经历，本就是个甜美可人的娇娇女，想要与人交好不是难事。

二人边喝茶边聊天，到临别时欧阳静拉着冯橙的手，颇有相见恨晚的意思。

"冯姐姐什么时候还来长樱街？"

冯橙明白欧阳静的意思，而这正合她心意。

"天太热了，最近应该不来了。"

"这样啊。"欧阳静眼中闪过失落。

"本来约好了与朋友明日游湖，结果接到朋友帖子说有事不去了，也是因为这样才跑出来闲逛。欧阳妹妹若是明日无事，不如我们一起去游湖啊。"

"游湖？是城西的莫忧湖吗？"欧阳静眼一亮。

之前峰哥哥就说带她去莫忧湖玩，可惜还没机会去。

"正是城西的莫忧湖，欧阳妹妹要不要和我一起去？"

欧阳静只犹豫了一下，便点了点头："好啊。"

二人约好明日相见的时间与地方，这才依依告别。

回到晚秋居后，冯橙瘫在美人榻上，算是松了口气。

这一趟长樱街没有白跑。

"姑娘，先沐浴吧，出门一趟衣裳都被汗打湿了。"

冯橙点了头，没过多久就舒舒服服泡进了木桶中。

白露拿着个琉璃瓶过来："姑娘，要不要往水中滴上几滴香露？"

"哪来的橘子香露？"

白露笑道："婢子瞧着姑娘喜欢，趁您与欧阳姑娘喝茶的时候又去露生香买了一瓶。"

"滴几滴吧。"有个这么周到的丫鬟，冯橙觉得更舒坦了。

今日顺利与欧阳静结识，明日一同游湖加深感情，一来二去就能去欧阳家做客了。既然欧阳庆的妻子报官后官府挖出了死于十年前的受害者尸骸，这尸骸十有八九就埋在欧阳家某处。

沐浴过后，冯橙换了一身衣裳去找冯锦西。

夕阳西沉，落日熔金，一身蓝袍的俊美少年歇在树下躺椅上，脸上蒙着一本书。

一只手伸出，把盖在少年脸上的书拿起来。

"我瞧瞧三叔在看什么。"

冯锦西一跃而起，劈手把书册夺过，怒道："怎么随便看长辈的东西！"

他就是无聊看看小册子，侄女怎么会来？

幸好给小册子包了书皮，好险！少年出了一身冷汗，望着面露惊讶的侄女一阵后怕：要是被侄女发现他看小册子——完全没脸见人了！

这么一想，冯锦西面色更严肃了："以后可不许这样了。"

冯橙眯了眯眼。凭经验，三叔越是严肃，越没有正经事。

一本书至于这么大反应？

冯橙视线下移，落在冯锦西手中书册上。

冯锦西飞快把小册子塞入怀中，一本正经问道："橙儿来找叔叔什么事？"

"三叔刚刚在看什么啊？"

冯锦西皱眉。都是他把这丫头宠坏了，怎么还问？

"看藏宝图，不能给别人看的。"少年严肃道。

冯橙神情扭曲一瞬。那好吧，不问了。

"三叔不是说明日带我去游湖嘛。"冯橙说起正事。

冯锦西见侄女不再追问，暗松口气，露出灿烂笑容："对啊，最近天这么热，莫忧湖上要凉快多了。船我已经订好了，还吩咐人放了两个西瓜，到时候咱们吃着西瓜游着湖，岂不乐哉。"

"三叔——"少女拉长声音，脸上挂着甜笑。

冯锦西心头一凛。凭经验，大侄女笑得这么甜，定然有所求。难不成要看他的小册子？这绝对不行！

"说。"

冯橙呵呵一笑："三叔，今日有个姐妹送来帖子，约我明日游湖。我想着正好明日要去莫忧湖玩，就答应了。"

冯锦西微微皱眉："虽说是你的好友，比我小了一辈，但一起游湖还是不太合适。"他长得这么好看，万一引得正经人家的小娘子芳心大动多不好。

"三叔考虑得对。"

"那你还答应下来？"

冯橙微笑："三叔，我是这么想的，不如我与好友明日去游湖，咱们改日再去？"

冯锦西愣了好一会儿，不敢置信地问道："你的意思是明日我不用去了？"

"三叔不是说不合适么。"

冯锦西很想把侄女的厚脸皮拧下来，想想又舍不得，气道："行了，你赶紧回房吧。"

他雇的船，他挑的西瓜，最后他不用去了。大侄女这是干的人事吗？

翌日天晴，好在有些微风，比之昨日少了些闷热。

冯橙带着白露、小鱼直奔莫忧湖，提前在约好的地方等。

约莫两刻钟后，欧阳静带着婢女赶来，一见冯橙满脸歉然："小妹来迟，让冯姐姐久等了。"

冯橙笑道："没有迟，是我在家中待着无趣，提前到了。欧阳妹妹既然来了，那咱们上船吧。"

冯锦西雇好的游船就停在湖边，几人上了船，随着船缓缓划入湖心，清风徐徐而来。

欧阳静微阖双目，任由秋风拂过面颊，感叹道："这个时候来游湖果然比逛街有意思多了，我早就想来了。"

"欧阳妹妹以前没来过吗？"

欧阳静摇头："还没，本来——"

突然想到二人还没熟悉到谈论心上人的地步，后面的话被她咽了下去。

冯橙仿佛没听到，笑吟吟道："吃西瓜吧，我三叔专门挑的西瓜，保证很甜。"

欧阳静有些诧异："冯姐姐的叔叔还给你挑西瓜？"

冯橙面不改色："是啊，三叔听说我要与朋友来游湖特意挑的。我三叔最会挑西瓜了。"

白露已经把切好的西瓜摆上小几。

在冯橙的招呼下，欧阳静拿起一块切成薄片的西瓜尝了，不由点头："令叔对冯姐姐真好。"

冯橙也拿起一块西瓜慢慢吃，随口道："欧阳妹妹也一定是家中掌上明珠。"

欧阳静闻言，神色微黯。

家中的掌上明珠吗？那可谈不上。她顶多是娘亲的掌上明珠。

"欧阳妹妹怎么了，莫非受了委屈？"一只手伸出，握住欧阳静的手。

那只手柔软温暖，有种安抚人心的魔力。

许是秋风撩动心弦，许是船儿漂在湖中让人的心没有着落，更或许是因为不知道彼此身份，欧阳静突然有了倾诉的念头。

"也算不上委屈，家中五个姐妹，只有一个哥哥，所以我与冯姐姐比不得。"

冯橙柔声宽慰："欧阳妹妹活泼可爱，定是不缺人疼的。"

欧阳静有了笑意："我娘很疼我。"

冯橙露出果然没猜错的神色。

欧阳静叹道："我哥哥不是我娘生的，家中兄弟姐妹六人，只有我一人是我娘生的。"

"那欧阳妹妹是唯一的嫡女了。"

欧阳静自嘲笑笑："冯姐姐说笑了，我们这种小户人家哪讲究这个？"

父亲早就说过多次，以后她们都要帮衬着大哥。娘亲前些日子向父亲提起她和峰哥哥的亲事，被父亲一口拒绝。父亲说大哥将来是要科考做官的人，作为他的妹妹，婚姻大事不能这么草率定了。为此，她已经烦心多日。

"欧阳妹妹，吃瓜吧。"

欧阳静点点头。

二人继续闲聊，从胭脂水粉到衣裳首饰，从南城有名的豆腐脑到家中养的肥猫，越聊越投机。

游船随意漂荡，阳光洒在湖面，碎金无数。

愉快轻松的气氛被白露一声轻咦打破。

"姑娘，那边船上好像是舅老爷。"

冯橙停下与欧阳静的交谈，顺着白露手指的方向眺望。

不远处一条游船正往这个方向行来，船栏边立着两个人，其中一名穿栗色长袍的正是尤大舅，另外一名穿宝蓝色长衫的中年男子瞧着面生。

欧阳静却惊呼出声："父亲？"

冯橙侧头看向她："那是令尊？"

"是啊。"欧阳静茫然点头，有些回不过神，"那位穿栗色衣裳的伯伯是冯姐姐的舅舅？"

冯橙也是一脸吃惊："是我舅舅。这么巧，我舅舅与令尊原来认识。"

今日尤大舅与欧阳庆会来游湖，冯橙一早就从钱三口中知晓，所以才撺掇三叔订好游船。倘若与欧阳静结识的计划不顺利，那就与三叔前来，借着与舅舅偶遇让欧阳庆知道她这个人，为以后能进入欧阳家做准备。好在一切顺利，她去欧阳家的时间有希望提前了。

对面也发现了这边。

"咦，那好像是我外甥女。"尤大舅一眼瞧见冯橙，揉了揉眼睛。

欧阳庆更是直接，张口喊道："静儿，你怎么在这儿？"

双方都示意船家把船靠近，不多时两只船就凑到了一起。

在丫鬟搀扶下，冯橙与欧阳静上了尤大舅那只船。

"没想到舅舅也来游湖了。"冯橙向尤大舅行了礼。

面对出身高门的外甥女，尤大舅摆不出架子，笑呵呵道："橙儿，这是舅舅的好友，你可以叫欧阳伯伯。欧阳兄，这是我外甥女——"

收到冯橙暗暗递来的眼神，尤大舅把挑明外甥女身份的话咽了下去。

"见过欧阳伯伯。"冯橙屈了屈膝，趁机打量欧阳庆。

发福的身材，脸上堆着笑，这样的人往往瞧着慈眉善目，可欧阳庆却一脸横肉，难掩凶气。

因为尤大舅没有点出外甥女出身尚书府，欧阳庆态度还算正常，示意冯橙不必多礼后介绍起女儿："这是我家大丫头静儿。静儿，叫尤叔叔。"

"尤叔叔。"欧阳静乖巧行礼。

"没想到令爱与橙儿竟是朋友。"

欧阳庆也觉得意外，却没往深处想，笑着道："两个孩子年纪相仿，能玩到一起不奇怪。静儿，你们是怎么认识的？"

欧阳静看冯橙一眼，下意识掩去才认识的事："我与冯姐姐都喜欢逛长樱街，一来二去就熟悉了。"

"原来是这样。"欧阳庆点点头，因察觉尤大舅对外甥女和煦的态度，近来正好有要紧事求着对方，没多想就把话说了出来，"大热的天少往外面跑，可以请你冯姐姐来家里玩。"

刚刚的吃着西瓜畅谈令欧阳静对冯橙越发亲近，闻言自是乐不得："冯姐姐，若是有空，不如去我家坐坐？"

"好啊。"冯橙嫣然一笑。

欧阳静很喜欢对方的不扭怩，趁热打铁道："那咱们游完船就去吧，正好在我家用饭。"

"那就厚颜叨扰了。"

欧阳庆看着两个年龄相当的少女，笑呵呵道："去吧，你冯姐姐一看就是个懂事的，以后就该与你冯姐姐这样的朋友多来往。"

女儿能与尤敬文的外甥女交好，说不定对他磨出对方的秘密有帮助。

冯橙与欧阳静一同坐了马车前往欧阳家，行了一阵子后，马车停下来。

"冯姐姐，我家到了。"欧阳静先一步跳下来，指着不远处的一户民宅道。

冯橙随后下了马车，抬眸看一眼那座民宅。

出乎她意料，从钱三口中听来的有关欧阳家的情况，让她一直以为欧阳庆发达后会住着宽宅大院,现在看来也不过是寻常宅子。

当然比周边民宅更体面宽敞,瞧着像是翻新过的。

"冯姐姐,我们进去吧。"欧阳静挽住冯橙的手,心情很不错。

平时与她常来往的朋友多是从小玩到大的,但父亲不喜欢她与儿时玩伴玩在一起,因而极少有朋友到家里来。至于那些富户人家的姑娘,其实并不怎么瞧得起她家屠户出身,她自然不会凑上去自讨没趣。冯姐姐是与她投缘又能大大方方请回家做客的朋友呢。

欧阳静牵着冯橙的手,欢欢喜喜叫开了门:"娘,我带朋友回来了。"

冯橙趁机打量四周。

院子不算太大,右手边有个月洞门连着跨院,左手边是一排厢房,一连三大间正屋旁开了个门通往后边。庭中栽着一株粗壮的石榴树,瞧着是棵有年头的老树了,小儿拳头大的石榴压满枝头。

很快一个妇人从屋中快步走了出来,唇边挂着温柔的笑:"是冯姑娘吧?"

家中要有客人来,欧阳静打发侍女提前一步回来报信,欧阳氏自是得了消息准备着。

"伯母。"冯橙微微欠身,暗暗打量欧阳氏。

比起欧阳庆的一脸横肉,欧阳氏倒是个眉清目秀的妇人,许是早年吃过苦头,露在外面的肌肤有些粗糙,加上眉眼间的愁纹,就显得年纪不轻。

抛开知道的隐情,也能看出这是个生活并不顺心的妇人。

"外头热,冯姑娘快进屋来。"欧阳氏招呼着冯橙去正屋。

欧阳静开口道:"娘,我带冯姐姐去我那里吧。"

欧阳氏笑着点头:"也好,你们小姑娘在一起还自在些。冯姑娘不必见外,就把这里当成自己家。"

欧阳氏的周到让冯橙越发深刻感到她对女儿的疼爱。能对女儿带来的朋友如此热情,自然是源于对女儿的在乎。

"冯姐姐,随我来吧。"欧阳静拉着冯橙穿过通往后院的月亮门,指着一处道,"那就是我的屋子。"

到现在冯橙对欧阳家的布局已经大致了解。这是一座勉强算是两进的宅子,后院几间屋应该是五姐妹的住处,前边正屋住着欧阳庆夫妇,厢房想来住的是妾室,至于那个单独的跨院应该是欧阳磊的住处,方便他读书不受打扰。

接下来与欧阳静随意闲聊,证实了冯橙猜测。

"家中有些局促,冯姐姐是不是不习惯?"

"小有小的好处,家人会亲近热闹一些。"

欧阳静想想某些家人,撇了撇嘴角:"我更喜欢清静。"

冯橙不动声色道:"我瞧着还有个跨院,透过月洞门能看到一丛修竹,那里住着应该清静。"

"那是我大哥的住处。"提到欧阳磊，欧阳静就觉得烦闷，在冯橙面前却不好表现出来，"原本那里不是我家的，后来家中人多扩建，恰好隔壁出售房屋，就把那边买下来改成一个院子给大哥住了。"

"原来如此。"

欧阳静指着窗外笑笑："这后院也是扩建的，以前就只是一进的宅子，像街坊邻居们住的那样。"

住上了大屋，吃穿用度也好了，她却发觉娘亲脸上的笑容越来越少了。

她甚至发现娘亲时常暗中垂泪，却问不出个所以然。

想着这些，欧阳静幽幽一叹。

"刚刚进来时我瞧着院中有一株挺大的石榴树，欧阳妹妹很快就能有石榴吃了。"

提到那棵石榴树，欧阳静扫去伤感，笑盈盈道："是啊，再过个把月就可以吃了。冯姐姐我跟你说，我家这棵石榴树结的石榴可甜呢，每到石榴成熟的时候娘亲就会摘下一些送街坊邻舍，还要提防一些皮小子来偷石榴……"

"看起来像是有年头的树了。"冯橙顺口道。

欧阳静点点头："从我有记忆起这棵石榴树就在了，当初扩建屋子觉得它有些挡阳，本想把它砍了，后来还是没舍得。"

"从小陪着长大的树，砍掉确实可惜了。"

欧阳静笑笑："我大哥喜欢吃那棵树结的石榴，他不让砍。"

"不管怎么样，欧阳妹妹还是有口福的。"

"是呀，等石榴可以吃了，冯姐姐一定要来吃石榴。"

"好啊。"冯橙微笑着答应，心中却叹口气。

能不能吃欧阳家的石榴，就要看石榴树下埋没埋死人了。

在欧阳静这里用过午饭，略歇了歇，冯橙前去正屋与欧阳氏辞行。

欧阳氏把冯橙送出屋门外："冯姑娘记得常来找静儿玩。"

冯橙笑靥如花："伯母放心，我会的。您不必送了，不然侄女该不安了。"

欧阳氏住了脚步，叮嘱欧阳静："送送冯姑娘。"

"还用娘说嘛。"欧阳静一直把冯橙送到大门外的马车旁，依依不舍道，"冯姐姐，过几日得闲还来找我玩。"

"好。"

这时一道声音响起："大妹。"

冯橙回眸，看到一名穿青色长袍的年轻男子站在不远处，正往这边看来。

"是我大哥。"欧阳静飞快低声说了一句，走过去与欧阳磊打招呼。

"那是你的朋友？"欧阳磊目光往马车这边瞄，却发现那个绮年玉貌的少女已经上了马车，扬长远去。

欧阳静见冯橙走了，反而松口气："大哥怎么这么早回来了？"

"问你话呢。"欧阳磊见妹妹转移话题,一脸不悦。

欧阳静淡淡道:"是我新结识的朋友。"

欧阳磊望着马车离去的方向,语气莫名:"难怪以前没见过。"

欧阳静皱眉:"大哥不是在准备秋闱么?"

"我的事不劳大妹操心。"欧阳磊不冷不热说了一句,往家门口走去。

欧阳静盯着欧阳磊背影,紧紧抿唇。这样的兄长,真是让人心凉。

第 2 章 拜师

下午的阳光依然烈烈,毫不吝啬洒满翠帷马车。

冯橙一上车就眯了眼开始打瞌睡。

白露拿着一柄素纱团扇替她轻轻扇风,等尚书府到了才轻声喊:"姑娘,到家了。"

冯橙睁开双眼,揉了揉脸:"到了么?"

"已经进大门了。"

说话间,马车就停了下来。

坐在车门处的小鱼先跳下车,紧接着是白露弯腰出来。

等她转身想扶自家姑娘,冯橙已经站在她后面了。

"姑娘!"白露捂了捂心口。姑娘悄无声息的,吓她一跳。

冯橙后知后觉反应过来:"忘了让你扶了。"

白露:"……"

姑娘这种尽力让她有事可做的体贴,实在有些打击身为大丫鬟的自尊心了。

回到晚秋居,冯橙打发白露去歇着,把小鱼叫进了里屋。

小鱼默默站在冯橙面前,等着吩咐。

冯橙喝了几口水润喉,看着小鱼问:"欧阳家的布局,熟悉了吗?"

小鱼点点头。

"过几日有个任务交给你。"

"请姑娘吩咐。"小鱼一板一眼回应。

"装鬼。"

小鱼一脸平静看着自家姑娘,没有丝毫惊讶的反应。

冯橙就喜欢小鱼的省心,笑道:"你先琢磨一下装鬼的技巧,我也琢磨琢磨,回头我们再交流完善。"

"是。"

"那你先退下吧。"

小鱼退下后，冯橙往床榻上一躺，抱着软枕思索起来。

欧阳家的院子本来没有这么大，跨院与后院都是后来扩建的。这个扩建的时间点，无疑是在欧阳庆发达之后。也就是杀人之后。

这样便可以推测出那对外乡主仆的埋骨之地不会是跨院与后院。

欧阳庆见财起意动了杀心，算是冲动之举，行凶后清醒过来会如何处理尸体呢？在家中寻一个地方掩埋是最神不知鬼不觉的。

一对误入家里的外乡人，只要悄悄埋了，谁会知道呢？

这个地方可能是院中那棵石榴树下，可能是墙角，也可能是目前住进妾室的厢房。在冯橙看来，可以排除三间正屋的可能。欧阳庆冲动杀人，但把受害者埋在睡卧之处的可能性还是极小的。

就算欧阳庆穷凶极恶没有畏惧之心，欧阳氏作为知情者，若是受害者就埋在起居之处，恐怕早就崩溃了。

可是事情已经过去了十年，无论那对外乡主仆被埋尸何处，那些痕迹早已磨灭在时间的长河里，凭着几次做客就找出埋骨地无异于痴人说梦。

那就只能剑走偏锋了。装鬼勾起欧阳庆夫妇对这段往事的回忆，二人心虚之下或许会露出端倪。可惜对于装鬼没什么经验啊。冯橙抱着软枕，苦恼叹口气。

睡在床榻上的花猫忍无可忍睁开眼，看了看与它抢地盘的人，一脸嫌弃跳下床榻走了。

几日后的夜晚，冯橙交代白露守好家门，带着小厮打扮的小鱼悄悄离开了晚秋居。

白露险些哭了。

她真的希望姑娘只是个平平无奇的大家闺秀啊，哪怕喜欢随身带一荷包散发着淡淡腥味的小鱼干也认了，可这三更半夜女扮男装出门，她有点承受不住……

夜静悄悄的，因为有风，多了些凉爽。

一轮新月挂在墨色空中，散发着微弱冷清的光。

四周一片黑，两道几乎与黑夜融为一体的纤细身影却仿佛不受影响，如两尾灵活的鱼游走在大街小巷。冯橙在一处民宅前站定，低声道："到了。"

夜风很快把低低的声音揉碎，吹散。小鱼点了点头作为回应。

二人绕着宅子转了一圈，选择从跨院的围墙进去，那里有一棵树高过墙院，方便进入院中后及时遮掩身形。

主仆二人轻松翻墙而入，察觉有喧闹声，立刻躲在那棵老树后面。

冯橙定了定心神，探头仔细打量。

屋里还亮着光，人影晃动映在纱窗上，声音便是从那里传来。

冯橙给小鱼使了个眼色，悄无声息向那里接近。

藏身窗下，屋内声音便清晰传入耳中。

"父亲还不去睡吗？"

先听到的是年轻男子的声音，语气透着不耐烦。

冯橙听了出来，这是欧阳静的兄长欧阳磊，几日前在欧阳家大门外才见过。

另一道声音自然是欧阳庆："今儿个爹高兴，咱们爷俩好好喝一顿。"

"父亲，已经吃了挺久了，我还要温书。"那声音中的不耐烦越发明显了。

冯橙暗暗摇头。这可真是个被当爹的宠过头的人，要知道时下常见的父子相处情形，一般就是儿子不听话打一顿再说。

"哈哈哈，温什么书，我儿铁定高中的。"朗朗笑声透过窗子传出来，透着自信满满。

冯橙心头一动，不由屏住呼吸。莫非还会有意外收获？

这般想着，就听欧阳磊不快道："父亲这么说，儿子压力更大了，先生说儿子这次只是下场积累经验，真正要出头还是要看三年后。"

"什么三年后，我说我儿定能高中，那就肯定能中。"

三年？再过三年儿子都二十好几了。

偏偏儿子非要有了举人功名才娶妻，这要是三年后还不中，那可怎么办？

他可就这么一个独苗苗，哪里再等得了三年？

"父亲喝多了吧，还是赶紧回屋睡吧。"

"爹没喝多——"欧阳庆打了个嗝儿，声音下意识低下来，"磊儿，这次乡试，爹给你打通了关节，到时候只要你按着做，金榜题名绝对没有问题！"

"您说什么？"随着欧阳磊骤然扬起的声音，还有杯盏打翻声。

冯橙竖着耳朵，听得越发仔细。

竟然真的是这样，欧阳庆往舅舅身边凑是为了给儿子作弊。

"小点声！"欧阳庆慌忙叮嘱儿子。

"又没有别人。"欧阳磊显然心思全放在了欧阳庆刚才的话上，"父亲刚刚说的不是醉话吧？"

"爹怎么会拿这种事开玩笑，所以磊儿你安安心心陪我喝酒就是，爹今天高兴！"

冯橙抬了抬眉梢。这么说，欧阳庆就是今日从舅舅那里套出的话。

那她选择今晚来装鬼吓人还赶巧了。

欧阳磊却不敢相信："父亲如何打通关节的？"

自家是什么情况，欧阳磊还是明白的，真比起高门大户还差得远，甚至连那些富户都比不得。这种情况，父亲竟能打通关节？

"这些你不必问，知道多了反而没好处，总之是撞了大运，爹不会拿你的前程开玩笑的。"

对这一点，欧阳磊是信的。家中这一辈只有他一个男丁，从小家中还不富裕的时候，他想要的父亲都会想方设法满足。作为屠户，他们家的日子比四邻八舍好不少，就是没发达前他也没受过什么委屈。

"就算父亲打通了关节，儿子什么都不清楚心里也没底。"事关前程，欧阳磊还是忍不住问个究竟。

欧阳庆只好吐露一二："到时候会与同考官约定好某些字眼藏在答卷中，同考官看到有这些词，就会挑中卷子推荐给主考官，这不就万无一失了？"

按着规定，主考官负责出题与确定录用名单，而具体的阅卷工作则是同考官负责，并向主考官推荐拟录用的卷子。

一般来说，除非同考官推荐的卷子太不像样，主考官都会选用。

"父亲竟连同考官是谁都知道？"欧阳磊更加吃惊。

要知道目前顺天府的考官人选尚未公布，而无论主考官还是同考官，都是由天子亲自任命。

"所以才说是咱们家的运气，合该磊儿你光宗耀祖。"欧阳庆拍拍儿子肩膀，"爹跟你说说那位考官姓氏，到时候等考官公布，你就知道爹有没有哄你了。"

接下来的低语冯橙没有听清，很快又响起欧阳庆开怀的笑声。

"来，陪爹喝两杯，今天是个高兴的日子。"屋内响起杯盏相碰的声音。

冯橙窝在窗下，忍着蚊虫咬听了一阵子，剩下就是父子喝酒闲聊。

"磊儿，乡试之后无论如何都要把亲事定了，你都二十了，别人像你这个年纪孩子都好几岁了……"

往常听着欧阳庆说这些，欧阳磊只有不耐烦，可此刻不知怎么，几日前在家门口惊鸿一瞥的少女便在脑海中浮现。

乘着酒意，他问："前几日有个姑娘来家中做客，母亲说是大妹新结识的朋友，父亲知道吗？"

冯橙不由蹙眉。欧阳磊提到的姑娘，莫非是说她？

"几日前？"欧阳庆想了想，很快有了印象，"你说的那个姑娘，是爹一个朋友的外甥女。"

"父亲，我想娶她。"

屋中传出的那个声音格外理直气壮，把躲在窗下的冯橙都听愣了。

欧阳庆也愣了一下："磊儿看中了那个姑娘？"

"那日见了一面，儿子瞧着很喜欢。既然是父亲朋友的外甥女，父亲就帮我说说吧。"

冯橙："……"见了一面就喜欢？

瞧着喜欢连女方什么情况都不知道就要娶人家？

想想舅家表哥，再想想一窗之隔的欧阳磊，冯橙有些迷茫。

现在的未婚男子，都这么可怕了吗？

忽然想到陆玄，冯橙暗松口气。还好，陆玄还是正常的。

"既然磊儿喜欢，回头爹对那个朋友提一提，不过还是等到乡试后吧。"

欧阳磊笑笑："自然要等到乡试后。"

接下来的闲聊越发无趣，酒却没有散的意思。

冯橙递了个眼色给小鱼，轻手轻脚离开窗下，穿过月亮门进了正院。

院中那棵石榴树繁茂得有些诡异，浓浓夜色下犹如张牙舞爪的怪兽，随时准备伸出枝条把路过的人抓住。

冯橙往那里看了一眼，又看向正屋。

一排三间大屋，只有东头那间透出朦胧烛光。

屋中很静，能听到清浅的呼吸声，欧阳氏显然睡了，光亮是给欧阳庆留的。

冯橙一开始的目标就是欧阳氏。比起欧阳庆的凶狠，欧阳氏显然只是个寻常妇人，从那一脸的愁容可以看出这些年并不好过，或许一直在为男人谋财害命的事惴惴不安。这样的人，最容易疑神疑鬼。

冯橙冲小鱼点了点头。小鱼从怀中取出一个惨白面具，戴在脸上。

冯橙端详一瞬，满意点头。这个效果可以了，总要给人留点活路。她也取出面具戴好。

天上的月不见了，暗云缓缓涌动，犹如打翻的墨汁。

风吹来，敲打着窗。咚咚，咚咚。

躺在大炕上的妇人皱着眉翻了个身。

咚咚，咚咚——

不对，这样有节奏的声音不是被风吹的！妇人猛然坐了起来，看向声音来处。紧闭的窗子，在这夜深的时候显出几分森然。

咚咚。睡梦中听到的那个声音又响了起来。

欧阳氏突然打了个寒战，被封在内心深处的记忆汹涌而出。

那一年，也是这么热的天气，一对主仆敲开大门，说他们是进京寻亲的。

后来一问，找错了地方。

天很热，她还记得那对年轻的主仆满头大汗。

当主人的问她能不能喝杯水再走，她答应了。

这一应，那对主仆就再也没走出家门。

她永远忘不了男人提着杀猪刀对她说过的话："管好你的嘴，不然我就剁了你，让静儿没有娘！"

她死死捂着嘴，把所有恐惧与内疚都堵在了心里。

她怕死，她更怕静儿没有娘。

这样一个杀人不眨眼的人，静儿没了娘定然也活不了的。

她甚至帮着清理了血迹……

她有罪！是不是那对主仆的冤魂醒来了？

欧阳氏死死盯着窗子，牙关打战。

咚咚！又是敲击声响起，仿佛敲在欧阳氏心头。她头皮发麻，整个人都炸了。

他们这样的人家，也不讲究丫鬟睡在外边随时伺候，再说统共只有几个必不可少的下人，也讲究不来。

男人在跨院喝酒，叫喊也听不到，万一把窗外惊动了，那就更可怕了。

欧阳氏捂着嘴，死死盯着紧闭的窗子大气都不敢出。

已经进了仲秋，夜里明明没那么热了，可她浑身很快就被冷汗湿透。

有好一会儿，令人心惊胆战的咚咚声没再响起。

欧阳氏悄悄放下手，有种活过来的感觉。可能是她听错了。

就在这时窗子吱呀一声响，缓缓拉开了。

夜深人静之时响起的这声吱呀声，对欧阳氏来说甚至比那一年听到的杀猪刀砍在人身上的声音还要恐怖。窗子缓缓地越开越大，外面的黑暗争先恐后涌进来。

欧阳氏再也控制不住放声尖叫，白眼一翻昏了过去。

冯橙从窗口看到屋内软倒在地的妇人，一时无言。面具还没派上用场呢。

冯橙灵机一动，改变了之前的打算，把窗轻轻关上了。

听到欧阳氏的叫声，各处开始有了动静。

冯橙与小鱼借着夜色遮掩悄无声息离开。

最先赶到的是一名仆妇，一见倒在地上的欧阳氏就叫起来："太太，太太您怎么了？"

仆妇上前没把人叫醒，放开喉咙大喊："快来人啊，太太晕倒了！"

厢房的灯亮起，两个妾披着衣衫走出来，对视一眼，到底好奇心占了上风，扭着身子走过去。

一个婢女跑去跨院报信："老爷，太太晕倒了。"

欧阳庆兴致正高，一听皱眉："好好的怎么会晕倒？"

婢子白着脸有些慌乱："婢子也不知道，太太还没醒呢。"

"真是没事找事！"欧阳庆十分不耐烦。

欧阳磊起身："父亲，还是快去看看母亲吧，若是严重赶紧请大夫。"

听儿子这么一说，欧阳庆反应过来。

是要赶紧去看看，臭婆娘要是这个时候出了事，那可要耽误儿子科举的。

这么一想，欧阳庆片刻不敢耽搁，急忙忙赶了过去。

欧阳磊自然跟着过去了。

一时间屋子里挤了不少人，最先发现欧阳氏昏倒的仆妇依然喊个不停。

"喊有什么用！"欧阳庆把仆妇推开，照着欧阳氏人中就掐了下去。

一声闷哼，欧阳氏幽幽醒来。

"你怎么回事儿——"

欧阳氏猛然抓住欧阳庆手腕："有鬼，有鬼，他们找来了！"

欧阳庆一巴掌呼了过去："你给老子住嘴！"

这一巴掌力道十足，把欧阳氏打得眼冒金星，好一会儿缓不过劲来。

看着一屋子神情各异的人，欧阳庆眼一瞪："太太没事，都给我回去睡觉！"

两个小妾与下人忙退了出去，只剩欧阳磊。

欧阳庆语气缓和下来："磊儿，你回去歇着吧。"

"母亲她——"

"她没事，若是有事就打发人去请大夫。"

欧阳磊点点头，转身离开。

欧阳庆见人都走了，把门一关凑到欧阳氏面前，怒道："臭婆娘，你刚刚在乱说什么？"

什么有鬼找来了，那两个倒霉鬼烂得恐怕只剩骨头渣了，明明过去这么久的事，这臭婆娘闹什么？

"真的有鬼！"欧阳氏浑身颤抖，脸色惨白。

"哪来的鬼？你是不是好吃好喝闲的？"

欧阳氏捂着耳朵，连连摇头："我听到了，听到了咚咚声，就和十年前听到的敲门声一模一样！"

"你是不是傻，敲门声不是咚咚声还能是什么？这就叫一模一样？"

"那也有鬼敲窗！窗子还一点点自己开了——"欧阳氏指向窗子，看着紧闭的窗子双目圆睁，失去了声音。

欧阳庆看了一眼，越发觉得欧阳氏发神经。

"臭婆娘少给我疑神疑鬼，是不是非要把好好的日子折腾没了你才甘心？我警告你，再敢胡说八道我把你的脑袋剁下来！"欧阳庆说完，懒得再看黄脸婆一眼，抬脚去了西屋。

"老爷，老爷你别走——"欧阳氏喊了两声，一脸绝望地盯着窗口。

窗子明明打开了，她绝对没有看错！

就这么睁着眼瑟瑟发抖到天明，晨曦驱散了屋中的黑暗，欧阳氏才觉得活过来。她小心翼翼下了炕，趿着鞋子缓缓挪到窗边，站了许久才鼓起勇气一点点推开窗。朝阳洒了进来，带着秋日特有的清透明亮。积累了一夜的惊惧在轻薄的阳光下一点点消散了。

面色苍白的妇人扶着窗棂，神色恍惚，喃喃道："莫非真的是做梦？"

日有所思夜有所梦，这样的噩梦她做过不知道多少次。

她无数次后悔，那一日她若拒绝了那对主仆讨水喝，那两个还有着漫长人生的少年人是不是就不会死了？做一场噩梦，懊悔上一次，便忍不住哭一场。

不小心被女儿发现，面对女儿的追问，她却一个字都说不出来。

要她怎么对女儿说？说现在的好日子是你爹杀人夺财换来的？

她不能啊！只能咬牙熬着，熬到女儿嫁人脱离这个虎狼窝，她就能松口气了。

哪怕被这个秘密煎熬到死，也是她该受的。

阳光开始有了热度，洒在人身上暖暖的。

欧阳氏虚脱般靠着窗子，长长吐出一口浊气。一定是梦！

这个时候，冯橙睡得正香。

小鱼如往日那般起来，跑去尚书府外的大柳树下舞剑。如今尚书府上下对小鱼的举动已经见怪不怪，更方便小鱼把那掩映在柳枝间的绿丝带取下来带给冯橙。

"姑娘睡得正沉。"

小鱼举着丝带，面无表情道："姑娘吩咐过有丝带就告诉她。"

白露迟疑一下，还是让开了身子。

姑娘确实这么说过，虽然心疼姑娘没睡好，但也不能替姑娘做主。

"姑娘，陆大公子找你。"小鱼看着睡得正香的少女可没有丝毫不忍心，硬邦邦喊道。

谁找她？

冯橙艰难睁开眼，看到小鱼手中的绿丝带反应过来。

可随即就是阵阵头疼袭来。

半夜才回家，一番洗漱睡下到现在统共没多久，对一个到了白日就想睡觉的少女来说，这时起来太残忍了。

挣扎了一下，冯橙还是放弃了。

"去问问陆大公子什么事，把话带回来。"

陆玄没有晚上爬墙，想来也不是十万火急的事。

陆玄等在茶楼雅室，等来等去等到的不是冯大姑娘，而是丫鬟小鱼。

"你们姑娘呢？"陆玄语气微沉，莫名有些悬心。

怎么只打发丫鬟来了，莫不是病了，或是遇到了什么事。

"姑娘让婢子来问陆大公子有什么事，把话给她带回去。"

陆玄皱眉："我问你们姑娘呢，为何没来？"

"姑娘说起不来。"

起——不——来——

陆玄久久陷入了沉默。

沉默的少年，耳边不断重复着那三个字：起不来！

这个时候也不算太早了，他这么郑重约她见面，她竟然起不来？

少年紧抿薄唇，有点生气。至于这生气是因为冯大姑娘失约本身，还是突然察觉对冯大姑娘来说赖床比见他还重要，那就不知道了。

气了一会儿，到底那个让他生气的人不在，一个人生闷气也没意思，少年淡淡道："那等明日你家姑娘过来再说吧。"

小鱼想想姑娘近日的计划，如实道："明日姑娘应该也起不来。"

陆玄："……"

"你们姑娘莫非不舒服？"

"姑娘没有不舒服。"

看着面上没什么表情的小丫鬟，陆玄拧眉。

这种八棍子打不出一个屁来的丫鬟，冯大姑娘是如何忍受的？

或许是察觉到少年的想法，小鱼难得多说一句："姑娘就是单纯起不来。"

陆玄嘴角一抽，觉得这话还不如不说。

"那行，你回去吧。"

小鱼杵着不动："姑娘要婢子把话带回去。"

"没什么要紧事。"陆玄一句话把人打发了，心中却有了决定。

既然冯大姑娘早上起不来，那晚上定然精神。他干脆晚上去看看好了，倒要瞧瞧她是为何起不来。

小鱼回去时，冯橙刚刚洗漱完毕。

"陆大公子有说什么么？"靠着美人榻吃着葡萄，冯橙懒洋洋问。

"陆大公子说没什么要紧事。"

没有要紧事？冯橙有些意外。没有要紧事约她干什么？总不能是纯粹想见她吧？

冯橙疑惑着，随手拈起一颗葡萄吃下。

不过既然陆玄说没有要紧事，那就不用担心了，这方面陆玄还是靠谱的。

经过白日养精蓄锐，等到入夜，冯橙带着小鱼再次出了门。

许是有些适应了，比起昨晚的惴惴不安，白露淡定许多，守在屋中等着姑娘回来。

"来福啊，你说今晚姑娘什么时候能回来？"等待的时间太难熬，白露找团在床榻上的花猫说话。

来福懒懒分给白露一个眼神。

白露当然不指望一只猫能听懂，不过是想说话缓解一下焦虑的心情罢了。

"来福啊，你可不能再长胖了，再胖下去也就姑娘能抱得动你了。"

"小鱼干少吃点，你把姑娘带坏了知不知道？"

"哦，我不是说小鱼干不好吃，可别的姑娘随身带着香囊，咱们姑娘随身带着一包小鱼干，这不合适啊——"

卧在床榻上的花猫突然一跃而起。

白露下意识捂住脸，待反应过来，就见来福跳上了窗台。

"来福你突然跳上窗台干什么，吓我一跳——"骤然响起的敲窗声把白露后面的话吓了回去。

她目不转睛盯着被敲响的窗，脑海中只有一个念头：完了！

静了一会儿，敲窗声又响起。白露硬着头皮走过去，缓缓打开窗。

黑衣少年悄无声息跳进来，看清屋中只有一个丫鬟一只猫，眸色微沉。

"你们姑娘呢？"

"我们姑娘……"

白露正琢磨怎么回答，就见花猫向少年扑去。

"来福，不要！"见过来福扑到人脸上猛挠的情景，白露脱口而出。

少年稳稳接住了跳过来的花猫。

白露愣住，看着来福的眼神带着不可思议：来福居然跳进了陆大公子怀里，而不是挠他？

陆玄倒是不奇怪，毕竟进京路上与这只猫相处过。

"胖了好多。"少年与那双绿眼睛对视，语带嫌弃。

来福冲着少年喵了一声，从他怀中跳下来扬长而去。

这是生气了？

陆玄半点没有抱歉的意思，眸色凉凉看着白露："你们姑娘去哪了？"

白露咬了咬唇，顶住压力扯谎："姑娘没对婢子说。"

"她一个人去的？"

"带着小鱼一起。"

听说带着小鱼，少年神色微松，往椅子上一坐开始等人。

怪不得早上起不来，原来每晚都有事做。

想一想那晚坟头偶遇，陆玄暗暗皱眉：难不成又去金水河了？

"陆大公子喝茶。"白露奉上茶水。

陆玄接过茶盏放在一边，问道："你们姑娘大概什么时候回？"

白露干笑："这可说不准。"

陆玄干脆不再问，无聊之下把不知何时又进来的肥猫一把捞起，有一下没一下地顺毛。来福挣扎无效，只好随他去了。

白露局促站在一边，默默祈祷姑娘快回来。

许是老天听到了她的祈祷，冯橙回来的时间比昨晚要早许多。

"姑娘，您可回来了。"

冯橙视线越过白露，看着眉眼平静的少年："陆玄？"

陆玄轻轻扬眉。

他发现了，每当冯大姑娘过于吃惊或情急时都会喊他的名字，而不是陆大公子。这说明对冯大姑娘来说叫他的名字更习惯。而这本身就是件很奇怪的事。

他定定望着男装打扮的少女，陷入了沉思。

莫非冯大姑娘早就单方面认识他，并暗暗叫了他名字无数次？

这个猜测令少年下意识扬起唇角，可再想到冯大姑娘连克服赖床来见他的毅力都没有，又有些迷惑。特别喜欢一个人，不是这样吧？

虽说他没经历过，可常识还是有的，不是说为了见心上人刀山火海都不怕么？

冯橙示意白露与小鱼退下，把陷入妄想的某人叫醒："陆大公子晚上来找我，莫非有急事？"

陆玄啜了一口放冷的茶，压下纷乱思绪："白日听小鱼说冯大姑娘这几日都起不来，所以来看看。"

冯橙有些头疼。是她的错，应该打发白露去茶馆，而不是小鱼。

"那陆大公子白日约我有什么事？"

陆玄没有卖关子："秋闱的考官定下来了。"

"定了？"冯橙立刻打起了精神。

陆玄颔首："翰林院那位戚大人是本次乡试的同考官之一。"

冯橙虽早有预料，却还是有些疑惑："考官既然才任命，那么早之前他怎么就敢确定？"

陆玄冷笑："这正说明他的背后站着能左右皇上想法的人。"

冯橙自然知道陆玄所指的人是谁。

如今最受皇帝器重的就是首辅韩岩柏，而韩首辅正是吴王最有力的支持者。

十六岁的年纪，本该无忧无虑，可陆玄却没有无忧无虑的资格。

有一个不着调的父亲，身为成国公长孙，他早已清楚家中处境。

皇上并不喜欢体弱多病的太子，而是中意苏贵妃之子吴王。

太子小时候也是得到过皇帝真心疼爱的，但随着皇帝在那把椅子上坐的时间越来越久，便不再视辅佐少主的成国公为助力，而是束缚。

陆皇后作为成国公之女，十五岁嫁给庆春帝为太子妃，十六岁成为皇后，当皇帝不愿见到外戚坐大时，会对她的儿子态度如何就不难猜测了。

而苏贵妃是民女出身，有美貌，有身体健壮的儿子，没有娘家势力，长宠不衰不是没有原因。

陆玄知道姑母在宫中的艰难，也知道成国公府近年来的如履薄冰，又如何能够无忧无虑。在他看来，与其说是韩首辅支持吴王，不如说是坐在龙椅上的那个人倾向吴王。韩首辅做的不过是顺应帝心罢了。

"不管姓戚的靠山多硬，这一次他休想脱身。"陆玄冷冷说了一句，转而问起冯橙晚上出去的事。

在冯橙的计划中本就少不了陆玄配合，自然不会瞒他。

"我发现有个人突然与我舅舅走得很近，怀疑他的反常与这次秋闱有关，就每晚去听壁脚想看看会不会有收获。就在昨日……"

听冯橙说完昨晚听来的欧阳庆父子那番对话，陆玄面露古怪："冯大姑娘运气真不错。"

冯橙面不改色点头："是啊，我也觉得自己运气不错，当时摔落悬崖昏迷还能遇到陆大公子。"

"冯大姑娘不必把那件事一直记在心上。"

"救命之恩当然不能忘。"少女笑盈盈道。

那双含笑的眸子熠熠生辉，仿佛把星子藏在其中。

少年移开视线，轻咳一声："冯大姑娘既然听到了那番话，今晚怎么又去了？"

"我昨夜还有个意外收获。"冯橙想好了说辞，"我听完那对父子谈话，想着来都来了，又去了正屋窗外，可是不小心弄出动静把屋中人惊醒了。"

陆玄听到那句"来都来了",嘴角微抽。

"屋中妇人十分恐惧,脱口叫喊有鬼,把不少人惊动了。"冯橙看着陆玄,语气笃定,"正常人听到异响不可能这样,对吧?"

陆玄点点头。

"不做亏心事不怕鬼叫门,妇人如此表现定然有问题。我与小鱼悄悄藏好,等其他人离开又凑过去偷听,就听到那人责怪妇人沉不住气,要是敢把多年前的事露出端倪定饶不了她。"

实际上在欧阳氏尖叫把人引过去时冯橙已经悄悄离开,这番胡诌的话却与事实相差无几。这当然归功于她知道真相在先,可惜没办法对陆玄解释。

"我还打听到他们家原是屠户,是突然发达的,再联想到听来的话,说不定他家做过谋财害命的事,所以今晚又去了。"

陆玄叹了口气。他调查二弟失踪的事若有冯大姑娘这等运气就好了。

"冯大姑娘要把这家人犯下的恶事与科举舞弊联系起来?"陆玄很快琢磨出来冯橙如此上心的用意。

冯橙点头:"不错,要是这家真的害过人命,他家儿子就没有科考资格。而欧阳庆通过我舅舅打通关节,欧阳磊中举算是板上钉钉。到时候只要揭发出他家的人命案,再利用舆论往他科举舞弊上引导,从而使得朝廷仔细调查乡试有无舞弊,自然能发现那些考卷的问题……"

少女侃侃而谈,陆玄瞧入了神。

冯大姑娘比他想得聪明许多。这个发现令少年莫名有些高兴。

"陆大公子觉得我的打算如何?"

陆玄回神,不动声色点头:"可以从这方面着手。"

冯橙笑笑,又皱眉:"就是确定之后如何揭露,还需要斟酌。"

平白跑去衙门说欧阳家埋着死人显然不行,而欧阳庆逼着女儿给年近五旬的老头子当填房的事还没发生,欧阳氏不可能主动报官。

这也是她对陆玄说出来的原因,毕竟一人计短,二人计长。

陆玄没让冯橙失望,略一思索便道:"这个好办,交给我就行。眼下还是要确定那家是否害过人命,害过的话又把尸骨埋在何处。"

听陆玄这么说,冯橙放下心来:"今晚我又吓唬了一下那个妇人,明晚再去看看,对方心虚之下或许会有所行动。"

第一次见到窗子无人自开还能自我安慰是做梦,第二晚看到两张惨白的脸,欧阳氏已经认定是那对主仆冤魂找来了。

为求心安,欧阳氏必然有所行动。

欧阳家地方不大,人却不少,若是白日行动很难瞒过家里人的眼睛,选择晚上行动的可能无疑大得多。

"明晚我与你一起去。"

冯橙愣了一下,下意识拒绝:"我带小鱼就够了——"

"小鱼没我身手好。"

好歹互通有无这么久,难道在冯大姑娘心中他还没有小鱼可靠?

"那好吧。"略一犹豫,冯橙点了头。

陆玄站起身来:"那你早些休息,明日见。"

眼见陆玄往窗口走去,冯橙喊了一声:"陆大公子——"

少年停下转身,轻笑一声:"我还以为你会喊我陆玄。"

冯橙顿了一下。一个称呼,他也要在意吗?

"冯大姑娘以后不如就叫我陆玄吧,省得变来变去。"立在窗边的少年笑着道。

窗外夜色衬得少年肌肤如玉,清俊无双,乌湛湛的眸中除了笑意,似乎还有更多情绪。

他以为会看到少女犹豫忸怩,却见对方弯唇一笑,应得痛快。

"那我以后就叫你陆玄了。"

曾经她无数次冲陆玄喵喵叫,叫的都是陆玄,而非陆大公子。

陆玄微微点头,再次确定"陆玄"确实比"陆大公子"好听。

"冯大姑娘刚刚喊我有事?"

冯橙转身跑到柜旁抱了一把伞来:"那日的伞一直忘了还。"

陆玄盯着少女手中竹伞,心思却不在这上面。

他都让她喊他名字了,她竟然不主动说要他也喊她名字吗?

"冯大姑娘留着吧,一把伞而已。"陆玄特意在"冯大姑娘"几个字上加重了语气。

在冯橙看来,确实只是一把伞而已,既然陆玄说不用还,就收起来好了。

"那明天见。"冯橙站在窗边摆手。

陆玄没有动,想想指望对方开窍是不成了,以浑不在意的语气道:"那我以后叫你冯橙好了。"

"橙橙"这种甜腻腻的称呼,他是绝对不会叫的。

冯橙微微愣了一下,旋即露出明媚的笑:"好啊。"

对她来说,"冯橙"当然要比"冯大姑娘"和"来福"更中听。

"那明晚见。"陆玄看笑容满面的少女一眼,很快消失在浓浓夜色中。

冯橙呼了口气,吩咐白露打水梳洗。

转日朝霞满天,到了下午却变得阴沉沉,层层叠叠的云堆砌成云山,仿佛要垂落到人间。入夜后,天上无星也无月,除了一些高门大户檐下灯笼散发的微弱橘光,就只剩了团团黑暗。

冯橙与陆玄碰面后一同潜入欧阳家,在这种入目一片黑的环境下,藏匿身形都变得从容许多。

东屋里,欧阳庆夫妇正在说话。

"臭婆娘，连续两天都被你闹得不安生。你不说有鬼吗，今晚我就睡在这里，倒要看看哪来的鬼！"

欧阳氏声音听起来有些虚弱："真的有鬼，昨晚我看到两张惨白的脸——"

"够了！"撞击的声响过后，是欧阳庆狠戾的警告，"要不是磊儿马上科考，老子早把你这疯婆娘的脖子扭断了！"

好一会儿没有传来欧阳氏的声音。

冯橙忍不住从窗子缝隙往内看，被陆玄一把拉开。

她不解看着他。

"别乱看。"陆玄用口型对她说。

冯橙默默翻了个白眼。早知道还是带小鱼来。

陆玄嘴角微抽。她以为天黑他就看不到那双大白眼了？

别说，这丫头眼睛还挺大——屋内压抑的抽泣声把少年跑偏的思绪拉了回来。

"我……我真的害怕……"

那声音透着绝望与无助，冯橙听了在心中叹口气。

如果可以，她也不想吓唬欧阳氏，而是去吓唬欧阳庆。

奈何欧阳庆心太硬，仿佛是个天生的恶人，家中闹了两日鬼没有半点害怕的意思。

"臭婆娘，我警告你，你再害怕也给老子憋着，不要以为磊儿要科举我就拿你没办法。当娘的死了儿子要守孝不得科考，当妹妹的死了可不会！"

"你要干什么？"欧阳氏呼吸一滞。

无边无际的黑暗中，男人恶狠狠的话传来："你敢让别人看出什么来，我就弄死静儿！"

妇人不敢置信的声音响起："静儿是你的亲生女儿啊！"

男人冷笑："我有五个亲生女儿，少一个算什么？"

妇人捂着嘴，堵住惊恐的抽泣。

他有五个亲生女儿，可她只有一个静儿。静儿是她的命啊！

"我不说了，我再也不说了。"

男人这才满意："赶紧睡吧，要是真的有鬼，我连鬼的脑袋都拧下来！"

冯橙："……"

时间一点点流逝，屋内没过多久就响起男人的呼噜声。

冯橙与陆玄对视一眼，继续耐心等着。

陆玄一贯觉得盯梢是件熬人的事，特别是夜里盯梢，就更熬人了，而身边少女再次出乎了他的意料。

陆玄看着夜色中白得仿佛发光的少女，眼中不觉有了柔色。

冯橙与那些娇滴滴的女孩子不一样。

还好不一样，不然大概也不会有后来这些交集了。

至于这丝庆幸因何而起，陆玄并不清楚。

等待是枯燥的，特别是不确定屋中本该睡下的人还会不会有行动，那就更枯燥了。

好在仲秋的夜里微凉，除了枯燥倒没那么难受。

夜越来越深，也越来越静，静到悄悄藏在窗外的两个人能听到彼此的呼吸声。

或许还有心跳声。

皇天不负有心人，当屋中那震天的呼噜声越来越有规律，终于又有了别的声音。

是窸窸窣窣的穿衣声。

冯橙自从荒郊野岭醒来后就变得耳聪目明，陆玄自幼习武，耳力当然不差。

二人听着屋中人轻手轻脚下了炕，脚步声一点点远去。

欧阳氏这是要出来？

冯橙忽觉一只手在她肩头拍了一下。

她转头，就见陆玄指了指屋门口的方向。

二人把身形藏得更隐蔽，悄无声息等待着。

不多时，欧阳氏从东屋走出来，一边走一边频频往后看，显然是担心男人醒来。

好在那绵绵不断的呼噜声给了这个柔弱妇人些许安慰。

冯橙目不转睛盯着欧阳氏，就见她一步一步走近了石榴树。

竟然真的是石榴树下？

离着石榴树约莫一丈远时，欧阳氏停了下来，提着竹篮踟蹰着不敢上前。

过了不知多久，她终于下定决心，慢慢地靠近了石榴树。

天上浓云翻涌，石榴树枝条摇动，莫名森然。

欧阳氏在石榴树前缓缓跪下，磕了几个头后双手合十，无声念着什么。过了一会儿，她从竹篮中取出一叠烧纸点燃。伸手不见五指的深夜中，骤然亮起的火光使得欧阳氏的一举一动都清楚落入冯橙与陆玄眼里。

冯橙能看到照在欧阳氏脸上的忽明忽暗的火光，以及她惨白的面色与恐惧的表情。

这分明是见鬼心虚，趁着夜深人静悄悄给那对冤魂烧纸以求心安。

欧阳氏的举动其实在冯橙意料中，她跑来装鬼等的就是这个。

几沓纸钱烧完，欧阳氏用一把小铲子小心翼翼把留下的灰烬铲到铺开的布巾上，处理干净后兜起布巾塞进竹篮。做好这些，她站起身来左右看看。

虽然离得远了，还是能隐隐约约听到东屋的呼噜声，这让欧阳氏松了口气，转身离开石榴树。

冯橙视线追逐着那道浑身紧绷的身影，突然眼神一紧。

烧完纸钱的欧阳氏竟然没有进屋，而是往东南角去了。

欧阳家的布局与寻常宅院差不多，东边一排厢房，再往南走就是厨房。

欧阳氏要把灰烬撒在厨房灶膛里？若是这样，还真是谨慎。

可令冯橙吃惊的是欧阳氏没有进厨房,而是进了紧挨着厨房的柴房。

忽然一阵凉风,吹得石榴树的枝条摆动幅度大了许多。

冯橙与陆玄小心翼翼靠近柴房,一探究竟。

柴房没有窗,两扇破旧的门虚掩着,透过门缝能看到欧阳氏对着某处跪下来,一下下磕头。

冯橙与陆玄对视一眼,继续往里看。

与在石榴树前看到的一样,欧阳氏磕完头无声念祷了一会儿,又开始烧纸钱。

柴房中堆着不少柴火,欧阳氏动作十分小心。

纸钱燃烧的味道渐渐飘到门外。

这样阴云涌动夜深人静的时候,鼻端充斥着这种味道,难免令人心生凉意。

看着惨白着脸烧纸钱的妇人,冯橙默默想:她要是这个时候出现,都不用戴面具就能把人吓死了。

欧阳氏收拾好烧完的灰烬站起身来,拎着篮子放轻脚步往外走。

冯橙与陆玄立刻藏好,看着欧阳氏走出柴房把门掩好,又往厨房去了。

冯橙想要跟上,被陆玄拉了一下。她侧头看着他。

陆玄轻轻摇头,示意她不要动。

没过多久欧阳氏就从厨房走了出来,比在石榴树前和柴房内停留的时间要短许多。

冯橙毫不吝啬地投给身旁少年一个"幸亏有你提醒"的眼神。

陆玄矜持扬了扬唇角。

欧阳氏左右张望,举起袖子胡乱擦了擦额头冷汗,轻手轻脚溜进了正屋。

冯橙与陆玄靠近东屋窗下又听了一阵儿,除了一直没停过的呼噜声再无其他声响。

陆玄拉了拉冯橙,指了指院门。

冯橙点点头。

再留下去显然不会有收获了。

二人麻利翻出院墙,走在空无一人的大街上。

冯橙迎着夜风轻声道:"今晚欧阳庆妻子的举动好古怪,为何在石榴树下烧完纸钱又去柴房烧?"

后来进厨房倒是不难猜测,定是处理烧纸钱留下的灰烬去了。

陆玄想了想,道:"最大的可能是那两处都埋过尸体。"

"都埋过?"

"比如原本埋在一处,后来担心被人发现于是换到另一处。那妇人为求心安,就在两处都烧了纸。"

"若是这样,还要确定究竟埋在何处。"

"没必要。"陆玄语气轻松,"不管是埋在石榴树下还是柴房中,到时候全都挖开自然就知道了。"

冯橙拍拍额头："是我钻牛角尖了。"

陆玄说得对，这又不需要做选择，全都挖开就是了。

至于两个地方都挖不出尸骨这种可能，冯橙认为几乎没有。

欧阳家一直没有搬过家，只是扩建了宅子，那对主仆的尸骨无疑就在这宅子里。

"受害者的讯息还是要多了解一些。从明日起我会安排人每晚来盯着，你就安心在家中待着吧。"

冯橙犹豫了一下，还是把受害者是两个人的话咽了下去。

陆玄安排的人若是没有收获，她再找个合适的借口提起不迟。

"陆玄，我们在路口分开吧。"冯橙指了指前面。

陆玄淡淡看她一眼："我先送你回尚书府。"

"那就多谢了。"冯橙没有推辞。

二人还没走到路口处，一阵疾风吹过，豆大的雨珠落下来。

雨落得急，令冯橙有些猝不及防。

陆玄反应就快多了。他一把抓住冯橙手腕，带着她跑到临街一家店铺的屋檐下。

大雨如泼，屋檐下很快挂起雨帘。

冯橙望着无边无际的雨幕喃喃："会打雷吗？"

陆玄轻轻动了动眉梢。

冯橙好像对"打雷"格外关注。

莫名想起那晚突然雷鸣雨落，她殷殷叮嘱他当心被雷劈的情景。

陆玄看着身边少女，得出了结论：她怕打雷。

女孩子害怕打雷似乎很正常。

陆玄决定安慰一下对方："不会打雷的，这个时节很少会打雷……"

话没说完，一声惊雷炸开，连大地都仿佛震了震。

陆玄尴尬牵了牵唇角。

冯橙白着脸往后退了一步，后背紧紧靠着冰冷的墙壁。

一只手伸出，握住她的手。少年的手骨节分明，少女的手纤细柔软。

在这大雨如注的夜半时分，两只突然交握的手令二人同时一怔。

陆玄飞快松开手，一副若无其事的语气："别怕，只是打雷而已。"

夜色浓浓，悄悄遮掩了少年泛红的耳尖。

冯橙拢了拢手心，笑笑："没有怕。"

与其说是怕，不如说是敬畏。连皇帝都能被雷劈死呢。总之，她不喜欢打雷。

"没有怕，你的脸还那么白？"

冯橙抬手摸了摸脸颊，很是纳闷："我的脸不是一直都很白吗？"

她之前也苦恼过，觉得一张大白脸太费胭脂，直到发现随时可以装病，决定随它去了。

胭脂不就是拿来用的，用得快些才能买更多更好看的新胭脂。

陆玄想想也是，不吭声了。不怕就好，他又不是爱操心的人。

少年负着手，望着无边雨幕出神。

小时候他和二弟出去玩，也遇到过这么一场雨。

无边无际，仿佛等不到头。

后来他们忍不住冒雨跑回家，二弟当晚就病倒了。

母亲气得拿插在花瓶中的花枝打他。

明明很细的花枝，抽打在身上却钻心般疼痛。

那些因为他们贪玩没看顾好他们的仆人从此再没见过，据说是挨罚后打发到庄子上去了。

他不喜欢下雨，尤其是大雨。

这会让他想起病倒的二弟，以及抽打在他身上的花枝。

"陆玄。"雨声中，少女的声音清晰入耳。

陆玄侧头看着她。

冯橙今夜依然男装打扮，面上却没有伪装。

被斜斜飞进檐下的雨珠打湿的双颊湿漉漉的，那双清澈如水的明眸也湿漉漉的。

陆玄忽然好奇她要说什么。或许……她要倾诉心事？

比如为什么更习惯叫他的名字？

陆玄默默决定，不管冯橙说什么，他都不笑她。

而在这么想的时候，他又不自觉生出几分期待来。

"你是不是很喜欢猫？"

"喜欢什么？"陆玄以为听错了。

"花猫。"冯橙弯着唇角，想到来福就觉得欢喜。

梦中是来福时，她就很庆幸遇到的是个爱猫的少年。

陆玄沉默了一下，再次确认："你说像来福那样又肥又贪吃还喜欢往人身上扑的花猫？"

眼见冯橙脸色越来越黑，陆玄后知后觉停下来："怎么了？"

冯橙："呵呵。"

陆玄仔细端详她神色，有些莫名其妙。好像是不太高兴的样子。

哦，是因为他那般说来福？

是了，在冯橙心里那只肥猫是救过她性命的。

这样想想，刚刚那么说是有点不合适。

少年以拳抵唇咳了一声，淡淡道："来福还是挺有灵性的。"

冯橙确实有些意外了，喃喃道："原来你不喜欢猫……"

不喜欢猫，却带着半路捡的猫回家，给它起了名儿，喂它吃小鱼干，带它去吃烧鸡，还操心它的终身大事。

冯橙深深看身边少年一眼。陆玄真的是个好人。

"算不上喜欢。"在对方那意味深长的目光下，陆玄还是说了实话。

虽然他莫名有点在意冯橙的感受，但他不能没有原则！

不喜欢猫还需要撒谎吗？

"陆玄。"

"嗯？"

冯橙望着他，神情认真："你真好。"

陆玄：？

雨还在下，耳边是哗哗雨声。

有那么一瞬间，冯橙想扑到少年身上，蹭一蹭他的手。

遇到陆玄，她可真是幸运啊。

陆玄却被冯橙的话弄蒙了。他不喜欢猫，和他真好有关系吗？

还是说——这样也能被她发现优点？

这个认知让少年下意识把本就挺拔的身体挺得更直。

"雨可能一时半会儿不会停了，要不就这么回去吧？"冯橙望着无边无际的雨幕，提议道。

"不行。"陆玄脱口而出。

见冯橙看他，他指了指雨帘："冒着这么大的雨回去，很容易生病。"

"可不知道多久才能停。"冯橙有些发愁。

"这样的雨不会下太久，再等等吧。"

二人站在屋檐下，望着雨幕安静下来。雨声似乎更大了。

一只手伸过来："要不要吃蜜饯？"

陆玄目光往手帕上落了落。

冯橙笑道："是蜜饯菱角，吃起来比别的蜜饯清爽。"

陆玄一贯觉得蜜饯是女孩子喜欢吃的零嘴儿，但现在哗哗下着大雨，四周黑咕隆咚，不吃点东西时间也难熬。

主要是他知道冯橙肯定会吃，那就更难熬了。

两根修长白皙的手指把用手帕垫着的菱角拈起，放入口中。

"好吃吗？"

迎着那双盈盈笑眼，少年淡淡道："还行。"

吃个零嘴儿还要问，女孩子就是话多。

不过——陆玄扫了一眼被冯橙拿出来的荷包。

很普通的圆形，上面绣着一只扑蝶的花猫。

冯橙的荷包是百宝箱吗，为什么有那么多吃的？

"怎么没有小鱼干了？"

冯橙叹气："白露不许我这么热的天带小鱼干。"

"哦。"陆玄直接从荷包里摸出一个菱角。

二人分享着蜜饯菱角，有一搭没一搭聊着天。

不知不觉间雨停了，只有屋檐边凝聚着水珠，滴滴答答落下来。

"走吧，雨停了。"

冯橙点点头，抬脚往外走，却被陆玄拉住。她疑惑看着他。

陆玄抬起一只手挡在她头上，拉着她走出屋檐下。

冯橙愣了好一会儿才恢复如常。

路上到处是积水，鞋袜衣摆很快被打湿了，贴着肌肤湿漉漉难受。

陆玄一直把冯橙送到尚书府后巷才停下来。

道别的时候，冯橙想起一件事："陆玄，我们是不是该换联络方式了，大门口那棵老柳树快撑不住了。"

柳枝秃了后，绿丝带就没办法隐藏了。

陆玄听了这话，尴尬地抿了抿唇。

总觉得冯橙是在嘲笑他说等柳树叶子掉光了就不用再见面的话。

"我养了几只信鸽，以后用信鸽联络吧。保险起见不用信鸽传递字条，我会在信鸽腿上系上绿绳，你接到后换上红绳以示回应。"

冯橙听了放下心来："那就这样吧，信鸽还方便些。"

重新约定了联络方式，二人各回各家。

接下来几日，尚书府气氛明显紧张起来。

这一次的乡试，大公子冯豫和二公子冯辉都要下场。

冯尚书虽已位列六部尚书，站在了文官要爬的仕途高峰的山尖上，可子孙想要有好前程必须要规规矩矩走科举这条路。

乡试一共有三场，每一场都需要提前一日进入考场，从八月初八开始，京城上下的关注就都放在了这上面。

冯豫与冯辉动身去贡院时，冯尚书少不得叮嘱几句："不要有太大压力，你们都还年轻，就算再考两次也才二十多岁年纪，祖父那个年纪还没中举呢。"

听得冯豫嘴角微抽，冯辉则更紧张了。

要是像祖父一样三十多岁才中举可就完了！

牛老夫人气得心口疼："孩子们马上要进考场了，老爷能不能说点好听的？"

冯尚书扫了牛老夫人一眼："怎么不好听了？孙儿们像我还不好么，知不知道什么叫大器晚成？"

眼见祖父、祖母要吵起来，冯豫忙道："祖父、祖母，我与二弟早些去贡院了。"

"去吧，平常心就好。"冯尚书摆摆手。

等冯豫与冯辉离开，见牛老夫人要说话，冯尚书赶紧站了起来："想起还有点事，我出去了。"

走出长宁堂，冯尚书舒了口气。事倒是没有，纯粹不想听老婆子啰唆。

冯尚书溜溜达达往外走，遇到了冯橙。

"橙儿是送你大哥他们了？"

"是啊。"冯橙走近，忍不住问，"祖父，您说大哥他们没问题吧？"

"科举可不好说，等张榜就知道了。"

想当年他才高八斗，还不是屡战屡败，越挫越勇，才有今日。

"张榜了就全天下都知道了，孙女还是想听听祖父的判断。"

理智上，冯橙觉得兄长定能高中，可兄长原本错过了这次乡试，难免关心则乱，患得患失。

被孙女一脸期待地看着，冯尚书捋了捋胡子："你大哥问题不大，你二哥在两可之间，看他的状态与发挥吧。"

冯橙的心登时放下一半。

她记得很清楚，冯辉这次乡试虽然榜上有名，名次却很靠后。果然是在两可之间。祖父对二哥的判断如此准确，想来对大哥的判断也八九不离十。

"多谢祖父。"

"小丫头别操心这些，去玩吧。"

时间在紧张中度过，转眼就到了八月十四日。

这日天气晴朗，清风徐徐，冯橙一早就接到了长公主府的帖子。

这段时日她隔三差五就会受邀前往长公主府，对此已是习以为常。

马车抵达长公主府时，迎接她的还是女官翠姑。

"让姑姑久候了。"

"冯大姑娘还是这么客气。"翠姑语气亲切，"殿下在牡丹园。"

冯橙微微点头，随着翠姑往牡丹园的方向走。这条路她已经很熟悉了，几乎每一次来长公主府与永平长公主见面，都是在牡丹园中。

翠姑看一眼安安静静走在身侧的少女，还是提醒道："今日殿下……心情不是很好。"

少女一双黑白分明的眸子看过来，透着些许疑问。

翠姑沉默了一下，低声解释："今日是迎月公主的生辰。"

本来不该多嘴，可殿下会在今日请冯大姑娘过府，可见把对郡主的思念寄托在冯大姑娘身上。她盼着冯大姑娘能给殿下带来些许慰藉。

"我知道了，多谢姑姑提醒。"

说话间牡丹园到了。

入目皆秋，就连明朗的清风在这里都萧瑟起来，卷起满地枯黄。

凉亭中那抹身影孤单寂寥，似乎与这牡丹园融为一体。

"殿下，冯大姑娘到了。"

永平长公主转过身来，对冯橙露出个浅淡的笑："过来坐。"

冯橙走过去，问过好后在对面坐下。

二人间隔着石桌，石桌上摆着茶点水果。

"吃点心吧。"见的次数多了，永平长公主语气随意许多。

冯橙看了看盘中那些精致的点心，拿起一块样子最寻常的桂花糕塞入口中。

永平长公主有些诧异："最喜欢吃桂花糕吗？"

盘中那些漂亮的糕点且不说，其中一道酥油鲍螺很合京中太太、姑娘们的口味，算是点心中难得的珍品。

冯橙把桂花糕咽下去，老老实实道："也不是最喜欢吧，就是觉得这个时候最适合吃桂花糕，随手就拿了。"

永平长公主怔怔看着冯橙，眼中有了水光。

梳着小抓髻的女童跑进亭中，从琳琅满目的点心盘中拿起桂花糕吃得香甜。

她问："灵儿不尝尝别的吗？"

女童笑嘻嘻回答："八月桂花遍地开，当然要吃桂花糕啊。"

永平长公主回了神，凝视着对面的少女。

灵儿没能陪在她身边，她无从得知是这个年纪的女孩子都会这么想，还是独独冯大姑娘与灵儿一样。也或许，只是她希望冯大姑娘与灵儿处处一样，因为她总是竭力从这个女孩子身上寻找女儿的影子。

"会蹴鞠吗？"永平长公主突然问。

"会。"冯橙大大方方点头，想了想，补充道，"我应该踢得不错。"

在京中，上至达官贵人，下至贩夫走卒，都会把蹴鞠当成一种消遣娱乐，这种风潮也传到了闺阁中。

冯橙以前就会蹴鞠，想想日益变得灵活的身体，自然有这个信心。

永平长公主闻言笑了："要不要与我比一比？"

这话一出，冯橙愣了愣，翠姑也愣了。

"殿下——"翠姑喃喃。

永平长公主并不看她，只是以期待的目光看着冯橙。

"好啊。"冯橙笑着应了，露出唇边梨涡。

永平长公主冲翠姑点点头，很快翠姑就拿了一个彩球过来。

永平长公主接过彩球，起身走到凉亭前的空地处，把彩球往空中一抛。

彩球迎着阳光高高飞起，又披着阳光快速落下。

永平长公主旋身抬脚接住彩球，接着脚腕一甩，彩球向冯橙飞去。

球飞出后，永平长公主微微摇头。太久没有蹴鞠生疏了，刚刚用力太过踢高了，这球不可能接住，恐怕要打击小姑娘信心了。

冯橙见那彩球快速飞来，脑子还没来得及想，身体便做出了反应。

她脚下一蹬高高跃起，用头顶了一下飞来的彩球，趁着彩球受力往回飞的时候快速伸腿，彩球稳稳停在了绷直的脚尖上。

"好！"

一声喝彩脱口而出，永平长公主目中异彩连连，大为意外。

冯橙轻挑脚尖，彩球飞起，又落在她另一只脚上。这般从左脚到右脚，从右脚到左脚，连踢数十下，彩球突然飞高，她一个旋身把球踢向永平长公主。彩球带着劲风而来，永平长公主用脚接住，顿觉一震。她没再把球踢回，反而停了下来。

冯橙不明所以，只好在原地站着。难不成刚才太过用力，把长公主伤到了？

长公主虽曾是令齐人闻风丧胆的女将军，却因为女儿的失踪形销骨立，伤了根本。

冯橙正惴惴之时，永平长公主手托彩球走了过来。

"冯大姑娘习过武？"

冯橙摇头："没有。"

"伸手。"永平长公主神色明显严肃起来。

冯橙伸出右手，想了想，又把左手伸出来。

面色严肃的永平长公主因为她这个动作，不由莞尔。

少女的手白皙纤细，柔若无骨，一看就是十指不沾阳春水的大家闺秀。

永平长公主捏着这只手，越发觉得古怪。

刚刚那一脚的力度可不该是这样。

不，还有冯大姑娘那一跃的高度，那个不可能接到的彩球……

永平长公主指尖战栗着，空寂到近乎枯竭的心中仿佛有什么苏醒了。

她望着少女的眸中有了光："随我来。"

冯橙没有问永平长公主的异常，默默跟上。

永平长公主带着冯橙走进一片竹林，指着一竿青竹道："用你最大的能力跳一跳。"

她要看看这孩子到底能跳多高。

冯橙抬头看看，运足力气纵身一跃，抱住了那竿青竹。

修竹微微颤了颤，很快恢复如初。

永平长公主看着高高挂在竹子上的少女，一阵无言。

"殿下，我可以下来了吗？"冯橙觉得一直这样挂着不太合适，开口问道。

风吹来，竹叶瑟瑟，似乎也不满赖在上面的少女。

永平长公主嘴角微抽，难得露出一丝无奈笑意："可以了。"

她从来也没要求这孩子蹦到竹子上去啊。

冯橙闻言轻盈跳下，落地无声。

永平长公主眼神骤然深邃。

永平长公主万万没想到，冯橙会给她带来这样的惊喜。

她承认，她总是忍不住在这个女孩子身上寻找女儿的影子。

与女儿一样的年纪，同样出生在秋日，同样遇到了拐子，从找到女儿到揪出害死女儿的真凶离不开这个女孩子的功劳。

这一定是很深的羁绊，甚至是天意。

这是老天大概不忍灵儿那般惨死而作出的安排。

刚刚看着这孩子吃桂花糕，她就忍不住想：灵儿若能长大，就是这样吧？

灵儿性子活泼，喜欢捉迷藏，喜欢蹴鞠。

那时候，她常带着灵儿一起蹴鞠。

她就开了口，想象着还是与女儿在一起的样子。

原来还有那么多不一样。

这个发现非但没让她失望，反而让她听到了久违的激动心跳声。

冯橙是冯橙，灵儿是灵儿。她们有令她贪恋的神似之处，但终归是两个人。

于她来说，灵儿是珍宝，冯橙……是希望。是若有一日异族来犯，能代替她御敌守卫山河百姓的希望，是能为女儿报仇雪恨的希望。

"殿下。"

恍惚中，甜美的声音传入耳畔。

永平长公主回神，看着如春花初绽的少女，又犹豫了。

这孩子是礼部尚书的大姑娘，十指不沾阳春水的娇娇女，她真的要把她带到那条路上，终有一日让那双纤纤素手染上鲜血吗？

冯橙把永平长公主的挣扎犹豫看在眼中，心念微转。

长公主为何突然想看看她能跳多高？

她福至心灵，脱口而出："殿下是不是发现臣女是根骨清奇的武学奇才？"

小时候她经常听三叔这么自夸，后来被祖父拿鞋底抽了一顿，三叔才不敢挂在嘴边了。

永平长公主骤然从那种纠结哀伤的心情中脱离，看着娇软无害的少女哭笑不得。

话都让这孩子说了，她还说什么？

"冯橙——"

冯橙察觉到对方称呼的变化，静静等着她往下说。

"想不想随我一起习武？"永平长公主说出这话时，想法又有了改变。

她不能一开始就把这样的重担放在这么一个孩子身上，但这孩子有如此天赋，学些武艺傍身总不是坏事。

冯橙忙点头："我愿意！"

瞧着少女晶亮的眼神，永平长公主忍不住提醒："习武是很辛苦的。"

不是爬树捉知了那么轻松有趣。

"我不怕辛苦。"冯橙苍白的面色因为激动有了红润，"我想习武。"

在梦中经历过逃亡时被人追赶跳下悬崖的恐惧，经历过死于齐军刀下的痛苦，对她来说，什么琴棋书画，吟诗绣花，都不如会些拳脚功夫实在。

乱世人命不如狗的炼狱，她亲眼瞧见过。

永平长公主却有些不解："对习武这么有兴趣？"

冯橙认真道："臣女感兴趣的不是习武本身，是在需要的时候能够保护想要保护的人。"

保护想要保护的人么？

这个回答令永平长公主眼中涩然，越发觉得教导眼前少女习武的念头没有错。

"那从明日起你就每日来这里，准备一套方便练武的衣裳。"

"多谢殿下。"冯橙欢喜应下。

永平长公主失笑："傻丫头，你现在不该叫我殿下了。"

冯橙看着唇角含笑的永平长公主，试探道："师父？"

永平长公主满意点头，突然想到了什么："其实你还有个师兄。"

"师兄？"冯橙生出好奇。

永平长公主却叹了口气："都是陈年旧事了，不提也罢。"

"师兄的存在不方便让人知道吗？"冯橙越发好奇了。

永平长公主略一犹豫，还是告诉了冯橙："是成国公的长孙，陆玄。"

冯橙张了张嘴，心生感慨：她和陆玄这是怎样的缘分呀！

看着少女目瞪口呆的模样，永平长公主莞尔："是不是很意外？"

冯橙缓缓点头。她跟着陆玄这么久，竟从没听他提起过。

难怪听闻永平长公主病逝，陆玄对着明月枯坐了一整夜，顺便把她拘在身边捋了一整夜的毛。当时她以为要被捋秃了，还抗议来着。

"陆玄与你一样，都是天生适合习武的良才美玉。不过我只教导了他几年，对外不曾师徒相称过。"

"原来这样。"冯橙想了想问，"那在外人面前，我还叫您殿下吗？"

永平长公主沉默了片刻，道："暂时还是叫我殿下吧。"

她收徒，在很多人眼里可不是收一个徒儿这么简单。

声名赫赫的红缨军，太久没有新主人了。

风吹叶落，竹影婆娑。永平长公主与冯橙穿过竹林，向凉亭走去。

"明日早些过来，若是嫌我严厉哭鼻子，那可不行。"倒了一杯茶水递给冯橙，永平长公主淡淡道。

冯橙喝着茶水，乖乖点头。

又留了冯橙一阵子，永平长公主吩咐翠姑把人送到马车上。

翠姑立在车窗边叮嘱："明日冯大姑娘用过早饭直接过来就是。"

目送马车远去，翠姑回去复命。

永平长公主起身："陪本宫去演武场。久不提刀，明日可教不了人。"

翠姑走在永平长公主身边，忍不住道："殿下，您真的要冯大姑娘接您衣钵？"

永平长公主睨了翠姑一眼，淡淡道："不必想那么远。"

冯橙回到晚秋居，刚刚打了个盹儿，忽听一声惊叫。

她蓦地睁眼。是白露！

· 47 ·

"怎么了？"她喊了一声。

"姑，姑娘——"白露声音传来，透着无措。

冯橙起身下榻，走到外边看个究竟。

"出什么事了？"

白露指指不远处的花猫："姑娘您看，来福爪子下是什么？"

冯橙闻言看向来福。

卧在不远处的花猫一只爪子按着拼命挣扎的鸟儿，另一只爪子有一下没一下拍打着那只倒霉的鸟儿。

见冯橙看过来，来福气定神闲看她一眼，继续把玩新玩具。

冯橙缓缓看向来福魔爪下那只可怜的鸟儿，登时面色一变：那是一只鸽子！

"来福，快松爪！"

冯橙沉着脸走过去。

来福懒洋洋看她一眼，很给面子地抬起爪子。

那只可怜的鸽子艰难站了站，又瘫倒在地，颤抖着翅膀奄奄一息。

冯橙："……"

第3章 师兄

看着奄奄一息的鸽子，冯橙默想：该不会是陆玄的信鸽吧？

再看系在鸽子腿上的绿绳，冯橙狠狠抽了一下嘴角。

"来福！"

来福懒懒看着冯橙："喵——"

冯橙大步走过去，用手指点着来福脑袋："怎么能玩鸽子呢，那么多老鼠还不够你玩？"

"姑娘！"白露失声惊叫。姑娘在说什么啊？

她突然看到来福踩蹦一只小鸟已经吓着了，想想要是哪一日突然看到来福在玩老鼠——不行，她要昏过去了！

冯橙看白露一眼，不明白素来沉稳的大丫鬟为何如此失态。

白露眼泪汪汪："姑娘，来福不能玩老鼠啊！"

姑娘怎么能这么提议呢，难道姑娘不怕老鼠吗？

沉稳？

哪个女孩子看到老鼠还能沉稳啊！

冯橙一脸不赞同："猫捉老鼠不是天经地义么？"

想当初，她也是用了很大毅力才克制住捉老鼠的冲动。

正因为有这种体会,她可不会为难来福。毕竟来福是一只真正的猫啊。

白露被问得哑口无言,只觉前途一片黑暗。

难不成除了努力适应姑娘的改变,还要适应会玩老鼠的来福?

这个大丫鬟当得太艰难了!

"但是捉鸽子可不行。"冯橙义正词严教训日渐圆滚的肥猫,"以后再这样,没收你的小鱼干!"

"喵——"来福无所谓地叫了一声。

冯橙看着垂死的鸽子有些泄气。

按着之前的约定,她要用红绳换下鸽子腿上的绿绳,再放信鸽飞回去给陆玄报信。现在信鸽成了这个模样,难道要她飞过去吗?

想想就生气,她又忍不住训猫:"臭来福,你说现在可怎么办,难不成你替鸽子飞一趟?"

来福起身走到冯橙身边,用尾巴扫了扫她裙摆:"喵喵。"

冯橙叹口气:"罢了。小鱼,随我去一趟茶馆。"

冯橙换上外出的衣裳往外走,来福稳稳跟在脚边。

"你也要去?"

"喵。"

冯橙想想,把这罪魁祸首带去跟陆玄说一声也好,于是弯腰把来福抱起来。

清风茶馆离尚书府不远,乘车比走路还麻烦些,冯橙抱着沉甸甸的猫没过多久就走到了。

"姑娘来了。"伙计一见冯橙就迎过来,视线往来福身上落了落,忘了后边要说的话。

怎么还带着一只肥猫呢?

"劳烦你去禀报一下你们公子,就说我在这里等他。"

"好嘞,姑娘您先上雅室等着。"

伙计殷勤把冯橙领上雅室,不多时又端了一份果盘上来,这才匆匆去见陆玄。

听了伙计禀报,陆玄有些意外:"冯大姑娘直接来了茶馆等我?"

不是说用信鸽给他回信就够了,怎么还直接去了茶馆?

所以……冯橙是想见他?这个念头令陆玄唇角微扬,无声笑笑。

他很快赶到清风茶馆,一进雅室就看到了临窗而坐的少女。

"冯橙。"少年喊了一声。声音清朗,如泉水潺潺。

他大步走过去在对面坐下,这才发现窝在少女怀里的肥猫。

"怎么带来福来了?"

冯橙露出尴尬而不失礼貌的微笑:"带它来赔罪的。"

"赔罪?"陆玄挑眉看着花猫。事情好像和他想的有些不一样。

这个认知让少年的一路欢喜淡了不少。

冯橙干笑:"今日你派去的信鸽让来福打坏了,飞不了了……"

陆玄眼神微眯:"打坏了?"

"是啊,来福毕竟是只猫嘛,猫儿捉鸟雀玩也是天经地义,说起来还是我们约定的联络方式不合适……"

少年墨玉般的眸子睁大,不可置信看着冯橙。

这种话她也说得出来?她为了维护这只肥猫,还有没有底线了?

冯橙明显感觉到少年的愤怒,伸手拽拽他衣袖:"陆玄,你生气了?"

想想训练出一只信鸽不是容易的事,也难怪陆玄不高兴。

"没。"少年言简意赅。

冯橙抿了抿唇。这不就是在生气嘛。

"那要不——"冯橙想了想,把来福往陆玄面前一推,"把来福赔你?"

陆玄:?

来福:?

一人一猫齐齐看着冯橙,眼神表达着一个意思:你还是人吗?

冯橙讪讪一笑:"那你说怎么办?"

少年突然身子前倾,凑近她。

二人陡然拉近了距离,鼻尖险些相碰。

少女白皙的面颊在对方气息包围下染上了朵朵红云。

"喵——"来福懒洋洋伸直身子,尾巴横在二人中间。

二人旋即拉开了距离。

花猫睨二人一眼,大摇大摆跳下茶桌。

一阵尴尬的沉默后,冯橙面色恢复如常:"陆玄,你刚刚想要说什么?"

突然靠那么近,害她都没反应过来。

陆玄喝了口茶,用若无其事压下乱了几拍的心跳:"哦,我就是想问问以后用什么方式联络好。"

原来是这样。

冯橙松了口气,看了无聊舔爪子的花猫一眼。

有来福在,信鸽就是肉包子打狗,是要想个更可靠的联络方式。

可一时又想不出来。

二人大眼瞪小眼一阵,陆玄淡淡道:"真是麻烦。"

不住在一起,见个面都这么让人头疼。

住在一起——陆玄后知后觉反应过来,面上一热。

冯橙盯着少年泛红的耳尖,眨眨眼。陆玄好像在害羞——

果然是刚刚靠得太近了吧,她当时也有些不自在……

"啊,陆玄,你今日找我什么事?"

既然一时想不出好的联络方式,还是先说正事吧。

陆玄正了脸色："盯了欧阳家这几日没有任何异样，恐怕在秋闱结束后也很难得知受害者的具体讯息。叫你来是想和你说一声，到时候提起受害者就模糊过去算了。"

冯橙听了陆玄的打算，轻咳一声："受害者的情况，我知道一点——"

"嗯？"陆玄诧异扬眉。

"是一对进京寻亲的年轻主仆。"

"你怎么知道的？"

冯橙笑笑："我与欧阳庆的长女欧阳姑娘是朋友，有一日听她忧心忡忡提到母亲说梦话，喊了这么一句。她觉得母亲可能被邪祟所侵，想约我一起去万福寺上香。"

陆玄看着冯橙，叹了口气。所以他觉得这丫头运气好，果然不是错觉。

陆玄很快又发现了问题。

"哪一日知道的？"

获知这样的讯息，冯橙竟然没有立刻联系他？

再想自己巴巴联系对方的举动，陆玄忽然觉得不是滋味。

"啊，就是前日。"冯橙忙找了个借口，"我寻思着与欧阳姑娘上香后说不定会知道更多情况，到时候再与你说也不迟。"

陆玄牵了牵唇角。说到底，就是不着急见他。

这个发现令少年莫名不爽，可要说这不爽因何而来，又说不清楚。

"陆玄。"冯橙喊了一声。

陆玄静静看着她。

"今日我去长公主府了。"

"哦。"

不是隔三差五去长公主府么？

陆玄觉得冯橙没话找话，心情莫名好了些。

"长公主打算教我武艺，那我以后就是你师妹了。"

师妹？

陆玄错愕至极，望着笑盈盈的少女忘了反应。怎么突然之间他们就成了师兄妹的关系？

师妹——

在心中默念这两个字，陆玄摆出浑不在意的样子："什么师兄师妹，叫我陆玄。"

冯橙嫣然一笑："本来就叫你陆玄啊，不然旁人听到我喊你师兄定会胡乱猜测，我只是告诉你以后我是你师妹了。"

"哦。"陆玄垂眸啜了一口茶，听着少女吐出的"师兄"二字，莫名有些心乱。

以前觉得"陆玄"比"陆大公子"好听，现在想想，"师兄"似乎也不错。

望着笑靥如花的少女，少年心头悸动悄然而生，如春日挡不住的野花绽放。

陆玄觉得这种感觉很奇怪，而在冯橙面前，他不想变得这么奇怪。

"长公主怎么突然要教你习武？"他胡乱问起。

"今日长公主发现我是个武学奇才。"

陆玄滞了滞，心头悸动登时化为无语。

"长公主教导人时很严厉，你可不要哭鼻子。"

冯橙点头。

"从什么时候开始？"

"长公主要我从明日开始每天一早就过去，下午再回。"

"若是这样，你回去时从茶馆路过就打发小鱼进来问问伙计，我若有事就交代给他。"

其实成国公府离长公主府很近，他想见她也不难。

但一想可能被长公主一顿揍，还是罢了。

"这样最好，省得再有鸽子受害了。"冯橙松了口气。

要离开的时候，忽听陆玄咳嗽一声，她看过去。

少年一副若无其事的语气："没有旁人的时候，叫我师兄也行。"

有旁人时叫他陆玄，无旁人时叫他师兄，还挺完美的。

冯橙摇摇头："我还是习惯叫你陆玄。"

直到冯橙抱着花猫离开，陆玄还没从对方的果断拒绝中回神。

她这是不想认他这个师兄？

少年喝了一口冷茶，忽然想把对方揪回来。当然，这种幼稚的事只是想想而已。

因为不能付诸行动，他好像更气闷了。

转日一早，冯橙就赶去长公主府。

如此一连数日，牛老夫人终于忍不住把冯橙叫来长宁堂询问："橙儿，这几日你都是去长公主府？"

"是。"

"怎么忽然每日都去了？"

以往长公主府送来帖子她都是知道的，可没有这么频繁。

冯橙垂眸回道："长公主每日都想见我，就让我每日过去陪她。"

"这是长公主说的？"牛老夫人眼神微亮。

冯橙看着牛老夫人的眼神透着不解。

牛老夫人当她默认，笑道："长公主恐怕是把对女儿的思念移情到你身上了。"

大丫头与迎月公主一样落入过拐子手中，机缘巧合入了长公主的眼也就不奇怪了。

"长公主对你越是看重，你越要谨言慎行，可记着了？"

冯橙微笑："记着了。"

牛老夫人笑笑，喊一声婉书："去把我那对羊脂玉镯拿来。"

婉书压下惊讶，应了一声是。

牛老夫人又把婉书喊住:"再拿一匣子滴珠来。"

所谓滴珠,便是一两以下的碎银。

牛老夫人亲自把羊脂玉镯套在冯橙手腕上,指了指装滴珠的小匣子:"常在长公主府行走且机灵些,不要吝啬打赏。"

冯橙道了谢,抱着沉甸甸的一匣子碎银离开了长宁堂。正想着积攒的月钱因为时常打赏钱三快花光了,就得了一匣子滴珠,不得不说祖母也有周到的时候。

当然对这样的周到她很清醒,不会傻得以为这是一个祖母对孙女的疼爱。

转眼就到了九月初九,顺天乡试张榜的日子。

礼部尚书府早早打发人去贡院门前候着,只等看到榜单第一时间赶回来报信。

等到张榜之时,贡院门前已是人头攒动,无数人踮起脚尖争相看榜。

"中了,中了!"一名考生激动喊着。

也有人从头看到尾后一脸沮丧。

有人欣喜若狂,有人痛苦失意,大悲大喜,人生百态。

这个时候,冯橙正在长公主府的演武场上练习射箭。

百步远处放着一盆菊花,正迎着秋风轻轻摇曳。

冯橙弯弓拉弦,箭若流星,正中菊花花心。

翠姑抚掌叫好。

永平长公主满意点头:"不错,来喝杯水吧。"

冯橙收了弓,抬袖擦擦额头汗珠走过去,接过翠姑奉上的温水大口大口喝着。

永平长公主等她喝完,忽然问道:"今日是不是张榜的日子?"

冯橙先是一愣,而后点头。

"我记得你兄长也是这次乡试考生。"永平长公主留意到这个,还是听杜念提起过。

冯橙笑道:"我大哥与二哥都参加这次秋闱了。"

"今日就到这里,回去看看吧。"

"多谢师父。"冯橙应了,匆匆离去的步伐终于显出几分急切。

永平长公主笑着摇头:"这孩子倒是沉得住气,刚刚练习射箭没有受到半点干扰。"

翠姑早已喜欢上那个能令主子展颜的小姑娘,闻言笑道:"冯大姑娘心思纯粹,最是难得。"

"是很难得。"永平长公主喃喃,不知怎的却叹了口气。

冯橙赶回尚书府,一进长宁堂院门就见冯梅红着眼睛往外走。

她不由多看了一眼。

"可要恭喜大姐了。"冯梅不冷不热说了一句,很快走出了院子。

冯橙回头盯了院门一瞬,有了猜测。

冯辉这是落榜了?

冯橙走进屋中，就见屋内已经挤满了人。

上首坐着面带微笑的冯尚书与满面春风的牛老夫人，然后是二老爷冯锦南，三老爷冯锦西，大太太尤氏，小一辈的就是冯豫和冯桃。

见冯橙来了，冯锦西第一个开口："橙儿快过来，你大哥中了第二名亚元！"

冯橙快步走到冯豫身边，欢喜不已："大哥，恭喜你。"

科举要经四试，分别是童试、乡试、会试、殿试，四试中最难考的就是乡试。

如今冯豫顺利中举，对冯橙来说当然是大喜事。

面对妹妹的道喜，冯豫云淡风轻："多谢妹妹。"

冯橙噗嗤一笑："大哥谢我什么？"

冯豫笑意温柔："大哥能顺利发挥，定是考前妹妹送的鞋袜的功劳。"

"那等大哥明年春闱，我还给大哥送鞋袜。"冯橙笑盈盈道。

见兄妹和乐融融，牛老夫人笑着开口："豫儿这次考得不错，明年定会更进一步。"

"怎么不见二哥？"尽管心中已有猜测，冯橙还是问道。

屋内一静。

片刻后，冯二老爷强笑道："你二哥这次没发挥好，还好豫儿给咱们家争气，考了第二名。"

冯橙微笑："二叔别难过，二哥还年轻，三年后再考也才二十岁呢。"

冯二老爷嘴角笑意一僵。一次不成就要等三年，哪有这么轻巧？

牛老夫人亦是抽了抽嘴角，想起考前冯尚书那番话。

冯尚书笑呵呵道："橙儿说得不错，辉儿还有的是机会，想当年我——"

"对了，橙儿，你舅家表哥这次也榜上有名。"牛老夫人急忙打断冯尚书的话。

糟老头子又要遥想当年了，也不想想这能一样吗？

那时候大魏才刚刚安定，正是需要人才的时候，三十多岁步入仕途并不算晚。可现在要是三十多岁才中举中进士，熬个十几年恐怕都熬不到四品。

"是么？"听了牛老夫人的话，冯橙微笑着看向尤氏。

在众人面前，尤氏难得笑意浓浓："你舅母已经打发人来报喜，请咱们后日去赴宴。"

"那要恭喜表哥了。"冯橙语气淡淡。

尤氏心知女儿对侄儿的不满，暗暗叹了口气。

对她来说，虽然不满侄儿之前的言行，却也盼着侄儿能光耀门楣。

"豫儿桂榜有名是大喜事，晚上一起用饭。"牛老夫人发话。

冯尚书跟着道："这次就不宴客了。"

豫儿本就才名在外，又是他的孙子，中个举人大肆宴请就没必要了。

冯二老爷听冯尚书这么说，心中越发不是滋味。

父亲说这次就不宴客了，明显是对冯豫转年会试信心十足，再想想自己儿子……

从长宁堂离开后,冯二老爷去了冯辉那里。

冯梅正在劝慰失魂落魄的兄长,见冯二老爷来了,屈了屈膝立在一旁。

冯二老爷一见冯辉的模样,不悦拧眉:"这个样子干什么,生怕别人看了不笑话?"

冯辉恍若未闻,一言不发。

"快收起你这丧气样,好好用功三年,考个好名次也让你祖父、祖母另眼相待。"

冯辉眼珠动了动,终于开了口:"儿子很用功了……"

他天生没有大哥聪明,又有什么办法?

"很用功?用功你还有闲心与人打架?"

冯辉脸色一白。

冯梅忍不住道:"父亲,二哥与人打架是因为韩呈硕辱及母亲!"

冯二老爷冷笑:"那也是你们母亲行为不端落人话柄!"

"若不是父亲养外室——"

啪的一声响,打断了冯梅的争辩。

冯二老爷面色铁青看着女儿:"这也是你一个姑娘家说的话?"

冯梅捂着脸,瞪大的眼中迅速蕴满泪水。

冯二老爷却不觉后悔。为人子女当面指责父亲,本就是不孝。

"以后你就心无旁骛读书,可记住了?"

冯辉抬眼看看一脸严厉的父亲,缓缓点头。

冯二老爷这才顺口气,转身走了。

冯梅抱着冯辉手臂哭出声:"二哥,三年后你一定要考上,你是母亲和我唯一的依靠了……"

听着妹妹呜呜的哭声,冯辉喃喃道:"我知道了,我努力……"

离开冯辉住处,冯梅把眼泪擦干净。

秋风吹到她面上,吹得被泪打湿的脸颊发疼。

她一步步往暗香居走,眼神越来越冷。

父亲现在满心满眼都是那对外室母子,看今日对她和二哥的态度,不要指望父亲以后遮风挡雨。至于二哥,能不能指望上还两说。人终归还是要靠自己!

她要强大起来才不会过得这般憋屈,才有可能帮母亲脱离困境。

对比二房的不如意,尤氏心情大好,要去尤府赴宴前拉着冯橙柔声劝道:"橙儿,母亲知道你对你表哥有意见,只是这一回毕竟是你外祖家的大喜事,明面上总要过得去……"

冯橙听着,乖巧点头:"母亲放心,我知道。"

总归高兴不了多久的。

马车到了尤府,舅太太许氏照例在外头等候。

· 55 ·

今日尤家大摆筵席，招待的不只尤氏一家，等到开宴的时候听着满堂喧嚣，冯橙大感无聊。

"表姐好福气，含章年纪轻轻就中了举人，来年再中了进士，那就是天子门生啦。"

听着亲戚的恭维，许氏难掩得意："中进士就更不容易了，含章能中举对我来说就知足了。"

"那是，我家那小子要是有含章的出息，做梦都要笑醒了。"

一旁妇人笑道："快别做梦了，人家含章还没及冠就中了举，这是寻常人能比的？没见街东头那个王秀才，考到五十岁这次又落榜了……"

先前说话的妇人虽嫌这话不中听，却无法反驳，脸上堆笑继续恭维许氏："说起来含章也到了娶妻的年纪，咱们含章这样的人才，终身大事可不能马虎了。"

许氏下意识扫了隔壁桌冯橙一眼，矜持笑道："含章还小呢，不急。"

妇人会意笑起来："也是，等含章中了进士再说也不迟，说不定就是亲上加亲的喜事了。"

隔壁冯桃把筷子往桌上一放，开口道："大姐，我想去更衣，你陪我吧。"

出了宴客厅，冯桃脸色立刻沉下来："大姐，你听到隔壁桌那些妇人的话了吗？"

冯橙自然听到了，淡淡笑道："听到了，嚼舌而已，不必往心里去。"

"可我听着生气！"冯桃气鼓鼓的，"亲上加亲是什么意思？那个长舌妇明显是在说大姐！"

"很快就不会说了。"冯橙轻声道。

冯桃偏头看她："大姐说什么？"

冯橙没有回答冯桃的话，视线投向前方。

冯桃随着看过去，就见尤含章往这边走来。

"表妹怎么出来了？"尤含章视线黏在冯橙面上，望着那张皎若秋月的面庞心思浮动。

他顺利中了举，很快就能与表妹定亲了。

冯橙语气冷淡："去净房。"

尤含章面露尴尬："表妹，姑娘家说话不要这么直接。"

女孩子去净房，不该说去更衣吗？

冯桃冷笑："表哥是不是管得太宽了？"

尤含章这才看向冯桃，冷着脸道："桃表妹怎能如此与我说话？"

冯桃扬眉，一脸意外："表哥还没当官呢，我就不能与你说话啦？"

尤含章动了动唇，而后摇头："罢了，我不与你个小姑娘计较。"

他又看着冯橙，带着几分恨铁不成钢："表妹，桃表妹不懂事，你身为长姐就该好好管教，怎能放任她如此无礼？若是传扬开来，丢的是姑母的脸——"

"你说什么呢！"冯桃气得黑了脸。

冯橙云淡风轻扫一眼左右，见院中冷清清没有旁人，只有喧嚣隐隐从屋中传来，拉了一下冯桃衣袖制止她与尤含章理论，上前一脚利落把人踢飞。

冯桃眼睛瞪得滚圆，忙以手掩嘴堵住惊呼。

趁着尤含章向后倒飞摔落在地尚未回神，冯橙拉着冯桃就跑了。

一直跑到远处，姐妹二人才停下来。

冯桃指指尤含章所在的方向，又指指冯橙，结结巴巴道："大，大姐，我好像看到尤表哥飞起来了。"

冯橙笑吟吟点头："我踹的，三妹不是看到了？"

冯桃揉揉眼，确定眼前是长姐无疑，震惊道："大姐，你力气好大……"

冯橙淡定解释："吃得多长力气。"

"真的吗？"

"真的。"

冯桃不再怀疑，转而担心起来："大姐，你刚刚踹飞了他，回头他去告状怎么办？"那种读书读傻了的蠢货，最喜欢告状了。

冯橙笑笑："他不会的。"

冯桃不解看着她。

"他那样的人，死要面子活受罪，怎么可能跑去和长辈们说他被表妹踹飞了？"冯橙唇角微勾，"说了也没人信啊。"

冯桃抱住冯橙胳膊猛摇："大姐，还是你厉害。"

冯橙微笑起来。

等在外面透了气，往回走时冯桃小声道："大姐，我总觉得他看你的眼神不对劲，他该不会真的打你主意吧？"

"他没有那个本事。"

"他可以撺掇大人啊！"冯桃越想越担心，"现在想想那嚼舌的妇人说不定就是得了舅母的暗示，故意试探母亲和大姐的反应。"

"母亲不会答应的。"

冯橙说得笃定，冯桃却不安心："大姐，母亲她……素来好说话……"

她不愿说母亲的不是，可又做不到不提醒长姐。

冯橙拍了拍冯桃的肩："那是你还不够了解母亲。"

"大姐？"

冯橙收了笑，认真道："母亲好说话的前提，是我愿意。"

母亲知道她厌烦表哥，那就不会委屈她。

见冯桃一脸懵懂，冯橙笑笑："好了，等一会儿宴席散了咱们就早早回去。"

宴席又持续了大半个时辰才散。尤氏作为尤家的姑奶奶，自然要等宾客散去，陪着尤老夫人等人说上一会儿话才回府。等到厅中没了外人，尤老夫人便准备打发小辈出去玩，单独与尤氏重提两家亲事。

上一次虽然被尤氏拒绝了，可如今孙儿中了举，儿媳又一直在耳边念，尤老夫人觉得还能再说说。

正如儿媳所说，亲上加亲皆大欢喜，既如了孙子的意，外孙女也不会受委屈。

尤老夫人才要开口，就听哎呦一声。

冯桃可怜兮兮对尤氏道："母亲，女儿有些不舒服。"

尤氏面露关切："怎么了？"

"许是吃坏了肚子，也或许——"冯桃面上红了红，目露祈求，"母亲，咱们回去吧。"

冯橙开口："母亲，三妹这样我有些担心。"

尤氏看向尤老夫人："母亲，桃儿不舒服，我先带着三个孩子回去了。"

除了冯橙与冯桃，来赴宴的还有冯豫。

尤老夫人到嘴边的话只好咽了下去："既然桃儿不舒服，早些回去吧。"

等尤氏带着冯橙三人离开，许氏微微撇嘴："姐姐就是心善，一个庶女——"

若她是大姑姐，一个庶女别说出门，除了晨昏定省往眼前凑都休想，大姑姐竟还把一个庶女当女儿待，这不是傻是什么？

"左不过是个庶女。"尤老夫人想想面团似的女儿，不想多说。

回去的路上，尤氏关切问冯桃："究竟哪里不舒服？先前不是还好好的？"

冯桃红着脸道："可能是月事要来了，女儿怕在外祖家出丑——"

尤氏松了口气："原来是这样，那回去喝些糖水好好歇着吧。"

马车不疾不徐前行，冯橙挑起车窗帘往外看，突然喊了一声停。

"怎么了？"有冯桃喊不舒服在前，尤氏不由紧张。

"母亲，我想去买些茶点带回去。"

尤氏笑了："打发丫鬟去买就是了。"

"主要是酒席上太闷，我想透透气，就让三妹陪您先回去吧。"

冯桃呆了呆。还以为大姐会带她一起逛呢。

收到冯橙的眼色，冯桃挽住尤氏胳膊："母亲，那我们先回府吧。"

尤氏迟疑了一瞬，想想有小鱼陪着，点了头："那玩会儿就回家。"

冯橙笑着应了，轻盈跳下马车，等马车行远快步走进清心茶馆。

二楼雅室中，陆玄见冯橙进来，眼中不觉有了笑意。

"是不是准备行动了？"冯橙迫不及待地问。

刚刚看到陆玄在窗边招手，她简直想直接跳上来。真是受够了傻子表哥！

陆玄指了指对面示意冯橙坐下，把玩着茶杯问："又去见你傻子表哥了？"

"可不是？"冯橙给自己倒了一杯茶，捧着喝了两口。

听她附和自己，陆玄忍不住扬唇。可见冯橙还是清醒的。

"我打算明天就实施计划。"

冯橙露出笑容："都安排好了？"

她并没问过陆玄具体安排，她把该提供的讯息都提供了，陆玄既然说会安排好，那就没问题。

"嗯。"陆玄点了点头，问起冯橙在尤家的遭遇，"你表哥又说什么蠢话了？"

见冯橙看过来，少年一副随意语气："我就是随便问问，毕竟没见过你表哥那样的人。"

"其实——"冯橙捏着茶杯叹口气，"这个世上，我表哥那样的人才是大多数吧。"满口仁义道德，实则虚伪自私。

陆玄深深看了叹气的少女一眼，皱起眉。是经历了被劫那些阴谋，让她这么想吗？虽然想得不错，但总觉得她不适合想这些。

他印象中的冯橙，更适合喝着茶水吃小鱼干。

"想吃烧鸡吗？"

"什么？"冯橙一时没反应过来。

少年加重了语气："烧鸡，陶然斋的烧鸡。"

冯橙在尤家宴席上毫无胃口，正腹中空空，闻言忙点头："想。"

陆玄起身："那走吧。"

"不是打发伙计去买吗？"

"买回来的烧鸡哪有现端上桌的好吃？"陆玄随口说完，想了想问，"还是你不想动弹？"

要是这样，那就只好让伙计买回来了。

冯橙立刻站了起来："走吧，去陶然斋吃烧鸡。"

能吃到香喷喷刚端上桌的烧鸡，谁会不想动弹呢？

何况——

她悄悄看少年一眼，微微弯唇。

何况是和陆玄一起吃烧鸡，能大快朵颐不说，还是陆玄请客呢。

自从养起探子钱三，她越发体会到攒钱不易。

陆玄往外走，余光扫到唇畔含笑的少女，暗暗压了压上扬的唇角。

和他一起去吃烧鸡就这么高兴？

二人下了楼梯，伙计忙迎上来："公子——"

"没什么事。"陆玄一句话打发了伙计，侧头对冯橙道，"走吧。"

眼见二人走出茶馆，伙计挠了挠头。

这还是第一次见到公子与冯大姑娘一起走呢。

咦，难不成公子终于开窍了，带冯大姑娘去约会？

反应过来后，伙计环顾空荡荡的大堂，有些失落：在这么幽静的地方约会还不够吗？

出了茶馆大门的冯橙正问起茶馆："陆玄，我发现茶馆一直没有客人啊。"

还是来福的时候，茶馆好像没有这么冷清。

陆玄看她一眼，不明白她问这个的意思。

冯橙笑笑："这么下去不是办法啊，会赔不少银子吧？"

"赔不了几个钱，你不用操心这个。"陆玄淡淡道。

他为了方便二人见面，特意叮嘱伙计在客人上门时提高价钱。如今好不容易得了清静，她竟然担心茶馆开不下去？

"就是觉得一直赔钱怪可惜的，是不是掌柜经营不善，伙计不够殷勤？"

茶馆中正擦桌子的伙计大大打了个喷嚏。

"冯橙。"

"嗯？"

陆玄看着她，神色古怪："你是不是缺钱？"

"没有。"冯橙抬着下巴，飞快否认。

"不是只攒了三百两月钱么。"少年忍不住嘲笑。

冯橙白他一眼："陆大公子，你以为三百两银子很少吗？"

养一个钱三，她还是养得起的。

陆玄还想再笑一句，转念作罢。比起国公府，尚书府可能是艰难了些。

想了想，他道："要是缺钱，就和我说。"

冯橙错愕看他一眼。

"怎么？"陆玄被这眼神看得莫名其妙。

"我花你的钱不合适吧？"冯橙老老实实道。

虽说连陆玄沐浴她都看见过，陆玄还强抓着她洗过澡，可那是梦里当来福的时候。

不合适？陆玄拧眉。刚刚说出那话时，他并没有考虑这么多。在他想来，他有钱，冯橙缺钱，那没钱了用他的正合适。

难道是他这个想法不合适？

陆玄心中思量，面上不露声色："你不是我师妹么？"

冯橙面露狐疑。她以前没有过师兄，这么说师妹可以随便花师兄的钱？

琢磨了一下，她摇头："可我连大哥的钱都不花的。"

师兄妹再亲近，总不如亲兄妹吧。这是拒绝了？

陆玄看她一眼，淡淡道："你大哥也没钱吧？"

冯橙："……"

说话间二人到了陶然斋，由伙计领着进了雅间，不多时一只烧鸡端上桌。

香味扑鼻，冯橙轻轻吸口气。

陆玄伸出筷子夹了个鸡腿放入冯橙面前的碗碟中："吃吧。"

冯橙不由露出灿烂笑容："多谢。"

"一只鸡腿，有什么好谢。"陆玄语气随意，又把另一只鸡腿夹进她碗里。

上次一起吃烧鸡他就发现了，冯橙喜欢吃鸡腿。

冯橙投桃报李，夹了段鸡脖子放进陆玄碗中。她记得陆玄喜欢吃这个。

陆玄看着碗中干巴巴的鸡脖子却沉默了。

虽说一只烧鸡身上他最爱吃的就是鸡脖子，可冯橙又不知道，难道在她心里他只配吃鸡脖子？

就那么没地位吗？

少年正闷闷想着，就听少女纳闷道："你不是最喜欢吃鸡脖子，怎么不动筷子？"

陆玄看着她，面露惊讶："你怎么知道？"

冯橙拿帕子擦擦嘴角，淡定解释："上次一起吃烧鸡，我看你总往鸡脖子上瞄。"

陆玄嘴角一抽："你观察还挺仔细。"嘴上虽这么说，心中却莫名欢喜。

二人自自在在吃着烧鸡，凉爽秋风从窗外吹进来。

冯橙无意间往窗外一看，登时僵住。

"陆玄——"

"怎么？"

冯橙指指窗外："我祖父。"

陆玄往外看一眼，眸光微凝。看方向，冯尚书是要进陶然斋。

冯橙显然也发现了关键，低声道："像上次那样跳窗不行的，这里街上来往行人太多。"

陆玄还算淡定："吃一只烧鸡用不了多久，等等就是了。"

冯橙点点头，恢复了镇定。也是，那就等等吧。

一刻钟后，冯橙再次指了指窗外："陆玄，那好像是你祖父。"

二人从窗口眼睁睁看着成国公往陶然斋大门的方向去了，不由面面相觑。

"陆玄，吃一只烧鸡的时间可能不够。"

陆玄神色凝重："可能还要加上吵架的时间。"

二人枯坐了一会儿，果然听到喧哗声从楼下传来。

"看来是坐在大堂里了。"陆玄分析着。

"要不……去看看？"冯橙提议。

陆玄睨她一眼，平静反问："被他们发现我们在一起吃烧鸡，然后打个你死我活吗？"

冯橙想到清瘦的祖父，再想到魁梧的成国公，还是不放心："我祖父手无缚鸡之力——"

陆玄淡淡接口："放心，揪掉我祖父胡子的力气还是有的。"

先前因为被冯尚书扯掉了一把胡子，祖父的骂声差点掀翻屋顶。

冯橙叹气："都是一把年纪的人了，每次见面都要打架。"

陆玄拿起一根鸡翅膀慢慢啃着:"别乱担心了,就当是年纪大了,活动筋骨。"

二人竖着耳朵听着楼下吵架,终于等到没了动静,这才脱身。

冯橙拎着清心茶馆的茶点回到尚书府,打发人把茶点给尤氏和冯桃各送了一份。

不多时,冯桃就来了晚秋居。

"大姐,你去清心茶馆喝茶了吗?"

"三妹怎么知道?"

冯桃笑呵呵道:"马车停下的位置就离清心茶馆不远。"

"那里不是好几家茶馆么?"

"大姐给我送去的藕粉桂花糕,一尝就是清心茶馆的味儿。"

冯橙笑着摇头:"就你会吃。"

"是那家的藕粉桂花糕特别好吃。"说到这,冯桃有些遗憾,"可惜那家突然涨价了,东家有点黑心。"

涨价?黑心?冯橙突然明白了茶馆冷清的原因。

"大姐,你一个人去喝茶吗?"想到被长姐抛下,冯桃很是怨念。

虽说大姐给她带回来了好吃的茶点,可是她陪大姐一起喝茶聊天吃点心不好吗?

"和一个朋友,有点事要谈。"

一听有正事,冯桃不再追问,约好下次一起出去喝茶,心满意足走了。

冯橙想想明天将要发生的事,心情也很不错,梳洗过后睡起觉来。

翌日一早,顺天府门前的大鼓就被击响了。

击鼓之人是个穿戴体面的中年男子,很快有衙役把他带进去,只留下一群迅速围过来看热闹的好奇议论。

"堂下何人,为何击鼓?"坐于堂上的顺天府尹沉声问道。

男子跪在地上,颤声道:"启禀大人,草民名叫杨武,前来击鼓是要举报欧阳庆谋财害命。"

一听有命案,顺天府尹立刻重视起来,指着杨武道:"你且仔细道来!"

"草民与欧阳庆是朋友,昨日中午他家办酒,到了晚上我们继续喝,结果听他说——"

"说什么?"

杨武一脸紧张道:"听他说能有今日多亏了那对进京寻亲的短命主仆,草民觉得奇怪,就问是怎么回事,他说他把那对主仆杀了得了一笔横财,这才有银钱送儿子去好学堂读书……"

顺天府尹越听神色越凝重。

"当时他喝多了,草民只以为是吹牛,可回家后越想越觉得不对劲。"

"如何不对劲?"

"草民想到以前听来的闲话,说欧阳庆本是屠夫,日子虽比四邻八舍好过,却离富贵还差得远,没想到有一日突然富裕起来……草民越想越后怕,觉得欧阳庆恐怕不是醉话，而是酒后吐真言。草民想了一夜，事关人命不敢隐瞒，天一亮就来报官了。"

"他还说了什么？"顺天府尹见杨武说得有模有样，信了大半。

那欧阳庆是不是酒后吹牛先不论，杨武敢来击鼓报官，听来的这番话不大可能是胡诌。

实际上，杨武正紧张着，因为欧阳庆酒后吐真言这番话就是胡诌的。

欧阳庆喝多后就呼呼大睡了，哪说过这些？

他完全是照着那位神秘贵人的交代说的，可真跪在大堂下，才知道什么叫紧张。

不紧张，不紧张，他好好完成贵人的交代，就能像欧阳庆那样一夜暴富了。

杨武默默给自己打了气，低着头道："他还说……那对主仆就埋在院中石榴树下！"

"当真？"顺天府尹听了这话，更是信了几分。

连埋尸之处都说出来了，吹牛一般吹不了这么细致。

杨武面露犹豫："可后来他又说人埋在柴房里——"

顺天府尹眉头一皱："到底是石榴树下还是柴房？"

杨武一脸为难："草民也不确定啊，他一会儿说是石榴树，一会儿说是柴房。"

顺天府尹想了想，不再为难。

既然不是石榴树下就是柴房里，那就都挖开看看就是了。

"欧阳庆家住何处？"

杨武忙报了住址。

顺天府尹立刻吩咐属下带人前往欧阳庆家，由杨武带路。

这个时候，冯橙正与欧阳静在长樱街碰面。

"冯姐姐，这是给你的。"欧阳静把一个盖着布巾的竹篮递过去。

冯橙伸手接过，顿觉手上一沉，掀起布巾就见满满一篮石榴。

"之前说过等石榴成熟了请冯姐姐尝尝，现在正是最甜的时候。"

冯橙盯着水灵灵的石榴，眼神复杂："难怪欧阳妹妹约我逛街，原来还记着呢。"

"当然不会忘。"欧阳静笑得真诚，心中叹口气。

本来请冯姐姐来家中玩最方便，可她总疑心那日大哥见到冯姐姐后起了心思，为了不给冯姐姐惹麻烦，还是算了。

"多谢欧阳妹妹。"冯橙把篮子交给小鱼，"咱们去露生香看看吧，听说又出了新味道。"

"好啊。"

二人逛了露生香，又逛了裁云坊，把附近女孩子感兴趣的铺子都逛过来这才准备回家。

"我送欧阳妹妹回去吧。"

欧阳静下意识婉拒:"不必劳烦冯姐姐了,我雇了马车。"

以欧阳家的家境,专门养车有些浪费,雇车方便实惠。

"雇的马车哪如自己的舒服,我把欧阳妹妹送到家门口就回去。"

听冯橙这么说,欧阳静不再拒绝。

二人坐着翠帷马车前往欧阳家,等到了家门外却发觉那里挤满了人。

"冯姐姐,我家好像有事情——"欧阳静急忙跳下马车赶过去。

欧阳家扩建翻新过,门板也换过,欧阳静每次回家的时候,总能第一眼看到家门。可现在家门口里三层外三层围满了人,让她想进去都束手无策。

一名妇人突然发现了欧阳静:"哎呀,这不是欧阳家的闺女吗?"

这话一出,看热闹的街坊邻居齐刷刷看过来。

欧阳静忍着不安,强笑道:"不知我家有什么事,劳烦各位大爷大娘、叔伯婶子让我进去。"

看热闹的人神情各异,很快让开一条小路,看着往里走的欧阳静继续议论起来。

"不知道欧阳家犯了什么事啊,怎么来了这么多官差?"

"谁知道呢,那些差爷凶神恶煞,总归不是好事。"

"不能吧,昨日欧阳家才摆了酒庆祝他家大郎中举,举人老爷见了大官都不用下跪的。"

"何止不用跪,举人老爷真要犯了事都不能缉拿审问,要先夺了举人功名才行……"

"犯事的莫不是欧阳老爷吧?"

……

欧阳静听着灌入耳中的议论双腿发软,一咬舌尖,提着裙摆飞快跑了进去。

冯橙站在外围想了想,默默跟上。

院中已是一片混乱。

几名官差提着锄头在挖石榴树,繁茂的石榴树枝散落一地,有不少石榴如小皮球般滚来滚去,其中一颗滚到欧阳静脚边,裂开的缝隙中露出玛瑙珠般的石榴籽。

以往欧阳静见了晶莹剔透的石榴籽就会被勾起馋虫,可现在看着那开裂的石榴就如看到血盆大口,狰狞骇人。

不远处两个妾一脸茫然不敢上前,四个小姑娘躲在她们身后,哭声震天。

欧阳静下意识寻觅母亲,发现欧阳氏跌坐在台阶上,脸色惨白如纸。

她快步走了过去:"娘,家中出了什么事?"

欧阳氏呆呆看了欧阳静一眼,一言不发。

欧阳静更慌了,蹲下去扶欧阳氏胳膊:"娘,您先起来啊。"

"给我住手!"

一声暴喝令欧阳静浑身一颤,看了过去。

欧阳庆一脸凶神恶煞,手持扁担拦在领头官差面前:"我儿子是举人,明年过了春闱就是新科进士，你们怎么能跑到我家随便乱挖？"

领头官差狠狠瞪了领路的杨武一眼。这人去报官的时候可没说欧阳家的儿子刚中举，一户人家有功名在身的人，那处理起来就与寻常百姓不一样了。然而大人吩咐他们来了，石榴树也开挖了，那就只能继续了。反正挖不到的话这个报案人要吃不了兜着走，至于欧阳家，到时候大人安抚几句就算很给面子了。

领头官差想得透彻，自然不惧欧阳庆的威胁。

"你是要对抗官府？"

欧阳庆被领头官差问得一滞，紧抓着扁担道："差爷不要乱说，我们一家从来老实本分，你们突然跑到我家乱来还不许问一问？这世上还有王法吗？"

"王法？"领头官差一指杨武，"不是说过了，人家举报你谋财害命，把尸首埋在了这石榴树下。正是因为世上有王法，我们大人接到报案才不敢疏忽，吩咐我等前来验证。"

"他胡说八道！"欧阳庆瞪着杨武，像要吃人。

杨武心中怕得不行，嘴上却道："欧阳兄，这种事小弟怎么敢胡说，真的是你昨日喝多了自己说出来的，不然小弟怎么知道什么进京的主仆，什么石榴树下这些啊——"

"我弄死你！"欧阳庆抡起扁担打过去。

"住手！"领头官差抓住欧阳庆胳膊，脸色铁青，"当着我们的面你就敢杀人？"

尽管欧阳庆力气不小，挣扎起来领头官差恐怕挡不住，可听了这话他只好把扁担放下来。光天化日之下当着官差的面杀人，那就真的完了。

"要是小民被冤枉了呢？"欧阳庆死死攥着扁担问领头官差。

"真要冤枉了，不是正好当着这些街坊邻居的面还你一个清白，你一直拦着反而让人胡乱猜测。"

欧阳庆往后退了两步，似是冷静下来："好，差爷们尽管挖，最好把这棵石榴树连根刨了，也好让四邻八舍瞧个清楚！"

冯橙静静站在院中，听了这话心中一动。

看欧阳庆这个样子，石榴树下估计挖不出什么了。

果然几名官差热火朝天挖了半天，直到石榴树轰然倒地也没挖出个所以然。

"差爷们挖完了吗？"欧阳庆强忍愤怒，"等会儿我儿回家看到这个样子，万一影响了明年春闱可怎么办！"

领头官差看了欧阳庆一眼，淡淡道："还没挖完。"

欧阳庆一愣。

领头官差手一挥："去挖柴房！"

几名官差立刻拎着锄头往柴房走去。

"你们敢！"欧阳庆大喝一声。

石榴树下什么都没挖到，领头官差心中本来有些犯嘀咕，一见欧阳庆如此激动，顿时踏实了。

"你们两个把他按住，省得碍事。"领头官差指了指在院门口维持秩序的衙役。

两名衙役过来拦住欧阳庆，那几名衙役开始挖柴房。

院门口少了衙役维持秩序，很快乌压压涌进来一群人。

冯橙站在他们中间，越发不显眼了。

"娘，娘您怎么了？"

听到欧阳静急切的喊声，冯橙快步走了过去。

坐在台阶上的欧阳氏面色惨白，冷汗淋淋，紧闭着双目毫无反应。

一见冯橙过来，欧阳静就哭了："冯姐姐，我娘她——"

"应该是受刺激昏厥了。"冯橙蹲下来，伸出中指在欧阳氏人中穴上重重一掐。

欧阳氏闷哼一声，睁开眼睛。

"娘，娘您没事吧？"

看着哭泣的女儿，欧阳氏眼神呆滞，落下泪来。

"报应，报应……"她喃喃着，声音低不可闻。

"您说什么？"欧阳静听不清楚，可看着欧阳氏不断重复的口型，猜测到那两个字后瞬间浑身冰凉。

"挖到尸骨了！"兴奋的喊声从柴房传出来。

领头官差立刻走进柴房。

涌进院中看热闹的人听了这话，嗡嗡议论声顿时大了起来。

欧阳家竟然真挖出了尸骨！

院门外，出门会友的欧阳磊看到家门口堵着的人，好心情顿时扫了一半："你们为何在我家门外？"

无数道视线齐刷刷投向欧阳磊。就在昨日，欧阳磊也接受过瞩目，但那是羡慕尊敬的目光，而非现在这样透着幸灾乐祸。

到底怎么回事？他推开挡在前面的人，大步走进了院子。

院中的情景令他越发吃惊，环顾一番视线定格在欧阳庆身上。

父亲怎么会被两名衙役按着？

"父亲，这是怎么回事儿？"欧阳磊快步走了过去。

比起一开始的凶狠躁怒，此时的欧阳庆仿佛霜打的茄子，彻底蔫了。

他看了才回家的儿子一眼，一言不发。

欧阳磊皱眉问两名衙役："二位差爷，敢问家父犯了何事，你们为何抓着他？"

两名衙役对视一眼，其中一人道："令尊害了人命——"

"不可能！"欧阳磊面色大变，只觉衙役在说笑话，"我是新科举人，二位差爷是不是弄错了？"

这时喧哗声顿起。

"出来了，出来了！"

"啊，不敢看！"有妇人叫了一声捂住脸，又忍不住悄悄移开衣袖。

欧阳磊不明所以，愣愣看过去。

几名衙役从柴房走出，抬着个板子，若是细看就能发现是拆下的门板。

板子上白惨惨一片，其中两颗空洞洞的头骨最为显眼，惊叫声顿时此起彼伏。

几名衙役走到院中把板子放下来，一直默默站在院中充当围观者的仵作越众而出，蹲下开始检查。

"尸骨还没找全。"仵作观察了一会儿，凭经验说了一句话。

"你们几个继续去挖。"领头官差指指几名衙役。

仵作跟着道："仔细留意有没有随身物件，说不定可以证明死者身份。"

冯橙听了，暗暗摇头。想找到随身物件证明死者身份是不能了，好在已经通过报案人把死者是一对进京寻亲主仆的大致身份说了出来，如今又挖出了骸骨，就算欧阳庆死鸭子嘴硬也足以定罪。

可怜的是这对年轻主仆，虽然等到了凶手的报应，却无人知道他们究竟是谁。

唯一肯定的，那般年轻，定会有白发苍苍的老人苦等着他们回家。

院中的议论声更大了，领头官差皱了皱眉，一挥手："把欧阳庆夫妇带回衙门！"

两名衙役压着欧阳庆往外走，另有两名衙役走向枯坐在台阶上的欧阳氏。

欧阳静见官差过来，猛然起身拦在欧阳氏身前："你们不要过来，不要抓我娘——"

一名衙役伸手要把欧阳静推开，被冯橙出声阻止。

"你是谁家姑娘，不要影响我们办案！"

"不敢耽误差爷办案，我想与朋友说几句话。"冯橙拉了拉欧阳静。

欧阳静情绪激动，立着不动："冯姐姐，我娘不可能做坏事的，她连蚂蚁都不忍心踩，最是心善了……"

冯橙伸手揽住欧阳静的肩，劝慰道："我也相信伯母不会做坏事，所以欧阳妹妹不用怕，等到了衙门青天老爷问清楚就会放伯母回来的。你现在阻拦无济于事，若是惹怒了这些差爷，不是更不好？"

"真的吗？他们会放我娘回来？"欧阳静仿佛抓到救命稻草，死死拽着冯橙衣袖。

冯橙肯定点头："只要伯母没有杀人，当然会放回来。欧阳妹妹，你觉得伯母会杀人吗？"

"我娘绝不会杀人的！"

"那不就是了，你还担心什么？"

在冯橙柔声劝慰中，欧阳静默默往一旁站了站。

欧阳氏被两名衙役拽起来往外走，像是失了魂般毫无反应。

"娘，娘——"欧阳静忍不住追上去。

冯橙快步跟上，握住欧阳静的手。

欧阳静簌簌落泪："冯姐姐，我还是不放心我娘。"

"那就一起跟去衙门看看吧。"

"这样可以么？"欧阳静怔怔问。

到这时她才觉得自己什么都不懂，家中出了事只剩下无助。

"当然可以，衙门审理民间案子，百姓可以旁听。"

欧阳静听冯橙这么说，跌跌撞撞追上去。

见官差带着欧阳庆夫妇走了，乌压压一群人很快跟上去。

热闹到哪里就跟到哪里，这是原则，不能只看一半。

刚刚还拥挤的院中立刻宽敞了，除了检验尸骨的仵作和在柴房继续挖的衙役，只剩下欧阳磊一家。

四个女童哭声更大，却惊不醒呆若木鸡的欧阳磊。

一名妾忍不住走过去："大公子，老爷真的杀人了？"

"杀人"两个字刺激到欧阳磊，他如梦初醒，对着那名妾吼道："不要胡说！"

那名妾骇得脸色发白，眼睁睁看着欧阳磊跑了出去。

欧阳庆夫妇被带到衙门后，被衙役押着往堂下一跪，还没等顺天府尹多问，欧阳氏就招了。

"十年前那一日，民妇听到敲门声打开了院门……"

"贱人，你给老子闭嘴！"跪在地上的欧阳庆欲要扑向欧阳氏，被两名衙役死死按住，仿佛陷入疯狂的困兽。

顺天府尹重重一拍惊堂木："肃静！再敢闹，大刑伺候！"

欧阳庆挣扎的动作一顿。

顺天府尹看着欧阳氏："你继续说。"

欧阳氏接着说起来。

无论是堂上的顺天府尹，还是跟来的欧阳静，以及占据外围旁听的百姓，都安安静静听着欧阳氏陈述。

欧阳氏说完了，崩溃哭着："我不该开门的，我不该开门的……"

欧阳静扑上去，抱着欧阳氏痛哭："娘，不是您的错，不是您的错！"

欧阳氏望着双手，浑浑噩噩。

怎么会不是她的错呢，她开了门，还清洗了那些血迹——

有报案者，有欧阳庆家中挖出来的骸骨，又有欧阳氏亲口讲述，案子没有任何疑点就定下了。

而这时，还有个小麻烦要处理：欧阳庆之子欧阳磊是新科举人，而欧阳庆犯案在十年前，那欧阳磊身为罪犯之子根本没有科考资格。

顺天府尹虽是三品高官，但要剥夺一个人的举人功名必须禀报皇帝。

如此一来，欧阳磊这个新科举人就被庆春帝知晓了。

案子明明白白没有疑虑，庆春帝很快准奏。而就在欧阳庆被判斩立决，欧阳磊被剥夺了举人身份不久，一种说法很快在京城传开。

茶馆中。

"有个叫欧阳磊的新科举人被剥夺了功名，你们听说了吗？"一名蓝衣男子问道。

"听说了，听说了。他爹十年前杀了两个人，把人埋在石榴树下，后来又怕被人发现，把骸骨挖出来埋到了柴房里，结果有一日他爹和朋友喝酒喝多了，把谋财害命的事说了出来，然后那个朋友报官了……"

蓝衣男子看着说得眉飞色舞的那人，脸色发黑。

话都让这小子说了，他还说什么？

缓了缓，蓝衣男子咳嗽一声把人们注意力引过来："我说的不是这个。"

"那是什么？"正听得入神的几人纷纷问。

刚才抢答的人有些不服气："是啊，那还有什么？"

蓝衣男子呵呵一笑，慢条斯理捋了捋短须。

"老兄，你可说啊，别卖关子。"

"这不是口干了嘛。"先开口的人端起茶盏。

一个急性子道："行了，老兄今日的茶水钱我出了。"

蓝衣男子心满意足点点头，这才说起来："你们不知道吧，那个倒霉举人的爹原本是屠夫——"

茶馆中顿时响起嘘声。

"这个我们都知道！"

蓝衣男子不乐意了："听我说完啊！"

"行行行，老兄快说。"

"那个屠夫谋财害命发达后把儿子送去学堂读书，可教倒霉举人的先生说他这场乡试根本考不中，少说也要再考上两场才有希望。"

说到这里，蓝衣男子顿了顿。

"然后呢？"众人追问。

蓝衣男子一拍手："你们想啊，一个屠夫的儿子，先生断言他考不上，可他第一次下场就中举了！"

众人琢磨起来。

对啊，一个被先生断言考不上的屠夫之子，怎么头一次下场就考上了呢？

有人道："我们那条街上住着个老秀才，从二十岁考到四十岁，这次又落榜了，他爹还是秀才呢。"

蓝衣男子喝了口茶，压低声音道："我听来一点消息。"

"什么？"众人凑近了竖着耳朵听。

见他又不吭声了，还是那个急性子道："小二，给这位老兄上一份茶点。"

蓝衣男子笑呵呵吃了一块豆糕，小声道："我听说那个倒霉举人作弊了！"

"不会吧，听说乡试作弊很难的。"

"难什么？有钱能使鬼推磨，那屠夫为了钱财连人都敢杀，还不能为了儿子以后当大官砸钱想办法作弊？"

众人一听，有道理啊！

几人从茶馆散了，遇到熟人，张口便是那句话："有个叫欧阳磊的新科举人被剥夺了功名，你听说了吗？"

清心茶馆中，钱三把打听来的消息禀报给冯橙。

"姑娘，现在随便一间茶馆都有人在说欧阳家的事。"想到来这里与大姑娘见面总会遇到的那个不给他好脸色的少年，钱三忍不住埋汰一句，"就是这清风茶馆太冷清了，想听个闲话也难。"

"是冷清。"冯橙随口应了一句，把钱三打发走。

现在风声已经放出去了，只等言官介入便可使科举舞弊露出冰山一角，到时候再顺理成章展开全面调查，把参与其中的人一网打尽。

已是下午，再有新动静至少要等到明日，冯橙决定去欧阳家看看。

她不放心欧阳静。

虽说刻意与欧阳静结识是为了揭发其父谋财害命的事，一番相处下来却颇投缘。

不管怎么说，她既然参与到这件事中，那就尽量帮一帮对方。

冯橙靠着车壁打了个盹儿，欧阳家便到了。

她跳下马车，看了一眼欧阳家的大门。原本还算体面的大门上一片脏污，甚至还粘着烂菜叶子，一看就是被热心肠的四邻八舍扔的。

大门半掩，冯橙刚走近就听到骂声传来。

"贱人，都是你娘害的！"

一听是男子声音，冯橙面色微变，直接推门而入。声音是从屋中传出来的。

欧阳静从堂屋跑出来，后面欧阳磊紧紧追着。

仓皇跑在前面的少女，一脸凶狠追在后面的男子。

这一瞬间，冯橙仿佛看到了曾经的自己。

她就是这么一路被追着跑到悬崖边，绝望地跳了下去。

许是突遭巨变，无论是轰然倒地的石榴树，还是滚得满院子都是的石榴，并无人清理。一切仿佛停留在欧阳庆被带走的时候。

冯橙脚尖一挑，离脚边最近的那颗石榴飞起落入手中，然后丢了出去。

又红又大的石榴直接砸中欧阳磊肩头。欧阳磊一个趔趄栽倒在地。

"冯姐姐——"欧阳静扑入冯橙怀中，抱着她浑身发抖。

冯橙安抚拍了拍欧阳静后背，目光凉凉看着坐在地上的欧阳磊："他要打你？"

欧阳静胡乱擦了擦眼泪，哽咽道："他骂我娘，还拦着我不许请大夫。我不答应，他就要打杀我……"

亲亲相隐是大魏律法的一条原则，也就是说亲属之间藏匿、包庇犯罪不论罪。

欧阳氏身为欧阳庆的妻子，替欧阳庆遮掩罪行并不会受罚，是以当日就回了家中。

"伯母病了？"冯橙才问出口，就见欧阳氏跌跌撞撞跑了出来。

"静儿，静儿——"一身中衣的妇人披散着头发，短短两日看起来竟是病入膏肓的模样。

欧阳静忙跑了过去："娘，您怎么能下床呢！"

欧阳磊爬了起来，伸手去抓欧阳静："贱人——"

"住手。"少女冷冷淡淡的声音传来，虽然不高，却令欧阳磊动作一滞。

刚刚挨的那一下砸，现在还疼着呢。

冯橙走过去，看着欧阳磊的眼神满是嘲讽："叫自己妹妹贱人，那你又是什么？"

欧阳磊明显喝了酒，一开口酒气就扑来："关你什么事？"

"我是欧阳静的朋友。"

"那又如何？这是我们家事，这里不欢迎你，请你离开。"欧阳磊虽对眼前少女起过心思，可父亲成了杀人犯，那旖旎心思就化成了飞烟。

他如今想的就是教训欧阳静让她娘心痛，谁让那个蠢妇到了公堂上就迫不及待招供！

冯橙看着欧阳磊，忽然笑了笑："我呢，是尚书府的大姑娘。欧阳磊，你若好好对待欧阳妹妹，我或许会考虑帮帮你。"

一听冯橙的话，欧阳磊登时睁大了眼睛："你是尚书府的大姑娘？"

"是啊。"

"你不是我爹朋友的外甥女吗？"欧阳磊震惊问着，下意识去看欧阳静。

欧阳静亦是一脸吃惊。

她与冯姐姐来往这些日子很是愉快，却没问过冯姐姐的出身。

在她看来，相交贵在投缘。

冯橙微笑："我是令尊朋友的外甥女，就不能是尚书府的大姑娘吗？"

"你不要糊弄我！"欧阳磊满脸狐疑。

"我糊弄你有什么好处？"冯橙指了指欧阳静，"我与欧阳妹妹是好友，是要长久来往的，若是谎称身份，以后还怎么做朋友？"

欧阳磊迟疑着不敢相信。

他爹的朋友还能是尚书府姑娘的舅舅？

欧阳静开口道："冯姐姐不会说谎的。"

冯橙默了默。这个真不是……

欧阳磊死死盯着冯橙。

狼狈不堪的院中，少女亭亭玉立，目光清明。

欧阳磊张了张嘴:"你准备……怎么帮我?"

他内心深处对冯橙的身份依然将信将疑,可人在绝境时哪怕是一根稻草也想抓住。

"我毕竟是个姑娘家,想帮你也不能靠我自己啊。"

见欧阳磊神色紧绷,冯橙微微一笑:"我祖父是尚书,我可以试试看我祖父愿不愿意帮忙。"

"当真?"欧阳磊眼神亮了。

"至少可以试试。"

"那好,还请冯大姑娘帮我一把!"欧阳磊激动上前一步。

冯橙伸出一根手指:"可我有一个条件。"

"什么条件。"

冯橙看了欧阳静一眼:"好生对待欧阳妹妹,及时给伯母请大夫看病。"

欧阳磊一口答应:"没问题。"

答应后,他又不放心:"那冯大姑娘多久给我回话?"

"三日后无论成与不成,我都给你回话。"冯橙语气笃定。

"好,就等你三日!"欧阳磊说着这话,扫了一眼欧阳静。

意思很明白,若是帮不上忙,欧阳静就别想好过。

欧阳静扶着欧阳氏,脸色惨白。

冯橙明白欧阳磊的有恃无恐。一个家庭没了父亲,当家做主的就是兄长,别说打骂妹妹,就是找人牙子把妹妹卖了,旁人都无法阻拦。她面上不露声色,心中冷笑。

有陆玄暗中推动,明日就会有言官把欧阳磊有舞弊嫌疑的事上禀皇帝,只要查明欧阳磊科举舞弊,一顿杖责是少不了的,若是皇帝比较生气,说不定还要发配边疆充军。

她与欧阳磊说这番话,不过是为了保护欧阳静母女的缓兵之计。

"那你这就去给伯母请大夫吧。"

"行。"对将来有了盼头,欧阳磊很快走出家门。

"冯姐姐——"欧阳静望着冯橙,欲言又止。

冯橙安抚笑笑:"先把伯母扶进去躺好吧。"

欧阳静点点头,扶着欧阳氏进屋躺下,喂水擦汗盖上薄被,与冯橙一同走到屋外。

望着满院狼藉,欧阳静红了眼圈:"冯姐姐,我爹杀了人,我大哥就是罪犯之子,被剥夺功名是应该的。你若请令祖父帮忙,那是要给令祖父惹很大麻烦的。"

冯橙眨眨眼:"我只说帮忙,又没说帮他恢复功名。"

"可——"

一只手伸出,落在欧阳静肩头。

"欧阳妹妹，我只想帮你。"

"帮我？"欧阳静眼神迷茫。

"你愿意相信我的话，就耐心等上三日，相信你的处境会有转机的。"

欧阳静忙点头："我相信冯姐姐！"

在这种时候还能来找她的朋友，她怎么会不相信？

"欧阳妹妹，假如……令兄也遇到了麻烦，你该怎么办？"

欧阳磊只是被剥夺了功名，过普通生活还是没问题的。而一旦被发现科举舞弊，那就不一样了。

"会连累我与我娘吗？"

"不会，但你们可能会失去他支撑门户。"

欧阳静冷笑："我与冯姐姐要好，就不怕丢丑了。刚刚冯姐姐也看到了，这样的兄长不如没有。"

她能指望大哥什么呢？

从小家里有什么好东西都要给大哥，明明比她大六岁，十三岁那年还会动手打她，只因为他提前下学回家看到她吃桂花糕，以为娘亲偷偷给她吃独食。

父亲更是喝多了就说将来不能帮衬哥哥，那养她们一点用都没有。

"我只盼着娘亲早早好起来，与娘亲相依为命就够了。"欧阳静红了眼圈。

"对了，怎么不见其他人？"

欧阳静气愤咬唇："两个姨娘卷了不少细软，带着四个妹妹跑了，还跑了几个下人，只有我的贴身丫鬟留了下来。"

短短两三日，她就体会到了什么叫人情冷暖，世态炎凉。

"会好起来的。"

冯橙一直留到欧阳磊请了大夫回来给欧阳氏开了药，这才离开。

回去的路上，她吩咐小鱼："去跟钱三说，让他这两日留意欧阳家，若是欧阳姑娘有麻烦及时报信。"

虽然拿话稳住了欧阳磊，却不能把一切寄望于对方。

一个在家遭大难后对妹妹喊打喊杀的人，岂能全信？

她对欧阳静说会好起来的，不只是安慰，还是承诺。

转日，一名御史风闻奏事，把欧阳磊可能科举作弊一事上奏给庆春帝。

庆春帝一听这个欧阳磊就是那个谋财害命的屠夫之子，没多犹豫就下令彻查。

科举舞弊是大事，刑部、都察院加礼部各出一人，一同调查。

乡试才过去没多久，那些考卷都保留得好好的，查阅起来自然不难。

刑部、都察院两名官员仔细核对欧阳磊的朱墨卷许久，其中一人道："两张卷子看起来没什么问题。"

冯尚书便是礼部负责此次查案的人，听了这话摇摇头："没有问题吗？我看这考生答案平平，就是最大的问题。"

刑部侍郎道："也不算是有问题吧，这考生答卷虽没有令人惊艳，倒也勉强看得过眼，而每位同考官标准喜好不同。"

都察院官员亦道："调查科举舞弊要慎重，既然这考生答卷尚可，不好下定论他有舞弊之举。"

仕途多年他们自然明白，单靠考生很难作弊，真要这么定了，就会牵出一串人。

冯尚书捋了捋胡子："这好办，那就打开所有中举考生的朱墨卷查一查就是了。"

当了这么多年礼部尚书，抓作弊他有经验啊！

第4章 恶报

冯尚书这话一出，另外二人就惊了。

"全打开？"刑部杨侍郎一惊。

都察院赵御史神色有些微妙，一时没有开口。

冯尚书淡淡道："全打开也不费功夫。如今欧阳磊科举作弊的消息在京中传得沸沸扬扬，我们当然要全力调查。"

杨侍郎忍不住道："百姓都是人云亦云，流言而已。"

"若是查明他没有作弊，那不是正好还他清白？"

杨侍郎一滞。

冯尚书神情严肃："我们若不仔细调查，倘若欧阳磊真有舞弊之举，以后被翻出来就是我们的责任了。"

这话令杨侍郎和赵御史神色一凛。

他们奉旨查案，要是出了这么大疏漏，受罚不说，脸面上也难看。

一世英名被一个犯事的屠夫之子给毁了，那可太不值当的了。

二人对视一眼，同意了冯尚书的提议。

那就把这场乡试所有中举者的朱墨卷全都打开看看吧。

所谓朱墨卷，是为了防止科举舞弊采取的措施。考生用墨笔答题，卷子称为墨卷，交卷后封上考生姓名等讯息，再由专人用朱笔誊抄，把朱卷交给考官判卷。

这样一来考官就无法从笔迹认出考生身份，以保证公平。

"这次顺天乡试一共多少考生中举？"杨侍郎问。

冯尚书不假思索回道："一百二十二名。"

赵御史是贵省人，闻言不由感慨："人数真不少啊。"

三年一度的乡试在各省举行，分给每省的录取名额差别很大，他参加乡试那一年，他们贵省只录取了二十人。

这话冯尚书与杨侍郎就不好接了。

气氛尴尬了一瞬，冯尚书喝了口茶道："一百二十二份考卷，我们分工协作，也不用耗费太久时间，那咱们就开始吧。"

三人意见达成一致，很快就埋首于案牍之间。

转日，顶着黑眼圈的三人长舒一口气，总算是完成了核对。

杨侍郎先开口："一百二十二份朱墨卷核对，并无明显问题。"

赵御史亦道："虽有个别考卷出现错字，也在容许范围之内。"

按着科考规定，考卷若是错字太多，考生会被停考，也就是说非但这场落榜，三年后依然没有科考资格。当然，这种情况并不常见。

二人表过态，等着冯尚书反应。

冯尚书想了想道："既然朱墨卷没有核对出问题，那就横向对比考生朱卷吧。"

杨侍郎与赵御史面面相觑。

冯尚书眯着眼喝了口浓茶醒神："既然查了，当然要全面。"

横向对比同批中举考生的朱卷，检查这些考卷有没有某些词都在特定位置出现，就能判断是否有舞弊了。

杨侍郎与赵御史只好点头。

又熬了一日，冯尚书突然指着一份考卷的某处道："你们看这里。"

杨侍郎与赵御史忙凑过去看，盯着冯尚书指着的那段话看了一会儿，没看出个所以然。

"再看这份朱卷。"冯尚书拿起手边另一份朱卷，指了指某处。

二人顿时眼神一紧，变了脸色。

这两份朱卷的这一处都出现了同一个词。

"还有这里。"冯尚书又指了指，"这份朱卷在这两个位置出现了两个词，另一份朱卷在同样的位置出现了同样的词。"

若说只有一处相同还能算是巧合，两处同样位置出现同样的词，就很难说是巧合了。

"找一找其他朱卷，把有同样问题的卷子都找出来。"

被冯尚书发现了异常，杨侍郎与赵御史不敢再耽搁，忙核对起来。

最终五份有问题的朱卷被摆在三人面前。

三人沉默了一会儿，还是冯尚书先开口："那就翻找墨卷，看这几份朱卷是哪几位考生吧。"

因为一字字检查过欧阳磊的朱墨卷，三人早已记得答卷内容，直接把属于欧阳磊的那份朱卷拿了出来，再把一百二十二份墨卷拿出来核对，没用太长时间就找出了对应卷子。

看过其他四位考生讯息，杨侍郎目光复杂："这位好像是——"

冯尚书沉着脸道："这位叫尤含章的考生与我府有姻亲关系。既然这样，那就把查出问题的考生名单上奏皇上，剩下的调查我当避嫌。"

杨侍郎与赵御史点点头。查案的人与考生有亲戚关系，那必须避嫌。

三人很快写好折子上奏庆春帝。

庆春帝一听竟然有五位考生参与科举舞弊，其中一位果然是那屠夫之子，勃然大怒，立刻安排官员展开后续调查。

第一步是革去舞弊考生的举人功名，第二步是把几名考生带到衙门审问。

欧阳磊先前就被夺了功名，免了第一步，直接就有官差上门抓人。

欧阳家的院中依然无人收拾残局，倒在地上的石榴树枯败惨淡，滚得到处都是的石榴也没了水灵光鲜。

已是第三日，欧阳磊焦躁不安，拽着欧阳静来到院中。

"去找你的朋友！"

欧阳静心中虽怕，却立着不动："冯姐姐说三日之后，不是第三日，明日才到时间。"

"我让你现在去问！"欧阳磊凶狠瞪着欧阳静。

欧阳静咬了咬唇，指尖因为害怕微微颤抖："当时冯姐姐和大哥也是这么约定的，大哥不是答应了么？都说读书修身，大哥读了这么多年书，为何还如此暴躁？"

这话刺激了欧阳磊，令他暴跳如雷："你住嘴！"

欧阳静被对方捏住手腕，皱着眉喊："你放开。"

她害怕之余又觉得可笑。

大哥从小就是小霸王，哪怕摇身一变成了读书人，也改不了被父亲宠坏的性子。

"欧阳静，别以为有你朋友撑腰我就不敢怎么样。你是我妹妹，我告诉你，光脚的不怕穿鞋的！"欧阳磊拽着欧阳静不放，冷冷威胁。

盯梢欧阳家的钱三听到这番动静正准备看个究竟，突然瞥见不远处几名官差走来，赶忙躲好。还好有官差来了，不然那个欧阳磊瞧着凶神恶煞，他也不敢上啊。

兄妹二人正僵持，几名官差就走了进来。

欧阳磊如今一见官差就紧张，下意识松开了欧阳静的手。

几名官差大步走到欧阳磊面前停了下来。

"差爷有事？"面对官差，欧阳磊一改在妹妹面前的凶神恶煞，变得提心吊胆。

父亲被推到菜市口砍头时他亲眼瞧着的。阳光下闪着寒光的鬼头刀，一脸凶相的刽子手毫不留情斩下去，父亲的头颅就高高飞了起来。血从无头的腔子中窜出来，洒了漫天血雨。那是他一辈子忘不了的情景。

小时候每当父亲杀猪，他看着肥猪挣扎流血只觉有趣，甚至想亲手试一试，没想到人被砍头如此恐怖。那是令他吓破胆的噩梦。

这几日，他只有把怒火发到那对母女身上，看着她们瑟瑟发抖的模样才觉安心。

一名官差仔细打量欧阳磊，确定是本人无疑，冷冷道："欧阳磊，你涉嫌科举舞弊，随我们走一趟衙门吧。"

欧阳磊听了，面色大变。

"我没有，我没有——"

眼前浮现欧阳庆高高飞起的头颅，还有喷洒得到处都是的鲜血。

欧阳磊拔腿就往外跑。他不要去衙门，他不要被砍头！

"抓住他！"几名官差围上去，很快就把欧阳磊制住。

"放开我，放开我！"欧阳磊死命挣扎着。

"带走！"领头官差一挥手，几名官差押着欧阳磊走出了院门。

欧阳静愣在当场。大哥因为科举舞弊被抓了？

以后是不是不会回来了？更不能恶狠狠威胁她了？

无数问题在欧阳静心头闪过。

一只被惊飞的家雀儿落下来啄石榴籽，啾啾叫了两声。

欧阳静如梦初醒，提着裙摆飞快跑进了屋。

欧阳氏不久前喝了安神的药，正在熟睡。

"娘，您不用担心了，以后没人能欺负我们了。"欧阳静抓起欧阳氏干枯的手贴在自己脸上，眼泪簌簌而落。

这般哭着发泄了一会儿，她突然怔住，喃喃道："冯姐姐——"

这就是冯姐姐说的转机吗？

更大的疑问涌上心头：三天前冯姐姐怎么会知道大哥舞弊被抓？

"小环——"欧阳静喊了一声。

正守着炉子熬药的丫鬟走进来："姑娘叫我？"

"你照顾好我娘，我出去一趟。"

"姑娘您去哪儿啊？"小环面露担忧。

如今家里情况太糟了，她真的担心姑娘。

"我去找冯姐姐。"

听欧阳静这么说，小环松了口气："姑娘去吧，婢子会照顾好太太的。"

欧阳静匆匆出了门，赶往尚书府。

康安坊权贵云集，礼部尚书府兽面锡环的绿油门令欧阳静有些踟蹰。

这可是二品大员的府邸。

犹豫了片刻，她还是鼓起勇气上前叫门。

门人问道："姑娘找谁？"

"我找贵府大姑娘。"

"找我们大姑娘？"门人下意识扫了一眼欧阳静衣着，心中虽奇怪这小姑娘不像是能与大姑娘来往的，还是道，"那就不巧了，我们大姑娘出门了。"

"出门？"欧阳静面露失落，沉默了片刻问道，"不知她去了哪里？"

门人隐隐得意："我们大姑娘每日一早都会去长公主府，到下午才回来。"

长公主府？欧阳静听着门人的解释，头一次深刻意识到二人间的差距。

"那等冯姐姐回来，劳烦你转告，就说一位姓欧阳的姑娘来找过她。"

"姑娘姓欧阳？"门人转了语气。

欧阳静点点头。

"大姑娘交代过，若是欧阳姑娘来找而她不在家的话，让您有什么事就对她的大丫鬟白露说。"门人侧开身子，"欧阳姑娘请进来吧。"

欧阳静道了谢，小心翼翼跨过门槛。

白露得到消息从晚秋居赶到会客花厅，见了欧阳静笑容亲热："欧阳姑娘找我们姑娘有事只管对婢子说，若是着急，婢子就去一趟长公主府。"

欧阳静听了这话，心中淌过暖流。

"我大哥刚刚被官差带走了，等冯姐姐回来麻烦你对她说一声，要是她有时间就去我家一趟，我想与她说说话。"

白露一口答应下来。

这个时候，尤氏正在尤家探望尤老夫人。

见尤老夫人脸色不好，尤氏问道："母亲这是怎么了？"

上次称病是母亲为了提亲事把她叫来的由头，而这次母亲瞧着是真病了。

尤氏对尤老夫人还是很孝顺的。

父亲走得早，弟弟不成器，母亲的不容易她一直记在心里。

"还不是你弟弟那个混账！"提到儿子，尤老夫人就是一肚子火气，"昨日不知怎么喝多了，像个疯子一样又哭又闹，我说他两句，他竟还顶撞……"尤老夫人对女儿诉着苦，想到尤大舅喝醉后说的那些话就一阵堵心。

什么完了糟了，尤家好不容易盼着含章中了举，算是有了盼头，说这种话不是晦气么？

尤氏耐心听尤老夫人数落完弟弟，心平气和劝道："喝多了就爱乱说，醉话当不得真，母亲就不要生弟弟的气了，多看看好的。"

听尤氏这么说，尤老夫人舒坦许多："如今含章有了出息，我也算是对得起你父亲了。"

孙子十七岁中举，这是能光彩一辈子的事。

"是啊，含章有出息比什么都强。"尤氏顺着尤老夫人的话安慰。

尤老夫人意味深长地看着女儿："含章科举顺利，之后要操心的就是他的婚姻大事了。"

尤氏装糊涂："含章还小，可以慢慢挑。"

尤老夫人干脆把那日宴上没机会说的话挑明："元娘，含章才十七就中了举，前程定然错不了。橙儿的婚事既然由你婆婆做主，你不妨找机会问问尚书夫人的意思。"

尤氏知道躲不过，想了想干脆坦白："女儿觉得两个孩子不太合适。"

尤老夫人倏地变了脸色："怎么不合适？"

"橙儿天真活泼，含章性情严肃，二人若在一起生活定会有冲突，到时候好好的表兄妹变成怨偶，那就不美了。"

尤老夫人无法接受尤氏的解释："男孩子严肃稳重，将来才能支撑门户。"

就在尤氏沉默不语快要惹火尤老夫人时，一个婆子匆匆跑进来："老夫人，来了一队官差要抓大公子去衙门！"

半靠着床头的尤老夫人猛地坐直了身子，紧紧盯着跑进来的婆子问："官差来抓谁？"

婆子已经要哭了："抓大公子！"

"不可能！"尤老夫人仿佛迎头挨了一拳，忍着眩晕翻身下榻。

尤氏也被这消息惊呆了，见尤老夫人栽下床，忙去扶她："母亲，您当心——"

尤老夫人一把甩开尤氏的手。当心什么？孙子都要被官差抓走了，她还当什么心！

尤老夫人一边往外走一边问："官差有没有说为什么要抓人？"

婆子不敢看尤老夫人的眼睛："官差说……说大公子科举舞弊……"

尤老夫人猛然停下来，看着婆子的眼神似要吃人。

她脑海中只有一个念头：不可能！

尤家并不大，前边的喧哗声清晰传过来。

"放开我，我没有作弊！"

听到孙子的喊声，尤老夫人再顾不得多想，匆匆赶了过去。

院中几名官差正带着尤含章往外走，许氏拼死阻拦。

"你们放开我儿子，我儿子是举人，怎么能随便抓人呢？"

领头官差一脸冷漠："我等奉命行事，能不能抓人，你可以到了公堂问我们大人。"

"等等——"尤老夫人气喘吁吁赶来，面对来势汹汹的官差比许氏冷静多了，"敢问差爷，我孙儿犯了什么事？"

看着白发苍苍的尤老夫人，领头官差语气缓和了些："令孙涉及科举舞弊，要带回衙门接受审问。"

"这不可能，我孙子从小规矩守礼，怎么可能做出这种丑事！"

领头官差向上拱了拱手："这个案子是上边下令彻查的，各位若是再拦着我等抓人，那就只能一同带走了。"

趁众人无措之际，领头官差一挥手："带走！"

"祖母，母亲——"尤含章扭头求助，已经到了崩溃的边缘。

许氏一路追到门外，眼睁睁看着儿子被越拖越远，似是想到了什么，拔腿就往回跑。

尤老夫人立在院中，喝问婆子："老爷呢？"

"老爷喝酒回来歇下了。"

"让他过来！"尤老夫人气得脸色铁青。

孙子都被官差抓走了，儿子还在呼呼大睡，真是一摊扶不上墙的烂泥。

平时尤老夫人不满意儿子，顶多骂一句混账，毕竟谁想用烂泥来形容自己的儿子呢？现在她真是气狠了。

婆子去叫尤大舅的时候，许氏跑了回来，一口气冲到尤氏面前抓住她手腕："大姐，求求你救救含章吧！"

尤氏整个人还是蒙的。侄子科举作弊？

印象中，侄儿时时刻刻把圣人教诲挂在嘴边，怎么会作弊呢？

见尤氏毫无反应，许氏用力捏了她一下，哭着道："大姐，含章可是你亲侄子，你不能不管他啊！"

尤老夫人亦反应过来："元娘，你赶紧回去请你公爹帮忙打听一下到底怎么回事，能不能把含章救出来。"

在母亲与弟媳的催促下，尤氏迟疑地问："那含章到底作弊了吗？"

"不可能！"尤老夫人断然否认。

许氏哭声一停。

尤氏看着她。

"含章怎么可能作弊呢，大姐也是看着他长大的……"许氏忍着心虚，眼神微闪。

尤氏一看许氏反应，心就凉了一半。

以她对弟媳的了解，假如认定侄子受了委屈，不会这么示弱。

沉默了片刻，尤氏道："那我回去问问看。"

许氏越发用力捏了捏尤氏手腕："大姐，含章就靠你了！"

尤氏没有吭声，匆匆离开。

尤老夫人回到屋中，等来了半醉不醒的儿子。

"混账东西，你知不知道含章被官差带走了？"

尤大舅登时腿一软跌坐在地，一脸慌乱："完了，完了，真的被查出来了，我就知道早晚会查出来……"

欧阳庆被砍头的时候，他只是后怕竟然与一个害了两条人命的杀人犯成了朋友。

可很快人们就开始说欧阳磊的举人功名是作弊得来的，一个屠夫的儿子怎么可能会考上呢？他一听到这种风声就觉得糟了。万一官府调查欧阳磊科举作弊的事，会不会把含章也查出来？

尤大舅越想越怕，一万个后悔当时没禁住欧阳庆的软磨硬泡，把打通关节的路子告诉了对方。

可他的害怕却不能跟任何一个人说，只能借酒浇愁，暗暗祈祷有好运气。

不都说爱喝酒的人运气好吗？尤大舅茫然想着。

尤老夫人听出不对来："查出来？孽子，你到底做了什么？"

尤大舅仿佛没听到尤老夫人的话，依然喃喃重复着那几句。

尤老夫人抄起挠痒的如意打过去："你说话啊！这个时候了你还瞒着，是要害死含章不成？"

"我，我——"竹制的如意打在身上，尤大舅吃痛醒了酒。

酒醒了，尤大舅更不能接受这个事实，呜呜哭道："娘，坏事了，定是朝廷查欧阳磊舞弊，把含章也查出来了……"

听尤大舅讲完，尤老夫人险些昏厥："这么说，你疏通了一位同考官，含章果真作弊了？"

尤大舅闷闷点头，仍不敢把真相说出来。

要是让大姐知道他们为了含章能考上害过橙儿，那就彻底完了。

饶是听了这些，尤老夫人已经崩溃了，抓着如意劈头盖脸打儿子："你这个成事不足败事有余的东西，我打死你好了！"

尤氏赶回尚书府时，冯橙正好也到了家门口。

"母亲出去了？"

冯橙每日一大早就去长公主府，并不知道尤氏今日出了门。

尤氏脚步匆匆往里走，勉强笑道："去了你外祖家。"

冯橙打量尤氏神色，心中一动："母亲看着好着急，是有什么事吗？"

尤氏没有把女儿当小孩子敷衍，如实道："突然来了官差把你表哥带走了，说他科举作弊。"

冯橙抿了抿嘴角，心头生出尘埃落定的喜悦。

与陆玄联手筹谋这么久，总算是等到了这一日。

悄悄开心后，冯橙一脸错愕："表哥作弊？啊，那祖父怎么办？"

尤氏登时停下来，没明白女儿的意思。

"皇上不是命祖父查欧阳磊舞弊一案吗，祖父查着查着发现作弊的还有我表哥。"冯橙掩口惊呼，"母亲，祖父不会有麻烦吧？"

冯橙的话给尤氏的急切浇了一盆冷水，令她脸色骤变。

"会给你祖父惹麻烦？"

尤氏小时候家境只比寻常人家强一些，作为小家碧玉无波无澜长大后嫁到了家境更寻常的冯家。那是她父亲与冯尚书同年考中进士后结下的亲事。后来冯尚书步步高升，牛老夫人紧抓管家大权不放，尤氏过的依然是不操心的日子。再后来夫君去世，尤氏守寡，就更是万事不管了。

内宅中也就罢了，对外面的事尤氏可以说是两眼黑。

冯橙了解母亲，听尤氏这么问，认真分析着："您想啊，科举归礼部管，祖父是礼部尚书，结果表哥作弊了，别人会不会怀疑祖父暗中帮忙？"

尤氏脸色白了白。

"还有大哥！大哥这次考了第二名呢，别人一想祖父要是帮了表哥，自己的孙子能不管吗？说不定就要怀疑大哥的第二名有问题了……"

听女儿讲得头头是道，尤氏已经吓傻了。

娘家出事她着急，若是会危害儿子，她当然选择不给儿子惹麻烦。

不是她薄情，而是侄子如果真作弊了，暴露后会受惩罚本就是应当。她不能为了犯错的侄儿，连累没有错的儿女。

好一会儿后，尤氏定了定神，冲着冯橙勉强笑笑："我先找你祖父打听一下具体情况。"

"那我陪母亲一起去吧。"冯橙伸手挽住尤氏胳膊。

有女儿陪着，尤氏觉得安心些，自然不会拒绝。

这个时候按说是冯尚书上衙的时间，但尤氏今日出门时知道公爹并没出府，于是带着冯橙直接去了冯尚书那里。

冯尚书不在长宁堂住，而是另辟了一个院子作为起居读书之处。

见儿媳带着孙女来了，冯尚书心中有数，面上笑呵呵问："老大媳妇有事么？"

尤氏福了福身子，垂首道："儿媳今日回娘家探望母亲，结果遇上官差来抓人，说我侄儿参与科举舞弊……儿媳就是来问问您情况。"

冯尚书沉默了一会儿，叹道："尤含章确实作弊了，所以我才避嫌退出了查案。"

尤氏浑身一颤，面若金纸。

好一会儿后，她才找回声音："那……含章会受到什么惩罚？"

见儿媳快要昏过去的模样，冯尚书宽慰道："不要急，考生作弊最严重的是发配边疆，他若好好配合调查，应当不会到这地步。"

其实最严重的是处死，就不必说出来吓到儿媳妇了。

发配边疆？尤氏身子晃了晃，幸好有冯橙扶着才没栽倒。

冯尚书默了默。这么安慰了怎么还要昏呢？

老尚书向孙女投以求救的眼神。

冯橙忙道："母亲，您别着急。祖父不是说了，只要表哥如实交代作弊细节，会从轻处罚的。"

听了二人安慰，尤氏稍稍松口气："公爹，外面的事儿媳不懂，只求您在不麻烦的情况下帮一帮含章，让他的惩罚轻一点。"

"都是亲戚，能帮的话我会周旋的。"冯尚书十分好说话的样子。

"儿媳给您添麻烦了。"尤氏屈了屈膝，提出告退。

冯尚书温声道："去吧。对了，橙儿留一下，祖父有话跟你说。"

尤氏一走，冯尚书招呼冯橙坐下，慢条斯理啜了一口茶："橙儿，你说祖父该不该帮忙呢？"

冯橙觉得这话大有深意，想了想道："刚刚祖父不是答应母亲能帮的话就帮吗？"

能帮就帮，若是不能帮，那自然就不帮。

尤氏心慌意乱没领会冯尚书的意思，冯橙却听懂了。

冯橙的反问令冯尚书心头一动。孙女竟然听懂了他的意思。

当娘的没听懂，当闺女的听懂了，这让冯尚书有些感慨。

他面上半点不露声色："祖父若是帮不上忙，你可不要哭鼻子。"

冯橙笑笑："孙女为何要哭鼻子？科举作弊是考试走歪路，现在被查出来顶多损失些银钱从此当个安分守己的小民。若是踏入仕途后走歪路，就可能是抄家灭族的下场了。"

"你真这么想？"冯尚书目光深沉。

冯橙点头。

冯尚书朗声笑了："橙儿倒是个通透的。"

冯橙垂眸掩去自嘲。看清了舅舅一家的真面目，能不通透么？

"祖父叫你留下，其实是有些稀奇。"冯尚书话题一转。

冯橙静静等着冯尚书往下说。

冯尚书捋了捋胡须："橙儿前段时间那么关心科举舞弊的事，没想到这场乡试就真发生了。"

祖父大有深意的目光落在面上，冯橙面不改色："是啊，这也太巧了。"

祖孙二人对视，皆笑了。

"回去吧。"

冯橙回到晚秋居，就听白露禀报说欧阳静来找过她。

想着此刻欧阳静定会惴惴不安，她决定再出一趟门。

冯橙每日去长公主府练武，那里有专供她沐浴的房间，每次练完都是沐浴更衣后才会回家，再次出门就省了换衣裳的时间。

冯橙赶到欧阳家时，欧阳静正带着婢女清理院子。

滚得到处都是的石榴不见了，只剩那棵倒地的石榴树让两个女孩子束手无策。

冯橙看着这番情景，由衷替欧阳静高兴。有了清扫院子的心思，证明对欧阳静来说兄长被抓走反而是好事，让她燃起了对生活的盼头。

没有父兄支撑门户，将来日子确实不好过，可再怎么样也比私奔未遂被亲生父亲打死的结局要好得多。

"冯姐姐，院中乱，进屋坐吧。"欧阳静招呼冯橙进了屋中，给她倒了一杯茶。

"令兄被官差带走的事，白露对我说了。"

欧阳静紧紧攥着茶杯，咬了咬唇道："冯姐姐的祖父是礼部尚书，冯姐姐定然比我懂得多。我叫冯姐姐来，就是想问问我大哥科举作弊会有什么处罚。"

可会连累她与娘亲？

冯橙明白欧阳静所想，安慰道："我听祖父说过，科举作弊的考生情节较轻的话剥夺科举资格并罚钱，情节较重则会发配边疆，家属参与打通关节亦会受罚。"

"若是家属不知情呢？"

冯橙嫣然一笑："当然就没事了。"

欧阳静从冯橙这里了解了情况，登时放下心来："那就好，我娘才不会帮着他作弊呢。"

"我表哥也被官差带走了。"

欧阳静一愣："冯姐姐——"

冯橙不以为意笑笑："我与表哥一家不怎么亲近，和欧阳妹妹说这个，是想到了一种可能。"

欧阳静等她说下去。

"我舅舅与你父亲是朋友，我表哥与你大哥都因为科举作弊被带走，我觉得不是巧合。"

"冯姐姐的意思是——"

"他们可能走的同一条路子。"

"那可真是……"欧阳静一时不知说什么好。

冯橙笑笑："不说这些了。欧阳妹妹若遇到难处尽管去找我，我上午一般在长公主府，下午回家。"

"多谢冯姐姐。"

"对了，我进来时看你带着小环在打扫院子，那棵石榴树不好处理吧？"

欧阳静闻言苦笑："街坊邻居从我家门口路过都绕着走，雇人的话又怕不知根底。不过没关系，回头我与小环把石榴树截成一段段的就能抱得动了。"

"何必那么麻烦？"冯橙打量那棵倒地的石榴树，笑着道，"等我回去打发两个男仆来处理一下就是了。"

"不用劳烦冯姐姐了。"欧阳静忙拒绝。

"这有什么劳烦的。"

欧阳静双颊泛红："其实也有人帮忙，只是这个节骨眼上我怕连累人就推了。我带着小环慢慢干，总会把院子清理好的。"

冯橙视线落在少女染了红霞的脸颊上，有了猜测。愿意帮忙的应该就是欧阳静那位青梅竹马的恋人，欧阳家出了这种事还会上门，也算是良人了。

她挺理解欧阳静的说不出口。

无论对欧阳庆多没感情，才死了父亲，哪好意思对人提起恋人。

"好了，这么点小事就不要推辞了，不然我也不放心。"

听冯橙如此说，欧阳静这才不再推辞。

五名有问题的考生被带到衙门分开审问，欧阳磊早被欧阳庆的死吓破了胆，很快就招认说是欧阳庆通过朋友打通了关节。至于那个朋友是谁，他并不清楚。

案子到了这一步，当然不会只有皇上任命的三位大臣处理，更多官员参与了进来。

林啸在刑部以能干著称，也是参与案子的官员之一。

他提醒杨侍郎："据属下了解，欧阳磊的父亲与尤含章的父亲是朋友。"

杨侍郎立刻重点审问尤含章。

尤含章从小被家中寄予厚望，是典型两耳不闻窗外事的书呆子，可偏偏又没有正经读书人那股子清高。这种人哪里经得住事，连刑都没上就招了。

"立刻把尤含章的父亲尤敬文带回衙门！"

官差前往尤家抓人时，尤老夫人等人正提心吊胆等着尤氏的消息。

眼见尤氏没等来，等来了官差，尤老夫人直接昏了过去。

"母亲，我们怎么办啊？"尤含玉抓着许氏衣袖哭哭啼啼。

丈夫与儿子都被官差带走了，许氏哪还顾得了女儿，一把甩开尤含玉的手："你个丧门星，就知道哭！"

尤含玉一万个委屈。这些日子她已经够倒霉了，那些漂亮的衣裳，好用的胭脂水粉，以前她想要只需陪着表妹去逛街就能轻松拿到，自从表妹出事就再也没有了。

表妹养的猫还抓了她的脸，如今好不容易养得能见人，家中又出了这种事。

一切的不顺，似乎都是从表妹出事开始的。

"母亲，我们去求姑母帮忙啊！姑母的公爹不是大官吗，肯定能帮上忙的！"

"这还用你说？你祖母早就跟你姑母说过了。"许氏很是不耐烦，"大人已经够糟心了，你就不要添乱了。"

尤含玉被许氏一通骂，哭着跑出了家门。晚秋的阳光明媚轻薄，可她的家却变了天。尤含玉一路跑到尚书府，重重拍门。

门开了，门人打量着跑得青丝散乱的少女，轻咦一声："这不是表姑娘么？"

就在半年以前，这位表姑娘可是时常上门的，门人当然认识。

"我找我姑母。"尤含玉含着泪道明来意。

门人早就听说了尤家的事，本想拒之门外，可转念一想主子们没有特意交代过，就没必要当这个恶仆了。

"表姑娘等一等，小的去报信。"

尤含玉在门厅处焦灼等待，终于等到了来接她的人，是尤氏院中的大丫鬟红鸾。

看着一脸狼狈的尤含玉，红鸾暗暗叹口气，屈了屈膝道："表姑娘随婢子来吧。"

尤含玉进去没多久，冯橙就回来了，门人赶紧把尤含玉过来的事告诉她。

冯橙听了只想笑。

为了一点利益害她，还能理直气壮跑上门找母亲求救，这是怎样的厚脸皮？

担心尤氏被尤含玉哭心软，冯橙很快赶去怡馨苑，才走到屋门口果然听到了嘤嘤哭声。

"姑母，您一定要救救我父亲和大哥啊，要是他们都出了事，我和母亲怎么办？祖母年纪大了，肯定受不住的……"

冯橙一挑帘子走了进去。

尤含玉哭声一滞，望着大步走进来的少女凄凄惨惨喊了一声表妹。

"表姐怎么来了？"冯橙毫不客气问道。

尤含玉一愣，一双泪眼下意识去看尤氏。

尤氏见女儿俏脸紧绷，不由问道："橙儿是遇到什么事了么？"

印象里，女儿从没用过这么冷硬的语气与侄女说话。

"女儿没遇到什么事，是听说表姐来找母亲了。"

尤含玉眼中含泪，委屈道："表妹，你还不知道吧，我父亲被官差带走了！"

冯橙定定看着她，神色微冷："所以你就来尚书府？"

"我来求姑母想办法啊。家中只剩老弱妇孺，我能找的只有姑母了。"尤含玉眼中噙的泪滚下来。

冯橙摇摇头："本来母亲求了祖父，祖父答应尽量想办法。表姐这么跑过来，岂不是明晃晃告诉大家我祖父要帮表哥他们脱罪？祖父要敢动作，弹劾他老人家的折子恐怕要像雪片一样飞到龙案上去了。"

尤含玉一听吓住了，愣愣去看尤氏。

尤氏亦是一脸惊骇。

冯橙深深叹口气："表姐，你这不是傻么？"

尤含玉彻底吓傻了："那，那该怎么办？"

冯橙叹口气，语重心长劝道："表姐还是赶紧回去吧。大人已经够糟心了，你就不要添乱了。"

这话与尤含玉跑出家门时许氏对她说的话几乎不差，以至于尤含玉越发怀疑自我：她跑来找姑母求救，真的错了？

"红鸾，送表姑娘出门。"

红鸾应一声，对着尤含玉屈了屈膝："表姑娘，请吧。"

尤含玉浑浑噩噩地跟着红鸾走了。

尤氏后知后觉回过味来："橙儿，你是不是与你表姐闹别扭了？"

橙儿素来体贴，从不因为是尚书府的大姑娘就怠慢出身不如的人，今日对侄女说话这般不留情面，显然有问题。

冯橙想了想，把屋中伺候的丫鬟打发出去。

尤氏心中一沉，越发肯定了先前的猜测。

"女儿没有与表姐闹别扭。"短暂的沉默后，冯橙开口。

局面已定，有些话该对母亲说一说了。

"你表姐今日虽鲁莽了些，可她的心情也能体谅，橙儿刚刚怎么那般说话呢？"

冯橙垂眸沉默许久，抬眼与尤氏对视："母亲，我若说三月时被拐是被表姐害的，您信不信？"

这话仿佛一道惊雷在尤氏耳边炸响，劈得她晕头转向。

"橙儿，你怎么这么想？"

"那日从裁云坊出来，女儿根本不想看热闹，是被表姐强行拉着去的。"

尤氏忍不住道："你表姐自小就是个爱凑热闹的性子。"

冯橙勾起一边唇角："表姐确实爱凑热闹，每次逛街都会拉着我逛这里逛那里，但只要我表示不想去的地方，她就不会再劝。"

长樱街上铺子鳞次栉比，她不想逛这家，总还有更多地方可逛。

尤含玉该识趣时也是很识趣的。

冯橙嘴角讥诮更深："可偏偏那一日，哪怕我说了好几遍不想凑热闹，却被她硬拉了过去。"

尤氏想一想女儿是被侄女强拉过去的，对尤含玉自然也有不满，可要说侄女存了故意害人的心思，却难以置信。

"橙儿，母亲知道你心里怨你表姐，但她没有理由故意害你，只能说是一时贪玩凑巧了——"

她不想看到女儿对侄女心存怨恨，而更不想看到的，是女儿成为一个偏激的人。

"不，她有。"冯橙一字字道。

尤氏被冯橙笃定的语气骇住了。

已近黄昏了，屋中光线有些昏暗，反衬得少女的面庞越发瓷白，是那种冷冷的仿佛凝了一层清霜的白。

"母亲可能不知道，女儿被拐根本不是运气不好遇到了人贩子，而是政敌对付祖父的手段。"

"什么？"尤氏面色骤变。

既然已经决定说开，冯橙就不再留情面："对方的突破点就是舅舅一家。他们许以厚利，借着舅舅他们的便利算计我与成国公府二公子出事，从而为祖父树敌。"

"不可能……"尤氏苍白着脸，完全无法相信听到的，"那是你亲舅舅啊！"

冯橙轻笑："比亲儿子不是差得远么？"

尤氏茫然看着女儿，突然觉得记忆中尚还稚嫩单纯的女儿如今有些陌生。

"舅舅与表哥卷入科举舞弊一案，母亲真以为舅舅有能耐打通关节？"

冯橙的反问令尤氏无法回答。

弟弟是个什么样她很清楚，若真有这种钻营的本事，也不至于到现在还游手好闲。

冯橙直视着尤氏的眼睛，缓缓道："是对方找上舅舅，主动提出帮表哥作弊中举，条件就是算计我。"

尤氏怔怔听着，无论怎么想，竟觉得这是最合理的。也是最让她难以接受的。

"不会的，不会的……"尤氏喃喃，不知说了多少遍。

冯橙安静下来，留给母亲接受的时间。

不知过了多久，尤氏醒神："橙儿，你是怎么知道的？"

冯橙暗暗松口气。母亲这话一出，她便知道其实母亲已经信了。

"因为那是女儿经历的一场噩梦，哪怕已经过去了，我还是控制不住去想每一个细节，每一种可能。母亲还记得出事后第一次去外祖家吗？"

尤氏当然记得。

而冯橙这番话让她不愿信的心思被心疼女儿的情绪压了下去。

"我特意叫表姐去逛街,遇到热闹拉着她去看。"冯橙目光灼灼,"母亲猜表姐什么反应?"

尤氏已经没有说话的力气,静静等着冯橙往下说。

"谁知她突然尖叫一声甩开我的手,吓得当众跌倒了。"冯橙目不转睛望着尤氏,"母亲,表姐若不是心虚,会是这种反应吗?"

不等尤氏说话,冯橙接着道:"祖父一直在暗暗调查,到今日表哥科举舞弊事发,与调查来的情况对上了……"这就是冯橙瞎编的了。

但在尤氏心里,冯尚书就是最能耐的大人物了,既然公爹这么说了,那肯定不会有假。

"今日你祖父把你留下,就是说这些吗?"

冯橙淡定点头:"是啊。"

尤氏脸上一阵青一阵白。

弟弟一家的算计是针对公爹的,而她竟然还去找公爹求情……

尤氏这么一想,恨不得找个地缝钻进去

冯橙挽住尤氏胳膊:"母亲不必尴尬,您又不知情。"

尤氏的手抖着,一颗心像是掉进了冰窟,越坠越深,一直坠到寒冰地狱。

"母亲,您还有我、哥哥和三妹,我们才是一家人啊。"少女的脸颊贴在尤氏手臂上,柔柔软软。

尤氏的心仿佛被蜂子蜇了一下,那颗在寒冰地狱中冻住的心有了反应。

她转了转眼眸,看着依偎着她的女儿。刚刚及笄的女儿,眉眼间的青涩尚未完全褪去,却经历了那么多,承受了那么多。而她这个母亲呢,一无所知,还要给孩子拖后腿。

尤氏终于忍不住拥着冯橙哭起来:"是,母亲还有你们,还有你们……"

冯橙靠在尤氏怀中,扬了扬唇角。

可算是让母亲认清了舅舅一家的真面目,她憋了这么久,太不容易了。

冯橙选择与尤氏坦白,算是了了一桩心事,被带到衙门的尤大舅也没让问案的人失望,很快就把戚姓考官供了出来。

尤大舅本来是想坚持一下的,可没想到鞭子抽在身上那么疼。

挨到第三下,他实在挺不住了,哭着道:"是找的本次乡试同考官戚大人。"

为免事情闹得沸沸扬扬,审问五位考生之前并没有把那些涉及此次秋闱的官吏叫来问话,毕竟三年一次的乡试从组织到顺利结束,参与的人太多了。

尤大舅一招供,林啸立刻带着人去了翰林院。

"戚大人?没看到他啊。"

再去问戚书强上峰,上峰说:"晌午的时候他告假了,说是家中有事。"

林啸问了戚书强住址,匆匆赶到那里。

"老爷？"回话的是戚书强的妻子，"老爷回来后说累了，去了书房歇着。大人稍等，已经打发下人去喊了。"

戚妻这话才落，一名小厮就跑了进来："夫人，不好了，老爷他，老爷他——"

"老爷怎么了？"戚妻面露急切。

"老爷投缳自尽了！"小厮用力掐了大腿一下，总算把话说了出来。

"什么？"戚妻身子一晃，拔腿就往外跑。

林啸皱了皱眉，默默跟上。一群人呼啦啦跟上去。

书房门大敞着，一个穿青袍的人悬在房梁上，正随着涌进来的凉风晃晃荡荡。

"老爷！"戚妻发出凄厉一声喊，跌跌撞撞往内冲。

可她实在被这番情景刺激得不轻，才迈开腿就摔到了地上。

戚家跟过来的下人有的扶戚妻，有的去救戚书强，一时人仰马翻。

林啸大步走过去，只看了一眼被解下来的戚书强，就知道人已经死透了。

耳边是戚妻与子女震天的哭声，林啸只好问管事模样的人："你们老爷什么时候回来的？"

管事也是一副吓坏的样子，好歹还能回话："大概是未末申初时分。"

林啸一拧眉。

翰林院那边说戚书强晌午就告假回家了，戚家管事又这么说，那中间个把时辰戚书强去了哪里？

"你们老爷进了书房后出来过么？"

这话把管事问住了。他是管事，不负责守着老爷书房啊。

管事忙把一个小厮叫过来："大人，他是负责管理老爷书房的，平时老爷进了书房，就会在廊下候着。"

林啸看小厮一眼。

小厮战战兢兢道："回禀大人，老爷进了书房再没出来过。"

"那你也没问问你们老爷要不要喝茶？"

"老爷在书房的时候从不允许小的打扰，只有老爷喊人的时候小的才能进去。"

林啸又问了几个问题，目光转向哭泣不止的戚妻："戚夫人，戚大人这些日子可有反常之处？"

戚妻总算止住了哭泣，茫然摇头："老爷这两日就是没什么胃口，别的没有了。"

"那戚大人最近见过的人，戚夫人可知道？"

戚妻拭泪："我一个妇道人家从来不管外头的事，哪里知道老爷见过什么人？"

林啸没有问出什么，吩咐一名属下："回去把戚大人的事禀报给大人，并把仵作带来。"

属下领命而去。

林啸面色平静在书房中走着，看过笔山砚海，满架诗书，突然停下。

窗台处摆着一盆金橘，不高的小树结满金黄果子，看起来十分喜人。

林啸伸出手去。

"那是老爷很喜欢的盆栽。"戚妻以为林啸要动那盆金橘，哽咽着道。

林啸看了戚妻一眼，手落下去，抓起一点泥土。

他低头嗅了嗅，再扒了扒盆中土，很快就看到了夹杂于土中的黑灰。

林啸一见便猜到黑灰是什么。今日戚书强在书房时，定然烧了纸张。

"取一把花铲来。"林啸吩咐戚家管事。

管事犹豫着看向戚妻。

林啸脸一沉："难道你想你家老爷死得不明不白？"

管事听了这话，只想腹诽。

老爷自尽明显是有过不去的事，要是这些人查下去，说不定结果更糟呢。

可林啸当众这么说，他当然不敢拒绝。

林啸有了花铲，挖起花盆泥土更称手。直到整棵小橘树都被挖出，把那些土一寸寸翻过，除了黑灰只找到几张未燃尽的小纸片。

纸片实在太小，只有一张上面写着个"射"字，其余全是空白。

或许正是这样，戚书强才没有在意它们没有彻底燃成灰烬。

林啸把几张小纸片仔细收好，等赶来的仵作检查过，问起情况。

"死者应是自杀。"仵作道。

戚妻放声痛哭："老爷，您究竟为何想不开啊！"

戚妻一哭，几个儿女哭声更大。

"戚大人平日出门，是谁跟着？"

戚妻忍不住道："大人，我们老爷都不在了，你这是审问我们吗？"

林啸仿佛没有看到戚妻哭红的眼，平静道："戚大人涉及科举舞弊案，此案是皇上下旨彻查，林某奉命行事，还望戚夫人配合。"

一听戚书强涉及到科举舞弊案，戚妻脸色登时变得雪白："不可能，我们老爷怎么会涉及到科举舞弊案——"

林啸似乎不知同情为何物，淡淡道："所以我们才会出现在贵府。"

戚妻浑身一震，扶着丫鬟摇摇欲坠。

"请戚夫人告知平时戚大人带在身边的下人是谁。"

出入都会跟着戚书强的人，必定是他的心腹。

戚妻说出了一个人名。

林啸打量着站在面前的男仆，语气平静："随我们去一趟衙门吧。"

戚家妇孺暂时不便带去衙门审问，审一名仆人还是没问题的。

林啸带人回到衙门，就见陆玄等在那里。

陆玄看了看男仆："这是——"

"戚大人的仆从。"面对陆玄，林啸敛去查案时的严肃，"陆兄怎么过来了？"

陆玄轻笑："我也是刑部一员，奈何经的案子少，当然要多多参与，好好学习。"

林啸嘴角微抽。说得跟真的似的。

"先进去吧。"在这么多人面前，林啸当然不会打趣好友。

陆玄走在林啸身边，声音放低："听说戚大人投缳自尽了？"

林啸微微点头。

"林兄怎么把这个下人带来了？"

"这个下人是戚大人心腹，若想弄清楚戚大人这几日行踪，还要问他。"

陆玄深深看男仆一眼："林兄，据我所知，戚大人最信得过的仆从可不是这个。"

林啸眼神一紧："不是他？"

"不是。戚考官平时出门大半是这个下人跟着，但也有另一个下人跟着的时候，那个下人才是他的心腹。"陆玄看着男仆，"那个下人叫双喜。"

他说得漫不经心，实则陷入了自我怀疑：他的小厮叫来喜，戚书强的近仆叫双喜……他起名字的水平这么差？

转念一想，少年又释然：冯橙还给她的猫起名叫来福呢。

大家水平相当，而冯橙可是礼部尚书的孙女。

林啸留意到男仆微变的神色，断定好友说得不错，沉声道："我去把人带来。"

陆玄拦住他："我去吧。"

"那就拜托陆兄了。"

陆玄微微颔首，带着林啸的几个属下轻车熟路去了戚家。从摸到戚书强这条鱼开始，他安排的人就没放松过对戚书强的盯梢。欧阳磊科举作弊的流言传开这两日，戚书强见过谁，在何处碰面，没有人比他更清楚。他需要介入这个案子，才能把知道的一切不着痕迹地摆上台面。

因为林啸提到戚书强卷入科举舞弊案，戚家正乱着，见到一名黑衣少年带着官差过来，全府上下就更慌了。

"我们夫人哀伤过度，昏过去了……"戚家管事以为是来盘问戚妻的，硬着头皮道。

陆玄语气平静："我不找你们夫人问话，麻烦你把双喜叫出来。"

"双喜？"管事心中紧张，面上茫然。

一股大力传来，面白如玉的少年揪住他衣襟，冷冰冰道："我可没先前来的那位林大人好说话，不要耍滑头。"

感受到少年手指的力度，管事冷汗直接流了下来："小的……这就去叫人。"

陆玄气定神闲等着，很快就等到管事带着一名男仆过来。

他定定看一眼，确定是双喜没错，转身便往外走。

跟来的官差不用吩咐就把双喜一左一右按住，押着人跟上去。

管事心中虽怕，却咬牙追上去："大人——"

陆玄脚步微顿，面无表情看着他。

"大，大人，我们老爷真的犯事了？"

管事战战兢兢，其实想问的是老爷犯事，会不会令整个戚府陷入泥潭。

陆玄当然不会理会管事，冷冷道："这不是你该打听的事。"

管事眼睁睁看着陆玄带人走了，脸色变得极为难看。

这个年纪轻轻的大人比先前那位大人可凶多了！

陆玄带人回了衙门，直接去了审讯室。

杨侍郎正旁听林啸盘问先前从戚家带来的下人，一见陆玄进来眼神微闪。

"小陆怎么来了？"

一开始成国公的大孙子在刑部谋了个差事，他们都觉得这是贵公子闹着玩，不过是为了说出去有个正经事做。

对这样的子弟睁一只眼闭一只眼，只要不闹事就行了。

没想到这位陆大公子还算靠谱，参与某些案子时甚至大放异彩。

不过科举舞弊案是皇上下旨彻查的，可不能由着年轻人闹腾。

林啸？

林啸当然也年轻，但小林是一步一个脚印成长起来的，用起来放心，再怎么说也比陆大公子年长好几岁。

十六岁，对许多人家来说这个年纪的子弟还在学堂读书。

"去戚府带回了戚考官的心腹仆从。"陆玄示意官差把双喜带上前来，自然而然开始旁听。

杨侍郎纠结了一瞬，决定就这样吧。已经参与进来，再赶人就不好了。

"说说这几日你陪你家老爷去过何处，见过什么人。"吩咐属下把另一名男仆带到其他房间，林啸问双喜。

"我们老爷这几日除了上衙，只去过两次茶馆。"

"什么茶馆，与谁喝茶？"

"去的雅客轩，就老爷自己。"

"一个人跑去茶馆喝茶？"林啸显然不信。

"真的就我们老爷自己，不信您可以去茶馆打听。"双喜信誓旦旦。

一声轻笑响起。陆玄双手环抱，神色慵懒："知道我为何说你才是戚考官心腹，而非最先带来的那个？"

双喜不解看向冷冰冰的黑衣少年。

"六日前，我恰好见戚考官进了一个茶馆，跟在戚大人身边的就是你。"陆玄随口说出那家茶馆的名字。

双喜眼睛睁大，满是不可思议。

六日前老爷确实去了那里，因为要见的人不方便让人知道，所以是带着他去的。

可如果只是恰好看到，这个少年怎么会记住他？

仿佛猜到双喜的疑惑，陆玄笑笑："那时屠夫之子欧阳磊科举作弊的流言传得沸沸扬扬，我无意间看到戚考官，因为好奇多看了两眼，顺便瞧了你一眼。我记性好，哪怕样貌再平庸的人只要被我特意瞧过，短时间内是不会忘的。"

双喜表情有些扭曲。

一旁想要表达疑惑的杨侍郎也默默闭了嘴。

"说说六日前你陪你家老爷去见的是谁。"

双喜避开少年冷淡的目光，当然不承认："就老爷自己，我们老爷喜欢一个人在茶馆清静。"

"呵。"陆玄抬了抬眉梢，对林啸道，"林兄，我建议还是先把他打个半死再问，先前他就撒谎说戚考官只去过雅客轩，这种人不用刑是问不出实话的。"

林啸稍稍考虑，微一点头："行。"

眼见就要用刑，杨侍郎都蒙了："就，就上刑了？"

陆玄体贴道："大人若是不适，不如把这里交给我们。"

杨侍郎嘴角猛抽。

这是适不适的事吗？这才没问一刻钟就用刑，速度是不是太快了点儿？

林啸亦道："大人要不去其他考生那里看看进展，这里交给下官就好。"

眼见陆玄与林啸一个神色冷漠，一个表情严肃，杨侍郎产生了怀疑：难道他的问案方式才是错的？

罢了，术业有专攻，交给小林和小陆好了。

等杨侍郎神情复杂地离开，伴随着一下下抽打到人身上的鞭声，陆玄问："林兄去戚家有什么收获吗？"

"赶过去时戚考官就死了。检查他的书房，在橘子盆栽中发现了一些未燃尽的纸灰。"林啸说着，取出收好的小纸片给陆玄看。

陆玄拈起小纸片仔细看，先说了一句："纸张不错。"

时人书写，所用纸张五花八门，陆玄生在富贵窝，对于纸张好坏一眼就认了出来。只看纸张，得不出什么有用讯息。戚书强官职虽不高，那也是正经进士出身的朝廷命官，用好纸书写不足为奇。

陆玄拿起唯一有字的那张纸片，看到上面的"射"字，嘴角微扬。

六日前戚书强去见的人叫谢志平，这个"射"字很可能指的就是谢志平，只不过偏旁被烧掉了。

当然，就算不是，他也会往这上面引。

"停一下。"陆玄突然开口。

抽打在双喜身上的鞭子停下来。

双喜疼得呼哧呼哧吐气，见那少年面无表情看过来，浑身一紧，好像又感觉到鞭子落在身上。

太疼了！他在心里默默给自己打气：不能对不起老爷，他是老爷最信任的人！

"你们老爷去见的人是不是姓谢？"

这话一出，双喜猛地瞪大眼睛。

陆玄微微一笑:"看来没错了。"

"你,你——"

陆玄指出那人姓"谢",显然令双喜乱了阵脚。

忍受酷刑的坚持似乎没了意义。

"说出那人身份吧。"

双喜张了张嘴。

陆玄扬了扬手中纸片:"那人的身份已经写在这上面了。让你说是给你个机会,看你是不是真心配合官府调查。倘若你不珍惜这个机会,接下来可就不是鞭刑了。"

说到这,他问林啸:"林兄,这个案子如此重大,双喜隐瞒不报,他的家人会受牵连吧?"

林啸配合道:"自然会受牵连,轻则发配,重则砍头。"

双喜一听就慌了。他对老爷忠心耿耿不假,可老爷死了,他的家人还活着。

何况这个少年已经了解了情况,他再硬撑着不说也没意义。

双喜就如泄了气的皮球,老实招了:"那日我家老爷去见的谢大人。"

"哪个谢大人?"陆玄紧紧追问。

"在户部任郎中的谢大人。"

陆玄满意点头。由戚书强的心腹亲口说出谢志平身份,无疑是最好的。

林啸突然插口:"我知道户部有位谢郎中,名叫谢志平。"

他定定看着双喜,问:"是这位谢大人么?"

双喜垂头丧气承认:"是。"

"你们老爷与谢大人见面,你为何要隐瞒?"林啸再问。

"老爷叮嘱过我跟着去见的人都不要随便说。"

"那他们见面聊了什么?"

"这个小的不知道啊。老爷与朋友见面聊天,小的都在外面守着。"

"那今日你家老爷去见的是谁?"

双喜看着问话的林啸,不说话了。

林啸面色微冷:"翰林院那边说你家老爷晌午告假,比起贵府管事说你家老爷到家的时间,中间还有个把时辰行踪未知。这段时间,你家老爷总不会在大街上乱逛吧?"

双喜暗暗咬了咬牙,低头道:"老爷心情不好,漫无目的走了走就回府了。"

林啸薄唇微抿,神情越发严肃:"陆兄说得对,还是继续用刑吧。"

一个寻常下人到这时候还试图隐瞒,也算难得了。

陆玄笑道:"早就说了不要耽误工夫,这么忠心的下人,不用刑哪里对得起他的忠贞?"

林啸颔首:"陆兄说得有道理,你觉得用什么刑合适?"

双喜听得脸都绿了。这两个人是恶鬼吗?

"烙铁烫吧。烧红的铁块往人身上一按，肉香味就飘出来了，上次那个人——"

"我说！"双喜白着脸喊道。

陆玄与林啸皆看着他。

"今日老爷去见的……也是谢大人……"

陆玄与林啸对视一眼。

"陆兄，咱们出去说话。"

陆玄微微点头，与林啸一同走了出去。

外面秋高气爽，一扫审讯室中的沉闷。

"那张纸片上是个'射'字，陆兄怎么联想到谢志平的？"林啸率先开口。

陆玄随口解释："我细看那个'射'字，感觉少了一部分，是'谢'字的可能极大，所以诈一诈他。"

林啸依然疑惑："但这个'谢'字更可能是表示道谢，而非姓氏。"

陆玄轻咳："实不相瞒，那日我看到戚考官心中好奇，就偷偷看了他见的人。当然这事林兄可别和旁人说，反正那小子也承认了。"

林啸默了默。万没想到，陆玄是这么八卦的人。

林啸解了疑惑，道："如果我没记错，谢志平是韩首辅的妻弟。"

"不管他是谁的妻弟，我们把审问出来的情况禀报几位大人就是了。"

夕阳下，一身黑衣的少年肤如冰雪，神情淡漠。

一个卷入科举舞弊的小小翰林突然与当朝首辅有了联系，这本是令人心惊肉跳的大事，可由他说出来却与平日闲聊没有什么区别。

林啸缓缓点头："陆兄说得不错，就这样办吧。"

陆玄扬唇笑了笑。

他与林啸能成为好友，便是因为林啸是个纯粹的人。

林啸只会把心思花在查案上，案子之外就不是他考虑的事了。

"陆兄，你去向几位大人禀报情况吧，我去请谢大人过来。"

"不如我去请？"

林啸坚决摇头："还是我去。"

他做的就是这份差事，就算谢志平觉得扫了脸面也不会如何，而陆玄在刑部只是挂了个职，又是成国公府大公子、太子表弟，这种敏感身份去请人来问话就容易结仇了。

陆玄显然明白这点，见林啸这么说，不再坚持。

"戚考官投缳前见过户部谢郎中？"几名负责此案的官员一听就惊了。

到了他们这个地位，对京中要紧的关系心中门儿清，户部那位谢郎中可是韩首辅的小舅子！

得了陆玄肯定答复，杨侍郎心中一紧，忙问道："林啸呢？"

陆玄气定神闲回道："去请谢郎中了。"

气氛突然就紧绷起来。几名官员面面相觑，一时不知如何开口。

说别去，这案子可是皇上要求彻查的，可把谢志平带来这里，韩首辅知道了定然会有想法。

"估计快把人请到了。"陆玄仿佛察觉不到气氛的微妙，又跟了一句。

第5章 动心

紧绷的气氛悄悄松弛下来。要是林啸还没去，那还挺纠结的，既然彻底来不及阻止了，还能怎么办，等谢郎中来呗。

他们不愿得罪韩首辅不假，好歹也是高官，倒不至于被首辅大人的名头吓死。

其中大理寺少卿是韩首辅那边的人，到底忍不住说了一句："年轻人行事莽撞了，怎么能不请示上官就行动呢？"

其他人没吭声。

朱少卿就是冯尚书为了避嫌退出三人查案小队后顶替上来的，要是查来查去查到韩首辅头上，朱少卿就尴尬了。

谢志平被带到几位官员面前时，脸色铁青："有事不能明日说吗？这都什么时候了，还要我来衙门！"

"事急从权，还望谢郎中见谅。"杨侍郎客气一句。

杨侍郎身为刑部左侍郎，乃是正三品实权高官，谢志平一个小小郎中却丝毫不怵。原因很简单，谢志平是韩首辅的小舅子，而韩首辅是当朝文官第一人，皇上最器重的大臣。

"到底什么事啊？"

"是这样——"

"大人，不如让下官来问吧。"陆玄突然开口，打断杨侍郎的话。

再让杨侍郎这么客气下去，谢志平底气更足，就更难问出来了。

杨侍郎先是一愣，而后点头。

这种烫手山芋丢给年轻人正好，年轻人要是捅出娄子来，毕竟年轻嘛。

"今日戚编修与你见面，说过什么？"陆玄紧紧盯着谢志平，开门见山问。

戚书强在翰林院任编修一职。

他没有问今日谢志平是否与戚书强见过面，而是直接以见面为前提问起。

谢志平愣了愣，才道："你瞎说什么，我不认识戚编修。"

陆玄微微一笑："日头都落山了，谢郎中该不会以为我们平白无故请你过来问话吧？今日晌午你与戚编修碰面，有人亲眼瞧见了。"

带谢志平过来的林啸默默站在不惹眼的地方，听了这话微微扬眉。

不得不说，陆玄很会说话。

少年笑意浅淡，神色从容，带着十足的自信。

在那双清亮乌黑的眸子注视下，谢志平犹豫了一瞬，承认了："见过又怎么了？"

这么多大人看着呢，这小子说的显然是真的，那他死不承认多没面子。

"戚编修死了。"

谢志平神色没有多少变化："你是什么意思？他死了问我做什么？"

陆玄定定看着他："戚编修死于谋杀，而他生前见的最后一个外人是谢郎中，难道不该问问么？"

几位官员一听，齐齐看向杨侍郎。

之前林啸去戚家抓人，回来只说戚书强上吊死了，没听说是被人害死的啊。

难道戚书强不是畏罪自尽，而是另有内情？

杨侍郎一脸淡定，心中骂娘：到底是自杀还是谋杀，林啸这小子怎么没个准信呢？

不对啊，小林还是很靠谱的。难不成是他听错了？

杨侍郎暗暗怀疑着自己，自然没办法给其他人什么反应。

其他官员一见杨侍郎高深莫测的表情，越发云里雾里。

谢志平却变了脸色："不可能！"

陆玄轻笑："谢郎中先说不认识戚编修，听闻戚编修死讯又如此笃定他不是死于谋杀，能说说原因么？"

"你这小子不要太过分！"谢志平不傻，听出这话中隐隐的指控登时跳脚。

陆玄眼神微冷："谢郎中搞清楚，我是以刑部官员的身份请你配合调查科举舞弊案，而科举舞弊案是皇上下旨彻查的。谢郎中现在是以户部郎中的身份与我这么说话，还是以首辅大人妻弟的身份与我这么说话呢？"

不是依仗韩首辅身份么，那干脆挑明好了。

谢志平一下子被问住了。从来都是他对别人说"你知道我是谁"，再亮出姐夫名号。

当然，这种话他多年没说了。

放眼京城，但凡算个人物的，谁不知道他的靠山是谁呢？

万没想到亮明靠山的话由对方先说出来。

朱少卿赶紧给谢志平使了个眼色。这话就是陷阱，以户部郎中的身份这么说话，那就是藐视皇命，以首辅大人妻弟的身份这么说话，那就是以势压人。

放在平时无所谓，或者换个人无所谓。可这是在衙门里，他们都亲眼看着，陆玄又是成国公长孙，皇后的亲侄子，谢志平怎么说都不合适。

收到朱少卿的暗示，谢志平没接陆玄的话，冷着脸道："我只是觉得他不可能死于谋杀。晌午他找我喝茶，是请我帮忙找我姐夫替他求情。我怎么可能帮这种忙，这不是给我姐夫惹麻烦嘛，就一口回绝了，当时他失魂落魄走了。"

说到这，谢志平停了停，嘴角挂着一丝笑看着陆玄："他分明就是知道没办法脱罪才畏罪自杀，呵呵，谁会害他一个小小编修？"

事实当然不是这样。他还记得戚书强坐在对面绝望惶然的模样。

戚书强问他该怎么办，他笑呵呵说："你可以放心去，会有人照顾好你的妻儿。"

戚书强听了面若死灰，枯坐了好一会儿，连招呼都没和他打就走了。

他肯定戚书强回去后会自尽，所以才在这小子说戚书强死于谋杀时这么惊讶。

"谢郎中如此了解戚编修，看来二位很熟络了？"

谢志平面露不屑："谁和他熟络，他是知道大祸临头，这不想走门路吗？"

"不熟络就能把谢郎中约出来喝茶？"陆玄平静反问。

谢志平一滞，越发觉得陆玄不好对付。

朱少卿忙开口："依本官看，戚编修的死与谢郎中毫无关联，本官觉得谢郎中可以回去了。"

"下官不这么认为。"

少年冷硬的语气令朱少卿暗暗皱眉。

杨侍郎是不是糊涂了，这样的案子怎么让这小子参与了进来？

陆玄盯着谢志平，缓缓道："人在大难临头时，第一个想到的就是最信赖或者认为最能帮上忙的人。今日晌午戚编修向上峰告了假，第一时间去见的就是谢郎中，倘若谢郎中不给个合理解释为何对戚编修来说这个人是你，那我只好亲自去向姑父说一说了。"

姑父？

在场之人听到这个词，齐齐抽动嘴角。陆玄的姑父不就是皇上吗！

放眼大魏，能光明正大叫皇上一声姑父的就只有陆家人。

陆玄要是跑去皇上面前说一通，皇上也不会责怪他。

一个十六岁的少年，有些意气用事不是应该的么？

可以说，这个案子自从陆玄一脚踏进来，就注定会让某些人难受。

年纪小，当然有年纪小的好处。

"你姑父是哪个啊？"谢志平不屑地问。

这少年瞧着面熟，应当也是富贵子弟，可一时又想不出是谁家的孩子。

朱少卿猛地咳嗽一声。

谢志平下意识看过去。

朱少卿忙提醒："这位是成国公府的大公子。"

谢志平皱眉寻思，错愕地看向陆玄。

成国公府的大公子，那不就是太子表弟，皇后的侄子！

这下他知道这小子的姑父是哪个了……

反应过来后，谢志平顿时没了居高临下的得意。

这小子看着也就十六七岁吧，正是无法无天的年纪，真要闹到皇上面前，就算皇上不说他什么，姐夫也要收拾他。

察觉谢志平态度的变化，陆玄轻轻扬了扬唇角，做恍然大悟状："莫非谢郎中与这场乡试也有关联，所以二位才如此熟络？"

"休要胡说！"谢志平彻底变了脸色，看着锐气毕露的少年却打骂不得。

这小子可比那些老家伙难缠多了！

谢志平心中恨得要死，在对方不罢休的态度下只好给个说法："那是他凑上来，想让我姐夫给些照拂罢了。"

任命乡试考官时，韩首辅是给戚书强说了话的。科举考官向来既得名又得利。哪怕科考时不收取考生好处，考试结束后与榜上有名的考生就有了师徒之谊，按着不成文的规矩那些考生要带着礼物答谢老师，将来这些学生更会成为官场上的人脉助力。何况能成为考官，本就是对自身学识的一种肯定。因为有着这些好处，考官这个差事是被抢破头的。

"我虽然不会替他谋私，可伸手不打笑脸人嘛，赏个脸与他一起喝个茶不是很正常？"谢志平盯着陆玄反问，已经打定主意再不多说。

这些人总不可能对他用刑。

杨侍郎轻咳一声，温声道："今日劳烦谢郎中了。小林，替我送谢郎中出去吧。"

他这么说着，余光一直留意陆玄反应，唯恐小年轻暴起。

出乎意料的是陆玄面上竟十分平静。

杨侍郎赶紧给林啸使了个眼色，示意他快点把人送走。

林啸站出来："谢郎中，请吧。"

"告辞了。"谢志平冲杨侍郎等人拱拱手。

杨侍郎几人客气道："谢郎中慢走。"

"哼。"谢志平睨了陆玄一眼，拂袖大步往外走。

这时陆玄开口："我和林兄一起送送谢郎中。"

杨侍郎一听不由紧张："小陆就不用送了吧。"

是要追出去打人吗？

陆玄似笑非笑："就只是送送。"

等陆玄三人出去，堂内一时安静。

朱少卿拧着眉问："杨侍郎，先前小陆不是没参与这个案子吗？"

杨侍郎呵呵笑笑。他也不知道怎么回事，陆玄就莫名其妙又顺理成章掺和进来了。

"查到现在，五名考生都是走的戚编修的门路，已经可以确定戚书强科举舞弊了。"赵御史开口。

"戚书强当然罪责难逃，就是不知道是否还有其他人参与其中……"杨侍郎有些迟疑。

朱少卿喝了口茶，不紧不慢道："之前二位不是查明了，五位考生皆是借着特殊字眼被戚书强选中，这就是戚书强胆大包天的个人行为，别人还能如何参与？"

这话也不是没有道理。何况查到现在，再查就要查到韩首辅身上去了。无凭无据，他们能把韩首辅请来问话？显然不能啊。

这样一来，案子再拖着就没了意义。该向皇上禀报了，之后如何定夺，还要看皇上的意思。几位官员意见达成一致，开始整理案卷。

谢志平出了衙门大门，冷笑一声："不劳二位了。"

外面一名下人提着灯迎上来："老爷。"

"回府！"谢志平头也不回上了马车。

目送马车在朦胧夜色中远去，林啸轻声道："陆兄是不是失望了？"

那些民间案子还好说，他抓出凶手，凶手伏法，从过程到结果都能大快人心。

可涉及高官勋贵，结果往往就没那么令人畅快了，甚至会很憋屈。

他愤怒过，不平过，经历得多了，能做的只是调整好心态，专注案子本身。

陆玄还太年轻，他担心好友无法接受这种结果。

他十六岁的时候，那是不撞南墙不回头的。

谁知陆玄却笑了。

轻薄如雾的夜色下，一身黑衣的少年面若冰雪，眸中却盛着笑意。

"没什么失望，努力终归会有用的。"

堂堂首辅，一人之下万人之上，本就不是这么个案子能够撼动的，但终归会在皇帝心中留下痕迹。

从冯橙与二弟失踪查到这场舞弊案，戚书强是谁的人，明眼人都清楚。

两方势力相争，争的就是个此消彼长，想把势头正旺的人一棍子打死那太难了。

林啸微松口气，露出笑意："陆兄能这么想就好。等案子彻底结了，我请你去陶然斋吃烧鸡。"

陆玄一口答应下来。

第二日，庆春帝听杨侍郎等人禀报了科举舞弊案的情况，很快就有了处理结果。

尤含章等四名作弊考生终身不得科举，并杖责五十，戴枷锁三月。

四名考生有自己找上戚书强的，也有家人找上戚书强的，凡是家人贿赂考官的如尤大舅，亦杖责五十。

至于欧阳磊，其父谋财害命，本就没资格科举，瞒天过海不说还作弊，罪加一等发配边疆。

同考官戚书强虽畏罪自尽，但罪责难逃，抄家充公并夺去戚妻诰命身份。

庆春帝心知肚明戚书强是韩首辅的人，对前不久韩首辅提议戚书强为同考官的话还记得清楚，当着朝廷重臣的面把韩首辅狠狠训了一顿。

冯尚书哼着小曲儿美滋滋回了尚书府。

一进尚书府大门，冯尚书面上喜色立刻收起，换上严肃。

冯、尤两家是亲家，如今尤家出了事，他喜形于色显然不该。

主要高兴韩岩柏那老东西被皇上骂了个狗血喷头，嘿嘿嘿——冯尚书嘴角不知不觉越扬越高，察觉后忙又压下来。

想到走了歪路的尤大舅父子，他便想叹气了。他与亲家公是同科进士，年纪、出身、际遇相仿，很是投脾气，于是结为了儿女亲家。亲家公染病后曾拉着他的手拜托他关照尤家几分，他没有犹豫就答应了。

从亲家公病逝后，每逢新年他都会让儿媳带一笔银钱给尤家。对他来说，这笔银钱不是帮助亲家的，而是对早逝老友的一份心意。

至于儿媳对娘家的帮衬，就更是睁一只眼闭一只眼了。他一直等着尤家出个能继承老友遗志的进士，官场上多些关照，助其成才。他从老友的儿子等到孙子。是从何时开始，尤家把他的照顾当成理所当然，乃至心存怨怼？

也许是那年想要替尤敬文谋个官职被他婉拒？

冯尚书觉得深究没意思，但要他为尤家奔走，那就算了。

他还没有眼盲心瞎到以为尤家与大孙女的失踪毫无关系。

有一点出乎冯尚书意料：他以为会等来哭哭啼啼的大儿媳，结果并没有。

老尚书坐在庭院中的摇椅上晒着太阳，吩咐下人把冯橙请来。

"祖父您找我啊？"冯橙不是空手来的，拎着个小小食盒。

冯尚书瞄着食盒问："橙儿手里提着的是什么啊？"

冯橙把食盒往一旁小几上一放，端出一盘糕点："祖父打发人过去的时候，白露正好做了荷花酥，我就装了一盘带给您尝尝。"

冯尚书视线往盘中一落，就见细白瓷的盘中摆着六个荷花状的糕点，精致得令人移不开眼。

"还是橙儿贴心啊。"冯尚书笑眯眯拿起一块点心吃了，喝了口茶水，"你舅舅和表哥的事已经有定论了。"

冯橙点头："外祖家给母亲送信了。"

"哦，你母亲回娘家了？"

难怪大儿媳没来找他求情，原来尤家送信这么快。

冯橙深深叹口气："没有呢。"

这下冯尚书更意外了："没有？"

冯橙苦恼道："母亲一听就急昏过去了，我只好让报信的人先回去，代我转告外祖母等母亲恢复了再过去。"

至于什么时候恢复？母亲素来柔弱，受了这么大打击一时半会儿哪能恢复得了？

看着皱着脸的孙女，冯尚书险些被茶水呛到。

以他对大孙女浅薄的了解，大儿媳若真不舒服，他哪会有荷花酥吃？

这孩子变了啊——冯尚书老怀大慰想着。

"你外祖家出了这么大的事，没人过去看看也不好。"

"母亲病着没办法，等会儿我与大哥过去。"

冯尚书想想心地淳厚的大孙子，啜了一口茶水："你们两个都是孩子，让你三叔陪着一起去吧，有个长辈也好说话。"

冯橙自然不会反对。

从冯尚书这里离开，冯橙直接去了怡馨苑。尤氏正在里屋躺着。

"母亲，等会儿我与大哥去外祖家，祖父说让三叔陪着。"

尤氏脸色苍白，神情委顿。自从女儿对她说了娘家的事，她既心寒娘家的利欲熏心，又难受娘家落得这样不堪的下场。两种感受如噩梦般纠缠在心头，精神自然好不到哪里去。

尤氏沉默了一会儿，勉强笑笑："橙儿要是不想去，就让你三叔和大哥去吧。"

冯橙笑笑："这一次还是要去的。"

今日外祖家送信来说舅舅与表哥出事了，她以母亲受刺激昏倒为由挡了回去。令她满意的是母亲对此没有异议。只要母亲不被外祖家左右，那就没什么可怕的。

又是长久的沉默后，尤氏轻声问："你外祖母……不知情吧？"

这几日，她想得最多的就是这个问题。但她不敢问。

"外祖母应该不知情。"冯橙虽恨不得母亲与外祖家从此断得干干净净，却不会在这件事上欺瞒她。

尤氏听了冯橙的话，明显松了口气，喃喃道："那就好，那就好。"

冯橙拉过锦被替尤氏盖好，平静道："母亲，您好好歇着，不要想太多了。"

"橙儿——"

走到门口处的冯橙回头。尤氏犹豫了一下，只说了一句"早去早回"。

"知道啦。"冯橙扬唇一笑，去与冯锦西和冯豫会合。

冯豫面色凝重，一见冯橙来了忙道："三妹，我们快走吧。"

冯锦西也道："磨蹭什么呢，等会儿天都黑了。"

"才下午，离天黑还早呢。"冯橙随意接了句。

冯豫隐隐觉得妹妹态度不对劲。

冯豫性情稳重，对弟弟妹妹素来宽厚，虽然察觉到了却不会说什么。

冯锦西就不一样了，睨着冯橙直接问："橙儿你看着一点都不着急啊，什么情况？"

大侄子真是老实人，大侄女都表现这么明显了，竟然不问问？

"要不去我院子里说吧。"冯橙早就打算去尤家之前对二人讲清楚，省得到时候给她拖后腿，冯锦西这么一问正合心意。

她这么想着，看了兄长一眼。难不成大哥年纪大了，一点不如三叔与她有默契。

冯豫被冯橙这一眼看得莫名其妙，打死都想不到妹妹在嫌弃他的年纪。

冯锦西却噗嗤笑了。

"三叔笑什么？"

冯锦西看着老实大侄子，一本正经道："笑橙儿呢。橙儿，你看马车都候着了，就别回你院子说了。"

他伸手指了指："我看在那棵老柳树下说就挺好的。"

冯橙看看光秃秃的老柳树，点点头："也行。"

三人站到老柳树下，冯橙语气平静地把那日对尤氏说的那番话再讲了一遍。

冯豫脸色越来越沉，惭愧涌上心头。

在他专心备考的时候，原来妹妹经历了这么多吗？

冯锦西一脚踹上树干，咬牙道："娘的，太无耻了！"

尤家干的龌龊事，还不如金水河上的花娘讲究。

"三叔和大哥知道就行了，咱们走吧。"

去尤家的路上，冯橙乘车，冯锦西与冯豫骑马。

冯橙在车厢内打发时间吃着小鱼干，心情甚至能说是轻松。

冯豫就心情沉重多了。

"豫儿，你要是接受不了，不如就我带着橙儿去吧。"冯锦西故意激冯豫。

对冯锦西来说，他与尤家没血缘纠缠，知道真相后产生的情绪只有气愤。大侄子显然不一样。不过他可无法忍受大侄子伤春悲秋。一个男孩子，还老大不小了，总不能还不如大侄女坚强。

冯豫立刻表示反对："三叔说笑了，我怎么能只让你们去？"

"那你就想开点，也要想想用什么态度应对。"

冯豫点头："侄儿知道。"

冯锦西敲敲车壁。

车窗帘挑起，露出少女白皙的面庞："三叔有事啊？"

冯锦西视线落在大侄女红艳艳的唇上："本来想问问你闷在车厢里干什么呢。"

现在知道了，这丫头在偷吃！

"橙儿吃什么呢？"

"小鱼干。"

冯锦西扫了冯豫一眼，意思很明显：看看橙儿多沉得住气，还有心情吃小鱼干。

冯豫凝重的表情有了变化。

对比三叔与妹妹，他好像有些受不住打击？

冯锦西伸出手："我尝尝。"

冯橙抓了两根小鱼干给冯锦西，顺便问冯豫："大哥吃吗？"

冯豫摇头："你们吃吧。"

冯锦西吃了两个还嫌不够，继续讨要。叔侄二人很快斗起嘴来。

冯豫一开始沉重如山的心情渐渐消失。

似乎也没什么大不了，舅舅一家如此，以后离得远远的就是了。

清风茶馆的二楼雅间，少年从敞开的窗子把一切尽收眼底，面色微冷。

瞧瞧他看到了什么。当叔叔的竟然吃侄女的小鱼干。

陆玄只要一想冯锦西那张脸，就莫名觉得不顺眼。

"公子，还要添茶吗？"

陆玄睨了伙计一眼。添什么茶，他都喝一壶了！

少年起身离去，没有看伙计一眼。

伙计一脸莫名，只想到一种可能：莫不是与冯大姑娘吵架了？

冯橙三人赶到尤家时，挨过板子的尤大舅与尤含章刚被抬回来不久。

院中气氛沉沉，若有若无的哭声传来。

领着三人进来的下人扬声禀报："冯三老爷带着表公子、表姑娘到了。"

尤老夫人微红着眼睛看向三人。

冯锦西耐着性子问好。

"没想到还劳烦三老爷跑一趟。"尤老夫人虽看起来状态糟糕，言语仍周到。

对这位早年丧夫支撑着整个尤家的老太太来说，就算现在天塌了，也要硬挺着。

"应该的。"冯锦西淡淡回一句。

他比冯豫还小两岁，说话没有成年人的圆滑周到也不显突兀。

至少尤老夫人就没多想，看着冯橙兄妹问道："你们母亲怎么样了？"

派去送信的下人回来说尤氏昏倒了，丝毫没有引起尤老夫人怀疑。

在老太太看来，这是女儿会有的反应。

"母亲受了刺激，躺着呢。"

尤老夫人皱了皱眉，吩咐下人把守着尤大舅和尤含章的许氏母女叫来。

许氏攥着条哭湿的帕子，哽咽着与冯锦西打了招呼。

冯橙暗暗好笑。她敢打赌，要是三叔没跟着来，现在舅母已经拉着她哭了。

祖父是不是早就想到了三叔的作用？

尤含玉却没有尤老夫人与许氏的顾忌，抓着冯橙的手哭道："表妹，你快想想办法，父亲与大哥可怎么办啊？"

冯橙缓而有力地抽出手，一脸纳闷："不是已经打过板子了，还能怎么办？"

尤含玉一时没听出这话的讽刺，却直觉冯橙靠不住，立刻拽住冯豫衣袖："表哥，你去求求你祖父吧，他不是礼部尚书吗，总会有办法的……"

尤含玉这么哭求，本就是许氏示意，尤老夫人也没有阻止。

现在有可能帮尤家渡过难关的就只有冯家了。

冯锦西皱着眉开口："表姑娘不要一直哭，不知你想要家父解决什么问题？"

尤含玉哭声一滞，下意识看了一眼许氏。

许氏挑了一下眉梢。

尤含玉饱含期待望着冯锦西："我大哥读了这么多年书，以后不能科考了可怎么办？"

冯锦西面色一冷："原来表姑娘想让家父违背圣旨？"

尤含玉吓白了脸，扭头去看祖母与母亲。

尤老夫人忙道："三老爷这话严重了，含玉不是这个意思。"

与儿媳和孙女还心存侥幸不同，她早已明白孙子从此与科举无缘。

儿子就不提了，孙子如今都十七了，既然绝了科举的路，等风波过了能谋个好点的差事也是好的。

由着尤含玉试探过冯锦西的意思，尤老夫人有些心凉。到了她这个年纪察言观色已是本能，由冯三老爷的态度就能看出冯尚书不愿管尤家的事。

这样一来，多说无益，回头见了女儿再提就是。

这时冯橙开口道："我想去看看舅舅。"

尤老夫人一怔，欣慰点点头："让你表姐带你们过去。"

冯锦西稳如泰山坐着，显然没打算去。

尤老夫人与许氏只好陪在这里，由尤含玉带着冯橙兄妹去看尤大舅。

尤大舅挨了板子，只能趴在床上哼哼。

"父亲，表哥和表妹来看你了。"

尤大舅侧头看了一眼冯橙兄妹，艰难开口："豫儿和橙儿来啦。"

冯豫定定看着尤大舅，实在难以想象这是亲舅舅能做出来的事。

"表哥？"见冯豫突然停下来，尤含玉纳闷喊了一声。

冷淡的目光扫来，令尤含玉愣住了。

她心中的表哥，温和有礼，何曾用这样的眼神看过她。

是因为她家出事了，才瞧不起她？

尤含玉委屈愤愤时，冯橙已经一步步走到尤大舅面前。

"舅舅。"少女轻柔喊了一声。

尤大舅看着外甥女，明明娇娇软软，浅笑盈盈，却莫名有寒气爬上脊背。

冯橙拉过一旁的小机子，施施然坐下："舅舅没事吧？"

"没……没事。"因为吃痛，尤大舅说话有些费劲。

少女弯唇一笑："舅舅真是幸运啊。"

尤大舅眼睛睁大几分，那种不安的感觉越发强了。

冯橙唇角含笑，声音放轻："舅舅和戚考官很熟吧，你看他不就被杀人灭口了。"

少女声音轻轻柔柔，几不可闻。

可落在尤大舅耳中，却仿佛惊雷炸响，震得他五脏六腑都在颤动。

"橙，橙儿，你说什么？"尤大舅嘴唇猛烈颤抖着，终于挤出一句话来。

冯橙一脸茫然："我没说什么啊。"

"你——"尤大舅又惊又急，伸手指着她。

尤含玉走过来："父亲，您怎么了，是不是伤口疼？"

尤大舅哪里顾得跟女儿说话，眼睛直勾勾瞪着冯橙，仿佛见鬼一般。

他多年饮酒，他不务正业，他浑噩度日。

但活到他这个年纪，还不至于听不懂外甥女的话。

"杀人灭口"四个字，字字如刀落在尤大舅心头，令他从头发丝恐惧到脚底。

他连外甥女到底知道多少都顾不得思考，满脑子想的都是戚书强的死。

不是说戚考官是畏罪自杀吗，杀人灭口又是什么意思？

见尤大舅不回话，尤含玉慌了："父亲，您怎么啦？"

她这么一拉，扯到了尤大舅伤处。

尤大舅本就心慌意乱，吃痛之下猛把尤含玉推开："滚！"

尤含玉彻底愣住了。

她不懂这是怎么了，先是莫名冷淡的表哥，再是莫名发脾气的父亲。

父亲让她滚，当着表哥和表妹的面。尤含玉脸上挂不住，掩面哭着跑了。

随着关门声传来，屋内就只剩下冯橙兄妹与尤大舅。

"大哥，你去看看表姐吧。"

迎着妹妹平静的眉眼，冯豫点点头。

他刚刚知道舅舅一家的算计，妹妹显然了解比他深。

这个时候他能做的就是尽量配合妹妹。

冯豫也走了出去。这样一来，屋中就只剩下了冯橙与尤大舅。

看着神情慌乱的尤大舅，冯橙缓缓绽出一抹微笑，声音也高了些："舅舅不会真以为可以全身而退吧？世人以为是你走通了戚考官的路子，可事实如何，舅舅心里没数么？"

尤大舅眼睛越睁越大，看着外甥女仿佛见了鬼。

冯橙叹了口气："舅舅千不该万不该，不该把欧阳庆拉进来。这不是明摆着告诉对方你嘴巴不严，不靠谱么？"

尤大舅呼吸粗重，嗓子眼仿佛堵了石头，一个字都吐不出来。

"死人才能保守秘密，我可真担心舅舅啊。"冯橙说罢，起身离去。

"你，你——"尤大舅死死盯着冯橙背影，想把她喊回来，可少女凉薄的目光与言语令他放弃了。

屋中空荡荡，只有冯橙刚刚坐过的小杌子摆在眼前。

尤大舅陷入了无边无际的恐惧中。

冯橙扬着唇回到尤老夫人那里。

她对尤大舅说这番话，可不只是为了解气。

她烦透了舅舅一家明明利欲熏心算计她，如今出了事，还仗着亲戚关系毫不心虚地要求帮助。

这个事要不挑明，她敢肯定舅舅一家就像吸血的蚂蟥，没完没了，永不消停。

冯橙走进屋时，尤含玉正红着眼圈立在许氏身边。

"不是让你陪着表哥、表妹看你父亲，怎么一个人跑回来了？"当着冯锦西的面，孙女的表现让尤老夫人有些没面子。

尤含玉垂着眼睛没吭声。哭着进来后她才想起有外人在，刚刚确实冲动了。

"外祖母，天色不早了，我们打算回去了。"冯橙进来后，提出告辞。

尤老夫人暗暗皱眉，终于察觉不只冯三老爷态度不对劲，外孙女态度也不对劲。家里出了这么大的事，外孙女反应太过凉薄。

她有心问一问，可偏偏冯锦西在，那些话只能咽下去。

"那就回去吧。等你母亲好了，再一起过来。"尤老夫人勉强笑笑。

冯橙淡淡道："母亲身体弱，一时半会儿恐怕要好好养着。"

这话一出，尤老夫人越发肯定了有问题。

尤含玉终于爆发："表妹你这是什么意思？我父亲和哥哥出了这么大的事，姑母都不来看看吗？"

"表姐听不懂么，我母亲受了太大刺激，躺着呢。"

"姑母受了再大刺激，也没有我祖母、母亲他们受的刺激大吧，难道就一直对娘家不管不问？"

一声冷笑响起。少年眉眼昳丽，嘴角挂着讥笑："我大嫂受刺激是无端受累，你家人受刺激不是咎由自取么？你这么大个姑娘了，说话能不能先过过脑子？"

"你——"

眼见尤含玉要顶撞冯锦西，尤老夫人不得不开口制止："含玉，对长辈不得无礼。"

她可以拿捏女儿，对冯家三老爷却不得不客客气气。

尽管再不平衡，两家门第差得实在太远了。

她想女儿帮衬家里，说到底靠的是冯家。

尤含玉咬着唇，满心不服气。什么长辈，明明也就和她差不多的年纪。

冯锦西才懒得看害侄女的恶毒小姑娘，伸手一拉冯橙："橙儿，咱们走。"

走了两步才想起还有大侄子。

"豫儿，走了。"

"外祖母，我们先回去了。"冯豫向尤老夫人说了一声，抬脚跟上冯锦西他们。

尤含玉气得跺脚："祖母您看看，他们也太无礼了，分明是见咱家落了难，瞧不起咱们呢。"

尤老夫人却觉得事情没这么简单。

若说瞧不起，以两家的差距不至于等到现在才瞧不起。

尤家本就没几个下人，此时屋中只有许氏母女，尤老夫人直接问许氏："是不是有什么事情我不知道？"

许氏心头一紧，忙道："哪有事会瞒着您啊？"

"豫儿和橙儿态度不对劲，可他们分明不是捧高踩低的性子。"

"冯尚书是礼部尚书，豫儿从小苦读，对科举舞弊……恐怕都很厌烦……"许氏心中有些不安，总忍不住把冯橙三人冷硬的态度往那件事上想。

不会的，现在连戚考官都死了，冯家不可能知道真相。

许氏自我安慰着，勉强找理由应付尤老夫人。

这时杯盏落地的声响传来，紧跟着是尤大舅声嘶力竭的喊声："走开，走开！"

尤老夫人与许氏对视一眼，立刻赶去尤大舅那里。

一个丫鬟无措地立在屋内，地上碎瓷狼藉，药汁流淌。

"怎么回事？"尤老夫人厉声问。

没等丫鬟回话，尤大舅就喊道："她要毒死我！"

丫鬟听了尤大舅的指控，扑通就跪下了，小脸吓得煞白："婢子没有啊——"

什么下毒？

老爷到底在说什么啊？

尤老夫人也觉得尤大舅胡闹，厉声道："你闹腾什么？"

要不是这个逆子走捷径，含章怎么会落得终身不得科举的下场。

说到底，天塌了是被这个混账东西捅的！

"她真的要毒死我，母亲你快把她赶出去！"尤大舅语气急切，面上是真切的恐惧。

尤老夫人下意识扫了扫地上流淌的药汁。

丫鬟越发懵了。主人家都是怎么了？

"老夫人，这是按着大夫吩咐给老爷熬的药啊！"

"里面有毒，我吃出来了！"

尤老夫人面色微变："吃出来了？"

尤大舅趴在床榻上竭力仰着上半身，挣扎喊道："苦的！"

等来这么个回答，尤老夫人抓起床头的鸡毛掸子就往尤大舅身上招呼："我打死你个不着调的东西！"

许氏忙拦着："母亲，使不得啊，老爷才挨了板子，身上有伤呢！"

"怎么不直接把这个混账玩意儿打死呢。"尤老夫人这么骂着，到底打不下去了。再怎么样，只有这么一个儿子。

极度失望之下，尤老夫人把鸡毛掸子一扔，掉头就走。

许氏心里很明白，以后想要有好日子过就要靠大姑姐，而大姑姐在意的当然是婆婆。见尤老夫人含怒走了，她忙追上去。

尤含玉才被尤大舅吼过，心里还委屈着呢，见祖母和母亲都走了，也抬脚走了。

屋中只剩下尤大舅与送药的丫鬟。

尤大舅看看浓黑的药汁，再看看面色惨白的丫鬟，大叫一声："滚出去！"

丫鬟迫不及待退出去，呼吸着新鲜的空气暗暗摇头。老爷别不是疯了吧？

回去的路上，翠帷马车缓缓而行。

冯橙靠着车壁养了一会儿神，睁开眼喊了一声小鱼。

小鱼鼻端萦绕着若有若无的香辣小鱼干味儿，默默等着吩咐。

"晚上去一趟我外祖家。"车厢中光线有些暗，少女白皙的面上没有一丝表情，

"让我舅舅体会一下什么叫杀人灭口。"

她当然不会指使婢女杀了亲舅舅。

她要的是扯下那层遮羞布，让他们从此没脸往冯家人面前晃。没了前程，没了名声，没了冯家帮助，尤家人以后会过成什么样就不是她关心的了。

听冯橙盼咐完，小鱼冷静点头："知道了。"

入夜，灯火通明也赶不走笼罩着尤家的愁云惨雾。

尤大舅再次打翻了药碗，引来尤老夫人一顿骂。

"再发癔症，就送你回乡下去。"

这个威胁让尤大舅消停了些。

"喂他喝药。"尤老夫人直接吩咐许氏。

许氏端过药碗，轻声道："老爷，喝药吧，及时喝药才能好得快。"

有这么多人在眼前，尤大舅终于敢喝药了。

眼见药碗空了，尤老夫人沉着脸道："喝了药就早点睡。"

再折腾下去，她这把老骨头就要交代了。

尤老夫人一走，只剩下许氏陪着尤大舅。

烛火悄然跳跃，屋内终于安静下来。

有了独处机会，许氏这才低声问："老爷到底怎么了？"

尤大舅也终于把在尤老夫人面前不敢说的话说出来："你说他们会杀我灭口吗？"

许氏脸色倏地变了，声音发颤："老爷为何这么说？"

"那个戚大人是被灭口的！"

尤大舅笃定的语气令许氏脸上血色瞬间褪个干净，一叠声问："老爷怎么知道？不是说畏罪自尽吗？"

"什么畏罪自尽，戚大人又不是真的收受贿赂才帮含章中举的！"

许氏微松口气："老爷多虑了，不管是什么原因，事情既然闹出来了，戚大人肯定活不了，自尽是为了少吃苦头——"

"你不信？"尤大舅一听怒了。

许氏也不耐烦了："我倒是想信，可老爷说丫鬟要毒死你，这让我怎么信？"

对于不成器的丈夫，要许氏多么尊重也难。

尤大舅白天挨了板子，又听冯橙说了那番话，精神身体双重打击，再听许氏这样的话完全难以忍受。

"不想和你个老娘们说了！"

许氏腾地起身，冷笑道："老爷现在知道怕了，当初要是少喝两口猫尿，何至于漏了口风给欧阳庆。那杀人犯的儿子要是没中举，又怎么会把含章牵扯出来？"

许氏越说越怒，懒得再看扶不上墙的男人一眼："老爷既然不想说了，那就早点休息吧，我去西屋睡了，有事再喊我。"

许氏说完，掉头走了。

尤大舅瞪着晃动的棉帘子，憋屈过后就是害怕，可要把许氏喊回来又拉不下脸面。

好在药中添了安神之物，尤大舅怕着怕着就迷迷糊糊睡着了。

暮秋的夜开始凉了，风顺着窗子缝隙钻入屋中。尤大舅越睡越冷，越睡越沉。他梦到掉进了冰窟中，拼了命往上挣扎，脖颈却被水草缠绕着渐渐难以呼吸。

尤大舅想喊救命，脖子却被水草缠得死死的，发不出丝毫声音。

他只好去扯水草。水草冷冷的，细细的，硬硬的——不对，这不是水草，这是人手！

尤大舅猛然反应过来。

许是极度恐惧爆发出了力量，他终于摆脱噩梦，扯着嗓子喊道："救命啊！"

随着叫喊恢复了对身体的支配，睁开眼睛的那一瞬间，尤大舅清楚看到一个黑影一闪而逝。

"啊，救命，快救命——"尤大舅疯狂喊起来。

赌气歇在西屋的许氏最先赶了过来。

睡在各处的下人听到动静纷纷赶来，尤老夫人也被惊醒，由丫鬟扶着过来了。

"你又在闹什么？"尤老夫人一见尤大舅疯疯癫癫的样子就怒了。

"杀人灭口，杀人灭口……"尤大舅喃喃着，仿佛没听到尤老夫人的质问。

尤老夫人看着状若疯癫的儿子，心突然一沉。

先是说丫鬟要毒死他，现在又说杀人灭口——

"你们都退下。"

把下人打发出去，尤老夫人箭步上前甩了尤大舅一耳光。

"混账东西，你给我老老实实说清楚，到底有什么事瞒着我！"

尤老夫人这一耳光下来，把尤大舅从吓傻了的状态打醒了。

他一把抓住尤老夫人衣袖："娘，有人杀我，有人杀我！"

一声"娘"令尤老夫人心软了一下。

她没有把尤大舅甩开，沉着脸道："有什么事你就说清楚，总说'有人杀你'这种疯话干什么？"

"不是疯话，他们真的派人来杀我了！"

"老爷！"一听尤大舅这话，许氏大惊。

尤大舅看都不看许氏一眼，抓着尤老夫人衣袖哭道："娘，您一定要救我啊，我不想死……"

尤老夫人心头不祥的预感越发强烈，咬牙道："从头到尾说明白，再语无伦次，我这就走！"

"是戚大人！"

许氏急忙阻止："老爷，你不要乱说话——"

尤大舅用力推了许氏一个趔趄，满腔恐惧化为怒火，发泄在她身上："都是你害的！要不是你牵线搭桥让我与戚大人见了面，我怎么会答应他害橙儿！"

尤老夫人面色大变："害橙儿？这到底是怎么回事儿！"

"那天许氏参加刘家孙子的满月宴回来，说认识了翰林院戚编修的夫人，约好了改日一同去万福寺……"

许氏与戚妻搭上关系，就是在戚夫人娘家侄女给孩子办的满月宴上。

话一说出口，就越说越顺畅。

尤大舅从许氏怎么结识的戚夫人，到许氏怎么叮嘱尤含玉把冯橙引到看热闹的那里，原原本本告诉了尤老夫人。

"母亲，他们真的派人来杀我了。那个人掐着我的脖子，手冰冰凉凉，要不是我喊了出来已经死了！"

尤老夫人无视尤大舅的慌张，缓缓看向许氏。

许氏低下头去，心中把尤大舅骂个半死。死男人真是半点靠不住，这就把她给卖了。

不知过了多久，尤老夫人苍老的声音响起："所以你们两个，加上含玉，害橙儿人人有份？"

许氏抬了眼："母亲，我们也是为了含章——"

尤老夫人一个大耳刮子甩来："你还敢提含章！要不是你们走歪门邪道出昏招，含章怎么会落得终身不得科举的下场！"

许氏挨了一耳光，却不敢顶嘴。谁让死老太婆有个好女儿呢。

"妻贤夫祸少，这话真是一点没错啊！"尤老夫人盯着许氏，恨得浑身颤抖。

偏偏这个风口浪尖上，却不能让儿子休了这恶妇。

尤家因为科举舞弊出事，在世人眼里许氏可没犯错，突然被休定会引人猜测议论。

尤老夫人突然想到了什么，指着尤大舅夫妇问："冯家是不是知道了？"

她问的，自然是害冯橙的事。

尤大舅与许氏不吭声，尤老夫人脸色难看得骇人："难怪咱们家出事冯尚书不闻不问，今日冯三老爷带着橙儿他们过来又是那般态度。你们还要脸吗，害了亲外甥女还想着让人家帮忙？"

尤老夫人只觉一张老脸都丢尽了，抄起鸡毛掸子劈头盖脸向二人打去。

尤大舅白日挨了板子屁股还疼着呢，趴在床上心知跑不了，手疾眼快把许氏扯到身前挡着。

尤老夫人用力打了二人几下，眼一黑倒了下去。

尤家又是一番鸡飞狗跳。

这个晚上，注定不平静。与冯府同在康安坊的韩府，韩首辅的书房灯一直亮着。

韩首辅一大早挨了皇帝臭骂，心情从早阴沉到晚，痛骂了一顿小舅子都不解气。

"给我盯紧冯家。"吩咐完亲信，韩首辅独坐在书房中陷入了沉思。

· 111 ·

他旗帜鲜明支持吴王，与太子的外祖父成国公算是老对头了。

成国公府那边一般不会超出他意料，反而是冯尚书那老狐狸令他有些捉摸不透。

冯尚书是下一个最有可能入阁的人选，原想着略施小计挑拨尚书府与成国公府的关系，好让冯尚书站到他这边来。

如今冯尚书与成国公虽见了面就吵，可两家孩子"私奔"之事因着冯家姑娘的回来被证实是流言，到底没有结下仇。

也因此，他可不认为冯尚书就往他这边倾斜了。

不，今早皇上骂他的时候，他甚至觉得冯尚书有点高兴。

虽然从那老狐狸脸上什么都看不出来，但他的直觉向来不错。

要是冯尚书站到太子那边——想到这种情况，韩首辅心情更糟了。

未雨绸缪，杜微防渐，冯尚书若有把柄落在他手中，一旦有投向太子的苗头就打得对方再不能翻身。

韩首辅走到窗前，推开了窗。

凉风卷着浓郁夜色涌进来，令他的脸色看起来越发阴沉。

此时晚秋居的灯也亮着。

冯橙已经洗漱过了，换上一身雪白中衣等着小鱼回来复命。

夜渐深时，一身黑衣的小鱼回来了。

"还顺利吗？"冯橙问时，并无多少紧张。

对那个舅舅，她还有些了解。没有担当，经不住事，遇到无法解决又不得不面对的麻烦，第一时间想到的就是找外祖母。

"顺利。"小鱼语气平静地把事情讲了一遍。

"外祖母昏倒了？"

小鱼面无表情："人没事。"

冯橙不由笑了："今晚辛苦了，下去歇着吧。"

她越来越喜欢小鱼照实说的性子了。

不管怎么说，舅舅一家做的事外祖母并不知情，她当然不希望外祖母有事。

但要说与外祖母有多么深厚的感情，经历了这些后，似乎也没有了。

如今外祖母知道了真相，定会恼怒舅母，舅母则会恼怒舅舅嘴巴不严，没有了前程的一家人互相埋怨，将来日子会过成什么样可想而知。对她来说，已经够了。

冯橙算是了了一桩心事，这一夜睡得格外香，白日去长公主府练武都格外有精神。

从长公主府回来时路过清心茶馆，她突然想见见陆玄。

合作这么顺利，不一起吃顿庆功酒总觉得缺点什么。

"小鱼，去茶馆和伙计说，晚上我请陆大公子去陶然斋吃烧鸡。"

小鱼领命而去，伙计接到消息后飞奔去给陆玄报信。

冯橙请他吃烧鸡？陆玄思考了一瞬，吩咐来喜："去跟林公子说，今晚我有急事，不能和他一起去吃烧鸡了，改日我请他。"

来喜眼睛都瞪大了。伙计来报信，他就在公子身边，听得可真真的。冯大姑娘要请公子吃烧鸡！他还想呢，这可不凑巧了，林公子约了公子今晚吃烧鸡呢，而且是前两日就约好的。瞧瞧他听到了什么，公子竟然毫不犹豫推了林公子的约，然后在同一个时间同一个地方与冯大姑娘吃烧鸡……

见来喜没反应，陆玄皱眉："聋了么？"

突然觉得近身小厮还没茶馆伙计好使唤。

来喜一个激灵醒过神来："小的这就去。"

眼见来喜跑了，陆玄唇角微扬，一改方才冷淡的表情。

没想到冯橙还挺会做事，知道请他吃烧鸡。

少年走到窗边，向外看去。

窗外天高云淡，离约定的时间显然还早。

少年靠着窗，头一次生出时间漫长的感觉。

这种漫长有些难熬，却不是令人烦躁的难熬，而是伴着说不清的雀跃。

金乌西斜，习习凉风吹得晚秋居中的橙子树枝条微晃，缀在枝头的橙子格外喜人。

白露抱来一套套衣裙摆在床榻上："姑娘出门穿哪一套啊？这条水蓝撒花裙比较衬您的肤色，不过这件烟色绣芙蓉花褙子更合时节……"

自从姑娘不再给表姑娘买胭脂水粉、衣裳钗环，置办新衣都宽裕了，同款不同色的衣裙可以买几套，想穿哪套穿哪套。

想一想这些年被表姑娘吸的血，再想一想养出了那头白眼狼，白露就恨得不行。

这些钱换成小鱼干喂来福还能让来福长肉呢，喂表姑娘都不如丢水里。

"就那件绣芙蓉花的吧。"冯橙随口道。

白露又不满意了："要不穿这条茜红色锦裙吧，显气色……"

"那就茜红色的吧。"

白露又犹豫了："其实这条绣玉兰花的月华裙也不错。"

冯橙斜睨着白露，完全想不通自家大丫鬟今天抽什么风："又不是过年走亲戚，穿什么不都一样，就这条月华裙好了。"

"这怎么一样呢？"白露小声念叨着，服侍冯橙把外出的衣裳穿好。

那日姑娘在院中练武，她亲眼瞧着姑娘一脚踹碎了一块木板。当时她就不好了。

姑娘再这样练下去，会不会变得五大三粗啊？

她必须把姑娘打扮得美美的才不会胡思乱想！

利落替冯橙梳好头发，再从妆奁中拿起一支白玉松鼠簪插入髻间，白露满意点点头。

冯橙叫上小鱼，准备出发。

"姑娘等等——"白露突然想起什么，迅速拉开匣子取出一个琉璃瓶，洒了一些花露到冯橙身上。

冯橙嗅着淡淡橘子香，无奈问道："好了么？"

白露看着漂漂亮亮的姑娘刚要点头，视线扫到了冯橙腰间荷包。

荷包鼓鼓的，不用打开就知道里面塞满了小鱼干。她放进去的！

想到这个，白露就痛心疾首。

"姑娘，要不咱们把荷包换成香囊吧。"白露试探着提议。

冯橙眉头一皱："换什么香囊，身上全是橘子味，再挂个香囊不是串味了。"

白露嘴角抽动，很想说您挂香囊怕串味，挂一荷包小鱼干就不怕串味了吗？

到底没敢说。

冯橙生怕大丫鬟再啰唆，赶紧抬脚走了。

白露扶着院门，深深叹口气。

今日姑娘打扮得处处都好，唯一不完美的就是那一荷包小鱼干了。

想想就难受啊！

比起大丫鬟的不甘，冯橙心情就愉悦多了。

无论是去见陆玄，还是去吃烧鸡，都是令她开心的事。

作为做东的一方，冯橙特意比约定的时间早了一些过去，成了陶然斋晚间第二位食客。

大堂中唯一的那桌客人显然才来不久，面前还没上菜。

冯橙微挑眉梢。这人好像是陆玄的朋友，她记得姓林。

林啸看着走进来的少女，亦扬了扬眉。这姑娘虽然戴着帷帽，可看着就眼熟，再看跟在身边的丫鬟，林啸登时了然对方身份。对于初次见面是在林间坟头的这对主仆，想不印象深刻也难。

二人对视一瞬，微微颔首算是打过招呼。

伙计迎上来，殷勤问好。

"要一间雅室。"冯橙淡淡道。

"姑娘楼上请。"

冯橙随着伙计走上二楼，吩咐小鱼："在楼梯口等着，见到陆大公子请他上来。"

小鱼点点头。

陶然斋的烧鸡十分有名，楼下大堂很快就热闹起来。

林啸慢条斯理吃着烧鸡喝着小酒，心情很是放松，唯一可惜的是好友有事失约，只有他一个人吃喝。

这般想着，林啸随意扫向门口，正看到一个熟悉身影走进来。

因为实在太熟悉，他一眼就认出了来人身份。

林啸忍不住揉眼，第一反应是喝高了出现幻觉。

不能啊，他与陆玄虽是好友，也不至于想对方想到出现了幻觉吧？

陆玄一走进大堂，就察觉一道灼热视线牢牢黏在身上。

他面色淡淡看过去，与好友视线交汇的瞬间，神色一僵。林啸怎么会在这里？

而林啸则肯定了一件事：不是眼花，真的是陆玄！

难不成事情办完了，所以来找他？

不过陆玄怎么知道他还会来陶然斋？

心中转过无数问题的同时，林啸扬了扬手："这里。"

酒才喝了一半，烧鸡还能再上，好友能赶回来再好不过。

这一瞬间，林啸为了二人间的默契竟有几分感动。

陆玄："……"林啸这副一脸惊喜的样子，是要逼死他吗？

犹豫了一瞬，陆玄决定过去糊弄，不对，是解释两句。

嗯，就说与人商谈要事，对方恰好约在这里了。

内疚？以他和林啸的关系不存在的。

陆玄想好了，大步走过去。

"没想到陆兄还能赶过来。"

"是这样——"陆玄开口，发现林啸神色有异，顺着对方视线转过头去。

小鱼下了楼梯走过来，站到神情僵硬的少年面前，面无表情道："陆大公子，我们姑娘在楼上雅间等你。"

林啸缓缓看向好友。

楼上？姑娘？

他可能需要一个解释！

尴尬到极处，陆玄反而镇定下来："约了冯大姑娘吃烧鸡。林兄，咱们回头再聚。"

眼睁睁看着陆玄随小鱼上了楼，林啸低头看看桌上香喷喷的烧鸡，神色茫然。

所以陆玄就是来吃烧鸡的？

思考了一会儿，林啸明白了：突然有急事都是骗人的，陆玄为了与冯大姑娘约会，爽了他的约。

发现真相的一瞬，林啸不是愤怒，而是震惊：陆玄都能有女孩子和他约会了？

陆玄走进雅间，在冯橙对面若无其事坐下。

"来这么早？"

冯橙笑道："今日我请客，当然要早点来。"

陆玄不由扬唇。能被做东的人重视，谁能不高兴呢？

重视——陆玄下意识打量冯橙。

今天冯橙好像有点不一样。裙子比以往华丽，发式比以往复杂，发间还插着一支松鼠簪。

陆玄轻轻动了动鼻子。还散发着橘子味……

"怎么了？"冯橙觉得陆玄反应有些怪，直接问道。

"好像闻到了橘子味。"

冯橙莞尔一笑："是露生香前不久新出的橘子香露。"

陆玄眸光微闪，漫不经心道："之前没有闻到过。"

只在冯橙每次打开荷包的一瞬间，闻到过香辣小鱼干味儿。

冯橙呵呵笑笑。洒不洒香露，取决于白露大丫鬟的心情。

陆玄则把冯橙的笑而不语理解成了不好意思。

少年敛眉认真思考：冯橙特意打扮得漂漂亮亮，可见对请他吃饭这件事很重视。

那是十分在意他无疑了。

"你的松鼠簪子挺好看。"陆玄觉得冯橙这么在意自己，不能寒了对方的心，搜肠刮肚赞美一句。

冯橙眼神古怪起来："陆玄，你是想和我一起逛长樱街吗？"

打听她洒的香露，又是留意她戴的簪子，陆玄什么时候生出与姑娘家一样的爱好了？

陆玄直觉这个邀请有问题，一时又想不透问题在哪里。

他决定跳过这个话题。

"饿了，烧鸡点了吗？"

"点好了。"

冯橙话音才落，伙计就端着盘子进来了。

两只烧鸡，几样小菜，并两壶酒。

陆玄一看，诧异看向冯橙："你喝烧酒？"

上一次她来，喝的是梅子酒。

冯橙笑盈盈道："天都凉了，我觉得可以喝一点点。"

都说高兴的时候当浮一大白，说的可不是甜腻腻的果子酒。喝烧酒才够痛快。

"我觉得不行。"

"嗯？"冯橙有些意外。

陆玄严肃道："喝烧酒会醉。你喝醉了，我不方便送你回家。"

冯橙失笑："不用你送，不是有小鱼嘛。"

"这不一样。"

"怎么不一样？"

少年定定望着她，语气认真："与你一起喝酒的是我，又不是小鱼。"

冯橙夹了个鸡脖子放入他碗中："那我只喝一杯，就尝一尝。"

当来福的时候，他还摆一杯酒在她面前呢，现在她重新做人了，他居然管着她不许喝酒了。

看着碗中的鸡脖子，陆玄语气一软，态度悄然松动："那就只喝一杯。"

冯橙忙斟了两杯酒，推了一杯给陆玄，自己举起另一杯："陆玄，我敬你。"

陆玄捏着白瓷酒盅，轻笑着问："敬我什么？"

"这些日子多亏有你,才让害我的人恶有恶报。"冯橙端着酒杯,诚心诚意道,"我还一直没机会对你好好道谢。"

她想谢的何止是这个。她想谢他梦中埋骨之情,谢他收留之恩,谢他兜兜转转又救了她一次。仿佛命中注定他是她的救命恩人。

只可惜前尘不可说,只能藏在这一杯酒中了。

冯橙把酒杯举到唇边,一饮而尽。烈酒入腹,烧得她咳起来。

陆玄板着脸伸出手,在她后背拍了拍,没好气道:"不能喝就别逞能。"

道谢倒是挺有诚意,可又不是敬酒才能显示诚意。

这么想着,少年目光又落在少女青丝间的松鼠簪上。

她这样来见他,不就挺有诚意了。

冯橙也没想到酒会这么辣,辣得眼泪都流出来了。

"陆玄。"

因为剧烈咳嗽过,少女双颊绯红,目若秋波。

"干什么?"陆玄突然发现心跳有些乱。

"我看你喝酒的时候就很轻松。"

听冯橙这么说,陆玄莫名有些失望。她眼泪汪汪看着他,就说这个?

他举杯把酒喝下,有些好笑:"你见我喝过几次酒?"

他们在一起明明只是喝茶。

冯橙托腮,笑道:"见过很多很多次。"

大多数时候,独自饮酒的陆玄,都是落寞的。

那时候她是一只猫,见过很多次陆玄卸下伪装的样子。

那是与人前截然不同的陆玄。

陆玄静静看着笑呵呵的少女。

她的脸颊越来越红,目光越来越朦胧,嘴角一直挂着傻笑……

确定了,冯橙喝醉了!这个发现令陆玄哭笑不得。

逗了半天能,这丫头原来是个一杯倒。

"你喝醉了。"陆玄开始思考怎么安置一个喝醉的女孩子。

这方面经验是空白,如果是林啸,直接让来喜送回林府就是了。

"没醉。"冯橙看着陆玄,目不转睛。

"没醉会说胡话?"

冯橙回忆了一下,摇头:"没说胡话,就是见过很多次。"

"见过很多次我喝酒?"对方认真的语气令陆玄产生瞬间的动摇。

难道是偷偷看他?

冯橙笑了:"不止见过你喝酒,还见过你沐浴,小——"

强烈的危机感拉回了快要失控的舌头,冯橙晕乎乎的脑袋瞬间清醒几分。

"你还见过我沐浴?"少年身体前倾,拉近了二人间的距离。

淡淡的橘香萦绕在鼻端，很容易令人生出咬一口的冲动。

只不过冯橙说的话太惊人，压制了少年这个念头。

那双乌湛湛的眸子带着狐疑与震惊，令冯橙越发警醒。

她忙摇头："没有。"

没有么？陆玄不知道该相信理智，还是直觉。

理智告诉他，冯橙要是偷看他沐浴，铁定会被他发现。

他顶多……因为对方是冯橙，装不知道。

可直觉告诉他，冯橙刚才那番话很认真。

哦，冯橙的话好像还没说完。

"还见过我小什么？"

小什么？冯橙眨眨眼。

如果她真的把"小解"这个答案说出口，哪怕说是醉话，陆玄也会杀了她吧？

短暂的沉默后，冯橙扶额："头痛，好像是喝多了。"

她冲陆玄歉然一笑："原来喝多了会管不住舌头，我刚刚说胡话呢。"

再喝烧酒，她就是狗！

看着眼波朦胧的少女，陆玄觉得自己多心了。

再怎么想，冯橙都没有看到他沐浴的可能。

不过她说醉话为何会说这个？

这是……想看他沐浴？这个念头一闪，少年耳尖不由红了。

冯橙居然是这种人！

可令陆玄奇怪的是，发现了冯大姑娘的真面目，他竟然不觉气恼。

甚至……有点期待？

陆玄一惊，喝了一大口酒压下这种古怪的感觉。

他夹了一只鸡腿放入冯橙碗里，埋头啃起鸡脖子。鸡脖子似乎也没那么香了。

他还是想知道冯橙为何想看他沐浴。

冯橙见陆玄不追问，忙吃起鸡腿。

用秘制老汤卤过的烧鸡，酥香软烂，肥而不腻。

冯橙吃着鸡腿，舒适得叹口气。还是吃烧鸡好，喝烧酒太危险了。

"陆玄。"

啃鸡脖子的少年抬眸。

"鸡脖子只剩骨头了。"她夹了个鸡翅膀给对方。

今日她做东，这么替她节约倒也不必。

少年又埋头啃起鸡翅膀，脑子中已经在想被冯橙看到的瞬间该怎么应对。

他是迅速埋到浴桶中，还是抄起旁边架子上的脸帕扔到她脸上？

"陆玄？"冯橙见对面少年耳尖越来越红，快要把鸡骨头都吃下去了，不由纳闷。

· 118 ·

她吓得醒酒了，陆玄难不成喝多了？可他只喝了两杯而已。

陆玄回了神，一脸严肃问："怎么了？"

冯橙忍不住翻了个白眼。要不是他耳朵还红着，她以为他要商谈国家大事呢。

"对了，我来时看到你朋友了。"担心陆玄一时想不到是哪个朋友，冯橙补充道，"就是那位林大人，当初在坟头遇到的那个。"

陆玄默了默。这个事情，就不要再提了。

"吃饱了吗？"

冯橙一愣，而后摇头："没有。不过你要有急事，可以先走。"

她还能继续吃。

陆玄睨她一眼："我就是问问，没吃饱就多吃点。"

冯橙笑了："那你也多吃点，不够咱们再加菜。"

陆玄倒了杯茶给她："最近习武怎么样？"

提到这个，冯橙眼神晶亮："很顺利，长公主说我天生适合习武。"

陆玄挑眉。这话长公主对他也说过。

他开始怀疑长公主是不是对每个想收的徒弟都这么说……

"那你就好好练，艺多不压身。"陆玄似是想到了什么，正色叮嘱道。

祖父曾说过，北齐蠢蠢欲动，与大魏早晚有一场仗要打。

宁当太平犬，不做乱世人。战乱一起，再周到的保护都可能有疏漏，学些本事当然是好的。

"知道啦。"冯橙笑盈盈应了。

她于梦中亲眼见过城破人亡的惨状，哪敢懈怠？

哪怕最后还是会发生那样的事，这一次至少她能砍下几个齐军的脑袋。

二人边吃边聊，时间在轻松愉悦中流逝。

"时候不早了，我们散了吧。"冯橙拿帕子擦了擦嘴角，提议道。

"喝茶消消食再走。"陆玄给冯橙倒了杯茶。

不确定林啸走了没有。虽然已经破罐子破摔，还是想等林啸走了再下去。

冯橙自然没有意见。那就和陆玄多待一会儿好了，反正回去也没事。

楼下大堂，林啸把伙计召来："添一壶茶。"

他一定要撑到陆玄下来。

大堂中，食客陆陆续续离开。伙计忍不住悄悄瞄了林啸好几眼。

他记得清楚，这位客官是第一个来的，怎么一直不走呢？

"小二——"

伙计颠颠跑过去："客官有什么吩咐？"

这次总该结账了吧？

"再添一壶茶。"

伙计："……"

· 119 ·

楼上，冯橙抖了抖空了的荷包："走吧。"

说是喝茶消食，最后不知怎么回事，就把一荷包小鱼干吃完了。

陆玄也觉得时间差不多了，微微颔首："嗯。"

二人一起下楼。走下一半楼梯，陆玄脚步一顿。

大堂中，林啸握着茶杯，正默默看过来。

一瞬的无语后，陆玄大步走下楼梯，走到林啸那里。

"林兄还没走？"

"是啊，烧鸡太好吃，一不小心吃多了，所以喝茶消消食。"

听着这回答，冯橙眼神古怪看向陆玄。刚刚陆玄也是这么说的。总觉得这两个人之间有问题。

陆玄嘴角抽了抽，果断决定不和林啸说话了。

"我先送朋友出去。"

林啸微笑点头。

陆玄陪着冯橙走出陶然斋，天色已经彻底暗了。

街上灯火点点，热闹依旧。

冯橙停下来："不用送了。你和朋友难得巧遇，正好说说话。"

林啸结了账出来，听到这善解人意的话嘴角猛抽。难得巧遇……

"那改日见。"

"改日见。"

目送冯橙带着小鱼离开，陆玄转头。

林啸大步走过来，伸手拍了拍他的肩。

陆玄破罐子破摔："问吧。"

林啸表情瞬间扭曲了一下。他以前没发现陆玄脸皮这么厚。

"陆兄突然有急事找冯大姑娘？"

既然陆玄脸皮厚，那他就哪壶不开提哪壶了，不然对不起他一个人凄凄凉凉喝了一肚子茶。

陆玄决定实话实说："冯大姑娘突然说请我吃饭。"

林啸震惊："还是冯大姑娘请你吃的？"

原来陆玄不仅有女孩子与他约会，还是人家女孩子请客！

想想自己，林啸突然不想问了。问多了扎心。

陆玄却忍不住和好友多说几句："冯大姑娘出来吃饭不如咱们方便，她主动提出请客，我就没拒绝……"

林啸抬眼望天，并不想听。这不就是炫耀吗？明晃晃的炫耀！

"陆兄。"

陆玄停下了说话。

"你和冯大姑娘什么时候定亲？"

陆玄：？

林啸面露诧异。看陆玄说得眉飞色舞的，难道从没想过这些？

"林兄说到哪里去了，我和冯大姑娘是朋友。"

陆玄说完，突然又想到了冯橙那番醉话。

冯橙想看他沐浴，那……不只是把他当朋友吧？

也许冯橙想和他定亲？

可他才十六岁，还从来没考虑过娶妻生子这种事。至少也要等加冠后再考虑吧。

如果那个人是冯橙的话——陆玄脑海中浮现少女浅笑盈盈的模样。

她戴了俏皮的松鼠簪，穿了漂亮的月华裙，洒了好闻的香露。

这么用心打扮来见他，被拒绝了会失望吧？

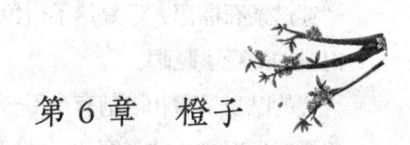

第6章 橙子

回到晚秋居的冯橙并不知道陆玄与林啸这对好友已经谈论到定亲上面去了。

因为吃得太饱，她瘫在院中躺椅上看星星。

来福大摇大摆走过来，熟练跳上少女膝头。

白露面对自家姑娘吃饱了就躺的行为，已经由一开始的无法接受到现在的一脸麻木。管又管不了，能怎么办呢？

"大姐——"院门外传来少女欢快的声音。

冯桃很快走进来，见冯橙在院子里，丝毫不意外："我就知道大姐没在屋子里。"

冯橙稍稍坐直身子，懒洋洋笑："这都能猜到？"

冯桃笑道："我听母亲说大姐去外面吃饭了。"

吃撑了在院中消食看星星当然比闷在屋里强多了。

白露却一头雾水。姑娘在外面吃饭与在院中歇着有关系吗？三姑娘想法好奇怪。

"三妹过来有事吗？"

"大姐你明日是不是不用去长公主府？"

冯橙点点头。每五日她可以休息一次，不用去长公主府。

这是长公主体贴她，不过她还是会在家中好好练。

"那咱们明日一起去逛长樱街吧。"冯桃挽住冯橙胳膊，一脸期待地提议。

冯橙痛快应下来。

没事的时候，和妹妹逛街当然不需要犹豫。

得了长姐准信，冯桃笑靥如花："那说好了，明日吃过早饭我就来找大姐。"

"好。"

"那我先回去了。"小姑娘心中欢喜，看贼凶的肥猫都顺眼不少，不知怎么就

· 121 ·

伸手摸了一把。

"喵！"来福无情冲小姑娘龇牙。

冯桃吓得收回手，赶忙跑了。

来福想追，被冯橙按住。

"不要对我妹妹这么凶。"

"喵——"来福冲冯橙叫了一声，带着懒洋洋的抗议。

冯橙笑了笑，搂着来福继续看星星。

夜幕沉沉，繁星如宝石点缀其上，散发着醉人光芒。这注定是个好梦的夜。

翌日天高云淡，正适合出门。冯桃早早吃完，跑来晚秋居等冯橙。

大丫鬟白露又开始纠结给姑娘挑哪套衣裳了。

姑娘去逛街都是带着她，那就更要好好给姑娘打扮一下。

"穿这条石榴裙，还是这条杏色挑线裙呢？"

冯桃纳闷眨了眨眼。

大姐的贴身丫鬟和以前有点不一样啊。

冯橙一指冯桃："就穿和三姑娘一个款式的这套好了。"

冯桃今日穿的是烟色罗衫配芙蓉色百褶裙，冯橙有一套款式一样的，只不过芙蓉色百褶裙换成了莲青色。

冯桃一听连连点头："对，对，我和大姐穿一样的。"

与大姐穿着同款的衣裳手挽手去逛街，想一想就高兴。

白露从箱中取出那套裙衫服侍冯橙换上，看着两姐妹灵光一闪："姑娘，干脆给您也梳三姑娘一样的发式吧。"

姐妹两个年纪只差了一岁，穿一样的衣裳，梳一样的发式，想一想就赏心悦目呢。

见冯橙点头，白露麻利给她解开发髻，重新梳了一个燕尾髻。

冯橙任由白露折腾。反正不用她动手。

"好了。"白露后退一步欣赏着自家姑娘，满意点头。

坐到马车里的时候，冯桃忍不住道："大姐，白露性子好像有点变了。"

印象中，大姐的这个贴身丫鬟稳重安静，不是这样的啊。

冯橙笑道："人总会变的，她也不容易。"

冯桃似懂非懂眨眨眼。她瞧着她的大丫鬟挺容易的啊。

说话间，长樱街就到了。

"大姐，咱们去逛露生香吧。"冯桃有些日子没和冯橙一起逛街了，身处热热闹闹的街上，难免有些兴奋。

姐妹二人手挽手走进了香露铺。

就在二人进去不久，一名黑衣少年出现在街头。

陆玄直到现在，还想不明白怎么走到这里来了。

昨日冯橙提到长樱街，这里有什么特别之处吗？

往左边看，是两个小娘子说笑着走进一家成衣铺。

往右边看，是一名男子陪着女子走进珍宝阁。

陆玄隐隐觉得和这里有些格格不入。不过来都来了，是不是该买些什么回去？

陆玄忽然想到了昨日萦绕在鼻端的橘子香。

那个香味很好闻。很适合冯橙……

少年心头一动，抬脚向那家挂着"露生香"招牌的铺子走去。

露生香店门大开，陆玄走到门口时一眼瞥到了一个熟悉的背影。

那瞬间，他只有一个反应：不能让冯橙发现他逛香露铺。

陆玄转身就走。

恰在这时，冯桃无意识回头。

见到那道匆匆离去的身影，她一愣。

"陆墨？"

反应过来后，冯桃拔腿就追。陆墨不是失踪了吗，怎么会出现在这里？

前面少年越走越快，后边少女越追越急。

眼见前边的人没有停下来的意思，冯桃终于忍不住喊："陆二公子，请等一等！"

谁知前边的人不但没停，脚下更快了。

冯桃一急，拽下随身荷包就掷了过去。

沉甸甸的荷包飞来，陆玄下意识伸手接住。

荷包的收口松了，蜜饯撒了一地。

看着地上乱滚的蜜饯，陆玄一时无语。

冯家姐妹，都喜欢在荷包里塞吃的吗？

他自然认识站在冯橙身边的少女。

之前他为了见到冯大姑娘真容，在尚书府大门外弹射石子，把冯二姑娘和冯三姑娘从马车上颠了下来。

还是两次。

陆玄站定的工夫，冯桃气喘吁吁追了过来。

而他的视线则越过冯桃，看向不疾不徐往这边走来的冯橙。

她走得还能再慢点吗？

少年没好气想着。

"陆，陆二公子，你不是失踪了吗？"冯桃紧紧盯着陆玄，满心震惊。

陆墨竟然回来了！她都不知道！京城那些小姐妹也不知道！

不对，或许她们偷偷知道了，只是没告诉她！

冯桃说不清是惊喜还是生气，望着陆玄的眼神越来越亮。

陆玄微微敛眉。

原来冯三姑娘认识二弟。

"抱歉，你认错人了。"

"不可能呀，我经常——"冯桃咬了一下唇，努力咽下到嘴边的话。

都怪突然看到失踪太久的陆墨太激动了，差点暴露了她喜欢偷看他的事。

"我是他哥哥。"

"哥哥？"冯桃诧异望着与陆墨一样眉眼的少年。

眼前之人容色冷淡，眼神锐利，果然不是印象中如玉少年的样子。

冯桃想起来了，陆墨确实有位孪生兄长。

好像是叫陆黑？要么就是陆玄？冯桃一时想不起来到底叫什么。

陆大公子鲜少出现在各种场合上，对她们这个年纪的小姑娘来说，有陆墨那般明珠美玉的少年时常出现在人前，眼里自然看不到别的人。

"对不起，我认错了。"冯桃涨红了脸，对着陆玄福了福。

冯橙走了过来："三妹——"

冯桃觉得丢人，急忙拉住冯橙的手："大姐，我认错人了，咱们继续去逛吧。"

"冯橙。"少年清朗的声音传来。

冯桃猛然转身，看着陆玄。他在喊谁？

冯桃听到的是"冯橙"，可因为刚刚认错了，便下意识以为陆玄也喊错了。

这时她听姐姐笑呵呵道："你也来逛街啊。"

冯桃错愕看着姐姐，再看看走近的少年，一时茫然。

大姐和陆大公子认识？她怎么不知道！

听到冯橙的招呼，陆玄一脸平静道："路过而已。"

当着别人的面，她能不能别瞎说。

冯橙嘴角微抽。都一脚踏入露生香大门了，还叫路过而已？

陆玄就是死鸭子嘴硬。

罢了，当着三妹的面还是给他留几分面子吧。

"这是我三妹。"冯橙指着冯桃介绍。

姐妹二人穿着同款的衣裙，梳着一样的发式，别说陆玄本就见过冯桃，任谁见了都能猜到这是一对关系亲近的姐妹。

陆玄微微颔首，算是与冯桃打过招呼。

"这是陆大公子。"

冯桃屈了屈膝，因为刚刚的事还有些尴尬，垂眸道："陆大公子。"

小姑娘心中则想：陆大公子看着冷冰冰的，和陆墨一点都不一样。

"今日没去长公主府？"

听到陆玄的话，冯桃越发诧异。

陆大公子居然知道大姐每日上午去长公主府？

冯橙笑道："今日休息，所以带妹妹来逛逛。"

冯桃悄悄掐了一下大腿。大姐与陆大公子说话的语气为何如此熟络？

那透着自然亲近的对话还在继续。

"刚从家中出来吗？"

"是啊，才进香露铺就碰见你了。"

陆玄嘴角微抽："那你逛吧。我还有事，先走了。"

"回头见。"冯橙摆摆手。

眼瞅着陆玄走远了，冯桃猛摇冯橙衣袖："大姐，你竟然认识陆墨的哥哥！"

冯橙拍拍冯桃肩膀："淡定。"

小姑娘好奇心高涨，如何淡定得下来："大姐大姐，你们怎么认识的？"

看着冯桃兴奋的样子，冯橙无奈道："要不找个茶馆聊？"

她这话本是揶揄，没想到冯桃连连点头："行！"

反正露生香摆在那里跑不了，现在不问个清楚她就要憋死了。

冯橙默了默。

以前只见三妹提到陆墨时这么有精神，是因为见到了那张与陆墨一模一样的脸？

冯桃拖着冯橙进了不远处的茶楼，等小二上了茶水退出去，迫不及待道："大姐快说说。"

"不是都传我与陆墨私奔么，听闻我回来了，他来找我打探情况，一来二去就认识了。"

一来二去？

冯桃对姐姐的解释一点都不满意。

她想知道的就是一来二去啊，怎么就四个字总结了？

"大姐，陆大公子喊你名字。"

冯橙不以为意笑笑："名字不就是让人喊的么？"

"不对啊，他喊得可好听呢。"

与她说话时的语气简直判若两人。

小姑娘往冯橙身边一挤："大姐，他是不是心悦你？"

"不可能。"冯橙不假思索地否认。

"为什么不可能？"

陆大公子冷冰冰的，与大姐说话却那般亲近，她觉得很可能才是正常的啊。

被冯桃这么一问，冯橙下意识琢磨起来。

为什么不可能——自然是因为她从没想过这个问题。

她是和陆玄朝夕相处过的猫，陆玄怎么可能心悦她呢？

不可能。冯橙觉得如果有别的可能，那太古怪了。

"那大姐喜欢陆大公子吗？"

"喜欢啊。"冯橙毫不犹豫道。

冯桃呆了呆。什么情况啊，陆大公子不喜欢大姐，大姐喜欢陆大公子？

忽然觉得那张与陆墨一模一样的脸有点讨厌了。

"大姐。"冯桃挽住冯橙的胳膊。

冯橙看着皱着脸的少女。

"大姐，你再好好想想，你真的喜欢陆大公子啊？"

明明是好奇姐姐的八卦，可突然发现姐姐喜欢人家，人家不喜欢姐姐，怎么就觉得这八卦没意思了呢？

冯橙弯唇："这还用好好想吗？陆大公子是个好人，和他在一起还挺开心的。"

心善又有趣，谁能不喜欢呢？

得了这笃定的回答，冯桃很不甘心："那大姐你会时常想见到陆大公子吗？"

冯橙坦然点头："会啊。"

昨日她就是突然想见陆玄了，所以请他吃烧鸡。

梦里她是来福的时候，临死的那一刻，最想见的就是陆玄了。

那时候她所有的亲人都死了。她只有陆玄了。

冯橙想着这些，神色不觉落寞。

冯桃一看姐姐表情，登时慌了。

完了，完了，大姐真的是单相思！

她美貌无双、温柔善良的大姐居然心悦一个男人，而那个男人不喜欢大姐！

陆大公子是不是瞎？

"大姐，我觉得比陆大公子好的人多的是。"

冯橙并不反对这话："天下这么多人，自然有很多人比他好。"

冯桃抚掌："大姐能想开就好，咱们以后别理他了。"

像她，自从陆墨失踪后虽然伤心哭了好几次，现在不也想开了。

冯橙皱眉："别人好是别人的事，但陆大公子和别人不一样。"

陆玄是她的救命恩人，她将来还要努力救他呢，怎么可能不理他？

那不是忘恩负义？

听了这话，冯桃沉默了很久，小心翼翼道："大姐，那我问你一个问题，你可要想好了再回答。"

冯橙笑了："什么问题啊？"

今日三妹好多问题。

再想想那张与陆墨一样的脸，冯橙觉得还能理解。

"大姐，你是非陆大公子不嫁吗？"

如果是这样，她只好忍气吞声想办法撮合大姐与陆大公子了。

冯橙彻底愣了。

非陆玄不嫁？

嫁给陆玄？

冯橙从没想过嫁人的问题。在梦中，明年，尚书府抄家问斩。后年，齐人攻破大魏京城，血流成河，生灵涂炭。想一想这样的将来，怎么可能把嫁人这种微不足道的事考虑进来。

"大姐？"见冯橙发愣，冯桃喊了一声。

冯橙回神，看着娇软可爱的妹妹不由笑了。

"我没想过嫁人的事。"她坦言，"更没想过非谁不嫁。你小小年纪就别瞎操心了。"

"真的？"

"真的。"

冯桃松了口气。

大姐从不骗她，既然这么说，那就证明陆大公子可有可无嘛。

或许大姐和她一样，时间久了就想开了。

"大姐，咱们继续去逛铺子吧。"放下心来的小姑娘把兴趣转回了逛街买东西上面。

姐妹二人离开茶楼，走进了裁云坊。

冯橙休息的这日，亦是官员休沐日。

韩首辅在书房听亲信禀报这几日盯着礼部尚书府得来的讯息，面色沉沉。

别的暂时并无异常，只是尚书府的大姑娘竟然与永平长公主走得这么近？

"每日都会去长公主府？"

亲信回道："每五日会休息一日。"

"下去吧。"韩首辅摆摆手打发亲信退下，陷入了沉思。

如果只是小姑娘讨了长公主喜欢，偶尔被叫去哄贵人开心，那不足为虑。

可每日都去长公主府就没这么简单了。永平长公主这是把对女儿的疼爱移情到冯大姑娘身上了？要是这样，本来在他眼中无关紧要的一个小姑娘就值得重视了。

值得重视的当然不是小姑娘本身，而是永平长公主。倘若有朝一日他对冯尚书出手，永平长公主会不会因为冯大姑娘成为那老狐狸的支持者？

这种可能绝不小。冯大姑娘——

韩首辅用手指在檀木桌上点了点，喊来下人："去一趟谢府，把谢志平请来。"

下人领命而去，谢志平很快就赶到了韩府。

"姐夫您找我啊。"

"你认识不少三教九流吧？"韩首辅语气淡淡问。

谢志平从韩首辅面上瞧不出喜怒，呵呵笑着："认识一些。"

尽管在旁人面前耀武扬威，但在这个姐夫面前，他老实得不能再老实。

韩首辅对小舅子借着他的名头耍威风心知肚明，好在小舅子尚知分寸，他便睁一只眼闭一只眼，有时一些不方便办的事也会交给小舅子来办。

之前指使戚书强鼓动尤家，就是小舅子出的面。

韩首辅在朝中虽然呼风唤雨，股掌之间就能令官员跌落云端，可他毕竟是文臣，要使一些见不得光的手段身边并无合适人手。

"礼部尚书府的大姑娘每日一早都会去长公主府，每五日在家中一日。找些靠得住的人盯着她不去长公主府的日子，如果她出门玩，机会合适就……"韩首辅低声交代谢志平。

谢志平边听边点头，一直到离去都没问堂堂首辅对付一个小姑娘的原因。而韩首辅显然很满意小舅子的识趣，连带对小舅子前些日子办事不力的不满都散了。

这边韩首辅吩咐小舅子安排人盯梢冯橙，冯橙也给钱三安排了新任务。

"姑娘有事尽管交代，小的保证给您办得妥妥的。"钱三拍着胸脯，心情特别美。可算是又来新任务了。

没有任务的时候好无聊，他只好又去赌坊逛了逛，没想到荷包鼓鼓进去，两手空空出来。

都怪大姑娘让他闲着啊！

"替我盯着一个人。"

钱三心头一凛："您要盯谁？"

冯橙一字字道："我三叔。"

"三老爷？"吃惊之下，钱三声调都变了。

不怪他震惊，大姑娘和三老爷明明感情好得不得了，怎么会让他盯着三老爷？

看看大姑娘让他盯梢过的人的下场吧。他盯梢了二老爷，二太太就丢了名声青灯古佛了，二老爷被老太爷时不时拿鞋底抽一顿，二公子乡试名落孙山。他又盯梢了尤大舅，表公子到手的举人飞了不说，从此不能科举，父子二人还挨了五十大板，名声尽失。

他还盯梢了欧阳庆——钱三打了个寒战。

这个就更惨了啊，什么结局全京城的人都知道。

三老爷还小啊！钱三看着面色平静的少女，头一次生出了不忍心。

"怎么？"冯橙挑眉。

钱三忙道："小的知道了！"

他也还小呢，有同情三老爷的工夫还是同情自己吧。

这么想着，钱三飞快瞄了一眼站在冯橙身后面无表情的小鱼，悄悄夹紧双腿。

"你主要留意我三叔新认识哪些女子，常与哪些女子来往。"

事发要到明年，她不可能让钱三什么都盯着，那样反而容易在一日日无聊的盯梢中忽视有用的线索。

"女子？好，好。"钱三应着，心中觉得古怪。

大姑娘为什么让他盯着三老爷和女子来往？

大侄女还管着叔叔这种事？

冯橙想了想，强调道："尤其那些非良家女子。"

钱三眼神直了直。当侄女的，这就真的过分了啊。

察觉钱三神色有异，冯橙脸色微冷："这件事是重中之重，必须给我办好了。"

钱三头皮一麻，连连点头："姑娘放心，小的铁定办好。"

考虑到时间有些长，冯橙道："一个人顾不过来的话，可以找靠谱的朋友一起。"

她说着，把一个荷包递了过去。

钱三接过有些分量的荷包喜出望外，对冯锦西的那点同情登时烟消云散。

打发走了钱三，冯橙心情有些沉重。

那个与三叔搭上的女子后来被查出是齐人细作，也是因为这样，尚书府被拖进了万丈深渊。可惜她对那女子的具体讯息并不知晓，只能选择盯着三叔这个笨办法了。

之后风平浪静，晚秋居院中那棵橙子树黄果累累，挂满枝头。

冯桃来找冯橙玩时说了一句："大姐，咱们是不是该摘橙子了？"

每一年的夏日在长夏居摘桃子，秋日在晚秋居摘橙子，也是姐妹间的一个乐趣。

冯橙看一眼黄绿相间的橙子树，想起一件事。

她答应大哥等橙子熟了给他送去。

正好明日不用去长公主府，冯橙决定明日去清雅书院给兄长送橙子。

冯桃一听来了兴致："大姐，我也去。"

清雅书院在西城小青山下，就算不是去找大哥，和姐姐一起登山赏景也不错啊。

冯橙自然不会拒绝："那咱们先把橙子摘了吧。"

姐妹二人也不用丫鬟动手，说笑着把一个个黄灿灿圆滚滚的橙子摘下来。

冯橙院中的这棵橙子树是经过精心打理的，橙果足足装了三个竹筐。

看着满满三筐橙子，冯桃拿帕子擦了擦汗，笑盈盈道："今年结的果子比去年还多呢，大姐院中这棵橙子树结的果子比外面的甜。"

"等会儿你多带些走。"

姐妹二人净了手，白露把切好的橙子端过来。

冯桃拿起一片送入口中，眼睛一亮："大姐，真的好甜，比去年的吃着还甜。"

"是么？"冯橙尝了一口，不由点头，"确实比去年的甜。"

"比去年结的果子多，还比去年甜，这棵橙子树还挺争气。"冯桃望着只剩零星几个果子的橙子树，不吝表扬。

"正好今年送些给朋友。"冯橙随口道。

冯桃警惕起来："大姐要给陆大公子送橙子？"

冯橙一怔，而后笑笑："也可以送些给他尝尝。"

她想送的其实是欧阳静。

她还记得那篮子沉甸甸的石榴。虽然因为欧阳家那棵石榴树下埋过尸骨，那篮子石榴她一个都没吃，但欧阳静的心意是真的。

冯桃一听不乐意了，嘟囔道："也没见陆大公子送姐姐什么。"

冯橙伸手捏捏妹妹带着婴儿肥的脸蛋："送几个橙子，你还替我舍不得？"

冯桃抿了抿嘴。那是送几个橙子的事吗？要是大姐非陆大公子不嫁，那她只能帮忙撮合。既然大姐没这个意思,她当然要挑剔一下所有出现在姐姐面前的男人。

等冯桃吃饱了橙子离开,冯橙吩咐白露:"叫着小丫鬟把这些橙子分一下,除了往年惯例,另外装三篮子,一篮子送去欧阳家,一篮子送去清风茶馆,一篮子留着明日我给大哥送去。"

白露带着小丫鬟忙碌起来。

给欧阳静送去橙子的是白露。

欧阳静接过篮子,眼圈红了:"正要与冯姐姐见一面,不知道冯姐姐有没有时间。"

"我们姑娘在家呢。"

欧阳静便道:"那麻烦你回去问问冯姐姐方便出来么,若是方便,我在尚书府外的茶馆等她。"

白露笑道:"欧阳姑娘若是有事,那就直接随我过去吧。"

欧阳静迟疑了一下,点点头。

她确实有事找冯姐姐,今日若没有白露送橙子过来,也打算明日联络。

作为联系颇多的朋友,欧阳静自然知道明日是冯橙在家休息的日子。

欧阳静随白露到了尚书府附近,婉拒了上门做客的邀请,在一间茶馆等冯橙。

冯橙听了白露禀报,很快换上外出的衣裳赶去茶馆。

"多谢冯姐姐送的橙子。"

"欧阳妹妹别客气,听白露说你有事找我。"

欧阳静点点头,下意识摩挲着茶杯。

冯橙没有催促,静静等她开口。

沉默了一会儿后,欧阳静轻声道:"冯姐姐,我和我娘要离开京城了。"

冯橙一愣。这确实是个令人意外的消息。

想了想,她问:"是邻居不和善?"

欧阳家出了那样的事,欧阳静母女会承受什么样的非议鄙夷,可想而知。为此她还特意乘着马车,穿着华服去过几次欧阳家,就是告诉四邻八舍欧阳静有出身不错的朋友可以依靠,能免去一些欺辱。

欧阳静苦笑:"不和善也是正常的。"

她爹谋财害命,她哥哥科举作弊,难道还要别人看得起他们家吗?

这本来就是做坏事的代价。

冯橙听出点意思来。欧阳静母女要离开京城,与街坊邻居对她们的态度无关。

"是……是峰哥哥家……"欧阳静微红着脸,决定对冯橙说清楚。

她与冯姐姐相交一场,离京的真正原因不想瞒着。

"我与峰哥哥从小一起长大,这次我家出了事,恰好峰哥哥一家要搬回老家,就问我们要不要一起走……"少女浓密羽睫遮不住眼中的光,"这样两家能互相照顾,等过上三年就给我们把亲事办了……"

冯橙听了，不由露出笑意。

这样的话自然不是欧阳静的青梅竹马说的，而是对方父母。

欧阳家出了这样的事后，那家人还愿意娶欧阳静，可见是厚道人家。

欧阳静脸更红了："冯姐姐不要笑我。"

父亲才死没多久，若不是对面坐的是冯橙，这些话她无论如何都说不出口。

"没笑你。"冯橙看着欧阳静，不知怎的红了眼睛，"我替你高兴。"

这个本来会被父亲活活打死的女孩子，要带着母亲与心上人一家离开京城，开始新生活了。她真心实意感到高兴。

她能悄悄改变欧阳静的命运，说明只要努力，就可能改变更多。

"欧阳妹妹什么时候离开？"

"已经在清理东西，五日后就走。"

"到时候我送你。"

欧阳静伸手握住冯橙的手："唯一舍不得冯姐姐。"

冯橙嫣然一笑："以后可以给我写信啊，留下新住址，总有机会再见的。"

去清心茶馆送橙子的是小鱼。

茶馆中空空荡荡，只有伙计在打瞌睡。

小鱼走过去，喊道："小二。"

伙计一个激灵跳起来，看清是小鱼有些失望："原来是小鱼姐姐，我还以为是客人呢。"

这是一家正经的茶馆，他是一个正经的小二，从早到晚见不到几个客人，心里愁啊。倒不是愁会关门，就是很单纯地愁。

小鱼把篮子递过去，平静无波道："姑娘给陆大公子的。"

伙计伸手接过，差点脱手。

篮子不大，还挺沉。只可惜上面盖着布巾，不知道里面装着什么。

小鱼见伙计拿好了，转身便走。

"哎——"伙计喊了一声。

小鱼停下，转身看他。

伙计笑着凑过来："小鱼姐姐，你们姑娘有没有说什么？"

"没有。"

"那小鱼姐姐慢走啊。"

等小鱼离开，伙计立刻掀起盖着篮子的布巾看个究竟。

既然是用竹篮装着，显然没什么不能见人的。

"橙子？"伙计看清篮子所装之物，琢磨了一瞬，拔腿就往外跑。

来喜领伙计去见陆玄时，一脸莫名其妙："我说来宝，你要给公子送什么好东西，怎么激动成这样？"

莫不是在外面茶楼当伙计当傻了？

"保密。"来宝压抑着激动,一脸神秘。

"怎么还保密呢。"来喜手疾眼快掀开布巾,看到了篮子里面的大橙子。

来宝拍开他的手,怒道:"怎么能偷看呢!"

来喜翻了个白眼:"你拿个竹篮子装着还能是什么宝贝不成,闹了半天是橙子。"

"你不懂。"

"我怎么不懂了?"

"你就是不懂。"

二人斗着嘴,来到书房门外。

"公子,来宝来了。"

陆玄正斜靠在榻上翻书,一听说来宝来了,第一反应就是下榻去开门。

每次来宝过来都是因为冯橙找他。

陆玄又坐了回去,把书卷往手边一放,淡淡道:"进来。"

来喜与来宝进来后,看到的就是他们矜持清冷的大公子。

"什么事?"

来宝笑容满面上前:"公子,冯大姑娘给您送了礼物!"

落在后面的来喜悄悄撇嘴。

那日他去清心茶馆,半天愣是没见到一个客人。痛心疾首啊!

现在可算找到原因了,都是来宝这家伙不务正业,心思放在当红娘上头了。

对此,他表示强烈鄙夷。

"放下吧。"尽管想立刻看看篮子里装的什么,陆玄还是一脸云淡风轻。

来宝唯恐公子领会不到意思,笑呵呵道:"公子您看看啊。"

"那就打开吧。"陆玄淡淡道。

来宝把布巾一抽,露出篮子中橙黄的果子。

陆玄笑了笑:"看来是她院中的橙子熟了。"

那棵橙子树他印象深刻,没想到冯橙还想着给他送一篮来。

来宝摇头。公子果然没领会冯大姑娘的意思。就说他不能走吧。

"公子,您还没明白吗?"

"明白什么?"陆玄心情好,对伙计死赖在书房不走也不计较了。

来宝指着竹篮,语气激动:"橙子啊。"

陆玄面色平静地看着伙计独自激动。

来喜隐隐察觉在公子面前被小伙伴抢了风头,面无表情看他怎么说。

"公子您想想冯大姑娘闺名。"来宝提醒着。

闺名?她闺名一个"橙"字。

陆玄视线落在那篮橙子上,眼神有了微妙变化。

冯橙送了他一篮橙子,要说寓意——某个猜测闪过,少年面上一热。

"好了,你们退下吧。"陆玄语气淡淡。

等二人退出书房，他从篮子中拿起一颗橙子，扬着唇角打量。

看来看去，橙子还是橙子，当然不可能变成小娘子。

陆玄忽然很想见到给他送橙子的那个姑娘。

想一想，明日正是冯橙在家休息的日子，他可以回请她吃烧鸡。

少年带着期待就寝，一大早便吩咐来喜去清心茶馆传话。

自从信鸽出师未捷身先死，清心茶馆直接成了他们的联络点。

冯橙每日一早去长公主府路过茶馆时会打发小鱼进去问一问，如果他这边有事情，就会提前交代给伙计。

不去长公主府的时候，小鱼会特意过去一趟。

总之直接联系比用信鸽安全好用多了。

来宝接到来喜传话，暗暗高兴。

公子这是开窍了啊，可算不白吃白拿人家姑娘的，都知道回请了。

等小鱼走进来，伙计忙把他家公子今日请客的事说了。

小鱼面无表情替自家姑娘拒绝："今日不行，姑娘要去清雅书院。"

"去清雅书院干什么啊？"

本来这话问出来显得太八卦，可伙计是怕被人说八卦就不问的人吗？

显然不是。

清雅书院全是年轻书生，不问问怎么行。

要是白露听了定会啐一口，呸他问得多。

小鱼和正常丫鬟也不一样，伙计敢问，她就敢答："去给大公子送橙子。"

伙计一听就愣了。怎么这橙子不是专门给他们公子的？

等小鱼走了，伙计再次去了成国公府。

"冯大姑娘要去给兄长送橙子？"陆玄一听是这个原因被拒绝，微微拧眉。

如果他没记错，冯大公子在清雅书院读书。

送橙子就送橙子，打发个婆子去不就得了，怎么还用亲自过去？

在陆玄看来，别说冯橙亲自去送，就算打发个大丫鬟去送都没必要。

他要请她吃烧鸡，她跑去给她哥哥送橙子……

想了想，陆玄板着脸吩咐来喜："去问问林公子可有空，有空的话中午我请他吃烧鸡。"

来喜应了，颇有些同情林公子。

公子这个表情哪像是请客，倒像是打发他去讨债。

林啸接到消息，很是痛快地应下来。

既然陆玄做东，他就不客气了，定要大吃一顿缓解被爽约的心塞。

冯橙与冯桃同乘一辆马车，听着车外从喧嚣到安静。

冯桃挑开车窗帘，探头往外看。外面行人稀疏，树木繁茂。

深秋时节，遍植枫树的小青山正是最美的时候。

"大姐，这里可真好看啊。"杏眼桃腮的少女扒着车窗，眼睛都不够使了。

忽然，冯桃眼睛睁大，盯着侧前方变了脸色。

一边是耸立的山壁，一边是丈深的低地。

一块大石头从山壁处滚落下来，看方向正对着马车。

那瞬间冯桃浑身僵硬，巨大的恐惧令她连尖叫都忘了。

冯橙坐在另一侧，察觉不对时，马车突然强行转了方向。

坐在车厢中的姐妹二人身子猛地摇晃。

冯桃终于忍不住尖叫出声。

马车停了下来，那块石头就落在马车旁，发出一声巨响。

骏马受了惊，扬蹄长嘶，马车又晃动起来。

"下车！"小鱼喊道。

冯橙抓着冯桃利落跳下马车。

"怎么回事？"

看清那块石头，冯橙面色骤变，仰头看向山壁。

这条路通往小青山，走的人不算少，从没听说过落石伤人的事。

"姑娘，有问题，我们回去。"小鱼站到冯橙身边，语气冷静。

冯橙毫不犹豫点头："好，回去。"

这时候她不由庆幸赶车的是小鱼。考虑到去长公主府的路上每次都在清心茶馆附近停留，为免引起府中车夫注意，就换成了小鱼赶车。

冯桃惊魂甫定，紧紧抓着冯橙的手："大姐——"

"我们走。"冯橙拉着冯桃，果断转身。

"大姐，那马车怎么办——"冯桃后面的话戛然而止。

来时的方向，四五个大汉堵住了退路。

不祥的预感转为事实，冯橙反而冷静下来。

天降落石这种意外太少见，比起巧合，果然还是人为的可能更大。

看着两个娇滴滴的小姑娘加一个小丫鬟，五名大汉嬉笑着步步逼近。

小鱼挡在冯橙身前，护着她们退到马车旁。

一名大汉笑道："别退了，老实点还能少受点罪。"

"你们是打劫的？"冯橙问。

几名大汉对视一眼，笑起来："对，就是打劫的！"

冯橙取下沉甸甸的荷包："我们出来只带了这些，可以都给你们，只要你们不伤人。"

冯桃看着那素面荷包，嘴唇抖了抖。

这个款式的荷包大姐都是用来放小鱼干的，把这个给劫匪没问题么？

犹豫了一瞬，小姑娘取下装满蜜饯的荷包，鼓起勇气道："我的也给你们，你们放我和姐姐走吧。"

"呦，还挺懂事。"一名大汉嬉笑着，"可两个荷包不够我们分啊，小娘子说怎么办？"

冯桃何曾遇到过这种人，不由去看冯橙。

"那你们说怎么办？"冯橙拉着妹妹，抿唇问。

今日姐妹二人还是梳着一样发式，穿着同款不同色的衣裙，一个明媚无双，一个娇俏可人，并肩站在一起要多夺目有多夺目。

那大汉变了语调："嘿嘿，要是加上两个小娘子，我们兄弟就勉强够分了。"

冯橙面上没有反应，心念急转。如果没有先前的落石，出现几个劫财劫色的歹人也有可能，这里毕竟不比繁华之处。

可那块石头是奔着马车去的，试想一旦砸中车厢，她和三妹很可能命丧当场。

哪怕侥幸没被砸中，马儿受惊的后果也好不到哪里去。

是小鱼反应快强行改变了马车方向，才避开了那块要人命的石头。

这几个人就是冲着要她们性命来的。

这人说些有的没的，看来是把她们当成板上鱼肉，认为万无一失。

"你们到底要干什么？"冯桃扬声质问，因为恐惧浑身抖着。

可她还是下意识往前站了站，把冯橙挡在身后。

"干什么？小娘子别急，你们马上就知道了。"那名大汉不怀好意笑着。

其他人跟着笑起来。

冯桃正处在似懂非懂的年纪，对接下来会发生什么事还没有一个明确认识，那样充满恶意的笑让她本能地感到恐惧。掉进万丈深渊那种恐惧。

她张了张嘴，想喊救命。可姐姐就在身旁，姐姐还没有喊。

冯桃白着脸紧紧挨着冯橙，同样出于本能，选择跟着姐姐的脚步走。

为首的大汉不满斥责："闹什么！别耽误时间，等会儿有人路过看到怎么办？"

"那可以把看到的人也打劫了啊。"冯橙笑道。

"就是。"一名大汉下意识附和。

为首大汉打了他一巴掌，盯着冯橙神色古怪："你不害怕？"

冯橙试探到现在，差不多能肯定对方暗中没有埋伏人手，懒得再周旋下去。

"小鱼，留活口。"

倘若对方有个一二十人，她还会紧张一下，既然只有五个，正好试试这些日子苦练的效果。

小鱼听了这声吩咐，犹如一头矫捷的豹子冲向五个大汉。突如其来的变化令几人一时反应不及，直到一名大汉被小鱼踹倒，其他人才如梦初醒。

"这丫鬟会武！"为首大汉喊了一声。

几人一起出手，把小鱼团团围住。

冯桃看得紧张极了："大姐，小鱼行不行啊？"

"问题不大。"冯橙目不转睛看着，对小鱼的能力总算有了一个明确认识。

对付五个大汉这样的，以一敌五不算吃力。

好像没有她出手的机会了。比起冯桃的紧张，冯橙涌上心头的是遗憾。

想想不甘心。

"三妹，把那篮橙子拿过来。"

冯桃忙爬上马车，提着个竹篮回到冯橙身边。

冯橙拿起一个橙子掂了掂，对准攻击小鱼最凶悍的一名大汉掷了过去。

饱满漂亮的橙子在半空画出一道优美弧线，准准砸在了那人头上。

一声惨叫响起，五大三粗的汉子扑通倒地。

其他人还没明白是怎么回事，一个个橙子就飞过来。

冯桃看得激动，抓起一个橙子打算砸过去。

"别扔，万一砸到小鱼怎么办？"冯橙手上不停，嘴上不忘提醒跃跃欲试的妹妹。

冯桃悻悻把橙子放下，看着或是昏迷不醒，或是倒地惨叫的大汉，心头恐惧终于散去，只剩下兴奋。

"大姐，你砸得太准了！"

啊啊啊啊，她也想像姐姐一样一个橙子砸倒一个歹人！

局面已定，冯橙抬脚走过去，停在一名还清醒的大汉面前。

"说说吧，你们是什么人。"

少女居高临下，表情冰冷。

大汉忍痛看着冯橙，想想那威力十足的橙子，仿佛见了鬼。

见大汉圆睁着眼睛不说话，冯橙冷着脸吩咐："小鱼，把他们捆起来送去衙门。"

小鱼面无表情提醒："没有绳子。"

冯橙默了默。

小鱼考虑得总是这么实在。

五名大汉有四人昏迷，一人清醒。

冯橙一一扫过，有了主意："用他们的腰带把他们手脚绑好，我和三妹在这里守着，小鱼你去顺天府报案。"

光天化日之下，书香荟萃之地，遇到这种事当然不能就这么算了。

小鱼点点头，走至一名昏迷的大汉面前，俯身解下对方腰带把人捆了个结实。

那名清醒着的大汉看着小鱼走过来，一脸惊恐："你们到底是谁？"

他们一定是劫错了，这不可能是尚书府大姑娘的马车。

哪家大家闺秀能一橙子砸倒一个大男人啊！

还有她的丫鬟，绑人比他们还利落呢，还是用男人的腰带绑。

冯橙笑了："你们拦住我的马车，反倒问我是谁？"

大汉刚要说话，顿觉腰间一松。他下意识按住裤腰，看着落到小鱼手中的腰带快哭了。他还想趁人不备逃了，这没了腰带就算没被绑住，难道提着裤子跑吗？

大汉正沉浸在无法逃跑的绝望中，小鱼已经手脚麻利把人绑好，并把五人依次拖到路边。

冯橙检查一番，满意点头："去吧，早去早回。"

大汉："……"

还知道检查一遍，他怀疑这是个同行。

小鱼赶着马车走了。

冯橙看着满地橙子，轻叹口气："可惜了。"

这下大哥吃不到橙子了。

冯桃也叹口气："可惜了。"

她和姐姐一起摘的橙子呢。

倒在路边动弹不得的大汉突然领会了姐妹二人的意思，气得眼睛冒火。

这两个死丫头居然是在心疼橙子！

冯桃回瞪："看什么，等官差来了等着砍头吧。"

大汉一听不干了："小丫头别吓我，我们没抢到财物，最多只是流放！"

冯桃一听，以询问的眼神看向冯橙。

冯橙微微颔首："按大魏律，没有抢到财物处以流刑。"

冯桃震惊："那不是便宜这些歹人了！"

早知道就把荷包强行扔给他们了。

冯橙看着大汉，勾唇冷笑："但你别忘了，大魏律还规定光天化日之下抢夺会罪加一等，何况你们还砸了石头，那就不只抢劫，还有谋杀！"

大汉脸色变得极为难看："臭丫头，不要吓唬人！"

他们这样的人，哪会了解什么律法？

更重要的是，从一开始他们就是奔着杀人来的，对他们来说好的结果是落石直接要了目标人物性命，伪装成一场天衣无缝的意外。

差的结果是目标人物躲过了落石，他们出面解决，多些麻烦。

至于被对方用橙子砸得全军覆没这种结果，那是做梦都没想过的。

这比做梦还离奇啊！

居高临下看着面如土色的大汉，冯橙嗤笑："我有多闲，会吓唬你这种人。"

"就是，我大姐才不屑吓唬你这种人呢！"冯桃撇嘴。

大汉看着外表娇娇弱弱的两姐妹一唱一和，突然觉得他可能真在梦里。

他不信！

大汉手脚被绑着，唯一能动的就是嘴巴。

他用力咬了一下舌尖。

"嗷！"

一声惨号把冯桃骇了一跳。

定睛一看，小姑娘震惊拉拉冯橙衣袖："大姐，他要咬舌自尽！"

冯橙也愣了。这种收钱卖命的都这么有志气了？

大汉听懵了，一时忘了疼。

什么咬舌自尽，他是看看到底在没在梦里。

冯橙摇摇头："你这样没用的，听说咬舌头死不了人，顶多就是咬掉一截以后变成大舌头。"

大汉脸皮抖了抖。

"你以为舌头受伤说不了话就把问案的大人难住了？"冯橙伸手一指并排躺着的四名大汉，"还有四个呢，总不可能都像你这么有志气。"

大汉嘴角开始抽筋。他什么时候有志气了！

而且这个死丫头为什么知道这么多稀奇古怪的事？

"大姐，这四个怎么还不醒？"

冯橙蹲下身来挨个检查。

"这个还昏迷着，这个也是，这个——"冯橙眉头一蹙，拔下簪子扎了一下那人。

双目紧闭的大汉痛哼一声，睁开了眼睛。

"这个早就醒了，装昏呢。"冯橙把话说完，检查最后一个。

这一次她好半天没吭声。

冯桃好奇问："大姐，这个呢？"

冯橙站起身来，面色平静道："这个好像被橙子砸死了。"

应该是被橙子砸的，她记得正好打中这人后脑勺。

冯桃："……"

两个歹人："……"

一阵令人窒息的沉默后，冯桃有些紧张："大姐，这种情况大魏律怎么规定的，咱们没事吧？"

为首大汉险些崩溃。

他以为这小姑娘好歹害怕一下杀人的后果，结果是问律法？

"没事，他们打劫在先，我们这样属于为民除害，按说还能领赏的。"

冯桃大大松口气："那就好。"

片刻后，小姑娘又担心了："大姐，咱们虽是为民除害，可要是传出去尚书府的姑娘拿橙子砸死了人，不太好吧？"

两名歹人一听，生出希望。

对啊，这种贵女最在意名声了！

为首大汉威逼利诱："你们要是放了我们兄弟，咱们立刻远走高飞，永远不会有人知道尚书府大姑娘拿橙子砸死了人。如若不然，那全京城可就都知道了……"

"你做梦！"冯桃脱口反对。

"小姑娘，你可要考虑清楚，为了出口气把自己拉下水划算吗？"

另一个大汉附和道："就是，你们可是大家闺秀，没了名声将来还能嫁人？"

冯桃气得咬唇。

放这些歹人走当然不行，可坏了大姐名声怎么办？

小姑娘为难之际，就听一声轻笑。

"你笑什么？"为首大汉紧盯着冯橙，直觉不好。

冯橙目光凉凉，落在大汉面上："我劝你们也考虑一下自己的名声。"

大汉笑了："我们这种人要什么名声？"

"等上了公堂，你们姓甚名谁，亲属出身，这些总瞒不住吧？"少女嘴角挂着讥笑，"就算无亲无故，总有混一个圈子知道你们名号的吧？"

"那又怎么样？"

"某大哥带着小弟们打劫贵女，反被贵女拿橙子砸死了。就算你们被砍了头，这个笑话也会流传下去。"冯橙侧头问冯桃，"这叫什么来着？"

"遗臭万年！"冯桃脆生生道。

人要脸，树要皮。

如大汉这样的人，可以不在乎寻常人的指指点点，却很在意被一个圈子混的人看不起。想想吧：听说了没？刀哥因为抢夺贵女被官差抓了！这种不算什么。

可要是换成：听说了没，刀哥因为抢夺贵女被贵女用橙子砸死了！

这能受得了吗？能吗？

冯橙这番反威胁，十分到位。

两名歹人对视一眼，变了脸色。

"三妹，来这里坐。"

冯桃走过去，坐在冯橙身边。

"有人来了。"冯橙不再理会歹人，望着前方道。

山路多弯，看不到人，却有谈笑声隐隐约约传来。

冯桃紧张起来："大姐，会是什么人？"

难不成是歹人同伙？

现在小鱼不在，橙子也用完了——

"应该是书院的学生吧。"冯橙随口道。

既然派小鱼回去报案，她就不在乎被人瞧见。

不多时，三名书生打扮的年轻人拐入姐妹二人视线。

她们看到三个学生时，三人也发现了她们。

在清雅书院读书的大多是十几岁的少年，正是对女孩子最好奇又别别扭扭的时候。

三人发现路边坐着两个美貌少女，想看又不好意思，眼神游移就发现了并排躺的五名大汉和一地橙子。

这下三人好意思了，瞪大了眼半天忘了眨。

· 139 ·

"你们，你们——"想问被绑着的大汉是不是遇到了劫匪，可这几个大汉长得就像劫匪的样子。

路边两个美貌少女则像受害者。看着像受害者的两个姑娘是自由的，看着像劫匪的反倒五花大绑，这也太奇怪了。

三名少年终于可以光明正大望着两个美貌少女发呆了。

冯桃皱眉："你们看什么？"

既然是学生，那就不怕了。

这种书生姐姐一脚能踹飞一个，有尤家表哥为例。

三人醒了神，其中一个长相沉稳些的问道："敢问二位姑娘，发生了什么事？"

冯橙站起来，掸了掸身上草屑："我们来小青山，路上遇到了劫匪。"

见她指向几名大汉，三名学生神色古怪，其中一人终于忍不住问道："那他们怎么被绑着啊？"

"是这样——"

冯橙才开口，就被为首大汉急急打断："有一个多管闲事的路过，救了她们！"

冯桃错愕地望着大汉，再看看冯橙。

冯橙理了理散落的发丝，不疾不徐道："就是这样。"

"没想到还有这样的义士。"少年人对传说中的侠客难免神往，闻言眼神晶亮。

就在通往他们清雅书院的路上，居然发生了这种大事！

"那位义士呢？"一名学生问冯橙。

能名正言顺与美貌小娘子搭话，谁还理响马。

没等冯橙开口，那大汉赶紧道："绑了我们就走了！"

学生诧异看大汉一眼，心道：这劫匪怎么还抢答呢？

学生不自觉去看冯橙反应。

冯橙莞尔："他说得对。"

她这一笑，如春花绽放，娇美动人。

学生面上一热："二位姑娘可有需要我们帮忙的？"

"不用了，我已打发丫鬟回去报官。"

"那他们——"

冯桃觉得这学生好啰唆，板着小脸道："我与姐姐看着他们，等官差来。"

她生得娇俏，哪怕一脸严肃也是可爱的。

那名学生道："只留二位姑娘看着歹人太危险了，我们也留下吧。"

另外两名学生齐齐附和。

"不必麻烦三位公子了。"冯橙婉拒。

"这怎么是麻烦？发生在小青山的事就是清雅书院的事，我们都是清雅书院的学生，有这个责任保护姑娘。"学生义正词严。

另一人道："是啊，我们做不到那位义士一样制服劫匪，但看着他们还是能够的。"

冯橙不再推辞："那就多谢了。"

说话最少的那名学生道："我回书院把此事报给山长吧。"

另外两人催促："对，快回去报信。"

长这么大头一次遇到这种事，只想着英雄热血，连报信都忘了。

眼见那名书生往回路走，冯桃低低喊了一声大姐。这个事情还要大哥知道吗？

冯橙微微点头。在小青山发生这种事，学生报给山长理所应当。

这小青山本就是清雅书院私产。

至于大哥，既然早晚会知道，那早些知道没什么不好。

留下的两名学生满肚子好奇，其中一人忍不住打听："二位姑娘是来小青山游玩吗？"

晚秋的小青山美不胜收，是吸引人赏景的好去处。

不过小青山是清雅书院的私产，学子读书需要清静，多年不成文的规矩传下来，跑来小青山乱逛的人不多。

冯桃见姐姐不准备瞒着兄长，便接话道："我们是来给大哥送橙子的。"

给大哥送橙子？两名学生万万没想到是这个答案。

看一看雪肤花貌的姐姐，再看一看娇美可人的妹妹，两名学生心中冒酸泡。

为什么他们没有这样的妹妹？

"令兄是——"

冯桃看了冯橙一眼，见她没有反对的意思，笑盈盈道："我大哥叫冯豫。"

冯豫的大名对清雅书院的学生来说可谓如雷贯耳。

两名学生反应过来，大吃一惊："你们是尚书府的姑娘？"

冯桃点点头。

两名学生突然不知道怎么聊天了。

在清雅书院，大家出身虽天差地别，可因为数年奔着同一个目标努力，这种差别就被淡化了。用先生们的话说，你们学有所成，自然会有一番天地。

当脱离了那个环境，面对高门贵女，心态难免发生变化。

变得局促的学生为了掩饰尴尬，余光扫到脚边橙子，脱口道："多好的橙子，可惜了。"

大汉：？

第三次了！他们五个人加起来难道还没这些橙子值钱？

陆玄这边为表诚意，先一步等在陶然斋二楼雅间。

少年视线投向窗外，漫不经心看着街上来往行人，实则心思飘远了。

这个时候冯橙把橙子送到了吗？

难道还要留在清雅书院吃饭？

"公子，林公子到了。"

见林啸进来，来喜提醒道。

陆玄霍然起身，从敞开的窗子跳了出去。

"公子？"来喜冲到窗边看情况。

走进雅间的林啸："……"

林啸不是没想过再一次被好友爽约的可能，却没想过他人都到了，还能当着他的面跳窗跑了。一起吃顿烧鸡这么难吗？

他大步走过去，如来喜那样探头往外看。

陆玄站在一辆马车旁，正与赶车的人说话。

林啸一眼认出那是小鱼，那瞬间只有一个感觉：他就知道！

谁想陆玄转头看向窗口，冲他招招手："下来。"

林啸：？

尽管百般疑问，他还是默默挤开来喜跳了下去。

当着小鱼的面，林啸决定暂不揭穿好友重色轻友的恶劣行径，很给面子问道："怎么了？"

发现好友面色如霜，林啸一怔，神色郑重起来。

"林兄，你带小鱼去报案，我先去小青山。"

眼见陆玄撂下一句话就走，林啸追问："什么事啊？"

还从没见过陆玄这么急躁。

"让小鱼跟你说。"

陆玄直奔路边拴马处，解下拴马绳翻身上马，一骑绝尘。

林啸嘴角动了动。那是他的马！

陆玄策马疾奔，两边景物快速后退。他只嫌不够快。

他就说打发个婆子送足够了，非要亲自送。

一路狂奔到出事的地方，马儿慢了下来。不得不慢，前边围着一群人。

放眼望去，全是十几二十岁的年轻人，穿着代表清雅书院学生身份的青色长衫。

陆玄坐于马上，视线高阔，很轻松就看到被年轻学子围在中间的冯橙。

那颗悬在半空的心暂落下来。人没事。

尽管小鱼说了情况，可什么都不如亲眼确认可靠。

确认之后，陆玄攥着缰绳，反而打消了上前的念头。

闹出这么大阵仗，冯橙这是有什么打算么？

陆玄翻身下马，靠着大马默默听那些人议论。

大马是一匹枣红马，尽管性情温顺，还是不悦地甩了甩尾巴。

一点都不熟，突然骑它，还把它当靠背。

陆玄并无这个自觉，靠得稳稳当当。

"尚书府的两个姑娘可真幸运啊，遇到歹人，竟然被路过的义士救了。"

"怎么不见那位义士？"

"这才是真的侠义之人啊，做好事不留名，不过听说那名义士是个相貌堂堂的年轻人。"

"哎，这是不是话本子上的英雄救美？"

"小点声，咱们寒窗苦读的人，哪看过话本子？"

"哦，对，没看过。"

……

陆玄听着这些议论，神色古怪。

这和小鱼说的可不一样。小鱼明明说人被她们制服了，哪冒出来的义士？

英雄救美？

相貌堂堂的年轻人？

他急慌慌赶过来，不是听这些书生说书的。

陆玄把枣红马随手拴在路边树上，大步走了过去。

"让一让。"

少年冷淡的声音响起，引起几名学生注意。

一见是个陌生面孔，几名学生又把目光收回。

让是不可能让的，好不容易占的地方。

"刑部办案。"

腰牌一出，学生们老实让出一条通路。

陆玄大步走了进去。

冯橙见来的是陆玄，有些诧异："陆——"

众目睽睽之下，将要脱口的话强行改了。

"陆大人？"

陆玄被这不伦不类的称呼弄愣了一下。

有旁人在，他还是很沉得住气的："接到你侍女报案，我先赶过来了，其他人稍后就到。"

"哦。"围了这么多看热闹的学生，冯橙没有多说。

陆玄大步走到一个大汉面前，居高临下打量着。

寒意爬上大汉脊背。

少年明明面色平静，他却不由心跳加速。

这种感觉，就跟知道一个兄弟被橙子砸死后，再看地上乱滚的橙子一样的。

太吓人了！

"名字。"

大汉垂眼："三刀。"

察觉学生们竖起耳朵，陆玄放弃了问话的打算，转向冯橙："冯——"

一道急切声音传来："妹妹，你们没事吧？"

陆玄闻声看去，就见一个穿青衫的年轻男子匆匆跑过来。

那些学生自动让开一条路，纷纷向跟在冯豫后面的人问好。

"山长。"

"山长。"

杜念走过来，看到陆玄也在，面露微讶："小陆也在啊。"

"接到报案赶过来的。"陆玄面不改色道。

杜念点点头，走向冯橙那里。

冯豫正自责："都是大哥不好，害你们差点出了事。"

同窗来给山长报信时，他正向山长请教学问，听闻有两位姑娘遇到歹人，虽为陌生姑娘捏一把汗，却没有来看热闹的心思。

结果报信的同窗无意间提了一句橙子滚了一地。

他当时就脑中嗡了一声，想到了妹妹。

妹妹说过等橙子熟了给他送橙子——

冯豫一路跑来，见两个妹妹安然无事，这才松口气。

"大哥别担心，有事的是他们。"

冯豫往几名大汉那里扫了一眼，想到报信学生说的话，问道："救你们的义士呢？"

"把歹人制服后义士就走了，没留姓名。"冯橙一脸淡定。

许是冯橙反应太镇定，冯豫反而有些不踏实，下意识看向冯桃。

冯桃微红着脸附和："就是大姐说的这样。"

她好羡慕大姐睁眼说瞎话，哦，不，是泰山崩于前而色不变的样子。

陆玄微微挑眉。还真有一位相貌堂堂的年轻义士？

"冯大姑娘。"

冯橙冲杜念屈了屈膝："杜先生。"

"不如去书院小坐等官差过来吧，此事发生在小青山，我也有责任。"

杜念语气温和，说这话时，内心是抓狂的。

别人不知道，他却再清楚不过，永平早把这孩子当半个女儿看了。

要是这孩子也在清雅书院出事——

杜念一想后果，就想亲手剥了这些歹人的皮。

冯橙略一迟疑，微微点头。

陆玄深深看她一眼，眸光微闪。

这个狡猾的丫头，当着这么多人的面不着痕迹把清雅书院扯进来了。

她与永平长公主的关系不宜公布，永平长公主知晓后想替她撑腰总要有个理由。

只要她随杜先生走进清雅书院，杜先生与长公主就能以书院要负部分责任的名头插手此事。

陆玄这么想着，抬脚跟上冯橙等人。

转眼间学生们走了大半，剩下小半守着几名大汉。

学生们都是年轻人，正是好奇心强的时候。

一名学生指着路边枣红马问："这是谁的马？"

林啸赶来时，一眼就看到了自己的枣红马。他暗暗摇头。好友真是没救了，平时那么沉稳的人听说冯大姑娘出事，急得把马都骑错了。

学生们见官差来了，纷纷让开。

此时另外两名歹人也醒了。四个大汉见到官差，竟有种解脱的感觉。

一开始他们心存侥幸想着逃脱，后来发现两个小姑娘油盐不进，再后来围观的人越来越多，越来越多……

这种被当猴儿看的感觉太难受了！总归逃不了，还不如赶紧被官差带走。

"大人，死了一个。"

"都带回衙门再说。"

小鱼是去顺天府报的案，开口说话的是顺天府的人。

衙役们把清醒的歹人拉起来用绳子串成一串，死了的那个只好抬着。

领头官差问学生："遇到歹人的两位姑娘呢？"

一名学生道："随我们山长去书院了。"

这时林啸开口："不如这样，我去书院见见两位姑娘，你们带着这些劫匪先回衙门。"

领头官差抱拳："那就劳烦林大人了。"

目送一队官差离去，林啸揉了揉眉心，问学生："之前是不是还有一位大人来过？"

"对，冯大姑娘叫他陆大人，也随我们山长一起去书院了。"

林啸嘴角抽动。

那是随你们山长去书院吗，明明是随冯大姑娘去书院。

"劳烦带路。"林啸客气说一声，快步走向路边解开拴马绳，牵着枣红马往清雅书院走去。

没了热闹可瞧，学生们自然也要回书院，有学生小声嘀咕："那枣红马好像早就在路边呢。"

"我也看到了，是那位陆大人骑来的。"

耳力颇佳的林啸："……"

他这是被怀疑是偷马贼？

说真的，陆玄这个朋友没法要了，回去就绝交！

有绝交打算的林啸在书院见到了冯橙姐妹与陆玄。

杜念郑重道："这次的事情发生在小青山，我们清雅书院也有责任，我会一直关注此事进展。"

林啸道："有结果会及时告诉山长。"

杜念点点头，转而对冯橙道："早些回家吧，剩下的事情交给官府处理就是。"

"今日给您添麻烦了。"冯橙对着杜念福了福身子，望着林啸欲言又止。

林啸顶着来自好友的默默凝视，微笑问："冯大姑娘是不是有话对我说？"

冯橙抿了抿唇，有些犹豫："我觉得那些人不是单纯劫匪。"

这话一出，几人面色皆变。

冯橙打发小鱼回去报官，特意没让小鱼多说，为的就是方便之后应对。现在想想这个决定果然不错，这不那几个歹人就争先恐后承认是被路过义士制服的。虽说她不在意流言蜚语，既然敢拿橙子砸劫匪，就不怕"冯大姑娘用橙子把劫匪砸死了"这种话传开，但能避免当然更好。

"冯大姑娘为何这么觉得？"

"那些人知道马车中坐的是尚书府的姑娘。若是劫财，控制住我们找尚书府索要钱财能获取最大好处，若是劫色，总要是活人吧，可那些人一开始对付我们的手段是落石，显然不在乎我们死活，我觉得他们行事和单纯劫匪利益不符。"冯橙认真分析着。

林啸险些没控制住表情。冯大姑娘为何能面不改色说出劫色……

默默看一眼陆玄，发现好友神色更冷了。

杜念喝了口茶，一拍桌子："若是如此，那就更要好好查查了。"

林啸赶紧表态："山长放心，我们会好好调查的。"

杜念沉着脸交代冯豫："送你两个妹妹回府吧，明日再回书院。"

冯豫立刻应了。妹妹们出了这种事，就算先生不说，他也要告假的。

杜念把几人送走，交代书院管事一番，悄然离开了书院。

回去的路上，冯豫冲陆玄与林啸抱拳："舍妹的事就拜托二位大人了。"

"应当的。"陆玄言简意赅。

"那我先带两个妹妹回去了。"

陆玄看了一眼马车，微微皱眉。

他还想仔细问问冯橙遇险的事，推测一下幕后黑手，顺便问问那个义士，有她大哥在真是麻烦。

林啸轻咳一声，冲冯豫笑笑："两位姑娘受了惊吓，是该早些回去歇着。"

目送冯豫随着青帷马车离开，林啸睨了陆玄一眼，很是无奈道："陆兄，你对人家的嫌弃是不是稍微明显了点儿？"

"没有。"陆玄面不改色否认。

林啸撇撇嘴。

算了，陆玄将来发现大舅子这一关难过时会来抱着他哭的。

到时候他就可以说两个字：活该！

"陆兄，咱们是直接回衙门，还是……"

"去吃饭"这个选择还没说出来，对方已经给了答案。

"回衙门。"

林啸沉默了一下,忍无可忍地问:"陆兄,你是不是忘了什么?"

陆玄动了动眉梢,恍悟:"林兄的枣红马被我拴路边了。"

林啸晃动着牵马绳,咬牙道:"马在这儿,我说的是吃烧鸡!案子再要紧,午饭就不吃了?"

只要陆玄敢说不吃,立刻绝交。

陆玄看着不满意的好友和同样不满意的枣红马,摸了摸鼻尖:"对,还没用饭,那先去陶然斋吧。"

直到坐进陶然斋雅间,吃上了香喷喷的烧鸡,林啸才有了真实感。

这一次可算是真吃上了。

冯豫带着冯橙与冯桃回到尚书府,把情况禀报给牛老夫人。

牛老夫人打发人去给冯尚书送信,沉着脸叮嘱冯橙:"以后除了去长公主府,不要到处乱跑,特别是还带着你三妹。"

冯橙乖巧应了一声是。

牛老夫人心口发堵,顾虑永平长公主对冯橙的另眼相待不好严厉责罚,摆摆手把人打发下去来个眼不见心不烦。

长公主府那边,永平长公主从杜念口中得知冯橙遭遇的事,一掌拍裂了桌面。

"杜念,你那个破书院是不是风水不好,为何一次又一次在那里出事?"

杜念忙揽住永平长公主的肩:"永平你冷静一下啊,冯大姑娘安然无恙,已经回家了。"

永平长公主冷笑:"若不是这样,你以为我拍的是桌子?"

第7章 解决

杜念看一眼有了裂纹的桌面,额头冒汗。

这一掌要是拍在他身上,他这把老骨头可就交待了。

当然,他明白妻子说的是气话。

"永平你放心,事情是在小青山发生的,我们正好能名正言顺督促官府严查。"

永平长公主勉强点了点头,吩咐女官翠姑:"你送些礼品到尚书府上,就说本宫送给冯大姑娘压惊的。"

翠姑领命而去。

牛老夫人正与赶回家的冯尚书说着冯橙姐妹遇到的事,下人就禀报说长公主府来人了。牛老夫人忙命人请进来。

"殿下听说了大姑娘的事十分挂念,命我来看望大姑娘。"

牛老夫人客套一番,吩咐丫鬟领翠姑去晚秋居。

这还是翠姑第一次来冯橙住处，一进院门就被懒洋洋晒太阳的肥猫吸引了视线。

来福听到动静警惕睁开眼，目不转睛盯着翠姑。

冯橙从屋内走出来，冲翠姑扬唇一笑："姑姑怎么还跑一趟？"

来福扭头看看冯橙，甩着尾巴走了。

"殿下不放心，打发我来看看。"

"我好着呢，姑姑进屋坐吧。"

翠姑仔细打量穿着家常衫子的少女，笑问："是不是在睡呢？"

冯橙也不否认："回来吃完就困了。"

一旁白露不露声色，心中叹气：姑娘明明是随时困……

翠姑随冯橙进了屋，接过白露奉上的茶水抿了一口："殿下说了，明日你就在家中好好休息。"

"我想照常去练武。姑姑回去对殿下说，我真的一点事都没有，也不害怕，其实……"

怕吓着大丫鬟，冯橙示意白露退下，轻声道："其实没有路过的义士，死掉的歹人是被我用橙子砸死的。"

在知晓她身手的人面前，就没必要装柔弱了。

翠姑张了张嘴，看着眉眼平静的少女，一时竟不知道该说什么。

总觉得安慰不下去的样子。

回到长公主府后，听永平长公主问起冯橙情况，翠姑便笑着道："殿下放心好了，冯大姑娘一点事都没有。"

永平长公主皱眉："没受伤不代表没有事。"

翠姑道出真相："其中一个歹人是被冯大姑娘拿橙子砸死的。"

永平长公主默了一瞬，突然笑了："这孩子啊——"

后面的话她没说出来，翠姑却明显感到主子的心情好了些。

比起永平长公主的心情好转，韩首辅一怒踹翻了小机子，把小舅子谢志平叫来书房一顿臭骂。

"我让你安排人解决冯大姑娘，没让你把永平长公主夫妇扯进来！"

谢志平也觉得冤枉："不好在那小姑娘去长公主府的路上动手，谁想到她不去长公主府的时候是去清雅书院呢。"

听着小舅子诉苦，韩首辅面色阴沉："你找那些人时有没有留下尾巴？"

"没有，出面的是我府上门客早年结识的一个朋友，那人认识的人杂……"

韩首辅微微点头："不是你府上人直接出面就好，立刻把那人解决掉。"

中间人一死，线索自然就断了。

"姐夫放心，一听说那些没用的东西被抓，我就安排了。"

韩首辅这才顺口气，淡淡道："回去吧，沉住气。"

等谢志平离开，韩首辅走至窗前推开窗子，望着那丛焦黄的芭蕉眼神越发深沉。

几个歹人没想到，真正的严刑拷打竟然这么残酷。想象中威武不屈这种事根本不存在，当烧红的烙铁落在身上，带起一块块皮肉，所有的抵抗就化为了虚无。

原来这种酷刑与打群架时挨上一刀完全不一样。受不住刑的四人很快供出了买凶者。

根据四人提供的讯息，林啸领着官差去抓人，却发现那人失踪了。

转日冯橙去长公主府的路上经过清心茶馆，打发小鱼进去问，不出意料伙计传话说陆玄下午在茶馆等她。

演武场上，冯橙听完长公主的指点，把一套刀法耍得一丝不差。

看着手持长刀、鼻尖冒汗的少女，长公主不吝夸奖："学得很快。"

她想夸的不是学得快慢，而是心态。

昨日遇到那样的事，今天依然能心无旁骛，可见这孩子是个可造之材。

离开演武场的路上，永平长公主似是随意提起："我听说昨日第一个赶到的是陆玄。"

冯橙点头："嗯。"

永平长公主笑了："你们认识吧？"

冯橙拿出对冯桃那番说辞："之前京中有我与他弟弟的流言，他就找了我几次了解情况，一来二去便认识了。"

"原来如此。"

先前陆玄已经向永平长公主交过底，冯橙当初从拐子手中逃脱后被他所救。现在永平长公主故意问起，见小姑娘不好意思承认，暗暗好笑，但没揭穿。

"这些日子注意安全，不要再去偏僻地方。"冯橙离开前，永平长公主温声叮嘱。

"我知道，您放心。"

回去的路上，冯橙下了马车，走进冷清清的清心茶馆。

"姑娘来了。"来宝一见冯橙，赶忙迎上来。

"你们公子到了么？"

"公子在楼上等您呢。"

冯橙微微颔首，走上楼梯。

陆玄已经喝第二壶茶了，总算听到了外面的动静。

与敲门声同时响起的是一声"进来"。

冯橙走进来，在陆玄对面坐下："等很久了吗？"

"没有，刚来。"

"哦。"冯橙给自己倒了一杯茶，喝了一口。

"那几个人招了。"陆玄握着茶杯，缓缓开口，"确实有人出了大价钱，找他们要你性命。"

对面少女不但没有面露恐惧，反而笑了："果然没猜错。"

陆玄无奈看着她："你就不担心自身安全？"

"当然担心啊。"冯橙望着窗外繁华，真情实意道，"我可怕死呢。"

这毫不在意面子的大实话令陆玄一时无言。

冯橙看向他："不过对方等到我不去长公主府才动手，还用落石这种手段欲伪装成意外，可见还是有顾虑的，不至于丧心病狂刺杀我吧？"

陆玄迟疑着没有回答。

"难道我说得不对？"

"按说……如此。"

冯橙身子微微前倾，纳闷地看着他："那你说话犹犹豫豫干什么？"

陆玄下意识往后一躲，整个人都紧绷起来。

冯橙被他的反应弄得一愣，眼神越发疑惑。陆玄今日怪怪的。

被那双秋水般的眸子注视着，仿佛不给个答案别想逃开。

少年轻咳一声，以若无其事的语气掩饰尴尬："这不叫犹豫，这叫慎重。毕竟关乎你安危，难道要我轻飘飘说你肯定没事，幕后之人绝对不会派人刺杀你？万一出事——"

他本想说万一出事那他岂不是有责任，谁知才开口就说不下去了。

那样的后果，他好像无法想象。

陆玄垂眸喝了一口茶。

他想，那不叫犹豫，也不叫慎重。那叫关心则乱。

意识到这一点，陆玄有些慌。这种感觉对他来说太陌生了。

"是幕后之人大有来头，有些棘手吗？"冯橙把对方的反常理解成为难。

陆玄压下心乱，说起正事："买凶的人失踪了，现在林啸他们正在找。"

冯橙眸光微闪，问道："这是被灭口了？"

陆玄神色冷下来："估计凶多吉少。那人是个能混的，三教九流朋友不少，出大价钱买凶杀害尚书府姑娘，他显然只是个中间人。"

冯橙皱着眉，若有所思。

陆玄见她如此，语气放软："你别担心，林啸找人还是有一手的，我这边也在梳理他的人脉关系。就算人没了，也不可能掩盖一切痕迹。"

无非是多费些事。

冯橙叹口气："我就是想不通，我是什么关键人物么，先是有人算计我与你弟弟'私奔'，现在又有人要我性命。"

不知道的还以为她关乎国运呢，把她干掉就盛世太平了。

冯橙是真的想不通。

陆玄听着"私奔"两个字，格外刺耳。

"想不通就别想了，这不是在查么？"少年伸出修长手指，点了点少女眉心，"看你苦大仇深，当心长皱纹。"

指腹柔软，落在眉心微凉。

冯橙抬手拍开："长皱纹也是你先。"

他反手把她的手握住。

冯橙愣了愣。

陆玄飞快松开手，一本正经道："你那么大力气拍我，我还以为被袭击了，下意识的反应。"

"你这是面对谁都有戒心啊。"冯橙笑着打趣。

她就没这么高的警惕意识。

刚刚握住她手的如果是表哥，第一反应就是一脚踹飞。

是陆玄——握就握了。

面对着这个梦中朝夕相处过的少年，她好像很难生出正常的反应来。

陆玄面色越发严肃了："习武之人应当如此。"

他练了这么多年武，刚刚那只手为何不听使唤？

冯橙察觉对面的人有些心不在焉，想想许是查案压力大的缘故，于是放下茶盏："那我先回去了，有进展再通知我。"

"还有件事。"

准备起身的人又坐好："什么事？"

"那个义士……是怎么回事？"

这个问题，陆玄琢磨一宿了。

冯橙笑了："哪有什么义士，我和小鱼对付五个人绰绰有余，还需要义士？"

"哦，我就说哪会正好碰到急公好义的人。"少年眸中一点点沁出笑意。

"走啦。"冯橙摆摆手，离开了雅间。

陆玄目光投向窗外，很快就看到那辆熟悉的马车从眼前驶过，往前边去了。

来宝走进来。

"公子。"

陆玄收回目光看着他。

"给冯大姑娘准备的小食，您没要啊。"

陆玄皱皱眉："忘了。"

打发时间的时候才吃零嘴儿，刚刚一直谈正事，谁想得起来这个？

来宝："……"

他应该直接端进来的。本来想着公子当着冯大姑娘的面吩咐他端小食进来，好让冯大姑娘知道公子的体贴，结果公子忘了！

陆玄懒得看哭丧着脸的伙计，抬脚离开了茶馆。

到了黄昏时，林啸过来了。

"有进展？"

林啸点头："找到了。"

人是在一条水沟里发现的，早已死透了。

陆玄跟着林啸去了停尸处，冷眼看着仵作检查。

天边的晚霞由火红转为青红，天色越来越暗。

仵作最终没有给出什么有用讯息："死于溺水，自杀、意外还是谋害，难以判断。"

"走吧。"林啸拍拍陆玄肩膀。

二人就近找了馆子，也没要酒，埋头就是一顿猛吃，吃饱了开始谈正事。

"这个人认识的三教九流太杂了，如今人死了，很难把背后的人翻出来。"

陆玄喝了口茶，把茶盏往桌面上一放："买凶者死了，那就从冯大姑娘这边查吧。"

林啸赞同点头。

这种精心设计的谋杀，施害者与受害者往往有着密不可分的联系，既然买凶者已经无法开口，试着从受害者这边推测动机，若是运气好就可能把幕后真凶揪出来。

"那个叫三刀的交代说对方给了他们五百两银，许诺事成再给他们一千两。"

陆玄冷笑："手笔不小。"

一千五百两银，难怪几个混混愿意卖命。

"是不小，所以这肯定不是内宅纷争。"林啸想一想那个半夜去坟头的少女，语气笃定。

哪个女孩子敢跟冯大姑娘过不去啊？

"冯大姑娘应该是妨碍了某些人的利益。"林啸分析着。

"她几乎每日都去长公主府。"

陆玄想来想去，觉得问题最可能出现在这里。

无论冯橙在他眼里有多特殊，世人看来就是一个普通高门贵女。

一个出过一次事的贵女，再一次被算计的价值大大降低，可偏偏她就遇到了。

又是一出手就要人命的布局。

而冯橙近来最惹人注目的地方，就是与永平长公主走得很近。

特殊之处，往往就是关键所在。

林啸皱眉思索："对冯大姑娘出手的会不会是冯尚书的政敌？对方考虑到如果与冯尚书撕破脸，永平长公主因为冯大姑娘的关系很可能对冯尚书施以援手，所以要把尚书府与长公主府之间的联系斩断？"

陆玄眼底噙着冷意，一字一顿道："不如查一查韩首辅的小舅子，谢志平。"

林啸一惊："韩首辅的小舅子？"

还没开始排查，就准确到这人身上了？

"林兄别忘了科举舞弊案。"陆玄淡淡提醒道。

刚过去不久的科举舞弊案，是陆玄与林啸共同参与的。查到最后，韩首辅的小舅子谢志平分明有问题，却因为没有确凿证据，上边又不愿深究，而不了了之。

林啸对谢志平当然没好感，但一桩新的案子尚未深入调查就点明查某个人，在他看来容易因为先入为主造成疏漏。

"林兄该不会认为真是尤家找上的戚书强吧？"

林啸眼神微闪："你觉得另有内情？"

陆玄微勾唇角，在好友面前没再遮掩眼中冷意："尤家与冯家是姻亲，真要起旁门左道的心思，常理来说应该先找身为礼部尚书的亲家公，可他们显然连试都没试过。"

林啸神色凝重起来："你是说不是尤家找的戚书强，而是戚书强找上的尤家？"

陆玄不由笑了："不错。"

他与林啸能成为好友，沟通轻松是很重要的一点。

林啸揉了揉眉心，分析道："如果是戚书强找上的尤家，那就是以举人功名为饵，对尤家提出某种要求。"

陆玄冷笑："尤家能满足别人什么要求？"

林啸一惊："冯尚书？"

"是啊，冯尚书。"陆玄眸色沉沉，"林兄还记得冯大姑娘落入拐子手中的事吧？"

林啸点头。

"当时强拉着她去看热闹的正是她舅家表姐。"

林啸错愕，片刻后恢复如常。

查案久了，什么阴暗都见过，那些最深的伤害往往来自亲近的人。

陆玄用手指敲着桌面，沉声道："而戚书强一个小小编修为何与堂堂礼部尚书过不去？无非是为主子效力罢了。"

戚书强投向的是韩首辅，与他联系紧密的是韩首辅的小舅子谢志平。

在陆玄看来，这次冯橙小青山遇匪与上次落入"拐子"手中的卑劣手段十分相似，很像同一伙人的行事风格。

林啸沉思片刻，认同陆玄的判断："那就重点查一查谢志平，另外买凶者常来往之人也不能放过。"

"这是自然。查谢志平不宜声张，不如交给我好了，其他的就由林兄负责。"

二人谈完正事，对坐喝茶。

林啸终于忍不住问："陆兄了解到这些内情，是不是与冯大姑娘有关？"

陆玄睨他一眼，没理会这个无聊的问题。

林啸则笑了："难怪。"

他还纳闷陆玄怎么突然与一个女孩子如此熟络了，原来缘由在这里。

这么说来，半年前他们就认识了。

半年前——林啸突然不想笑了。

这么久的时间他竟然一无所知，这是对待好友的态度吗？

"走吧。"陆玄可没察觉好友的小心酸。

事情分工安排好了，自然是办正事去，在这喝茶浪费什么时间。

当然，就算察觉了他也无所谓，大男人矫情什么？

林啸那边高调调查买凶者的人脉关系，陆玄这边则悄悄盯住了谢志平。

功夫不负有心人，很快一个情况引起陆玄的注意。

谢府一个门人突然离京办事。放在平时，门人为主家出去办事不足为奇，但这种时候足够触动陆玄那根敏感的弦。交代心腹继续紧盯谢志平，他亲自去追人。

出京对陆玄来说是家常便饭，这也是京中人只知陆墨，不知陆玄的原因。

门人躲在了一个镇子，傍晚回住处的路上，还在埋怨。

主家也太小心了，非要把他打发出京避风头。

从繁华的京城来到这个鸟不拉屎的小镇，连个像样的女人都没有。

这样的日子还不知道要熬上多久。

门人进了门，由下人伺候着沐浴更衣，走进屋中。

屋内点着灯，光线朦胧。门人伸了个懒腰，向床榻走去。

脖颈处凉意袭来，低沉声音响起："别动。"

门人寒毛竖起，战战兢兢问："谁……"

他也是有功夫在身的，竟半点没察觉屋中有人。

"聊聊？"那个声音再次响起，低沉中透着清越。

门人可以断定，这是一个很年轻的人。

他想点头，那横在脖子旁的匕首纹丝不动，立刻感觉到一疼。

"聪明点，闹出动静休怪我手中匕首无情。"

"好……"

脖颈处的冷硬离去，一名少年转到门人面前。

少年肤白如玉，一身黑衣衬得他眉眼分明，气质冰冷。

远比门人猜测的还要年轻。

"坐。"陆玄指了指椅子。

门人老实坐了，心中则在判断逃脱的可能。

"想逃跑？"陆玄扬眉，嘴角挂着轻笑。

门人心头一凛。明明很俊美的少年，那抹轻笑却令人头皮发麻，如见厉鬼。

"这种蠢事我劝你不要做。"陆玄摆弄着匕首，语调凉凉。

寒气缓缓爬上门人脊背。对方明明没做什么，可他就是感到了极度危险。

"你……到底是什么人？"

陆玄一笑："与其问我是什么人，不如说说你来这个小镇的原因。"

门人强撑着道："我是谢大人府上的，来这里替谢大人办事，我们谢大人是韩首辅的妻弟。"

"办事？"陆玄微微倾身，嘴角挂着笑意，"难道不是避风头么？"

门人一惊,死死盯着陆玄。

少年指腹拂过匕首,语气懒散:"既然是在这种情形下见面,就不要遮遮掩掩浪费时间了。你来这里避风头,是因为冯大姑娘小青山遇险的事。"

"我不知道你在说什么。"门人心中一咯噔,嘴上自是不认。

话音落,就见眼前少年把匕首往桌上一扔,等反应过来时,一双微凉的手已经落在他脖子上。那双手猛地收紧,力量大到他连一丝反抗余地都无。

到这时,门人彻底认识到二人间的武力差距。

与这少年表现出来的自信相符,他想逃跑确实是做蠢事。

那双手越收越紧,门人竭力挣扎叫喊,可喊出来的只是微不可闻的呜呜声。

他涨红了脸无法呼吸,像是陷入了无边无际的深潭,是望不到头的痛苦。

忽然,那双手松开了。呼吸一下子畅快了,门人剧烈咳嗽着,咳得眼泪鼻涕直流。下人听到动静在外面询问情况。

门人看着那双手的主人。

朦胧烛光下,黑衣少年静静看着他,乌黑的眸子正如那汪令他无法挣脱的深潭。

"没事,下去!"

门人听着远去的脚步声,努力克制着喊救命的冲动。

单凭这个少年刚刚出手的速度,以及手上力气,他就知道一旦闹出动静,等不得人来他就要死在对方手上。人都是惜命的。晚死也比早死好。

"算你识趣。"陆玄拿帕子擦了擦手,神态还是那般云淡风轻。

仿佛刚刚想要人性命的不是他。

"买凶谋害冯大姑娘,是你联系的中间人?"陆玄以笃定的语气问出这个问题。

门人犹豫时,那只手伸出,捡起放在桌上的匕首。

他的犹豫顿时被恐惧淹没:"是……"

得了肯定答复,陆玄暗松口气。没有查错方向,算是好消息。

他相信自己的直觉,可有时候直觉难免受先入为主的影响。

若是小事无所谓,放到这样的事上,自然不能找错欠债的。

"是我们大人交代我做的,我只是奉命行事……"

话开了头,后面的就好说出口了。

陆玄静静听门人讲了来龙去脉,与推测八九不离十。

其实到这个时候,细节如何并不重要,无非是联系中间人掏钱这么点子事。

重要的,是确认了幕后黑手的身份。

"这些话,到了公堂你敢不敢说?"陆玄问了一句。

门人扑通跪了下来:"您就饶了我吧,谢大人要是知道我说了这些,定会掘了我家祖坟!"

听着门人哭泣哀求,陆玄面无表情问:"你离京时,谢志平是怎么交代你的?"

"就说让我找个偏僻的地方躲着,等过了风头再回去。"

"你一个人？"

"就我一个——"门人话未说完，惊恐望着陆玄。

知道就他一人来这里，这少年是不是就能毫无顾忌杀掉他？

陆玄当然没有杀人的打算。

杀一个小小门人连解气的作用都没有，杀他何用？

"既然就你一个，你如何得知风头有没有过？"

门人胆战心惊道："大人让我在外头待个一年半载再回。"

陆玄思索片刻，把人五花大绑塞住嘴巴往地上一丢，淡淡道："睡一觉，明日一早你就对人说要离开。"

"呜呜呜。"门人被堵着嘴，听不清是答应还是拒绝。

陆玄权当是答应，往舒适柔软的床榻上一躺，睡了过去。

翌日一早，秋风凉透。陆玄带着门人悄然离开小镇，往京城的方向去了。

"少侠，就算我在公堂上说谢大人指使我谋害尚书府大姑娘，谢大人不承认，你也没办法的。"

陆玄看他一眼，淡淡道："这话你说过很多遍了。"

门人面露哀求："您就放了我吧，我上有八十老母，下有三岁小儿，我要是一死他们就没法活了。"

"你姓王，名强，本是平城人氏，幼时家中富裕习了几年武艺，父母双亡后开始混江湖，八年前来到京城，投到谢志平府上成为他的门人……"陆玄说起门人来历。

门人登时垂头丧气。对方对他的底细竟然如此清楚。

"您究竟是什么人？"

"我是什么人你不必多问，想活命就老实听话。"

陆玄没有带门人进京，而是把人安置在京郊一处地方，独自进了城。

这个时间，成国公大多在府中。

他直接回了家，去见成国公。

"祖父。"

在成国公面前，少年收起锋锐，如同刀收入鞘，变得内敛稳重。

"出门了？"

陆玄点头，在祖父面前没有隐瞒："这次出门不是找二弟，是为了追查冯大姑娘小青山遇险的案子。"

听陆玄提起陆墨，成国公神色沉沉。

次孙已经失踪半年了，尽管一直没放弃寻找，至今却毫无线索。

到现在，府中上下已经有了心理准备，只不过是不愿承认，不甘承认。

"对刑部的差事这么上心了？"成国公问了一句。

人前不拘小节的老国公，在孙儿面前却换了模样。

陆玄沉默一瞬，道："这个案子，最终查到了韩首辅头上。"

成国公坐直身子，表情凝重。

陆玄把情况讲了一遍。

"这么说，现在谢志平的那个门人在你手中？"

陆玄点头："人已经被控制起来，之后该如何做，孙儿想请教一下祖父。"

听孙儿这么说，成国公欣慰点头。

他这两个孙子虽然是一胎双生，性情却截然不同。

世人只知陆二公子才华横溢，君子如玉，是京城风头最盛的贵公子，而陆大公子却被弟弟衬得默默无闻，没有一点存在感。

实际上，作为一个家族的掌舵者，长孙恰恰才是最让他满意的。

烈火烹油的成国公府，更需要一个低调通庶务的继承人。

而作为不需要继承爵位的幼子，淡泊单纯不问世事的次孙也很好。

成国公常感到疲惫。

从龙之臣家中又出了一位与皇上少年夫妻的皇后，随着那位心思越来越深沉，似乎无论如何小心翼翼，都不能令那位安心。

这样如履薄冰的日子，不知要过到几时。

"这个事情，不太好办。"成国公揉了揉眉心。

不似这个年纪的少年努力被否定后的急躁，陆玄静静往下听。

"那位中间人死了，哪怕谢府门人在公堂上承认是谢志平指使，谢志平完全可以说门人是被屈打成招，或是买通陷害。"

陆玄嘴唇翕动。

成国公笑笑："是不是觉得对方这是狡辩？"

老人神色有些落寞，语气透着无奈："他是不是狡辩不重要，重要的是皇上信不信。"

想给韩首辅几分颜色，皇上就会信。想继续捧着韩首辅，皇上就不信。

"这个事情若是闹上公堂，那韩首辅与冯尚书就算正式撕破脸了。"

陆玄听了成国公的话，明白了祖父言下之意。

如今朝中局面还算平衡，甚至因为更多大臣还是倾向名正言顺的太子，韩首辅那一方稍稍势弱。这种局势下冯尚书与韩首辅闹翻，无疑是皇帝不愿看到的。

"孙儿明白了。"

离开祖父住处的少年望着有些阴沉的天空抿了抿唇。

虽然明白了，要他就这么轻轻放过当然不行。

收拾不了韩首辅，那就先把他小舅子收拾了。

陆玄约冯橙在清心茶馆碰面。

冯橙来了后打量他一眼，突然问："你是不是出门了？"

陆玄诧异扬眉。这都能看出来？

冯橙笑着解释:"看着比平时粗犷一点。"

陆玄嘴角笑意一僵,满脑子都是那个词:粗犷,粗犷,粗犷……

这不就是说他看着邋遢?

少年下意识抬手,想去摸摸脸。理智阻止了他。又不是女孩子,他才不在意这些。

"是不是有进展?"冯橙倒了杯茶给还是想抬手摸脸的少年,笑盈盈问。

陆玄啜了口茶,用淡然掩饰心堵。

他并不在意邋不邋遢,但他在意冯橙说他粗犷!

"与中间人联系的是谢志平府上的一个门人,目前这个人被我控制起来了,他亲口承认了谢志平吩咐他做这些的事实。"

冯橙摇摇头:"还真是他啊。"

"你猜到了?"

冯橙捧着茶盏,语气随意:"这也不难猜,对方这般手段,和春日我出事那次差不多。"

陆玄投来表扬的目光。

冯橙无奈扯了扯嘴角。只比她大一岁,能不能别这么老气横秋?

"那之后怎么打算?"

陆玄犹豫了一下,道:"如果让那个门人在公堂上指认谢志平,最终结果可能不会如人意。"

冯橙一听,陷入了沉默。

朝堂上的事她不太懂,但跟着陆玄在成国公府生活那么久,皇上对吴王的偏爱,对太子的冷淡,她还是知道的。

"这个事涉及当朝首辅,最终要看上面那位的意思……"担心冯橙想不通,陆玄耐心解释。

冯橙默默听着,最后看着陆玄问:"就这么算了?"

陆玄神色冷下来:"当然不能这么算了。"

冯橙来了兴致,身子往前倾了倾:"那你打算怎么办?"

陆玄身体下意识绷紧,严肃着脸道:"交给我就行了,你不必问这些。"

"陆玄,说说啊。"少女音调拉长,听起来娇娇软软。

少年有些不适应,又有些莫名欢喜。

他看着她,没有立刻说话。

一时想不清究竟是不想让她参与进来,还是想再听她喊一声"陆玄"。

这种矛盾的感觉令他下意识皱眉。

冯橙可不打算放弃:"陆玄,我才是受害者,现在找到害我的人,你总要让我知道你的计划吧?"

别看陆玄冷着一张脸,实则面冷心热,嘴硬心软。

肯定禁不住她多求两次。

"你就只是听听计划？"

冯橙弯了弯唇。

不出所料，陆玄果然动摇了。

"就听听计划，不然我睡不着。"她老实点头。

陆玄挣扎了一下，还是说出了打算："既然闹到公堂上得不到想要的，那就私下解决好了。"

"私下解决？"

陆玄眼神冰冷："谢府门人不出面指认谢志平，这件事最终只能以流寇作乱结案。流寇能抢劫尚书府的马车，难道不能去抢一个小小户部郎中的马车么？"

"你打算直接对谢志平动手？"

陆玄微微颔首。

三番两次算计一个小姑娘，那样的人已经突破底线，对付起来不需要留情。

"你安排手下去做，还是亲自参与？"

看着少女晶亮的眼神，陆玄淡淡道："人多反而容易误事，我带几个人就够了。"

"我也去。"

陆玄险些以为听错了："你说什么？"

冯橙笑呵呵道："我和你一起去吧。"

"不行。"陆玄毫不犹豫拒绝。

"陆玄——"

"叫陆大公子也没用。"

冯橙抿唇："还没听我说完，拒绝这么快做什么？"

陆玄撩了撩眼皮："你刚刚说，只听听计划。"

结果听完她就想参加？

"对啊，听完了我觉得这个计划好，想和你一起去。"冯橙理直气壮。

"不成。"陆玄再次毫不留情拒绝。

"陆玄——"

陆玄语气坚定："说了不行。这种事你一个姑娘家参与什么？"

这又不是逛街买脂粉，这是去杀人。

"这本来就是我的事。"冯橙面色一正，"那些人三番两次要置我于死地，我不想完全靠别人去反击。"

人终究要靠自己。

她身手不差，不会拖后腿，为何要坐享其成？就因为她是个女孩子？

这不是冯橙想要的。特别是在梦中亲眼见到城破人亡的惨事，她无比清楚认识到异族可不会对老弱妇孺留情。当齐军屠杀大魏百姓的时候，连一只猫都没放过。

陆玄听了这话有些不是滋味。不想靠别人？他是别人？

他——仔细想了想二人的关系，陆玄底气十足。他是她师兄，怎么是别人？

师妹靠师兄怎么了？

冯橙一看陆玄表情，就知道他还是不想答应。

这怎么还冷面无情上了？

"你担心我拖后腿？"

陆玄看她一眼，没吭声。

能一橙子砸死一个大汉，他不认为这丫头会拖后腿。

他就只是……纯粹不想让她去。

"陆玄，你不是知道么，我一直跟着长公主习武，不会因为好玩或者解气去做超出自己能力的事，我保证不给你惹麻烦。"

"我怕的是麻烦么？"陆玄反问。

"那你怕什么？"

陆玄一滞，真正的原因却说不出口。

"我带几个人就能解决的事，你为何非要参与？万一受伤呢？"

冯橙突然明白过来：陆玄这是担心她。找到原因，那就好办了。

她甜甜笑着，好话不要钱般往外掏："真要遇到危险不是还有你么？就是因为有你一起，我才想利用这个机会锻炼自己，这样万一将来遇到险事不至于乱了阵脚，发挥不出应有的实力。"

陆玄默默听着，竟有一丝动摇。要说起来，有他在定会护她安全。

"我总要出门的，真要遇到恶人那些护卫丫鬟可不顶用，说不得还要靠自己，那平时多些磨炼关键时候就能救命呢。"

陆玄捏着茶杯没吭声，神色有了变化。

冯橙说得好像有几分道理……

冯橙一看有戏，伸手拽住对方衣袖："陆玄，带我一起吧。"

陆玄盯着拽住自己衣袖的那只手，微微抿唇。

冯橙福至心灵，摇了摇衣袖："师兄，带我一起吧。"

"嗯。"

陆玄本想再考虑一下的，可那声"嗯"已经脱口而出。

看着眼睛瞬间弯成月牙的少女，陆玄脸色微黑。

冯橙太过分，拽他衣袖不说，还叫他"师兄"！

而且还在拽着！

"放开。"少年略带嫌弃，语气却冷不下来。

冯橙忙松开手，笑吟吟问："那咱们什么时候行动？"

陆玄离她远了些："过几日吧。"

靠得太近，总担心她会做奇怪的事。

"那我等你消息？"

· 160 ·

"嗯。"

"陆玄——"

"怎么？"陆玄无奈地问。

再提过分的要求，他无论如何都不会答应的。

"吃小鱼干吗？"冯橙从荷包中摸出小鱼干递过去，"椒盐味儿的。"

盯了她手中香喷喷的小鱼干一瞬，少年板着脸拿起来塞入口中。

二人分享完小鱼干，各自回家。

白露收拾姑娘回来后换下的衣衫零碎，捏着空荡荡的荷包很是惊恐。因为姑娘小青山遇险，她好几晚上没睡好了，姑娘竟然还有心情吃这么多小鱼干！这岂不是说姑娘根本没把那件事放在心上，以后还是想去哪儿去哪儿，有可能再遇到危险？只要这么一想，大丫鬟就感到窒息。

"姑娘。"

冯橙看她："怎么了？"

白露举了举荷包。

冯橙不解："有话说。"

陆玄半天给她"嗯"一声就算了，怎么这丫鬟也开始让她猜了。

白露一时卡壳。她总不能说姑娘不能没心没肺吃小鱼干啊，要在意自身安全。

"姑娘，以后您可不要去那些有危险的地方了。"

冯橙笑笑："哪些地方危险？"

"比如僻静的地方啊，鱼龙混杂的地方啊……"大丫鬟努力举例。

冯橙摇摇头："错了。"

白露疑惑地看着她。

冯橙往床榻上一躺，轻声道："有危险的不是地方，是人。"

一心想算计她，她就是走在热热闹闹的大街上，还是躲不掉。

与其提心吊胆，不如解决让她提心吊胆的人好了。

过了几日，冯尚书面色沉沉回府，吩咐下人请大姑娘过来。

"祖父您找我啊。"冯橙过来时，冯尚书就在院中。

刚刚进了十月，院中树木萧瑟，几盆菊花还争奇斗艳着。

冯尚书转过身来，招呼冯橙进屋去。

"天凉了，石凳坐不住了。"进屋后，冯尚书把一盘枣糕推到冯橙面前，"吃点儿。"

冯橙一看祖父有长谈的架势，拿起一块枣糕吃着。

枣糕香甜软糯，很适合老人家口味。其实也挺合她口味的。

看着孙女有滋有味吃枣糕，冯尚书叹了口气，心中很不是滋味。

孙女只是个十五岁的小姑娘，那些人真是毫无底线。

冯橙拿帕子擦了擦嘴角，等着祖父往下说。

"橙儿，小青山的事已经查明了，是流寇作乱。"

"流寇作乱啊——"冯橙拉长声音，唇角微扬。

冯尚书有些意外："橙儿好像一点不惊讶。"

冯橙笑了："那么穷凶极恶，肯定是流寇了，总不会是读圣贤书的体面人。"

听孙女前半句话，冯尚书还有些唏嘘，听完后半句眼神复杂起来。

他觉得孙女话中有话。

一时间，祖孙二人无声对视。

十五岁的少女，眉宇间还有着青涩，宛如尚未完全绽放的春花。

可她已经与这个年纪的小姑娘不一样了。

冯尚书心情复杂的同时，并不觉得奇怪。

遭遇两次生死劫难，要是还与以前一样，那叫傻。

冯尚书想了想，决定说点什么。

"有些事不能一蹴而就，有些做了坏事的人可能不会立刻受到惩罚，不过恶有恶报，总会有那一天的。"

冯橙点头："祖父说得对！"

冯尚书又不得劲了。总觉得孙女乖巧过头了。

"祖父还有事吗？"

"没了。"冯尚书这么说着，心里莫名有点不安。

"那孙女告退了。"

"去吧，去吧。"

看着冯橙退出去，冯尚书拿起一块枣糕塞入口中。挺甜的。应该是他多心了。

韩首辅书房中，谢志平神色轻松："姐夫，我就说没事吧，中间人一死，谁能找到我头上。"

"那个门人，不会出差错？"虽然案子算是结了，韩首辅还是有些不放心。

"不会，我给了他一笔钱让他躲远点，现在连我都不知道他躲哪儿去了，别人更不可能找到了。"

韩首辅微微颔首，叮嘱道："这些日子就不要轻举妄动了。"

"弟弟知道。"谢志平想想，有些不甘，"一个小丫头，还真是命大。"

万万没想到，一群江湖人对付一个小姑娘会失手。

"救下冯大姑娘的人有线索吗？"

谢志平一听，面罩阴云："没有。让我找到那多管闲事的混蛋，定要剥了他的皮！"

"既然连姓名都没留，应该就是恰好路过当了回热心人，只能说那丫头运气好。"

"姐夫，那咱们就放过那丫头了？"

"缓一缓吧，运势正旺之人，没必要在这时候硬碰。"

谢志平应下来，回到府中一琢磨，姐夫说得没错，运势这个东西不得不在乎。

他认为十拿九稳的事结果没成，还险些引火烧身，看来最近的运势不怎么样。

这种时候该怎么办？谢志平首先想到的就是求神拜佛。

要说起来，城外万福寺香火鼎盛，很是灵验，是求平安转运势的好去处。

谢志平特意挑了个宜出门的日子，天还未亮就赶往万福寺想要上第一炷香。

陆玄得到消息，布置下去的同时，直接去清心茶馆等冯橙。

这日恰好是冯橙在家休息的日子，依惯例一大早会打发小鱼来茶馆看看。

小鱼见到陆玄，给冯橙带回去一封信。

冯橙把信看过，交代白露和小鱼打好掩护，翻墙头离开了尚书府。

陆玄看着一身男装的冯橙，有些嫌弃："不太合身。"

"我三叔的。"

陆玄更嫌弃了："给你带了衣裳，换了吧。"

当叔叔的居然给侄女男装，老不正经的。

冯橙抱着衣裳进了茶楼后院的房中，不多时走出个黑衣少年。

陆玄看看与自己一样打扮的"少年"，这才满意点头。

万福寺在京郊，富贵人家去上香，一般会在寺中用过素斋才回去。

郊野的路两边是一片片的树林与大块大块的田地。

这个时节田地已经光秃秃，曾经郁郁葱葱的林木也萧瑟凄清。

"等得无聊吗？"陆玄靠着树问身边"少年"。

"不无聊，做这么大的事哪能这点耐心都没有？"冯橙也靠着一棵树，神色自在，"再说我们不是一起嘛。"

靠着树的少年扬了扬唇。

"不过——"

陆玄看过去。

冯橙指了指衣裳："青天白日，我觉得穿黑衣服不是那么好遮掩，为什么不准备土黄色的？"

"没必要。"

他又不是对付冯橙的那几个蠢货，连底细都没摸清就敢动手。

今日谢志平出门带了几个人，每个人实力如何，早就摸得一清二楚，就连用多长时间解决那些人都有预计。

这种情况下穿什么颜色的衣裳算什么问题。

觉得刚刚回答太简单，陆玄淡淡道："太丑。"

冯橙听了，反而放了心。

陆玄能这么说，其实就是很有把握。

"估计快了，再等等吧。"陆玄说着望向前方。

初冬时节，阳光清透，枝叶稀疏。他的视线没受遮挡看到那条路。

那其实不是从万福寺回来时必经的路,而是一条岔路。

从这条路走也能进城,只是要绕路,因而藏身林间这么久也不见行人。

冯橙活动了一下手脚:"希望运气好,他按着我们的预计走这条路,不然还要担心被过路人撞见。"

另外一条路,来来往往的人就多了。

"这是最大的可能。"陆玄懒懒靠着树干,神色从容,"真要出乎意料,谢志平不选择走这里,那我们就赶去下一个埋伏点,无非是多些麻烦罢了。"

在陆玄看来,谢志平不选择走这里的可能性很小。

一个专门去万福寺求转运的人,最在乎的就是兆头好坏。

人心难测,但有时也没那么难猜。

马车中的谢志平,心中踏实下来后整个人都轻快了。

在万福寺捐了一笔不小的香油钱,上了头炷香,求了转运符,还美美吃了一顿素斋,可谓收获满满,不枉天没亮就折腾。

谢志平靠着车壁,美滋滋哼着小曲儿。突然马车一停,整个人往前扑去。

"怎么回事?"稳住身子后,谢志平怒问。

外面传来小厮的声音:"老爷,前边有棵树突然倒了,把路给挡住了。"

谢志平一听,一阵闹心。

又没打雷又没下雨,好好的树怎么会倒了?

他掀起车门帘下了马车,果然就见一棵树横倒在路上,正好拦住了马车去路。

"去看看到底怎么回事儿。"谢志平沉着脸吩咐下去。

两名护卫走过去,围着倒地的树仔细检查。

"这树怎么倒的?"

一名护卫回道:"老爷,这棵树被虫蛀空了,外边就是一层皮。"

"没有人为的痕迹?"

两名护卫对视一眼,其中一人道:"没有看出人为的痕迹。"

谢志平抬脚走过去,打量那棵倒地的树。

进了十月,树的叶子早已掉光,只剩下光秃秃的枝丫,看着就死气沉沉。

树干断掉的地方是自然裂茬,没有锯过的痕迹,露出空洞洞的内里。

腐朽颓败。

谢志平盯着被虫蛀空的树,好心情瞬间没了。

这就纯粹是凑巧了,这棵被虫蛀空的树不早不晚,刚好倒在他马车前。

谢志平只有一个反应:晦气!太晦气!

"老爷,小的们把树挪走吧。"一名护卫试探提议。

主家阴沉的脸色实在骇人,令五大三粗的护卫说话声音都小了许多。

"挪走,挪走。"谢志平多看一眼都觉得烦,连连摆手。

倒地的树看起来不小,实则没多少重量。

几名护卫合力，很快就把树抬起来丢到了一旁林子里。

马车前没了障碍，只有断裂的几截枯枝躺在那里。

小厮是个眉眼灵活的，心知老爷瞧了晦气，忙上前把枯枝捡起来扔到路边。

"老爷，上车吧。"小厮跑回谢志平身边，小心翼翼道。

谢志平沉着脸钻进马车，等马车一动，喊了一声停。马车立刻停下来。

车夫自然没有说话的资格，几名护卫也安安静静守在马车旁。

小厮凑过去问："老爷，您有什么吩咐？"

"掉头。"

小厮一愣。

谢志平面罩乌云，沉声道："不走这条路了，走另一条。"

"是。"小厮立刻应了，忙指挥车夫掉头走另一条路。

老爷心情正差着，不赶紧按着老爷吩咐的做，那是要挨骂的。

另一条路虽然绕点远，也没这条官路好走，只要老爷乐意就行。

感受着马车调转方向，谢志平靠着车壁神情阴郁。

来往这么多人，偏偏那棵树倒在他马车前。

要是再快一步，岂不正砸在马车上，说不定他就要受伤甚至丧命。

这时候，谢志平不由庆幸刚拜了菩萨。这是菩萨保佑，才躲过一劫。

遇到这么烦心的事儿，这条路是不能走了。

谢志平闭上眼睛，感受着路面颠簸，心情越发低沉。

车轮转动，发出咯吱声。在枯燥沉默的声响中，谢志平渐渐有了睡意。

突然马车又是一个急停，毫无防备之下，谢志平往前一栽，勉强用手撑住车板。

"又怎么了？"谢志平高声喝问，没等外面的人回答就怒气冲冲钻出车厢。

第二次了，今天到底怎么回事儿？

看清外面情形，他登时变了脸色。

马车前站了一排数个蒙面黑衣人，阳光下，手中长刀闪着寒光。

"打劫！"正中间一名身材魁梧的蒙面大汉大声道。

小厮的话后知后觉响起："老爷，有劫匪！"

谢志平第一反应竟不是害怕，而是愤怒。

他一脚把小厮踹开，怒道："干什么吃的！"

他都下车了，再说这话有个屁用。

愤怒过后，谢志平稍稍定神："各位好汉有话好说，只要你们不伤人，想要银钱尽管拿。"

"你身上有多少？"

"五百两银。"

大汉愣了愣，兴奋道："把人抓了，找他家要五千两，兄弟们上！"

几名蒙面黑衣人举刀冲过来。

· 165 ·

"老爷,您快回马车里!"小厮惊恐地喊着。

谢志平又是一脚:"给我闭嘴!"

他本来就要钻回马车,趁着护卫拦住劫匪的时候逃跑,结果被小厮喊了出来。

这下好了,劫匪都听到了。

果然一名蒙面人喊道:"不要让他跑了!"

谢志平急慌慌钻进马车,吩咐车夫:"快走!"

马车动了一下,又停了。刀尖透过薄棉门帘,闯入谢志平眼帘。

谢志平变了脸色,忙往车厢后面挪动。

车厢后面放了一张矮榻,方便长时间乘车时休息。

掀开挂在矮榻后边的锦帘,就露出两扇车门。

门是从车厢内闩好的,方面遇到紧急情况时直接从后门跳车。

谢志平用力拉开后车门跳了下去。

一柄刀横在他脖子上,冷冷声音传来:"别动。"

谢志平忙举起双手,声音发颤:"我不动,保证不动!"

外面蒙面人与护卫的打斗正激烈,看起来蒙面人落在下风。

谢志平一看,又气又恨。

他是个惜命的,尤其是出城时定会带上不少身手出众的护卫。

这一次遇劫匪明明能顺利脱身,他却倒霉落在了歹人手里。

"让他们停手。"横在脖子间的那把刀的主人冷冷道。

"住手!"谢志平这么一喊,与蒙面人交手的护卫纷纷停手。

蒙面人揪着谢志平走过去,站到领头大汉面前。

"干得漂亮!"大汉表扬一句,长刀对准谢志平,"五千两,我们就放了你。"

望着染着血迹的刀尖,谢志平脸色煞白。

原来被刀对着这么可怕。

这时候别说是五千两,就是五万两他也毫不犹豫出了。

"好,好,好汉先把刀移开……"唯恐对方失手,谢志平战战兢兢道。

"那不行,你先交钱。"

"头儿,他说只有五百两。"

谢志平慌了:"我有,我府上有!"

"府上?"大汉皱眉看着他。

谢志平点头如捣蒜:"对,我府上有钱。"

"你府上有钱,我们又不能去你府上拿。"大汉不为所动。

"让他们回去拿!"为了保命,谢志平毫不犹豫道。

他不怕要钱的,他怕要命的。认钱就好说。

大汉看了一圈护卫,阴恻恻警告:"要是报官,就休怪我们不客气了!"

"绝对不报官,绝对不报官……"谢志平冲小厮喊,"回去拿钱来!"

小厮应了，转身就跑。

"等等。"

小厮身形定住，转身看向蒙面大汉。

大汉指了指那群护卫："让他们都走。"

小厮看向谢志平。

谢志平惨白着脸没吭声。

他的依仗就是这些身手出众的护卫，要是护卫走了，那就更心慌了。

大汉可不管这些，用刀尖点了点谢志平肩头，冷冷道："留你一个人质是为了钱，留他们干什么？难道要我们管饭？"

刀尖抵到身上的感觉骇得谢志平魂飞魄散，惨白着脸道："你们……也走……"

一群护卫面面相觑，有些犹豫。老爷被劫匪抓了，他们就这么走了？

那把刀又往前抵了抵。

"走！"谢志平忍着恐惧大喊一声。

"老爷，我们很快会回来的。"小厮喊了一声，拔腿就跑。

谢志平忍不住喊："骑马回去！"

吓傻了的车夫慌张解开拴着马的绳索。

小厮匆匆上马跑了，一群护卫与车夫也跑了，只留下一辆马车孤零零在路中间。

"能……能不能先把刀移开，有话好好说……"谢志平硬着头皮请求。

脖子上横着一把刀，肩头抵着一把刀，他受不住啊。

两把长刀移开了，谢志平松了口气的时候，一声轻笑响起："看你尿得。"

那声笑清澈干净，一听就知道开口的人很年轻。

一只手伸出，揪住谢志平衣领。

那只手修长白皙，干干净净。

那是一只少年的手。

"按计划行事。"黑巾蒙面的少年淡淡道。

那名似是领头人的大汉微微躬身："是。"

谢志平眼神一缩，愕然看向少年。

对方遮着脸，只看到一双黑得纯粹的眸子。

那双眸子平静无波，干干净净，也因此越发令他感到恐惧。

这群人不是劫匪！

意识到这一点，谢志平想要挣脱逃跑，却发现那只手力气极大，令他挣扎不得。

眼见几名手下离开，陆玄提着谢志平往林间走去。

冯橙脚步轻快跟上。事情顺利得令人心情愉快。

林间光线暗下来，少年露在外边的那双眸子幽深冷淡。

大颗大颗的汗珠从谢志平额头滚落。

这一刻，他体会到了比刀尖对着他还要深的恐惧。

那是从骨子里冒出来的恐惧,无法缓解,令人窒息。

"你……是谁……"谢志平艰难问出这句话。

少年抬手把黑巾往下一拉,露出真容。

那是一张过分年轻的脸,精致清俊,令人难忘。

谢志平脱口而出:"陆玄?"

眼前的少年,曾经在衙门把他当成犯人一样审问,还要去皇上面前告他的状,想不印象深刻也难。

"还记得陆墨么?"

谢志平看着那张清俊的脸惊骇欲绝,仿佛见鬼:"你是陆墨?"

他想起来了,陆二公子与陆大公子是双生子,长得一模一样。

可怎么会是陆墨!

"怎么,我是陆墨把你吓成这样?"陆玄轻轻挑眉,语气透着笃定,"看来我二弟的失踪与你有关了。"

谢志平稳住心神:"陆大公子在说什么,我怎么听不懂?"

"废话少说,我二弟呢?"陆玄冷冷问。

谢志平的小命他要收,二弟的下落他也要知道。

说起来,没有对方的步步紧逼,他还没有这样的机会问个清楚。

"陆大公子,你光天化日绑架我,可知道后果?"

冯橙把黑巾往下一拉,利落地打了谢志平一巴掌。

"你安排人光天化日想砸死我,现在就是后果!"

谢志平猛然瞪大眼:"你,你是——"

"你要杀的冯大姑娘。"少女微抬下巴,神色鄙夷,"站到你面前你反而认不出,是不是猪脑子?"

陆玄弯了弯唇,险些笑出声。

谢志平看看陆玄,再看看冯橙,如坠梦中。还是一场荒唐离奇的噩梦!

"不要耽误时间,我再问你一遍,我二弟呢?"

"笑话,我怎么知道令弟在何处?"知道了劫匪身份,谢志平反而不慌了。

小孩子胡闹而已。难道还敢杀人不成?他可是当朝首辅的小舅子。

寒光闪过,谢志平肩头一痛。他惨叫着低头去看,就见肩膀处一个血窟窿正往外冒血。养尊处优这么多年,就是婢女梳头碰掉了一根头发他都要骂,这种剧痛完全无法忍受。

"我二弟呢?"少年握着染血的匕首,面无表情问。

那双乌湛湛的眸子中无波无澜,仿佛在看一个死人。

那瞬间,谢志平呼吸一滞,甚至连疼痛都忘了。

他终于意识到这不是小孩子胡闹。

不,应该说就是因为这是两个十几岁的小儿,才不去考虑身份权势那些。

他们真敢杀人。真敢杀他。

意识到这一点后，谢志平脸也白了，腿也抖了，硬起来的语气又软了下去："陆大公子，你可别乱来，你想想成国公府，想想皇后——啊——"

后边的话化为惨叫。

他的另一个肩头又多了一个血窟窿。

少年薄唇微抿，语气冷淡："你的废话实在太多了。"

"陆玄。"冯橙喊了一声。

陆玄看着她。

"他喊的声音太大了，万一引来过路人就不好了。你要还用匕首扎他，那把他嘴巴堵住吧。"

陆玄点点头，伸手去抽谢志平腰带。

谢志平彻底吓傻了："别堵嘴，我说！"

堵住他的嘴不让他叫，用匕首一下一下扎他，那情景一想太可怕了。

"说吧，就给你这一次机会。"

"令弟……"谢志平眼神躲闪，犹犹豫豫，却不得不说出来，"早就死了。"

陆玄用力攥了一下拳，看似平静的眸中蕴藏着风暴："怎么死的？"

谢志平忍着疼痛，指了指冯橙："他们本该一日死的……"

冯橙抿了抿唇。

陆玄紧握的手背上青筋突起，默默听下去。

"当时安排了两个人，一人对冯大姑娘动手，一人对陆二公子动手。"说到这，谢志平神色复杂看着冯橙，"万万没想到你能逃了。"

"那陆二公子呢？你们在什么地方动的手？"冯橙问。

这不但是成国公府一直无法释然的疑惑，也是她的疑惑。

"我只知道那人会把陆二公子带离京城，不着痕迹处理好尸体，具体在何处动手并不知晓。"

"如何肯定那人成功了？"

谢志平愕然："一个武功高手，一个手无缚鸡之力的书生，还能失手？真要出意外，回来复命自然会禀明。"

"你真的不知道在何处动手？"匕首横在谢志平脖颈处，陆玄冷冷问。

"真的不知道啊！"谢志平声音颤抖，满脸恐惧。

他从少年冷漠的眸子中看到了杀意。

"对我二弟动手的是谁？"

"我不知道……"

陆玄轻笑一声："一问三不知？"

感受到危险，谢志平忙道："是我姐夫身边的，当时听我姐夫提了一句陆二公子这边派他的人去，到底派了谁我真的不清楚……"

陆玄举起匕首。

"我要知道肯定就说了。"谢志平寒毛竖起，感到极度的危险，"陆大公子，你不要冲动，我要是出了事，成国公府也会有麻烦的——"

匕首划过脖颈，热血喷洒，谢志平直挺挺倒下去，双目圆睁着。

至死，他都不相信对方这么轻飘飘要了他的命。

"怕么？"陆玄用雪白的手帕擦拭匕首，侧头问冯橙。

冯橙看着地上的尸体，摇摇头："不怕。"

陆玄弯唇笑笑："走吧，热闹快开始了。"

冯橙看着沉默下来的少年，有些揪心："陆玄，陆墨他——"

"早就有心理准备了。"陆玄大步往前走，语气平静。

冯橙走在他身边，默默看他。少年的侧颜线条分明，显得越发清冷。

他突然开口："我与二弟是双生子，尽管性情各异，却陪伴着彼此长大，哪怕后来时常十天半月不见面，却从没有想过有一日只剩下一个人……"

他说不下去了，唇紧紧抿着。

那是哪怕在成国公世子夫人方氏面前都不曾流露出的脆弱。

一只手牵住了他衣袖。

陆玄看着那只手的主人。

她说："陆玄，明日中午我请你吃烧鸡。"

少年一直紧握的手松开，轻轻点头："好。"

二人离开林间不久，一队兵马就赶来了。

看到那辆停在路中间的马车，为首的人高声道："应该就是这里，分散搜查，不要让劫匪跑了！"

没过多久，几名入林搜查的士卒喊道："发现一具尸体！"

为首官兵带人赶去，看着谢志平的尸体面色微变。

看死者穿戴不是普通人。

似是想到什么，他急急赶回路中间，仔细检查那辆马车。

有身份的人出门，马车上一般都会有标识。

为首官兵很快发现谢府标识，第一反应就是户部郎中谢志平。

作为常年驻扎京郊的营卫军，他并没见过谢郎中，奈何谢郎中的姐夫来头太大，是一人之下万人之上的当朝首辅。

对于韩首辅的小舅子谢郎中横行京城的事迹，他早有耳闻。

猜测到死者可能的身份，为首官兵脸色变得极为难看。

这要是韩首辅的小舅子，事情就大了。

不久前，有百姓跑到营地，神色惶恐说路上有劫匪。京郊官道上竟然出现了劫匪，这简直是天大的笑话，传出去他们负责拱卫京城安全的营军就是失职。他奉命带领一队兵马前来剿匪，结果没发现歹人踪影，却发现了疑似韩首辅妻弟的尸体。

"去搜，务必抓住那些劫匪！"为首官兵吩咐下去。

城门方向马蹄声传来，一群人策马狂奔，很快到了近前。

看到这些官兵，小厮震惊："你们是什么人？"

为首官兵道："我等是京营卫军，你们是——"

"我们是谢郎中府上的，我们老爷上香回来的路上遇到了劫匪——"小厮眼尖发现了放在地上的尸体，脸色登时变了。

第 8 章 礼物

小厮从马上滑下去，扑到谢志平尸体上："老爷，老爷——"

除了伤心，更多的是恐惧与绝望。

上香回来的路上遇到劫匪，他们全没事，就老爷死了，他们没事的也要有事啊！

小厮伏在谢志平尸体上，号啕大哭。

跟着小厮赶来的人中有一位是管事，在小厮哭得不能自已时，那名管事沉着脸问："敢问将军，我们老爷是怎么出事的？"

被问的官兵也糊涂着呢，只好实话实说："有不少百姓跑到营地说官道上有劫匪出没，我等奉命来抓歹人，在林中发现了谢大人……"

管事听了，连连跺脚："老爷死得冤啊！"

小厮听了这话，眼泪汪汪问管事："什么意思？"

管事流着泪道："那些劫匪定然是发现官兵来了，杀了老爷逃之夭夭了。"

小厮先是一愣，而后冲到为首官兵面前，揪着对方衣襟怒骂道："混账东西，都是你们害死了老爷！"

为首官兵面色微变，却敢怒不敢言。

他不敢得罪的当然不是一个小小郎中府上的下人，而是当朝首辅。

好在他们大人是三大营统领，武将中深受皇上信任的实权人物，对方要是不依不饶强行把谢郎中之死算到他们头上，自有撑腰的人。

为首官兵心中还是有底气的，面上自然不会与痛失家主的小厮计较。

管事心中对这些不请自来的官兵也有火气，冷着脸问："那歹人呢？"

为首官兵神色尴尬："暂时还没抓到。"

"那就劳烦各位尽快把匪徒抓到，也好告慰我们老爷在天之灵。"

"我等定会尽力而为。"为首官兵拱了拱手，带着人继续搜查。

管事面色沉沉催促小厮："先送老爷回府吧。"

小厮望着那队官兵背影，恨得咬牙："老爷就是被他们害死的！那几个劫匪只是要钱，要不是他们出现，现在咱们都把老爷赎出来了。呜呜呜，老爷死得太冤

· 171 ·

了……"

一行人带着谢志平尸体回到谢府，谢妻看了一眼直接昏了过去。

接下来人仰马翻，哭声震天，管事陪着谢志平长子去韩府报丧。

韩府与冯府同在康安坊，算得上近邻。

那时冯尚书正溜溜达达回家，就见谢大郎等人匆匆走进了韩家大门。

老尚书脚步一顿，好奇心大起。

当了这么多年近邻，对于常来韩府的亲朋，他多少眼熟。

刚刚那个不是韩首辅小舅子的大儿子么？

他眼神还行，瞧着谢大郎还有跟在后边的下人都红着眼，像是哭着来的。

这可就稀奇了。

冯尚书在停下看热闹与脸面之间纠结一瞬，面色淡淡回了冯府。

一进门，老尚书就吩咐下人："出去打听一下，看韩家有什么事。"

韩府那边，见谢大郎哭着上门，大吃一惊。

韩首辅并不在家，等在花厅的是韩妻。

谢大郎一见韩妻，眼泪直流："姑母，我父亲没了！"

韩妻脑中嗡了一声，腾地从椅子上站起："你说什么？"

"呜呜呜，父亲被劫匪给杀了……"谢大郎扑通跪下，伏在韩妻脚边痛哭。

韩妻晃了晃身子，咣当坐下，用力抓着谢大郎的手问："到底是怎么回事？"

"今日一早父亲去万福寺上香，没想到回来的路上遇到了劫匪……"谢大郎边哭边说，"那些歹人要五千两银子，本来管事带着银钱赶去了，没想到过路百姓把劫匪出没的消息报给了京营卫军。营卫军前来捉匪，惊动了那些劫匪，他们杀了父亲逃了……"

韩妻听完，已是面如土色。

"姑母，家里可怎么办啊……"

听着侄儿的哭喊，韩妻眼前阵阵发黑，嘶声道："快把老爷找回来！"

谢志平是老来子，上头有五个姐姐，韩妻是长姐。

由此可以想象谢志平一死，对谢家和韩妻的打击。

韩府下人匆匆出门，去找韩首辅回府。

韩首辅赶回府中，得知小舅子死讯亦是震惊至极，带着韩妻等人赶往谢家。

冯尚书派出去打听消息的下人是个机灵的，知道从韩家这边不好打听出情况，悄悄去了谢府那边，果然才赶到就见谢府门外围了不少人。

谢家哭声一片，早已惊动了四邻八舍。

下人没费半点力气就把情况打听出来了，赶紧回冯府禀报给冯尚书。

冯尚书捋着胡子听下人说着打探来的八卦，惊得揪掉了一根胡子："韩首辅的小舅子死了？"

怎么想都觉得震惊。冯尚书起身转了一圈，盯着下人问："消息没错？"

"错不了，有人亲眼瞧见谢郎中被抬进去的，谢府已经开始往各处报丧了……"

"你先出去。"冯尚书摆摆手。

下人退出去后，冯尚书一屁股坐下，陷入了迷茫。

成国公那老匹夫和他说了，这次孙女在小青山出事，与姓韩的狗东西脱不开关系。而谢志平就是给姓韩的跑腿的。

他还想着一时奈何不得姓韩的，找个机会拿他小舅子开刀好歹出口恶气，没想到这刀还没想好往哪个方向落，人就死了。

对冯尚书这些宦海沉浮的人来说，揪住一个人的小辫子令他丢官罢职，就算达到目的。

特别是在韩首辅没有倒台之前，别说要他小舅子性命，想做到这一点都不容易。

竟然就死了？

冯尚书一时觉得没着没落的，把胡子捋掉几根后，吩咐下人："去请大姑娘过来。"

白露听到冯尚书院中的人来请大姑娘，面上一片淡定，进了里屋差点哭了。

"姑娘，您再偷偷女扮男装出府，婢子实在受不住啊。"

姑娘回来换下衣裳还没有一刻钟，要是时不时来上这么一出，这谁受得了啊！

大丫鬟捂着心口，送冯橙出了晚秋居院门。

"祖父，您找我啊。"穿着家常裙衫的少女走进来，笑盈盈向冯尚书问好。

"橙儿快过来。"冯尚书抱着与人分享八卦的心情，冲孙女招手。

冯橙走过去坐下，等着祖父发话。

"橙儿在屋里做什么呢？"不好一上来就说谢志平的事，冯尚书随口问道。

少女笑容乖巧："就是弹弹琴，绣绣花。"

白白净净的孙女，乖乖巧巧说着"弹弹琴，绣绣花"，明明再合适不过，冯尚书却莫名觉得古怪。

老尚书苦恼地捋了捋胡子。最近错觉越来越多了，莫非是上了年纪的缘故？

"弹琴好，我记得橙儿琴弹得最好了。"冯尚书随口表扬一句。

冯橙听了，嘴角微抽。

长辈随便夸人就是坑人，小时候冯梅听了这样的话，对她的讨厌是挂在脸上的。

"孙女手拙，弹琴只是自娱自乐，琴艺最出众的是二妹。"

冯尚书一怔，后知后觉点头："对，梅儿琴弹得是好。"

想顺口夸二孙女两句，一想二房的糟心就没了兴致。

反正人不在眼前，不夸了。

"祖父今日听说了一个消息。"冯尚书端起茶盏慢条斯理喝了一口。

冯橙配合问："什么消息啊？"

"进城的官道上有劫匪出没，那些歹人劫持了去万福寺上香的谢郎中——"冯尚书顿了一下，问，"橙儿知道谢郎中吧？"

· 173 ·

"知道啊，韩首辅的妻弟，之前科举舞弊案的时候，我听说他还被叫去衙门问话了。"

冯尚书惊了："橙儿还知道科举舞弊案时谢郎中去过衙门？"

"外祖家不是牵扯进了科举舞弊案，孙女自然很关注。"冯橙理所当然道。

"哦。"冯尚书点点头，继续刚才的话题，"过路百姓发现有劫匪出没，去报给了京营卫军，那些歹人见引来了官兵，就把谢郎中杀害，逃之夭夭了。"

"歹人抓到了吗？"冯橙一脸震惊。

冯尚书摇摇头："暂时还没听说抓到劫匪。"

"这么难抓啊。"冯橙幽幽叹口气。

"是啊，没想到天子脚下匪患竟如此严重，还狡猾如狐。"冯尚书看着孙女，长叹，"连谢郎中都死在他们手上了。"

不能明明白白告诉孙女害她的人倒大霉了，还真有点可惜。

冯橙似是想到了什么，眼神晶亮："祖父，还记得您那日说过的话吗？"

"什么话？"

"您不是说有些做了坏事的人可能不会立刻受到惩罚，不过恶有恶报，总会有那一天的。"

"是啊——"冯尚书听孙女突然提起这个，心头涌上古怪之感。

"谢郎中从科举舞弊案中脱身，没有受到半点惩罚，或许就应在这里了。"

冯尚书错愕张了张嘴，挤出一句话："橙儿怎么知道谢郎中与科举舞弊案有关系？"

"他不是韩首辅的小舅子么，但凡是清白的也不会被叫到衙门去吧？"

这话若是官场中人说出，定要被斥一句不负责任，哪有这么推断的。

可说这话的是个十五岁的小姑娘，说得那般理所当然。

偏偏她还说中了真相。

那理直气壮的任性言论，落在冯尚书眼里也就成了可爱。

孙女怎么这么聪明呢！

冯橙执起茶壶，给祖父添茶："就是可惜那些劫匪，不知道什么时候落网了。"

"是太嚣张了。橙儿别担心，朝廷会想办法的。"冯尚书笑眯眯安慰孙女，心中一派轻松。

转日上朝，冯尚书揣着袖子什么都没说，就有数名言官跳出来慷慨激昂痛骂匪患。紧接着韩首辅一派的一名官员出列，弹劾三大营统领鲁大成失职，放任天子脚下匪患猖獗。

至于韩首辅，因为小舅子死了，告假没有上朝。

京城地界竟然出现匪患，这对庆春帝来说简直无法接受。先把鲁大都督一顿痛骂，命其全力剿匪，再打发内侍去韩府探望，接着叫到了冯尚书。

冯尚书正眼观鼻鼻观心瞧热闹，没想到还有他出场的份儿。

· 174 ·

韩首辅的小舅子死在了劫匪手中，冯尚书的孙女也遇到劫匪险些出事，当然不能只安抚一人。

冯尚书听完庆春帝的安慰，赶忙表了一顿忠心。

庆春帝满意冯尚书的识趣，以给冯大姑娘压惊的名义往尚书府送了不少礼物。

冯橙是在陶然斋从陆玄口中听说了发生在朝堂上的事。

"这么说来，活跃在京城地界的流寇宵小要倒霉了？"

天子脚下太平繁华不假，可什么地方都有阴暗，京城地界虽说没有成气候的响马，流寇宵小还是有的。遭到祸害的，多是普通百姓。

"那我们也算做了件好事啊。"冯橙笑着感叹。

既干掉了算计她性命的人，还使朝廷出手整肃京城地界的宵小，这样的结果太称心了。

"算是吧。"比起冯橙的欢喜外露，陆玄神色淡淡。

冯橙认真打量他。黑衣乌发，衬得少年面如雪玉，气质清冷。他的睫毛浓密纤长，安安静静垂下时，就会在眼下落下一片暗影。

"看什么？"被对方目不转睛看着，陆玄又开始疑心出门时没把脸洗干净。

他本来不是在意这些的人，不知为何，在冯橙面前就在意起来。

"你昨晚是不是没睡好？"

确认了陆墨死讯，陆玄心中定然极难受。

听冯橙这么问，陆玄不由想到昨日在林子里不受控制流露出的脆弱。

当时不觉如何，过后就觉得狼狈了。

他在冯橙面前差点哭了。想想就尴尬。

"睡得很好。"少年死不承认。

冯橙伸手指了指："可你眼下好大一片青影。"

陆玄眼角微抽。突然觉得两个人太熟了也不好……

"就是没睡好吧？"冯橙微微倾身。

淡淡的橘香钻入鼻端。

"坐好。"少年一脸严肃。

冯橙轻轻抿唇。

她忘了，陆玄是个死要面子的，也就是在来福面前才会没有顾忌露出真实情绪。

那些忧伤的，沮丧的，烦躁的，种种会让人觉得脆弱狼狈的情绪，他都藏得好好的，只在一只猫面前流露。大概是知道一只猫不会笑他，也不能伤害到他。

"陆玄，我给你带了一个礼物。"

陆玄大为意外，看了冯橙好一阵儿，才问道："什么礼物？"

冯橙从袖中摸出一个小小的盒子递过去。

盒子扁扁平平，看着都装不了几根小鱼干，陆玄完全猜不出会是什么。

"你打开看看。"冯橙一脸自信，笃定对方定会满意。

陆玄心中好奇,面上一派淡然地打开了小盒子。

盒子中是一根系着金饰的红绳。

陆玄看到的第一眼,有些失望。

这种小玩意都是几岁大的娃娃收的,给他这个还不如给一包小鱼干。

奈何对面少女目光灼灼,满眼期待。

他只好提起红绳,仔细看看。是一只憨态可掬的肥猫。

她送他一条红绳穿着的小金猫当手链?

冯橙开了口:"陆玄,你看像不像来福?"

陆玄脑海中闪过一只又肥又懒的花猫形象,微微颔首:"有点像。"

冯橙笑得灿烂:"所以我看到它,就觉得送你正合适。"

陆玄一头雾水,再次打量那只小金猫。他一点都看不出来哪里合适。

突然想到那次在茶馆,冯橙妄想把来福送给他,陆玄若有所悟:冯橙这是希望他们爱好一致?

女孩子的想法好奇怪。

见陆玄神色不对,冯橙收了笑:"陆玄,你不喜欢吗?"

至少是金子做的啊。

少女眼中一闪而过的失望被少年捕捉到,那只骨节分明的手不知怎么就伸了出去。

见对方愣着不动,少年以若无其事掩饰尴尬:"给我戴上。"

"哦。"冯橙拿起红绳,缠到对方手腕上。

已经是初冬了,她的指尖有点凉。

可陆玄却觉得有点烫,烫红了他的耳尖。

一条红绳,怎么半天系不好。

少年满眼嫌弃看着认真为他戴红绳的少女,嘴角却微微扬着。

因为靠得近,橘香越发浓了。

可偏偏躲不开。

陆玄目光不由落在对方额头上。

少女的额头光洁饱满,没有一丝瑕疵。

一个模模糊糊的念头一闪而逝,他没有想清楚是什么,只是凭着本能微微低头,靠近目光安放之处。

"好了。"冯橙收回手抬起头,撞进一双幽深的眸子里。

陆玄看她的眼神和以前有些不一样。

"陆玄?"

陆玄猛然醒神,迅速拉开了距离。

"干什么?"

冯橙指指他手腕:"长度正合适。"

"嗯。"陆玄拉了拉衣袖，遮住红绳。太幼稚了！

"那回去吧。"冯橙抿唇笑道。

陆玄觉得今天时间过得格外快，可又没有继续吃下去的理由。

毕竟烧鸡都上了三只，还是冯橙请客。

"走吧。"他站了起来。

随着衣袖垂下，手腕上的小金猫完全被遮掩，可那根红绳的束缚仿佛无处不在。

在少年还没有彻底明白之前，就缠到他心里去了。

回到成国公府，就有下人道："大公子，世子夫人不久前昏倒了。"

听了这个消息，陆玄去了华璋苑。

整个华璋苑静静的，就连下人们的脚步声都比旁处的轻上许多。

自从二公子失踪，世子夫人心情不好，一日比一日听不得闹腾，到现在听到丫鬟婆子说话都觉得烦躁。自然而然，下人们就战战兢兢，呼吸都不敢大声。

"夫人，大公子到了。"门口的丫鬟通禀一声。

陆玄立在门外，等着里面动静。

没多久，里面传来大丫鬟的声音："夫人请大公子进来。"

小丫鬟挑起门帘，里面大丫鬟对着陆玄福了福身子："大公子请随婢子来。"

无论大丫鬟还是小丫鬟都没有意识到，二公子过来时都是直接请进外间来的。

陆玄随着大丫鬟走进里室，就见方氏靠着床屏，正面色沉沉看过来。

"母亲好些了么？"

"你今日去哪了？"

陆玄犹豫了一下，没有扯谎："一个朋友请我吃饭。"

方氏本就沉沉的脸色越发冷了："你还有心情出去吃饭？"

上午老夫人找她说话，话里话外的意思是墨儿应该不在了，打算给墨儿设一个衣冠冢。

她如何能答应？

活要见人，死要见尸，难道要她以后对着一副衣冠哭儿子？

不，墨儿肯定还活着。他那么聪明出色，怎么可能就这么死了？

"你弟弟下落不明，你当哥哥的不费心找人，竟还有心思与狐朋狗友吃饭？"

这样的冷言冷语，陆玄近来听了不少。

他其实很不习惯。

他更习惯以前那样，规规矩矩来给母亲请安问好，母亲温言细语叮嘱几句生活。

尽管永远无法像二弟与母亲相处时那般亲昵自在，对他来说却刚刚好。

不习惯，也只能默默听着，他知道母亲是因为二弟出事才变成这样。

可这一次，他听着太刺耳，做不到继续沉默。

少年目光平静望着怒容满面的妇人，正色道："吃饭与找二弟不冲突，儿子的朋友也不是狐朋狗友。"

从来默默听着的儿子突然反驳，方氏哪里受得住，声音立刻高了："不是狐朋狗友？前些日子你总往金水河跑，有没有想过你二弟？"

陆玄沉默了一下，淡淡道："母亲好好休息吧，儿子还有事要忙。"

他转身往外走，肩头挨了一下砸。药碗跌落在地，碎瓷乱飞。

碗底残留的药汁溅到陆玄鞋面上，留下苦涩的气味。

"你忙什么忙，又去花天酒地吗？"身后，是方氏声嘶力竭的质问。

陆玄转过身来，看着面色苍白的母亲，声音软了几分："母亲误会了，儿子大半时间都在找二弟。"

方氏显然不信，冷笑道："若真是这样，你就不会有闲心去金水河了！"

"去金水河，也是想看看有没有二弟的线索——"

"笑话！"方氏愤怒打断陆玄的解释，"你二弟才不会去那种腌臜地方！"

陆玄薄唇微抿，最终劝道："母亲看开些，我会把二弟找回来的。"

谢志平说二弟被秘密杀害了，不知道动手之地。可总会有人知道的。

哪怕二弟变成一副白骨，他也会带他回家。

陆玄大步往外走，还能听到方氏的斥骂与丫鬟的劝慰。

少年的脊背绷得直直的，直到回了院子才放松下来。

"公子——"来喜凑上来。

陆玄摆摆手："退下吧。"

随着他抬手，衣袖下滑，露出串着小金猫的红绳。

来喜眼尖看到，眼睛立刻直了。公子戴的什么？

陆玄按住红绳，冷冷睨了来喜一眼。

来喜赶忙退下了。

小小的金猫冷冷硬硬，一股暖流却缓缓淌过少年结了冰的心。

冯橙回到尚书府，就被琳琅满目的御赐之物惊呆了。

冯尚书喜滋滋道："皇上赏你的。"

冯橙反应过来："是因为小青山的事吗？"

冯尚书笑眯眯点头："韩首辅的小舅子不是出事了吗，韩首辅许是太伤心了，今日没有上朝。皇上打发内侍去慰问，想到前些日子你遇险的事，就赏赐了这些给你压惊。"

落到明处的厚此薄彼，皇上肯定不会做，毕竟能用赏赐解决的事儿再容易不过。

冯橙抚着一柄玉如意，感叹道："还挺意外的。"

没想到解决了害她的人，还有礼物收。

"让丫鬟们给你送到晚秋居去。"冯尚书乐呵呵道。

御赐的礼物流水般搬去晚秋居，牛老夫人忍不住说了句："一个小丫头，好东西倒是不少。"

年轻的时候穷过，都是她精打细算支撑一大家子开销，现在看着宫中的好东西塞满孙女库房，自然有些说不清的滋味。

冯尚书不以为意："橙儿是个有后福的，收点好东西算什么。"

牛老夫人还待反驳，冯尚书忙道："还有事要忙，我先走了。"

眼见老头子走得飞快，牛老夫人气个倒仰。

敢情在这里待了这么久，就是为了亲口告诉大丫头皇上赏了她东西？

老头子什么时候对大丫头这么上心了？

牛老夫人气了半天，奈何找不到甩脸子的人，只好默默消了气。

冯橙回了晚秋居，心情大好。

"来福呢？"

没等白露回话，她快步走到书房，果然来福正躺在窗台上晒太阳。

见冯橙来了，来福睁眼看看，继续闭目假寐。

一双手把肥猫捞起。

"喵？"来福睁开眼，困惑看着那双手的主人。

"来福啊，你可真是我的福星。"冯橙举起花猫，吧唧亲了一口。

"喵！"来福措手不及，叫声都变了调，从那双手中挣脱一溜烟跑了。

冯橙也没追，目光追逐着花猫逃窜的身影抿唇笑了。

白露扶额。姑娘真的忘了自己还是个大家闺秀吗？

接下来的日子平静无波，一眨眼就到了天寒地冻的时候。

冯橙去长公主府改成了隔日一趟。

进入腊月后，下了第一场雪。京城的冬天冷透骨，这场初雪洋洋洒洒很是不小。

冯橙揣着手炉，在园子里见了钱三。

"有情况？"

一开口，白气袅袅。

少女的肌肤本就白，满园冰雪映衬下，越发显得清冷。

钱三弯腰垂眼，不敢多看，只为三老爷默默掬了一把同情泪。

"三老爷踏雪寻梅，不慎跌倒扭了脚，恰巧一位年轻女子路过，打发丫鬟去给乘风送了信……"

乘风是冯锦西的小厮。

冯锦西不喜束缚，出门时虽然会带小厮，大多会把小厮甩在一边玩自己的。

"然后呢？"冯橙面色微冷。

钱三头皮一麻，心道当侄女的管得也太宽了，可怜三老爷叔叔难当啊。

"然后三老爷就与那女子聊起来了。"

"很投机？"

钱三点头："挺愉快的。"

冯橙拧眉："那女子可有说姓名身份？"

她交代钱三格外留意非良家出身的女子，钱三既然急着来报，那女子十有八九不是良家女。这样的女子，自报家门再正常不过。

"当时小的离得远，没听到他们聊天的内容。"

冯橙挑眉："没听到你还说聊得投机？"

钱三嘿嘿笑："看表情就知道啊，三老爷一直笑着。"

大姑娘还是不懂事啊，男人对女人感不感兴趣，还需要听他说什么吗？看他的眼神动作就知道了。

冯橙一想冯锦西眉开眼笑的样子，气就不打一处来。

这是什么破叔叔，让她一个当侄女的操碎了心！

见冯橙冷着脸，钱三自觉道："后来乘风赶来把三老爷扶走了，小的就悄悄跟着那名女子，一直跟到了她的住处。"

少女雪颜稍霁："跟到了何处？"

钱三犹豫了一下："金水河岸。"

"不要磨叽，把你打听到的都说了。"冯橙语气淡淡，显然不奇怪这个结果。

"小的看着那名女子走进了岸边名为红杏阁的青楼，悄悄打听了一下，原来那女子是红杏阁的行首，名叫杜蕊。"

"红杏阁——"冯橙抬手揉了揉眉心，喃喃道，"听着好耳熟。"

钱三眼神登时复杂起来。大姑娘听着青楼妓馆的名字耳熟？

这……这不好吧？

冯橙仔细回忆了一下，想了起来。

当初为了查明迎月郡主失踪真相，查到金水河一名叫彩云的花娘身上。

彩云招供时提到，她杀害清雅书院学子陶鸣，是把对方约到别的画舫动的手，那座画舫的名字就叫红杏阁。这些都是陆玄告诉她的。

冯橙有些不懂，红杏阁明明是一座画舫，怎么钱三却说是岸边青楼？

听了冯橙的疑问，钱三解释道："金水河岸边的那些脂粉楼都拥有画舫，画舫与楼台名字是一样的。"

见冯橙还在认真听，他只好继续解释："春风秋月泛舟河上惬意自在，到了寒冬腊月还是楼里暖和啊。"

他一个小厮，为什么要向大姑娘解释这个！

冯橙解了疑惑，满意点头："知道的还不少。"

钱三讪笑，完全不知道怎么接话。

但凡换一个男人这么说，他怎么也会得意一下。

"辛苦了。"给了赏钱把小厮打发走，冯橙捧着手炉去了冯锦西住处。

小厮见了冯橙忙行礼："大姑娘。"

"我三叔回来了么？"

"老爷在屋里歇着呢。"

"睡下了？"冯橙下意识看了一眼天色。

雪光皑皑下，一派透亮。

小厮忙道："没有，老爷今日出门崴了脚，回来后才上过药不久。"

这还没到吃晚饭的时候呢，谁能睡得着？

"三叔受伤了？"冯橙愕然，提着裙角快步往里走。

到了门口处，她脚下一顿，声音微扬："三叔，我来看你了。"

冯锦西上完药不久，正敞着脚丫子，一听冯橙声音忙拉过毯子把脚盖上。

"进来。"

片刻后，披着大红斗篷的少女走了进来。

看着人比花娇的大侄女，冯锦西突然生出不妙的预感。

冯橙走过去，面带忧虑："三叔，听说你崴脚了？"

冯锦西有些不悦："乘风那小子，真多嘴。"

"是我问他你回来没，他才说的。"冯橙视线落在遮着冯锦西小腿处的薄毯上，语带关切，"严重吗？"

"不严重，一点不严重。"

冯橙解下斗篷，随手搭在一旁架子上。

冯锦西眨眨眼。橙儿这是要长谈啊？

虽然他挺喜欢和大侄女在一起，可这不是有点心虚嘛。

"我能看看三叔脚腕情况吗？"

冯锦西立刻拒绝："就是肿了起来，大脚丫子有什么好看的？"

冯橙也不勉强："那大夫怎么说？"

一听侄女提起这个，冯锦西就叹气："大夫说要养个把月。"

冯橙差点没忍住笑。这么说，至少能过一个安稳年。

冯锦西看着冯橙表情紧绷，嘴角微颤，不由纳闷。总觉得大侄女这表情不像是心疼他的样子。但他们叔侄向来感情好，再怎么样也不会幸灾乐祸啊。奇怪了。

"那三叔可要好好养着，争取过年时能给祖父拜年啊。"

冯锦西表情一瞬扭曲。

真的有种大侄女在嘲笑他的错觉！

认真打量少女，从那张莹白的脸上只看到担忧。

冯锦西有些恍惚。莫不是受伤了，就爱胡思乱想了？

他动了动脚，因为吃痛皱起眉。不对啊，他伤的是脚，又不是脑子。

"三叔别乱动，当心扭伤加重。"这一次，冯橙是真心实意的关心。

无论怎么气三叔给家族招祸，感情在那里摆着。

冯锦西这才感觉侄女正常了，笑着问道："橙儿怎么这时候过来了？"

冯橙微笑："昨夜不是下了一场大雪？想着踏雪寻梅来着，走着走着想到三叔，就过来了。"

踏雪寻梅？冯锦西因这四个字心跳快了好几下。

"园子里不就那么几株梅花，有什么看头？"为了掩饰心虚，冯锦西随口道。

"是啊，就是觉得没看头才来找三叔的。"

冯锦西：？

"三叔应该知道那些赏梅花的好去处吧？"

冯锦西不得不点头："嗯。"

冯橙有些遗憾："本想着要三叔带我去，谁承想三叔扭了脚。"

冯锦西呵呵笑笑。打死也不能让大侄女知道他已经去过了。

"对了，三叔，你的脚怎么扭伤的啊？"

冯锦西笑容一滞。

"就从酒馆出来时滑了一下，这不是下雪了吗？"

"三叔喝多了？"

冯锦西眼神微闪："没喝太多，纯粹不小心。"

"三叔以后出门可要小心啊，据说今年雨雪多。"

冯锦西一愣："还有这种说法？橙儿听谁说的啊？"

"祖父说的。"

冯锦西摸摸鼻子，不敢问了。

"三叔，京城最好的赏梅去处是哪里啊？"

"千云山梅花庵旁的梅林，是京城最好的赏梅去处。"

冯橙轻轻扬了扬眉梢。

三叔倒是没有哄她，今日他就是在千云山的梅林与那名叫杜蕊的女子相遇的。

"那我明日去玩玩。"

冯锦西一听，赶忙劝阻："千云山有点远，去的人也杂，还是等我好了带你去吧。"

冯橙唇角微勾。当然杂了，文人墨客，花魁行首，应有尽有。

"不算远啊，都没出城。"

"主要是人杂。"唯恐侄女乱跑，冯锦西觉得脑壳疼。

"我带着小鱼。"

"去小青山你还带着小鱼呢，不也出事了？"想到冯橙在小青山遇险的事，冯锦西依然后怕。

冯橙摊手："去小青山就算三叔跟着，还是躲不了啊。"

冯锦西脸一板："总之等我好了带你去，不许一个人乱跑。"

冯橙犹豫了一下，勉强答应下来："那好吧，等三叔好了一起去。三叔可不能骗我。"

冯锦西翻了个白眼，没好气道："我骗你干什么？"

"那三叔好好养着，我先回去了。"冯橙起身。

"回吧，回吧。"少年一直紧绷的心弦总算松懈下来。

他维持当叔叔的尊严容易吗？

冯橙又坐了回去，细细打量小叔叔。

冯锦西心中发虚："看什么？"

还不赶紧走？

少女蹙眉："我怎么觉得三叔不欢迎我，巴不得我赶紧走？"

"没有的事！"冯锦西飞快否认。

"真的？"

"真的！"

冯橙嫣然一笑，施施然起身："那我走啦。"

终于熬到大侄女走人，冯锦西擦了擦额头薄汗。

这什么破侄女啊，越来越精了。

冯橙回到晚秋居，笑意一收，有些心累。

三叔扭了脚短时间不能出门，虽说能得一时安稳，可也让她找出那名女子的时间陷入了凝滞。

毕竟到现在她无法确定那名叫杜蕊的女子是不是害了整个尚书府的人。

用不了一个月，就要到庆春二十五年的春日了。

"白露——"

白露走过来："姑娘您吩咐。"

"那些御赐之物中是不是有活血膏？"

东西是白露整理的，她自然很清楚，闻言不假思索道："有呢，一共有六瓶上好的活血膏。"

"取两瓶给三老爷送去。"

冯锦西正准备吃饭，就听小厮禀报说晚秋居的白露来了。

"三老爷，姑娘让婢子给您送活血膏来。"

冯锦西看到两瓶活血膏上的贡品标志，登时感动了。

多好的侄女啊，等脚好了，他第一时间就带侄女去赏梅！

许是少年人恢复快，也或许是御赐的活血膏起了一些作用，在过年前几日，冯锦西的脚就好利落了。

恰恰下了一场大雪，入眼一片片银装素裹。

冯锦西履行承诺，带着冯橙前往千云山踏雪寻梅。

千云山不是那种险峻山峰，而是比较缓的山丘。

还在山脚下，就能看到一片片深红浅白如云如雾的梅林。

等冯橙下了马车走过来，冯锦西笑道："现在梅花开好了，之前我来的时候可不见多少开花的，寻了好久——"

后面的话在触及少女古怪的目光时戛然而止。

"三叔先前来过了？"冯橙微笑问。

冯锦西想抬手打自己的嘴，看着笑盈盈的大侄女突然反应过来：不对啊，橙儿又不知道他在这里崴脚的，就算知道他在这里崴脚的，也不知道他遇见一位美貌花娘。

不慌！

面对侄女的盈盈笑眼，冯锦西一脸淡定："前些日子来过一次，那时候还早呢。"

"那三叔怎么没带我？"

"那么早，谁知道梅花开了没有？我怕你白跑一趟，所以先来探探路。"冯锦西解释完，才觉得不对。

他当叔叔的出来玩玩，谁规定必须带着侄女了？

天热的时候他准备好了游船和西瓜，结果侄女撇下他，和朋友去了。

冯锦西把心虚一抛，越发淡定了："橙儿，咱们上去吧。"

小厮乘风要跟上，冯锦西一指路边："留下看着车马。"

对于冯锦西不喜带着小厮玩，冯橙知道原因。

乘风之前的那个小厮，经常会向牛老夫人禀报冯锦西在外面的事儿，冯锦西为此挨了不少打骂。后来换了乘风，他的戒心也消不了了。

叔侄二人拾阶而上，小鱼默默跟在后面。

山上要冷一些，积雪深厚，踩在上面发出咯吱声响。

"橙儿小心点儿啊。"冯锦西一想到就是在这地方崴脚的，忍不住叮嘱走在身边的少女。

"三叔也注意脚下，我看这里更容易摔跤。"

冯锦西摸了摸鼻尖。能不能别总说这种让他心头一紧的话。

为了缓解尴尬，冯锦西伸手一指："橙儿你看那里。"

冯橙放眼望去，就见如霞如云的梅林旁一座庵堂静静立着。

皑皑白雪下，有种遗世独立的味道。

"那就是梅花庵吗？"

"对。"冯锦西点点头，讲起梅花庵的来历，"庵主本是一个贵女，据说是家中反对她与一名男子相恋，于是跑到千云山来削发为尼，这片梅花林就是她出家后种下的……"

冯橙听完问："庵主还在吗？"

冯锦西笑了："那名贵女出家时不过十几岁，到现在也就四十多岁，自然还在的。"

"这样说来，我们逛累了可以去梅花庵用斋饭？"

"梅花庵有专门招待香客的外堂，若是时间还早可以去讨一杯水喝，天黑之前就闭门谢客了。"

毕竟是尼姑庵，不似那些大寺庙会提供善男信女留宿之所。

冯锦西一想侄女又不懂这些，到嘴边的解释默默咽了下去。

叔侄二人走进梅林，能看到雪地上留有一串串脚印，显然今日来此踏雪赏梅的人不少。

梅林足够大，走在其中会生出无边无际之感，时而会与游人相遇。

冯橙跟在冯锦西身边，已经遇到第二个与冯锦西打招呼的人了。

"这么巧，冯兄也来赏梅啊。"打招呼的是一名与冯锦西年纪相仿的少年，目光不自觉往冯橙面上落了落。

冯锦西唯恐对方说出什么不着调的话，忙介绍道："这是我侄女。"

少年面色有些古怪："冯兄的侄女这么大了啊。"

这差了辈分，就不好搭讪了。

"不耽误张兄游玩了，我带侄女去那边逛逛。"

与那人作别，冯锦西脸一冷，殷殷叮嘱大侄女："以后见了那小子躲远点。"

第一次见面就盯着小姑娘看得两眼发直，什么东西啊。

冯橙微讶："那不是三叔的朋友吗？"

冯锦西不以为意道："就是见过几次面，连我真实身份都不知道，谈不上朋友。"

"三叔还真是交游广阔。"

"男人当然要多结识些朋友。"冯锦西理所当然道。

冯橙听他这么说，不由想到了陆玄。

陆玄的朋友就不多，关系最好的就是那位林大人了。

可她觉得陆玄比三叔靠谱多了，至少不会与风尘女子搭上，连累整个家族。

不对！冯橙脚步一顿，突然停下。

陆玄虽然没与风尘女子乱来害了整个家族，但他杀了太子，乱了整个大魏……

这么一想，冯橙整个人都不好了。所以男人就没有靠谱的吧？

冯锦西瞧着侄女神色不断变化，到最后变得杀气腾腾，一脸莫名："怎么突然停下了？"

冯橙回神，看着冯锦西目光复杂。

冯锦西一头雾水，正要再问，忽听一道轻柔声音传来。

"冯公子？"

冯锦西浑身一僵，忘了反应。

冯橙则转头望去。

不远处雪地红梅旁站着一位素衣美人，云鬟花颜，我见犹怜。

冯橙第一反应，这就是那名叫杜蕊的花娘。

果然女子对着呆若木鸡的少年微微一笑，关切问道："冯公子的脚好了吗？"

冯橙缓缓看向冯锦西，不给他装死的机会："三叔？"

冯锦西望着俏脸紧绷的大侄女，挤出一个尴尬笑容："主要是交游广阔……"

虽然尴尬，可他却不能为了脸面冷落帮过他的人。

投给冯橙一个安抚的眼神，冯锦西大步走了过去。

"杜小姐，这么巧。"

女子福了福身子："上次梅林一别，没想到又见到冯公子了。"

那双美目顾盼生辉，锁在冯锦西面上。

冯橙冷眼瞧着，很想翻白眼。

冯锦西却把这种目光视为理所当然："是啊，本该登门致谢，奈何伤了脚，刚刚能出门。"

"冯公子没事了就好，不过举手之劳，谈不上谢。"

二人你一言我一语，客气中又有别样情绪流淌。

冯橙看不下去了，走过去与冯锦西并肩而立，出声问道："这位姑娘是——"

"她是——"冯锦西一下卡了壳。

在那双黑白分明的眸子注视下，冯锦西只好坦白："之前来这里踏雪寻梅，不小心崴了脚，幸亏杜娘子帮忙叫了乘风来，不然我就回不去了……"

冯橙看向女子，弯唇浅笑："原来是这样，那要多谢杜娘子帮了我三叔。不知杜娘子家住何处，我三叔不方便登门道谢的话，我可以代他去。"

十五岁的少女，笑得单纯无害，诚意满满。

冯锦西登时惭愧了。他还是人吗，之前怎么能骗橙儿呢？

女子微微欠身："姑娘太客气了，奴家住的地方冯公子去得，姑娘反而不方便去。"

冯锦西诧异看女子一眼，意外她坦然表露身份。

"还有这样的地方吗？"冯橙看向冯锦西。

冯锦西干笑。

冯橙又看向女子。

"奴家住在金水河畔，是红杏阁的花娘。"女子说这话时神色很淡然。

冯橙敏锐察觉对方在"红杏阁"三字上加重了语气。

这是强调一番，怕三叔忘了？

"红杏阁啊——"冯橙不疾不徐念出这三个字，弯唇一笑，"记住了，那改日我去红杏阁找杜小姐。"

女子从容淡然的神色在这一刻终于有了变化。

冯锦西更是惊了："橙儿，红杏阁不是你常逛的脂粉铺。"

"我知道啊。"冯橙无所谓地牵了牵唇角，"刚刚杜小姐说了，红杏阁不方便我去，方便三叔去，那显然不是卖胭脂水粉的地方嘛。"

"那你还乱说！"当着女子的面，冯锦西强压下弹侄女脑门的冲动。

冯橙脸色一正："三叔怎么能因为身份而怠慢恩人呢？"

冯锦西被噎得一滞。说恩人是不是有点过了？就是帮他给小厮传个话而已。这么一想，冯锦西再看女子，心中那股热乎劲儿就散了不少。

在金水河能争得一席之地的青楼画舫都是有名气的，杜蕊能在红杏阁出头自然不简单。她顿时察觉到了冯锦西的微妙变化。

"冯公子与令侄女都太客气了，那日只是举手之劳，冯公子若一直记挂就折煞奴家了。"杜蕊福了福身子，绽放一抹浅笑，"今日奴家约了人，就不打扰冯公子与令侄女游玩雅兴了。"

见杜蕊主动告辞，冯锦西嘴唇翕动，下意识想开口挽留。

大侄女一记白眼，让他默默闭了嘴。

目光追逐着素衣女子袅袅身姿消失在红梅香海间，冯橙看向冯锦西。

"咳咳，橙儿，那日三叔不是有意骗你，这不是杜小姐身份特殊，觉得对你一个姑娘家说了不合适嘛。"

冯橙提着裙角漫无目的往前走着，面带微笑："三叔说什么呢，我又没怪你说瞎话。"

冯锦西："……"

虽说只比橙儿大了两岁，可他好歹是当叔叔的，就这么没面子的吗？

大步跟上去，冯锦西觉得还是要叮嘱一番："橙儿，红杏阁绝对不能去啊。"

父亲大人要是知道橙儿因为他去逛青楼，非拿鞋底抽死他不可。

冯橙脚下一顿，看着冯锦西一脸认真："三叔放心吧，我不是那种以身份、容貌取人的人，只要是你在意的人，我会与其打好关系的。"

冯锦西一听更慌了，可看侄女的表情显然是认真的。

"橙儿误会了，我怎么会在意一个花娘？纯粹是她帮过忙，心存感谢而已。"

冯橙皱眉："三叔这话不对，当时你崴了脚，要是没有人家传话说不定有生命危险呢。这么看来，人家对你有救命之恩呐。"

冯锦西嘴角微抽，连连摆手："谈不上，谈不上。"

就是给他传个话，怎么就成救命之恩了？

看着大侄女露出不赞同的神色，冯锦西思路越发清晰："当时有杜小姐帮忙传话，让我少受了点罪，假若没遇到杜小姐，乘风迟迟不见我回也会去找的。咳咳，我只是扭了脚，又不是断了腿哗啦流血，哪来的生命危险？"

"原来是这样。"冯橙嫣然一笑，"我还想着救命之恩，三叔是不是要以身相许呢。"

冯锦西忍不住拍她一下："哪来这些乱七八糟的想法？"

再次偶遇佳人，想去红杏阁的心思悄无声息就散了。

冯橙见好就收，笑眯眯道："三叔，我饿了。"

冯锦西暗暗松口气："三叔带你去梅花庵用斋饭。"

可算不用和侄女谈论花娘的话题了。

"三叔吃过梅花庵的斋饭吗？"走在冯锦西身边，冯橙随口问起。

"和朋友一起吃过一次，是去年的事了。"

"好吃吗？"

冯锦西回忆了一下，点头："还不错。"

说话间到了梅花庵，就见门外搭了几个草棚，零星有几个游人坐着喝茶。

冯锦西带着冯橙走进庵门，上香捐过香油钱，由一名老尼领着进了外堂。

比起外边的天寒地冻，堂中就暖和多了。

还算宽敞的堂中摆着七八张桌，有两桌已经坐了人。

不多时，素斋就端来了，上菜的是一名十一二岁的小尼。

冯橙往常去的都是万福寺那样的大寺，还是第一次见到这么小的尼姑。

她不由多看两眼。

比三妹还小好几岁，看着只是个孩子罢了，生得眉清目秀，白净纤弱。

察觉冯橙的打量，小尼害羞垂眸："两位施主慢用。"

"多谢。"冯橙笑着道谢。

小尼施了一礼，默默离开。

冯锦西轻咳一声："别看了，快吃饭。"

冯橙收回目光，有些感慨："这么小，就一直吃素吗？"

冯锦西哭笑不得："人家从小习惯了。赶紧吃饭，吃完再玩一会儿就该回家了。"

桌上摆着四碟菜，一碗汤，其中一盘红梅虾仁最惹人注目。炸得恰到好处浇着酸甜汁的虾仁，以朵朵梅花作点缀，看起来赏心悦目，令人垂涎。

冯橙觉得好看的同时，不确定地问："梅花不能吃吧？"

"是用掺了梅子汁的细面做成的。"冯锦西夹了一筷子虾仁放入冯橙碗中，"你尝尝虾仁是什么做的。"

冯橙夹起虾仁放入口中品味一番，笑道："是藕头吧？"

冯锦西有些没趣："这么容易就猜出来了？"

冯橙笑了："三叔忘了，万福寺也有斋菜啊，我吃过几次，不过这道红梅虾仁真是让梅花庵做绝了。"

"这道三彩素丸汤也好吃。"冯锦西又给侄女盛汤。

叔侄二人饱餐一顿，满意离开。

回到晚秋居，冯桃找了过来。

"大姐，我听说你和三叔去赏梅了。"

冯橙点头承认。

"好不好玩儿？"

面对妹妹闪闪发亮的眼睛，冯橙讲了千云山的梅林，讲了梅花庵的素斋，听得冯桃心驰神往。

"大姐，我也想去赏梅，咱们一起去好不好？"

冯橙想了想道："明日我要去长公主府，之后马上就过年了，等开春我们一起去。"

"那一言为定啊，到时候就咱们两个去，不带三叔。"

得了姐姐点头，冯桃欢欢喜喜走了。

转眼就是大年初一，元日朝拜、走亲访友这些都不是冯橙关心的，作为小辈等着收压岁钱就是了。

随着白露一声惊呼，冯大姑娘又一次在来福爪下看到一只努力扑腾的鸽子。

冯橙一看那可怜的鸽子，就知道是谁的了。

"来福，你给我放爪！"

花猫用爪子按着挣扎的鸽子，淡定看着少女。听不懂。

冯橙走过去，指指信鸽："第二次了，少装听不懂！"

"喵——"

眼见冯橙脸色越来越黑，花猫这才慢条斯理抬爪，把鸽子推了出去。

鸽子翻了一个滚，倒在冯橙面前，颤动着翅膀可怜又无助。

冯橙深吸一口气，刚想数落始作俑者几句，肥猫已经大摇大摆跑了。

算了，大过年的，不追过去骂了。

默默劝过自己，冯橙把可怜的鸽子捧起来，解下系在它腿部的铜管。

细细的铜管中塞着细细的纸条，展开后上面只写着时辰地点。

冯橙捏着纸条纳闷了。大年初一，陆玄找她能有什么事？

等到了约定时间，冯橙提着个小篮子去了清心茶馆。

一进门，就是伙计那张大大的笑脸。

"冯大姑娘过年好。"

冯橙伸手摸向荷包。错了，这一包是小鱼干。又摸向旁边的，摸出一个红封。

"过年好。"她把红封递过去。

伙计双手接过，笑得更灿烂了："多谢姑娘赏，公子在楼上等您呢。"

目送冯橙上了楼梯，伙计暗叹口气。看看人家冯大姑娘，还知道过年了给他赏钱呢，他敢打赌公子铁定不会给小鱼赏钱。

这也就罢了，那日他见公子无意间露出手腕上的红绳，试探问了问。

居然真是冯大姑娘送的礼物！

他再问公子的回礼。居然没有！

就公子这样的，还想抱得美人归？

好在公子在他的提醒下，知道给冯大姑娘准备新年礼物了。

伙计收回期待的目光，为自己大过年的还要开门守茶馆叹了口气。

公子但凡争气点，这时候他应该正和来喜赌两把呢。

雅室的门半敞着，冯橙走到门口，就与室内少年对上视线。

"怎么敞着门呢？"她走进去，顺手把门关好。

陆玄看她一眼，说了声过年好。

"过年好。"冯橙在对面坐下，笑容甜美。

过年了啊。梦中的这个时候，陆玄受了成国公世子夫人指责后，强行给来福戴了一朵大红花，还说是给来福的新年礼物。

而现在他们能约在茶馆，相对而坐。

不管庆春二十五年的春日以什么姿态拉开序幕，至少这一刻是值得庆幸的。

少年被少女的笑容晃花了眼，以至于慢了半拍才留意到她放到桌面上的小篮子。

冯橙给他准备的新年礼物？

察觉陆玄打量小篮子的目光，冯橙有些脸热："陆玄，真是对不住啊。"

陆玄挑眉，不知这话从何而起。

冯橙把小篮子默默推过去，露出一个尴尬的笑容。

篮子上盖着红绸布，完全看不到里面装着什么。

陆玄盯着那处暗暗猜测，突然红绸布动了动。

素来遇事镇定的少年这一刻面色微变，眼神复杂看了对面少女一眼。

冯橙该不会把那只肥猫送给他吧？

有了这个猜测后，少年顿时陷入了纠结。

大过年的，拒绝冯橙送的礼物不合适，可收下那只肥猫实在有点不愿意。

犹豫了一会儿，少年暗叹口气。

罢了，既然是冯橙送的，就勉为其难收下吧。

刚刚说服自己，突然听到微弱的咕咕声隔着红绸布传来。

这是——陆玄抿着唇把红绸布掀开，见到了奄奄一息的鸽子。

"咕咕。"鸽子得见天日，努力冲陆玄叫了两声。

他默默看向冯橙。

冯橙讪笑："还是来福……"

见少年抬眉，她生出几分不好意思："都说了，用鸽子传信不好……"

陆玄险些被她气笑了。总之就不是她那只肥猫的错是吧？

这一瞬，少年突然起了个念头：在冯橙心里，他和那只肥猫谁更重要一点呢？

理智阻止他问出这么愚蠢的问题，然而不得不承认，他更想知道答案了。

"陆玄，我觉得这只鸽子还能救一救。"

这次发现得早。

陆玄看了一眼可怜的鸽子，提起篮子走到门口交给守在外头的小鱼："给来宝送去。"

小鱼接过篮子走下楼，面无表情把篮子往来宝面前一放，又转身上楼去了。

伙计望着小鱼的背影，摇了摇头。

都过年了，小鱼姐姐还是那么惜字如金啊。

一声"咕咕"拉回了伙计的注意。

伙计与篮子里的鸽子大眼瞪小眼，一时陷入了迷茫。

小鱼送来这只鸽子，是让他清炖了给公子他们送去呢，还是红烧了送去呢？

雅室里，冯橙笑着问："陆玄，今天叫我来有什么事啊？"

少年睨她一眼，语气淡淡："没事就不能找你么？"

自从解决了谢志平，这丫头就没露过面。

当初"师兄"叫得那么甜，属她过河拆桥快。

"今天不是过年么，你没有去拜年？"

"本家人不多。"

初一这日，除了进宫朝贺，主要在族内走动拜年。

陆玄把手边一个匣子推过去："送你的。"

迎着对方微讶的目光，他淡淡解释："过年了，给你的礼物。"

"多谢啦。"冯橙扬唇一笑，对匣子中的礼物好奇起来，"我现在可以打开看吗？"

这一次，总不会是大红花了吧。

陆玄微微点头，显然对送出的礼物很自信。

冯橙把匣子打开，看着晃花人眼的金元宝陷入了沉默。

这礼物够实在的……

二人有一阵子没见面，礼物这个话题过去后聊得还算热络，时间不知不觉过去。

敲门声响起，传来伙计的声音："公子，小的送吃的来了。"

随着陆玄一声"进来"，伙计端着托盘走到二人面前，把一大碗香气扑鼻的汤水摆在桌上。

"公子，冯大姑娘，你们趁热喝啊，这种冷天喝鸽子汤最滋补了。"

"鸽子汤？"冯橙面色微变，看向桌上的青花瓷大碗。

碗中汤汁清澈，飘着枸杞，香得让人心情复杂。

"过来！"陆玄冷着脸冲来宝勾手，声音比脸色更冷。

来宝直觉不妙，下意识看向冯橙。

冯橙虽然可怜那只惨死的鸽子，但也不能见死不救。

"陆玄，大过年的，少打几下吧。"

来宝：？

陆玄怎么收拾来宝，冯橙没有旁观，回到晚秋居把匣子交给白露："收好吧。"

白露伸手接过，只觉一沉。

凭经验，这样大小的匣子有这种重量，里面定是金银。

打开看后，白露满脸震惊："姑娘，哪来的呀？"

"陆大公子送的新年礼物。"

白露激荡的心情登时冷下来，看着满匣子金元宝都不觉得好看了："陆大公子的新年礼物有点别出心裁……"

哪怕送一匣子金首饰，也比金元宝显得用心啊。

"实用就好，回头兑换成碎银备用。"冯橙对这份礼物还算满意。

这样一来，她就能多养两个钱三那样的了。

大年初二，本该是尤氏带着冯橙兄妹三人回娘家拜年的日子，冯豫提出代替母亲前往。尤氏犹豫了一下，点头答应。

"大哥，要我和你一起去吗？"冯橙问。

冯豫微微一笑："不用，何必去了糟心，有大哥一个人去就够了。"

尤氏听了神色一黯，冯橙却弯唇笑了。

"那大哥早去早回。"

她一直觉得兄长是端方君子，书卷气浓，面对舅舅那一家子烂人会吃亏，没想到大哥知道舅舅一家的算计后，态度这般干脆。

"母亲，儿子先走了。"

冯豫在尤氏面前把对外祖家的冷淡表现得理所当然，反令尤氏没了话说。

"去吧。"

冯豫离开后，气氛一时沉默。

"母亲是不是不开心？"

尤氏苦笑："我只是有些惦念你外祖母……"

冯橙挽住尤氏胳膊："母亲既然惦记外祖母，等过些日子就去探望她老人家吧。"

这是舅舅一家算计她的事闹出来后过的第一个新年，如果母亲还是如往常那样带着他们兄妹三人去拜年，就会给对方错觉，让他们觉得还能拿捏母亲。

尚书府很不高兴，母亲和他们兄妹很不高兴，这一点必须让外祖家清醒认识到。

再之后，母亲想照顾一下外祖母，她自然不会拦着。那毕竟是生养母亲的人，也没有参与算计她的事。

尤家那边，一早就打起精神等着尤氏几人到来。

尤老太太面上带着笑，心情却不怎么样。这是尤家过得最难的一个年。

耳边是儿媳的念叨："老太太，姐姐那边请您多说说话吧，都是一家人，何必生分了……"

尤老太太本来有个孺人的敕命身份，是当年尤老太爷中了进士给她挣来的，所以能被人尊称一声老夫人。

去年科举舞弊案发，这个敕命身份也被夺了，尤老夫人就成了尤老太太。

尤老太太虽恨儿子、儿媳糊涂，可到底血浓于水，这个家还要她撑下去。

在她心里，也不愿见女儿与娘家生分了。

等女儿来了还是劝一劝吧，好在女儿性子软，不是个狠心的。

尤老太太带着盼望与烦闷等着尤氏带着孩子们到来，却只等到了外孙。

当时尤老太太脸色就不好看了："你母亲呢？"

冯豫语气淡淡："母亲近来操劳，我代表母亲来给外祖母拜年。"

尤老太太很想说两句表示不满，可看着神色平静的外孙，那些话默默咽了下去。

面对女儿，她可以提诸多要求，在外孙面前却没这个底气。

说到底，尤家与冯家是两姓人。

只听说儿女不孝被指责，没有外孙不孝的说法。

冯豫离开后，尤老太太越发心堵，偏偏过年这种时候不好骂人，只能生闷气。

许氏不甘心，凑上来提起尤氏不回娘家的事。

尤老太太到底没忍住，一口唾沫啐到她脸上："豫儿成人了，以后在冯家大房就是当家做主的，你当豫儿是你姐姐那样的好性子呢！"

许氏捂着脸，一颗心彻底坠入谷底。

大姑姐过年都没回娘家拜年，看来以后很难指望上了。

尤老太太何尝没想到这一点，沉着脸道："出去！"

屋中没有旁人后，尤老太太闭了闭眼，一行老泪流下来。

这个新年，有人欢喜有人愁。

转眼过了正月初八，冯橙正打算约着冯桃去千云山赏梅，钱三就来报了一个令她措手不及的消息。

"姑娘，三老爷好像失踪了。"

听了这句话，冯橙脑袋都炸了："失踪？"

一见冯橙这反应，钱三把头埋得低低的，下意识夹紧双腿："今日三老爷与几个朋友去林中狩猎，生了篝火烤肉喝酒，后来三老爷去小解，就一直没见回来。"

"你没跟上？"

钱三扫着冯橙冷冰冰的脸色，忙道："我的姑娘，三老爷是去小解啊，小的跟上不合适吧？"

冯橙抿了抿唇，知道怪不了钱三。她交代钱三留意与三叔来往的女子，三叔与朋友烤肉喝酒，钱三能悄悄盯着已经算用心了。

"然后呢？"

"三老爷离开好一阵子不见回来，几个朋友就打发小厮去找人，后来所有人都去找三老爷了。那些人找了大半个时辰，猜测三老爷可能有急事离开了，决定回城问问。小的怕被人发现一直躲着不敢出来，等他们走了在林子里找了一圈，就赶回来向您禀报了……"

冯橙神色凝重："三叔就突然失踪了？"

钱三点头："就挺突然的。"

谁想到去小解，人就不见了啊。

冯橙霍然起身，大步往外走。

钱三忙拦着："姑娘，您去哪儿？"

"去找我三叔。"

"哎呦，姑娘，您要是去找三老爷，怎么解释您知道三老爷失踪的事啊？"

"你都来向我禀报了，三叔的朋友也该把消息送到了。"

冯橙赶到长宁堂，正遇到牛老夫人身边的胡嬷嬷往外走。

"胡嬷嬷，这么急匆匆是去哪里啊？"

胡嬷嬷现在一见冯橙就脸上发痒，心里发毛。

没办法，两次被大姑娘养的猫抓花了脸，留下的阴影太大了。

面对唇角含笑的少女，胡嬷嬷不敢不答："三老爷有点事，老奴安排人去找老太爷回来。"

冯橙立刻变了脸色："我三叔怎么了？"

"和三老爷一起出去玩的人来报信说三老爷在山林里不见了，问有没有回家来——"

冯橙风一般跑进了长宁堂。

牛老夫人面色沉沉，正想着事情，就见冯橙跑了进来。

"这么慌慌张张干什么？"

冯橙站稳身子，神色急切："祖母，听说我三叔失踪了？"

牛老夫人眉头一皱，显然觉得孙女不该掺和这些事。

"只是没有按时回家，什么失踪不失踪的。"

听到"失踪"这两个字，牛老夫人心情就不好。

大孙女失踪的事好不容易没什么人提了，要是老三再闹一场失踪，尚书府又成了京城上下茶余饭后的笑话。

"三叔是在山林里不见的，眼见天就要黑了，山林里野兽多会有危险。"冯橙不准备耽搁时间了，"祖母，我带些家丁去找三叔吧。"

牛老夫人以为听错了："你带什么？"

"带家丁，找三叔。"

牛老夫人连生气都忘了，只剩下震惊："大丫头，你说什么胡话？"

"那孙女去准备了。"冯橙屈了屈膝，转身便走。

"站住！"

冯橙停下。

牛老夫人声音不自觉拔高："你准备什么？你一个姑娘家带着家丁去找你三叔？"

"吵什么呢？"冯尚书一脚迈进来。

牛老夫人板着脸道："听说老三没回家，大丫头闹着带家丁去找人。"

冯尚书诧异看冯橙一眼："橙儿这么知道心疼长辈啊。"

牛老夫人气个倒仰。死老头子在想啥？

"她一个姑娘家，张口就说带着家丁去寻人，这像什么话！"

冯尚书不以为然："关心则乱，至少说明橙儿是真为她三叔担心。"

牛老夫人听着这话就不对劲了。

什么叫橙儿是真为她三叔担心？这意思她不担心老三？

当然，她确实不担心。

一个妾生子，文不成武不就，就只有一张脸可以看，别说将来给家族添助力，能不惹祸就是好的。这么一个东西，她为何要担心。

"来报信的人呢？讲讲到底是怎么回事儿。"冯尚书觉得老婆子实在拎不清。

这个时候重点是橙儿要去找她三叔吗？

牛老夫人便讲了来报信的人身份，以及冯锦西如何不见的事。

冯橙默默听着，与她从钱三那里听来的情况差不多。

冯尚书听完，先骂了一声："这个不省心的东西！"

牛老夫人下意识想点头，强行忍住了。

"老二呢？"

牛老夫人一愣。

冯尚书面色微沉："你没打发人去找老二？"

"这么兴师动众，平白惹人猜测。"牛老夫人觉得老头子小题大做，"派人给你送信时，我已经安排管家带人赶去山林那边了。"

又不是孩童，不过晚回来一会儿就要让还在上衙的次子去寻，哪有这样的道理。

冯橙忍不住开口："事关三叔安危，多少人去找都谈不上兴师动众，外人的猜测更不重要。"

"大人说话，你一个小姑娘插什么嘴。"牛老夫人扫了冯橙一眼，满脸不悦。

老头子给她添堵就罢了，死丫头也处处给她添堵，偏偏顾着这丫头总往长公主府跑，还不能责罚。当祖母的像她这样，也是恼火。

冯尚书没打算真让孙女去寻人，温声道："橙儿你也别急，等一等你三叔就回来了。"

冯橙只好点头："那孙女回晚秋居等消息。"

"去吧，去吧。"冯尚书好脾气摆摆手。

等冯橙离开，牛老夫人一声冷笑："老爷就纵着大丫头吧，一个姑娘家张口就说要带着家丁去寻人，还有什么是她不敢做的？将来要是胆大包天惹下大祸，有你后悔的。"

冯尚书不乐意听了："大过年的你说什么晦气话，橙儿担心她三叔还错了？孩子就是着急说几句，现在不是乖巧回房了嘛。"

牛老夫人登时无言以对。

冯橙回到晚秋居，描粗眉毛换上男装，带着小鱼利落翻墙头走了。

她比谁都清楚三叔这次失踪没有生命危险，不然就没有后面三叔与风尘女纠缠害了尚书府的事了。

她担心的是三叔失踪这个反常事件本身，会不会与后来的祸事有关。

在家等消息，固然能等到三叔回来，却不能保证三叔会把今日经历和盘托出。

就像年前三叔踏雪寻梅崴了脚，她问起时可没说实话。

只有尽量参与进去，触到真相的可能才越大。

天已经擦黑了，寒风刮在脸上，犹如刀割。

冯橙从后巷走上街头,街上灯火点点,行人稀疏。

她带着小鱼往一个方向赶。早先让钱三赁了一处宅子,养了两匹马,此时正派上用场。才走没多远,忽觉有人靠近。冯橙警惕转身,撞进一双熟悉的眼睛。

"陆玄?"

"要去哪儿?"朦胧夜色下,少年语气平静,眼底藏着好奇与关心。

"我三叔在城南山林失踪了,我去找他。"冯橙纳闷看着陆玄,"你怎么在这儿?"

"办完事回家,看到一队尚书府的人匆匆路过,想着你家是不是有什么事,就来看看。"

没想到就遇到了冯橙。

"你准备就这么去?"

听陆玄这么问,冯橙微一迟疑,"嗯"了一声。

"跟我来。"

见冯橙没动,陆玄微微皱眉:"我有马,你靠两条小短腿什么时候赶得到?"

冯橙嘴角微抽。

与她悄悄养的马比起来,陆玄的定然是好马,这样能更快赶到山林那边。

可也不能说她腿短啊。

陆玄扫了紧跟在冯橙身后的小鱼一眼,淡淡道:"只有两匹马。"

一匹是他的,一匹是来喜的。主仆二人出门办事,正好用马。

"小鱼,你回去吧。"

得了吩咐,小鱼点点头,转身走了。

陆玄道:"现在听话多了。来喜——"

小厮来喜牵着两匹马上前来。

"你也回去吧。"陆玄把那匹枣红马的缰绳递给冯橙。

没等来喜吭声,二人就翻身上马,转眼消失在前方夜色中。

望着空荡荡的街头,来喜抹了一把冻得冰凉的脸,犹不敢相信发生了什么。

随公子办完了事,他还想着回到国公府吃上香喷喷的晚饭呢。

公子就跟人家姑娘跑了,还骑走了他的马!

不提小厮如何满腹哀怨地走回国公府,小半个时辰后,冯橙与陆玄赶到了那片山林。

第9章 阿黛

城南这一片山林很不小,梅花鹿、狐狸、野兔这些随时可见,就成了人们狩猎的好去处。如今刚开春，与三五好友打上一只鹿，来个赏景烤肉，别提多快活。

料峭寒风中，一眼望去，山林影影绰绰，偶尔有光亮穿透黑暗晃过。

那是来寻冯锦西的人提的灯笼。

这个时候，在山林中寻人的要么是尚书府的家丁，要么是冯锦西的友人。

安置好两匹马，陆玄与冯橙走进山林。

晚间的山林，在这冰雪尚未消融的时节很是阴冷。走在其中能听到呼呼风声，以及时远时近呼喊冯锦西的声音。

"你三叔怎么失踪的？"少年的声音在黑暗的林子中显得有些飘渺清冷。

冯橙把听来的情况说了。

"令叔有仇家？"想到那个容貌昳丽行事不着调的少年，陆玄直觉不可能。

冯三老爷那样的，要说某天被人揍了还有可能，下死手图啥？

冯橙迟疑着摇头："我三叔喜欢交朋友，性子很好的，按说不会与人结仇。"

性子很好？这陆玄就不太赞同了。

不过他还不至于没眼色到这种时候说出来，而是举着灯笼留意四周情况。

有些地方明显留下人走过的痕迹，也有兽类脚印。

"嗷呜——"有狼嚎远远传来，令人寒毛竖起。

陆玄不由看了走在身边的人一眼。

这种地方，要不是他凑巧碰到，她准备一个人来？

心中还没想明白，话就说了出去。

"以后再有这种事，可以叫我一起。"

冯橙愣了愣，点头："好。"心里却没当真。

她与陆玄一个住尚书府，一个住国公府，平时联络都那么麻烦，连鸽子都牺牲两只了，真遇到紧急事，找陆玄还不如带小鱼方便。

陆玄可不知道冯橙这么想，见她乖巧答应，把全部精力放到查找四周异常上。

"令叔不告而别的可能大吗？"

"不可能。"冯橙毫不犹豫否定，"别说我三叔这种好交朋友讲义气的，但凡正常人与朋友一起在山林里吃着烤肉，都不会一声不吭就走了吧？"

"那就是遇到了突发状况，或是有人袭击了他把他带走，或是他看到了能引他离开的人或兽。"陆玄边走边看，分析情况。

"其他都有可能，但我三叔肯定不会被野兽引走。"冯橙说这话时，满脸无奈。

虽说知道陆玄考虑周全，可这也太周全了。

陆玄看她一眼："那可不一定，若是见到白狐这类稀罕猎物，或许就想猎到手在朋友面前炫耀一番。"

这也是人之常情。

冯橙忙摆手："我三叔不是这种人，他宁可猎一只兔子烤着吃。"

陆玄眉毛微抬。这可真是亲叔侄。

"陆玄,你要是见了白狐会去追?"

"不会。"陆玄咬牙挤出两个字。

侮辱谁呢,他是那种虚荣爱炫耀的人?

这一刻,少年突然意识到一点:在冯橙心里,或许他不但没有那只肥猫地位高,还没她三叔地位高……

这个认识让陆玄更加打起精神要把冯锦西找出来。

让冯橙看看,一个去小解都能失踪的叔叔根本没法要。

不知名的鸟叫声突然响起,在黑黢黢的林子里,令人毛骨悚然。

陆玄停了下来,蹲下身,伸手在地面摸索着。

"怎么了?"

"帮我提一下灯。"一只手伸出,把灯送到冯橙面前。

冯橙接过那盏灯,往地面照去。

早先的积雪还未消,枯枝败叶与积雪混在一起,潮湿脏污。

她一时看不出什么。

"这里,有压痕。"陆玄指了指某处,站起身来,仰头往上看。

天上不见星月,高大的树木把微弱灯光聚拢在这一方之地。

借着昏暗灯火,陆玄仰头看了好一阵儿,忽然纵身一跃抱住了树干。

"陆玄?"

"等一下。"平静的声音从上方传来。

冯橙不明所以,只好把灯举高,方便他看清楚。

不多时,陆玄跳了下来。

从树上到地面很有一段高度,少年却落地无声。

"你看。"他把发现之物举给冯橙看。

那是一截细绳。

"这是——"冯橙伸手接过,捻了捻那段细绳。

"应该是一张网。"夜色中,少年眉眼平静,并没有因为这发现流露多少激动,"结合地面上的痕迹来看,令叔很可能陷入一张网中,被吊到了树上。"

冯橙觉得不合情理:"若是那样,他不会呼救吗?"

"或许是失去了呼救的能力。"陆玄分析着。

冯橙脸色白了白,不由庆幸她知道三叔并没有事,不然听陆玄这么说该吓哭了。

"如果三叔吊到树上,那几个朋友就没发现?"

陆玄抬手指了指:"这里都是参天大树,林中光线又不好,你看这高度,如果不是恰巧抬头看,谁能想到上面有人?"

冯橙不由点头。是有这种可能,所谓灯下黑就是如此。

"应该是在那几个人离开山林,尚书府的人没赶到这里之前被解下的。"陆玄皱了皱眉,"假如令叔真的落入这个陷阱,定然不是自己脱身,不然就能与来寻他的人碰见了。"

"你是说有人解开网带走了三叔？"

"前提是陷入网中的是令叔。这种网一般用来困住野兽，也许今日落网的是一头鹿，一只猪，都有可能。"

冯橙深深看陆玄一眼。如果不是对方表情很认真，她怀疑他在埋汰三叔。

陆玄语气一转："不过我还是倾向于是你三叔，毕竟一个大活人总不能无缘无故消失。"

"陆玄。"

夜色中，男装打扮的少女眼眸明亮："你觉得带走我三叔的会是什么人？"

陆玄目光投向前方，视线内只有高大树木与无边无际的黑。

"十之八九是附近猎户吧。"

"不知道是男猎户，还是女猎户。"冯橙喃喃，眉头微蹙。

陆玄：？

缓了一瞬，他才以若无其事的语气道："猎户当然是男子居多。"

冯橙依然皱着眉："也不知道猎户家有没有美貌的小娘子。"

陆玄：？

这一次缓的时间更久，少年终于忍无可忍问："冯橙，你关心的就是这？"

难道不该是担心她三叔是死是活吗？

寒风吹来，冯橙白皙的面庞冻出红晕。

她的眼睛黑且亮，当注视着人说话时，就显得特别认真。

"陆玄，我做了一个奇怪的梦。"

陆玄没想到话题转这么快，被却对方成功勾起好奇心："什么梦？"

"梦到我三叔掉到一个坑中，坑里全是烂桃花，他爬啊爬啊死活爬不上来，最后被桃花淹没，憋死了……"

陆玄默默听着，表情古怪。

要不是见冯橙说得这么认真，他都怀疑他们叔侄反目成仇了。

"结果梦做了没多久，我三叔就失踪了，让我没办法不多想。"

见她苦恼皱眉，陆玄嘴角微抽："胡思乱想没用，既然你担心，就早点把你三叔找到。"

冯橙点点头，张望四周。入目皆是高大树木，以及若隐若现的灯火。

"走吧，看一看山林四周的人家。"陆玄抬脚往一个方向走，见冯橙不动，伸手拉了她一下。

冯橙好奇地问："为何走这边？"

在这望过去全是树木的黑漆漆的山林里，她连方向都有些分不清了。

陆玄悄悄放开那只纤细手腕，用平静掩饰心头异样："我曾来这里狩猎过，记得这边山林外不远处有几户人家。"

见她面露惊讶，他淡淡道："两三年前的事了，与我二弟一起来的。"

提起陆墨，一时安静下来，二人默默向前走。

前方的光亮与脚步声越来越近，陆玄拉着冯橙蹲伏在一棵树后，熄灭灯火。

"是我们府上的人。"二人离得很近，轻柔的声音响在耳边，酥酥痒痒。

陆玄悄悄挪远了些，没有吭声，心中却起了疑惑：冯橙眼神这么好么？

这个距离，这个光线，他还没看真切，冯橙就认出是尚书府的人了。

不多时，那队人走到近前，议论声传过来。

"来来回回找了两圈了，还是没有三老爷踪影……"

"会不会不在林子里？"

"不在林子里，那就更是大海捞针，咱们去哪儿找啊？"

管事呵斥道："都少说几句，再找一遍！"

有人忍不住问："管事，要是还找不着呢？"

一阵沉默后，管事的声音响起："那就一部分人继续在林子里找，另一部分人去金水河看看。"

"那谁留林子里，谁去金水河啊……"

一队人吵吵闹闹从近前走了过去，陆玄定定看着冯橙。

冯橙摸了摸脸："看什么？"

"就觉得令叔爱好还挺广为人知。"陆玄起身，"走吧。"

冯橙跟着起身，走在他身边。

二人踩着积雪与厚厚的枯叶走出山林，扑面寒风陡然大起来。

陆玄往前挡了挡，侧头问："冷吗？"

冯橙小脸冻得发白，牵了牵唇角。

这不废话，大晚上跑这里能不冷么？

想到这里，就恨不得冯锦西就在眼前，把只知道惹祸的破叔叔打一顿。

陆玄解下披风，裹在她身上。

温暖瞬间把人包围，冯橙抓着披风系带犹豫了一下，没舍得还回去。

与繁华热闹之处不同，走出山林后放眼一团黑，只见零星几点灯火。

耳边响起陆玄的叮嘱："路滑，走稳点儿。"

冯橙指着远处微弱灯光问："是那边吧？"

"去看看。"

摇摇曳曳的微弱灯光在这漆黑的夜里格外显眼，二人没有走任何弯路就赶到那里。仔细打量，可见零零散散十几处房屋，其中一座离其他的房屋要远一些，离山林方向要近一些。

亮灯的统共三两家，那一家的灯就亮着。寻常人家，为了省灯油往往入夜就睡了，这个时候那家还亮着灯，十之八九是有事。

"去那家。"陆玄低声道。

空寂的夜里，一切声音都显得很清晰，二人下意识放轻脚步。

没有高高的院墙，只是简单的篱笆围出不大的院子。

那微弱的灯光就是透过栅栏缝隙照出来。

陆玄贴着篱笆而立，踮起脚向内看了看。

冯橙也想看，但这家篱笆有些高，想看清里面除非跳起来。

她干脆凑到缝隙处向内看。

里面比外面要亮堂，很清楚就看到长长的晾衣绳，简陋的鸡舍，和许多杂物。

"闻到了吗？"陆玄低声问。

冯橙轻轻吸了吸鼻子。那是一股淡淡的腥臊味。

没等她回答，陆玄便道："这户人家应该是猎户。"

毛皮的气味，血腥的气味，在这寒冷的夜里虽然很淡，却无法遮掩。

"翻进去？"冯橙指了指高高的篱笆墙。

陆玄摇摇头，用了些力气拍那扇木门："有人吗？"

不多时，脚步声由远及近，响起一个声音："谁啊？"

声音粗犷，一听就不算年轻了。

少年的声音隔着篱笆墙传进去："大叔，想打听一件事。"

里面沉默了一瞬，篱笆门被拉开。

一名壮汉立在院内，警惕打量门外的人。

看清是两个十几岁的少年，他紧绷的身体明显放松。

陆玄也在打量他，余光在对方拳口对准方向一掠而过，勾了勾唇角。

如果没猜错，对方藏在背后的是一把柴刀。

冯橙也发现了。

她与陆玄察觉的角度不同。

壮汉像小山一样堵在门口，有反射的光一晃而过。

无论是陆玄还是冯橙，都不觉得奇怪。

倘若对方不是有所凭仗，不会大晚上给两个陌生人开门。

"你们有什么事？"壮汉视线落在陆玄面上。

至于冯橙，在他看来瘦瘦小小，还是个半大孩子。

"我们的朋友在不远处的山林不见了，想问问大叔有没有见过。"

"你们的朋友？"

陆玄抬手比了一下："对，约莫这么高，相貌俊朗……"

听他描述完，壮汉微微侧开身："你说的这个朋友，和我白日从林子里捡回来的人有点像，你们进来看看吧。"

冯橙大为诧异。竟然这么顺利就找到了三叔？

没有英姿飒爽的女猎户，没有爽朗美貌的小娘子，就是被一个五大三粗的汉子捡回家了？

她虽吃惊,面上却不露声色,随着壮汉往屋内走去。

刚走到屋门口,一道清爽声音传来。

"爹,这么晚了是谁呀?"

那道声音虽不够娇柔,却别有味道,能让人联想到英姿飒爽的女猎户。

女猎户!冯橙快步越过陆玄,强忍着才没有冲到最前面去。

堂屋站着一名个子高挑的少女,头上包着碎花蓝布,昏暗的灯光下面容模糊,瞧着灰扑扑的,只一双眼睛又大又亮。

如果以路人眼光来看,同为女子,冯橙觉得这名少女长相舒服,很是不错。

可想到能把冯锦西迷得神魂颠倒,她感觉还远远不够。

冯锦西相貌极美,出入烟花柳巷乃家常便饭,眼光早养刁了。

那是她多心了吧,三叔今日失踪纯粹是一场意外,与那名害得尚书府家破人亡的女子并无关联。这般想着,她神色越发自然,少了先前的紧绷。

"爹,他们是——"

壮汉道:"来找人的,他们朋友在山林不见了,带他们进来看看屋里那人是不是他们朋友。"

少女听了没再多问,往一旁侧了侧身。

挑开破旧的门帘,壮汉领着二人进了屋门。

冯橙一眼就看到了半躺在炕上发呆的少年。

容貌精致,哪怕头发披散也不掩映丽风流,不是冯锦西又是谁?

"三叔!"冯橙喊了一声,快步走到冯锦西面前。

冯锦西微微抬头看着站在面前的少年,神色迷茫问出一句:"你是谁?"

冯橙一下子愣住了,犹如一盆冰水当头浇下,冷彻心扉。

她现在虽是男装扮,可他们叔侄从小玩在一起,不久前三叔还带着女扮男装的她去过金水河。三叔怎么可能认不出她?

"三叔?"她试探着又喊了一声。

"你到底是谁啊?"冯锦西皱着眉,不耐烦问道。

这般神态是面对冯橙时从没有过的。

冯橙心中乱糟糟,一时想不通冯锦西这是怎么了,咬牙道:"我是你大侄女橙儿!"

"橙儿?"这两个字令冯锦西眼神一闪,略显呆滞的眼睛灵动起来。

他愣愣望着站在面前的少年,突然翻身下炕,一手重重拍在冯橙肩膀上。

"橙儿,你怎么又打扮成这副鬼样子!"

这一拍,险些把冯橙拍趴下。

陆玄脸颊抖了抖,强忍住一脚踹过去的冲动。这是什么叔叔啊?

冯橙按着肩膀,哭笑不得:"三叔,你别说我,先说说你是怎么回事吧。"

"我?"冯锦西皱眉一想,头疼袭来,一屁股又坐了回去。

"三叔？"冯橙上前一步，扶住他。

冯锦西扶额，表情痛苦，看着冯橙的眼神又呆滞起来。

冯橙觉得小心脏要受不住了。这怎么还一会儿清明，一会儿呆愣的？

"可能是伤了头。"陆玄开口道。

听到这声音，冯锦西抬眼看去，一见到陆玄那张脸，眼睛就亮了。

冯橙还没来得及欣喜三叔似乎又恢复了正常，就见冯锦西箭步冲到陆玄面前，抬手就打。

"小畜生，你竟然又拐走橙儿！"

那一瞬，陆玄脑中闪过无数弄死冯锦西的招式，最后只扭住对方胳膊，令其动弹不得。

"三叔，你到底怎么了？"冯橙只觉头大。

冯锦西看着冯橙，可怜巴巴道："橙儿，我头疼。"

这是又想起来了。

冯橙示意陆玄松手，扶着冯锦西坐下："三叔，那你别急，缓一缓再说。"

许是头疼得厉害，冯锦西揉着额头安静下来。

"大叔能否说说遇到他时的情况？"陆玄看向壮汉。

"哦，我去林子里收网时见他在网中，忙把人放了出来，发现他昏迷着就带回了家中。"

冯橙忍不住道："山林常有人狩猎，大叔在林中设陷阱不怕误伤人吗？"

"那个位置常有虎狼出没，一般人都不会去的，谁知道他怎么跑那里去了。"

"人是什么时候醒的？"陆玄再问。

"带回来不久就醒了，问他是谁不清楚，家住何处不知道，估计是磕碰了脑袋，一时想不起来了。"

冯橙听了，脸色难看："三叔，你现在能认出我吗？"

冯锦西定定望着她，点头。

"那我带你先回家，能走路吗？"

"能走……就是头晕……"冯锦西实话实说。

冯橙下意识看了陆玄一眼。

"我不背！"

"我不让他背！"

二人对视一眼，一同开口。

冯橙气得想翻白眼。都自作多情什么呢！

"山林里不是还有找我三叔的人，你去叫人来接他吧。"

听冯橙这么说，陆玄脸色微缓，点了点头。

"劳烦大叔照顾一下，我很快带人来接朋友。"离开前，陆玄对壮汉道。

壮汉神色古怪。看刚才那个情景，他可没看出他们是朋友。

"三叔，你要喝水吗？"

冯锦西摇头："不渴，才喝过两碗鸡汤，还挺香的。"

冯橙太阳穴突突跳。

他们大晚上到处找人冻成狗，三叔在这里美滋滋喝鸡汤？

攥了攥拳，冯橙对壮汉露出一个微笑："多谢大叔的照顾。"

壮汉还算实在："掉进我捉野兽的陷阱里，我也有责任。"

"三叔，你是怎么跑到那边去的？"

当时在林中有些转向，但她隐约觉得发现那截细绳的地方有些深入山腹。

冯锦西挠挠头，露出不好意思的笑："这不是晕头转向了嘛。"

冯橙问不下去了，板着脸道："那你闭目养养神，等人来接。"

冯锦西越发清醒了，哪里闲得住："你怎么跑出来了？"

冯橙没好气道："家里人仰马翻，都在找你。"

冯锦西脸色微变："你祖父知道了？"

瞧着大侄女表情，他一颗心彻底凉了，抬手扶了扶额。

"又头疼了？"冯橙紧张问。

"我好像失忆了！"

冯橙嘴唇动了动，把"滚"字咽下去。

为了逃避祖父的鞋底装失忆，有这么个叔叔真是心累。

等了约莫两刻钟，尚书府管事带着马车人手匆匆赶来，接冯锦西上了马车。

"多谢公子了。"管事冲陆玄拱手道谢。

浓浓夜色下，他能看出三老爷这位朋友长得极好，却看不太清楚五官。

至于被陆玄挡住半边身子的冯橙，那就更是面容模糊了。

目送马车远去，冯橙与陆玄回到安置马匹的地方，策马往西城赶去。

夜已经深了，平时喧嚣热闹的街道冷冷清清，万家灯火都熄了。

马蹄踏在青石板路上，哒哒声显得格外清晰。

睡眠浅的人翻个身，便要骂上一句：不知谁家纨绔从金水河鬼混回来了。

还没到尚书府门前那棵老柳树，二人就停下来。

冯橙把枣红马的缰绳交给陆玄，同时把披风还了："陆玄，你回去吧，再近了要被看到了。"

"那你小心。"已经到了这里，陆玄没有坚持继续送，叮嘱一句后策马离去。

冯橙绕去后巷，轻车熟路翻墙进去。

这时的尚书府正因为冯锦西回来而热闹着，处处灯火通明。

冯橙虽有一肚子话要问，眼下自是先换过衣裳再说。

晚秋居的灯还亮着。

她直接从不高的围墙翻过去，悄无声息落在墙内，径直来到窗前轻轻敲了敲窗。

窗子一下子被打开，露出一张惊喜的面庞。

看到窗外少年后，冯桃面色微变，到嘴边的"大姐"咽了下去。

"三妹，你怎么在我屋里？"冯橙利落翻窗而入，诧异看着冯桃。

冯桃回过神来，震惊指着她："大姐，你怎么弄成这样？"

冯橙低头看了看，关好窗子笑道："方便出去啊。三妹呢，这么晚了还不睡，怎么会在我这儿？"

冯桃扫了白露一眼："我听说三叔的事后放心不下，就过来想和大姐说说话，然后发现大姐不在家。"

白露冲冯橙露出一个苦笑："姑娘，您要更衣吗？"

要是换了别人来找姑娘，她好歹能遮掩过去，三姑娘太执着了，不见到姑娘就不走。

冯橙显然理解大丫鬟的为难，对冯桃道："我先换了衣裳再说。"

冯桃往小杌子上一坐，乖乖等着长姐梳洗换衣。

没让小姑娘等太久，冯橙就恢复了在家时的打扮。

"大姐，快说说你出去的事儿！"

"不急。"冯橙吩咐白露，"去前边打听一下三老爷的情况。"

三叔刚回府，前边不会给她们小一辈的送信，让白露走一趟才有名正言顺的理由过去。

白露领命而去，冯橙这才道："就是出去找三叔了，天寒地冻，黑灯瞎火，不好玩。"

"大姐，你一个人去多危险啊，下次带着我呗。"

冯橙睨她一眼："没有下次了，这次三叔的腿可能就被祖父打断了。"

冯桃捂了捂嘴，默默同情三叔一瞬就抛到一旁："大姐，你作男装打扮还挺像的，乍一看我都没认出来。"

冯橙莞尔："是很像吧，我特意描了眉毛的。"

姐妹二人热热闹闹说了一通，冯桃面露狐疑："大姐，我觉得你这不是第一次了！"

小姑娘语气笃定。

冯橙轻咳一声，死不承认："没有的事。"

"真没有？"

"真没有。"

冯桃又不确定了。大姐从来不说谎的，那就是真没有？

小姑娘看着长姐的眼神满是崇拜："大姐，你第一次女扮男装就这么像，真是有天赋啊！"

"也就勉强糊弄人。"冯橙难得生出几分惭愧。

冯桃眼神亮亮的："回头大姐教教我，等天暖和了，咱们就可以穿上男装一起去金水河泛舟了。"

大姐做什么都能做得好，还这么谦虚。

三妹要去金水河？

冯橙眉梢微挑，突然懂了三叔听说她要去金水河的心情。

这时白露回来了："姑娘，三老爷正在长宁堂。"

冯橙起身："三妹，咱们一起去看看吧。"

姐妹二人一同赶往长宁堂。

天上云层深厚，不见星月，一出门寒风就往人衣领里钻。

冯桃拢了拢披风，想起冯橙回来时的样子有些心疼："大姐，你晚上出门穿太少了，万一冻着怎么办？"

冯橙就想到了那条带着熟悉气息与暖意的墨色披风。

陆玄该不会冻着吧？这般一想，难免生出几分担心。

明日打发小鱼去茶馆看看好了。

说话间长宁堂就到了，没进门就听到了冯锦西的哀号。

姐妹二人对视一眼，加快脚步。

"大姑娘，三姑娘到了。"

丫鬟话音落，二人已经进去了。

冯尚书举着鞋子，扭头问两个孙女："深更半夜，你们两个过来干什么？"

被老头子按着狂抽的冯锦西看着两个侄女，也想这么问。

被父亲大人使劲揍已经够惨了，还被两个侄女瞧见，这也太惨了。

冯橙欣赏了一瞬冯锦西的惨样，才不慌不忙解释："听说三叔没回家，我和三妹都睡不着，一直在晚秋居等消息，后来听见前边有动静打发人来问，知道三叔回来了就来看看。"

"对，对，就是这样。"冯桃连连点头，望着冯锦西，"三叔，你没事吧？"

冯锦西露出一个虚脱的笑容："没事……"

本来是没事的，现在睡觉都要限定姿势了。

"行了，你们两个丫头回去吧。"冯尚书摆摆手，并不在意两个孙女还没离开，抡起鞋底继续教训小儿子。

走出门后，冯桃幽幽叹气："三叔也忒惨了。"

冯橙点头附和："忒惨了。"

转日冯橙去看瘫倒在床的三叔，冯锦西把伺候的人打发出去问："昨晚一直没有机会问，你和成国公府大公子怎么认识的？"

他昨晚乍然见到，还以为是那个陆墨。

没办法，橙儿与陆墨"私奔"那场风波给尚书府上下留下的阴影太深了。

"因为陆墨的事认识的。"冯橙说了曾经对冯桃说的理由。

冯锦西就没有冯桃那么好糊弄了。

他撑着身子，皱眉看着大侄女："只是认识，那昨晚你们怎么会在一起？"

面对三叔的质问，冯橙一脸感慨："陆大公子得到他弟弟的消息赶去城南查看，要离开时正好遇见我，出于道义他就陪我一起找三叔了。"

看着大侄女提起姓陆的眼神发亮，一脸欣赏，冯锦西警惕之心大起："这么巧？"

不可能这么巧，一定是那小子居心叵测！

冯橙露出恍然大悟的神色："三叔若是不说，我还没注意，确实太巧了！咦，这莫非就是有缘分？"

冯锦西表情一僵，哎呦一声："头疼，橙儿快帮我看看头上有没有包。"

冯橙乐得冯锦西转移话题，问起昨日的事："三叔怎么踩到人家布置的陷阱的？"

冯锦西挠了挠头，目露茫然："想不起来了，等我醒过来就在那个猎户家里了，好像是踩到了什么，头又碰到了什么……"

冯橙听得满心无奈。糊涂成三叔这样，也是愁人。接下来更愁了。看三叔这样，不像注意到那名猎户之女的样子，她要是问了，会不会反而加深印象？

纠结片刻，冯橙决定不问了。

"三叔好好养着，明日我再来看你。"

冯锦西摆摆手："不用不用，很快就好了。"

被老父亲拿鞋底抽肿了屁股才卧床的，哪来的脸让小辈来看。

等冯橙走了，冯锦西咧着嘴角舒口气，扯得头疼了一下。

扶额之际，脑海中晃过一双大大的眼睛。

他愣了一下，再细想又没了多少印象。

过了两日，突然飘起雪来。

雪粒子洋洋洒洒，漫天飞舞，落在屋檐枝头，渐渐积了一层白。

冯桃跑到晚秋居来，才到院中就欢快喊道："大姐——"

冯橙走出来，在台阶上站定。

冯桃提着裙角跑过来，欢欢喜喜："大姐，下雪了！"

冯橙了然："想去千云山赏梅？"

冯桃猛点头："想去！"

之前说好的，她可一直盼着呢。

望着漫天飞舞的雪花，冯橙答应下来："那等雪停了如果还不算晚，我们就出发。"

"还要等雪停啊？"冯桃有些等不及，伸手接住几朵雪花。

雪花凉凉的，勾得小姑娘更心痒了。

"雪若是下大了，也有麻烦。"

千云山虽平缓，路滑终归不安全。

听冯橙这么说，冯桃自然乖乖应了，盯着簌簌而落的雪花盼着雪停。

快到晌午时，雪终于停了。本来就是细细雪沫，如今一停，地上只有白白一层，枝头檐瓦仿佛披了轻薄素纱。

比起年前大雪给万物盖上厚厚素毯，此时赏梅别有一番雅趣。

冯橙干脆带着冯桃直接赶往梅花庵，让妹妹尝一尝心心念念的素斋。

一路上，满耳都是冯桃的叽叽喳喳："大姐，梅花庵的红梅虾仁，吃起来真的与虾仁一样吗？"

"我想吃素鱼，素鱼不用担心有刺……"

轻松的时间就过得快，感觉还没过多久，千云山就到了。

交代车夫看着马车，姐妹二人带着小鱼一路赏景一路闲聊就到了梅花庵。

这个时候，慕名来吃素斋的游人已经吃完了，二人险险抓到一个饭点儿的尾巴。

上菜的还是那个小尼姑。

认出冯橙后，小尼姑明显比初见时活泼了些，甚至还主动介绍了一道新菜。

"多谢小师父。"冯橙一见这白净纤弱的小尼姑就莫名有些怜惜，从荷包中摸出两块饴糖递过去。

小尼姑一开始坚持不受，冯桃劝道："两块糖又不值什么。你尝尝，可甜了。"

小尼姑试探着把一块饴糖放入口中，甜得眼睛弯成月牙。

"静纯——"

小尼姑听到这声喊，忙道："二位施主慢用。"

见小尼姑快步离开，冯桃笑道："原来那小师父叫静纯，瞧着比我还小好几岁呢。"

"快吃吧，一会儿该凉了。"

姐妹二人埋头吃起来。

大快朵颐之后，二人走出梅花庵，冯桃摸着肚子满足叹口气。

"大姐，这里的素斋太好吃了，我们以后常来吧。"

"若是你喜欢，可以十天半月来一次。"

千云山离尚书府不算远，时而来玩玩也不错。

冯桃喜得眼睛发亮，挽着冯橙胳膊向梅林走去。

今日游人明显不如冯橙年前随冯锦西来的那次多，梅林深深，姐妹二人逛了许久都不见旁人，神态越发放松。冯桃踮脚摘下一朵开得正艳的红梅，轻轻吹落上面雪沫，不顾冯橙躲避，笑嘻嘻别在她发间。

"大姐，你真好看。"打量着姐姐，冯桃由衷夸赞。

"三妹也很好看。"

冯桃弯唇："那当然，我是你妹妹呀。"

她会努力长得不拖姐姐后腿的。

突然有声音传来："王爷当心！"

一只鸟雀展翅飞走，把梅花枝头的积雪踩落。

小厮高抬双手,替锦衣青年挡住簌簌雪沫。

冯桃因为吃惊往后退了一步,发出轻微声响。

锦衣青年听到动静往二人所在方向瞥了一眼。这一瞥,目光就停了停。

深红浅白的梅林间,两名披着大红斗篷的少女并肩而立,如明珠皓月,令人移不开视线。

锦衣青年回神还算快,遥遥对着冯橙二人点了点头。

冯橙面色平静回了一礼,拉着冯桃折身往回走。

一直到二人背影完全被梅树遮掩,锦衣青年收回视线,掸了掸衣裳上的落雪,淡淡道:"走吧。"

冯桃被冯橙拉着往外走,感觉到姐姐反常的沉默,好奇问道:"大姐怎么了?刚刚那位公子你是不是认识?"

要是陌生人,姐姐不会是这个反应。

冯橙松开手,回眸扫了一眼。

身后梅枝横斜,暗香浮动,已经远离了那锦衣青年。

"他是吴王。"冯橙轻声道。

"吴王?"冯桃猛地回头。

除了梅树,身后自然什么都没有。

"原来吴王长那个样子。"

虽然是尚书府的姑娘,但与太子、吴王这样身份的外男并无什么见面机会。

"大姐,你怎么认识吴王?"

"有一次出门偶然见到过,不过只是我听别人说那是吴王,吴王并不认识我。"冯橙胡编几句。

她不但见过吴王,还见过太子。

梦中成为来福跟着陆玄,见到了身为尚书府大姑娘可能永远不会见到的人。

那时候,吴王与太子争得越发激烈,而成国公府是太子最坚定的支持者。

吃着陆玄的小鱼干,她当然对吴王没好感。

今日梅林偶遇,冯橙突然想了起来,吴王时常会来千云山,据说是喜欢梅花庵的素斋。

"没想到吴王也会来这里。"

冯橙想到那名叫杜蕊的花娘,笑意微冷:"什么人都有可能来,不奇怪,咱们回家吧。"

回到尚书府,走在春意未至的园子里,冯桃依然兴奋着:"大姐,过几日咱们再去千云山吧,今日遇到那个吴王,都没玩尽兴。"

"过几日再说。"

二人走过去后,从花架后缓缓走出一个人。

冯梅从花架后走出,手冷心也冷。

自从母亲出事，兄长落榜，她在尚书府就成了隐形人。

没人关心她过得好不好，没人关心她的将来。

她还要看着父亲对那个小崽子温言细语，寄予厚望。

现在就连冯桃一个庶女都过得远比她有滋有味，还能跑去千云山玩。

还……遇到了吴王。

冯梅听说过千云山，那一片梅林常出现在文人墨客的诗作中。

如云如霞的梅林中，披着大红斗篷的少女偶遇身份高贵的王爷。

她们两个想干什么？

冯梅揪着帕子，想到那个情景就一阵胸闷。

千云山，梅林，吴王……冯梅回了暗香居，满脑子就是这些。

将近黄昏了，摆在桌上的白瓷瓶插着清晨新折的梅枝，静静绽放着美丽。

幽幽暗香，有梅枝送来的，也有洒在衣裳肌肤上的梅花香露的味道。

她闺名一个"梅"字，自小就酷爱梅花。

千云山的梅花林，冯橙与冯桃去得，她自然也去得。

多日来那颗空荡惶然的心，在下了决定的这一刻终于踏实下来。

转眼东风送暖，冰河解冻，金水河上游船画舫又热闹起来。

这日钱三来见冯橙，把一个小册子呈给她。

冯橙翻开看，就见每一页写着一个人名，还有解释。

托书香门第的福，钱三一手字虽像狗爬，好歹能认出来。

冯橙越往后翻，脸色越冷："这些都是我三叔打过交道的风尘女？"

粗粗一翻，就有七八个！

"是呢。"钱三对冯锦西已经没有同情了，只有羡慕。

这是什么神仙日子啊，要么呼朋唤友喝小酒，要么金水河上抱美人儿。

需要他一个赌债还没还清的小厮同情吗？

"这些都是与三老爷接触多的，您往后翻。"钱三连翻两页，指了指那一页上的人名，"这种只记着个名字的是与三老爷打过交道但没怎么相处的。"

冯橙看着密密麻麻的那页人名，恨不得把小册子砸冯锦西脸上。

她太理解祖父拿鞋底抽他的心情了。

"我三叔与谁来往最多？对谁最为不同？"

"三老爷去红杏阁最多，每次都听那家的杜行首弹琵琶。"

冯橙暗暗咬牙，对冯锦西会去红杏阁见杜蕊并不意外。

当初在杜蕊面前说了那番话，只是让三叔转变把杜蕊当救命恩人的心态。

一个本来就在金水河玩惯了的人，又怎么可能拦得住他不去红杏阁？

"要说三老爷对谁最不同——"钱三犹豫了一下，不大确定，"小的瞧着三老爷对哪个都挺好的。"

冯橙："……"

"不过前几日红杏阁有位花娘初次接客,三老爷出了最高价,因为带的银钱不够还给了鸭母一块玉佩。"钱三表情有些复杂,"非要说出一个的话,小的觉得三老爷对那个花娘最不同。"

冯橙冷笑:"这也不算特别吧,不是初次接客么?"

钱三深深看了气鼓鼓的少女一眼。

哪怕冷笑,二八年华的少女也冷不起来,看着甜美娇软。

钱三却想擦汗。他总觉得大姑娘知道太多了,将来该不会把他灭口吧?

"不知是不是小的眼光有问题,小的觉得那名花娘算不上顶美,不值当花那么一笔钱。"

肯为一个不算很美的花娘花大笔钱,还不算特别么?

同为男人的角度看,他觉得太特别了。

"既然容貌寻常,最高价能有多高?"

钱三露出费解的笑:"其实出第二高价的客人只出了六十两银。"

"多少?"

"六十两银……"

冯橙迷惑了:"这个价钱,我三叔还把玉佩抵押了?"

六十两银,放在寻常人家是几年花销了,可金水河是什么地方?

那是闻名大魏的销金窟。为搏那些花魁一笑,一掷千金都不在话下。

当然,金水河上画舫游船无数,只要客人花上几两银,就有大把花娘等着。

一位花娘初次接客只出到六十两,即便冯橙不怎么懂,也能断定那名花娘不是绝色。

"本来不需要的。"钱三表情更复杂了,"可三老爷要长期包下那位花娘,随身又没带那么多钱,这才抵了玉佩——"

察觉冯橙脸色不对,钱三住了口,小心翼翼看着她。

"那位花娘叫什么?"缓了缓情绪,冯橙问。

"名叫阿黛。"

"知道了,你做得不错。"

给了钱三打赏,冯橙直接去了冯锦西住处。

"橙儿怎么来了?"见冯橙过来,冯锦西有些意外。

"有几日没见着三叔,想三叔了。"

"哎,我也想橙儿了。"冯锦西立刻露出一个大大的笑脸。

至于心里,当然是不信大侄女有多么想他。

好比他,难道会因为两天不见父亲大人就想他老人家?

必然不能啊。

橙儿突然跑来,是想让他带着出去玩了吧?

果然就听冯橙道:"三叔,都春暖花开了,咱们一起出去玩吧。"

· 211 ·

冯锦西直觉不好,含糊道:"还春寒料峭着呢,等天再暖和些三叔带你出去玩。"

"那好吧。"冯橙垂眸,难掩失望。

冯锦西见状险些改口,幸好理智提醒他不能上当。想想吧,大侄女真这么在意他,会撇下他用他雇的游船吃他买的西瓜带别人去玩吗?

见冯锦西没反应,冯橙颤了颤低垂的睫毛。

看来当初甩下三叔去游船,对三叔的伤害够深的。

好在她来找三叔,本意也不是为了一起出去玩。

"三叔,你随身的玉佩怎么换了?"失望低头的少女有了发现。

冯锦西下意识去捂玉佩,指尖触及美玉的温凉反应过来:不能做贼心虚!

"嗯,总戴一块也烦。"

本来该赎回来的,然而手头太紧。

"三叔把不带的那块羊脂白鹿佩送我吧,我一直挺喜欢的。"

冯锦西心中发慌,面上强作镇定:"其实是那块玉摔裂了一角才换下来的。橙儿要是喜欢羊脂白玉佩,就把这块拿去玩吧。"

他说着,伸手去摘玉佩。

冯橙把他拦住:"那算了,我是喜欢那块玉的仙鹿图案。"

从冯锦西这里离开,冯橙决定去见一见那名叫阿黛的花娘。

过了这个年冯橙就十六岁了,女孩子骨架小,男装打扮时瞧着顶多十四五的模样。好处也有,这个年纪的少年有的还没有喉结,扮男装破绽小。

至于小鱼,个头比冯橙还矮上一些,穿上男装就更显年少了。

好在小鱼常年习武,往那里一站就是个冷清严肃的少年。

主仆二人装扮过后,招来白露细看。

"白露,你仔细瞧瞧还有没有破绽。"

听了冯橙吩咐,白露完全不知道是以什么心情来找破绽的。

苍天啊,姑娘女扮男装要去金水河!

她就说往日姑娘女扮男装出门从没这么认真过。

怀着苍凉的心情,白露认命给自家姑娘找破绽。

拦是拦不住的,唯一能做的就是祈祷姑娘女扮男装别被看出来。

"姑娘,您的耳洞——"

冯橙摸了摸耳垂,去看小鱼。圆润的耳垂白皙小巧,干干净净。小鱼竟然没打耳洞,这放在大魏很少见。

"姑娘别担心,婢子用脂粉给您遮掩一下。"白露自告奋勇。

冯橙点点头,由着白露忙乎一通,不多时被大丫鬟推到梳妆镜前。

"姑娘您瞧瞧。"

梳妆镜中映出少年清秀的面庞。

她凑近了仔细打量,没有了耳洞的痕迹。

"做得不错。"冯橙满意点头。

"就是要当心别沾水。"白露有些遗憾,"婢子听说有那种不怕水的上妆之物呢,要是能用上就万无一失了。"

冯橙笑道:"回头留意一下,买些备用。"

白露后知后觉反应过来,很想打自己一巴掌。她在说些什么呀!

最后做了一遍检查,冯橙带着小鱼悄悄离开了尚书府。

天色将晚,绚丽的晚霞在天际铺成一片,犹如泼洒的颜料流淌在暗蓝的绸缎上。

金水河被晚霞染上了橙黄,随着游船画舫缓缓行驶荡漾开层层水波,泛起的涟漪都是碎金的颜色,美得惊心动魄。

平静了一个白日的金水河,拉开了不夜天的序幕。

冯橙立在河畔看着过往画舫,听着丝竹声声,不由感叹难怪这里是京城富贵人趋之若鹜的地方。单论美景,她都想带三妹来看看了。

红杏阁也算是金水河上有些名气的画舫,随便找了一个卖小食的大娘询问,就找到了地方。

"小公子是第一次来吧?"能在金水河混出一点名头的鸨母都是好记性,一见冯橙穿戴体面却面生,就知道这是头一次来玩的贵客。

说不准还是第一次来金水河的小儿。

对这样的公子哥,鸨母最是稀罕。这种毛头小子最容易掉进温柔乡了,等没了头一次的拘束,掏钱可比那些老滑头痛快。

冯橙睨了鸨母一眼,底气十足:"怎么,来你们这里玩的客人,还分大小?"

这是不满"小公子"的称呼了。

鸨母忙改口:"公子能来咱们这儿是红杏阁的荣幸,不知公子想找哪位小姐作陪?"

"先在大厅里看看吧。"

出少许钱就能登上画舫欣赏歌舞,这是金水河的惯例。

鸨母识趣客气几句,去招呼其他客人。

冯橙放眼打量金碧辉煌的画舫大厅,暗暗摇头。红杏阁放在金水河只是二流画舫,便奢华至此,由此可想那一等一的画舫该是如何富丽堂皇。

再想想很快就要国破人亡,尤为讽刺。

"杜行首出来了。"

聚在厅中的人一阵骚动,一名身披轻纱的美貌女子步入厅中。

冯橙望过去,正是千云山上梅花林中见到的花娘杜蕊。

杜蕊在厅中站定,对着众人福了福身子,竟一转身又进去了。

冯橙诧异瞪圆了眼睛。这么快就走了,那出来做什么?

再看其他人,皆是习以为常的样子。不懂就问。

"这位兄台,杜行首为何露了一面就进去了?"

那人打量冯橙一眼，笑问："小兄弟是头一次来金水河玩吧？"

见她点头，那人以过来人的语气解释道："咱们出那么点钱上了画舫，还想听杜行首弹琵琶不成？见上这么一面就是赚了。"

冯橙只想呵呵。

"想听杜行首弹琵琶不？"

"嗯。"

"那简单，看到那道门了吗？想听的掏银子，就可以去那个小厅欣赏杜行首弹琵琶了。"

说话间又陆续走出几位花娘，同样是露了一面便回去了。这就是红杏阁的几个台柱子。

之后几名姿色寻常的花娘在厅中随着乐声曼妙起舞。

那人眼睛往那边瞄着，还不忘摇头："这免费的看着就是差了些意思。"

"那要是想看看其他小姐呢？"

那人伸手一指："那不是来了。"

就见一队女子鱼贯而入，娇笑着由人打量。

"这些都是普通花娘，若看中了哪个陪酒，直接点就是了。"

冯橙觉得这人还挺热心，一脸崇拜道："兄台懂得真多啊，是不是每一个花娘都认识？"

"那是当然。"那人登时难掩得意。

这么虚心请教的小兄弟可不多见啊。

"我听说前几日有位花娘初次接客，就被一位富家公子给包下了，兄台听说了没？"

那人胸脯一挺："这还能没听说？那花娘虽生得不错，可生得不错的花娘太多了，花大价钱包下她，这说明了什么？"

冯橙很配合："说明什么？"

那人用折扇一敲掌心："人傻钱多啊。"

那一挑眉，一撇嘴，把对富家公子的鄙夷体现得淋漓尽致。

冯橙认真点头："兄台说得对。"

真想把三叔拎来，让他听听别人怎么评价的。

"那名花娘叫什么呀，许是有特别的吸引力吧。"

"好像叫阿黛，不过她被那位公子包下了，不接客的。"

"我不信。"

"怎么不信呢？"那人招手喊来鸨母，提出要见阿黛。

鸨母一甩香喷喷的手绢："哎呦，阿黛可不行，有位恩客把她包下了。"

那人看了看冯橙。

一锭银子在半空画出美丽的弧线，落入鸨母怀中。

"听这位兄台说了阿黛的事,我很好奇,只是见一见不打紧吧？"

鸨母犹豫了一下,到底财帛动人心,看一眼左右道:"公子随奴家来。"

还不忘指了一个花娘来陪那人,算是给了好处封口。

冯橙如愿以偿见到阿黛,对上那双又大又亮的眼睛,心头一沉。

冯橙见到阿黛的那一刻,心中惊诧,旋即又生出意料之中的感觉。

站在她面前的阿黛,正是那个寒风瑟瑟的夜里在猎户人家见到的少女。

当初的以为多心,现在皆化为了嘲讽。

冯橙强压下心头的惊涛骇浪与阿黛聊了几句。

阿黛并不热络,冷淡应对。

鸨母觉得差不多了,示意阿黛离开,满脸堆笑道:"公子,咱们这里还有不少才貌双绝的小姐,您看看有没有中意的。"

"我看杜行首不错。"

好不容易来一趟,见了阿黛,再会一会杜蕊才划算。

谁知鸨母尴尬笑道:"这真是不巧了,就在刚才来了位贵人,点名要杜行首陪。"

冯橙脸一沉:"你莫不是哄我,先说阿黛不陪客,让我随便点。我点了杜行首,又说不行,是觉得小爷没钱？"

"哎呦,给奴家一百个胆子都不敢哄公子您呐,杜行首真在陪贵客。"

"贵客是谁？"

鸨母想着那锭随手丢进她怀中的银子,认定这是个富贵窝出来的贵公子,这种客人当然不能得罪了。

她左右看看,压低声音道:"是韩府上的公子。"

鸨母没有明说那人身份,冯橙却一下子想到一个人:"韩呈硕？"

同在康安坊的韩家,说起来也算从小认识的韩首辅的混账孙子,估计就是他。

鸨母看向冯橙的眼神登时亮了。她就说这个小公子身份不简单。

刚刚她故意没明说韩公子身份,就存着试探的心思。

看这个小公子反应,可见与韩公子是一个圈子的人。

"行吧,既然是他,那我改日再来。"

冯橙露出失望与妥协交织的表情,带着小鱼离开了画舫。

乘着随手招来的小船到了岸上,冯橙深深吸了口气。春风还残留着寒意,微凉的空气本该令人清爽,可夹在其中的脂粉香却让她有些反胃。

她望了一眼灯火璀璨的金水河,往尚书府的方向去了。

翌日一大早,冯橙直接杀到冯锦西那里,把正准备出门的冯锦西堵个正着。

"橙儿这么早？"冯锦西有些意外。

"三叔,我听说一件特别稀奇的事！"

"什么事啊？"冯锦西示意冯橙进来说。

"你还记得那个猎户吗？"

冯锦西眼神微变:"猎户?怎么了?"

"他的女儿竟然在金水河上当花娘!"

"咳咳咳咳——"冯锦西被口水呛到,剧烈咳嗽起来。

冯橙面无表情地看着不省心的叔叔,内心没有一丝同情。

咳了好一会儿,冯锦西才缓过来,泪眼汪汪看向冯橙。

"三叔怎么了?"

冯锦西摆手:"昨夜风大,喉咙有点不舒服。"

见他想转移话题,冯橙牵了牵唇角:"三叔,你说这事是不是挺稀奇的?"

"这有什么稀奇的——"冯锦西含糊着,突然反应过来,"不对啊,你怎么知道人家在金水河当花娘?"

冯橙面不改色道:"说来也巧,陆大公子去金水河,正好去了一座叫红杏阁的画舫,然后就看到了那个猎户的女儿——"

"该死的!"

见大侄女斜睨他,冯锦西心虚笑笑:"橙儿别误会,我不是说陆大公子,是说那逼良为娼的鸨母。"

"鸨母怎么逼良为娼了?"冯橙立刻追问。

冯锦西眼神闪烁:"好好的猎户之女,又不缺肉吃,突然成了花娘不是逼良为娼是什么?"

冯橙险些气笑。死鸭子嘴硬。

她干脆挑明了说:"陆大公子发现那名叫阿黛的花娘是猎户之女,好奇多问了几句,结果听说阿黛跟了一位姓冯的富家公子。"

冯锦西撑不下去了。这要是被父亲大人逼问,他铁定死不承认,可在侄女面前这样要是被揭穿,那就太没脸了。

"其实——"冯锦西开口,语气沉重,"那个富家公子是我。"

冯橙露出早知道的表情,甚至给自己倒了杯茶捧着喝。

冯锦西见大侄女这种反应怪没面子的,摸了摸鼻子道:"这不是遇上了么,好好一个猎户家的小娘子,当花娘多可怜啊。"

"那她好好一个猎户家的小娘子为何去当花娘呢?"冯橙一脸无动于衷。

冯锦西长叹一声:"要不说造化弄人呢,那位猎户大叔瞧着多魁梧的人,前些日子进山打猎突然被狼群围住了,死里逃生回到家,腿废了一条,还要好好调养。阿黛为了救她父亲,就自卖自身给了红杏阁。"

冯橙听着直觉不信。先是杜蕊,再是阿黛。又是花娘,又是红杏阁!好像一张无形的网当头罩下,让猎物无法逃脱。

她想着这些,神情凝重。

冯锦西轻咳一声:"若是陌生人也就罢了,可毕竟有一面之缘,当时要不是被她……被她爹救回家,说不定你就见不到三叔了啊!"

冯橙无比清醒："三叔莫不是忘了，你落入的那张抓野猪的网，本来就是她爹设的。"

"话是这么说，可毕竟是我太大意了，当时遇到的若是个冷血无情的丢下我不管——"

冯橙凉凉打断冯锦西的话："那你不就早被找到了吗？"

冯锦西张了张嘴，被噎得忘了说辞。

"总之三叔要是把阿黛的父亲当成救命恩人就太糊涂了。"冯橙看着傻叔叔，语重心长，"三叔要记住啊，那张抓野猪的网是她爹设的，没有那张网你本来都不会出事。"

冯锦西觉得侄女说得也对，可还是有点不中听："那也不是只捉野猪的网……"

就不能捉别的吗？

冯橙笑笑："是，还捉到了三叔。"

冯锦西险些拍桌。这天是没法聊下去了！

"祖父知道吗？"

这般直击灵魂的提问，让冯锦西瞬间抓住冯橙的手："橙儿，这事万万不能告诉你祖父啊！"

"那我有个条件。"

"你说。"

"三叔以后不要再去红杏阁，无论是那次在梅花林遇到的杜小姐，还是阿黛，与她们都断绝往来。"

冯锦西犹豫了一瞬。

冯橙甩开他的手，拔腿就往外走。

"橙儿你去哪儿？"

"去看看祖父回来了没。"

冯锦西扑到侄女面前，举起双手："我答应，我答应！"

对于冯锦西的保证，冯橙姑且信了。

三叔虽然贪玩好色不靠谱，正儿八经答应下来的事还是能做到的。

"那我去长公主府上了。"

冯橙一走，冯锦西想想气不过，拔腿出了门。

既然答应了侄女，他以后就不去红杏阁了。

红杏阁不能去，还不能去找姓陆的小子说道说道么？

对于成国公府大公子，冯锦西了解不多，干脆守在成国公府外头看能不能堵到人。也是运气好，他才到了一刻钟，就见一身玄衣的少年牵着马走出来。

眼见陆玄翻身上马，冯锦西喊了一声："陆大公子。"

陆玄抬起的脚落回地面，见是冯橙的三叔，把牵马绳交给小厮走了过来。

"冯三老爷叫我有事？"

听着少年平淡的疑问，冯锦西就来气。这小子还有脸问他什么事！

"陆大公子，我应该没得罪你吧？"

陆玄心中莫名其妙，面上不露声色："冯三老爷这话什么意思？"

冯锦西一脸控诉："你说你去金水河玩就算了，怎么还把我关照花娘的事告诉我大侄女呢？"

这小子人品不行，男人遇到这种事不该互相掩护吗？

陆玄平静的表情转为古怪："我去金水河玩？"

"少装糊涂，橙儿都跟我说了，你要不是去红杏阁玩乐，怎么会知道我去红杏阁的事？"

"冯橙说的？"陆玄一字一顿。

见他这反应，冯锦西一百个嫌弃。有胆子打小报告没胆子承认，要不是看在那晚上这小子帮忙的分上，非要打一架不可。

"总之以后陆大公子不要对我侄女讲些乱七八糟的，她一个姑娘家，听这些不合适。"

陆玄看着冯锦西的眼神有了几分同情。

本来是有些生气的，听了这话突然不气了。

也不知道冯三老爷以后发现大侄女的真面目，能不能挺住。

"冯三老爷若是没有别的事，我就先走了，还有事要办。"

冯锦西让开去路，眼看着少年策马而去，甩袖走了。

陆玄办完了事，直接去了清心茶馆等冯橙。

他要问问去金水河玩是什么情况。

窗子敞开着，送来淡淡杏花香，少年眺望远方，终于等到那辆熟悉的青帷马车由远及近驶来。

"来宝，请冯大姑娘上来。"

来宝得了吩咐，飞快去拦马车。

"冯大姑娘，我们公子在楼上等你。"

冯橙抬眸看了一眼雅间的窗。窗边并不见陆玄身影。

这个时候陆玄找她能有什么事？怀着好奇，冯橙走上楼去。

"陆玄，你找我啊。"

少年板着脸点头："有个事要问问。"

"你说。"冯橙给自己倒了杯茶，神情自在。

"红杏阁好玩吗？"

冯橙险些被茶水呛到，看着脸色发黑的少年，反应过来："我三叔去找你了？"

陆玄睨着她没接话。这丫头甩锅太利落了，他不要清白的吗？

冯橙笑笑："这不是没法子么，总比对我三叔说去红杏阁的是我要强。"

陆玄刚要点头，反应过来不对："那背锅的就要是我？"

"那不是和你最熟么？"

准备兴师问罪的少年，突然就没那么气了。

端起茶盏胡乱喝了一口，他淡淡道："下不为例。"

"知道了。"冯橙乖巧应了。

见她应得痛快，陆玄不怎么信，可又没法子，干脆说起正事："你去红杏阁干什么？"

冯橙把发现说了："我觉得太巧了些，那个阿黛肯定是奔着我三叔来的。"

陆玄的关注点却不是这个："你还在想着那个梦？"

"那个梦做得古怪，偏偏就发生了我三叔山林失踪的事，再然后就发现那个猎户的女儿成了红杏阁花娘，还被我三叔包下了……"冯橙眉头紧皱，一脸忧心，"这样的巧合，由不得我不多想。"

陆玄到嘴边的劝她莫要乱想的话咽了下去。

既然她忧心成这样，那就在相信这个梦的前提下分析一下吧。

尽管他还是觉得很荒唐。

"你觉得对方图什么？"

一切蓄意而为，终归有所图。

"我寻思对方如此谋划，目标明显不是随便一个恩客，而是我三叔。"冯橙认真分析着，"图我三叔的钱财？他也没钱，养花娘还抵了玉佩呢。"

陆玄嘴角微抽。尚书府真的艰难至此么？

"图我三叔的美貌？可花娘本就以色侍人，应该比寻常女子更不在意这些，毕竟男人的美貌不能当饭吃。"

陆玄微微点头。说的也是，男人美貌有用，就不会抵押玉佩了。

"若说图我三叔身份——"冯橙摇了摇头，"那就更没用了啊，有我祖父在，烟花女子不可能进尚书府的门。何况去金水河玩的，身份比我三叔高的大有人在。"

陆玄眸光转深。

他觉得冯橙对金水河了解太多了。

"我思来想去，会不会对方奔着我三叔来是假，奔着尚书府来是真，就像之前我遇到的事一样。"冯橙顺理成章，把事情与她预知的发展联系起来。

陆玄神色多了几分郑重："金水河那边我会安排人盯着。既然是狐狸，无论打算做什么总会露出尾巴的。"

有陆玄参与进来，冯橙莫名安心了些。面对腥风血雨的未来，她确实需要一个同伴。而她只信任陆玄。

"你就不要总往金水河跑了。"陆玄顿了顿，觉得她不会听话，补充道，"实在要去，叫我一起。"

"好。"冯橙痛快应下。

要是去金水河的话，陆玄就比小鱼好用了。

转眼春闱过了，冯豫杏榜有名，并入选庶吉士，尚书府一派喜气洋洋。

新出炉的天子门生们赴宴不断，更少不了光顾金水河。

整个京城在热闹喜庆的氛围中进入了四月。

而冯锦西确实做到了对冯橙的承诺，这些日子哪怕没少往金水河跑，也没再去过红杏阁。

冯橙却无法放心，反而随着春去夏来，越发紧张了。

离着梦中尚书府出事的时间，越来越近了。

这日陆玄约冯橙见面，带给她一个消息。

"那个猎户死了。"

冯橙神色一凛："怎么死的？"

"表面看来，是伤口化脓，高烧不治。"

冯橙第一反应是不信："我安排人打听过，说照顾阿黛父亲的是一个远房亲戚，阿黛拿着卖身钱特意给她父亲请来的。离出事都过去这么久了，怎么突然就恶化了？"

"所以说是表面看来。"

"你也觉得猎户的死有蹊跷？"

陆玄笑了笑："他本就有伤在身，不排除伤口恶化的可能，想要确定真正死因并不容易。不过我们也不需要确定，他的死若有问题，阿黛那边必有动作，接下来紧盯阿黛就是了。"

"阿黛接到她父亲死讯了吗？"

"那位照顾猎户的远房亲戚已经去找阿黛了。"

"陆玄——"冯橙笑盈盈喊了一声。

陆玄警惕地看着她。她突然笑得这么甜，想干什么？

"阿黛那边有任何动静，你一定及时告诉我啊！"

只靠钱三和他收拢的两三个小弟，太局限了。

陆玄意味深长看她一眼："你在尚书府中，恐怕难以保证及时传递消息，毕竟我养的鸽子不多了。"

冯橙："……"怎么还记仇呢！

陆玄难得噎了冯橙一次，见她愣着不说话，竟没有占上风的喜悦。

"有情况会尽快知会你的。"少年用云淡风轻掩饰没等对方多求几句就默默改口的尴尬。

喝茶的工夫，一名年轻人走进茶馆，来宝忙上楼报给陆玄。

"让他去隔壁雅间。"

随着伙计出去，陆玄也起身："我去隔壁听听手下说什么。"

冯橙没等多久，陆玄就回来了。

"怎么说？"

"阿黛由红杏阁的打手陪着去见了她父亲一面就回去了，把她父亲的丧事托给了远房亲戚料理。"

如阿黛这样失去自由身的花娘，家人出了事能放出来见一面，已经算是鸨母厚道了。

冯橙听了，心情有些复杂。

如果阿黛并非她怀疑的那个人，这番遭遇也是凄惨。

为了救父亲自卖自身当了花娘，结果父亲还死了。

当然，只要阿黛有一丝嫌疑在，她的同情就不能乱用。

"我已经安排人盯着红杏阁，接下来静观其变就是。"

冯橙点点头，与陆玄道别回了尚书府，正遇到冯锦西回来。

"橙儿这时候才从长公主府回来啊。"

"殿下多留了我一会儿。"冯橙走近，"三叔喝酒了啊。"

冯锦西不以为意笑笑："大比结束，宴请应酬多了些。"

冯橙暗暗皱眉，想提醒冯锦西这几日少往外跑，转念一想又作罢。

就算这几日能让三叔留在家里，那以后呢？

与其被动提防那不知真面目的女细作接近三叔，不如引蛇出洞，主动解决祸患。

"三叔，明日我不去长公主府，这么好的天气待在家里可惜了，不如我们出去游湖登山吧。"

听了冯橙提议，冯锦西面露难色："明日恐怕不行，后日吧，后日三叔一定带你出去玩。"

冯橙抿了抿唇，没有遮掩失望："三叔明日有什么事啊？"

"有个朋友要宴客。"

"三叔交游广阔，每天都有朋友宴请，等你有空陪我玩，恐怕夏天都要过去了。"冯橙说着，深深叹口气，"小时候三叔可不是这样的。"

冯锦西听了，眼角抽搐。

小时候他也不想去哪里都带着大侄女的，奈何那时候他瘦瘦小小，打不过……

当叔叔的被侄女打哭了，这能有脸告状吗？没办法，只好带着了。

"明日请客的是窦家五郎，不好推了。"

不说门第，直接说人家，对于身在这个圈子的冯橙来说，自然能明白这是说的刑部窦尚书府上。

"窦家五郎在哪里宴客啊？"

冯锦西抬手揉了揉冯橙的头："姑娘家问这么多干什么，你又不能去。"

见他不说，冯橙没有强求，转头就打发钱三去打探。

钱三很快把消息传了回来。

窦家五郎宴客的地方正是金水河。窦家五郎是窦尚书最小的儿子，上一届会试落榜，这一次殿试成绩一出，二甲倒数第一名。有人许会不解，二甲倒数第一名有什么可庆祝的。

这就错了。

二甲倒数第一名，再往下就要落到三甲。二甲赐进士出身，三甲赐同进士出身，同进士对应的词儿是如夫人，也就是小妾。由此可知同进士出身的尴尬。

偏偏殿试名次定下后以后不能重考，同进士出身要跟着一辈子，二甲倒数第一名这个名次让人见了只会庆幸运气好，可不要好好庆祝一番？

窦府早就宴请过了，明日这一场显然是窦五郎私下宴请各府公子。

窦五郎包下了一艘画舫，要从白日玩乐到晚上。

本来冯锦西是去赴宴，而不是去红杏阁那些地方，冯橙该宽心才是，却不知为何眼皮直跳。

独坐在披上新绿的橙子树旁，冯橙竭力想着当来福时的事。

她翻遍记忆里每一个角落，对于窦五郎宴请一事毫无印象。

这样一来，便只能多加留心了。

转日风和日丽，柳绿花红，大大小小的游船徜徉在金水河上，形成一幅动人风景。冯锦西打扮体面出了门，直奔金水河。

没多久，冯橙打扮利落出了门，直奔清心茶馆。

白日与其在家里等消息，不如在茶馆等着。

到了晌午，暖洋洋的阳光一照，冯橙正昏昏欲睡，就被来送信的人赶走了睡意。

传消息的是来喜："公子在金水河那次谈话的垂柳旁等您。"

冯橙立刻赶了过去。

垂柳下，少年一身青衫，比之平时多了几分低调。

见到男装打扮的冯橙，陆玄有些意外："你这是提前准备好了？"

算时间，临时打扮成这样可来不及。

"有备无患嘛。"冯橙在岸边鳞次栉比的楼阁中寻觅红杏阁，"阿黛那边有动静？"

这个时间，那些脂粉香浓的画舫大多靠在岸边歇了，入夜后才会热闹起来。

"就在不久前，盯着红杏阁的手下发现一个少年偷偷摸摸离开那里，仔细一看正是阿黛。"

"阿黛逃了？她的去向呢？"

陆玄伸手一指金水河上那座画舫："她刚溜出来就被发现，红杏阁的人追赶之时跳了河，后来被我手下发现悄悄爬上了那座画舫。"

第10章 秘密

午后的金水河波光粼粼，仿佛散了无数碎金。

来来往往的船只中，其中一座两层高的画舫最为醒目。

比起停靠在岸边仿佛陷入沉睡的那些画舫，这座画舫正热闹着，隐约有丝竹声传来。

冯橙遥遥望见画舫的名字，面色微变。那正是冯锦西今日赴宴的画舫。

到现在，她几乎可以肯定阿黛就是那名以风尘女身份为掩护的齐人细作。

一次又一次出现在三叔面前，如果不是她要揪出的女细作，难道要她相信阿黛与三叔是命中注定的缘分？

"走吧，去那座画舫上看看。"比起冯橙的神色凝重，陆玄一派云淡风轻。

冯橙回神："怎么上去？"

陆玄笑了："我有请帖，不然怎么会在这里等你？"

冯橙瞬间感动了。看看三叔，再看看陆玄，真是人比人得死，货比货得扔。

冯橙随陆玄光明正大登上画舫，默默留意画舫上侍者对陆玄的招呼，原来陆玄早就登过船了。这样一来，他们就无须专门去与宴客的主人打招呼，乐得自在。

"开宴前你就上船了？"无人留意时，冯橙低声问。

陆玄微微点头："还看到了你三叔。"

以成国公府的地位，这类宴请必然会送帖子来，以往陆玄从来不去。

"你们说话了？"

"打了个招呼。"陆玄想到冯锦西见到他时的神色，弯了弯唇角。

两层高的画舫，第一层打通了设成气派大厅供人喝酒玩乐，第二层则是一间间睡房，方便客人歇息。此时大厅中觥筹交错，宾主尽欢。

冯橙寻觅了半天，不见冯锦西身影。

"我三叔呢？"

"别急，我先前上船时带了一名手下，安排他一直留意着令叔。"

说话间，一名小厮打扮的少年走了过来。

"人呢？"

手下低声道："冯三老爷有些乏，去楼上歇着了。"

冯橙听了脸一黑。

在这热热闹闹的大厅里，阿黛想闹幺蛾子还有些困难，三叔跑去单间睡大觉，简直是白送给人家的好机会。

听手下报出房间号，冯橙咬牙："我去找他。"

陆玄略一思索，招来侍从："我有些乏了，楼上还有房间么？"

"有，陆大公子请随小的来。"

二人顺理成章随着侍从上了画舫二层。

比之一层大厅的喧哗，二层安静多了，几个一看就不是同一家府上的小厮凑在长廊尽头打牌。

陆玄随手指了指，以漫不经心的语气道："就这间吧。"

"韩大公子正在里边歇着。"

"那间呢？"

"里面歇的是冯三老爷。"眼见陆玄面露不耐，侍从忙道，"隔壁房间是空的。"

"那就隔壁吧。"陆玄一副无所谓的态度。

侍从领着二人进去，恭恭敬敬道："陆大公子若是有事，随时吩咐小的。"

陆玄摆摆手："不必了，你退下吧。"

一块碎银抛过去。侍从稳稳接住，道谢后退了出去。

房中只剩下二人，陆玄问："打算直接找过去？"

"不，先偷偷溜过去看看情况。"冯橙早有想法，"三叔这边交给我好了。你留意一下会不会有别的情况，我总觉着今日的事不简单。"

"嗯，那你小心。"

陆玄走出去后，冯橙来到窗边。

窗外是水波荡漾的河面，再往远处是婆娑垂柳。

许是晌午的缘故，偶尔闯入视线中的游船看起来格外悠闲，游人都躲进了船篷中偷闲。

冯橙瞅准时机从敞开的窗扉一跃而出，稳稳抓住隔壁房间的窗沿，整个过程犹如一只轻盈灵巧的猫，没有发出一声轻响。

她悄悄探头向内望去，就见冯锦西侧躺在靠墙的床榻上正闭目歇着。

两间屋子的陈设是一样的。

冯橙没有迟疑翻入窗内，闪身躲进了床底下。

床下黑漆漆的，空间逼仄，萦绕在鼻端的是淡淡的潮湿气，藏身其中并不舒坦。

时间一下子过得极慢。

就在冯橙犯困时，突然听见扑通一声响，是重物落地的声音。

她一个激灵醒过神，从床底向外看去，就见临窗的地板上趴着一个浑身湿漉漉的女子，正一脸惊惧望向床榻方向。女子正是阿黛。

很快响起冯锦西的声音："阿黛？"

以冯橙的角度，看到一双长腿走过去，停在阿黛面前。

阿黛爬了起来，冯橙就看不到她的表情了，只能从声音里听出几分吃惊："冯公子，怎么是你？"

冯锦西同样惊讶："我正要问，你怎么弄成这副样子，还从窗口掉进来？"

"我——"阿黛动了动唇。

她的衣裳全湿了，头发也是散乱湿漉漉的，看着十分狼狈。

狼狈中又有着倔强。

"到底出什么事了？"冯锦西看着这个模样的阿黛，有些急了。

阿黛张张嘴，声音带了哽咽："我爹死了。"

冯锦西吃了一惊："怎么会？不是说伤了腿有人照顾着？"

"表面瞧着好了，内里其实溃烂了……"身穿男装的阿黛孤零零站着，眼中噙着泪，"得知我爹的死讯，我跪着求了鸨母许久才放我回去，只看了我爹一眼就被逼着回了红杏阁。"

"那你又怎么变成这样？"冯锦西指了指阿黛的衣裳。

阿黛拢了拢手臂，不知是伤心还是发冷，语气有些颤抖："我当了花娘，我爹都不认我了，本想着只要我爹能好好活着，我怎么样都无所谓，没想到我爹他……我不想我爹到了九泉之下还恨我给他蒙羞，就从红杏阁逃了出来。红杏阁的人发现了来追我，我情急之下就跳了河——"

"跳了金水河？"想到金水河的深度，冯锦西有些震惊。

阿黛勉强笑笑："我自小水性好，潜在水下游到这里，想着这座画舫容易藏人就爬了上来。在红杏阁待了这些天，我知道这种画舫的第一层最热闹，这个时辰的二层应该没什么人，就攀上二层想找间无人的屋子躲着，结果突然有人走到舱外，我心中一慌就从窗子翻了进来，没想到屋里人竟然是冯公子。"

躲在床底的冯橙听了，只想冷笑。

到现在，她已经可以肯定阿黛就是那个女细作。这样的巧合简直可笑。

"这也太巧了。"冯锦西感慨道。

阿黛苍白着脸，抱着湿漉漉的手臂："我好像又给冯公子添麻烦了……"

"这也怪不得你。"冯锦西看着瑟瑟发抖的阿黛，轻叹口气，"你等着，我出去给你寻一套干净衣裳来。"

"冯公子——"

冯锦西抬手阻止她说下去："别的话，等离开画舫再说吧。"

走到门口处，冯锦西似是想到了什么，转身大步折回来："你这么等在这里还是不安全，不如藏起来吧。"

他环顾一番，眼睛一亮："就藏在床下好了，听到我喊你你再出来，不然你就躲在里边别动。"

阿黛还没来得及反应，就被冯锦西推着到了床榻那里。

"快进去。"

在冯锦西的催促下，阿黛只好俯身爬进床底。

屋内光线十足，床下则一片暗，阿黛进去的瞬间就成了两眼一抹黑。

当她察觉到不对时，一只微凉的手已经迅速捂住她的嘴，大力把人拽了进去。

冯锦西瞧着阿黛进去那么快，不由感慨：到底是猎户的女儿，动作够迅速的。

听着关门声传来，冯橙从床底爬出，再把打晕了的阿黛拽了出来。

她寒着脸走向门口，拉开一道门缝往外看了看。

冯锦西已经下楼去了，几个小厮还在打牌。

打牌的人，只要别闹出太大动静，往往听不见。

这时候冯橙不由庆幸陆玄的先见之明，要的房间就在隔壁。

她轻轻推开门，拎着昏迷的阿黛迅速进了隔壁房间，把人塞进了床底下。
　　不多时，冯锦西提着一个小包袱回到了二楼，走进房间后对着床下轻轻喊了一声"阿黛"。
　　床下毫无反应。
　　"阿黛——"他又喊了一声。
　　等了等，依然没有回应。
　　冯锦西皱了皱眉，弯腰往床底下看，等眼睛适应了昏暗光线后只看到空荡荡的幽暗空间，哪里有阿黛的影子？
　　"走了？"冯锦西直起身来，看看带回来的包袱，摇了摇头。
　　阿黛这是怕给他添麻烦，不告而别了？
　　他不由再次感慨：猎户家的女儿，到底比寻常女子好强些。
　　经过这么一出，酒也醒了，困意也没了，冯锦西干脆下楼去大厅找朋友玩去了。
　　冯橙隔着门缝看着冯锦西来了又走，微微松口气。
　　今日若无人插手，恐怕就如曾经发生的那样，三叔可怜阿黛无处可去，赁了房子给她居住，从而坐实了与齐人细作来往勾结的罪名。
　　冯橙正寻思如何处理阿黛，门外响起脚步声。
　　陆玄拉开门，见冯橙就站在门内，扬了扬唇："站这里干什么？"
　　就算盼着他回来，也不必如此。
　　冯橙把门关好，快步走到床边把阿黛拖了出来。
　　"阿黛？"看清昏迷之人的面容，陆玄眉梢微挑。
　　"从隔壁拖回来的——"
　　陆玄打断冯橙的解释："等会儿再说。"
　　冯橙看着陆玄单手拎起阿黛走出去，不多时双手空空返回来。
　　"阿黛呢？"
　　"丢到隔壁房间了。"怕冯橙误会，陆玄忙解释，"韩呈硕歇着的那间屋子。"
　　冯橙惊了："没惊动他？"
　　"他的小厮在外头打牌，他喝多了睡得跟死猪似的，我就把阿黛塞他床底下了。"
　　察觉冯橙表情古怪，陆玄问："怎么了？"
　　冯橙笑道："我就是在隔壁把阿黛从床底下拖出来的。"
　　听她讲完隔壁所见，陆玄神色微沉："今日这事，果然不简单。"
　　"楼下有事儿？"
　　"楼下倒是没事，留在岸边的手下传信说一队锦麟卫奔着这边来了。"陆玄检查一番，扫去阿黛留下的痕迹，拧眉道，"今日窦五郎设宴，来的皆是高官勋贵之子，这种情况下锦麟卫能过来，说明这船上出问题的人牵涉的不是小事。"
　　"这个人会不会是阿黛？"
　　"目前看来很有可能。"

冯橙面色微变："阿黛是翻窗进入我三叔房间的，当时浑身湿漉漉留下不少水渍，要是那些锦麟卫现在就过来，恐怕会露出端倪。"

难怪陆玄刚刚会扫去那些痕迹，连床下都没放过。

"这好办，既然你三叔不在房中了，我们直接过去清理就是。"

冯橙略一思索，明白了陆玄的意思。

只要三叔不在房中，就算别人瞧见他们，也不知道他们并非歇在那间房的人。

当然，保险起见还是尽量避免被人看见。

二人悄悄进了隔壁，扫去痕迹。

"我们下去吧。"担心冯橙见了锦麟卫怯场，陆玄压低声音，"别慌，锦麟卫中有我的熟人。"

冯橙点点头，低声道："我不慌。"

她这话再真心不过。

城破的时候，她顶着花猫的皮囊惊慌逃窜，最大的原因是身边没有陆玄。

二人下了楼，厅中众人喝得正酣，气氛越发肆意。突然外面一阵喧哗。

不多时一名侍从匆匆跑进来，对着窦五郎道："有一队人登上了画舫，说是锦麟卫在搜查要犯。"

一听是锦麟卫，厅内登时一静。

哪怕是这些眼高于顶的贵公子，也知道锦麟卫不好惹。

窦五郎暗骂一声晦气，拔腿往外走，刚到厅外就与领队的锦麟卫碰上了。

见是个面生的年轻人，窦五郎面露狐疑："你们是——"

领头人举了举手中令牌，语气冷肃："有要犯混上了画舫，我等奉命缉拿，还望配合。"

"这画舫是我包下的，请的也是各府公子，怎么会有要犯？"窦五郎一脸难以置信。

领头人道："要犯不择手段，自然有混进来的法子，我等尽快把要犯抓住，也是为了各位公子安全。"

窦五郎一听，歇了硬拦的心思。

真要有穷凶极恶的歹人在他做东的地方闹出事来，麻烦不小。

领头人手一挥："你们几个守在画舫四周，提防有人跳河逃脱，你们几个去二层检查，其他人随我进大厅。"

这个时候大厅中已经无人饮酒作乐，都处在锦麟卫突然登上画舫的震惊中。

领头人一一从这些人面前走过。对于生面孔，大家都不奇怪。

这种能结交人脉的场合，一个人收到帖子，很可能带两三个朋友过来。

窦五郎认识的便会说出身份，若是他不认识的，要么自报身份随着谁来的，要么带他来的人开口说明。

领头人走到陆玄面前时，主动打了声招呼："陆大公子。"

陆玄颔首回礼，见他眼风扫向冯橙，平静道："我朋友。"

领头人收回目光，走向下一个人。

冯锦西眼睛都瞪圆了，好在理智还在，没有喊出来。

再看站在冯橙身边的陆玄，气得牙痒。

这小子竟然带橙儿来这里！

感受到那道杀人的目光，陆玄看过去，露出嫌弃的表情。

这时一名锦麟卫走过来，低声道："头儿，上面房间都查过了，只有韩大公子的房间没查，他小厮拦着不让进。"

领头人皱了皱眉，对窦五郎打了声招呼去了二层。

厅中众人嗅到八卦的气息，呼啦啦涌上二层。

冯橙随着陆玄往二层走，被冯锦西一把拽住。

她侧头，理直气壮地问："拉我干什么？"

冯锦西脸都黑了，唯恐被旁人听见，压低声音道："随我回去。"

冯橙指指上边，一脸不可思议："来都来了，有热闹看呢。"

冯锦西气个倒仰，咬牙切齿道："看什么热闹，回家！"

冯橙心中冷笑。见她出现在这种地方知道着急了，也不想想自己天天往金水河跑让人操了多少心。这一次，非要让三叔知道怕了才行。

这世上，谁又能一直管住别人呢？自己管住自己才是真的。

"就算不想看热闹，现在也不能回家啊。"冯橙纹丝不动，"三叔你想想，锦麟卫来抓要犯，这时候我们若是走了，不是让锦麟卫怀疑我们心虚么？本来没有麻烦，也要有麻烦了。"

冯锦西一听竟然很有道理，只好妥协，小声道："回家再和你算账！"

冯橙呵呵笑笑，没接话。回家后到底谁和谁算账，那就不一定了。

冯锦西还想骂陆玄两句，被陆玄语气凉凉噎了回去："你是生怕别人没发现你侄女来了？"

冯锦西神色僵硬看向冯橙。

冯橙甜甜一笑："那我就说三叔带我来的。"

冯锦西眼前一黑，险些跪地上。女生外向，老话诚不我欺！

三人跟在众人后面上了二层。

这时候锦麟卫领头人正与韩呈硕的小厮交涉。

小厮态度强硬："我们公子喝多了正睡着，公子最烦睡觉时被打扰了。"

领头人看在韩呈硕是韩首辅之孙的面子上费了不少口舌，见围过来看热闹的人越来越多，终于不耐烦了："我等追查要犯，要是耽搁了你可负得起责？"

小厮张了张嘴，没话说。

这可是锦麟卫办案，就算有首辅大人撑着，万一真有事，他一个小厮还能有好？

"再说，若是要犯挟持了韩大公子，你这般阻拦害的可是你家公子。"

听锦麟卫这么说，小厮脸色微变，抬手敲了敲门。

"公子，您醒了吗？"屋内没有动静。小厮轻轻拉开门，不高不低的呼噜声传入众人耳中。韩呈硕睡得正香。

小厮走过去，喊了几声才见韩呈硕睁开眼。

"吵什么呢？"韩呈硕黑着脸坐起来，看到门口黑压压的人头，不由愣住。

锦麟卫头领走过来，把来意说明。

韩呈硕一脸烦躁："你们搜查要犯，来我休息的房间干什么？这里哪来要犯，哪来妥犯？"他睡得好好的被这么多人围观，岂不成了猴子！

突然一声惊呼响起："啊，手，手，手——"

出声的人一脸惊恐，指着床底的方向语无伦次。

众人看过去，就见一只手隐隐约约露出床底，一动不动。

床下很黑，一时看不清里面有什么。那只手修长纤细，能看出是女子的手。突然，众目睽睽之下，那只手飞快缩进了床底。

看到这幅情景的人登时惊了。甚至有人吓得狂退一步，直呼有鬼。

韩呈硕已是吓傻了。

锦麟卫头领厉喝一声："出来！"床底下毫无动静。

"你以为能在床底下躲一辈子？"锦麟卫头领抽出腰刀，对准床底。

看着这一幕，不知为何，冯锦西隐隐觉得熟悉。

敞开的窗，躲在床底下的人，难道——

他猛然变了脸色，下意识上前一步，身子还没站稳就被一股大力拽了回去。

冯锦西回头，迎上冯橙冷冰冰的脸。

"三叔，你要惹祸上身吗？"冯橙声音放低，因为离冯锦西很近，倒是不担心被那些注意力全被屋中情景吸引了的人听去。

冯锦西神色一凛，看着手持腰刀神色冷肃的锦麟卫，想要看看躲在床下是何人的心思淡了下去。

几名锦麟卫把床榻围住，堵住了床下之人逃跑的可能。

"出来！"锦麟卫头领说着，长刀伸进床底一扫。

闷哼从床底传出来，听得在场之人头皮发麻。

床底下不是女鬼，是大活人！

"把人弄出来。"锦麟卫头领收了刀，吩咐手下。

两名锦麟卫趴下来，费了一番力气从床底拽出一人。

"是男人啊。"看清那人装扮，有人脱口而出。

"头儿，是个女扮男装的女子。"

锦麟卫头领用手捏住女子下巴，盯着她问："你是阿黛？"

前边围的全是人，挡住了冯锦西的视线。听到这句话，他脸色大变。真的是阿黛！感觉到有人拉他一衣袖，冯锦西侧头。

冯橙小声道:"三叔听到没,锦麟卫说阿黛是要犯。"

这个时候三叔敢犯糊涂,她不介意一掌劈晕。

"阿黛只是个花娘——"冯锦西说着这话,心头乱糟糟的。

冯橙嘴角挂着讥笑:"一个花娘成为锦麟卫缉拿的要犯,可见事情非同小可。三叔不会以为阿黛从红杏阁逃出来,就能享受锦麟卫捉拿的待遇吧?"

冯锦西冷静下来,再一想不久前才与阿黛打过交道,顿时不寒而栗,连侄女为何会知道阿黛从红杏阁逃出来都忘了追问。

这个时候,也不是问这些的场合。

韩呈硕大惊,指着阿黛问:"你是谁,为何在我歇息的房间里?"

此时阿黛也是懵的。

她听了冯锦西的话爬进床底,却在一片昏暗中看到一双眼睛,然后就眼前一黑什么都不知道了。等她恢复意识被逼出来,为何站在她面前的是韩大公子?

"韩大公子不认识她?"锦麟卫头领问。

"谁认识她啊,不男不女的鬼东西——"韩呈硕突然顿了一下,盯着阿黛面露迟疑,"咦,你不是红杏阁那个花娘吗?"

"韩大公子见过?"

韩呈硕一脸嫌弃:"就这种姿色本来见过也记不住,凑巧她头一次接客就被冯锦西给包下了,我这才有点印象。"

锦麟卫头领目光在人群中寻觅:"这么说,冯三老爷与这名女子认识?"

冯锦西站在后边,凉意爬上脊背,正犹豫要不要站出来,一股大力就把他推了出去。他下意识回头,看到大侄女对他扬唇笑了笑。

眼见冯锦西成了众人瞩目的焦点,冯橙垂眸往后退了退,心中是破釜沉舟的轻松。

韩呈硕当众把三叔包下阿黛的事情说了出来,三叔避无可避,不如坦荡荡站出去说明情况。

倘若锦麟卫掌握了阿黛是细作的证据,自然能查出到目前为止三叔与阿黛接触不多。今日的事会给尚书府带来一些麻烦不假,也仅限于一些麻烦罢了。

比起原有的发展——抄家灭族,已是万幸。这种不伤根本的麻烦,对三叔来说不是坏事。通过这次教训,三叔能深刻意识到他的放荡不羁会给家里惹出弥天大祸,也该学会约束自己了。倘若依然死性不改——冯橙抿了抿唇。

那她就只有狠心撺掇祖父打断三叔的腿了,总比全家因为他丢了性命强。

对于站出来的少年,锦麟卫头领还有印象:"冯三老爷,韩大公子说这名花娘是你包下的,可有此事?"

顶着无数道视线,冯锦西点头承认:"当时我见她可怜,就以一块玉佩为资请红杏阁的鸨母免了她接客。"

他看起来还算镇静,手心已全是冷汗。

真的站在众目睽睽之下被锦麟卫问话，才知道这是怎样的压力。

"冯三老爷真是慈悲心肠，这么说冯三老爷与此女来往甚密了？"

"没有，那次之后我再没去过红杏阁。"冯锦西理直气壮说着，很想回头去看冯橙。此时的他，心情无比复杂。

不久前，他还腹诽大侄女比当娘的管得还多，现在只想抱住大侄女喊一声福星。

对于阿黛，因为山林那场遭遇他心有感激，见她沦落风尘后忍不住出手相助。

而这份感激在全家人的安危面前，无足轻重。

冯锦西这般想着，头一次生出懊悔的情绪。

他不是傻子，一个花娘成为锦麟卫缉拿的要犯，背后原因绝不简单。

锦麟卫头领视线落回阿黛面上："你怎么会出现在韩大公子房间中？"

众人耳朵竖起来。太好奇了。

令人窒息的沉默后，阿黛咬唇道："我从窗子爬进来的，发现房间里有人——"

冯锦西一颗心提起。先前让阿黛躲进床下，只是举手之劳帮她一把，万万没想到帮人帮出这么大麻烦来。

阿黛目光从冯锦西面上掠过，落在韩呈硕身上："没想到房间里是韩大公子，韩大公子要我躲在床底下，说等酒宴散了带我离开这里——"

"你胡说！"韩呈硕跳脚，抬手打向阿黛。

冯锦西愣了，诧异看着阿黛。

站在人群后的冯橙面上不露声色，心中吃了一惊。

她隔着人群看向那个身材高挑的女子，疑惑在心头堆积。对方被锦麟卫盯上的情形下，竟然没把三叔刚才帮忙的事供出来，反而推到了韩呈硕身上，究竟出于什么目的？是想着放长线钓大鱼以后继续打三叔主意，还是把水搅浑？

锦麟卫头领拦住韩呈硕。

"你拦我干什么？这个贱人胡说八道！"韩呈硕长这么大还没被人诬赖过，气得跳脚。却不知这个模样落在旁人眼里，反而有几分气急败坏的意思。

"这里人多口杂不方便问话，请韩大公子与冯三老爷随我等走一趟，以便了解情况。"

走一趟？冯锦西一听，脸色白了白。父亲大人要是知道他被锦麟卫带去问话，非打断他的腿不可。

韩呈硕则直接喊了出来："我都不认识这个贱人，凭什么让我去锦麟卫？我不去，要去也是冯锦西去！"

刚才还害怕被老父亲打断腿的少年一脸随意："身正不怕影子斜，走一趟就走一趟，韩大公子莫非心虚了？"想让他一个人去？没门！

"谁心虚了？"韩呈硕被冯锦西的无所谓刺激到了，冷笑道，"去就去，看谁才是和这个贱人纠缠不清的那个！"

见两位公子哥都答应走一趟，锦麟卫头领暗暗松口气。

他们锦麟卫办案虽不怕什么，能和和气气把人请去当然更好。

"二位请吧。"锦麟卫头领拱拱手，随后手一挥，"把人带走！"

两名锦麟卫伸手一推，押着阿黛往外走去。

冯锦西与韩呈硕对视一眼，各自冷哼一声，拂袖往外走。

看热闹的人让开一条路，眼见着这些人都走了，议论声大起。

窦五郎满心扫兴，不得不站了出来："没想到发生这样的事，让大家扫兴了，改日我再设宴给诸位赔不是。"

"纯粹是意外，怎么怪得了你？"众人纷纷道。

一场本来寻常的宴会就这么散了，而画舫上发生的事则飞快传开。

冯橙往回走时，眉皱着，脸也皱着。

陆玄忍住伸手戳一戳她脸颊的念头："在想什么？"

冯橙揉了揉脸，蹭下一层脂粉。

"想不通。"在陆玄面前没什么好遮掩的，她满眼困惑看着他，"你说阿黛为什么给我三叔打掩护？"

陆玄笑："目前看来肯定不是因为爱上你三叔了。"

"这我当然知道。"冯橙撇了撇嘴。

也就三叔那种怜香惜玉的男人常有这种自作多情的误会。

"人心最难猜测，不好说。但她进了锦麟卫等于废了，只要你三叔从此管住自己，就算以后还有针对他的算计也没那么容易。"

"我更想不通的是阿黛这样被锦麟卫视为要犯的人，为何处心积虑盯上三叔。"

一个细作接近三叔这种整日玩乐的公子哥干什么，要接近也该接近陆玄才有点用吧。

冯橙脚下一顿，以征询的语气问陆玄："陆玄，你说我问问祖父怎么样？"

如今三叔去了锦麟卫，事情终于摆到了明面上，她也有理由对祖父说了。

当然不急，等祖父把三叔从锦麟卫领回来，打完了再说。

"想问就问呗。"陆玄下意识扬起唇角，又努力压下去。

原来冯橙对他的看法这么重视么？

"你整日在外见的事情多，我这不是想听听你的意见么？"冯橙说得坦然，并不掩饰对陆玄的信任。

少年压下唇角的努力彻底失败。冯橙这丫头，实诚起来怪让人高兴的。

初夏的风是暖的，带着花草香吹拂到人面上。

少年微扬唇角，点漆般的眸中盛着笑意："冯尚书应该很快会得知消息的，趁机说一说也好。"

想到冯锦西，陆玄笑意转冷："那毕竟是你三叔，是长辈，冯尚书管教起来更方便。"

见冯橙看着他，陆玄问："怎么了？"

"没什么。"冯橙收回目光，陷入深思。

想想祖父的鞋底……总觉得陆玄对三叔不是很友好的样子。

分别后，冯橙回到晚秋居，卸妆沐浴，换回平时打扮。

等到天色暗下来，绚丽的晚霞也变得黯淡，尚书府热闹起来。

冯尚书把冯锦西从锦麟卫领回来了。

顺路的还有韩首辅，领回了孙子韩呈硕。

两个面和心不合的老头儿一团和气道了别，各回各家后立刻变了脸色。

冯橙赶过去时，冯锦西已经被冯尚书打得半死。这一次是真打，不是拿鞋底抽，而是用那根花梨木雕鸠鸟拐杖。拐杖一下一下打在冯锦西臀部与腿上，发出令人头皮发麻的声音。

牛老夫人端坐着一言不发，看脸色别说会替庶子求情，不火上浇油就不错了。

二老爷冯锦南也在，同样面色沉沉没有插手的意思。

这种场合，冯梅与冯桃都不会来，唯一说话有分量的长孙冯豫一早去拜访清雅书院山长杜念，眼下还没有回来。

也是因为这样，冯豫才避开了窦五郎的宴请。

冯橙进来后，牛老夫人皱眉看过来。

"大丫头，你祖父教导你三叔，你来凑什么热闹？"

"我担心。"冯橙答得直接，目光落在冯锦西身上。

与以往不同，面对冯尚书抡起的拐杖，冯锦西完全不躲，而是老老实实承受了一棍又一棍。

他的臀部血迹斑斑，看起来惨不忍睹，却听不到熟悉的惨叫哭号。

随着拐杖落下，冯橙只听到压抑的、隐忍的闷哼声。

"你们谁都别拦着，今天我非把这个孽障打死不可！"冯尚书说着，拐杖抡得更高了些。

冯橙嘴角微抽。祖父是看不清形势么，眼下在场的人谁会拦？

她本来也没打算拦，可三叔看起来很不好。

"祖父，您再打下去三叔会受不住的。"冯橙上前一步，抓住挥下来的拐杖。

"橙儿，你放开！"冯尚书吹胡子瞪眼，发现拐杖竟然打不下去了。

难道是他年老体衰的缘故？

这情景落在牛老夫人眼里，无声冷笑。

她就知道，老头子说要打死这只知道惹事的孽障，其实还是舍不得。

冯尚书这一次真不是舍不得，至少把小儿子揍个半死的愤怒还是有的。

不过人就是这样，情绪一旦被打断，就有些提不上劲了。

"您看三叔都没喊疼，肯定是知道错了，您就别打了吧。"冯橙一边劝，一边把鸠头拐杖从冯尚书手中拿过来。

冯尚书寒着脸踹了冯锦西一脚："小畜生，你继续去那些腌臜地方玩吧，认识一些乱七八糟的人，把整个尚书府搭进去就满意了！"

冯锦西躺在地上一声不吭，一张俊脸因疼痛扭曲着。

冯尚书看一眼都觉得糟心，甩袖走了。

牛老夫人淡淡道："来人，把三老爷送回房。"

眼见冯锦西被下人背走，冯橙看向牛老夫人："祖母，是不是给三叔请个大夫？我看祖父下手挺重的，万一落下残疾就不好了。"

牛老夫人面无表情："你祖父能有多大力气，打几下就能落下残疾？你一个小丫头少操心长辈的事。"

冯橙坚持："那也请个大夫来看看才放心。"

牛老夫人不紧不慢喝了口茶，神色冷淡："家丑不可外扬。"

冯橙神色一正："我听说三叔是因为牵扯进要紧的事被锦麟卫带走问话的，想必外头已经传得沸沸扬扬。这种情况下传出三叔被祖父狠狠教训而请大夫的事怎么叫家丑呢？那说明祖父用心管教儿子了。"

冯锦南终于开口："母亲，橙儿说得也有道理。"

牛老夫人这才松了口。

冯橙从长宁堂离开，暂且放下去看冯锦西的打算，去了冯尚书书房。

冯尚书依然怒火难消，见冯橙来了，面色还算和悦："来给你三叔求情？"

"刚刚已经求过情了。孙女过来，是有话对您说。"

少女眉眼平静，语气平和，冯尚书不由多了几分重视。

"橙儿有什么话对祖父说？"

"祖父应该听说了，那个叫阿黛的花娘躲在韩呈硕床下，又因为三叔包下她的关系，所以韩呈硕与三叔都被锦麟卫带走问话。"

冯尚书点点头，心中惊讶孙女为何这么清楚。

冯橙沉默了一瞬，一字字道："其实阿黛不是躲在韩呈硕床下，而是躲在了三叔床下。"

冯尚书直接从椅子上弹了起来，缓了缓才重新坐下，看着冯橙的眼神满是惊疑："橙儿这话从何处听来的？"

小儿子包下一个疑似细作的花娘已经够让他头大，还好有韩首辅的孙子分担一下才能轻松把人领回来。要是孙女说的是真的，他这就去把那孽障打死算了。

"不是听说的，孙女亲眼看到的。"

"什么？"冯尚书眼都瞪圆了。

几十年朝廷上的风风雨雨，他以为修炼到家了，却接连因为孙女的话失态。

冯橙神色依旧镇定："当时孙女就在三叔隔壁房间的窗边看风景，亲眼瞧着阿黛从窗子爬进了三叔休息的房间。"

冯尚书已经顾不得追问孙女在画舫上的原因，惊道："那她又怎么出现在韩呈硕房中？"

冯橙垂眸，一副娴静乖巧的样子："我觉得不对劲，就隔着门缝观察，不多时看到三叔匆匆出去了，便悄悄进了三叔房间，趁阿黛没防备把她打晕拖到韩呈硕屋子里塞进了床底下……"

冯尚书听着，表情从震惊到麻木，到后来竟然有余力思考漏洞："等等，既然阿黛是被你拖到韩呈硕房间的，她为何说是韩呈硕让她躲进去的？"

冯橙抬眸，与冯尚书对视："这正是孙女来找您的原因。阿黛处心积虑接近三叔，又给三叔打掩护，三叔到底有什么值得人如此图谋？"

冯橙的话问出，书房中就陷入了一阵沉默。

冯尚书看着眼神明亮的孙女，抬手捋了捋胡子。

他这个动作看起来少了往日的从容，倒像是掩饰内心的不安。

冯尚书此时的确如坐针毡。孙女所说的每一个字都仿佛是一根刺，扎进他心里。

当然不能一直沉默下去。

"你三叔一个整日游手好闲的混账有什么让人图谋的？定是那花娘看出你三叔是个好骗的蠢材，遇到麻烦才找上他。"

冯橙暗叹口气。看祖父的反应，明显有内情，却不打算对她说。

"孙女觉得事情没有这么简单，阿黛可不是现在才找上三叔的。祖父还记得三叔在山林中失踪的事吧？"

冯尚书点点头。

倒霉孩子被抬回来后他了解过，是一个猎户把他带回了家中。

冯橙看着冯尚书，一字字道："阿黛便是那个猎户的女儿。"

冯尚书眼神倏地变了。

"祖父不觉得三叔掉入猎户的网中很蹊跷吗？不久后，阿黛就为了救父亲卖身三叔常去的红杏阁，三叔认出她来，念着山林相助的情分出钱包下了她。"

冯尚书语气复杂："你三叔后来再没去过红杏阁。"

这也是锦麟卫轻松放人的一个原因。

冯橙笑笑："所以才更蹊跷了。三叔许久不去红杏阁，阿黛的父亲就恰到好处死了，于是阿黛有了名正言顺从红杏阁逃离的理由，她这一逃就逃到了窦五郎宴客的画舫上，逃进了三叔歇息的房间，祖父您想想。"

冯尚书皱眉沉默。

冯橙有些口干，给自己倒了杯茶喝了两口润喉，以笃定的语气道："阿黛不是今日有麻烦才找上三叔，而是千方百计要到三叔身边来。祖父觉得呢？"

冯尚书也给自己倒了杯茶喝了两口。他还能觉得什么，明显就是这样。

"祖父，锦麟卫说阿黛是要犯呢，她一个花娘为什么是要犯？"

"许是牵扯进人命案。"

冯橙越发笃定内情不简单，所以祖父才不愿意对她一个小姑娘讲明。

说到底，是觉得她只是个闺中少女。

"牵扯进人命案，要跟进的是顺天府、刑部这些衙门，不至于惊动锦麟卫。"冯橙也不恼，语气平静指出这一点。

冯尚书看着她的眼神有了变化。静了一瞬后，老头儿转移话题："橙儿，你怎么知道阿黛是那个猎户的女儿？今日又怎么会在那座画舫上？"

冯橙赧然一笑："那日三叔失踪，这不是太担心了么，我就出去找了，然后找到了猎户家里去。"

冯尚书一听，眼都瞪圆了。

冯橙不给老祖父追问细节的时间，接着道："后来我听说阿黛居然成了红杏阁的花娘，就怀疑她有问题，不许三叔再去红杏阁了。"

原来是孙女拦着那孽障不再去红杏阁的。

冯尚书一时竟不知该庆幸孙女的懂事，还是生气儿子的愚蠢。

至于孙女如何知道阿黛成了红杏阁花娘，下意识认定是小儿子告诉的。

"至于去画舫——"冯橙按了按太阳穴，"今日一早不知怎的就眼皮跳得厉害，像是有什么不好的事情发生。孙女思来想去，家中最不让人放心的就是三叔了，想到昨日三叔对我说今日要赴窦五郎的宴请，就混上了画舫。"

冯尚书捶桌。老三这混蛋玩意，连当侄女的都为他操碎了心！

"祖父，您这么睿智，能不能分析一下阿黛为何盯上了三叔？"

冯尚书心情沉沉。

"祖父——"冯橙伸手抓住冯尚书衣袖，巴巴望着他。

冯尚书沉默一瞬，还是狠下心来："人心难测，哪是能分析出来的？"

冯橙失望松开手："那孙女先回去了。"

看着垂眸低头的孙女，冯尚书很想揉揉她的头，最终摆了摆手："回去吧，大人的事少操心。"

冯橙离开后，冯尚书枯坐半晌，抬脚离开书房，直奔冯锦西住处。

小厮乘风一见冯尚书来了，吓得脸都白了："老，老太爷，您来了——"

"你们老爷呢？"

"在屋里，大夫刚走。"

他正准备给公子煎药呢，老太爷怎么来了！

冯尚书挑眉。还给请了大夫？

冯尚书没再理会小厮，举步往内走。

乘风忙跟上去，对着屋里喊了一声："老太爷过来了。"

与丫鬟婆子一堆的太太姑娘的住处不同，冯锦西院中除了一个近身服侍的小厮，就只有两个负责洒扫的下人。这不是苛待冯锦西，而是文官家的子弟大多要走科举这条路，吃不了读书的苦头可不行。

即便冯尚书已是站到大魏文官顶峰那一批，家中金银成堆，也不会像勋贵人家那样把个男孩儿放在锦绣堆里养着。

如此一来，倒是方便了冯橙溜进去。趁着冯尚书的到来造成的小小混乱，冯橙顺利躲好，气定神闲理了理垂落的碎发。

她就知道祖父会来找三叔。既然祖父不打算告诉她，那她只能主动来听了。

冯尚书进去后，面无表情看着冯锦西。

冯锦西苍白着脸喊了一声父亲。

冯橙躲在暗处，看着冯锦西的样子暗叹口气。

看起来，三叔这次是真的知道怕了。

锦麟卫那种地方去一趟，但凡不是无可救药的人，终归会有成长。

"你出去。"冯尚书吩咐乘风，"去外头守着，不许旁人靠近。"

乘风看一眼冯锦西，默默退了出去。屋内一时安静。

冯橙凝神屏息，竖起耳朵。冯尚书坐下来，看着冯锦西。

"疼吗？"

冯锦西脸上闪过愧疚之色："都是儿子活该。"

被带去锦麟卫的时候，他想了许多，只要一想尚书府上下因他获罪这种可能，就如坠寒冰地狱。

"以后还去那些乱七八糟的地方么？"冯尚书再问。

冯锦西脸色发白："儿子知道错了，再也不去那些腌臜地方了。"

冯尚书摇了摇头。

"父亲，儿子这次说的是真的！"

冯尚书紧紧盯着冯锦西，缓缓道："只是这样，还不够。"

冯锦西愣了愣，不明白这话的意思。

冯橙则轻轻握了握拳。好像要有秘密听了。

被冯尚书眼神沉沉看着，冯锦西有些无措。

印象中父亲大人生气的时候，要么吹胡子瞪眼，要么脱鞋打人，从没有用这种目光看着他。不只是失望，还有深深的无力与挣扎。这样的眼神仿佛一座山压在他身上，压得他喘不过气来，就连身上的疼都变得迟钝了。

"父亲——"冯锦西嗫嚅着，想再次开口保证。

"老三，你知道那个花娘的身份吗？"

"锦麟卫说……阿黛是要犯……"

冯尚书拍了拍床沿："那个花娘很可能是细作！"

"细作？"冯锦西脸色大变，"不可能吧，她一个猎户之女——"

冯尚书冷冷道："消息是从锦麟卫那边打听出来的，不然你以为一个花娘值得锦麟卫大动干戈？"

冯锦西彻底愣住了，脑海中飞快闪过与阿黛从初见到最后一次见到的情景，喃喃道："那她为何接近我……"

倘若是寻常猎户之女，命运坎坷沦为花娘，有意接近他还可能是为了找个金主，可一个细作找上他干什么？

他一个心思全在玩乐上的庶子，别说科举入仕，就连恩荫个一官半职都没有。

父亲没提过，他也乐得轻松。

难道是通过他接近父亲？冯锦西愣愣望着冯尚书，越发茫然。

他再想不开也不会把一个花娘带到父亲面前，对方不是白忙乎？

"为什么？"安静下来的室中，响起少年困惑的疑问。

这也是躲在暗处的冯橙最大的疑问。

冯尚书定定望着冯锦西，看了很久很久，似是要从这张精致绝伦的面孔上找出另一个人的影子来。

尽管十分不情愿提起，他还是开了口："老三，你知道你长得很像你生母么？"

冯锦西眼神一紧。他的记忆中从没有生母的存在。

生母因为貌美被嫡母视为眼中钉，去世后府中下人自然不会不识趣提起。

嫡母对生母的态度，是他从嫡母对他的言语态度中感觉出来的。

至于父亲，今日之前，在他面前一句都没提过生母，仿佛那个令嫡母忌惮过的美貌女子不曾存在过。

难道父亲对生母的绝口不提，不是他一直以为的无关紧要而不值一提，而是另有原因？

冯锦西缓缓点了点头。他长相肖母，自然是知道的。

"你生母……"长久的沉默后，冯尚书一字一顿道，"是齐人。"

冯锦西惊呼出声："不可能！"

因为太过惊讶想要起身，整个人栽到了地上。

这声闷响把冯橙因为太过吃惊而加重的呼吸声彻底遮掩。

她捂着嘴，心中掀起惊涛骇浪。

那些萦绕心头的困惑如迷雾退去，生出原来如此的感叹。

本来的发展，是陆玄调查出三叔养的外室是齐人细作，从而给尚书府招来弥天大祸。

可她不是不疑惑的。祖父一步一个脚印爬到六部尚书之位，官居二品，是一只脚踏入内阁的人。仅仅因为儿子养的外室是细作就抄家问斩？

那些不解最终只能归因于伴君如伴虎，大概是皇帝早就有处置祖父的心思，正好借着这个理由开刀。

而现在，那些疑惑就有了答案：三叔的生母是齐人，养的外室是细作，那在皇帝看来整个尚书府都与齐人有勾结，尚书府落得那般下场就不奇怪了。

那么陆玄呢？

冯橙一下子想到了他。那个时候，他查到的恐怕不只是以花娘身份为掩护的齐人细作，还有三叔生母的身份。只是不知为何，三叔生母身份这段讯息没有传开。

另一个疑惑随之而来：这一次，祖父没有站到吴王那一方，陆玄没有去抓尚书府把柄，那查出阿黛是齐人细作的人又是谁？

冯橙心念百转之时，冯锦西才从巨大的震惊中回神。

"父亲，您是开玩笑的对不对？是吓唬儿子，让儿子以后再不敢到处混对不对？"少年趴在地上仰起头，伸手抓住冯尚书衣摆，仿佛抓住一根救命稻草。

大魏和大齐，从来都是势同水火的存在，短暂的安宁要么是齐人抢够了忙着内斗，要么是大魏的反击令齐人吃痛，暂时安分下来。

魏人尚文，齐人尚武，大齐一直是侵略的那一方。

朝廷碍于大齐军力不敢妄动，民间百姓对齐人的仇恨日积月累，早已寒冰难融。

冯锦西趴在冷冰冰的地上，冷到骨子里。

他被巨大的惶恐淹没了，抓着父亲的衣摆惊慌失措，泪流满面。

冯尚书缓缓俯下身来，看着近在咫尺的儿子，开口打破他最后一丝希冀："这个秘密，我本打算烂在肚子里，却没想到齐人会利用这个生事。有心算无心如何躲得过？现在你知道了，以后好自为之吧。"

冯尚书转身欲走，被冯锦西死死拽住衣摆。

少年苍白着脸，声音颤抖："那您，您——"

他太怕知道答案了，可又没办法不问。

冯尚书低头看着濒临崩溃的儿子，轻叹口气："我是你爹。"

他说完，头也不回大步离去。

乘风把冯尚书送到院门外，回来后探头看到冯锦西狼狈趴在地上，大吃一惊："公子——"

"出去！"

乘风犹豫着没有动："公子，小的先扶您到床上吧。"

"我叫你出去！"

乘风只好默默退下。

冯橙听到了秘密本想离去，祖父的转身离开与三叔的失魂落魄让她改了主意。

冯锦西在冰冷的地板上躺了很久，久到冯橙忍不住要走出来时，终于动了。

他忍着疼痛缓缓爬起来，一步步挪到柜子前，拉开抽屉摸出一把匕首，毫不犹豫对准脖子抹去。手腕一麻，匕首掉落在地，发出一声脆响。

冯橙冲到冯锦西面前，心有余悸："三叔，你干什么！"

"是橙儿啊。"冯锦西望着冯橙笑了笑，"你祖父说的话，你都听到了？"

冯橙慢慢点了点头。

冯锦西自嘲弯唇："那你不该拦我。"

"三叔怎可如此懦弱？"冯橙攥紧拳头，恨不得把冯锦西捶一顿。

冯锦西盯着静静躺在地上的匕首，平静道："不是懦弱，我活着，早晚会连累你们的。"

冯锦西说着这些时，心情竟然很平静。

他在父亲头也不回离去的那一刻，骤然想明白许多。

难怪大哥、二哥不好好读书时，会拿鞋底狠狠抽他们的父亲从不曾管过他读书。

难怪他都十八岁了，整日无所事事，父亲也没有给他谋个差事的打算。

他的身上流着一半齐人的血，如果不是父亲宽厚，他恐怕都活不到懂事的年纪。

他的存在本身就是个错误，是个祸患。

冯锦西眼中流露的死志如此坚决，吓住了冯橙。

她拽着他衣袖，语气更坚决：“三叔，我不要你死。"

"你不怕尚书府因为我出事？"冯锦西反问。

冯橙抿了抿唇："谁都怕尚书府出事。祖父选择把这个秘密告诉三叔，就是要三叔以后谨言慎行。只要三叔不与居心叵测的人来往，他们就抓不到尚书府的把柄。"

冯锦西缓缓摇头，语气中透着浓浓的疲惫："我又如何分辨哪些人居心叵测，哪些人是正常的？从此之后，我看谁都是惊弓之鸟。"

他活着，不仅是尚书府的隐患，自己也会终日惶惶。这样的人生会让他喘不过气来。他不想要。

"难道三叔只能享受锦衣玉食，而担不起风雨挫折？怕接近你的人居心叵测，那就尽量与从小熟识信得过的人来往，少些无用的玩乐应酬，三叔连这一点都做不到吗？"

"若是有人查出了我的身份呢？"

"目前知道三叔身份的除了我们，就是某些齐人。他们接近三叔显然是要借着你的身份生事，在目的没达成之前定然不会主动暴露。退一万步，就算将来又有细作试图接近三叔，三叔已经有所防备，还能反过来坑他们啊。"

阿黛处心积虑接近三叔，十之八九是用三叔生母做文章，说动三叔帮着齐人做事。

噩梦中城破人亡的惨景又在脑海中晃过。皇帝与太子死得突然，固然是齐军势如破竹的原因，可城破得未免太快了些。据说，是有人从城内打开了城门……

现在看来，必然有人被齐人策反，投敌叛国。

"坑齐人？"冯锦西喃喃，死寂般的眸中渐渐有了光亮。

冯橙忙道："这是躲不过时的将计就计，能远远躲开最要紧。"

"我知道。"冯锦西笑了笑，忽然问道，"橙儿，你是不是对你祖父说了什么？"

不然父亲不会走这一趟，把这个秘密说出来。

"我就是提醒祖父，早在你山林失踪时就被阿黛盯上了……"冯橙把对冯尚书的那番说辞又说了一遍。

冯锦西面露惭愧："都是我太蠢，还让你当侄女的操心。"

至于侄女女扮男装混上画舫这般惊世骇俗的举动与他的身世秘密相比又算什么。

说到底，都是为了他。

冯橙弯腰把匕首捡起，揣入袖中："匕首我没收了，三叔若还想做傻事，就想想可对得起我操过的心。"

冯锦西定定望着冯橙，轻声道："不会了。"

悄悄离开冯锦西的住处回到晚秋居，冯橙用凉水洗了一把脸，头脑越发清醒。

她虽劝三叔远远避开，但三叔生母如何成为祖父妾室这条线还是要往下查，可不能稀里糊涂过去。

不用想，从祖父口中定然问不出来。

看来还是要见一见陆玄，与他商量一下。

离尚书府不远的韩府，同样不平静。

韩首辅踹了几脚孙子，面色铁青："成事不足败事有余的小畜生！"

韩呈硕捂着屁股，委屈不已："祖父，孙儿是无妄之灾啊，都是那个小贱人胡说八道，孙儿根本没与她打过交道。"

"那她怎么不躲到别人床底下，偏偏躲到你床下？"

韩呈硕被问得一滞，脸涨成猪肝色："孙儿怎么知道，这纯粹是巧合！"

"那她为何说是你给她打掩护？"

"她冤枉我！"韩呈硕跳脚。

"那她怎么不冤枉别人，偏偏冤枉你？"

韩呈硕气得眼前发黑，头一次发现"偏偏"两个字如此可恨。

韩首辅压根不信孙儿是完全无辜的，又狠狠踹了两脚，才把人轰走。

屋中安静下来，韩首辅往椅背上一靠，陷入了沉思。

那名叫阿黛的花娘疑似细作的消息，是他想办法捅给锦麟卫的。

挑拨冯尚书与成国公失利，一时抓不到成国公府的把柄，他就安排人盯住冯尚书父子。这一盯，居然真有发现。

阿黛父女是五年前来京城落脚的，有人曾在北地见过阿黛的父亲。令他惊喜的是冯尚书那个不成器的小儿子竟然与阿黛有牵扯，这可是攻击冯尚书的好机会。

不久前他不着痕迹把消息透露给锦麟卫，已经有锦麟卫盯梢阿黛，以后冯尚书的小儿子与阿黛来往越多，越说不清楚。没想到还没等到冯锦西与阿黛多来往，阿黛竟然从红杏阁逃了，这才有了锦麟卫现身追捕。更令他没想到的是阿黛逃到窦五郎宴客的画舫上，从孙子歇息的床下被揪了出来。冯尚书的小儿子被锦麟卫带走了不假，他孙子也被锦麟卫带走了。

得到消息的瞬间，韩首辅就气个倒仰，生出搬起石头砸自己的脚的感觉。

走到窗边望着青翠欲滴的芭蕉叶，韩首辅神色沉沉。这段时间，似乎诸事不顺。

转日，冯橙前往长公主府练武，回去的路上还没等她联系陆玄，茶馆伙计来宝就已经等着马车路过了。

"冯大姑娘，我们公子在楼上等您。"

冯橙很快见到了陆玄。

"你三叔挨揍了没?"一见面,陆玄就问起冯锦西。

冯橙深深看他一眼:"陆玄,我觉得你在幸灾乐祸。"

"没有,就是问问。"陆玄飞快否认,正准备说出见面原因,冯橙先开了口。

"陆玄,我告诉你一个秘密。"

秘密?陆玄下意识的反应是皱眉。凭经验,秘密往往意味着麻烦。

可要告诉他秘密的是冯橙。

初夏的风从敞开的窗吹进来,送来淡淡的蔷薇花香。

少年看着对面坐着的女孩儿,墨眉舒展开来。

冯橙的秘密,那就不是麻烦了。

"说吧。"陆玄淡淡道。

"我知道那个女细作处心积虑接近我三叔的原因了。"

"女细作?"

"阿黛。"

陆玄挑眉:"你知道阿黛是女细作了?"

这正是他约见面要说的事。

"听我祖父说的。"

陆玄有些意外:"冯尚书对你说这些?"

冯橙笑笑:"听来的。"

原来是偷听。陆玄这才觉得合理了。

"陆玄——"冯橙喊了一声,声音压得极低,"我三叔的生母是齐人。"

说出这话时,她有些感慨。

梦里,是陆玄查出这些,导致了尚书府的轰然倒塌,而现在,她要把这些亲口告诉他。

"齐人?"陆玄平静的神色有了变化。

令他心中起涟漪的并不是冯锦西有个什么样的生母,而是冯橙居然把这种隐秘告诉他。

他望着对面坐着的少女,欢喜悄然滋生。冯橙这般信任他,倒是很有眼光。

"也是你听来的?"问出这话时,少年语气有着自己不曾察觉的柔软。

冯橙点头:"我祖父亲口说的。"

"这样的话,细作打你三叔的主意就说得通了。"

"陆玄,我把这个秘密告诉你,是想请你帮个忙。"

"好。"

冯橙愣了愣。对方答应如此之快,以至于她看着他的表情有些呆。

陆玄弯唇轻笑:"怎么不说话?"

冯橙心头涌上奇怪的感觉,下意识揉了揉脸。

陆玄见她这样，就想戳一戳那带着点婴儿肥的脸颊。

冯橙的脸蛋比初遇时圆润了，这一点倒是和那只肥猫挺一致的。

少年这般想着，好在理智还在，最终只是伸手在她面前晃了晃，带着几分轻笑问："傻了么？"

冯橙回神："我想请你帮着查一查我三叔的生母是如何成为我祖父妾室的。"

她只知道三叔生母是一位官员送给祖父的，至于那名官员是谁，三叔生母与那名官员有什么关系，不得而知。

"这个不难查，给我几日时间。"

冯橙露出大大的笑脸："那就多谢了。"

她突然这般笑，灿烂如天边最动人的那抹朝霞。

陆玄看了冯橙一瞬，问："你三叔的生母是齐人，父亲确定是令祖父？"

冯橙差点呛住。

少年微微垂眸，语气有些淡："生母既然能是齐人，生父另有其人也不奇怪吧。"

若是那样，他们叔侄就不是叔侄了。

这个一闪而过的念头，让陆玄不怎么愉快。

"祖父说三叔是他的儿子。"

陆玄眉目舒展："过几日给你消息。"

"嗯。"冯橙点头，问起陆玄找她的目的。

"本来想告诉你，从锦麟卫那边得来的消息，阿黛很可能是齐人细作，没想到你已经知道了。"

冯橙眉头紧皱："阿黛若是供出我三叔的事怎么办？"

陆玄没有回答，而是问道："令祖父对你三叔说明真相后什么反应？"

冯橙想了想道："主要是失望吧，别的倒是没看出来。"

"令祖父宦海沉浮多年，定然考虑到这一点。如果他没有太大反应，应该有应对之策。"

"没有吧……"冯橙喃喃。如果有应对之策，尚书府为何出事了？

陆玄听到冯橙的低语，愣了一下。在冯橙心里，他比冯尚书还靠得住？

他深深看了她一眼，心情飞扬。

"不算窦五郎宴请，令叔与阿黛真正的接触只有两次，一次是他失踪那回，一次是红杏阁遇见。就算阿黛知晓你三叔生母的事，短短两次接触也不能说鼓动了你三叔为齐人做事，那尚书府就有应对的余地。"

少年修长的手指轻轻叩击着桌面，语调低缓："最差的结果，也就是令叔被逐出家门罢了。"

冯橙嘴唇翕动。这个结果，也不怎么美好。

"不要太担心了，事情没有那么糟。阿黛一直咬定是韩呈硕帮她藏身，受刑太重死了。"

· 243 ·

冯橙瞪圆了眼睛。

"怎么？"

冯橙险些拍案而起："那你怎么不早说！"

陆玄摸摸鼻子："一见面你就跟我说秘密，这不是还没来得及。"

冯橙睨了他一眼，板着脸喝了一大口茶。

陆玄拧眉。这是生气了？想了想，他道："还没说完。"

冯橙放下茶盏，暂时把气闷丢到一旁，巴巴等着对方说下去。

陆玄不由莞尔，墨玉般的眸中藏着笑意："锦麟卫去搜查红杏阁了，最近金水河估计会有些紧张。"

"红杏阁有问题吗？"

"有没有问题，查过才知道。但既然阿黛在红杏阁待过，依锦麟卫的作风，必然不会放过对红杏阁的搜查。"

冯橙托腮，看着对面少年："陆玄。"

陆玄停下来，看着她。

"如果红杏阁那边有情况，记得告诉我。"

"这是自然。"陆玄不假思索应下。

过了没几日，冯橙就等来了进展。

"令叔的生母是礼部一名姓孙的官员送给令祖的，当年令祖父是负责民间选秀的礼部官员。"

"当年？"冯橙敏锐抓住这两个字。

陆玄捏着茶杯，缓缓道："苏贵妃入选之年。"

冯橙眼神微动："这事与苏贵妃有关系？"

"令叔的生母是苏贵妃的兄长通过那名官员孝敬令祖父的。"

冯橙吃了一惊："苏贵妃的兄长把一名齐女送给了我祖父？"

陆玄喝了一口茶，平静道："事情已经过去快二十年了，苏贵妃的兄长知不知道那名女子是齐女，那名女子又是如何到苏贵妃兄长身边的，现在很难查出。"

"苏贵妃的兄长——"冯橙极力回忆着关于苏家人的事。

"已经过世三年了。"

冯橙皱眉："我隐约记得苏贵妃的兄长是商人出身。"

后来苏贵妃盛宠无双，苏家也就摇身一变成了体面人家。

陆玄把茶杯放下，语气带了几分轻松："在令叔与阿黛牵扯不深的情况下，令叔生母是齐人的事情一旦爆出，送齐女到令祖身边的苏家比尚书府还要麻烦些。"

冯橙望着神色平静的少年，突然想明白一件事。

无论她梦里成为来福的时候还是如今，这件事爆出来，受益的都是太子一方。

她与陆玄，在这件事上原来是两个立场。

见冯橙神色怔怔望着他，陆玄失笑："看什么？"

今日出来，他照过镜子，自信脸上干干净净不怕看。

"那你打算怎么办？"冯橙问。

陆玄因为意外挑了挑眉梢："怎么问我？"

冯橙握紧茶杯，细瓷的凉意传递到指尖："这是对付吴王的好机会吧？"

陆玄愣了一下，深深看着她："你怎么想到这个？"

"不是吗？"

阳光透过窗棂洒进来，落在少女白皙的面庞与纯黑的眸子中。

她的眼里，盛了太多的情绪。

陆玄看着这样的她，突然就明白了她的不安。

他又好气又好笑，情不自禁抬手去揉她的头。

冯橙下意识偏头，那只手就落到了她脸颊上。微凉的脸颊，微烫的指尖。

冯橙一时忘了反应。

少年的手修长干净，保持着那个令人心跳漏了一拍的动作一瞬，不受控制捏了一下带着婴儿肥的脸颊，飞快放下手来。

冯橙瞪圆了眼睛。

"你刚刚说什么？"陆玄淡淡问了一句，成功打消了对方的质问。

"我说……这是对付吴王的好机会吗？"

陆玄定定看着她，语气虽轻却没有犹豫："放心，我不会的。"

冯橙松了一口气之余，有些遗憾："倒是便宜吴王了。"

难怪梦里尚书府出事，三叔生母的事没有爆出来。如今想来，很可能是涉及吴王的母妃苏贵妃，不宜宣扬。可苏贵妃与吴王好像没有受到多少影响的样子。

冯橙努力从当来福时的记忆里翻找着关于苏贵妃母子的事，却没什么印象。

一只猫，想获得讯息确实太难了。

"很讨厌吴王？"陆玄忍不住笑。

冯橙十分坦然："当然讨厌，韩首辅是吴王的人，还三番两次算计我。"

"早晚会算这笔账。"陆玄眼中噙着冷意，"当年苏贵妃兄长送出的人定然不止令叔生母，此事要继续查下去。"

"那——"

陆玄主动接话："有情况会告诉你。"

冯橙忙点头，顺口就夸："陆玄，你真好。"

面冷心善，说的就是陆玄了。

陆玄微微移开眼，淡淡道："别想太多，我本来也要查的。"

"但你本来可以不告诉我。"少女语气真挚，目光灼灼。

陆玄被那双熠熠生辉的眸子晃得心头微乱，心道：会告诉她，不是因为他是个好人，而是因为她是冯橙。但这话无论如何都说不出口。

少年以若无其事的语气道："顺便的事。"

"那我先回去了。"

陆玄起身:"我送你下去。"

"不用了。"

"正好我也走。"

冯橙没再说什么,二人一起走下楼梯。

伙计来宝看着二人并肩走出去的背影,露出欣慰的笑。

天呐,公子终于知道送一送人家姑娘了!

"陆玄,我走啦。"冯橙摆摆手,钻进马车。

陆玄目光追逐着青帷马车消失在拐角,这才大步走了。

番外　双生

国公府的花园中,两个七八岁的男童悄悄碰面。他们长得一模一样,不过一个瘦弱些,脸色也有些苍白,正是陆玄与陆墨两兄弟。

"二弟,你真的想出去?"陆玄童音清脆,表情却严肃。

陆墨点头:"大哥,我都好久没出过门了,你带我去外面看看吧。"

"母亲知道,会生气的。"

陆墨微微低头,有些委屈:"母亲总说等我身体好了再出去,可那要等到什么时候啊?大哥,求你了……"

面对弟弟的请求,陆玄心软了:"那好吧,下不为例。"

陆墨露出大大的笑:"多谢大哥。"

世子夫人方氏拘着陆墨不许出门,下人们若知道定会拦着,这便是两兄弟悄悄见面的原因。

陆玄带着陆墨溜出国公府,陆墨东张西望,满是新奇:"大哥,咱们去哪儿玩?"

陆玄想了想,道:"我带你去看杂耍吧。前几日我路过那条街,看到吞刀吐火,挺有意思。"

"吞刀吐火?那是什么样的?"

"见了就知道了。"

表演杂耍的地方离国公府不算远,兄弟二人手拉手,专拣着避人的路走,没花太久时间就到了。正好赶上一名身材瘦小的把戏人灵活爬上高竿,口一张,喷出尺余火苗。围观的人阵阵叫好。

陆墨一脸震惊,拉拉兄长:"大哥,那人真的喷了好长的火舌出来!"

之后又有一位大汉表演吞剑,少女在悬于半空的粗绳上走动、倒立,甚至旋舞。

陆墨看得目不转睛。

"二弟，回家了。"

"大哥，再看一会儿吧。"

"不行，出来太久会被发现的。"

陆墨对兄长的话还是听的，依依不舍地回头看。

陆玄看着弟弟的样子有些不忍心，安慰道："过些日子再带你出来玩。"

陆墨眼神一亮，用力点头："好。"

回去的路上突然变了天。乌云翻滚，惊雷骤响，转瞬间便大雨倾盆。陆玄拉着陆墨在一处屋檐下躲雨，望着无边的雨幕，眼里浮起担忧："二弟，你冷吗？"

陆墨笑着摇头："不冷。"

陆玄狐疑地看着弟弟："我怎么觉得下雨了你还挺开心？"

陆墨扬唇笑："那就能晚点回去了，我还没在外边待够呢。"

"不怕母亲知道啊？"

"不怕，其实母亲很温柔的，最多说我们几句。"陆墨挨着陆玄坐着，还在为看到的百戏兴奋，"大哥，那人为什么能口中喷火啊？还有那大汉，吞剑难道不会伤着吗……"

"二弟，你话好多。"

"大哥不喜欢吗？"

陆玄抿着唇没理他，心想二弟真是笨。他特意带他去看，当然也是喜欢的。陆墨看着兄长的表情，呵呵笑了："我就知道，我喜欢的大哥也会喜欢。"

陆玄觉得这话不对，认真纠正："应该是我喜欢的你也喜欢，我才是哥哥。"

风吹过，雨珠斜斜飞进来。陆玄把陆墨挡在身后，渐渐有些着急。雨帘无边无际，白蒙蒙一片。他脱下外衣，披到弟弟身上。

"大哥，我不用——"

"穿上。"

兄长不容置喙的语气让陆墨老老实实穿上了衣裳："大哥，你不冷吗？"

"我身体好。"

两兄弟安静下来，望着雨发呆。雨由大转小，却没有停下的意思。

"大哥，要不我们回去吧。"

"你淋了雨会生病的。"

"不会的，雨很小了。"陆墨指了指如丝细雨，"这雨说不定要下很久，这里离家不远，还不如赶紧回去。"

陆玄想了想，撂下一句"你等等"，就跑进了雨中。不久后跑回来，手里举着两张硕大的荷叶："拿着。"

兄弟二人顶着荷叶，手拉着手拔腿往家跑。中途陆墨手中的荷叶不小心掉了，眨眼间就沾上泥水。陆玄忙把他的荷叶举到陆墨头顶，一边跑一边骂："笨！"陆墨哈哈笑起来。

"笑什么？"

"开心。"

二人一路跑回家，国公府为了寻找陆墨已是人仰马翻。

"大公子、二公子回来了！"

世子夫人得到消息后匆匆跑来，一把抱住陆墨，焦急不已："怎么都湿了？快带二公子去沐浴更衣。"

再看陆玄，方氏皱眉："玄儿你不是出去了？怎么和你弟弟一起？"

陆玄一路护着陆墨，身上湿透了，面对方氏的疑问，迟疑了一下道："我带二弟出去玩了一会儿。"

陆墨被婢女拥着离开时扭头："母亲，是我求大哥带我出去玩的，您不要怪大哥——"

等陆墨被带走后，方氏的脸沉了下来："玄儿，你明知道你二弟身体不好，怎么能私自带他出去？"

陆玄想想淋雨的弟弟，愧疚地低头："玄儿错了。"

"先回去换衣裳吧，以后不许再乱来。"

陆玄回到屋中，洗了一个热水澡，很快就睡着了。

第二天一早，他去给方氏请安，却没见到人。

"昨夜二公子发热了，世子夫人照顾了大半夜，今儿个一早又去了二公子那里。"方氏身边的婢女道。

"二弟病了？"陆玄抬脚要去陆墨那里，没走两步看到了方氏。

"母亲。"陆玄拱手行礼。

方氏阴沉着脸看着长子，一字字道："你弟弟还没退烧。"

"玄儿去看看二弟——"

"看什么！"方氏厉声制止，"要不是你带你弟弟出去，你弟弟怎么会病倒？他身体那么弱，你竟让他淋雨……"

方氏越说越气，左右一扫，顺手抽出插在长形花瓶中的花枝，狠狠打在陆玄身上。陆玄一言不发，也不躲，任由细细的花枝抽打在还单薄的身上。好疼啊。小少年皱着眉想。

屋子里都是方氏的人，丫鬟婆子无人敢劝，方氏一连抽了几十下才停下，冷声道："回屋好好想一想。"

"玄儿告退。"

陆玄回了住处，低头看看身上的衣裳。夏日衣料轻薄，有些地方已经被抽破了。

"公子，您没事吧？"小厮来喜一脸担心。

陆玄没有吭声。来喜忙去衣箱中取来一套衣裳："公子，把您身上的脱下，换这套吧。"

"不用。"陆玄拒绝,盯了衣袖上的破损处片刻,再道,"不用。"

外面天色突然一沉,一声惊雷,雨仓促而来。陆玄走到屋外石阶上,抬着头怔怔看雨落。

"公子进屋吧,淋了雨当心着凉。"

小少年语气有些低沉:"我身体好,我不会着凉。"

来喜挠了挠头:"公子,人又不是铁打的,身体再好也可能生病啊。"

"我不会。"陆玄眼里只有雨。

雨水连成线,瓢泼而下,打在青瓦上,浇在树枝上,砸到石砖上,噼里啪啦,声音恼人,还被风卷着打在陆玄身上。昨日雨中与弟弟举着荷叶奔跑的开心被雨水冲刷得不剩几分。下雨可真讨厌啊——离长大还有很多年的小少年默默想。

番外 灯节

上元节。

花灯如昼,月上柳梢。街上洋溢着笑容的人们提着灯,牵着幼儿,还有数不清的少年少女,尽情享受着节日的热闹。

"大姐,快点快点,阿圆她们该等急了。"冯桃拉着冯橙,快步往前走。

"三妹急什么?"比起妹妹的急切,冯橙就淡定多了。

冯桃瞥一眼跟在后边的丫鬟护卫,附在冯橙耳边小声道:"大姐,听说陆二公子会去灯市。"

成国公府的二公子陆墨,与礼部尚书府的大公子冯豫是齐名的贵公子,并称京城双璧。京中追捧陆墨的少女多如繁星,冯桃就是其中一员。

冯桃有两位要好的朋友,一个是将军府的朱五姑娘,乳名阿圆,另一个是侍郎府的赵二姑娘,闺名青青。她们与冯桃一样喜欢陆二公子,三个小姑娘凑到一起只要说到陆墨就有着说不完的话题。冯桃最喜欢大姐,但是到了谈论陆二公子的时候,还是与小伙伴更有共同语言。

冯梅追上来,不满地看着冯橙与冯桃:"三妹,你可是礼部尚书府的姑娘,在大街上跑这么快像什么样子?还有大姐,你就由着三妹胡闹。"

冯桃才不服冯梅管教,撇嘴道:"今日是上元节,大家都无拘无束好好玩。二姐要是觉得不合适,何不留在家里弹弹琴?"

"你——"冯梅被冯桃噎得难受,去看冯橙。

冯橙微笑:"二妹要是觉得我们影响了你,不如回去吧,或是分开走。"

冯梅冷笑。这两人果然一如既往排挤她,她才不会如她们的意。

见冯梅不吭声了,冯桃拉着冯橙走得飞快,一眼望见约定好的地方站着朱五姑娘和赵二姑娘:"大姐看见没?阿圆她们在那儿呢。"

冯橙松开冯桃的手:"三妹快去吧。"

冯桃提着裙摆跑向两个好友:"赵二,朱五,你们等久了吧?"

朱五姑娘很活泼,笑嘻嘻道:"你再不来,我们就先去看啦。"

冯桃一手拉着一人:"快走,快走,陆二公子肯定会去鳌山那边的。"

每到灯节,宫门外便会搭起由万千盏灯组成的灯山,称为鳌山,是百官勋贵赏灯必去之处。

冯梅望着脚步匆匆的三人,笑了笑:"都说三妹黏着大姐,怎么一见着朋友,就把大姐撇一旁了?"

冯橙心里烦冯梅的挑拨,笑盈盈道:"二妹要是约了朋友,也可以把我撇一边。"

"冯桃怎么样你都觉得好!"冯梅甩袖,加快了脚步。

前边朱五姑娘猛拉冯桃与赵二姑娘的衣袖:"陆,陆二公子!"

顺着她的视线,一位少年快步走过。

此时暮色加深,少年气质容貌虽出类拔萃,但一身黑衣很是低调。冯桃不由看呆了,喃喃道:"陆二公子可真好看啊。"

朱五姑娘激动之下,扬手把拿着的东西掷了过去。冯桃与赵二姑娘看着冲着少年飞过去的糖葫芦,齐齐傻眼。

听到破空声,陆玄伸手一接,垂眼看清抓在手中的糖葫芦,面无表情往糖葫芦飞来的方向看去。

冯桃发挥长这么大最快的反应,往朱五姑娘身后一躲;赵二姑娘反应慢了些,也赶紧往旁边走了两步,拉开与朱五姑娘的距离。不认识,不认识——两个小姑娘共同的心声。朱五姑娘傻在原地,忘了反应。

陆玄嘴角微抽。又是倾慕二弟的人,他就知道这个时候来这边容易被二弟连累,奈何有事禀报太子。陆玄自不会与一个小姑娘计较,收回视线,顺手把糖葫芦塞到路过的小童手中,大步走了。

好一会儿后,朱五姑娘扭头看着两位好友,一副要哭的样子:"我和陆二公子是不是再也没可能了?"

冯桃翻个白眼:"你醒醒,什么时候有可能了。"

赵二姑娘心有戚戚:"陆二公子看起来很生气。阿圆,你怎么扔糖葫芦啊?那个黏手。"

朱五姑娘捂脸:"别提了,我就顺手一扔,扔出去才反应过来是糖葫芦。陆二公子真的很生气吗?"

冯桃完全没安慰好友的意思:"你没看见陆二公子冷冰冰的眼神啊。"

朱五懊恼叹气,又有些奇怪:"那次陆二公子出门,还有人向他扔香瓜呢,都没见陆二公子生气。"

"许是陆二公子今日心情不好吧。"冯桃猜测。

身后一道声音传来:"也许是你们认错了人。"

冯桃转身,挽上冯橙的胳膊:"大姐,你怎么这么说?"

冯橙笑道:"你们忘了,陆二公子不是有一位孪生兄弟?"

冯桃恍然大悟:"刚才的一定是陆大公子!就说陆二公子温润如玉,不会那么凶。"

"他们真像啊。"赵二姑娘喃喃。

朱五姑娘喜笑颜开:"还好还好,不是陆二公子就好。"

几人说说笑笑,到了鳌山那边。那里已是人山人海,亮如白昼。

仰望高十余层的鳌山灯,便是见惯了锦绣富贵,也很难不心生震撼。

有官府中人在主持猜灯谜,气氛就更热烈了。挂在高处的宫灯,一道谜题难住了众人。主持猜谜的官吏笑道:"这道灯谜要是有谁能猜出,不但能拿走花灯,还另有奖赏。"

"什么奖赏啊?"人们笑着追问。

"一盒宫中御制的绢花。"

一听是宫中的绢花,大家的心就被勾了起来。有心上人的想送给心上人,没心上人的想送给母亲、姐妹,奈何迟迟无人能猜中。

冯桃叹道:"要是大哥来了就好了,大哥肯定能猜出来。"

"我哥哥们可不行。"朱五姑娘摇摇头,眼神开始寻觅,"但是陆二公子可以啊!"

就在众人被灯谜难住时,忽然一阵骚动。

"怎么了,挤什么?"

"陆二公子来了!"

"啊,在哪儿呢?"

站在后边的人开始往前涌。

偏偏这时,绚丽的烟花在半空炸开,这下子除了为陆二公子的到来而激动的少女们,其他人被烟火吸引想占据更好的位置也挤了起来。

"三妹,小心些——"冯橙伸手去拉冯桃,突然后背一股大力袭来,整个人被推出去摔在了地上。

"别挤了,有人摔倒了!"惊叫声响起。

陆墨看到摔在不远处的少女,也露出急切神色,高声喊道:"请大家不要挤,有人跌倒了。"

他这一喊,那些激动的小娘子立刻停下了,还一起喊:"不要挤,不要挤,有人跌倒了。"

喊的人一多,其他人也渐渐停下了。

陆墨微松口气,就见一名粉衫少女冲过去,带着哭腔问:"大姐,你没事吧?"

"没事。"冯橙脚有些痛，刚被冯桃扶起，冯梅也过来了。

"大姐不要紧吧？"冯梅柔声问。

冯橙看冯梅一眼，拍拍身上的土："不要紧，去看灯吧。"

等与被挤到另一边的朱五姑娘、赵二姑娘会合，冯桃便道："大姐，我们回去吧。"

"不看灯啦？"冯橙笑着眨眨眼。不看灯，也不看陆二公子了吗？

冯桃语气却坚定："不看了，我看大姐走路有些不利落，定然是脚扭了，还是早点回去歇着吧。"冯橙确实脚腕隐隐作痛，不想扫妹妹的兴才没吭声，见冯桃坚持就不强撑了。冯梅也只好一起回去。

过了两日，就有闲言隐隐流传，说冯大姑娘为了引起陆二公子注意，故意摔在他面前。冯桃气得不行："到底是谁胡言乱语，败坏大姐名声！"

"三妹不用为这些流言生气。京城追捧陆二公子的小娘子不知凡几，丢帕子的、掷香囊的多了去，就算别人当真，撑死了议论两日也就散了。"

冯橙想着元宵夜的事。比起几句闲言，她更在意的是当时究竟是被人无意挤出去的，还是有人故意推的呢？只可惜不可能知道了。

"大姐，大姐，陆二公子是不是很好？见你摔倒他很着急呢，唯恐别人踩踏……"说起陆墨，冯桃眉飞色舞。

冯橙靠着软枕，捏捏妹妹脸颊："我倒觉得陆大公子更好些。"

"为什么？"

"不会一出现就引起轰动，把我从人群中挤出去啊。"

"大姐！"

国公府中，正准备出门的陆玄突然打了一个喷嚏。

"有人在想公子。"小厮来喜开着玩笑。

"闭嘴。"陆玄睨他一眼，大步走了出去。